AtV

GUIDO DIECKMANN, 1969 in Heidelberg geboren, stammt aus einer alten Ärzte- und Apothekerfamilie. Er studierte Geschichtswissenschaft und Anglistik in Mannheim und lebt in Haßloch in der Pfalz.

Im Aufbau Taschenbuch Verlag erschienen von ihm die historischen Romane »Die Poetin« sowie »Luther«, das Buch zum gleichnamigen Kinofilm.

Im Verlag Rütten & Loening legte Guido Dieckmann außerdem den Roman »Die Magistra« vor, der das aufregende Leben der Luther-Nichte Philippa von Bora behandelt.

Deutschland in den Wirren des 18. Jahrhunderts. Gegen alle Widerstände träumt der Sohn eines Porzellanmalers einen großen Traum: Der junge Samuel Hahnemann verdingt sich als Botenjunge und läßt sich mit Alchimisten und Geheimbündlern ein, um ein berühmter Arzt zu werden. Hartnäckig verfolgt er sein Ziel und zieht durch halb Europa. Er will die Wurzel aller Krankheiten finden, die angeblich in einer verschollenen Schrift des Arztes Paracelsus beschrieben ist – auch wenn er sich dazu dem Kampf mit einer mysteriösen Loge stellen muß und seine ganze Familie in Gefahr bringt.

Klug recherchiert und phantasievoll erzählt, liefert der Roman erstmals das Porträt einer Persönlichkeit, deren Forschungen und alternative Heilmethoden bis heute Millionen von Menschen auf der ganzen Welt faszinieren.

Guido Dieckmann

Die Gewölbe des Doktor Hahnemann

Roman

Aufbau Taschenbuch Verlag

ISBN 3-7466-2011-2

1. Auflage 2004
Aufbau Taschenbuch Verlag GmbH, Berlin

Umschlaggestaltung Preuße & Hülpüsch Grafik Design
unter Verwendung eines Motivs von akg-images
Druck C. H. Beck, Nördlingen
Printed in Germany

www.aufbau-taschenbuch.de

1. Kapitel

Meißen, im Sommer 1765

Das Mädchen erhob sich geräuschlos von der harten Pritsche ihres Notlagers. Jeder einzelne Knochen im Leib tat ihr weh. Sie war müde, und als sie ihr Quartier verließ, träumte sie mit offenen Augen. Den Schatten, der ihr seit dem ersten Hahnenschrei des Tages beharrlich an den Fersen hing, nahm sie nicht einmal aus den Augenwinkeln wahr.

Ohne besondere Eile lief sie die breiten Stufen des Wendelsteins hinunter und überging mit stoischer Gelassenheit die anzüglichen Blicke der Bediensteten, deren Pflicht es war, den Frauen und Mädchen ihren Weg zum Badehaus oder zu den Zisternen im westlichen Burghof auszuleuchten. Die meisten Frauen haßten diese morgendlichen Gänge zur frühen Stunde und das schlaftrunkene Stöhnen ihrer plumpen Begleiter, die ihre engen Kniebundhosen an den Seiten rein zufällig, aber mit regelmäßiger Beharrlichkeit zu schnüren vergaßen. Doch sie hatten keine Zeit, über die schlechten Manieren der Knechte herzuziehen, denn die großen Brennöfen in der Manufaktur mußten noch vor Tagesanbruch angezündet werden.

Charlotte Rebus ignorierte das Getuschel um sie herum. Trotz des Werktages trug sie ein veilchenblaues Kleid mit weißem Spitzenbesatz, und ihre braunen Locken, die sie nur selten unter eine Haube zwängte, glänzten in der gleichen Farbe wie die kostbare Täfelung des ehemaligen Zeremoniensaales. Mit ihren etwas zu groß geratenen Zähnen und den weit auseinander stehenden Augen war sie nicht eigentlich hübsch, doch sie hatte gelernt, ihre Mängel durch ein sicheres Auftreten und ein entwaffnendes Lächeln auszugleichen. Die kühle Anmut ihrer Bewegungen schuf eine unüberwindbare Distanz zu den übermütigen Mägden und Bürgermädchen. Keine von ihnen gesellte sich freiwillig an Charlottes Seite, und nicht nur die intelligenteren unter ihnen ahnten, daß Charlotte zufrieden und erleichtert war, nicht mit ihnen reden zu müssen.

Der Schatten, der Charlottes Spur an diesem heißen Sommermorgen lautlos wie eine Katze folgte, zeichnete sich auf den weiß getünchten Wänden des Treppenhauses als die schmächtige Gestalt des zehnjährigen Samuel Hahnemann ab, der seit einiger Zeit mit Vater und Mutter auf der Burg lebte. Samuel war klein, viel zu klein für sein Alter. Vermutlich nahm gerade deswegen niemand der betriebsam Vorübereilenden von ihm Notiz, und obwohl ihn diese Demütigung an anderen Tagen zur Weißglut trieb, kam es ihm heute gerade recht. Er mußte dem Mädchen heimlich folgen. Charlotte umgab ein Geheimnis. Dreimal war er ihr während der letzten Woche hinterhergeschlichen, doch ebensooft hatte sie ihn abgeschüttelt. Danach war sie mehrere Stunden lang verschwunden gewesen. Dafür gab es nur eine Erklärung: Charlotte hatte einen Weg gefunden, die Absperrungen zu umgehen und heimlich die Burg verlassen.

Neugierig spähte Samuel um die Ecke und sah, wie Charlotte mit einem geflochtenen Weidenkorb voller Grünzeug den Küchentrakt verließ, den Wendelstein zum Schluß aber links liegen ließ. Sie ging also gar nicht zum Badehaus. Das vulgäre Kreischen und Lachen einiger Mägde drang an sein Ohr. Es klang eher boshaft als spaßig und ließ darauf schließen, daß Charlottes Ration wieder einmal mit Abfällen gestreckt worden war. Weithin war bekannt, daß sich die Küchenmägde an den begrenzten Vorräten gütlich taten, auch wenn der Kastellan Seiner Hoheit, des Kurfürsten, von Zeit zu Zeit auf eigene Rechnung Stichproben machte. Doch der junge Kurfürst war weit und außerdem unmündig. Seit dem Tod seines Vaters, Friedrich Christian von Sachsen, regierte der strenge Prinz Xaver das vom letzten Krieg ausgeblutete Land für ihn und hielt sich, den spärlichen Berichten der Kuriere zufolge, seit Wochen schon in Polen auf, um die sächsischen Verzichtserklärungen gegen den neuen polnischen König Stanislaus Poniatowski in die Wege zu leiten. Sachsen war zerfallen. Der Traum, dem Fürstentum die polnische Königskrone Augusts des Starken zu erhalten und Preußen die Stirn zu bieten, waren an den Armeen seines Königs, Friedrich II., in tausend Splitter zersprungen. Nun hieß es, sich mit Elan dem Wiederaufbau des Staates zu widmen, eine Aufgabe, der sich die Mutter des Kurfürsten, Maria Antonie, mit besonderer Hingabe widmete, während der junge Kurfürst unter dem Einfluß seines Onkels Xaver und zahlreicher polnischer Mätressen das Hofleben seines verstorbenen Großvaters zu entdecken schien.

Charlotte muß sich ihrer Sache sehr sicher sein, dachte Samuel, während er seine Verfolgung wieder aufnahm. Im Grunde war die Unbefangenheit des Mädchens sein Glück, denn besonders geschickt stellte er sich auf seiner Pirsch durch die hallenden Gänge und über die ausgetretenen Treppenstufen der Albrechtsburg nicht an. Die Preußen hatten nach dem Frieden von Hubertusburg, im Februar 1763, nicht versäumt, die roten Läufer von den Treppen zu ziehen und ihren Beutekarren einzuverleiben. Seitdem hallten die Schritte der Burgbewohner auf den kahlen, steinernen Stufen wie das Trommeln eines Tambourmajors. Dem Jungen verursachten die lauten Geräusche im Schloß Ohrenschmerzen. Seit dem letzten Winter trug sein schmales Gesicht mit der hohen Stirn und den kleinen grauen Augen eine Blässe, die seine Mutter mit tiefer Sorge erfüllte.

»Bleich wie der Tod war er, noch ehe das große Fieber Meißen erreichte«, hatte er sie eines Abends dem Vater zuraunen gehört, während Christian Hahnemann im flackernden Licht der letzten Kerze seine dünne Suppe gelöffelt hatte. Aber sein Vater hatte nur müde abgewinkt und die Mutter zum Beten geschickt. Der Ausbau der Manufaktur und ihrer Künstlerstube erforderte all seine Kraft. Das Dasein eines Malers, der in diesen Zeiten kaum genug verdiente, um für das tägliche Brot zu sorgen, wurde nicht leichter, wenn Weib und Kinder nörgelten – oder krank wurden.

Den besorgten Blicken seiner Mutter zum Trotz fühlte Samuel sich keineswegs krank. Unten, in der Stadt, hatte er gesehen, wie das gefährliche Fieber auf die Menschen wirkte, wie es von ihren Gliedern Besitz ergriff, als fahre ein unsichtbarer Feuerstrom durch sie hindurch, der sie langsam ausbrannte. Schließlich, als die Seuche nach zwei Wochen noch immer nicht nachlassen wollte, als die Sterbeglocken der Kirchen immer häufiger läuteten und zunehmend mehr Trauerflore an den Wohnungen der Opfer prangten, hatte sein Vater kurz entschlossen Fenster und Türen ihres kleinen Hauses in der Meißener Steingasse vernagelt und sich selbst mit seiner Familie in die Räume der Porzellanmanufaktur auf der Albrechtsburg geflüchtet.

Charlotte Rebus war erst einige Tage später dort angekommen, und warum man die Tore für sie und ihren Vater überhaupt noch geöffnet hatte, blieb dem Jungen ein Rätsel. Und nicht nur ihm ging es so. Die Gerüchte wehten hinter vorgehaltenen Händen von einem Flügel zum nächsten, schneller als die Epidemie, die den Burgberg noch immer nicht erreicht hatte: Die Tochter von Pastor Rebus war sehr krank gewesen. Der Stadtphysikus hatte sie untersucht, behandelt und schließlich aufgegeben. Und doch hatte Charlotte das Fieber überlebt.

Samuel hatte mit hartnäckigem Eifer und ganz wie ein Arzt über Charlottes Fall Buch geführt. Alles, was er die Erwachsenen über den Verlauf ihrer Krankheit hatte reden hören, hatte er auf einigen Bögen dunklen Papiers festgehalten, das er aus der Manufaktur stibitzt hatte. Über die letzten Sätze seines kindlichen Krankenberichts freute er sich besonders: »Demnach muß eine Seuche nicht unweigerlich zum Tode führen«, hatte er geschrieben. »Die Rebus ist mein Beweis, und wenn ich eines Tages Arzt geworden bin, werde ich einen Weg finden, tödliche Krankheiten für immer zu besiegen.«

Ob Charlottes überstandene Krankheit aber mit ihrem täglichen Verschwinden aus der Albrechtsburg in Verbindung stand? Vier Tage war es her, seit ein Bote aus der Residenz des Kurfürsten in Dresden auf den Hof der Porzellanmanufaktur geritten war und die Wachen angewiesen hatte, sämtliche Zugänge vom Dombezirk zur Altstadt, vor allem zu den schmutzigen Lagerhäusern am Markt abzusperren, um in der drükkenden Sommerhitze eine Ausbreitung des tödlichen Fiebers zu verhindern.

Nicht nur an den Aufgängen der beiden Treppentürme, die mit ihren kurfürstlichen Wappen das ohnmächtige Meißen wie zwei grimmige Titanen überragten, hatte der Kurierreiter Wachen postieren lassen. Auch der Platz zwischen den Pferdeställen und dem alten Franziskanerkloster, mit seinem von Unkraut überwucherten Friedhof, war mittlerweile so engmaschig abgeriegelt, daß nicht einmal eine Maus mühelos einen Durchschlupf gefunden hätte.

Aber das Mädchen schienen die neuen Bestimmungen nicht zu interessieren. Unbekümmert passierte sie zwei Wächter, einen ungeheuer dicken Kerl, dessen abgetragene Uniformjacke wie eine Wurstpelle über seinem feisten Leib spannte und der sich unentwegt den Schweiß von der Stirn wischte, sowie einen jüngeren Mann mit Hakennase, der Charlotte zunächst nervös zwinkernd musterte, sie dann aber erkannte und mit einem knappen Kopfnicken in den Korridor zum Ostflügel dirigierte.

Ein bitteres Gefühl der Enttäuschung beschlich Samuel, als er bemerkte, daß Charlotte ihre Schritte zur alten Schloßkapelle lenkte. Offensichtlich hatte er sich getäuscht und das Mädchen hatte gar nicht die Absicht, ihren geheimen

Durchschlupf aufzusuchen, um die Burg zu verlassen. Wahrscheinlich schleppte sie nur ihr erhamstertes Grünzeug aus der Küche in die kleine Sakristei neben der Kapelle, die ihrem Vater, dem lutherischen Superintendenten Emanuel Rebus, seit seiner Übersiedlung auf die Albrechtsburg als Quartier diente. Unvermittelt huschte ein Lächeln über sein ernsthaftes Gesicht, als Samuel sich in Erinnerung rief, mit welch leidenschaftlichem Eifer der alte Superintendent sein Quartier gegen die Knechte der Porzellanmanufaktur verteidigte, die dort, in einem Gott geweihten Raum, ihre schmutzigen Säcke mit Kaolin, Feldspat und Quarz lagern wollten.

»Als ob es in ganz Sachsen nichts Wichtigeres mehr gäbe als bemalte Tassen und unzüchtige Figuren für die Kaminsimse Dresdner Kokotten!« hörten die Bewohner der Albrechtsburg zuweilen die näselnde Stimme des Superintendenten durch die zugigen Gänge des alten Gebäudes hallen.

Charlotte blieb unvermittelt vor einer hohen, sich beidseitig zu einem gotischen Spitzbogen verjüngenden Tür stehen. Samuel hatte eben noch Zeit, sich hinter eine achtlos in den Flur geschobene Getreidewaage zu werfen, wobei er sich schmerzhaft die Rippen prellte. Aber kein Laut drang über seine Lippen. Rasch kroch er unter die schmutzige Lederplane, die das ausladende Gerät nur notdürftig bedeckte. Dann beobachtete er durch ein Loch in der Abdeckung, wie Charlotte ihren langen braunen Rock anhob und irgendeinen Gegenstand aus ihrem Strumpfband hervorklaubte. Ihre großen Augen verengten sich und sandten einen argwöhnischen Blick durch die Stille des Flures. Samuel wagte kaum zu atmen. Was führte die Tochter des alten Superintendenten bloß im Schilde? Wenn sie wirklich nur die Kapelle aufsuchen wollte, warum machte sie daraus ein solches Geheimnis?

Charlotte hielt plötzlich einen langen glänzenden Schlüssel in den Fingern und stocherte einige Sekunden lang damit im Schlüsselloch herum.

»Dummes Ding«, zischte Samuel, während sich eine fette Spinne an einem seidenen Faden direkt vor seiner Nase abseilte. Nicht einmal fähig, eine Tür zu öffnen. Aber als er wieder aufschaute, war Charlotte im Innern der alten Schloßkapelle verschwunden.

Der Junge zögerte einige Herzschläge lang, sein Versteck zu verlassen und der Tochter des Superintendenten in die Kapelle zu folgen. Daß sie die Tür nicht von innen verriegelt hatte, hatte er gehört. Allerdings verspürte er wenig Lust, ihrem Vater oder Bruder in die Arme zu laufen. Emanuel Rebus mochte den Jungen, aber sein Sohn Viktor, ein dürrer Zögling der hiesigen Fürstenschule, hatte nie einen Zweifel daran gelassen, daß er Samuel von Herzen ablehnte. Man ging sich aus dem Weg, beäugte sich höchstens argwöhnisch, wenn eine Begegnung überhaupt nicht zu vermeiden war.

Hoffentlich lungert Viktor heute nicht in der Gegend herum, schoß es dem Jungen durch den Kopf. Er würde es von Herzen genießen, wenn man Samuel hier erwischte.

Gleichgültig! Samuel gab Charlotte einen ausreichenden Vorsprung. Drei Minuten etwa, die er allerdings nur abschätzen konnte, weil ihm von seinem Platz aus die dichten Zweige einer Esche die Sicht auf die Turmuhr des Franziskanerklosters versperrten.

Dort, im Schatten der Mauern von St. Afra, wurden die Schüler der Fürstenschule Meißens in die hohen Gefilde der Wissenschaften eingeführt. In ehemaligen Mönchsstuben lernten sie Latein, Griechisch und Naturkunde, alles, was Samuel selbst sich nur in den wenigen freien Stunden, in denen sein Vater ihn nicht in der Manufaktur brauchte, aus heimlich entliehenen Büchern des Superintendenten oder seiner Tochter aneignen durfte.

Ausgerechnet Charlotte und ihr Vater waren es gewesen, die ihn eines Tages in einem Winkel neben dem Hühnerhaus der alten Witwe Schneeberger mit einer Ausgabe von Anna

Maria Merians *Metamorphosis Insectorum Surinamensium*, einem Werk über fremdländische Pflanzen und Insekten, erwischt hatten. Seit dieser Zeit hatte der gutmütige Pastor dem wißbegierigen Knaben mit einer ihm eigenen stoischen Geduld Privatstunden in lateinischer Grammatik, Geographie und Algebra erteilt, wann immer ihm seine geistlichen Pflichten Zeit dafür ließen. Seinem Vater, dem Porzellanmaler, hatte Samuel nichts davon erzählt.

So begeistert der alte Superintendent jedoch über des Jungen rasche Fortschritte, seinen Eifer beim Rezitieren von lateinischen Vokabeln und mathematischen Formeln auch war, so sehr mehrten sich doch seit einigen Wochen auch die Augenblicke, da ihn beim Anblick des kleinen, über die Bücher gebeugten Rückens Zweifel überkamen, ob sein Handeln überhaupt Gott wohlgefällig war.

Pastor Rebus und seinem Sohn lagen Leidenschaft und wissenschaftlicher Eifer fern. Viktor lernte schwer und interessierte sich zum Leidwesen des Superintendenten weit weniger für Bücher als für heimliche Ausflüge ins Marktviertel. Und doch hatte er in seiner jugendlichen Naivität niemals die Glaubensvorstellungen seines Vaters in Frage gestellt. Er ließ sich folgsam im Katechismus der lutherischen Lehre unterrichten, ohne jemals auf die Idee zu kommen, das Gelernte zu hinterfragen.

Der Sohn des Porzellanmalers war anders. Auch Samuel betete vor jeder Stunde, die er gemeinsam mit Rebus vor den Büchern saß, aber der Superintendent wußte, daß seine Gedanken hierbei abschweiften und sich bereits voller Ungeduld auf die nächste Lektion richteten, noch ehe er das Amen gesprochen hatte. Als er es einmal gewagt hatte, seinen Schüler zu fragen, wie er sich denn seinen Schöpfer vorstelle, hatte Samuel Gott als eine magnetisierende Naturkraft beschrieben, die auf den Menschen auf die gleiche Weise einwirke wie auf die vier Elemente oder die Pflanzenwelt. Rebus hatte daraufhin im Zorn gedroht, die Privatstunden augenblicklich einzustellen, ja sogar den Vater des Jungen in der Manufaktur aufzusuchen, wenn Samuel seine üble Eitelkeit nicht sofort bereute.

Der Junge hatte bereut, auf Knien um Verzeihung gebeten und dabei mühelos und mit fester Stimme die Reueformel des 107. Psalms auf hebräisch rezitiert.

Seit diesem Tag fürchtete Emanuel Rebus seinen Schüler, wie ein Wanderer nach einem schwülen Tag einen Gewittersturm fürchtet.

Das Mädchen kam nicht wieder aus der Kapelle. Verflixt, hatte Charlotte ihn etwa doch abgeschüttelt?

Zornig gab Samuel der alten Waage einen Fußtritt. Dann ließ er seine Faust auf die kleine Spinne niedersausen, die sich direkt neben ihm an der Wand niedergelassen hatte. Das zerquetschte Insekt fiel in einem staubigen Gerinnsel aus Putz und Kalk auf die Steinplatten der kahlen Albrechtsburg.

Langsam richtete sich der Junge auf und schlich zum Eingang der Kapelle hinüber. Dort preßte er sein Ohr so fest gegen das kühle Holz, daß es beinahe schmerzte. Aber nicht der leiseste Laut drang zu ihm auf den Korridor hinaus.

Wenigstens ist Charlotte allein, dachte er und drückte vorsichtig auf die geschwungene Klinke.

Der Raum, in dem der Superintendent jeden Sonntag und an vielen Abenden unter der Woche seine Gebetsstunden zelebrierte, wirkte in seiner rechteckigen, von zwei Stützpfeilern getragenen Form kalt und leblos. Nur wenige Strahlen der Morgensonne fanden ihren Weg durch das Bleiglas zweier Fenster, brachen sich ohne jede Ordnung an einer schräg zulaufenden Seitenwand, welche die eigentliche Kapelle von der Sakristei trennte, und bohrten schließlich scheinbar kleine Löcher in den abgetretenen roten Fußläufer vor dem Altar.

Erstaunt schaute sich der Junge im Raum um. Von Charlotte war keine Spur zu entdecken. Die Augen stur auf die tänzelnden Sonnenstrahlen gerichtet, lief der Junge auf den Altar zu. Unter dem roten Läufer knarrten dicke Holzbohlen. Sonderbar, dachte er, wo doch sonst nur Steinplatten den Boden bedecken. Aber er wagte nicht, den Läufer anzuheben, noch immer glaubte er, Charlotte Rebus könne jeden Moment aus irgendeinem Versteck hervorspringen und ihn, den Eindringling, zur Rede stellen.

Es gab keine Verstecke in der Kapelle, nicht die kleinste Möglichkeit für ein knapp vierzehn Jahre altes Mädchen, sich seinen Blicken zu entziehen – und doch war Charlotte hier gewesen und dann verschwunden.

Plötzlich fiel sein Blick auf die Vorderseite des Altars. Eisige Kälte wehte ihm entgegen, wie sie nur aus einer Gruft aufsteigen konnte. Der Junge war verwirrt. Es gab hier doch gar keine alten Gräber, oder etwa doch?

Der Eishauch lähmte ihn einen Herzschlag lang so sehr, daß er am liebsten die Kapelle verlassen und in die Manufaktur zurückgekehrt wäre, um unter der Aufsicht seines Vaters und Meister Schönewinds langweilige Lilienstiele auf öde Untertassen zu klecksen. Doch rasch entschied er sich dagegen. Statt dessen beugte er sich zur Vorderseite des Altars hinunter. Es war ein prächtiger Altar, letztes Relikt einer Zeit, da die alten Markgrafen noch in der Albrechtsburg residiert und hier im Scheine Hunderter von Kerzen ihre Gebete gesprochen hatten.

Aufmerksam betrachtete Samuel die steinernen Ornamente und fragte sich, warum Emanuel Rebus in seinem religiösen Eifer die alten Symbole nicht entfernt oder zumindest mit einem Tuch abgedeckt hatte. Allerdings wußte er auch, daß so etwas streng verboten war. Seit Sachsens Kurfürst August, den man auch den Starken nannte, zum Katholizismus übergetreten war, um den polnischen Thron besteigen zu können, erfreuten sich auch im Kernland der Reformation katholische Klöster, Kirchen und Kunstwerke höchster Aufmerksamkeit des kurfürstlichen Hofes.

Auf dem Altar fand Samuel zwei dicke runde Kerzen, auf deren milchiger Oberfläche sich Dutzende von getrockneten kleinen Wachstropfen abzeichneten. Er kniff die Augen zusammen, um die lateinische Schrift auf dem schmalen Aufsatz entziffern zu können, der sich wie ein eisernes Band um den fein behauenen Stein legte. Aber es war zu finster. So fiel ihm auch das sonderbare Zeichen erst auf, als er sich schon wieder vom Altarstein abwenden wollte, um hinter dem Vorhang der Sakristei nach einem geheimen Durchschlupf zu suchen.

Es handelte sich um ein kleines Rad, das zwischen den steinernen Schnörkeln und stilisierten Blättern und Zweigen kaum zu sehen war. Das Rad hatte die Form eines fünfzackigen Sterns, dessen Linien sich alle ineinander schoben. Verblüfft fuhr Samuel die Rillen mit dem Finger nach. Sie lagen viel tiefer im Stein, als er auf den ersten Blick vermutet hätte. Er wußte, was er vor sich hatte. Ähnliche Bilder zierten die Schubladen in Apotheker Schefflers Offizin am Marktplatz: Es waren Pentagramme – die unverwechselbaren Zeichen aller Schwarzkünstler und Alchimisten.

»Darf man fragen, was du in der Kapelle zu suchen hast, Samuel Hahnemann?«

Die schneidende Stimme traf den Jungen völlig unvorbereitet. Vor Schreck wagte er kaum sich zu bewegen, obschon er genau wußte, daß er nicht vor dem Altar knien bleiben durfte.

»Hahnemann«, hallte es ein weiteres Mal durch den Raum.

Samuel fand es eigenartig, wie fremd einem der eigene Name zuweilen in den Ohren klingen konnte. Man mochte glauben, ein anderer sei gemeint, gar nicht man selbst. Langsam drehte er sich um und blickte in die kalten grauen Augen des jungen Viktor Rebus, Charlottes Bruder.

»Ach, du bist es«, entfuhr es Samuel. Er bemühte sich, den feindseligen Blicken des dünnen Jungen auszuweichen. »Ich … habe nur …«

»Was du hast, interessiert mich nicht, Hahnemann. Du bist in unser Quartier eingebrochen, um Vaters Sachen auszuspionieren. Reicht es dir nicht, daß er täglich seine kostbare Zeit an einen altklugen und hochmütigen Gernegroß verschwendet, der glaubt, schlauer zu sein als sein Magister?« Der Sohn des Superintendenten schnaubte verdrossen. Ohne Samuel aus den Augen zu lassen, nahm er seinen blauen Umhang und das runde Barett ab, das ihn als Zögling der Meißner Fürstenschule auswies, und warf beides auf ziemlich respektlose Weise auf eine der Kirchenbänke.

»Ich könnte dich wegen versuchten Diebstahls melden«, erklärte er und reckte sein dünnes Kinn in die Luft, während Samuel sich verzweifelt bemühte, die Aufmerksamkeit des Pastorensohnes vom Altar mit seinem geheimnisvollen Zeichen abzulenken. Offensichtlich hatte Viktor keine Ahnung vom Geheimnis seiner Schwester. Samuel ahnte auch, warum. Niemals hätte sich Charlotte einem Knaben wie Viktor Rebus anvertraut, auch wenn er zehnmal ihr Bruder und die Hoffnung seines Vaters als Nachfolger im Amte des Superintendenten von Meißen war. Samuel hielt es für das beste, den eingebildeten Popanz nicht zu reizen und statt dessen den Zerknirschten zu spielen.

»Ich wollte nichts stehlen, Viktor«, erklärte er wahrheitsgemäß. »Ich habe lediglich deinen Vater gesucht, um ihn zu bitten, mir eine Stelle aus dem Homer zu erklären!«

»Aus dem Homer? Du siehst dich wohl schon als Gelehrten?« spottete Viktor. »Mein Vater hat uns erzählt, daß du vorhast, eines Tages Medizin zu studieren, um Physikus zu werden. Vielleicht sogar Physikus am Hof des Kaisers in Wien?«

Samuel Hahnemann wurde es gleichzeitig heiß und kalt unter seinem dünnen Kattunhemd. Wütend ballte er die Fäuste in der Tasche seiner abgewetzten Kniebundhose. Warum hatte Pastor Rebus ihn verraten? Ausgerechnet an einen Taugenichts wie Viktor, der nach drei Jahren Unterricht in der höheren

Schule das Nibelungenlied im klassischen Griechenland ansiedelte.

In einem Punkt zumindest hatte der Sohn des Superintendenten den Nagel auf den Kopf getroffen. Samuel Hahnemann träumte davon, Arzt zu werden, Kranke zu heilen und unbekannte Heilmittel gegen Seuchen zu finden, von denen die Mediziner und Apotheker des Kurfürstentums nur phantasierten, während sie in ihren Laboratorien standen, analysierten, filtrierten und ohne jeden Erfolg disputierten. Seit Samuel denken konnte, war die Heilkunde sein Lebensinhalt, und sooft die Maler in der Werkstube von seiner Zukunft als Geselle seines geschickten Vaters sprachen, schossen ihm die Tränen der Enttäuschung in die Augen, weil sie seine Zukunft planten, als wären er und seine Wünsche Luft für sie.

»Wirst du es meinem Vater sagen?« fragte Samuel leise.

Viktor Rebus blickte ihn zögernd an. Dann gab er ihm mit der flachen Hand einen Stoß und lächelte herablassend. »Wo denkst du hin, Exzellenz Doktor Hahnemann! Ich habe nicht vor, dich dem Porzellanmaler zum Fraß vorzuwerfen, wenn du es auch verdient hättest.«

Erleichtert seufzte Samuel auf und erwiderte verächtlich das alberne Lachen des dünnen Jungen. Er neigte kurz den Kopf vor dem Gymnasiasten und machte Anstalten, den Raum zu verlassen. Aber Viktor hielt ihn mit einer raschen Handbewegung zurück.

»Nicht so hastig, Samuel Hahnemann!« Viktor lächelte nicht mehr. Seine Lippen zitterten leicht, als er seinen mageren Körper zwischen Samuel und die Kapellentür schob. »Dir ist klar, daß es einer Blasphemie gleichkommt, wenn der Sohn eines kleinen Malers sich in den Kopf setzt, die göttliche Weltordnung ändern zu wollen, nicht wahr?«

»Ich weiß nicht, wovon du redest, Viktor!« Samuel fröstelte plötzlich. Der Altar in seinem Rücken fiel ihm wieder ein. Vermutlich war Charlotte ganz in der Nähe. Sie beobachtete ihn und lachte über ihn und seine dumme Furcht vor Viktor.

»Du wirst meinen Vater nicht mehr für deine lästerlichen Ziele ausnutzen.« Viktor verpaßte ihm einen Stoß vor die Brust. »Wenn du lernen willst, geh doch zu deinem eigenen Vater und sieh ihm zu, wie er Blütenstengel auf Teetassen pinselt!«

Samuel strauchelte und fand in letzter Sekunde Halt an einem der Stützpfeiler. Viktor wußte über alles Bescheid und genoß es sichtlich, ihn in die Enge zu treiben. Samuel mußte sich zurückhalten, um nicht vor Schmerz und Wut über diese Demütigung laut zu weinen.

Lästerliche Ziele! Seit wann war der Wunsch, Heilkundiger, Arzt und Naturforscher zu werden, ein lästerliches Ziel? Rasch drehte er sich auf die Seite, damit Viktor seine haßerfüllten Blicke nicht sehen konnte. Mit Freuden hätte er nun einen Dolch aus dem Gürtel gezogen und ihn in Viktors dürres Gerippe gestoßen.

»Du wirst noch heute meinen Vater aufsuchen und ihm erklären, daß du seinen Unterricht künftig nicht mehr besuchen wirst, verstanden? Sag ihm einfach, du wirst in der Manufaktur gebraucht. Das ist nicht mal gelogen!«

Samuel starrte Viktor an, als hätte der ihm gerade befohlen, sich durch das Fenster mit dem gotischen Spitzbogen zu zwängen und über den Burghof zu fliegen. Die Sonnenstrahlen brachen sich nicht mehr an der Wand, kein Stäubchen tanzte mehr im dünnen Licht über den abgetretenen Fußläufer.

Langsam bewegte sich Samuel Hahnemann auf die Tür zu, die Viktor noch immer versperrte. Viktor schien seinen Sieg voll und ganz auskosten zu wollen. Nach einer halben Ewigkeit trat er endlich zur Seite und ließ Samuel auf den Gang hinausschlüpfen.

»Denk daran, dein Platz ist in der Manufaktur, nicht in der

Studierstube, so lautet die Ordnung Gottes«, rief Viktor ihm hinterher. »Ich werde dich im Auge behalten!«

Samuel antwortete nicht. Ohne sich noch einmal umzublicken, stürmte er den Gang entlang und blieb erst stehen, als er sich weit genug entfernt von der Kapelle wähnte. Erschöpft sank er auf eine alte Truhe mit Eisenbeschlägen und ließ seine glühenden Wangen von einem Luftzug kühlen, der aus dem Magazin ihm gegenüber drang. Tief in Gedanken achtete er weder auf die Geräusche aus dem Lager noch auf den Glockenschlag des Domes, und als er sich irgendwann am frühen Nachmittag erhob, hatte er einen Entschluß gefaßt. Er würde vor Viktor Rebus und seinen albernen Drohungen nicht zu Kreuze kriechen. Noch heute nacht würde er sich den Altar mit dem Pentagramm genauer ansehen und Charlottes Geheimnis ergründen.

2. Kapitel

»Hundert Perücken und kein Kopf zum Denken!«

Aufgebracht warf Meister Schönewind die Depesche des Magistrats zu Boden und eilte wie von Rachegeistern getrieben durch die heißen, stickigen Räume der kurfürstlichen Porzellanmanufaktur.

»Wie in drei Teufels Namen sollen wir unsere gewohnte Leistung bringen, wenn wir an allen Ecken und Enden beschnitten werden? Kann mir das einer der Herren sagen?«

Die Modellierer, Former, Brennmeister und Maler, die sich um die lange Tafel im Versammlungsraum geschart hatten, duckten sich unter der Flut der Verwünschungen, die ihr Meister in seiner offenen Wut auf die neuesten Meißener Bestimmungen ausstieß, Bestimmungen, die sich seit dem Sturz des alten Ministers, des Grafen von Brühl, für die Manufaktur nur zum Nachteil ausgewirkt hatten. Einige warfen sich verstohlene Blicke zu und schnitten Grimassen, gaben jedoch acht, daß Schönewind sie nicht bemerkte.

Der Alte redete zuviel. Eines Tages würde der Kurfürst von seinen Launen erfahren, und was ihm dann blühte, konnte sich auch der dümmste Lehrling gut vorstellen. Natürlich hatte der Meister recht, wenn er behauptete, daß die Ausgangssperre der Manufaktur schade. Seit Tagen saßen die Handwerker auf einem Fleck, fegten die Räume aus und warteten auf einen Nachschub an Rohstoffen, der beharrlich ausblieb.

»So schlimm wütet das Fieber eigentlich gar nicht mehr«, meldete sich schließlich ein junger Mann zu Wort, dem Schönewind die Aufsicht über die Brennöfen übertragen hatte. »Ich weiß von verschiedenen Personen, daß es sich auf gar keinen

Fall um eine Epidemie handelt. Der Stadtrat trägt nur Sorge um die Sicherheit der ...«

»Diese verfluchten Amtsochsen!« unterbrach ihn Schönewind polternd und spähte nach dem offenen Fenster. Sein fleischiges Gesicht war bis zu den Haarspitzen rot angelaufen, und um seine Mundwinkel zuckte es bedenklich. »Nur weil eine Delegation vom Hof durch die Manufaktur geführt werden muß, werden wir gezwungen, unsere gewohnten Arbeitsabläufe zu verändern. Mit dem Fieber, mein Junge, hat das einen Dreck zu tun!«

Einige der Versammelten raunten zustimmend und klopften mit den Fingerknöcheln auf die blanke Holztafel. Der junge Mann griff nach einem Zinnkrug, der in der Mitte des Tisches stand, und goß Wein in rotbraune Tonbecher. Mit einem jovialen Lächeln reichte er Meister Schönewind den ersten Becher, dann verteilte er den übrigen Wein unter die Handwerksgesellen und Porzellanmaler.

Bravissimo, der Junge hat das Zeug zu einem vortrefflichen Speichellecker, dachte Christian Hahnemann, der am unteren Ende der Tafel saß. Der hochgewachsene Maler hatte sich absichtlich aus der Diskussion herausgehalten, obwohl Schönewind zweimal lauernd in seine Richtung geblinzelt hatte, als erwarte er ausgerechnet seinen Kommentar. Aber Hahnemann war nicht zum Disputieren in der Manufaktur. Er war Künstler, Sohn eines Künstlers und – so Gott ihm gnädig war – eines Tages auch Vater eines Künstlers. Wenn sein Sohn nur nicht so viele Flausen im Kopf gehabt hätte ...

»Der alte Schönewind hat unrecht«, raunte ihm sein Nachbar, der Maler Wilhelm Berthold, zu. »Prinz Xaver kann nichts von den Lieferschwierigkeiten wissen, und daß der Rat der Stadt die kurfürstliche Abordnung vor dem Fieber bewahren will, ist eher ein Schutz für die Manufaktur. In Polen soll das Gallenfieber halbe Dörfer entvölkert haben. Von sechs Kindern starben vier.«

Hahnemann legte die Stirn in Falten und hieß dem Mann mit einer knappen Handbewegung zu schweigen, ehe Meister Schönewind auf sie aufmerksam wurde. Nichts haßte der Porzellanmaler so sehr, wie in Angelegenheiten verstrickt zu werden, die nichts mit seinen Pinseln und Farben zu tun hatten.

»Das Kaolin reicht nur noch für etwa zwei Tage.« Umständlich zog Schönewind ein Stück Papier aus der Tasche seiner abgewetzten Lederschürze, die seine gewaltige Brust wie eine Rüstung umgab. »Hier hab ich es schwarz auf weiß. Der Betrieb am Steinbruch steht still, der Magistrat läßt keinen Hundeschwanz hinaus. Nein, er schickt uns statt dessen seine Büttel auf den Hof und ein halbes Dutzend Wachen hinterher! Schaut sie euch doch mal an, die Kerle mit ihren gelben Fratzen. Wenn die hier nicht die Franzosenkrankheit einschleppen, fresse ich einen Besen.« Verächtlich schleuderte er das zerknitterte Papier über die Tafel. »Ab morgen bleiben die Öfen aus!« rief der Meister mit polternder Stimme. Schweiß stand ihm auf der Stirn. Für einen Herzschlag lang sah es so aus, als würde Schönewind zusammenbrechen, dann aber richtete er sich zu seiner vollen Größe auf, befreite seine Schürze von einigen eingebildeten Quarzkrümeln und verließ dann, von seinem Gesellen gefolgt, den Raum.

Christian Hahnemann überlegte, ob er die Hand nach der amtlichen Bekanntmachung ausstrecken sollte, an deren schmutzigem Ende unübersehbar das wächserne rote Wappen Meißens prangte, entschied sich dann aber dagegen. Es war nicht klug, auf sich aufmerksam zu machen. Nervös blickte der Porzellanmaler zur Werkstattür hinüber. In der Tat hatte der Bürgermeister seit einigen Tagen zwei Stadtwächter zum Dienst in die Manufaktur abkommandiert. Die Anwesenheit der Uniformierten, denen man auf Schritt und Tritt über den Weg lief, zehrte nicht nur an Schönewinds Nerven. Die Wände bekamen hier oben Ohren, gerade wenn man es am wenigsten vermutete.

»Was hast du vor, wenn die Produktion fürs erste unterbrochen wird, Hahnemann?« fragte Wilhelm Berthold, nachdem mit dem Klang der alten Zunftglocke, die Schönewind in einer wurmstichigen Lade aufbewahrte, die Versammlung aufgehoben worden war und die Arbeiter wieder in ihre Werkstätten strömten.

»Ich lasse meine Gesellen weiterarbeiten,« entgegnete der Porzellanmaler mit einem Anflug von Trotz, der seine Stimme jedoch um so unsicherer wirken ließ. Beschwichtigend fügte er hinzu: »Besucher vom Hof kommen schon seit Jahren nach Meißen, um die Manufaktur zu besichtigen oder neue Modelle zu bringen. Hat nicht der Großvater seiner Hoheit unsere Erzeugnisse ›das weiße Gold‹ genannt?«

»Weil er gelbes nicht kriegen konnte, um seinen Mätressen weitere Lustschlösser zu bauen!« bemerkte sein Freund, aber so leise, daß die anderen Maler, die ihre Pergamentrollen mit Skizzen quer über die Nebentische ausbreiteten, es nicht verstehen konnten.

»Ach, weiß der Kuckuck, was diese Leute auf der Albrechtsburg zu tun haben. Auf einige Muster mehr oder weniger kommt es nicht an. Auch wenn Schönewind die Brennöfen verlöschen läßt: Solange wir nicht zum Steinbruch hinaus dürfen, bleibt uns hier immer noch Arbeit für gut drei Wochen. Im übrigen fehlte der letzten Produktion eindeutig Quarz, Wilhelm!«

Hahnemann nahm eines der zierlichen Gefäße vom Regal neben seinem Arbeitstisch, der von Farbtöpfen, Federn, Pinseln und Skizzenpapier übersät war, und hielt dem verdutzten Bethold ein milchig schimmerndes Stück unter die Nase.

»Zu wenig milde im Ton, zu wenig Glanz«, konstatierte er.

»Und warum durften wir Meister Hahnemanns Meinung vorhin im Versammlungsraum nicht hören?« Schönewinds Stimme traf die beiden Porzellanmaler wie ein Keulenschlag.

Christian Hahnemann erschrak so sehr, daß ihm die kleine Vase beinahe aus der Hand geglitten wäre.

»Ich dachte schon, du wärest vielleicht stumm geworden, Christian! Vor einigen Minuten hätte ich deine Unterstützung gebraucht. Aber du ziehst es wohl vor, dich hinter meinem Rücken über meine Anordnungen lustig zu machen!«

»Du weißt genau, daß das nicht stimmt.« Hahnemann schaute sich hilfesuchend nach Wilhelm Berthold um. Aber der Maler hatte sich schon davongemacht. »Ich arbeite seit Jahrzehnten auf der Albrechtsburg. Mein Sohn soll mich eines Tages ablösen, wenn seine Lehrzeit beendet ist, aber nie hat ein Hahnemann sich in die Entscheidungen der Oberen eingemischt. Hast du nicht selbst immer gesagt, daß wir zu kleine Köpfe hätten für die Perücken der Obrigkeit?«

Müde schlug der Porzellanmaler die Augen nieder und hoffte inständig, Schönewind würde endlich verschwinden und ihn wieder mit seinen Pinseln allein lassen. Wo blieb Samuel nur? Nie war der Bengel da, wenn man ihn brauchte. Auf der anderen Seite war es vielleicht besser, wenn er nicht mit ansehen mußte, wie sich der dicke Schönewind vor seinem Vater aufspielte. Christian Hahnemann hätte die Manufaktur leiten können. Anträge von seiten des Magistrats hatte es genug gegeben, schließlich war Hahnemann am längsten von allen auf der Albrechtsburg und kannte sich auch mit der Porzellanherstellung aus. Daß er sich sogar noch an die Zeit kurz nach der Gründung der Manufaktur erinnern konnte und noch die Schüler des Meisters Johann Friedrich Böttger persönlich gekannt hatte, hatte er nie jemandem erzählt. Nicht seiner Frau und schon gar nicht Schönewind, der Hahnemanns langes Zögern zu seinem Vorteil gemacht und letztendlich die Leitung der Porzellanmanufaktur übernommen hatte.

»Und was soll ich der Delegation vom Hof seiner königlichen Hoheit vorführen, wenn die Gesandten morgen in meiner Werkstatt auftauchen?«

Schönewind brummte mürrisch und musterte den Porzellanmaler mit grimmiger Miene. Der alte Hahnemann ist nicht besser als ein Lakai, dachte er bei sich, keinen Mumm mehr in den Knochen. Doch plötzlich tat es ihm leid, daß er seine Wut über die Schwierigkeiten der Manufaktur ausgerechnet an dem Alten ausgelassen hatte. Schweigend beobachtete er, wie der Maler die kleine Vase wieder zurück auf das Regal stellte und statt dessen eine andere, bereits bemalte ergriff. Auf dem kühl glänzenden Porzellan zeichnete sich die Kontur eines ländlichen Gehöftes in zartem Aquamarinblau ab, vor dem sich, mit einigen geschickten Pinselstrichen angedeutet, eine Herde Schafe mitsamt Hirten vor einem blau leuchtenden See tummelte. Pastorale Szenen auf Porzellan waren bei Hofe in Mode gekommen. Für Schönewind blieb es ein Rätsel, wie der alte Hahnemann von diesen Dingen erfuhr, wo er doch kaum jemals die Albrechtsburg verließ, um Modelle zu studieren und neue Anregungen zu sammeln.

Manchen Leuten lag es eben im Blut. Schon der Vater des Alten war Miniaturenmaler in fürstlichen Diensten gewesen und hatte sein Talent an den ältesten Sohn weitergegeben. Und nun war der kleine Samuel an der Reihe. So verlangte es die Tradition. Schönewind schüttelte den Kopf, er durfte sich nicht in nutzlosen Überlegungen verlieren. Dafür war die Lage in Meißen zu ernst. Interessiert beobachtete er, wie Hahnemann, tief in Gedanken versunken, seinen längsten Pinsel aus einem Glas mit einer beißend scharf riechenden alkoholischen Lösung zog, ihn dann mit beinahe zärtlichen Bewegungen zwischen Daumen und Zeigefinger drehte und schließlich vorsichtig in den kleinen Krug mit der kostbaren Goldfarbe tauchte.

Hahnemanns Hand zitterte leicht, als er das Emblem der kurfürstlichen Manufaktur, zwei goldene, sich kreuzende Schwerter, mit sorgfältigen Strichen auf die Unterseite der Vase plazierte. Wie oft hatte er mit diesem Zeichen bereits ein Werk vollendet? Christian Hahnemann erinnerte sich nicht, vermutete aber, daß er das Symbol der beiden Schwerter besser beherrschte als den Schriftzug seines eigenen Namens. Verlegen drehte er sich zu Schönewind um, der wie angewurzelt neben der Werkstattür stand. Hatte der Meister seine bebende Hand gesehen? Warum mußte sie ausgerechnet jetzt zu zittern anfangen, nach hunderttausend Pinselstrichen?

Vielleicht hatte Johanna, seine Frau, nicht ganz unrecht, und er war einfach überarbeitet und der ewigen Zänkereien mit Schönewind müde. Und dann diese verzehrende Hitze in der Manufaktur! Sie drang von den Brennöfen, die mit Unmengen von Holz am Glühen gehalten wurden, bis in den letzten Winkel der Stube.

Mit ungelenken Bewegungen nestelte Hahnemann an der grauen Binde über seinem Hemdkragen, um sich Erleichterung zu verschaffen. So bemerkte er die schmale Hand, die sich auf seine Schulter gelegt hatte, erst, als sie sich behutsam zu bewegen begann. Mit einem Satz sprang der alte Mann auf und starrte mit einem Ausdruck des Entsetzens in die erstaunten Augen seines Sohnes.

»Sehr freundlich, daß du auch mal wieder hereinschaust, verflixter Bengel!« herrschte er Samuel an. »Ich warte schon seit Stunden auf dich! Los, du kannst die Säcke aus der Werkstatt tragen und auf dem Korridor stapeln, ehe wir uns hier noch Hals und Beine brechen!«

»Oder eine Dame der kurfürstlichen Delegation mit ihrer Schleppe darüber stolpert«, krähte ein rothaariger Lehrling von einem der Zeichentische herüber, an dem er sich vergeblich mit einer Anzahl geometrischer Figuren abmühte und dabei einen Tintenklecks nach dem anderen auf das dünne Papier fabrizierte.

Der Rotschopf zwinkerte Samuel aufmunternd zu und wollte den Stift aus der Hand legen, als sein Lehrherr ihn auch schon mit gereizter Miene zurechtwies: »Sieh Er gefälligst auf seine Übungen, Kerl! Wenn ich heute abend auf seinem Bogen wieder so eine Schweinerei wie gestern vorfinde, setzt es ein paar Ohrfeigen!«

Christian Hahnemann schüttelte abschätzend den Kopf. Es wurde wahrhaftig Zeit, daß Samuel den Ernst des Lebens kennenlernte, auch wenn er noch zu jung für eine ordentliche Lehrzeit war. Er mußte erfahren, was es bedeutete, ein Hahnemann auf der Albrechtsburg zu sein.

»Träum nicht, Samuel«, sagte der Porzellanmaler leise, während er dem Jungen seine Arbeit zuwies. »Quarzsand links, Feldspat und Alabaster rechts neben den Abgang!« Erst spät fiel ihm auf, wie schweigsam und abwesend sein Sohn heute war. Irgend etwas ging dem Jungen im Kopf herum, und Christian Hahnemann war trotz seiner Weltfremdheit nicht so naiv zu glauben, daß Samuel an Pinsel und Malfarben dachte.

In der Nacht schlich sich Samuel aus der engen Stube, die Meister Schönewind der Familie seines ältesten Porzellanmalers als Notquartier hatte zuweisen lassen. Samuel hatte gewartet, bis sich seine Augen an die Dunkelheit gewöhnt hatten. Aus dem Winkel mit dem alten Kohleofen knackte es in regelmäßigen Abständen. Nach dem anhaltenden Regen des vergangenen Tages hatte es stark abgekühlt. Außerdem behauptete Frau Hahnemann steif und fest, daß die Kammer feuchte Wände habe und man den Schwamm bis durchs Mauerwerk riechen könne.

Erst als Samuel die schwere Eichentür im Rücken spürte, wurde ihm bewußt, daß es kein Spiel war, was er vorhatte. Er lebte in der Geborgenheit einer Familie, die ihn trotz ihrer Strenge liebte, und war dennoch bereit, davonzulaufen. Fort aus der Albrechtsburg, fort aus Meißen und fort von ...

Ein Gefühl bitterer Übelkeit kroch ihm in den Magen, als ihm der feine Geruch des Lösungsmittels in die Nase stieg, das an den Kleidern seines Vaters haftete. Oder lag es vielleicht doch an etwas anderem? Die Tränen kamen völlig unvorbereitet, und Samuel erschrak. Er hatte sich doch alles gut überlegt, warum also jetzt die plötzliche Sehnsucht nach der warmen Strohschütte, die so wunderbar duftete? Noch immer starrte Samuel zu seinem Lager hinüber. Waren seine Nerven überreizt, oder hörte er tatsächlich das Stroh knistern?

Es war Wahnsinn, konnte einfach nicht gutgehen. Ein elfjähriger Junge rannte seinen Eltern nicht davon, nur weil er Maler und nicht Arzt werden sollte. Ärzte gab es genug, aber keine gescheiten, wie sein Vater nie müde wurde zu behaupten. Ärzte sind Gaukler. Sie versprechen dir das Blaue vom Himmel herunter, wenn du sie wegen deines Reißens im Rücken oder Gicht in den Fingerknochen um Rat fragst. Und was geschieht dann? Nichts geschieht, außer daß der Arzt sich seinen Beutel füllt und schleunigst das Weite sucht. Warum hatte der alte König von Preußen seine Leibärzte zum Teufel gejagt? Weil sie in ihrer gelehrsamen Herrlichkeit mehr Friedhöfe gefüllt hatten als er in drei Schlesischen Kriegen zusammen.

Samuels Blick fiel auf das Regal an der Wand über seinem Lager. Zwischen einigen Schalen, Krügen und Pinseln ragte eine schlanke Holzfigur empor. Samuels Großvater hatte sie kurz vor seiner Geburt geschnitzt und bunt bemalt. Sie stellte einen Soldaten mit hohem Hut und Waffenrock dar. Obwohl die blaue und weiße Farbe auf dem Holz schon nahezu abgeblättert war, liebte Samuel die Figur und war traurig, sie zurücklassen zu müssen. Doch er hoffte, daß Vater und Mutter sein Weglaufen so nicht gleich erraten würden.

»Es tut mir leid, Soldat«, flüsterte er hilflos. »Aber was soll ich tun? Wenn ich bleibe, steckt Vater mich zu seinen Lehrlingen und Gesellen in die Manufaktur. Er wird niemals erlauben, daß ich auf die Schule gehe. Und Pastor Rebus kann mir nicht mehr beistehen, sonst macht Viktor mir das Leben zur Hölle.«

Samuel hielt inne und versuchte, in den sorgfältig ausgearbeiteten Zügen des geliebten Spielzeugsoldaten so etwas wie Verständnis oder Anteilnahme zu erkennen. Doch die Augen des hölzernen Dragoners blickten kalt und starr an seinem kleinen Besitzer vorbei.

Von einem der Kistenbetten hinter dem Vorhang drangen plötzlich Geräusche an Samuels Ohr. Seine Mutter hustete und keuchte. Jeden Moment konnte sie erwachen und nach dem Tonkrug mit Wasser tasten, den sie sich jeden Abend füllte. Samuel stockte der Atem, seine Hände schwitzten. Sie würde ihn entdecken, vollständig angezogen und ein Bündel auf den schmalen Rücken gebunden.

Samuel wagte nicht, sich zu rühren. Eigentlich liebte er seine Mutter, und das letzte, was er sich wünschte, war, sie zu verlassen. Ihre müden Augen, das seltene Lächeln auf dem abgezehrten Gesicht, vor allem aber die langsam faltig werdenden Hände, die unglaublich kräftig zupacken konnten, gaben Samuel ein Gefühl der Sicherheit. Was er hingegen nicht liebte, war das Schweigen, das für gewöhnlich auf ihren Lippen lag und irgendwie krank auf ihn wirkte.

Niemand bemerkte, wie Samuel die Tür öffnete und mit seinem Bündel und einem Umhang seines Vaters über dem Arm, der so lang war, daß er auf dem Steinboden den Staub aufwirbelte, auf den Korridor hinaustrat. Leblose Stille hüllte ihn dort ein und, was noch schlimmer war, Eiseskälte.

Es ist dieselbe Art von Kälte wie vor dem Altar in der Kapelle, überlegte Samuel. Er mußte zum Westflügel und von dort über die Galerie zur Kapelle. Die Galerie wurde in der Regel nicht bewacht. Auf Zehenspitzen hastete er den Gang entlang, ohne sich noch einmal nach der Kammer seiner Eltern umzudrehen.

Die Kälte begleitete den Jungen bis vor die Tür der Kapelle. Auch dieses Mal war die Tür nicht verschlossen. Samuel wußte nicht, warum, aber aus irgendeinem Grund hatte er es auch nicht anders erwartet. Dennoch zögerte er. Er dachte an den Altar mit dem sonderbaren Pentagramm und fühlte sich unbehaglich. Ob die Kapelle wirklich ein Weg in die Freiheit war?

Samuels Hand zitterte leicht, als er die Tür aufdrückte und

sich durch einen schmalen Spalt ins Innere der Kapelle schob. Der Raum wirkte in der Dunkelheit viel größer als in seiner Erinnerung. Die beiden tragenden Säulen türmten sich wie Eichenstämme vor ihm auf und gaben nur eine Andeutung des ausladenden Steinklotzes, dem sich der Junge mit klopfendem Herzen näherte.

»Verflixt«, entfuhr es ihm, als er bemerkte, daß er seinen selbstgetöpferten Leuchter mit den drei Wachsstummeln nicht eingepackt hatte. Er legte sein kleines Bündel auf eine der Kirchenbänke und schlug den Saum seines langen Umhangs zurück, um die Hände frei zu haben. Dann tastete er die Oberfläche des grob behauenen Steines ab. Ohne Erfolg! Die beiden dicken Opferkerzen auf dem Altar waren verschwunden. Wie sollte er nun das kleine Drehrad mit dem eingeritzten Pentagramm wiederfinden?

Samuel faßte den Stein ins Auge und ging dann vor ihm in die Hocke. Die Kälte strich über seine Fußsohlen wie eine unsichtbare Hand. Hastig ließ er seine Finger weiter über die Vorderseite des Altars wandern. Er mußte sich beeilen. Die Kälte zog höher, erreichte seine Unterschenkel und lähmte ihn wie der Biß einer giftigen Schlange. Draußen, vor der Burg, war ein heftiger Wind aufgezogen. Der Junge konnte hören, wie er durch das Laub der alten Esche rauschte und ihre dicken Äste und Zweige gegen die Fenster der Kapelle peitschte. Die Geräusche zerfetzten die Stille, ja, sie schienen einen Herzschlag lang gar den Kälteschub durch Samuels Körper aufzuhalten, und dann huschte plötzlich ein dünner, bläulich glänzender Faden aus Licht quer über den Altar. Samuel Hahnemann riß die Augen auf. In der Kapelle herrschte noch immer Finsternis, und doch schienen gebündelte Lichtstrahlen in den Stein einzudringen. Vor den hohen Spitzbogenfenstern säuselten die Blätter der Esche im Wind. Der Junge lauschte und begriff. Der Sturm wurde heftiger, es regnete, und doch schien der Mond hell und klar.

Das Licht des Mondes traf auf den Stein, sooft der Wind das dichte Laub der Esche zur Seite schob, stellte Samuel fest. Fasziniert verfolgten seine Augen das Licht, das sich auf einen einzigen Punkt zu konzentrieren schien. Es fiel, leicht gebrochen, durch ein Glasfenster, auf dem in zarten Blautönen die Gestalt des Evangelisten Johannes über die dunklen Kirchenbänke schwebte. Samuel kannte die Figur genau. Pastor Rebus hatte nicht versäumt, ihm von dem Lieblingsjünger des Herrn zu erzählen, der bis zur Wiederkunft seines Meisters auf der Erde verweilen sollte. Hier in der Schloßkapelle hatte ein unbekannter Künstler den Evangelisten mit einem aufgeschlagenen Buch in der Hand abgebildet, auf dessen Innenseite die Jahreszahl 1604, offensichtlich das Stiftungsdatum, deutlich zu erkennen war.

»Das Buch«, keuchte Samuel und sprang auf. Das Licht fiel direkt durch das aufgeschlagene Buch in der Hand des Apostels. Dem Jungen stockte der Atem vor Aufregung, und einen klammen Augenblick lang fragte er sich, ob er nicht vielleicht doch träumte und jeden Moment auf seinem Strohlager in der elterlichen Kammer erwachen würde. Aber es war kein Traum.

Langsam drehte sich Samuel wieder zum Altar um und entdeckte das Pentagramm inmitten eines hell leuchtenden Lichtkegels. Die Ornamente, welche die Innenflächen der spitzen Winkel auskleideten, schienen ihn aus tiefen Augenhöhlen anzugrinsen, doch er beachtete sie nicht. Der Altar war das Werk eines Genies, das die Wissenschaften kannte, nicht die Falle eines dämonischen Zauberers. Irgendwo auf der flachen Vorderseite der Gravur mußte es einen Hebel geben.

Einige Sekunden hockte Samuel regungslos vor dem Altar. Er bemerkte nicht, daß das Rauschen des Windes verstummt war und keine Regentropfen mehr gegen das dünne Glas der Fenster trommelten. Das Licht war verschwunden, und mit der Dunkelheit kehrte die Kälte des eisigen Fleckes zurück.

Ohne zu überlegen, holte Samuel aus, warf seinen schmächtigen Körper zurück und hieb mit einem Aufschrei seine Faust gegen die grinsenden Augenhöhlen. Ein schneidendes Schleifgeräusch beantwortete seine Tat. Die Erschütterung fuhr dem Jungen so stark durch den Leib, daß er sogar seine vor Schmerz pochende Hand vergaß. Schaudern mischte sich mit gespannter Erwartung. Der Altar schwang zur Seite wie ein Kuckuck, der an einer Feder aus der Tür seiner Uhr sprang. An der Stelle, wo Samuel gestanden hatte, gähnte ihm ein tiefes Loch entgegen. Der Junge fuhr sich mit der Zunge über die schmalen Lippen. Das war es also – Charlottes Geheimnis. Auf diesem Weg schlich sie sich aus dem Schloß, wann immer ihr danach war. Er hatte den Durchschlupf gefunden, der ihn aus der Burg führen würde.

Hinter der Tür zur Sakristei, wo Emanuel Rebus mit seinen Kindern hauste, blieb alles still. Sie sind nicht aufgewacht, dachte Samuel erleichtert und ließ seinen Blick zwischen Tür und Geheimgang hin und her wandern. Die Eiseskälte hatte seine Hüften erreicht, und plötzlich kam Samuel sein ganzes Unternehmen mehr als töricht vor. Auch wenn der Superintendent und seine Kinder ihn nicht gehört hatten, würde zumindest Charlotte in wenigen Stunden seine Spur entdecken. Seine Flucht war demnach zum Scheitern verurteilt. Sollte er es wagen und sich dem finsteren Gang, der tief in das Felsgestein hinabzuführen schien, auf Gedeih und Verderb anvertrauen? Und was, wenn er ausglitt und sich den Hals brach?

Samuel atmete einige Male tief durch, doch die Furcht begleitete ihn wie ein übler Geruch. Dann bückte er sich und knotete sich den langen, staubigen Umhang seines Vaters um die Schultern.

Vorsichtig zwängte er sich durch die Spalte zwischen den steinernen Bodenplatten. Krampfhaft suchten seine Hände nach einem Halt, während er sich, verfolgt von der Eiseskälte, tiefer und immer tiefer hinabließ. Noch immer hatten seine

Füße die Stufen nicht erreicht. Viel zu spät bemerkte er, daß er sein Bündel mit Habseligkeiten auf einer der Kirchenbänke vergessen hatte.

Nach einer halben Ewigkeit fühlte Samuel festen Grund unter seinen Füßen. Erstaunt registrierte er, daß es wärmer wurde. Seine verkrampften Glieder entspannten sich. Ungläubig suchten seine Augen die Öffnung, hoch über seinem Kopf. Er konnte sie nicht mehr erkennen. Sie war ebenso verschwunden wie der Eishauch des kalten Fleckens, der ihn in die Ungewißheit hinabgetrieben hatte.

Die spröden Felswände waren feucht. Beinahe schien es Samuel, als absorbierten sie eine dicke, säuerlich riechende Flüssigkeit, die in langen, zähen Fäden, fast geräuschlos auf den Boden tropfte. Zahlreiche Geflechte von Moosen und Pflanzen, die der Junge in dem schwachen Licht nicht erkannte, wucherten wie sorgfältig geknüpfte Schlingen aus dem rauhen Felsgestein.

Samuel tastete sich weiter und bemühte sich, die Risse im Gestein in seiner Phantasie nicht zu drohenden Gespinsten werden zu lassen. Je tiefer ihn die Stufen führten, je vorsichtiger im Geiste er die Entfernung von einem Absatz zum nächsten maß, desto mehr steigerte sich das Gefühl der Beklemmung in seiner Brust. Schließlich ging er gar dazu über, mit sich selbst zu sprechen, um die heimtückische Stille des scheinbar endlosen Schlundes zu brechen. Er rezitierte den Anfang der Odyssee und der Ilias auf griechisch, wie Rebus es ihn gelehrt hatte, und konjugierte lateinische Verben, bis er sich beim Übergang vom Plusquamperfekt des Verbs *laborare* zum Passivum verhaspelte und nicht einmal merkte, daß mit einemmal seine Stimme nicht mehr als einzige durch den grottenartigen Abgang hallte.

Der Junge blieb stehen und blickte sich langsam um. Die Stufen hinter ihm verschwanden in einem undurchschaubaren

Moor aus fetter Schwärze. Keine Menschenseele war zu sehen, und doch hörte er ganz deutlich das Gemurmel verhaltener Stimmen, einer hellen und einer dunkleren.

Vorsichtig beugte er sich hinüber zu dem Mauerwerk und preßte sein Ohr an die Felswand. Der aromatische Duft der Moose und Wucherpflanzen stieg ihm in die Nase und schien seine Sinne zu stimulieren. In dem Treppenschacht wurde es heller. Die Pflanzen tauchten ihre öde Umgebung in einen grünen, seidig schimmernden Glanz.

Sie müssen zu zweit sein, überlegte Samuel. Zwei Personen, vermutlich ein Mann und eine Frau. Wenn ich doch nur verstehen könnte, was sie sich auf der anderen Seite zuraunen.

Zwei Hände schnellten aus der Finsternis.

Dürre, verkrüppelte Finger legten sich wie fünf eisige Haken auf Samuels Mund. Eine weitere Hand umschlang seinen Bauch, und ehe sich der Junge versah, wurde er auch schon von dem Unbekannten über den kalten Steinboden geschleift.

Samuel hörte noch das metallische Geräusch eines Schlüsselbundes an seinem Ohr, dann schwanden ihm die Sinne.

3. Kapitel

»Warum hast du ihn gleich zu Boden geschlagen, du alter Narr? Du solltest nur dafür sorgen, daß der Junge den Mund hält und nicht die halbe Albrechtsburg auf uns aufmerksam macht!« Charlotte Rebus schürzte die Lippen und funkelte den alten Mann wütend an, der Samuel wie ein Bündel erlegter Rebhühner hinter sich her zerrte.

»Nu, das hab ich doch wohl getan, nicht wahr, Jungfer?« Ächzend ließ der Alte seine Last auf ein paar alte Pferdedecken niedersinken, die aufgestapelt in einem Winkel des weiträumigen Kellergewölbes vor sich hin rotteten. »Hab den Kleinen nicht geschlagen. Wollte ihn nur von der Wand weglotsen. Hören Sie denn nicht?« Er packte Charlotte am Ärmel ihres langen, weinroten Kleides und drehte sie mit sanfter Gewalt in Richtung der Eingangspforte.

»Was meinst du? Wenn das wieder ein Trick ist, du alter …«

»Sie klopfen die Wände ab! Der Kleine hat sie zu uns geführt, Jungfer!« Anklagend deutete der alte Mann mit seinem langen, dürren Finger auf den ohnmächtigen Jungen. »Ich wette den Zopf meiner Perücke, daß die beiden nicht wegen des Porzellans in die Albrechtsburg gekommen sind, Jungfer Rebus. Sie wissen, was ich meine, oder?«

Wieder griffen die mageren Finger nach Charlottes Arm, aber das Mädchen entwand sich seinem Griff. Was erlaubte sich dieser Kerl? Wagte er es, ihr zu drohen? Wer war er denn schon? Zacharias, ein ehemaliger Apothekergeselle aus der Mark, den man mit Schimpf und Schande davongejagt und der auf der Flucht vor den Preußen an die Tür des gutmütigen Superintendenten und seiner Tochter geklopft hatte.

Charlotte Rebus betrachtete das Gesicht des Alten, seine

streitlustigen Züge um zwei scharfe, listig glitzernde Augen und das wirre graue Haar einer Perücke, die wie der Schein eines längst gefallenen Heiligen von dem knochigen Schädel abstand und ihm noch aus den Ohren zu wuchern schien. Bekleidet war der Alte mit einer abgetragenen Kniebundhose von undefinierbarer Farbe und einem viel zu großen Rock, den sein eigentlicher Besitzer, ein zwei Zentner schwerer Diener aus dem Südflügel, bereits vermissen mußte.

Ich hätte den törichten Kerl niemals einweihen dürfen, schoß es Charlotte durch den Kopf, während sie das Gewölbe nach Wasser und ein paar sauberen Tüchern für den jungen Hahnemann absuchte. *Ich* habe den Zugang zu den Kellern gefunden, die hierher führten. Es war *meine* Entdeckung, und die lasse ich mir nicht nehmen. Von niemandem.

Auf der anderen Seite wußte Charlotte, daß kein Bewohner der Albrechtsburg so geschult im Umgang mit Pflanzen und Chemikalien war wie der ehemalige Apothekergehilfe. Unter Umständen war Zacharias der einzige, der ihr die Funktion all der Gerätschaften erklären konnte, die sie hier, tief unter den Räumen der Manufaktur, entdeckt hatte.

Aus dem schattigen Winkel des Gewölbes drang ein klägliches Stöhnen.

»Der Bengel wird wach«, rief der Alte mißmutig und machte eine wegwerfende Handbewegung. »Er wird das Laboratorium sehen, Jungfer. Und was dann? Kinder sind scheußliche Plagen. Von Natur aus aufdringlich wie die schwarze Pest. Und überaus neugierig. Wie sonst hätte der Bengel den Mechanismus am Altar in der Schloßkapelle entdecken können?«

»Er beobachtet mich schon eine ganze Weile«, sagte Charlotte stirnrunzelnd und machte einen Schritt auf den Jungen zu, der noch immer reglos auf der Erde lag. »Du magst etwas von Tinkturen und Latwergen verstehen, mein Freund, aber von Kindern hast du keine Ahnung. Sie können Geheimnisse sehr wohl bewahren, wenn man sie mit Respekt behandelt. Ihr

Stolz und Ehrgeiz sind oft größer als bei Erwachsenen, und sie fühlen sich wichtig, wenn man sie ins Vertrauen zieht, wenn sie den Sinn hinter dem Ganzen sehen!«

»Wenn sie den Sinn hinter dem Ganzen sehen«, äffte der kleinwüchsige Mann Charlotte nach und streifte sich rasch ein Paar fleckige Handschuhe über die mageren Finger. »Wir reden hier nicht über die Gassenspiele dummer Gören. Hier geht es um die reine Wissenschaft, die uns einer der größten Männer unseres Jahrhunderts hinterlassen hat.« Verächtlich reckte der Alte sein Kinn und trat nach einer Ratte, die neugierig aus einer dunklen Ecke aufgetaucht war und an den derben Pferdedecken schnupperte.

»In diesem verlassenen Laboratorium könnten Dinge ruhen, die noch ganze Generationen von Gelehrten beschäftigen, es sei denn ...«

Der Alte schnappte nach Luft und gab einen ärgerlichen Laut von sich. Seine Augen verengten sich zu Schlitzen, als er bemerkte, daß Samuel längst erwacht war und ihn und Charlotte, auf beide Arme gestützt, verständnislos anblinzelte.

»Nun steh schon auf, Samuel Hahnemann!« sagte Charlotte freundlich und streckte ihre Hand aus, um dem Jungen auf die Beine zu helfen. Mit einer beinahe mütterlichen Geste strich sie ihm über den Kopf, um sich davon zu überzeugen, daß sein Sturz ohne weitere Folgen geblieben war.

»Freund Zacharias hat dich sicher erschreckt, als er dich draußen auf der Treppe erwischt hat. Sonst ist dir nichts geschehen.«

»Noch nicht«, hüstelte der Alte mürrisch, wurde aber von Charlotte mit einem giftigen Blick zum Schweigen gebracht. Samuel verfolgte, wie der Apothekengeselle vor sich hin brabbelnd zu einem gewaltigen Kamin humpelte, der fast die gesamte rechte Seite des sonderbaren Gewölbes einnahm, und sich geräuschvoll auf einem niedrigen Holzschemel davor niedersinken ließ.

Samuel sperrte vor Aufregung Mund und Augen auf. Das Licht einiger halb heruntergebrannter Wachskerzen auf Regalen, Kisten und umgedrehten Fässern warf schaurige Schattenbilder an die Wände, auf denen er schwache Zeichnungen und mit dürftigen Strichen angedeutete Symbole ausmachen konnte.

Charlottes mißtrauische Blicke brannten dem Jungen förmlich auf der Haut. Im flackernden Schein der Kerzen wirkte die Tochter des Superintendenten in ihrer roten Robe wie ein geisterhaftes Wesen oder wie die Priesterin eines Heiligtums, das es gegen Eindringlinge zu verteidigen galt; Eindringlinge, wie er einer war.

»Was tut der alte Mann da?« fragte Samuel schließlich, um das unangenehme Schweigen zu brechen. Schlagartig verfinsterte sich Charlottes Miene. Mißtrauisch packte sie Samuel an den Schultern.

»Du fragst zuviel, Junge. Das hat schon so manchem das Genick gebrochen. Wie, in drei Teufels Namen, kamst du auf die Idee, uns zu folgen?«

»Ich bin euch nicht gefolgt!« rief Samuel trotzig, aber er ahnte, daß er Charlotte nicht täuschen konnte. Sie war nicht so einfältig wie ihr Bruder Viktor, dem man Demut vorheuchelte, während man sich insgeheim über seine Dummheit lustig machte.

»Lüg mich nicht an, du kleiner Schnüffler. Sonst überlasse ich dich Freund Zacharias, dem es Vergnügen bereiten würde, sich mit dir zu beschäftigen.«

Diese Drohung verfehlte nicht ihr Ziel. Kleinlaut berichtete Samuel, wie er Charlotte bis zur Kapelle verfolgt und sich dann in den Kopf gesetzt hatte, sie müsse einen geheimen Fluchtweg aus der Albrechtsburg gefunden haben. Er verschwieg nicht einmal seine unerfreuliche Begegnung mit ihrem Bruder Viktor.

»Ist es denn gegen die Natur des Menschen, Erfindungen

und Entdeckungen zu machen?« fragte er am Ende seiner Erzählung.

Von der seltsamen Apparatur über dem Kamin schallte ein ironisches Schnauben zu ihnen herüber.

»Natürlich ist es wichtig, Fragen zu stellen«, sagte Charlotte eine Spur versöhnlicher und rieb sich mit der linken Hand über ihren rechten Unterarm. »Glaubst du etwa, du wärest der einzige, dem die Tore der höheren Schule verschlossen sind? Vielleicht gibt es noch andere Menschen, die davon träumen, die Rätsel der Natur zu ergründen, herauszufinden, warum es Krankheiten gibt und warum einige an diesen sterben, während andere sie überleben.«

»Du weißt …?«

»Daß du alles daran setzt, die Schule zu besuchen, um später die Heilkunde zu studieren?« unterbrach ihn das Mädchen, und ein kurzes Lächeln huschte über ihr Gesicht. »Seit dem Tag, als Vater und ich dich beim Studium der alten Botanikfolianten gesehen haben. Ich glaube, mein Vater hat es sich in den Kopf gesetzt, deine Seele zu retten, Junge!«

»Wie meinst du das, meine Seele retten?« wollte Samuel wissen und fuhr sich nervös mit der Hand durch sein dünnes blondes Haar.

»Nun, es gibt Gifte der Natur, Substanzen, die harmloser aussehen, aber tödlicher wirken als Schierling, Stechapfel oder was du sonst noch kennen magst, Samuel Hahnemann. Es sind Ideen und Fabeln, die außer Kontrolle geraten und sich nicht nur in den Verstand, sondern auch ins Herz einschleichen. Beherrschst du sie, ist es gut, aber beherrschen sie dich, bist du verloren.«

Samuel versuchte, Charlottes tiefem Blick standzuhalten, ohne jedoch den alten Zacharias in seiner weiten Livree aus den Augen zu verlieren, der nun an seinem Ofen begann, mit einem ledernen Blasebalg ein gewaltiges Feuer zu entfachen.

»Ich fürchte, ich verstehe immer noch nicht, was du

eigentlich meinst, Charlotte!« stammelte Samuel, vom zischenden Lodern der sich wütend aufbäumenden Flammen hypnotisiert.

Das Mädchen warf seine widerspenstigen Locken zurück und zwinkerte dem Jungen herausfordernd zu. »Komm mit, Samuel Hahnemann. Schau es dir an!« Sie lud den Jungen mit einem angedeuteten Nicken ein, ihr durch das Gewölbe zu folgen.

Ähnlich wie die Kapelle war auch das Gewölbe rechteckig geschnitten und wurde von massiven Steinsäulen getragen. Von jeder der vier Seiten zweigten wiederum Nischen ab, die so geräumig waren, daß riesige Schränke aus Eichenholz mühelos darin Platz fanden. Der größte war etwa vier Meter hoch und von oben bis unten rot angemalt. Er besaß gewundene, von Goldefeu umrankte Säulen und schwere Giebelansätze, welche sternförmige Embleme trugen. Das Gebälk war mit dem kurfürstlichen Wappen geschmückt Einige der zahlreichen Schubladen des Schrankes waren mit Landschaftsmalereien verziert worden, so daß man den Eindruck einer regelrechten Galerie gewann. Die obersten waren geöffnet und verströmten den kräftigen Geruch verschiedener Kräuter und scharfer chemischer Substanzen. Samuel lief es kalt den Rücken herunter, als Charlotte die Aufschriften der Laden mit ihrer Kerze beleuchtete. *Armsünderfett, Knochenmehl, Hirnschalenmoos, Engelstrompete, Alraunen und Mumiendestille* stand darauf zu lesen. Das Mädchen verzog keine Miene, während es Samuel die Kerze in die Hand drückte und die Schubladen sorgfältig verschloß.

»Ärzte früherer Generationen glaubten an die Heilkraft der Menschensubstanz«, erklärte sie mit leiser Stimme. »Sie glaubten, daß ein aus einem gesunden Menschen gewonnenes Destillat das Allheilmittel gegen jede Krankheit sei, ein sogenannter Theriak. Da man aber eines kranken Menschen wegen keinen Gesunden töten durfte, mußte man sich mit Ersatzmitteln begnügen, wenn sie auch weniger wirksam waren. Diese Ingredienzen liegen seit fast einem Menschenalter hier unten. Der Staub der Zeit hat sie zugedeckt.«

»Versuchst du etwa, mit Hilfe des Alten diese Substanzen wieder anzuwenden?« fragte Samuel mit gemischten Gefühlen.

»Du hast doch gehört, was Zacharias vorhin gesagt hat, Samuel! Hier geht es nicht um einfältigen Zeitvertreib, sondern um die Wissenschaft. Dieses Laboratorium hat vor vielen Jahren Johann Friedrich Böttger betrieben!«

»Das kann nicht sein! Böttger arbeitete nicht in den Gewölben der Albrechtsburg. Er stand in Diensten des Kurfürsten und verbesserte die Rezeptur des weißen Porzellans. Mein Vater hat mir die Geschichte hundertmal erzählt.«

»Das Ammenmärchen vom Alchimisten, der auf Geheiß des Kurfürsten Gold machen soll und statt dessen das Porzellan erfindet?« Charlotte lachte freudlos auf. »Böttgers eigentliche Studien gingen in eine ganz andere Richtung. Mit eurem läppischen Porzellan verstand der Meister es doch nur, seinen Fürsten hinzuhalten. In Wahrheit war dieses Gewölbe sein einziges Refugium. Hier erforschten er und seine Freunde die Naturwissenschaften, auch die Heilkunde.«

Verwirrt tappte Samuel hinter dem Mädchen her. In seinem Kopf drehte sich alles. Was bedeutete es für ihn, wenn Charlotte recht hatte und hier unten tatsächlich große Geheimnisse auf sie alle warteten?

»In diesem Schrank bewahrte der Meister seine Aufzeichnungen auf. Siehst du?« Charlotte blieb stehen und strich sich wieder mit mechanischen Bewegungen über den rechten Unterarm. Samuel kniff die Augen zusammen. Irgendeine Inschrift war in das dunkle Holz eingelassen worden.

»*In CXX annos patebo*. Was soll das bedeuten?«

»Wir wissen es nicht, Kleiner!« rief plötzlich der alte Zacharias mit beinahe trotziger Stimme zu ihnen herüber.

»In hundertzwanzig Jahren werde ich offenstehen«, übersetzte Charlotte mit andächtiger Stimme, als befände sie sich in einem Gottesdienst ihres Vaters. »Eines der Rätsel, die der große Böttger uns hinterlassen hat.«

»Einem Mädchen, einem Greis und nun auch noch einem dummen Bengel«, greinte der Alte und stocherte mit einem rostigen Schürhaken in der Glut des Kamins, über dem sich auf einer Arbeitsplatte ein wahres Sammelsurium aus Phiolen, Salbenschalen, Tiegelzangen, Pistillen und Standgefäßen mit Korkstopfen ausbreitete.

Samuel ignorierte das Genörgel des alten Zacharias. Stattdessen betrachtete er fasziniert den Kapellenherd mit den tanzenden Flammen. Charlotte erklärte ihm, daß die Vorrichtung mit einem einzigen Feuer die Bedienung mehrerer Destilliergeräte ermöglichte.

»Das Brennmaterial fällt nach unten auf die Feuerstelle. Siehst du die hohe, schmale Tonröhre? Darin werden die Kohlen gelagert. Rechts und links vom Ofen bewahrte Böttger Glaskolben mit Helmen auf, um bei seinen Versuchen durch ständige Kühlung eine Rückverwandlung der Dämpfe zu bewirken.«

»Woher weist du das alles, Charlotte?« Samuel blickte das Mädchen verblüfft an. »Dein Vater wird es dir doch nicht beigebracht haben?«

Auf Charlottes Stirn schwoll plötzlich eine rote Ader wie ein dicker Wurm. Mit einem lauten Knall stellte sie das Glas, welches sie gerade aufgenommen hatte, zurück ins Regal und fixierte Samuel ärgerlich. Offensichtlich hatte er einen wunden Punkt angesprochen.

»Mein Vater war noch nie hier unten. Er und Viktor hätten kein Verständnis dafür. Für sie ist ein Mädchen doch nur eine … eine …«

»Schweigt, das Klopfen hat wieder angefangen!« fuhr Zacharias dazwischen. Er sprang von seinem Schemel auf und legte beschwörend einen Finger über den Mund. Im nächsten Augenblick hörte Samuel ein dumpfes Klopfen, das wie ferne Kanonenböller klang. Sie waren also doch nicht allein in den Kellern. Irgend jemand suchte die Wände ab.

»Wer ist das?« fragte er flüsternd, aber der Alte antwortete nicht. Schweigend starrte er auf die schmale Pforte am Eingang des Gewölbes.

»Von außen ist der Zugang schwerlich zu erkennen«, sagte Charlotte. »Ich selbst fand ihn nur durch Zufall, ebenso den Hebelgriff am Altar der Kapelle.«

»Wenn sie den Zugang finden, wird man das Gewölbe ausräumen, Jungfer. Und das alles wegen der Neugier dieses Bengels hier«, brummte Zacharias und zupfte ärgerlich an dem wirren Haar seiner abgetragenen Perücke. »Ist doch klar, daß diese Hofgesellschaft sich nicht nur für Meißener Fayencen interessiert. Aus diesem Grund allein wagt man zu Fieberzeiten keine Reise von Dresden oder gar Warschau bis hierher.«

Samuel wurde hellhörig. Eine Gesellschaft vom Hof des Kurfürsten? Der Magistrat sperrte seit Tagen alle Zugänge zur Burg, um nicht das Fieber in die Manufaktur einzuschleppen, ehe die hohen Herrschaften Meißen erreicht hatten. Der Alte hatte recht. Nur wegen einer Inspektion der Porzellanmanufaktur unternahm kein vernünftiger Mensch eine Reise durch ein von Fieber verseuchtes Gebiet.

Wenige Augenblicke später war das Echo verklungen. Das dumpfe Hämmern an die Felswände hatte aufgehört.

»Sie sind fort«, sagte Samuel, »und ich wußte nicht einmal, daß die Reisegesellschaft bereits eingetroffen war. Heute abend ist keine Kutsche mehr in den Hof eingefahren.«

»Du mußt es ja wissen, Samuel Hahnemann.« Charlotte hob amüsiert die Augenbrauen. »Sag mir nur eins: Wenn du bei Nacht und Nebel aus der Albrechtsburg davonlaufen wolltest, wohin wärest du gegangen? Was soll aus dir werden, wenn du unter die Landstreicher und Zigeuner fällst, weil du kein Dach mehr über dem Kopf hast?«

Der Junge runzelte die Stirn und legte den Kopf auf die Seite, was ihm einen altklugen, etwas überheblichen Zug verlieh.

»Mein Großvater ist königlicher Oberquartiermeister in Weimar. Er wird verstehen, daß ich nicht zum Porzellanmaler geboren bin, und mich zur Schule gehen lassen. Und eines Tages werde ich Medizin studieren und Arzt werden. Ich möchte ...«

»Dein Großvater wird dich Ausreißer am Kragen packen und auf schnellstem Wege zurück nach Meißen verfrachten, Samuel. Auf diese Weise wirst du dein Ziel nicht erreichen. Davonzulaufen ist nicht die Lösung einer wissenschaftlichen Gleichung. Du möchtest doch etwas lernen über die Geheimnisse der Natur und des Menschen?«

Samuel nickte irritiert. Das Schnaufen des Blasebalgs, mit dem Zacharias den Flammen neues Leben einzuhauchen versuchte, zerschnitt die Stille des Laboratoriums.

»Dann bleib hier!« erklärte Charlotte mit ernster Stimme. »Studiere mit uns im Gewölbe die Schriften Böttgers. Tagsüber wirst du deinem Vater in der Manufaktur zu Diensten sein. Später treffen wir uns dann hier unten. Was hältst du von diesem Vorschlag?«

Zacharias seufzte vernehmlich, doch Samuel achtete nicht auf den Alten. Seine Augen verfolgten die tanzenden Schatten auf den Wänden, wie sie über die bunten Malereien strichen und plötzlich auf dem bärtigen Konterfei eines langhaarigen Mannes zu ruhen kamen, der bis zu den Schultern in einer Art von Kessel saß. Über seinem Haupt schwebte ein in zartem federweiß gehaltener Vogel mit weit ausgebreiteten Schwingen, aus dessen Schnabel sich der Schriftzug *solve et coagula* – löse und verbinde – und die beiden lateinischen Buchstaben *R C* wanden.

»Die Entscheidung liegt bei dir, Samuel. Aber wir wollen dich nicht beeinflussen, nicht wahr, Zacharias?« Charlotte nahm die Kerze, die sie unterhalb der Wandgemälde auf eine Truhe mit Eisenbeschlägen gestellt hatte, wieder in die Hand und leuchtete damit in Richtung einer der Nischen, vor der ein staubiger giftgrüner Vorhang angebracht war. »Der Schrank in dieser Nische hat keine Rückwand, sondern eine Tür. Sie führt direkt auf den Wendelstein hinaus. Ich habe es entdeckt, als die Knechte die alte Getreidewaage vom Hof schleppten. Sie stand direkt vor dem Zugang. Du siehst also, der Durchgang, den du gesucht hast, existiert, und es steht dir frei, ihn zu benutzen!«

Zögernd trat Samuel in die Nische, strich mit der Hand den Vorhang zur Seite und hustete, als ihn eine Staubwolke mitten ins Gesicht traf. Dann öffnete er vorsichtig die knarrende Tür des Arzneischrankes. Diesmal empfing ihn kein würziger Kräutergeruch, keine Reibschalen und Phiolen, sondern ein leichter Luftzug, der ihn jäh erzittern ließ. Trotzdem tasteten seine Finger die Dunkelheit ab, bis sie auf einen kleinen Hebel aus Metall stießen, der fast ebenso kühl war wie der Hauch der Nacht.

Noch einmal blickte er sich nach Charlotte um, die unbeweglich wie eine Säule neben dem schnaufenden Brennofen stand und die fast heruntergebrannte Wachskerze fest umklammert hielt.

Zum Schluß legte er mit einem einzigen Handgriff den Hebel um und stieß die Tür zum Schloßhof auf.

4. Kapitel

Als Samuel am nächsten Morgen in seinem Versteck unterhalb des Wendelsteins erwachte, fror er trotz der warmen Sonnenstrahlen, die durch das Dach in die Stallungen drangen. Benommen rieb sich der Junge die Augen. Dann tastete er mit beiden Händen den mit Stroh bedeckten Boden ab. Wo befand er sich? Warum lag er nicht in seinem Bett in der Kammer? Doch langsam kehrte die Erinnerung zurück: Charlottes Gewölbe und der alte Zacharias. Samuel hatte die Burg verlassen, um davonzulaufen.

Er sprang auf und bürstete notdürftig die dürren Strohhalme von seiner Kleidung. Dann lief er zur Tür und spähte vorsichtig auf den Hof. Wenn man ihn hier erwischte, setzte es eine Tracht Prügel. Ob seine Eltern bereits gemerkt hatten, daß er nicht mehr in der Burg war? Unwillkürlich sperrte Samuel die Ohren auf und erwartete beinahe, aufgebrachte Stimmen zu hören. Aber alles blieb still.

Im Schutz der Bäume, welche die Stallungen umgaben, lief Samuel den kleinen Hügel hinunter und verließ die Landstraße, um sich sowohl den neugierigen Blicken der Passanten als auch den Türmen des Domes und der Albrechtsburg in seinem Rücken zu entziehen. Das Gras war so naß, daß der Junge mehrmals ausrutschte. Er seufzte tief. Sein Kopf tat ihm weh. Einen schrecklichen Moment lang befürchtete er, das Fieber könnte ihn gepackt haben.

Samuel beschloß, ein Stück des Wegs entlang der Elbe zurückzulegen, um über sein weiteres Vorgehen nachzudenken. Seit seiner frühesten Kindheit liebte er den breiten Fluß, den würzigen Duft des Wassers, der so ganz anders roch als die Luft in der stickigen Stadt oder in der Malstube seines Vaters.

Bis vor etwa einem Jahr hatten er und seine Mutter regelmäßige Spaziergänge bis weit vor die Tore der Stadt unternommen. Johanna Hahnemann war inmitten der Gräser und Blumen selber aufgeblüht wie eine Blume. Ihre oft rot geschwollenen Augen hatten geleuchtet, als sie die Haube abgenommen und ihr langes, noch immer pechschwarzes Haar offen über die schmalen Schultern geschüttelt hatte. Sie hatte Samuel alle Steine und Pflanzen gezeigt, die sie selbst kannte, und ihn einfühlsam mit deren Schönheit und Nutzen vertraut gemacht. Als er jedoch einmal mehrere Blumen vom Wegesrand gepflückt und ihre Blüten abgerissen hatte, um sie genauer zu untersuchen, hatte sie sich nur wortlos umgedreht und war zur Stadt zurückgelaufen.

Der Junge erinnerte sich dieser Episode mit Wehmut. Er verstand bis heute nicht, warum die Mutter so traurig und abweisend geworden war, als sie die absterbenden Blütenblätter in seinen Händen gesehen hatte. Aber gab es auf dieser Erde überhaupt noch etwas, das er verstehen und erfassen durfte? Beleidigte er, wie Viktor meinte, mit seinem Wunsch, Arzt zu werden, wirklich Gott und die hohe Obrigkeit, weil es seinem Stand lediglich oblag, Flora und Fauna zu kopieren, statt ihre unbekannten Kräfte zu erforschen? Und was geschah, wenn er sein Leben weiterführte wie bisher und des Nachts im Schein eines gewaltigen Feuers alte Schriften entzifferte und den Blasebalg des alten Zacharias bediente? Konnten diese Schriften ihm mehr beibringen als die angesehenen Universitäten, auf deren Kathedern Männer der Wissenschaft lehrten?

Samuel blieb stehen und bedachte seine Möglichkeiten. Das Leben war zu kurz, um es mit Aberglauben zu vertun, solange es noch einen Funken Hoffnung gab, die Schule zu besuchen, um eines Tages ein richtiger Arzt zu werden.

Am Rande eines ruhigen Seitenarms der Elbe legte er schließlich eine kurze Rast ein. Erschöpft kniete er sich ins

Gras und beugte seinen Oberkörper über das stehende Wasser eines Tümpels. Er fühlte sich schrecklich durstig. Stechmücken umkreisten ihn gierig, und während er mit der einen Hand Wasser schöpfte, um sein schmutziges Gesicht und den verschwitzten Nacken zu waschen, wedelte er mit der anderen wild in der Luft herum, um die lästigen Blutsauger abzuwehren.

Wie spät mochte es inzwischen sein? Samuel konnte weder den Turm des Domes noch den der Franziskanerkirche entdecken. Auch die Sonne verbarg sich vor seinen Blicken hinter dem Dickicht zahlreicher Hecken, Sträucher und Bäume, die das seichte Gewässer vom Elbufer abschirmten. Ein plötzlicher Windhauch ließ den Jungen erzittern und erinnerte ihn unwillkürlich an den kalten Fleck, der ihn wenige Stunden zuvor durch das Loch unter den Altar der Schloßkapelle getrieben hatte.

Langsam zog Samuel seinen Kittel über die mageren Schultern und versuchte, einige der größten Grasflecken aus dem groben Wollstoff zu waschen. Doch bald gab er es auf und legte sich statt dessen träge zurück.

Die Sonne stand bereits hoch am Himmel. Jetzt wissen sie, daß ich fort bin, dachte Samuel und stellte sich die Frage, was Kinder wie er, die ihren Vätern trotzten und von zu Hause fortliefen, zu erwarten hatten? Eine Tracht Prügel mit dem gegerbten Riemen? Die Tretmühlen des Arbeitshauses, hinter dessen Gittern Samuel und die anderen Jungen seines Viertels hin und wieder Frauen und Mädchen mit eingefallenen Wangen und kahlen Schädeln erspähten, die sich mit spitzen Fingern ihre zerlumpten Kittel aufschnürten, wenn man ihnen einen Kanten Brot zuwarf?

Oder ließ man Ausreißer auf die Schule gehen, Latein und Griechisch lernen, damit sie später einmal gute Ärzte wurden?

Samuel raufte sich das Haar und spuckte in hohem Bogen in die schwarzbraune Wasserlache vor ihm, aus deren Mitte ihm das monotone Quaken einiger Frösche entgegen schallte. Der faulige Gestank des Brackwassers verursachte bei ihm einen Anflug von Übelkeit, und auf einmal wurde ihm bewußt, daß er seit vielen Stunden weder gegessen noch getrunken hatte.

Ohne zu überlegen, welche Richtung er einschlug, zwängte er sich durch die schneidend scharfen Flechten der Schilfsträucher. Er mußte dem Lauf des Flusses folgen, ein kurzes Stück zumindest, bis er sich darüber im klaren war, ob er den Weg nach Weimar oder zurück zur Albrechtsburg einschlagen sollte.

Das Boot, das wie ein riesiger schwarzer Fisch mit eleganten Bewegungen an ihm vorüberglitt, bemerkte er erst im letzten Moment. Beeindruckt blickte Samuel zum Fluß hinüber und vergaß dabei sogar, sich hinter einer der Trauerweiden zu verstecken. Das Boot war lang, wenigstens zwanzig Fuß länger als die Nachen der Fischer, die auf der anderen Seite der Elbe, wo die Strömung weniger stark war, ihre Netze auswarfen. Außerdem besaß es eine Menge kunstvoller Schnitzereien am Bug. Samuel erkannte einen geschnitzten und zudem bemalten Mädchenkopf, dessen Farbe zwar langsam abblätterte, aber selbst im aufschäumenden Flußwasser noch majestätisch in der Sonne funkelte.

Einen Herzschlag lang mußte er an die Arbeiten seines Vaters denken, denen er niemals so viel Interesse entgegengebracht hatte wie eben dieser übertriebenen Galionsfigur, die am Boot einer unbekannten Reisegesellschaft prangte.

Samuel wußte nicht, was ihn trieb, aber er zögerte keine Sekunde lang. Mit klopfendem Herzen folgte er dem Boot vom Ufer aus. Dabei gab er sich redlich Mühe, unentdeckt zu bleiben. Flink wie ein Wiesel sprang er über knorrige Wurzeln, die im Abstand weniger Meter aus dem schlammigen Morast des Elbufers aus dem Boden schlugen, und vergaß in seiner Hast selbst Hunger, Durst und Müdigkeit.

Während er dem ausgetretenen Trampelpfad folgte, auf dem die Meißener Schäfer ihre Herden in die Stallungen vor der Stadt zu treiben pflegten, gelang es Samuel, unweit der Flußbiegung, das bemerkenswerte Langboot mit seinen unbekannten Insassen zu überholen. Schwer atmend lehnte sich der Junge an eine halb verfallene Steinmauer und wischte sich mit der Hand den Schweiß aus dem Gesicht. Das Boot erreichte die Biegung. Samuel überfiel plötzlich ein Gefühl höchster Unruhe. Kein Laut schien mehr in der Luft zu schwingen. Weder Vogelstimmen noch das Summen von Insekten drangen an sein Ohr, und einen schrecklichen Augenblick lang kam es dem Jungen so vor, als sei selbst der Fluß verstummt, obgleich er nicht umhinkam, seine fremde Last mit gefährlicher Eleganz auf seinen blau schimmernden Wogen weiter in Richtung Meißen zu tragen.

Im vorderen Teil des Bootes konnte Samuel zwei Frauen ausmachen, die sich so eng aneinanderkauerten, daß ihre weißen Perücken aussahen, als wären sie miteinander verwachsen. Die vordere von beiden, zweifellos jünger und zierlicher als ihre Begleiterin, umklammerte mit einer Hand den schlanken Hals des geschnitzten Mädchenkopfes, während die andere mit gespreizten Fingern auf der Höhe ihres Dekolletés ruhte, als gelte es, ihre blasse Haut vor dem aufpeitschenden Flußwasser zu schützen.

Die zweite Frau war schwerer zu erkennen. Sie hielt sich mit beiden Händen an der Bordkante fest und schien trotz ihrer etwas massigen Gestalt das Langboot vortrefflich auszubalancieren, denn sie änderte ihre Position geistesgegenwärtig, sooft dies erforderlich war.

Weitaus faszinierender als die beiden Frauen erschien Samuel indessen der hochgewachsene, schlanke Mann im hinteren Teil des Bootes. Während seine Begleiterinnen sich furchtsam an das Holz der Planken drückten, um nicht das Gleichgewicht zu verlieren, stand der Unbekannte breitbeinig und mit einem Ausdruck der Verachtung für das aufspritzende Wasser am Ruder und fixierte die Wellen, als wäre er ihr Gebieter und sie ihm allein untertan.

Samuel versuchte, das Alter des Fremden zu schätzen, aber es gelang ihm nicht. Der dichte schwarze Bart, der unter einem tief in die Augen geschobenen Dreispitz zu sehen war, und ein dunkler, weiter Umhang, der wie das Segel eines Piratenschiffes im Wind flatterte, ließen auf einen Mann in fortgeschrittenem Alter schließen, doch standen die athletische Gestalt und die ebenso flinken wie kräftigen Bewegungen des Ruderers in krassem Gegensatz zu dieser Annahme.

Der Junge verließ seinen geschützten Beobachtungsposten und trat näher an die abschüssige Uferböschung heran. Wer mochten diese merkwürdigen Fremden sein, die zu dieser Stunde auf dem Wasserweg seine Heimatstadt ansteuerten?

Etwa zwanzig Meter hinter dem Boot tauchten die groben Umrisse knorriger Wurzeln und anderer Hölzer auf, die offensichtlich der Sturm in die Elbe gerissen hatte und die als Treibgut den Strom hinuntertrieben. Auf Samuel wirkten die Äste fast wie verkrüppelte Hände, die heimtückisch aus den Wogen auftauchten und zitternd nach dem kleinen Boot griffen, ehe sie wieder unter Wasser gedrückt wurden. Er rieb sich die Augen. Sie brannten wie Feuer, ohne Zweifel eine Folge seiner Übermüdung. Abgesehen davon schien er sich auch noch einen Sonnenbrand eingehandelt zu haben, als er ohne Kopfbedeckung über die Landstraße gezogen war.

Der Schrei traf Samuel völlig unvorbereitet. Es war der spitze Schrei einer Frau, aufgesogen vom erstickenden Gegurgel des Flusses. Samuel schirmte seine Augen mit dem Handrücken vor dem grellen Sonnenlicht ab, das sich gerade wie ein Goldregen über das Boot auf der Elbe ergossen hatte, und starrte schaudernd zu den drei Fremden hinüber, die jeden Moment an seinem Standort vorübergleiten mußten.

Drei Fremde?

In dem Boot mit dem gespenstischen Kopf einer Meerjungfer waren nur noch zwei Personen zu sehen. Der Mann umklammerte noch immer mit beiden Fäusten das Ruder. Die Frau mit der turmhohen Perücke hatte sich schwankend erhoben. Sie schrie dem Mann etwas zu, das Samuel nicht verstehen konnte, und deutete mit ruckartigen Bewegungen auf den Fluß hinaus.

Wiederum erklang ein verzweifelter Schrei.

Diesmal hörte er sich nicht schrill, sondern tief und irgendwie künstlich an, geradeso als hätten ihn die ungeschmierten Zahnräder einer Getreidemühle ausgelöst. Samuel wurde bleich vor Entsetzen, als er erkannte, woher das Kreischen kam.

Die junge Frau mußte über Bord gefallen sein, und weder der Mann am Ruder noch seine dralle Begleiterin konnte die Unglückliche erreichen, ohne das schmale Boot in der Strömung zum Kentern zu bringen.

Das Treibgut hatte das Boot fast erreicht. Nur noch wenige Meter trennten es von den verwachsenen Wurzeln und Ästen, an denen nasses Laub im Wind flatterte.

Plötzlich bemerkte Samuel, wie sich aus dem Wasser ein glänzendes rotes Kleid schälte. Wie ein Pfeil bohrte sich eine weiße Hand mir langen, schlanken Fingern an die Oberfläche, verharrte dort für einige qualvolle Sekunden und versank wieder im Schlund des Flusses.

»Hilfe! Warum hilft ihr denn niemand!«

Diesmal verstand Samuel die Worte sofort. Sie kamen aus dem Boot, wo sich der schwarzbärtige Mann mit finsterem Blick abmühte, sein Boot gegen die Strömung ans Flußufer zu manövrieren. Er und die Frau waren schon so nahe, daß sie die Türme des Domes und der Burg hätten sehen können, aber ihre Augen waren starr auf die leichten Wogen gerichtet, die im selben Moment das groteske Gestrüpp an ihnen vorübertrugen. Die verkrüppelten, holzigen Finger der Wurzel schienen den verbliebenen Bootsinsassen schadenfroh zuzuwinken.

Samuel stöhnte vor Aufregung.

Vor seinen Augen ertrank eine junge Frau. Der Junge beobachtete, wie sie plötzlich auftauchte und verzweifelt mit beiden Armen nach Halt suchte. Mit letzten Kräften klammerte sie sich an das Holz des Treibgutes, das der unliebsamen Last nur widerwillig einen Halt gab. Immer wieder glitten ihre schmalen Hände ab, wurde ihr Kopf, der längst keine gepuderte Perücke mehr trug, unter Wasser gedrückt. Und doch trieb sie nicht auf die Mitte des Stromes, sondern aufs Ufer zu. Samuel sog scharf die Luft ein. Mechanisch trugen ihn seine Füße zum Ufer hinunter. Als er seine Schuhe abstreifte und den heißen Sand unter den Fußsohlen spürte, wußte er, was er zu tun hatte. Er stürzte sich ins Wasser.

Samuel hatte niemals Angst vor dem nassen Element gehabt, dafür liebte er den Fluß zu sehr. Dennoch wußte er, daß Liebe nicht immer zwingend auf Gegenliebe stoßen mußte. Diese Lehre hatte ihm der einäugige Rittmeister Müller zur Genüge eingeschärft, während er ihm und einer Gruppe anderer Jungen im letzten Sommer in einem Weiher nahe der Stadt das Schwimmen beigebracht hatte. Heimlich, denn weder Vater noch Mutter konnte sich für Bäder außerhalb ihres alten Küchenzubers begeistern. Sie hatten Samuels Bekanntschaft mit dem ausgemusterten Soldaten stets mit Argwohn verfolgt.

Der Junge erreichte die auf dem Wasser tanzenden Wurzeln nach wenigen Metern. Verzweifelt rudernd langte er nach den Zweigen, doch das Treibgut wich zurück, sooft seine Hände danach griffen. Inmitten des Gestrüpps hatte sich ein Fetzen roter Seide verfangen. Mit letzter Kraft schwamm Samuel auf den leuchtenden Fleck zu. Wenigstens war hier die Strömung nicht sehr stark. Er bemerkte, daß seine Füße auf Grund stießen.

Ich bin nicht weit herausgeschwommen, schoß es ihm durch den Kopf. Hier kann unmöglich eine Sandbank sein, aber das Wasser ist seicht. Ich kann den Grund erkennen. Die Erkenntnis, das sichere Ufer im Rücken zu haben, dämpfte Samuels Panik. Zielstrebig näherte er sich dem treibenden Dickicht und warf sich mit der ganzen Kraft seines Körpers dagegen.

Die Frau schrie mit schwacher Stimme auf, dann keuchte sie schwer atmend. Samuel hörte, wie der Stoff ihres Kleides riß.

»Nein, nicht loslassen!« rief Samuel in Panik, aber sie konnte ihn nicht mehr hören. Ohnmächtig sank die junge Frau zurück.

»Bitte ... nicht«, keuchte Samuel. Er fühlte, daß auch ihm jeden Moment die Sinne schwinden würden. »Gott steh uns bei, und ich verspreche dir ...« In diesem Moment prallte etwas gegen den Bauch des Jungen. Samuel rang nach Atem, er sah den roten Schleier, der sich wie schwerer Tang um seine Beine wand. Mit letzter Kraft strampelte er sich frei und wickelte, einem plötzlichen Impuls folgend, den festen Stoff um seine Hand. Die junge Frau war mindestens einen Kopf größer als er und erheblich schwerer. Dennoch gelang es ihm, ihren Kopf über Wasser zu halten und ihren erschlaffenden Körper mit dem anderen Ende des zerrissenen Schleiers an den Stamm der dicksten Wurzel zu binden. Auf diese Weise zog Samuel sich, das bewußtlose Mädchen und die knorrige Wurzel langsam dem rettenden Ufer entgegen.

Das Kleid war schwer, da es sich mit Wasser vollgesogen hatte. Das Mädchen, dessen Gesicht Samuel zum ersten Mal aus der Nähe sehen konnte, mußte im Angesicht des drohenden Todes im Fluß ungeahnte Kräfte entwickelt haben.

Als die Fremde besinnungslos vor ihm im Sand lag, bemerkte Samuel, daß sie aus zwei klaffenden Wunden blutete:

die eine am Kopf, die andere am rechten Oberarm. Unaufhaltsam sickerte das Blut in den Stoff ihres Seidenkleides.

Samuel ließ sich neben das verletzte Mädchen sinken und grub seine Hände in den heißen Sand.

Was sollte er tun? Wo zum Teufel waren die beiden Fremden in ihrem Boot geblieben? Sie mußten doch gesehen haben, wie er ihre Begleiterin aus dem Fluß gezogen hatte. Plötzlich begannen Schultern und Arme des Jungen heftig zu beben. Tränen schossen ihm in die Augen, und er spürte, daß er nichts anderes mehr wollte, als diesen Ort so rasch wie möglich zu verlassen, zur Burg zurückzulaufen und im Schoße seiner Mutter um Verzeihung für sein Davonlaufen zu bitten.

Sie wird verbluten, wenn du ihr nicht hilfst, raunte ihm plötzlich eine innere Stimme zu. Jetzt mußt du zeigen, was du kannst.

Unvermittelt stand Samuel auf und blickte sich hilfesuchend nach allen Seiten um. Aber außer einer fetten alten Kröte, die ihn von einem runden Steinplateau mit glasigen Augen anstarrte, war weit und breit kein Lebewesen zu entdecken.

Mit zitternden Fingern streifte sich der Junge seinen nassen Leinenkittel über den Kopf. Dann riß er ihn in lange, schmale Streifen, wie er es bei seiner Mutter oft beobachtet hatte. Sie zerschnitt regelmäßig alte Schürzen oder zerschlissene Malerhemden des Vaters, um daraus Binden herzustellen. Obwohl sie Samuel niemals verraten hatte, wofür sie eine so große Anzahl schmaler Stoffstreifen benötigte, wußte er bereits, daß es verschiedene Arten des Blutflusses gab und daß nahezu alle durch feste Verbände gestillt werden konnten.

Vorsichtig drehte Samuel das Mädchen auf die Seite und begann, sie wiederzubeleben. Ihr Atem ging regelmäßig; sie schien kaum Wasser geschluckt zu haben. Für einen Moment überlegte Samuel, ob er die Hand auf ihr Herz legen sollte, wie der Rittmeister es zuweilen mit heißgerittenen Pferden tat, aber er getraute sich nicht, dem ohnehin bereits leicht verrutschten Dekolleté mit dem Spitzenbesatz, das die wohlgeformten Brüste der jungen Frau kaum noch verdeckte, zu nahe zu kommen. Rasch eilte Samuel zum Fluß und schwenkte seine Stoffstreifen in dem kalten Wasser. Dann begann er, die Kratzer und Abschürfungen am Körper der Bewußtlosen zu reinigen und so fest er konnte abzubinden.

Wenn ich doch nur meinen Beutel nicht in der Kapelle vergessen hätte, überlegte er. Seit Monaten hatte er allerlei Pflanzen gesammelt und mit Hilfe des Pastors und des Apothekers nach Art, Herkunft und etwaiger Heilkraft bestimmt. Im Moment erinnerte er sich nicht, ob überhaupt eine Pflanze aus seiner Sammlung in diesem Fall hätte helfen können, aber es ärgerte ihn trotzdem, daß er seinen Schatz so unachtsam zurückgelassen hatte.

Die junge Frau hatte aufgehört zu zittern. Ihr Gesicht nahm sogar bereits wieder ein wenig Farbe an. Ihre Atmung wurde regelmäßiger, und auf einmal schlug sie ihre Augen auf, hob den Kopf und blickte Samuel fragend an. Das Mädchen besaß die merkwürdigsten Augen, die er jemals gesehen hatte. Sie waren grün wie das Moos an ihrem Kleid. Katzenaugen, dachte Samuel irritiert. Offensichtlich hatte die Fremde nicht erwartet, an ihrer Seite einen kleinen Jungen vorzufinden. Entkräftet rollte sie sich wieder auf die Seite, krächzte und fiel erneut in Bewußtlosigkeit.

»Hast du sie verbunden, Junge?«

Eine tiefe Stimme lähmte Samuel vor Schreck so sehr, daß er einen Herzschlag lang unfähig war, sich aufzurichten. Ehe er reagieren konnte, legte sich ein schwerer, warmer Arm um seine Schultern und zog ihn mit sanfter Gewalt auf die Beine. Samuel blickte in ein sonnengebräuntes, bärtiges Gesicht, aus dem ihm zwei große, fast schwarze Augen zuzwinkerten.

Es war der Mann aus dem Boot.

»Nun, mein junger Freund? Wie ich sehen kann, war unsere

liebe Freundin Friederike bei dir in den besten Händen. Du scheinst etwas von der Pflege Verwundeter zu verstehen.«

Samuel wußte nicht, was er antworten sollte, und zog es vor, einen Schritt zurückzutreten. Allem Anschein nach hatte der bärtige Fremde seine Rettungsaktion beobachtet, obwohl sein Boot bereits weiter abgetrieben war. Von der zweiten Frau war weit und breit nichts zu sehen. Der Fremde mußte sie irgendwo flußabwärts zurückgelassen haben.

»In meiner italienischen Heimat gibt es ein Sprichwort«, erklärte der Mann und lächelte Samuel freundlich an. »Wer auf einen Baum klettert, sollte damit rechnen, daß die Äste brechen. Wahrscheinlich habt ihr in eurer schönen Sprache ähnliche Sinnsprüche. Ich hörte einmal, daß deutsche Frauen sie ihre Kinder beinahe Tag und Nacht lehren, aber unsere teure Freundin hier scheint noch viel darüber lernen zu müssen. Vor allem, daß es sie das Leben kosten kann, sich auf dem Fluß zu weit über den Rand eines Bootes zu beugen, um … die Fische zu betrachten!«

Samuel blickte zu der ohnmächtigen Friederike hinüber, die der Mann noch kaum eines Blickes gewürdigt hatte. Warum erzählte er, sie habe sich zu weit hinausgebeugt? Hatte Samuel nicht selbst gesehen, wie ängstlich sich das Mädchen vor der Frau mit der aufgebauschten Perücke an den kleinen bemalten Galionskopf geklammert hatte?

»Ich habe die Herrin in eine Seitenlage gebracht, um zu verhindern, daß sie erstickt. Dann legte ich ihr Pressen an, um die Blutung zu stillen. Vermutlich hat sie sich an dem Treibgut einige offene Wunden zugezogen.«

Der Mann neigte leicht den Kopf und musterte Samuel von Kopf bis Fuß. Noch immer lag dieses sonderbare Lächeln auf seinen Gesichtszügen. Dann wandte er sich plötzlich von dem Jungen ab und beugte sich über das verletzte Mädchen.

»Ich habe doch nichts falsch gemacht, Herr?«

»*Cosmo*, mein junger Freund. Man nennt mich Giovanni di

Cosmo. Wir werden gleich sehen, ob du unserer armen Freundin das Leben gerettet – oder es ihr genommen hast!«

Erschrocken wich der Junge zurück und beobachtete, wie der Fremde das Dekolleté der jungen Frau nach unten schob, ohne sich an seiner Gegenwart zu stören. Dann versank sein bronzenes Gesicht mit den buschigen schwarzen Brauen zwischen den tiefen Wölbungen ihrer Brüste. Sein Kopf hob und senkte sich mit jedem ihrer regelmäßigen Atemzüge.

»Sie wollten mich nur erschrecken, nicht wahr, Herr?« fragte Samuel unsicher. »Das Fräulein atmet. Und die Blutungen haben auch aufgehört!«

»In welcher Form trat das Blut aus, mein junger Herr Medicus?«

Der Italiener preßte noch immer sein Ohr auf die entblößte Brust der jungen Frau. Samuel senkte verlegen den Blick und sah zu der Kröte hinüber, die noch immer auf ihrem Stein in der Sonne saß. Schließlich nahm er all seinen Mut zusammen und antwortete: »Es wurde weder Schlag- noch Pulsader verletzt, falls sie das meinen, Herr!«

»Und weshalb nicht?«

»Unser Stadtphysikus hat mir einmal die Prinzipien unserer Blutgefäße erklärt, nachdem einer der Steinmetze, die an der Fassade der Fürstenschule arbeiteten, ausrutschte und sich seinen Meißel durch die Hand stieß. Wenn eine Schlagader verletzt ist, wird das Blut in einem hellroten Strahl stoßweise aus der Wunde gepreßt.«

»In etwa wie bei einer Pumpe?« fragte der Italiener prüfend, während er seinen feuchten Umhang abnahm und ihn schwungvoll über dem weißen Körper des Mädchens ausbreitete.

»Aus der größten Wunde trat dunkles Blut aus. Erst hatte ich Angst, ich könnte es nicht stillen, aber dann sah ich, daß es nur aus einer einzigen Schnittwunde über der linken Augenbraue lief. Die Blutgefäße über den Augen sind am empfindlichsten, weil ...«

Ein ärgerlicher Aufschrei von jenseits der Uferböschung unterbrach Samuels Erklärungsversuch. Verwirrt wanderten seine Augen über den Italiener hinweg, um die Ursache des Lautes auszumachen, der allmählich in ein lautes Stöhnen überging. Aus den Schatten der leise über den Boden tanzenden Weidenzweige löste sich die füllige Gestalt einer Frau, die sich buchstäblich mit Händen und Füßen durch das widerspenstige Dickicht des Schilfgrases kämpfte.

»Cosmo«, kreischte die Frau, während sie mit derben Bewegungen den Saum ihres ausladenden, mit Gold- und Silberfäden durchwirkten Kleides von einem Dornenstrauch befreite.

Der Italiener beachtete die aufgebrachte Frau mit keiner Regung. Unbeeindruckt fühlte er den Puls der jungen Friederike und zwinkerte Samuel aufmunternd zu, während er mit der staubigen Spitze seines schwarzen Schnallenschuhs sonderbare Linien und Kreise in den weichen Sandboden malte.

»Giovanni di Cosmo«, wiederholte die Frau keuchend und legte außer Atem eine Hand vor ihre Brust. »Wenn Sie mich bitten, beim Boot zu bleiben, während Sie sich auf die Suche nach der armen Baronin von Merzingen machen, so erwarte ich, daß Sie auch zu mir zurückkehren. Doch was tun Sie? Sie lassen mich schutzlos im Unterholz zurück, den Attacken dieser blutgierigen, kleinen Bestien ausgeliefert. Es ist doch immer dasselbe mit euch Männern ...«

»Jawohl, Signora. Kaum fällt eine junge Frau aus einem Boot, da stürzen auch schon sämtliche Männer der Welt hinter ihr her, denn wer, außer einem Mann, käme auf den Gedanken, daß sie diese Art der *toilette du matin* vielleicht nicht ganz freiwillig wählte?« Cosmo lachte spöttisch und setzte seine kreisenden Bewegungen mit der Fußspitze ungerührt fort.

Samuel fragte sich, ob der Italiener ihn oder sich selber gemeint hatte. Schließlich war er es gewesen, der das Mädchen aus dem Fluß gezogen hatte. Aber die Frau schien ihn überhaupt nicht wahrzunehmen. Dafür verfolgte sie argwöhnisch jede Bewegung ihres Begleiters. Mit weit ausgestreckten Armen balancierte sie über den Morast, geradewegs der am Boden liegenden Gestalt der jungen Friederike entgegen. Dabei schimpfte sie wie ein Waschweib, hoch, schrill und in einem fremdländischen Tonfall, der zwar fast ebenso singend klang wie der Akzent des Italieners, sich aber in der Häufigkeit der Nasallaute deutlich von diesem unterschied. Die Fremde war offensichtlich daran gewöhnt, Befehle zu erteilen. Über Cosmo schien sie jedoch keine Gewalt zu haben.

Die fleischigen Finger in die Falten ihres Kleides gekrallt, lehnte sich die Fremde schließlich an einen abgestorbenen Baumstumpf, um, mit diesem als Stütze, langsam vor der ohnmächtigen Friederike in die Knie zu gehen. Dabei rutschte ihr die hohe weiße Perücke in die Stirn.

»Friederika? Jak sie pani ma?« bemerkte die Frau in einer Sprache, die Samuel wie das Kreischen eines Schleifsteins in den Ohren klang.

»Es geht ihr besser, Signora. Aber vielleicht sollten wir uns in Anwesenheit unseres jungen Freundes einer Sprache bedienen, der jeder von uns mächtig ist. Schließlich herrscht auch am Hofe Seiner Hoheit, unseres allergnädigsten Kurfürsten, keine babylonische Sprachverwirrung mehr!«

Die Frau beantwortete Cosmos Bemerkung mit einem mürrischen Kopfschütteln. Vielleicht galt dieses aber auch nur der Abwehr einiger wild entschlossener Stechmücken, die sich bereits seit geraumer Zeit emsig bemühten, zwischen den artig gedrehten Löckchen ihrer Perücke ihren Hauptstützpunkt aufzuschlagen.

Am Hof des Kurfürsten, hatte der Italiener gesagt. Samuel wich ein wenig eingeschüchtert vor dem sonderbaren Paar zurück. Kälte- und Hitzeschauer überfielen ihn in gleichmäßigen Schüben, als ihm klar wurde, daß die drei Fremden, deren Reise nach Meißen der Strom so gewaltsam unterbrochen hatte, allem Anschein nach zu der mit Spannung erwarteten Delegation gehörten, die auf Befehl des Fürsten den Bestand der Manufaktur inspizieren sollte. Aber warum hatte der Kurfürst ausgerechnet zwei Ausländer gesandt, die nicht den Eindruck machten, als schlage ihr Herz für bemaltes Porzellan? Und wessen Kutsche war während des Sturms der vergangenen Nacht heimlich in den Burghof eingefahren?

Irgendwer hatte die Wände des Gewölbes nach einem Zugang zu den verlassenen Laboratorien untersucht, dessen war sich Samuel sicher. Aber wessen Klopfen hatten er und Charlotte gehört, wenn die Gesandtschaft Meißen noch gar nicht erreicht hatte?

»Lebensretter, sagen Sie?« Unsanft riß die blecherne Stimme der rundlichen Frau Samuel aus seinen Gedanken. »Dieser schmutzige kleine Bursche soll sich in die Elbe geworfen haben, um unserer Baronin beizustehen? Und das soll ich glauben?«

Zum ersten Mal seit ihrem Zusammentreffen fühlte Samuel die wäßrigen blauen Augen unter dem Haarturm direkt auf sich gerichtet. Abschätzend wanderten sie von seiner hohen Stirn den mageren Oberkörper hinab, bis sie bei seinen von Schlamm verkrusteten Füßen anlangten.

»Wie heißt du, Junge?« fragte die Frau schließlich mit wenig Begeisterung.

Samuel schob trotzig die Unterlippe vor. Er mochte die dicke Frau ebensowenig wie sie ihn. Dennoch sagte er ihr seinen Namen.

»Nun, Freund Hahnemann«, sagte Giovanni di Cosmo belustigt, »nachdem dies geklärt ist, fällt mir die Ehre zu, dir Ihre Exzellenz, Alexandra Gräfin Staricka aus Warschau vorzustellen!« Samuel bemerkte sofort, daß der Italiener sich nicht bemühte, die feine Ironie zu verbergen, mit der er die Worte *Ehre* und *Ihre Gnaden* betonte. Der Italiener schien mit der grimmigen Frau zu spielen, wann immer ihn seine Laune dazu antrieb, aber Samuel war sich nicht sicher, ob er in diesem Spiel tatsächlich die Regeln diktierte oder einfach nur eine Rolle spielte.

»Die Gräfin ist eine enge Vertraute des jungen Kurfürsten und in besonderer Mission nach Meißen unterwegs, um ...«

»Cosmo«, unterbrach ihn die Gräfin drohend und klopfte mit der rechten Hand gegen den morschen Baumstumpf, der sich unter dem Gewicht ihres Rückens langsam nach hinten bog. »Der Bengel interessiert sich gewiß nicht für meine Lebensgeschichte. Wir müssen die Baronin auf schnellstem Wege auf die Albrechtsburg schaffen. Sie braucht dringend Pflege, sonst stirbt sie uns doch noch unter den Händen weg. Warum habe ich nur auf Ihren törichten Vorschlag gehört, die Dienerschaft mit dem Gepäck vorauszuschicken. Wir könnten seit gestern in Meißen sein!«

»Gestern waren Sie meinem Ratschlag weit weniger abgeneigt, Gnädigste.« Die heitere Stimmung des Italieners schien plötzlich umzuschlagen. Energisch knüpfte er sich einen prallen Tabaksbeutel aus weinrotem Wildleder vom Gürtel. Sein besticktes Hemd mit den weiten Ärmeln flatterte wie das Gefieder eines Adlers im Wind und entblößte eine breite, schwarz behaarte Brust, die Samuel unangenehm an Meister Schönewind erinnerte.

»*Sciocco*, alles feucht und verdorben«, fluchte Cosmo und schleuderte den Lederbeutel über Samuels Kopf hinweg in die Fluten der Elbe.

Der Italiener bemerkte, wie der Junge seinen Kopf einzog, sich aber keinen Zentimeter von der Stelle rührte. Als er Samuel nachdenklich musterte, begann sich bereits eine Idee in seinem Kopf zu formen. Alexandra Staricka mochte eine alternde Närrin sein, die nicht bemerken wollte, wie selbst die Lakaien am Dresdener Hof sich über ihre armseligen Versuche, den jungen Friedrich August in ihrem Bett zu halten, lustig machten, aber in einem Punkt hatte sie recht. Die Zeit eilte ihnen davon. Außerdem konnte zuviel geredet werden. Gedanken, auch solche voller Zuneigung, ließen sich mitunter zurücknehmen, Worte hingegen ungleich schwerer.

Als Cosmo bemerkte, daß Samuel seine prüfenden Blicke erwiderte, rang er sich ein Lächeln ab, auch wenn die sauertöpfische Miene der Gräfin es ihm verleidete.

»Samuel Hahnemann aus Meißen«, murmelte er nach endlosen Sekunden des Schweigens. »Du bist ein kluger Bursche, und was du getan hast, um unserer kleinen Signorina hier das Leben zu retten, zeugt von gewissen Grundkenntnissen der Heilkunde, die bei einem Knaben von vierzehn, fünfzehn Jahren nicht häufig anzutreffen sind!«

Samuel starrte erregt auf seine gespreizten Zehen. Er fühlte sich geschmeichelt, weil der Fremde mit dem fremdartig klingenden Tonfall ihn trotz seiner Körpergröße anscheinend für älter hielt.

»Wir könnten einen zuverlässigen Jungen aus der Stadt gut gebrauchen. Meinen Sie nicht auch, Gnädigste?« Cosmo strich sich mit dem behandschuhten Zeigefinger seiner linken Hand durch die struppigen, schwarzen Barthaare, doch er schien mehr zu sich selber zu sprechen als zu der dicken Frau. Schließlich erklärte er, an Samuel gewandt: »Die Gräfin wird in wenigen Tagen wieder bei Hofe in Dresden erwartet, ich hingegen beabsichtige, vorerst in Meißen zu logieren. Uns liegt viel daran, in ständiger Verbindung zu bleiben, und deshalb brauchen wir einen Botenjungen, der bereit ist, mir hier zur Hand zu gehen und in regelmäßigen Abständen der Gräfin meine Depeschen zu überbringen!«

Alexandra Staricka machte ein angewidertes Gesicht, wagte jedoch nicht zu widersprechen. Offenbar war sie nicht in der Lage, Cosmos Gedankengang zu folgen, und gerade dieser Umstand schien sie zu ärgern.

»Natürlich werden wir dich für deine Botengänge auch

entlohnen, *piccolo mio*!« Cosmo lächelte ihn gönnerhaft an. Samuel verstand auf Anhieb. Der Italiener hatte kein Geld – die Frau hingegen schien begütert zu sein, und Cosmo verfügte über ihr Vermögen, als ob es ihm gehörte.

»Besuchst du in Meißen die Lateinschule?«

Samuel schüttelte traurig den Kopf. Gewiß war es besser, den Fremden gegenüber nicht allzuviel von sich und seiner Familie zu erzählen. Den bohrenden Fragen des Italieners wußte er allerdings nichts entgegenzusetzen. Vielleicht bot ihm der Dienst für Cosmo und die polnische Gräfin eine Chance, seine Träume doch noch zu verwirklichen. Auch ohne seinen Vater oder Charlotte mit ihrer verstaubten Hexenküche. Nahmen der Italiener Cosmo und die Gräfin ihn in ihre Dienste, so arbeitete er doch in gewisser Weise auch für den kurfürstlichen Hof und hatte Anspruch auf Entlohnung.

»Mein Vater möchte, daß ich ihm ins Handwerk folge, Herr«, antwortete der Junge stockend. »Den Besuch der höheren Schule hält er für lasterhafte Eitelkeit und Zeitverschwendung, deshalb ...« Er biß sich auf die Zunge. Zu beichten, daß er seinen Eltern davongelaufen war, daß sein Vater trotz seiner Arbeit allen Aristokraten das Sumpffieber an den Hals wünschte und daß irgendwo, unterhalb eines steinernen Altars mit Pentagramm, eine Pastorentochter mit ihrem buckligen Adlatus hockte und auf seine Rückkehr wartete, schien ihm wenig diplomatisch. Die Gräfin bedachte ihn ohnehin schon wieder mit mürrischen Blicken, als erwarte sie, daß er sich sogleich freiwillig in die Elbe stürzen werde.

»Also abgemacht, Freund Hahnemann wird uns für die nächsten Jahre hier in Meißen zu Diensten sein«, verkündete Cosmo laut.

»Cosmo!« protestierte Alexandra Staricka in einem letzten verzweifelten Versuch, ihren Begleiter zum Schweigen zu bringen. Aber sie wußte, daß sie dieses Spiel längst verloren hatte.

»Deine Ausbildung werde ich übernehmen, neben der

Schule, die du ab sofort besuchen wirst. Es wäre doch eine Sünde gegen die *ratio*, ein so aufgewecktes Kerlchen in die Tretmühlen zu stecken. Das denken Sie doch auch, nicht wahr, Signora?«

»In die Manufaktur«, zischte die Gräfin. »In die Malstube auf der Burg!« Aber Samuel hörte ihr Zetern längst nicht mehr. Sein Herz pochte gegen seine Rippen, als müsse es jeden Moment vor Freude zerspringen. Die Fürstenschule von St. Afra – der Ort seiner geheimsten Wünsche, solange er denken konnte. Es war wie ein Traum.

»Nun steh wenigstens nicht herum wie ein Zinnsoldat«, nörgelte seine neue Dienstherrin ungeduldig. »Lauf sofort in die Stadt und schicke uns eine Kutsche mit einem Arzt darin – aber einem richtigen!« Sie bekräftigte den Befehl, indem sie mit ihrer Hand wie mit einem Fächer wedelte.

Samuel vergaß beinahe, sich vor der Gräfin und Giovanni di Cosmo zu verneigen, so schnell griff er nach seinen Sandalen und hetzte, ohne sich noch einmal umzudrehen, zur Landstraße hinauf.

»Wir sehen uns am Domplatz, mein Junge, sagen wir um die Mittagsstunde!« rief ihm der Italiener mit seiner tiefen, melodischen Stimme hinterher, bevor er sich langsam zu Alexandra Staricka umwandte.

»Sie müssen wahnsinnig sein, Cosmo! Wie konnten Sie es wagen, meine Pläne eigenmächtig zu ändern?« Wütend lief die Gräfin auf und ab. »Hetzen uns einen dummen Laffen aus der Stadt auf den Hals, als ob die Schlingen für unser beider Hälse nicht bereits geknüpft wären. Das freche Luder hier wartet doch nur darauf, mich zu vernichten. Ein Wunder, daß sie sich überhaupt von mir zu diesem Ausflug überreden ließ …« Sie sprach nicht weiter. Ihre rote Gesichtsfarbe war einem ungesunden Grau gewichen, und das Doppelkinn über dem fleischigen Hals, der nur von einem einfachen dunkelgrünen Samtband geschmückt wurde, bebte bei jeder Bewegung wie eine Mehlspeise.

»Ruhig Blut, Gräfin Staricka.« Cosmo legte seine Hand auf die ihre. Seine Finger waren fest und kühl, und für einen Moment spürte die Gräfin, wie sie ein Gefühl tiefsten Verlangens nach der Nähe eines Mannes überkam. Aber es war nicht Cosmo, dessen Arme sie spüren wollte, nicht sein Atem, der über ihren Leib schweben und sie davontragen sollte. Derb entzog sie dem Italiener ihre Hand und drehte ihm ungnädig den Rücken zu.

»Signora, glauben Sie mir. Ich werde dafür sorgen, daß der junge Hahnemann unseren Plänen nicht gefährlich werden wird.«

Alexandra verschränkte fröstelnd die Arme über dem Bauch. Warum gelang es Cosmo immer wieder, sie um den Finger zu wickeln? Es war einfach nicht gerecht.

»Haben Sie sich denn nicht einmal gefragt, wie der Junge zu dieser Stunde die Albrechtsburg verlassen konnte, wo man uns doch versichert hatte, sämtliche Tore wären wegen der Seuche bis zu unserer Ankunft geschlossen?«

»Ach was«, murmelte die Gräfin und verscheuchte einen Schwarm Fliegen, der um ihren Kopf herumschwirrte. »Der Magistrat der Stadt wird sie eben wieder geöffnet haben!«

»Gewiß nicht, Teuerste. Der Kurfürst hat strengste Anordnungen erlassen, die Manufaktur abzuschirmen. Und doch konnte der Junge unbemerkt die Burg verlassen und in der Gegend umherstreifen. Ich würde einen Pakt mit dem Teufel eingehen, um zu erfahren, wie er das geschafft hat!«

»Das glaube ich gern!« Schaudernd trat die Gräfin einen Schritt zurück und bekreuzigte sich. Dann sagte sie: »Und was ist mit der Baronin? Ihnen ist wohl klar, daß sie uns peinliche Fragen stellen wird!«

Ein hintergründiges Lächeln umspielte die Lippen des Italieners. Der Wind wehte die Geräusche des Flusses zu ihnen ans Ufer herüber. Ein Lastkahn, beladen mit Fässern und Kisten, schaukelte gemächlich auf den blaugrünen Wellen vorbei. Mit seiner weißen Farbe wirkte er wie ein gewaltiger Schwan, der sein Gefieder spreizte, den Kopf jedoch stolz und erhaben gen Himmel richtete. Cosmo beobachtete aus den Augenwinkeln, wie ein schwarzer Hund am Rande des Kahns auftauchte, die Pfoten aufstützte und wie irrsinnig zu kläffen begann.

»Es war nicht vorauszusehen, daß die Baronin unsere kleine Bootsfahrt auf der Elbe überlebt, Gräfin«, sagte er schließlich. »Aber haben Sie ein wenig Geduld. Wenn Sie jetzt nicht die Nerven verlieren, wird sich das Problem Friederike von Merzingen bald von selbst erledigt haben.« Und mit einer einzigen Handbewegung zog der Italiener seinen schwarzen Umhang vom Körper des ohnmächtigen Mädchens. Die rote Seide des nassen Kleides glänzte zwischen den sich wiegenden Schilfhalmen wie frisches Blut.

5. Kapitel

Als Charlotte Rebus vor die Tür des Pfarrhauses trat und in den kleinen, mit dichten Weinreben bewachsenen Hof blickte, legte sich der Geruch des nahenden Sturmes wie ein feiner, seidener Schleier über das kantige Gesicht des Mädchens.

Der Himmel war klar, nicht eine einzige Wolke trübte das Blau, und doch spürte Charlotte, daß der Regen nicht mehr lange auf sich warten lassen würde. Eigentlich spürte sie es nicht an ihrem Körper, wie so viele alte Weiber, denen in Erwartung eines nahenden oder plötzlichen Wetterumschwunges sämtliche Knochen im Leib weh taten. Charlotte konnte Regentropfen riechen, viele Stunden, bevor der erste von ihnen gefallen war.

Schon als kleines Mädchen hatte Charlottes feiner Geruchssinn Dinge wahrgenommen, die andere Menschen lediglich mit ihren Augen erfassen konnten. Für sie verbanden sich Naturereignisse wie Schnee, Regen, Sturmwind, Eis und Frost mit den süßen Düften blühender Pflanzen und Früchte. Kündigte sich etwa Regen an, so nahm Charlotte einen sprühenden Duft zerriebener Rosen wahr, der sich von draußen an die Fenster und Türen schmiegte, bis sich die ersten Tropfen auf ihnen abzeichneten. Eis und Schnee verband Charlotte mit würzigeren Düften. Einmal war es Koriander, dann wieder Nelke, abhängig davon, in welcher Stärke sich die Elemente über dem Haus des Pastors und seiner Familie entluden.

»Die Feen haben dir eine Gabe in die Wiege gelegt, die nur wenige Menschen mit dir teilen dürfen«, hatte ihre Mutter ihr als kleines Kind gesagt, wenn Charlotte, verwirrt und zuweilen verängstigt von der ungeheuren Last ihrer Sinne, den Kopf in ihrem Schoß verborgen hatte. Charlotte vermißte ihre Mutter mehr, als sie zuzugeben bereit war. Sie, die rote und gelbe Kleider getragen hatte statt der demutsvollen schwarzen Roben, wie sie die Frauen der pietistischen Pastoren für gewöhnlich wählten, hatte als einzige verstanden, daß ihre Tochter anders war als die Mädchen ihres Alters. Bei ihr hatte Charlotte sich nicht verstellen müssen wie in Gegenwart des Pastors, der seine Tochter bereits als Kind wie eine Erwachsene behandelt und sofort getadelt hatte, wenn ihr einmal etwas Unvernünftiges entfuhr.

Für ihre Mutter hatte die Welt nach Seife und Likör gerochen. Doch was konnte in einer Zeit, da die Könige Preußens, Sachsens und ganz Europas überall eine Blutspur des Krieges hinterließen, wohl unvernünftiger sein?

Den Duft langsam verwelkender Rosen mit einem Hauch von Vergißmeinnicht in der Nase, ergriff Charlotte ihren prall gefüllten Weidenkorb und zog geräuschvoll die schwere Tür des Pfarrhauses hinter sich zu.

Aus einem der Fenster im ersten Stock, gleich unter dem Türmchen aus rotem Sandstein, das dem Haus des Stadtsuperintendenten das Aussehen einer Zuckertorte verlieh, drangen unmelodische Töne an Charlottes Ohr und vertrieben den Duft, der ihre Schritte über den Hof bis zum Tor begleitet hatte. Vater läßt seine Konfirmanden wieder singen, dachte Charlotte und zog fröstelnd ihr Schultertuch enger über die weite Leinenbluse. Einen Moment lang verharrte sie und versuchte, aus den jammervollen Lauten der Jungen, die ihr Vater auf die Einsegnung im kommenden Frühjahr vorbereitete, eine Melodie oder zumindest einige Worte des Textes herauszuhören.

»*Feste … Wehr … Waffen*«, tönte es über den Kirchhof wie die schaurige Beschwörung eines Totengeistes.

»Ein feste Burg ist unser Gott«, sagte Charlotte schließlich zu sich selbst, obgleich die Worte des bekannten Kirchenliedes auch nach der dritten Strophe nicht im geringsten zu den falschen Tönen der Meißener Knaben passen wollten. Noch vor wenigen Monaten hatte der Stadtkantor, ein ehemaliger Zögling des ehrwürdigen Leipziger Thomanerchores, die Gesangsübungen von Pastor Rebus' Konfirmandenschar überwacht. Aber der Kantor war im vergangenen Juli dem Fieber zum Opfer gefallen, und seitdem blieb dem Superintendenten nichts anderes übrig, als auch dessen Amt zu versehen.

Das Mädchen wandte sich ab und lief durch das offene Tor auf die Straße hinaus. Es war spät geworden. Wenn sie es noch trockenen Fußes zur Armenküche schaffen wollte, mußte sie sich beeilen.

Auf dem Weg durch die Stadt mied Charlotte die belebten Plätze rund um die Frauenkirche und das Marktviertel. Besonders heute wollte sie mit ihren Gefühlen und den Erinnerungen an ihre Mutter alleine sein, denn deren Todestag jährte sich zum vierten Mal.

Charlotte mußte jedoch bald feststellen, daß es ihr nicht gelang, unbemerkt durch Meißens Straßen und Gassen zu schleichen. Die Stadt schien aus einem langen, traumlosen Schlaf erwacht zu sein. In die Kontore und Lager der Kaufleute wurden voluminöse Ballen verschiedener Tuche getragen. Die Schneiderstuben hatten ihre hölzernen Läden wieder geöffnet und erlaubten den Passanten Einblicke bis tief in die Werkstätten hinein. Auch auf den Straßen wurde gearbeitet. Blechschläger klopften mit großem Getöse verbeultes Zinngeschirr, Pfannen und mit Eisen beschlagene Tonnen aus. Um sie und andere Handwerker scharwenzelten junge Mädchen mit schäbigen Röcken und langen, fettigen Haaren herum, deren fahler Gesichtsfarbe anzusehen war, daß der Tod sie gerade noch einmal von der Schippe hatte springen lassen. Nun boten sie alte Kleider, vergilbte Bänder oder sich selber feil.

Auf ihrem Weg durch die Stadt wurde Charlotte einige Male aufgehalten und angesprochen. Menschen, welche die Tochter des Superintendenten nur flüchtig kannte, erkundigten sich nach ihrem Vater und Bruder, beklagten das Leid, das ihre Familien durch die Seuche und die Mißernte des vergangenen Sommers getroffen hatte, und hielten schließlich fordernd die Hand auf, um von der Pastorentochter ein Almosen zu erbetteln.

Das Mädchen preßte ihren Korb fester gegen die Brust und bahnte sich einen Pfad durch die Menge. Sie wußte, daß das Ansehen ihres Vaters als Seelsorger durch seine hastige Flucht vor dem Fieber auf die Albrechtsburg stark gelitten hatte. Es genügte einfach nicht, kleinen Jungen Gesangstunden zu geben und sich hinter einer Mauer der Gottergebenheit zu verschanzen. Das Volk von Meißen hungerte. Der Aufstand der Leipziger Schneidergesellen war auch hier noch nicht vergessen. Die Menschen brauchten Hoffnung, aber gerade die konnte Pastor Rebus ihnen längst nicht mehr geben.

Unkonzentriert eilte Charlotte am Wohnhaus der Familie Hahnemann vorüber, einem stattlichen zweistöckigen Eckhaus mit einer Treppe zur Gasse. Sämtliche Fenster standen weit offen. Allem Anschein nach war die Familie von ihrem Notquartier auf der Albrechtsburg in die Stadt zurückgekehrt. Charlotte blieb kurz stehen und horchte, aber nicht ein einziger Laut drang aus dem Inneren des Anwesens. Sie atmete tief durch und stockte, als ihr bewußt wurde, daß es ihr hier nicht gelang, irgendeinen Duft wahrzunehmen.

Während sie noch darüber nachsann, schaffte sie es im letzten Moment, einem Bierkutscher auszuweichen, der seinen müden Gaul mitten auf der Gasse zum Anhalten brachte.

»Na, Jungfer, einen Krug frisches Bier gefällig? Ist gerade mit einer Lieferung aus Dresden angekommen«, rief der Kutscher zu Charlotte hinüber, ehe sie versuchte, sich an dem Wagen mit den beiden ausladenden Fässern vorbeizuzwängen.

»Heute nicht, Meister«, antwortete sie dem Mann und beobachtete mit wachsender Ungeduld, wie er vom Bock heruntersprang, sich eine lederne Schürze über den Hals zog und mit einem Hammer Zapfhähne in seine Bierfässer schlug.

In Windeseile drängten sich Männer und Frauen mit Krügen und Humpen um den Mann und seinen wackeligen Karren. Als der Kutscher seinen Ausschank eröffnete und zu diesem Zweck den Karren in eine bessere Position lenkte, nutzte Charlotte die Gelegenheit und schlüpfte zwischen Pferd und Hauswand hindurch, dem Domplatz entgegen. Von hier aus mußte sie nur noch wenige Schritte gehen, an den Domherrenhöfen vorüber, um die Armenküche im Kornhaus zu erreichen.

Als sie endlich den geräumigen Lagerraum betrat, der mit Hilfe von Spenden wohlhabender Meißener Bürger zur Küche für die Armen und Notleidenden der Stadt hergerichtet worden war, fühlte sich Charlotte so ausgelaugt, daß sie sofort auf einem der Schemel in der Nähe der Feuerstelle niedersank.

Ihr Arm, der ihr während der letzten Monate kaum Schwierigkeiten gemacht hatte, schmerzte seit einigen Tagen wieder, und sie ahnte, daß ihre Versuche in den Gewölben der Albrechtsburg daran nicht ganz unschuldig waren.

»Armes Kind, Sie hätten heute nicht kommen dürfen.« Eine beleibte ältere Frau mit roter Schürze und einer riesigen Rüschenhaube kam auf das Mädchen zu und betrachtete sie besorgt.

»Es geht mir gut«, entgegnete Charlotte, obgleich die verschiedenen Gerüche und Dünste, die wie Schwefeldampf aus dem Höllenschlund aufstiegen, ihr beinahe die Sinne raubten.

Als sie ihre Augen durch den Raum mit seinen kahlen Wänden und den mehr oder weniger prallen Kartoffel- und Rübensäcken wandern ließ, bemerkte sie, daß heute immerhin rund ein Dutzend Frauen und Mädchen erschienen war, um Vorräte für die Armenspeisung der Kirche aufzunehmen und eine warme Mahlzeit zuzubereiten. Gegen Abend sollten diese Mahlzeiten dann von einigen Knechten und Mägden der

Albrechtsburg auf Karren in die Häuser der Notleidenden um das Flußviertel gebracht werden.

Charlotte hatte sich dieser Aufgabe seit dem vergangenen Sommer, da viele Familien ihren Ernährer verloren hatten, nicht einen Tag lang entzogen. Ihre heimliche Arbeit in den Gewölben der Burg hatte dahinter zurückstehen müssen, wiewohl der alte Zacharias über ihre Entscheidung alles andere als glücklich gewesen war. Immerhin hatte der ehemalige Apothekergeselle es irgendwie geschafft, sein Domizil dauerhaft in der Burg aufzuschlagen.

»Irm, wo bleibst du so lange?« rief die beleibte Frau mit der Haube einem dürren Mädchen zu, das seit zehn Minuten mit monotoner Gleichmäßigkeit in einem Kessel Kohlblätter und Knoblauchzehen zerstieß.

»Der Kohl wird nicht frischer, wenn du ihn mit dem Löffel traktierst wie der Schmied ein Hufeisen. Schenk Jungfer Rebus einen Becher Wasser ein. Die Ärmste ist ja völlig außer Atem!«

Charlotte bezweifelte, daß gewöhnliches Wasser ihrer Atemnot Linderung verschaffen konnte. Dennoch nahm sie den Zinnbecher, den die dürre Irm ihr schließlich dienstbeflissen reichte, dankbar entgegen.

Nach einigen Minuten fühlte sie sich trotz des aufdringlichen Geruchs nach Leinsamenöl, Rosmarin, Knoblauch und Zwiebeln, der sich immer schwerer in dem stickigen Lagerraum ausbreitete, stark genug, um sich an dem langen, blanken Holztisch, schräg gegenüber der Feuerstelle, niederzulassen und mit Tinte und einer angespitzten Gänsefeder die gespendeten Vorräte des Tages auf einer Liste festzuhalten.

In Windeseile türmten sich vor ihrem Platz Holzschalen mit Eiern, Nüssen, Zwiebeln, Knoblauchzehen und gebündelten Küchenkräutern auf. In einem Winkel des Raumes, der von rußigen Tranlampen nur notdürftig beleuchtet wurde, holten junge Mädchen mit den Händen Gänse- und Entenfedern aus prall gefüllten Säcken. Dabei quietschten sie vor Vergnügen, sobald sich die Daunen in die Luft erhoben oder sie sich gegenseitig mit ihnen über das Gesicht strichen.

Die älteren Frauen legten derweil kleine Münzen in die Schalen einer alten Waage. Bald herrschte in der Meißener Armenküche ein so emsiges Treiben, daß keine der Frauen bemerkte, wie sich draußen der blaue Herbsthimmel verfinsterte und auf dem Domplatz die abgefallenen Blätter der uralten Lindenbäume in einen windigen Sog gerissen und lautstark in die Luft gewirbelt wurden.

Als die ersten Regentropfen fielen, dachte Charlotte nicht mehr an den Todestag ihrer Mutter oder an den betörenden Geruch zu streng gewürzter Gemüsesorten. Der Himmel hatte sich schwarz gefärbt, und vereinzelte Blitze zerrissen das bedrohliche Donnergrollen, das sich alsbald in zunehmender Härte über dem Domviertel entlud.

Charlotte zuckte zusammen. Plötzlich war ihr, als hörte sie inmitten des tosenden Donners und des prasselnden Regens das Geräusch von Pferdehufen. Unwillkürlich tastete sie nach der silbernen Brosche, die ihr wollenes Schultertuch über dem Ausschnitt zusammenhielt. Das Geräusch wurde lauter. Irgend jemand näherte sich dem Gebäude. Zwei der Mägde verließen die Feuerstelle und traten ans Fenster. Die alten Läden waren schon fast aus der Verankerung gerissen. Seit Jahren hatte sich der Besitzer des Hauses, ein wohlhabender Kaufmann, der es einst von der Witwe des Burgschmiedes erworben hatte, nicht mehr um die Instandhaltung gekümmert. Für die Meißener Bürgerfrauen bedeutete es schon ein Wunder, daß er ihnen überhaupt erlaubt hatte, sein ehemaliges Warenlager für wohltätige Zwecke zu nutzen. Aber seit der Regent die Handelszölle für die Ausfuhr von feinem Tuch ins Polnische erhöht hatte, gab es ohnehin nur noch wenig Bedarf für einen so großen Lagerraum.

»Es ist eine Kutsche«, rief die dürre Irm und drehte sich mit weit aufgerissenen Augen zu den Frauen um, die ihre Arbeit unterbrachen und regungslos verharrten, als erwarteten sie den Besuch des Leibhaftigen in ihrer Mitte.

»Die schwarze Kutsche gehört zum Marstall des Kurfürsten in Dresden«, ergänzte das andere Mädchen aufgeregt. »Ich erkenne das Wappen genau. Vor ein paar Monaten mußte ich das Gepäck dieser fremden Gräfin aufladen, die unsere Porzellanmanufaktur besucht hat!«

»Dummes Zeug. Geht weg vom Fenster«, kommandierte eine der älteren Frauen und band sich ihre Schürze ab. »Wenn euch nun einer sieht, wie ihr hinausgafft, als hättet ihr noch nie eine Kutsche gesehen!« Sie trieb die beiden Mädchen zurück an die Feuerstelle, auf der mittlerweile der Kupferkessel mit dem gewürzten Pfefferkraut bedenklich zischte und brodelte.

Charlotte erhob sich von ihrem Schemel. Langsam legte sie den Federkiel auf das Pergament und ging dann zu der älteren Frau ans Fenster. Bereitwillig machten ihr die Bürgerfrauen und Mägde Platz.

»Es ist nicht die Gräfin, die zurückkehrt! In der Kutsche sitzt Samuel Hahnemann, der Sohn des Porzellanmalers. Wußtet ihr nicht, daß die Gräfin Staricka ihn in ihre Dienste genommen hat? Jeden ersten Samstag im Monat steht am Wegkreuz vor der Stadt eine Kutsche bereit, die den Burschen nach Dresden bringt. Noch ehe der Morgen des nächsten Tages graut, bringt ihn dieselbe Kutsche wieder zurück.«

Ein paar der Frauen zuckten ungläubig mit den Achseln. Charlotte sah, wie auch die Mägde ihre Köpfe zusammensteckten und zu tuscheln begangen. Wütend biß sie sich auf die Zunge. Was war in sie gefahren, ausgerechnet den Meißener Weibern von Samuel und seinen Fahrten nach Dresden zu berichten? Sie konnten ihr in ihrer Verzweiflung über die sonderbare Veränderung des Jungen ohnehin nicht beistehen.

Charlotte fühlte auf einmal, wie ihr Kopf zu schmerzen und

ihre Arme zu beben begannen. Wann hatte dieses Gefühl seinen Anfang genommen? Damals, in der Nacht, als sie Samuel angeboten hatte, gemeinsam mit ihr die Geheimnisse des Gewölbes zu ergründen? Oder an dem Tag, als sie den Jungen in Begleitung dieser merkwürdigen Fremden gesehen hatte?

»Nicht einmal vor dem Haus seiner Eltern läßt der Bengel seine vornehme Kutsche anhalten«, hörte sie plötzlich die Frau des Marktapothekers schimpfen. »Dabei sieht die arme Frau Hahnemann aus, als rücke ihr der Totengräber bereits mit seiner Schaufel auf den Leib. Sie rackert sich ab von früh bis spät, und ihr Mann erhält als Bezahlung für seine Malereien in der Manufaktur nur angebrochenes Porzellan, das er auch noch selbst zum Markt tragen muß.«

»Und der Herr Sohn möchte studieren und Physikus werden«, krähte eine andere von dem Tisch mit der Waage herüber. »Anstatt seinem Vater in der Malstube zur Hand zu gehen, schleicht er sich zu diesem ... diesem schwarzen Teufel in die Turmstube hinauf. Was meint ihr, was die beiden dort anstellen?«

Charlotte legte die Stirn in kummervolle Falten. Unversehens wandte sie sich von dem mittlerweile fast völlig beschlagenen Fenster zum Domplatz ab, über den wie ein schwebender Schatten die schwarze Kutsche der Gräfin Staricka zur Albrechtsburg hinaufschaukelte.

Das Mädchen setzte sich wieder an den Tisch, nahm die Gänsefeder in die Hand und tauchte das angespitzte Ende zweimal kräftig in das Tintenfaß. Aber es war ihr unmöglich, sich auf die Arbeit zu konzentrieren. Um sie herum eilten die Mägde, schleppten schwere Säcke voller Kartoffeln und welkem Salat von einer Ecke in die andere. Die Karren mußten beladen, die Listen fertiggestellt werden.

»Vielleicht versuchen die beiden da oben unter dem Turm Gold zu machen, wie damals der alte Böttger oder die irrsinnige Gräfin Cosel auf der Burg Stolpen«, redete Irm auf sie ein, ohne das mißbilligende Gesicht ihrer Mutter am anderen Ende der Tafel wahrzunehmen. »Der Italiener war mir seit seiner Ankunft in Meißen unheimlich. Fragt Anna, die Frau des Gastwirts *Zur Goldenen Krone*, wo er abstieg, ehe er auf die Burg übersiedeln konnte. Kein Schankmädchen hat sich getraut, ihm die Mahlzeiten in die Kammer zu bringen!«

»Irm!« rief ihre Mutter mahnend. Aber das Mädchen tat so, als hörte es die Stimme seiner Mutter gar nicht.

»Er riegelt sich in seiner Stube ein und läßt niemanden außer dem jungen Hahnemann und einem Knecht hinein, der ihm irgendwelche seltsamen Substanzen beschafft. So geht das schon, seit die Gräfin aus Dresden die Burg verlassen hat!«

»Meister Schönewind hat getobt und geschimpft wie ein betrunkener Feldscher«, bestätigte die Apothekersfrau, die ihren Beobachtungsposten am Fenster noch immer hartnäckig verteidigte, obgleich es auf dem Domplatz mittlerweile nichts mehr zu sehen gab. »Schließlich hat die feine Frau sich keine Mühe gegeben, ihr Desinteresse an seiner Führung durch die Manufaktur zu verbergen. Unser Geselle war dabei. Er sagte, ihr habe förmlich der Boden unter den Füßen gebrannt. Dann entschied sie sich für einige Musterstücke, die sie dem Kurfürsten vorlegen wollte, obwohl sie längst nicht zu den besten gehörten, und verschwand schneller, als sie gekommen war.«

»Vielleicht hatte sie Angst, sich doch noch das Fieber an den Hals zu holen.« Irm zuckte gelangweilt mit den Achseln. »Dafür hat sie uns den schwarzen Italiener zurückgelassen, der nachts durch die Burg schleicht und an die Wände klopft. Ich habe es selbst gehört, als …«

Irm war so sehr in Fahrt, daß sie gar nicht bemerkte, wie ihre Mutter auf sie zugestürzt kam und ihr eine schallende Ohrfeige versetzte. Wütend funkelte sie das Mädchen an. Über die Herrschaft, und war sie noch so eigenartig, hatte sich eine Wäscherin nicht das Maul zu zerreißen. Das hatte sie dem

Mädchen schon hundertmal gesagt. Warum hörten diese jungen Dinger nicht auf die Warnungen der Älteren? Nur Übles konnte daraus für sie erwachsen. Hoffart, Eitelkeit, und womöglich wurden sie eines Tages wegen ihrer Geschwätzigkeit auf die Gasse hinausgejagt.

Irm heulte vor Schreck laut auf und hielt sich mit der Hand die gerötete Wange. Aber sie erwiderte kein Wort. Beleidigt zog sie sich zu den Mädchen mit den Gänsefedern zurück, die von dem Streit an der Tafel nichts mitbekommen hatten.

Charlotte atmete auf und blickte Irms Mutter dankbar an, obwohl sie wußte, daß das einfältige Mädchen nur das ausgesprochen hatte, was zur Zeit halb Meißen dachte und worüber man sich auf den Märkten der Stadt die Mäuler zerrieb.

Das Auftauchen des Giovanni di Cosmo in der verschlafenen Stadt, die vor wenigen Monaten erst die schlimmste Epidemie seit der Regierung Augusts des Starken überstanden hatte, war für die meisten Meißener ein böses Omen. Hinter vorgehaltener Hand erzählte man sich, daß der Italiener ein Gelehrter sei, der einen Pakt mit dem Teufel geschlossen habe, der über die Kirche spotte und heimliche Experimente mit Giften und Arzneien durchführe.

Andere berichteten, er sei ein Gehilfe des Abenteurers Casanova gewesen, über den man sich in ganz Europa die wunderlichsten Dinge erzählte. Warum trug der Fremde immer einen Stulpenhandschuh aus schwarzem Leder über der rechten Hand? Charlottes Bruder Viktor behauptete, die Folterknechte der Venezianer hätten Cosmo die Hand mit einer Pechfackel bis aufs rohe Fleisch verbrannt, weil er sich weigerte, ihnen das Geheimnis des *Steins der Weisen* zu offenbaren. Danach sei er zusammen mit Casanova aus den Bleikammern des Dogenpalastes entflohen, was zuvor noch keiner lebendigen Seele gelungen war, weil die Dächer des Gebäudes mit dicken Bleiplatten belegt und die Kerkerzellen so eng waren, daß ein erwachsener Mann sich wie ein Tier zusammenkrümmen mußte, um wenigstens die Zeit bis zu seinem Urteilsspruch zu überleben.

Unfug, dachte Charlotte. Der Italiener war schließlich ein Mann aus Fleisch und Blut und weder Hexenmeister noch Wiedergänger. Aber warum hatte sich Cosmo ausgerechnet den jungen Samuel Hahnemann zum Gehilfen auserkoren? Angeblich lehrte er Samuel die Naturwissenschaften: Astronomie, Physik, Geometrie und Trigonometrie, las aus den Werken der griechischen Mathematiker Pythagoras und Euklid sowie der Heilkundigen Hippokrates und Galen. Im Spätsommer waren beide gemeinsam über die Wiesen und Felder am Elbufer und bei der Klosterruine Heilig Kreuz gestreift, hatten Pflanzen, Moose, Pilze und Kräuter gesammelt und sorgfältig auf ihre Heilkraft untersucht. Oder auf ihre Kraft zu töten? Den Einstieg zu den Gewölben hingegen hatte Samuel Hahnemann seit jener Nacht gemieden, als fürchtete er, sich in den Katakomben mit dem Hauch der Pestilenz zu infizieren.

Charlotte wollte die Almosenliste zusammenrollen und in ihrem Korb verstauen, als plötzlich die schwere Eingangstür aufgestoßen wurde und ein Mann in den Raum stürmte. Ein unförmiger blauer Umhang, aus dessen Falten sich wahre Sturzbäche auf den Holzboden ergossen, hüllte den Körper des Mannes bis zu den Knöcheln ein. Auf seinem knochigen Kopf thronte ein viel zu großer Dreispitz, dessen schwarzer Filz sich vor Nässe verformt hatte. Auch seine Perücke hatte der Sturmwind nicht verschont. Aus den grauen Strähnen perlte das Wasser auf den Boden.

Ungeduldig suchten die Augen des Mannes die Reihen der Frauen ab, bis sie schließlich Charlotte auf ihrem Schemel entdeckt hatten.

Das Mädchen erkannte den Neuankömmling sofort. Es war Zacharias. Aber warum suchte er sie hier auf, ausgerechnet unter den argwöhnischen Augen der Stadtweiber?

Im flackernden Kerzenlicht schüttelte sich der Apothekengehilfe wie ein nasser Hund, dann eilte er mit grimmiger Miene auf das Mädchen zu. Ein eisiger Hauch schien seinen Schritten vorauszueilen.

»Jungfer Rebus! Endlich hab ich Sie gefunden. Der Teufel soll dieses Wetter holen und den Bengel aus dem Turm dazu!«

Zacharias strauchelte, übermannt von Zorn und unterdrückter Aufregung. Dann ließ er sich auf einen freien Holzschemel sinken, nahm den Dreispitz ab und fuhr sich mit seinen verkrüppelten Fingerspitzen durch die Strähnen seiner feuchten Perücke.

»Immer mit der Ruhe, Herr.« Irms Mutter reichte dem völlig durchnäßten Mann ein Tuch. »Wünscht der Herr vielleicht ein Glas Wasser?«

»Ihr beliebt wohl zu scherzen?« fauchte Zacharias heiser. »Wasser bringe ich selber mit. Aber einen Kräuterlikör zum Aufwärmen darf Sie mir gerne kredenzen!«

Charlotte schüttelte seufzend den Kopf. »Ich glaube nicht, daß du gekommen bist, um hier Likör oder Branntwein zu schnorren, Zacharias. Was ist passiert?«

Zacharias verzog verschwörerisch das bleiche Gesicht, wodurch sein Schädel noch schmaler zu werden schien. Die kleinen Augen verschwanden beinahe hinter seinen buschigen Brauen. »Ich kam gerade aus dem Gewölbe, als Hahnemann in den Burghof einfuhr. Gekleidet war er wie ein Lakai und stolz wie ein Pfau. Keine Angst, niemand hat mich aus der Tür treten sehen. Auch der Junge nicht! Dafür hab aber *ich* eine Beobachtung gemacht!«

Gierig griff Zacharias nach dem Glas mit der funkelnden roten Flüssigkeit, das eine Magd vor ihm auf die Tafel stellen wollte. Mit hastigen Zügen leerte er den Inhalt bis zur Neige.

»*Was* hast du beobachtet, Zacharias?« Charlotte blickte mißtrauisch zu Irm und den Mägden am anderen Ende der Tafel, denen die Neugierde geradezu auf ihre Gesichter geschrieben stand.

»Er hatte Bögen bei sich, große Bögen teuren weißen Papiers, Jungfer Rebus. Das Papier schimmerte wie eine Fackel durch die Dunkelheit. Ich versteckte mich hinter einer der Arkaden, die zur Freitreppe hinaufführen, und als der Bengel an mir vorüberlief, sah ich, was auf dem Papier stand!«

»Und was stand darauf?«

»Ihr junger Freund Samuel Hahnemann hat sämtliche Symbole und Inschriften von den Wänden unseres Gewölbes kopiert. Gewiß können Sie sich vorstellen, wem er diese Zeichnungen zeigen will?«

Charlotte wußte es, aber sie schwieg. Zacharias sollte nicht merken, wie sich ihr Magen vor Angst und Enttäuschung langsam zusammenzog. Sie wünschte, sie hätte Samuel niemals das Gewölbe gezeigt. Aber der Junge war nicht schuld an ihrer Seelenqual. Er war verwirrt und dem Einfluß eines Mannes ausgeliefert, der ihm versprach, ihn zu fördern, ihn auf die Universität und ein Leben als Arzt und Gelehrter vorzubereiten. Charlotte haßte sich selbst dafür, daß sie Samuel verteidigte, aber sie konnte nicht anders. Der fremde Italiener war ein Unruhestifter. Er verdarb den Jungen.

»Noch ist nicht alles verloren, Jungfer.« Zacharias blickte wehmütig auf das leere Likörglas vor ihm auf dem Tisch. »Ich war vor zwei Tagen in Dessau. In einer Schenke traf ich zwei krumme Vögelchen, die mir einige interessante Neuigkeiten ins Ohr zwitscherten. Ich weiß, wer dieser Cosmo ist, was er sucht – und warum er Italien einst verlassen mußte!«

Charlotte erhob sich so plötzlich, daß ihr Schemel umfiel und geräuschvoll auf die kargen Dielenbretter schlug. Energisch warf die Tochter des Superintendenten ihre wilden Locken in den Nacken und zog den alten Mann so nahe an ihr Gesicht, daß ihre Lippen sich beinahe berührten.

»Komm mit, Zacharias! Wir gehen hinauf zur Burg. Wenn Samuel die Symbole aus dem Gedächtnis kopiert hat, so hat er womöglich noch gar nicht vor, seinem neuen Mentor das Laboratorium zu zeigen. Ab jetzt dürfen wir den Jungen nicht mehr aus den Augen lassen!«

6. Kapitel

Die Turmstube lag gleich am Aufgang einer hölzernen Galerie, von der aus die Wächter der Burg in früheren Zeiten die Rüst- und Waffenkammern hatten erreichen können. Mittlerweile lagerten in den Stuben nur noch zerschlagene, verstaubte Möbel, die niemand mehr gebrauchen konnte.

Dennoch hatte Giovanni di Cosmo es vorgezogen, sein Quartier direkt unter den Dachbalken aufzuschlagen, wo im Sommer brütende Hitze und im Winter klirrende Kälte herrschten, denn hier war er die meiste Zeit des Tages völlig ungestört.

Die Stube hatte eine niedrige Decke, die, blickte man lange genug nach oben, sich Zentimeter um Zentimeter auf den Betrachter hin zu bewegen schien. Gestützt wurden die Wände von vier ausladenden Holzpfeilern, an welchen Lederschläuche und abgetragene Kleider hingen.

Ein Rundbogenfenster mit in Blei gefaßten Butzenscheiben, fast blind vom Schmutz der Tauben, die an der Außenseite der Galerie im Gebälk nisteten, gab an der Ostwand den Blick zum Burghof frei, alle übrigen Wände hatten keine Fenster. Hinter der abblätternden weißen Farbe starrte rohes Mauerwerk hervor.

Samuel Hahnemann hatte den kleinen Raum mit dem von Folianten, Gläsern und Papieren überladenen Tisch und dem Stehpult in seiner Mitte während der letzten Wochen und Monate wenigstens zwei Dutzend Mal betreten. Aber noch immer jagten ihm die Schatten, die sich wie blitzschnelle Pfeile entlang der Balken bewegten, Angst ein. Zuweilen stellte er sich vor, er überschreite mit dem Betreten der Turmstube eine unsichtbare Grenze, und je weiter er sich in jene verlockende

Sphäre begab, desto enger schmiegten sich die Schatten um ihn.

»Signore Cosmo?« Samuel räusperte sich laut. Der Italiener war nirgendwo in der Stube zu entdecken, aber der Junge wußte, daß er sie in der Regel niemals verließ. Seit den Regenfällen des vergangenen Monats hatte er auch seine Spaziergänge rund um die Stadt eingestellt. Dafür arbeitete Cosmo manchmal bis in die Nacht hinein an seinem Stehpult oder beobachtete den Sternenhimmel mit einigen astronomischen Geräten, deren Nutzen und Gebrauch er Samuel jedoch bislang vorenthalten hatte.

Hinter dem staubigen Samtvorhang an der Längswand des Raumes, wo der Italiener seine Bettstatt aufgeschlagen hatte, drangen sonderbare Laute an Samuels Ohr. Der Junge stockte. Unschlüssig bewegte er sich einige Schritte auf das rote, samtene Ungetüm mit den Bordüren und gedrehten Kordeln zu, verharrte aber von neuem, als er ein langgezogenes Stöhnen wahrnahm.

Cosmo muß krank sein oder verletzt, schoß es Samuel durch den Kopf. Aber warum antwortet er mir nicht?

»Signore?« Langsam ging der Junge auf den Vorhang zu. Sein gefütterter blauer Umhang und das Barett, das er seit seinem überraschenden Eintritt in die Fürstenschule tragen durfte, waren naß und schwer, doch Samuel dachte gar nicht daran, sie abzulegen. Seine Hand umklammerte den versiegelten Brief der Gräfin Alexandra Staricka, den er von seiner jüngsten Mission nach Dresden mitgebracht hatte und seinem Gönner Cosmo noch am selben Abend aushändigen sollte.

Der Vorhang bewegte sich, als kämpften hinter ihm zwei Menschen verzweifelt um ihr Leben. Samuels Augen weiteten sich, als ein leiser Schrei ertönte, und plötzlich schoß eine schwarz behaarte Faust aus den Falten des scharlachroten Samtes. Im selben Moment brachen die Ringe, die das Tuch in ihrer Verankerung entlang der Bettleiste gehalten hatten, und der Vorhang stürzte in einer gewaltigen Staubwolke zu Boden.

Samuel sprang erschrocken zurück. Entgeistert blickte er in ein grünes Augenpaar, das den Jungen ebenso zornig wie verständnislos anstarrte.

»Verdammt, Giovanni!« kreischte eine hohe Frauenstimme wütend. »War es das, was du wolltest? Es mit mir vor Zuschauern treiben?«

Aus dem Wust von Decken und Kissen sprang eine dralle, halbnackte Frau mit zerrauften blonden Locken, die ihre Blöße mit einem Ende des roten Samtvorhangs nur notdürftig zu bedecken wußte. Aufgeregt hieb sie mit einem Kissen auf den Mann im Bett ein, der den Kopf zurückgelegt hatte und sich vor Lachen schüttelte.

»Das ist nicht komisch, du Hundsfott!« schimpfte die Frau und verschränkte beide Arme vor ihren Brüsten, während Samuel nicht wußte, ob er fortlaufen, sich umdrehen oder weiterhin auf die närrische Szene auf der Bettstatt blicken sollte. Atemlos verfolgte er, wie Cosmo sich langsam in seinen roten Kissen aufrichtete. Noch immer lachte der Italiener so schallend, daß seine buschigen schwarzen Augenbrauen auf und nieder tanzten.

»Was hast du denn, *cara mia*? Bist nicht *du* es gewesen, die von mir das Liebesspiel des Casanova erlernen wollte? Für nicht weniger als hundert Taler?« Boshaft kichernd kratzte er sich die dicht behaarte Brust. Nicht einmal jetzt hatte er seinen Handschuh abgelegt. Samuels Anwesenheit schien ihn nicht weiter zu stören.

»Der Teufel soll dich holen«, antwortete die blondgelockte Frau und sammelte ihre achtlos neben das Bett geworfenen Kleidungsstücke auf. Erst da erkannte Samuel, wer sich da ein Schäferstündchen mit dem geheimnisumwitterten Gefährten Casanovas geleistet hatte. Die Frau hieß Elisabetha Kummerer und war die bedeutend jüngere Gemahlin eines kurfürstlichen Gerichtsreferendars.

»Solltest du irgendeiner menschlichen Seele auch nur ein Wort hierüber verraten, so werde ich dafür sorgen, daß man dich am höchsten Galgen aufknüpft, Giovanni di Cosmo!« Schwungvoll warf sich Elisabetha einen mit Pelz besetzten Kapuzenmantel über die Schultern und schickte sich an, die Turmstube zu verlassen. Ehe sie die Tür öffnete, drehte sie noch einmal den Kopf und fixierte Samuel Hahnemann mit kalten Augen. »Das gilt auch für dich, junger Mann«, zischte sie warnend. Dann zog sie die Tür hinter sich ins Schloß.

»Mein armer junger Freund!« Cosmo lächelte in gespielter Verzweiflung und wischte sich die Tränen aus den dunklen Augen. »Es tut mir leid, daß deine erste Bekanntschaft mit der Sinnlichkeit des Weibes in einem Orkus aus Staub und Flüchen begraben wurde. Dabei ist die Kleine nicht einmal besonders hübsch gewesen!«

Der Italiener stand auf, trottete schwerfällig zu einem der wackeligen Tische hinüber und goß sich den eisigen Inhalt seiner Waschschüssel über Kopf und Oberkörper. Das Wasser versickerte sogleich zwischen den Holzdielen. Schließlich ließ er sich von Samuel Schnürhemd und Hose reichen.

Plötzlich wurde er ernst. Mit hochgezogenen Brauen musterte er den Jungen, der noch immer in Umhang und Barett vor ihm stand. »Du hast eine Depesche für mich?«

»Jawohl, Signore! Gräfin Alexandra weilt im Moment nicht im Zwinger, sondern im Brühlschen Palais. Sie bat mich, Ihnen diese Zeilen so rasch wie möglich auszuhändigen.« Ein wenig umständlich zog Samuel den zerknitterten Brief aus dem Innenfutter seines Umhanges, froh, daß wenigstens das Siegel der Gräfin heil geblieben war.

»Sie *bat* dich?« Cosmo nahm den Brief mit einem ironischen Zwinkern entgegen. Dann drehte er Samuel den Rücken zu und vertiefte sich in Alexandra Starickas Schreiben.

Während Cosmo las, schaute sich Samuel neugierig in der Stube um. Während der letzten Monate hatte er Cosmos Refugium als wahre Fundgrube der Wissenschaften schätzen gelernt. Es gab in der ganzen Stadt wohl kaum einen anderen Ort, an dem seine Gedanken und Sehnsüchte so ernst genommen wurden wie hier oben, direkt unter dem Dachstuhl. Hin und wieder mußte Samuel auch an Charlotte denken, aber es half nichts, sich über sie den Kopf zu zerbrechen. Charlotte war Viktors Schwester. Der Pastorensohn hatte ihm unmißverständlich klar gemacht, was er davon hielt, wenn Samuel seiner Familie zu nahe kam. Samuels Eintritt in die Fürstenschule, den sein Vater zwar nicht völlig ablehnend, sondern mit stoischem Gleichmut zur Kenntnis genommen hatte, hatte das Verhältnis zu den Mitgliedern der Familie Rebus nicht gerade entspannt.

Als habe Cosmo die Gedanken des Jungen erraten, fragte er unvermittelt: »Wie kommst du eigentlich in der Schule voran? Machst du Fortschritte?«

Samuel errötete. Es war das erste Mal seit langem, daß sein Gönner ihn nach der Fürstenschule fragte, und dabei hatte er angenommen, daß sich Cosmo nicht besonders dafür interessierte, was Samuel von seinen Magistern lernte. Verlegen stammelte er, wie sehr er den Unterricht in Meißens ältester und bester Schule schätzte. Daß seine Kameraden, allen voran Viktor Rebus, nicht müde wurden, den neuen Zögling zu verspotten und bei jeder Gelegenheit ihre derben Späße mit ihm zu treiben, verschwieg er geflissentlich. Was sollte er dem Italiener auch berichten? Cosmo, dem die Flucht aus den berüchtigten Kerkern Venedigs gelungen war, interessierte gewiß nicht, daß Samuels Schreibheft beinahe jeden Tag mit Tinte beschmiert, sein Name mit gut plazierten Federstrichen aus dem Regularium entfernt wurde und daß die übrigen Schüler zu reden aufhörten, wenn er sich dem Unterrichtsraum auch nur näherte.

»Hast du auch schon gelernt, hinter die Wahrheiten zu sehen, die dir deine Pfaffen und Magister beibringen?« fragte Cosmo nachdenklich. Er war an den Kamin getreten, nahm einen der leicht verrosteten Schürhaken und stocherte so lange in der Glut herum, bis sie sich in einem wilden Funkenregen über seinen Stiefeln ausbreitete. Dann warf er noch einen prüfenden Blick auf die Depesche mit dem gräflichen Siegel und steckte sie schließlich zwischen die halb verkohlten Scheite. Samuel beobachtete, wie das rote Siegelwachs kurz aufleuchtete und wie eine dicke Blutspur über das steife Papier troff, ehe es von den größer werdenden Flammen verschlungen wurde.

»Ich fürchte, ich weiß nicht, was Sie meinen, Signore. Darf ich etwa nicht auf der Lateinschule bleiben? Ist es das, was Ihnen Ihre Gnaden schreibt?« Cosmos finsterer Blick ließ ihn innehalten. Es stand ihm nicht zu, die Entscheidungen des Adels in Frage zu stellen. Gleichzeitig beschlich den Jungen jedoch das Gefühl, daß die veränderte Stimmung des Italieners gar nichts mit ihm und seinem weiteren Besuch des Gymnasiums zu tun hatte.

»Komm her, ich will dir etwas zeigen!« Derb zog Cosmo den Jungen vor einen wurmstichigen Kastenschrank mit starken Eisenbeschlägen und hieß ihn, sich auf einen der Schemel seines Arbeitstisches zu setzen. Dann tastete er die Oberfläche des alten Schrankes ab, bis er einen schwarz lackierten Schlüssel mit breitem Griff zu fassen bekam. Das Schloß klemmte. Fluchend trat Cosmo gegen die Tür und ließ nicht von ihr ab, bis das Holz des rechten Flügels völlig zersplittert war. Plötzlich gab die Tür einen schrillen, schleifenden Ton von sich, der Samuel an die ungelenken Kreideaufschriften seines Lateinlehrers erinnerte, und schwang langsam auf die Seite.

Mit einem Ausruf des Triumphes griff Cosmo in den offenen Schrank, riß einige Schubladen heraus, deren Inhalt er auf den Dielenboden verstreute, bis er fand, was er suchte: eine in ein Stück schmutziges Ölleinen gewickelte Figur und ein paar flache Scheiben. Verständnislos beobachtete Samuel, wie Cosmo die rätselhaften Gegenstände auf sein Stehpult legte und dieses vor den Kamin schob.

»Paß gut auf, was du jetzt siehst, mein Kleiner!« befahl der Italiener streng und blickte einen Augenblick zur Decke hinauf. Im Gebälk knarrte es, als ob sämtliche Holzwürmer in höchster Panik das Weite suchten. Samuel hatte das Gewitter fast völlig vergessen.

»Na los«, drängte Cosmo ungeduldig, »beuge dich über das Pult und beschreibe mir, was du siehst.«

Samuel gehorchte. Die Hitze des Kaminfeuers trieb ihm die Schweißperlen auf die Stirn.

»Eine kunstfertige Frauenfigur aus Holz oder Ton, etwa eine Halbe Elle hoch und ein Zoll dick! Vermutlich eine Darstellung der Jungfrau Maria oder einer katholische Heiligen. Die Statue war einmal bemalt. Es sind noch immer Spuren von Farben zu erkennen und ein wenig Blattgold auf den stilisierten Ärmelaufschlägen, aber …«

»Gut beobachtet! Es ist tatsächlich eine Heiligenfigur. Die Heilige Katharina von Siena, der Inbegriff der Weisheit!« Cosmo rückte das Pult noch näher an den Kamin, um Samuel eine bessere Sicht zu ermöglichen. Das fein geformte Gesicht der Heiligen mit ihren großen, melancholischen Augen schien im Licht der roten Flammen ebenfalls zu glühen, und plötzlich wußte Samuel, warum die Katholiken so oft von einem Heiligenschein sprachen, einem *Nimbus*, der über den Häuptern der zur Seligkeit Erwählten zu sehen gewesen sein sollte.

Aber da war auch noch etwas anderes an den Augen der leblosen Statue. Samuel runzelte die Stirn, sein Mund wurde trocken vor Aufregung. Nun sah er es ganz deutlich. Kein Zweifel war möglich: Die Figur weinte.

Aus beiden Augen traten ihr dicke Tränen und rannen die

ausgezehrten Wangen hinunter, bis sie zwischen den angedeuteten Falten ihres verblaßten Gewandes versiegten.

»Sie weint! Wie ist das möglich, Signore?« rief Samuel aufgeregt und streckte neugierig die Hand nach der Figur aus. Doch noch ehe er sie berühren konnte, wurde er von Cosmo zurückgehalten.

»Nicht so hastig, Samuel! Das Spiel geht weiter. Schau dir die beiden Oblaten an, die neben unserer Katharina liegen!«

Samuel sah seinen Gönner verblüfft an, aber die Miene des Italieners zeigte nicht die leiseste Regung. Dann wandte er sich wieder zu dem Stehpult um. Unaufhörlich tropften die Tränen aus Katharinas Augen, aber dies war nicht mehr das einzige, was sich auf der zerkratzten Holzplatte mit dem abgeschabten grünen Filz bewegte. Die sonderbaren Scheiben änderten ihre Farbe. Was gerade noch unscheinbar und grau vor Samuel gelegen hatte, färbte sich rot. Rot wie ...

»Die Scheiben bluten!« schrie Samuel außer sich. »Was um Gottes willen haben Sie getan?«

»Still, *ragazzo*!«

Auf dem Korridor waren plötzlich Geräusche zu hören. Stiefeltritte. Irgend jemand kam die Treppe hinaufgestiegen. Cosmo legte seine schwere Hand über Samuels Mund. So blieben sie beide stehen und wagten nicht, sich zu bewegen oder auch nur einen Laut von sich zu geben. Die Schritte kamen näher. Samuel hörte deutlich, wie sie auf die ewig knarrenden Holzdielen vor der Tür zur Turmstube trafen. Er wußte nicht, warum, doch aus irgendeinem Grund hielt er den Atem an und versuchte nicht einmal, Cosmos Hand abzuschütteln. Dafür registrierte er überrascht, daß der Italiener zitterte.

Das Geräusch vor der Turm war verstummt, aber Samuel spürte, daß da draußen jemand lauerte und verstohlen horchte, ob sie im Zimmer waren. Tatsächlich knarrte im selben Moment eines der verräterischen Dielenbretter. Dem ersten Geräusch folgte ein weiteres, und nach endlosen Herzschlägen hörte der Junge, wie sich die Schritte von der Tür fort und den langen Korridor entlang bewegten.

»Du darfst keiner Menschenseele etwas von dem verraten, was ich dir hier oben zeige!« zischte Cosmo. »Ich habe die Kerkermeister vieler Länder kennengelernt und lege keinen Wert auf neue Bekanntschaften dieser Art!« Endlich nahm er seine Hand von Samuels Mund, klopfte ihm aufmunternd auf die Schulter und schlich dann auf Zehenspitzen in Richtung der Tür. Draußen, vor den Fenstern zum Burghof, zog tiefe Dunkelheit über Meißen auf.

»Was hat das alles zu bedeuten, Signore?« Samuel ärgerte sich über seine dünne Stimme, aber Cosmo achtete nicht darauf. Statt dessen nahm er ein Stück Tuch, das offensichtlich irgendwann einmal Teil einer Gardeuniform gewesen war, und rieb sich damit sein noch immer feuchtes, lockiges Haar.

»Warum eine Heiligenfigur weinen und eine Hostie bluten kann? Ich hätte nicht geglaubt, dich damit in so große Verwirrung zu stürzen. Dennoch bin ich froh, daß ein Junge wie du es noch nicht verlernt hat, an Wunder zu glauben! An vermeintliche zumindest!«

Samuel umkreiste das Pult und starrte der heiligen Katharina in die großen Augen. Er wagte nicht, die Figur zu berühren, stellte jedoch fest, daß das Wasser in ihren großen, durchdringenden Augen aufgehört hatte zu fließen.

»Ich sah Tränen aus den Augen austreten, Signore. Und aus den Oblaten quoll Blut.«

»Du hast Flüssigkeiten gesehen. Die eine war farblos, die andere rot. Woher weißt du, daß es sich um Tränen und Blut handelt, mein Junge?« fragte Cosmo lächelnd, während er die Schnüre seines weiten Hemdes zusammenschnürte.

Samuel bemerkte, daß er fror. Es dauerte einige Sekunden, bis ihm klar wurde, daß das Feuer im Kamin erloschen war und nur noch ein dünner weißer Rauch über den zu Asche zerfallenen Scheiten schwebte.

»Du hast eine gute Beobachtungsgabe, aber du ziehst deine Schlüsse zu voreilig. Das tun zwar die meisten Ärzte und Physiker heutzutage, nichtsdestoweniger ist es ein Fehler. Beurteile nie nach dem äußeren Schein!«

Samuel öffnete den Mund zum Widerspruch, aber ein strenger Blick des Italieners ließ ihn schweigen.

»Du verbindest Wasser und Augen augenblicklich mit Tränen und rote Farbe mit Blut. Ebenso würde ein Arzt die Hitzewallungen einer Frau mit dem Wechselfieber erklären und sie zur Ader lassen oder Schröpfgläser ansetzen. Aber muß das Fieber zwingend eine Krankheit sein, nur weil wir nicht ergründen können, was es in unseren Körpern tut?«

»Das weiß ich nicht«, gab Samuel kleinlaut zu. »Aber wenn man auf die Beobachtung eine Untersuchung folgen ließe, müßte man doch in der Lage sein, herauszufinden, welcher Art das Krankheitsmerkmal ist!«

»Dann untersuche sie doch. Nur zu!« erklärte Cosmo aufmunternd und wies mit der Hand auf sein Stehpult. »*Sancta Katharina* steht zu deiner Verfügung!«

Samuel berührte die Figur. Sie war aus Ton, nicht aus Holz. Der Ton fühlte sich warm an, beinahe heiß. Langsam strich der Junge mit den Fingern über den schlanken Leib der Statue, bis er das Haupt erreicht hatte. Mit der Kuppe seines Zeigefingers tupfte er einen Tropfen vom Kinn der Figur.

»Die Flüssigkeit ist durchsichtig und geruchlos. Sie ist ein wenig angewärmt, wie der gesamte tönerne Leib.« Er führte den Finger an seine Zunge. Ein Hauch des Staunens wanderte über sein schmales Gesicht. »Wasser. Nichts als Wasser.«

»Bravo, mein Junge. Damit hast du dein erstes Experiment erfolgreich abgeschlossen. Wenn du den Kopf der Heiligen genauer untersuchst, wirst du einen Hohlraum, gefüllt mit Wasser, vorfinden. Der Ton ist überall glasiert, nur nicht an den Augen. Deshalb erschienen sie dir so groß und eigenartig.«

»Das Wasser sickert aus dem Hohlraum durch den porösen

Ton an den Augen?« fragte Samuel staunend. Im Grunde war es so einfach. Was hatte ihn davon abgehalten, eine natürliche Erklärung des Phänomens zu suchen? Die Ehrfurcht vor einer Heiligen mit wunderschönen, traurigen Augen, die gewiß nichts dafür konnte, daß die Menschen Wunder von ihr forderten?

»Was die blutigen Hostien angeht, so pflegte man noch vor wenigen Jahrhunderten die Juden dafür verantwortlich zu machen!« Angewidert verzog Cosmo das Gesicht. »In Wahrheit stammen die roten Flecke nicht vom Blut unseres Erlösers. Es ist überhaupt kein Blut, sondern die Spur eines seltenen Schimmelpilzes namens *Serratia marcescens*, die durch Lichteinfall und starke Erhitzung sichtbar wird! Du siehst, daß die Natur zuweilen direkt menschliche Merkmale zuwege bringt. Allerdings haben Aberglaube und Fanatismus schon frühzeitig dafür gesorgt, daß diese Merkmale verdrängt wurden. Wer sie sich erschließen wollte, mußte mit Folter und Tod rechnen, und in gewisser Hinsicht hat sich daran bis heute nur wenig geändert. Wer einen Betrug entlarvt, sei es in der Religion oder in der Medizin, wird selbst nicht selten Betrüger geschimpft!«

»Haben Sie deswegen Italien verlassen müssen?« wollte Samuel wissen. Die Bleikammern Venedigs und Cosmos verkrüppelte Hand unter dem schwarzen Lederhandschuh fielen ihm ein. Aber der Italiener schüttelte nur gedankenverloren den Kopf. Dann setzte er sich an seinen beladenen Arbeitstisch und winkte den Jungen an seine Seite.

»Ich werde dir erklären müssen, warum ich Italien tatsächlich verließ!« Cosmo seufzte und goß aus einer Karaffe Rotwein in zwei leicht verstaubte Gläser, die er sonst für seine Experimente benutzte. Das eine reichte er Samuel und nickte ihm aufmunternd zu.

»Vermutlich hätte ich mein Leben als geachteter Professor der Medizin und Botanik an der Universität von Bologna verbringen können, ohne daß auch nur ein Hahn nach mir gekräht hätte. Leider konnte ich schon in meiner Jugend die Finger nicht von Dingen lassen, die ... nun sagen wir einmal, den gelehrten Herren der Fakultäten unbequem waren. Ich habe mich nie mit den Theorien über die Entstehung von Krankheiten und deren Bekämpfung abfinden können, die schon in meiner Jugend als allgemein gültige Wahrheit gelehrt wurden. Wieso sollte ich der Vergötterung angeblicher Autoritäten wie des großen Galen zustimmen, wenn sie mehr Fragen aufwerfen, als sie Antworten geben? Nach einigen Jahren der Lehre und der enttäuschten Hoffnungen, beschloß ich, Bologna zu verlassen und mich auf die Suche nach neuen Wegen in der Naturforschung zu begeben. Immerhin wußte ich, daß es zu einfach ist, allein den Körpersäften die Entstehung von Krankheiten zuzuschreiben und die Seele des Kranken außer acht zu lassen. Nach langer Wanderschaft gelangte ich nach Venedig. Dort konnte ich mich einige Jahre ausgiebig mit den Lehren des großen Arztes Paracelsus beschäftigen.«

»Paracelsus?« unterbrach ihn Samuel neugierig. »Etwa der ... Zauberdoktor?«

Cosmo schenkte sich ein weiteres Glas Wein ein. Seine groben Hände, die so gar nicht zu einem Gelehrten zu passen schienen, zitterten noch immer ein wenig, als er das Glas an die Lippen setzte und einen tiefen Schluck nahm.

»Hast du schon einmal etwas von der *Loggia di Gorgone* gehört? Dem Gorgonenorden?«

Samuel schüttelte verwirrt den Kopf und stellte sein Glas auf den Tisch zurück. Während all der Monate, in denen Cosmo ihn nach seinem eigentlichen Schulunterricht zusätzlich unterwiesen hatte, war es nicht selten vorgekommen, daß der Italiener ihm seine Fragen in Form von zunächst undurchsichtigen Gegenfragen beantwortet hatte. Oft ließ er Samuel aus vielen unbedeutenden Nebensächlichkeiten den Kern des eigentlichen Problems genau analysieren und schließlich von ihm selbst beantworten. Auf diese Weise, so sagte Cosmo, werde Samuels schlafender Verstand erst geweckt. Der Junge dachte einige Sekunden lang nach, wußte jedoch keine Verbindung zwischen dem alten Mythos der Gorgo und einem Arzt mit Namen Paracelsus herzustellen.

»Die Gorgonen waren in der griechischen Sage Kreaturen mit Haaren aus einem Nest von giftigen Schlangen«, erklärte Samuel schließlich mit gesenkter Stimme. »Wer sich ihnen entgegenstellte, der wurde in Stein verwandelt. Erst ein Held, ich glaube, es war Perseus, schaffte es, Medusa, die gefährlichste Gorgone, zu enthaupten. Der Sage nach soll selbst das abgetrennte Haupt noch die Macht der Verwandlung zu Stein besessen haben!«

Stolz blickte der Junge seinen Lehrmeister an. Aber Cosmos gleichgültige Miene verriet, daß er nicht im geringsten beeindruckt war.

»Das Wichtigste hast du vergessen, mein Junge«, wandte der Italiener ein. »Der Poet Apollodoros überliefert uns, daß sich Asklepios, der Gott der Heilkunst, des Blutes der Medusa bemächtigte und es bei der Behandlung seiner Patienten anwandte. Aus einer Vene soll Blut geflossen sein, das selbst Tote wieder lebendig machen konnte, während das Blut aus einer anderen unwiderruflich den Tod brachte!«

»Aber, Signore, das ist doch nur eine Sage! Glaubte etwa auch Paracelsus, mit Gorgonenblut Kranke heilen zu können?«

Cosmo lachte und schlug Samuel jovial auf die Schulter. »Eine gute Theorie, mein Freund. Aber in diesem Fall kannst du ohne meine Hilfe kaum zu einem Ergebnis kommen. Das Problem ist viel komplizierter. Es hat mein Leben verändert und mich meine Hand und beinahe mein Leben gekostet!«

In der Turmstube war es mittlerweile finster und bitterkalt geworden. Noch immer trommelte der Regen mit unverminderter Heftigkeit an die beschlagenen Butzenscheiben. Im

Burghof war längst Ruhe eingekehrt. Nicht einmal aus den Ställen, die sich in unmittelbarer Nachbarschaft des Turmes an die alte Hufschmiede anlehnten, drangen irgendwelche Geräusche durch den Sturmwind. Samuel wurde zunehmend unruhiger. Er hätte längst zu Hause sein müssen. Wenn er sich das kantige Gesicht seines Vaters und die traurigen Augen seiner Mutter vorstellte, die seit Wochen schon nicht mehr wußten, wie sie mit ihrem Sohn umgehen und über was sie mit ihm reden sollten, fühlte er ein bedenkliches Grummeln in der Magengrube.

»Ich erwähnte bereits«, fuhr Cosmo fort, »daß es zu allen Zeiten Menschen gab, die der Natur Geheimnisse entlockten und diese dann in ihren Schriften niederlegten. Um nicht in den Verdacht der Ketzerei zu geraten, bedienten sich diese Gelehrten oft einer besonderen symbolischen Sprache, die nur wenige entschlüsseln konnten. Ihre größten Feinde waren indessen nicht die kleinen Priester und Prälaten, sondern jene Dunkelmänner, die hinter den Mächtigen ihrer Zeit die Fäden der Macht spannen. Mystische geheime Gesellschaften und Orden, deren Ziel es war, Wahrheiten mit Aberglauben zu vermengen, um die Macht in ihren Händen zu halten. Zu diesen gehörten auch die Gorgonen, eine Gruppe der Gold- und Rosenkreuzer, die gerade in Preußen, aber neuerdings auch in Sachsen weit verbreitet sind.«

»Beschäftigen sich diese Gorgonen denn auch mit der Heilkunde?« Samuel rutschte unruhig auf seinem Schemel hin und her.

»Zumindest behaupteten sie, den Stein der Weisen, das Elixier der ewigen Jugend und das Blut der Gorgo in ihrem Besitz zu haben. Aber das sind Lügen. In Wahrheit trachteten sie nur danach, Unwissende und Suchende in ihre Gewalt zu bringen und sie für ihre Zwecke zu mißbrauchen. Selbst an den europäischen Fürstenhöfen und den altehrwürdigen Universitäten sitzen heute ihre Spione als willfährige Werkzeuge der Macht. Sie erkennen sich an einem in die Haut eingebrannten Bildnis des Gorgonenhauptes mit wenigstens zwei Schlangenhaaren, dem heilenden und dem vernichtenden. Für die wirkliche Alchimie haben sie ebensowenig Verwendung wie ein verdammtes Frettchen für eine Muskete.«

»Und was ist der wahre Sinn und Zweck der Alchimie?«

»Alchimie, wie Paracelsus und andere Gelehrte sie verstanden, ist schöpferisch, nicht vernichtend. Sie versucht, Grenzen zu finden, verstehst du? Nicht unbedingt, um sie niederzureißen, sondern um zu begreifen, warum die Natur sie uns gesetzt hat. Nur solche Grenzen können wir überschreiten, um daraus Nutzen zu ziehen. Paracelsus lehrte in seinem Werk, daß ein guter Arzt Geheimnisse suchen muß und oft erst durch mehrmaliges Scheitern an diesen Geheimnissen Wege findet, sie zu erschließen. Die meisten Logen streben wohl auch danach, die Natur zu verstehen, doch wollen sie dieses Wissen für sich und ihre politischen Ziele nutzen und nicht, um es in den Dienst der Menschheit zu stellen.«

»Wenn dem so ist, dann muß eine Gruppierung wie dieser Gorgonenorden doch panische Angst davor haben, daß man ihr zuvorkommt und Erkenntnisse veröffentlicht, die sie am liebsten auf ewig unter Verschluß hielte?«

Cosmo nickte. Verschwörerisch blickte er sich nach allen Seiten um, als befürchte er, hinter dem Gerümpel, in den unbeleuchteten Winkeln seiner Stube, könnte eine Gorgo auf ihn lauern. Dann lehnte er sich langsam zu Samuel hinüber und flüsterte: »Eine der Schriften des Paracelsus ist seit mehr als hundert Jahren verschollen. Seit neuestem behauptet man, sie habe niemals existiert. Aber in der Bibliothek eines Freundes in Venedig traf ich einen Arzt, der schwört, das letzte Buch des Paracelsus in Händen gehalten zu haben. Es handelt sich um die ursprüngliche Fassung des berühmten *Opus Paramirum* über die Lehre der drei Prinzipien, der Wurzel aller Krankheit auf Erden.«

Samuel stöhnte verwirrt. Sein Kopf schmerzte, und für einen Moment war er sich nicht mehr sicher, ob er überhaupt mehr von alldem hören wollte. Cosmos sonderbare Stimmung, sein verstohlenes Flüstern und die gespannte Atmosphäre lösten bei dem Jungen alles andere als angenehme Gefühle aus. Wußte sein Lehrmeister, der sonst nie die Fassung verlor und seine Umgebung stets mit einer Mischung aus ironischem Spott und kaltblütiger Gleichgültigkeit zu betrachten pflegte, überhaupt noch, was er eigentlich redete? Alte Mythen, Geheimorden und das verschollene medizinische Werk eines Mannes, der seit zweihundert Jahren tot und begraben war.

»Ich muß Sie jetzt verlassen, Signore«, sagte Samuel schließlich und machte einen Schritt auf die Tür zu. Doch er hatte nicht mit Cosmos Wendigkeit gerechnet. Unversehens schnellte der Italiener zum Ausgang vor und baute sich vor seinem Schüler auf.

»Der verschollene Teil des *Opus Paramirum* ist hier in Meißen!« zischte der Italiener. »Die Spur führt hierher, direkt zur Albrechtsburg! Es muß hier noch Gewölbekammern geben, die weit unterhalb der bekannten Kellerräume liegen. Der venezianische Arzt hat sie mit eigenen Augen gesehen!«

»Bitte, Signore«, stotterte Samuel, »Sie ... sollten mich jetzt gehen lassen. Es ist spät geworden ... und mein Vater ...«

Cosmo unterbrach ihn mit einer scharfen Handbewegung. »Die Gesandten der Loge sind unterwegs nach Meißen! Sie sind mir seit langem auf den Fersen, weil auch sie hinter den Aufzeichnungen her sind. Jetzt haben sie mich endlich gefunden. Die Gräfin Staricka warnt mich in der Depesche, die du aus Dresden mitgebracht hast, noch heute nacht die Stadt zu verlassen. Ihren Kundschaftern zufolge müssen die Kerle bereits in Dessau sein. Sie reisen immer zu zweit. Verstehst du? Zwei Männer!«

Zwei Männer – und sie machten Jagd auf Giovanni di Cosmo.

Samuel wurde kreideweiß. »Wollen Sie die Albrechtsburg tatsächlich verlassen?« fragte er ungläubig.

Der Italiener hob die buschigen Augenbrauen. Seine Augen fixierten Samuel kalt. »Du weißt doch etwas, Samuel, nicht wahr? Hast du niemals von den verschlossenen Laboratorien in den Burggewölben reden hören?«

Samuel neigte betreten den Kopf. Es wäre einfach gewesen, Cosmo seine Skizzen in die Hand zu drücken. Das Bildnis des Alten, der in einem Kessel gesotten wurde, und die rätselhaften Buchstaben RC. Dazu die Symbole, mit denen weder er noch Charlotte und der wunderliche Zacharias etwas anfangen konnten. Er hätte Cosmo auch durch die geheime Tür oder auf die Treppe unter dem Altarraum führen können, und letztendlich wußte er selber nicht, warum er nichts von alledem tat.

Noch immer musterte Cosmo den Jungen nachdenklich. Die wenigen Momente wurden für ihn zu einer halben Ewigkeit. Schließlich trat der Italiener mit einem wehmütigen Lächeln zur Seite und gab den Weg zum Treppenaufgang frei.

»Wir werden uns einige Zeit nicht sehen, Samuel Hahnemann. Aber verlasse dich darauf, daß ich wiederkomme. In der Zwischenzeit wirst du fleißig sein und deine Studien fortsetzen. Ich lasse dir meinen Koffer mit Büchern da. Außerdem werde ich dir von Zeit zu Zeit über die Gräfin Nachrichten zukommen lassen!«

»Danke, Signore«, antwortete Samuel mit tonloser Stimme, auch wenn er nicht davon überzeugt war, daß Cosmo sein Versprechen halten würde.

Die Finger des Italieners gruben sich tief in den feuchten Stoff seines blauen Schulumhangs, als er ihn mit sanfter Gewalt zur Tür schob. »Vergiß nicht, Freund Hahnemann! Der Mann, der mir von den verschollenen Schriften des *Opus Paramirum* berichtete, ist der Meinung, daß sie eine heilkundliche Lehre enthalten, welche die ärztliche Kunst unserer Tage zum Spott werden lassen könnte. In den Händen des Gorgonenordens ist das *Opus* eine tödlichere Waffe als das vergiftete Blut aus der Wunde der Medusa! Und jetzt beeile dich, es ist spät geworden.«

Unter dem Türsturz drehte sich Samuel ein letztes Mal um und ließ seine Blicke durch die Turmstube schweifen. Vor dem Fenster flatterten einige Tauben. Irgend etwas mußte sie gestört haben.

»Eine letzte Frage, Signor Cosmo. Was ist aus dem venezianischen Arzt geworden, der die Schriften gesehen haben will?«

Giovanni di Cosmo zog überrascht die verbrauchte Luft ein. Einen Herzschlag lang zögerte er, ehe er antwortete: »Sagte ich das nicht? Nun, er nannte sich Rosencreutz, Doktor Christian Rosencreutz. Nach dem alten Mystiker. Und ... er wurde in diesen Mauern erschlagen.«

7. Kapitel

Dresden, im Frühjahr 1769

Feierlich bewegte sich der Festzug über den mit bunten Wimpeln und Fahnen geschmückten Neumarkt. Das Blattgold an den Karossen des Adels strahlte im Glanz der untergehenden Sonne. Sänften mit purpurroten Samtbezügen und kostbarem Leder auf den Dächern wurden von Lakaien mit frisch gepuderten Perücken in neuer Livree zum Zwinger hinaufgetragen, wo der junge Kurfürst in wenigen Stunden den Gesandtschaftsball eröffnen und damit die offiziellen Feierlichkeiten zu seinem Regierungsantritt einleiten würde. Grazile Arme mit kostbarem Geschmeide aus Gold, Silber und Perlen geziert, winkten hoheitsvoll der Menge oder warfen kleine Münzen auf das Straßenpflaster. Kreischend machten sich Männer, Frauen und Kinder darüber her.

Als es dunkel wurde, begann die Stadt im Licht unzähliger Kerzen und Fackeln zu erstrahlen, als wollte sie dem Sternenhimmel Konkurrenz machen. Auf der Jungfernbastei bereiteten die Gardeoffiziere des Fürsten alles für das größte Feuerwerk vor, das Dresden jemals gesehen hatte. Neugierige Burschen kletterten an den Mauern hinauf, um frühzeitig einen günstigen Platz für dieses seltene Schauspiel zu ergattern, während unten auf den Brücken über der Elbe geputzte Mädchen aus der Gilde der Blumenbinderinnen vom Markt an der Frauenkirche standen und aus Körben Hunderte von bunten Blütenblättern auf eine Flotte von zierlichen Booten hinabregnen ließen. Die Insassen der Boote, Damen in kostbaren Kostümen, die griechische Göttinnen darstellen sollten, erhoben weihevoll ihre Arme, an denen die Goldreifen wie kleine Sterne blitzten, und versuchten, die Rosen-, Narzissen- und Tulpenblüten mit den Händen aufzufangen. Eine Frau im zartgrünen Gewand der Jagdgöttin Artemis rief Worte in einer fremden Sprache zu den Mädchen auf der Brücke hinauf, was diese mit einem albernen Kichern und noch mehr Blütenblättern beantworteten.

Vom Höfischen Festplatz ertönte Musik. Erst ganz leise, dann immer lauter, bis sie sich schließlich mit den Glocken der Jakobuskirche verband, die einsetzten, als die ersten Prunkwagen der Gesandten der europäischen Höfe den Zwinger erreichten. Sie wurden mit donnerndem Applaudieren und Vivatrufen empfangen.

Auch der Palast glänzte an diesem Abend wie ein Juwel. Prächtige Spiegel aus kostbarem venezianischem Glas warfen das Kerzenlicht in jeden Winkel des riesenhaften Bauwerks. Die Mutter des Kurfürsten hatte die Anzahl der Spiegel und bunten Gläser in jedem der offiziellen Räume, einschließlich des großen Festsaales, eigens verdoppeln lassen, um einen Eindruck von Größe und Weite zu schaffen, der aufgrund der beachtlichen Dimensionen des Zwingers überhaupt nicht notwendig gewesen wäre. Doch die Kurfürstin liebte es nun einmal, glanzvolle Feste auszurichten. Jedermann am Hof war bekannt, daß sie ihre eigenen Pläne mit den Feierlichkeiten ihres neunzehnjährigen Sohnes verfolgte. Kein Gesandter, und am wenigsten der preußische, sollte nach den Feierlichkeiten von Dresden ohne die tiefe Überzeugung an seinen Hof zurückkehren, daß in Kursachsen eine neue Zeit angebrochen war, daß der Siebenjährige Krieg und damit die Demütigungen der vergangenen Jahre nunmehr unwiderruflich der Vergangenheit angehörten.

Als Kurfürstin Marie Amalie an diesem Abend mit ihren Zofen ihr Boudoir verließ, um sich in den Festsaal zu begeben, klopfte ihr das Herz bis zum Hals. Etliche Male mußte sie auf dem Weg durch die hallenden Gänge des Palastes stehenbleiben und sich von einer Kammerfrau Luft zufächeln lassen.

»Es ist alles ein bißchen wie bei dem alten König August,

nicht wahr, meine Kleine?« fragte sie das Mädchen mit dem Fächer, ein junges Ding aus einem ländlichen sächsischen Adelsgeschlecht, das noch nicht lange in höfischen Diensten stand.

»Gewiß, Königliche Hoheit«, antwortete das Mädchen schüchtern und blickte in den langen Korridor. Einen Herzschlag lang musterte Marie Amalie die Zofe, und ein spöttisches Lächeln huschte über das faltige Gesicht, dem auch das französische Rouge auf den eingefallenen Wangen das Mal des Alters nicht hatte nehmen können. Dann klopfte sie mit spitzen Fingern auf die Falten ihres schwarzen, ausladenden Seidenkleides mit den Perlen, die sie nur zweimal in ihrem Leben getragen hatte, und winkte den anderen Damen ihres Gefolges, den Weg zum großen Saal fortzusetzen.

Gräfin Alexandra Staricka hatte lange überlegt, ob sie ihre Räume verlassen und an dem Ball teilnehmen sollte oder ob es nicht besser war, ein plötzliches Unwohlsein vorzutäuschen. Als sie sich schließlich doch an ihren Toilettentisch setzte und prüfende Blicke in den Spiegel warf, wurde ihr schlagartig bewußt, daß sie es überhaupt nicht nötig hatte, eine Unpäßlichkeit vorzutäuschen. Die bleiche, beinahe durchsichtige Haut und die hervorstechenden Wangenknochen, die ihre ehedem fleischige Nase plötzlich lang und spitz erscheinen ließ, zeichneten ein allzu deutliches Bild ihres tatsächlichen Zustands.

Zerfahren tastete Alexandra nach ihrer goldenen Puderdose, einem Geschenk des dummen Jungen, der heute ohne sie, dafür vor halb Europa seine Mündigkeit feierte. Doch die Gräfin fand die Dose nicht. Zornig funkelte sie ihr Spiegelbild an, als wäre dieses verantwortlich für ihren Kummer, ihr Aussehen und den fehlenden Puder.

Einen Moment lang war Alexandra Staricka versucht, die kleine Glocke zu ergreifen und nach einer Dienerin zu läuten.

Sie stellte sich vor, wie sie das faule Ding zurechtweisen und ihm mit den fürchterlichsten Strafen drohen würde. Aber dann sank sie in ihrem fleckigen Nachtgewand in sich zusammen und überließ sich statt dessen einige Minuten lang ihrem Schmerz. Sie brauchte keine Zofe, die sie anzog und hinterher in ganz Dresden breittrat, daß die ehemals umschwärmte Gräfin aus Warschau, die engste Vertraute des Kurfürsten, ausgedient hatte und nur noch ein Schatten ihrer selbst war.

Diesen Triumph gönne ich ihm nicht, dachte sie böse und stellte sich vor, wie der junge Friedrich August mit Friederike von Merzingen die Ecossaisen eröffnete, wie sie sich auf dem spiegelnden Marmor der Tanzfläche drehten und schließlich miteinander im Kreise der anderen Tanzenden verschmolzen.

Mit einem wütenden Aufschrei riß sich Alexandra das Nachthemd vom Leib. Sie würde an den Feierlichkeiten teilnehmen. Friedrich August sollte sie sehen. Sie würde seine dunkelbraunen Augen suchen und ihn zwingen, sich an seine Vertraute und erste Freundin in der kalten Welt des sächsischen Hoflebens zu erinnern.

Alexandra Staricka wählte ein Kleid aus silbergrauer Seide mit einem üppigen Dekolleté und Perlenstickereien. Über ihr dünnes, zerzaustes Haar stülpte sie ihre schönste Perücke, weiß gepuderte Wellen mit einem Stich ins Bläuliche. Dann legte sie ihr kostbarstes Geschmeide an: funkelnde Ohrringe aus Granat, eine Brosche mit Brillanten und Rubinen in Form eines Schmetterlings. Es waren Erbstücke ihrer Familie aus Polen. Nichts davon stammte aus kurfürstlichem Besitz. Ein schwaches Gefühl der Befriedigung loderte wie ein Funke in ihr auf, als sie das Ergebnis ihrer Mühen im Spiegel begutachtete. Gewiß hatte sie sich verändert, doch sie wußte, daß der Kurfürst niemals nur ihren Körper bewundert hatte.

»Bewahre Haltung und strauchle nicht«, flüsterten ihr die gläsernen Lippen ihres Spiegelbildes zu, und Alexandra entdeckte zu ihrem Erstaunen, daß sie nicht nur lächelte, sondern auch ein Glitzern in den Augen hatte, das ungeahnten Tatendrang und kühne Raffinesse andeutete.

Vor dem Festsaal traf die Gräfin zu ihrem Entsetzen auf die alte Kurfürstin. Die Alte wurde von ihrer Zofe gestützt, trotzdem bewegte sie sich so rasch vorwärts, daß der Stoff ihrer üppigen Robe bei jedem Schritt raschelte. Alexandra Staricka spürte, wie ein leichtes Zittern ihre Hände überfiel. Krampfhaft umklammerte sie ihren Fächer. Ein Zusammentreffen mit Friedrich Augusts Mutter war das letzte, was sie ertragen konnte. Für gewöhnlich gelang es ihr, die scharfzüngigen Kommentare der alten Frau zu ignorieren oder mit einer Miene stolzer Gleichgültigkeit zu parieren, aber sie wußte, daß ihr dies heute abend nicht gelingen würde. Die Blicke, welche die Kurfürstin ihr zuwarf, deuteten an, daß sie über das erkaltete Verhältnis zwischen ihrem Sohn und der Gräfin im Bilde war.

Hilfesuchend wandte Alexandra sich um und überlegte fieberhaft, ob sie es wagen durfte, vor der Kurfürstin den Ballsaal zu betreten, doch sie war nicht schnell genug.

»Teuerste, ich wußte nicht, daß Sie uns heute abend mit Ihrer Anwesenheit beehren?« Die Kurfürstin gab sich überrascht und streifte Alexandras Wangen mit einem eisigen Hauch ihrer dünnen Lippen. »Sie hätten sich meinem Staat anschließen sollen, Gräfin. Die Korridore in Ihrem Flügel sind dunkel, was hätte Ihnen nicht alles auf dem Weg zum Ballsaal widerfahren können!«

Täuschte sich Alexandra, oder schwang in der Stimme der Alten tatsächlich so etwas wie Anteilnahme? Sie mußte antworten, irgendeine höfliche Floskel, um der Kurfürstin und den umstehenden Hofleuten zu beweisen, daß sie sich nicht vor ihnen fürchtete. Aber die Stimme versagte ihr. So neigte sie nur tief den Kopf und deutete eine Verbeugung an.

Der Ballsaal war schon vollkommen überfüllt. Unter den

gläsernen Wandleuchten waren prunkvolle Stühle für die Damen des Hochadels aufgestellt worden. Die Familie des Kurfürsten nahm die rechte Seite des Saales ein. Ihr nachgeordnet verteilten sich der Kämmerer, die Legationsräte und höheren Minister mit ihren Gemahlinnen und die Gesandten der Fürstenhöfe, wo die gekrönten Häupter nicht persönlich erschienen waren und ihren Platz auf den Sesseln der kurfürstlichen Familie gefunden hatten.

Mit forschen Schritten durchquerte Kurfürstin Marie Amalie den Saal, neigte hin und wieder hoheitsvoll den Kopf, sobald die Anwesenden in einer tiefen Verbeugung vor ihr niedersanken, und drehte sich in regelmäßigen Abständen nach Alexandra Staricka um, die der alten Frau leichenblaß und mit wachsender Wut durch den ganzen Ballsaal zu folgen hatte.

»Mein lieber Sohn«, rief die Kurfürstin plötzlich und störte sich nicht daran, daß ein Raunen durch die Reihen der Hofgäste ging.

Kurfürst Friedrich August drehte sich überrascht um. Der junge Mann hatte in einer Gruppe von Offizieren gestanden und sich offenbar über eine Geschichte des Barons von Eichenhof amüsiert, der in ganz Dresden für seine amourösen Abenteuer berüchtigt war.

Friedrich August von Sachsen war ein gutaussehender, breitschultriger Jüngling, der die kleine Gruppe um Haupteslänge überragte. Unter seiner weißen Perücke ruhten zwei dunkle, beinahe schwarze Augen, die aufmerksam das Geschehen in seiner nächsten Umgebung zu registrieren schienen. Trotz seiner Jugend gruben sich bereits zwei tiefe Falten in seine Stirn. Obgleich der junge Kurfürst eine prachtvolle rot-blaue Uniform mit goldenen Stickereien und allerlei Ehrenzeichen auf der Brust trug, wirkte er zwischen der phantastischen Galanterie im Saal erfrischend einfach.

»Ich habe Sie vermißt, liebe Mutter«, sagte er und verbeugte sich galant.

»Es ist das Privileg des Alters, zu ruhen oder Konversation zu betreiben, solange die jungen Leute tanzen. Die Zeit der Ausgelassenheit ist für unsereins vergangen, mein Sohn!«

»Nicht doch, Mutter ...«, erhob Friedrich August Einspruch. Sein Protest kam jedoch nicht rasch genug, um aufrichtig zu wirken. Er kannte seine Mutter und ihre geheuchelte Bescheidenheit zur Genüge. Außerdem wußte er, daß sie trotz seiner Thronübernahme bemüht war, ihren Einfluß auf die Politik nicht einzubüßen. Marie Amalie hatte stets versucht, Prinz Xaver zu beherrschen, ihm ihre Ansichten über eine mögliche Allianz mit Polen aufzuzwingen. Warum sollte sie bei ihrem eigenen Sohn anders vorgehen?

Auf ein Zeichen des Kammerherrn, der die Unterhaltung zwischen Mutter und Sohn aus sicherer Entfernung beobachtet hatte, begann das Orchester zur Quadrille aufzuspielen. Für den jungen Monarchen bedeutete dies eine willkommene Gelegenheit, sich der Unterhaltung mit der Kurfürstin zu entziehen. Dankbar lächelte er seinem Kammerdiener zu.

»Sie entschuldigen mich, Mutter, aber ich muß die Quadrille anführen!« Suchend schaute er sich um, ließ seine Blicke hastig über einige junge Damen schweifen, die ein wenig steif am Rande der spiegelglatten Tanzfläche standen und ebenso unruhig darauf warteten, daß man sie aufforderte.

»Friedrich August!« Die alte Kurfürstin legte ihre Hand auf den Ärmelaufschlag ihres Sohnes. »Hier ist unsere liebe Freundin Alexandra, die Gräfin Staricka. Ich wüßte nicht, welcher anderen Frau bei Hofe die Ehre zukommen sollte, mit dir gemeinsam den Ball zu eröffnen!« Die letzten Worte schrie sie beinahe, während sie mit ihrem Fächer der unglückseligen Gräfin bedeutete, näher zu treten.

Unwillig schüttelte der Kurfürst die Hand seiner Mutter ab. Sein Gesicht wurde weiß vor Zorn, während seine Blicke abwechselnd von Alexandra zu seiner Mutter wanderten. Die alte Kurfürstin schürzte süffisant die Lippen und drehte sich mit einer Miene reinster Unschuld zu Alexandra um, die sich nur noch unter Aufbietung ihrer letzten Kräfte aufrecht hielt.

»Mon Dieu, ich werde doch keinen Fauxpas begangenen haben«, sagte die Kurfürstin und schüttelte den Kopf. »Möglicherweise irre ich mich, und du hast bereits andere Verpflichtungen zu erfüllen.«

»Sie irren sich keineswegs, Mutter«, erklärte der junge Fürst und bemühte sich trotz seines offenen Ärgers, seiner Stimme einen festen Klang zu verleihen. Dann wandte er sich an die Gräfin. Einer hilflosen Regung folgend, nahm er ihre eiskalte Hand, hauchte ihr einen Kuß auf die leise bebenden Finger und sagte so leise, daß nur sie es verstehen konnte: »Wir sind beide Opfer, Madame. Sie haben mir beigebracht, unsere Rollen zu kennen, *merci mille fois*!« Darauf ließ er sie los und wandte sich nach einer jungen Frau um, die sich durch das Getümmel zu ihm hindurchdrängte.

Alexandra Staricka lief langsam über den glänzenden Marmor. Der blanke Stein schien unter ihren Schuhen förmlich zu brennen, als sich die Menge teilte wie einst das Rote Meer vor dem Auszug der Kinder Israels aus Ägypten. Von der Musik und dem Stimmengewirr, das ihren Rückzug begleitete, nahm sie nichts mehr wahr. So bekam sie nicht mehr mit, wie der Kurfürst Friederike von Merzingen auf die Tanzfläche führte. Auch das vor Hohn triefende Lächeln auf den dünnen Lippen der alten Kurfürstin, mit dem sie Alexandras Niederlage feierte, entschwand ihren Blicken.

Die klare Nachtluft auf den Terrassen des Zwingers kühlte das heiße Gesicht der Gräfin und zwang sie nach einigen Minuten des ziellosen Umherwanderns, aus ihrem Gefühl der ohnmächtigen Verzweiflung zu erwachen.

Mein eigenes Spiegelbild hat mich belogen, dachte sie bitter. Warum hat es mir bloß Hoffnung gemacht? Nur um mich vor dem gesamten Hof zu demütigen? Nach diesem Abend kann ich mich in Dresden nicht mehr blicken lassen. Die Hofgesellschaft, ja selbst meine Dienstboten werden hinter meinem Rücken über mich lachen. Nie zuvor in ihrem Leben hatte sich die Gräfin so leid getan.

Ohne besondere Eile lief sie die breiten Treppen hinunter und durchquerte ein Stück des Parks. Von der Stadt drang ausgelassenes Gelächter bis zum Höfischen Festplatz hinauf. Die Bürger feierten ihren neuen Kurfürsten in den Schenken und auf den öffentlichen Plätzen. Der Hof hatte für reichlich Wein gesorgt, um sich die Dresdener gewogen zu machen. Friedrich August von Sachsen hatte zwar ehrgeizige Pläne, um seinem ausgebluteten Land mit Hilfe großzügiger Privilegien für Manufakturisten und Kaufleute Wohlstand und Ansehen zurückzugeben, aber noch immer trat das Elend der ausgeplünderten Bauern und der kleinen Handwerker in den schäbigen Hinterhöfen der Städte anklagend zutage. Da half es auch nicht, die Armenhäuser zu füllen und die von Unrat überquellenden Stadtviertel bei Festlichkeiten weiträumig abzuriegeln. Die Menschen in Sachsen brauchten Brot und Hoffnung.

Alexandra Staricka schlug den Weg zum Glockenspielpavillon ein. Sie liebte die Skulpturen dort, welche die »Vier Winde« darstellten und vom Ruhm des Kurfürsten und einstigen polnischen Königs August kündeten. Die steinerne Figur des verstorbenen Monarchen trug Polens Königskrone in den Händen und war von den Göttinnen Hera, Athene und Aphrodite umringt. Im Mittelgiebel prangte das sächsisch-polnische Wappen mit den Initialen AR für *Augustus Rex* und zum Abschluß eine Darstellung des sächsischen Herkules mit einer Weltkugel.

Seufzend legte die Gräfin den Kopf in den Nacken und starrte zu dem vertrauten Wappen hinauf. Irgendwie erinnerte sie der Herkules an einen Mann aus ihrer Vergangenheit, den sie oft konsultiert hatte, wenn sie verzweifelt gewesen war und nicht mehr wußte, wie es weitergehen sollte. Aber dieser Mann befand sich schon seit Jahren auf der Flucht und zog in einem ruhelosen Wanderleben von Ort zu Ort, um seinen Verfolgern zu entgehen. Sie selbst hatte ihn vier Jahre zuvor über den jungen Bengel aus Meißen vor einer drohenden Gefahr gewarnt, einer Gefahr, der er nur deshalb nicht erlag, weil er wußte, daß seine Macht nicht ausreichte, um sich ihr entgegenzustellen.

Was mochte aus Giovanni di Cosmo geworden sein?

Der Italiener hatte ihr in all den Jahren kein einziges Mal geschrieben. Nicht einmal der kleine Hahnemann, dessen Ausbildung sie seit dem Tag, an dem Cosmo verschwand, getreulich bezahlt hatte, konnte sagen, wo sich sein ehemaliger Lehrmeister aufhielt.

Alexandra trat näher an den Pavillon heran, ohne das Wappen ihres Heimatlandes aus den Augen zu verlieren. Sie war sich längst nicht mehr sicher, ob der italienische Abenteurer nicht ein ebenso schlauer Betrüger war, wie er vorgab, ein geschickter Arzt und Alchimist zu sein. Dennoch hatte sie ihn damals mit Geld und Geleitbriefen unterstützt. Vermutlich, weil sie an seine Macht über Menschen glauben wollte und die Hoffnung niemals aufgegeben hatte, daß sie mit Hilfe des Italieners Friederike aus dem Weg räumen und ihren Einfluß auf den jungen Kurfürsten zurückgewinnen würde.

»Cosmo, wo bist du?« rief die Gräfin leise in den Wind, der das Laub der zu Kaskaden hoch geschnittenen Bäume auf und nieder tanzen ließ. »Hättest du damals den jungen Samuel Hahnemann daran gehindert, Friederike nach ihrem Sturz in den Fluß zu retten, wäre mir in den letzten Jahren so manche Erniedrigung erspart worden. Nicht einmal die Kurfürstin hätte es gewagt, sich mir entgegenzustellen!«

Aus dem Innern des finsteren Pavillons waren verhaltene Stimmen zu hören, Stimmen, die zunächst noch vorwurfsvoll und klagend, mit zunehmender Lautstärke jedoch böse und bedrohlich klangen. Der Schreck fuhr der Gräfin in alle Glieder. Sie hatte nicht damit gerechnet, um diese Zeit im Pavillon auf Menschen zu stoßen.

Obwohl ihr das Herz bis zum Halse schlug, schlich sie sich ein Stück näher an den Pavillon heran. Der steinerne Kopf des Herkules schien sich drohend auf sie zuzubewegen, bereit, sie jeden Moment mit seiner Weltkugel zu zerschmettern. Ein Gefühl lähmenden Entsetzens bemächtigte sich der Gräfin, als sie ihr Ohr an das kühle Holz der Pforte preßte. Der Wind wurde stärker. Er machte es ihr schwer, dem Gespräch im Pavillon zu folgen, aber dennoch hörte sie, daß der Ton an Schärfe zunahm. Es waren zwei Männer, die allem Anschein nach eine hitzige Debatte führten. Die Stimme des einen glaubte Alexandra zu erkennen. Aber das war unmöglich! Der alte Kammerherr Friedrich Augusts sollte zu dieser Stunde eigentlich bei seinem Herrn sein. Er trug als Zeichen des Vertrauens seines Fürsten die drei goldenen Schlüssel am linken Aufschlag des Rockes. Alexandra versuchte sich zu erinnern, ob der Kammerherr vor ihr den Saal verlassen hatte, aber es gelang ihr nicht.

Die Stimme des zweiten Mannes war dumpf und weniger gut zu verstehen. Trotzdem hörte die Gräfin deutliche Sätze aus dem Gemurmel heraus. Der Name des Kurfürsten wurde erwähnt, außerdem seine Mutter, die Kurfürstin Marie Amalie. Der Gräfin Staricka stockte der Atem. Vor Anspannung drückte sie ihr Ohr so fest gegen die Tür, daß sich der Verschluß ihres Ohrrings schmerzhaft in das weiche Fleisch bohrte und ein Blutstropfen auf ihre nackte Schulter fiel.

Der Streit schien sich um Briefe zu entspinnen, welche die Kurfürstin ohne Wissen ihres Sohnes ihren Gewährsleuten der sächsischen Partei in Polen zukommen lassen wollte. Wie betäubt lauschte die Gräfin weiter. Sie mußte wissen, welchen Zweck die Kurfürstin mit den Depeschen verfolgte. Mit einem Anflug von wilder Freude stellte sie sich vor, was es für sie bedeuten konnte, von einem Verschwörungsplan der alten Marie Amalie gegen ihren Sohn Kenntnis zu erlangen.

Am Hofe war schon seit langem bekannt, daß die Kurfürstin von einer Renaissance der sächsischen Herrschaft über Polen träumte. Ihren Sohn hatte sie für diesen Plan jedoch nicht begeistern können. Ebensowenig seinen bisherigen Vormund. Aber das spielte für Alexandra keine Rolle. Was sie brauchte, waren die Depeschen an die sächsische Partei am Hofe Poniatowskis in Warschau. Die Briefe der alten Kurfürstin würden in ihren Händen Werkzeuge ihrer Rache werden. Alexandra Staricka glaubte ihr Glück nicht fassen zu können, als der Mann mit der tiefen Stimme seelenruhig das Versteck der Depeschen im Boudoir der alten Kurfürstin beschrieb.

Zitternd vor Erregung wollte die Gräfin sich schon von der Pforte abwenden, als ihr die letzten Worte des Mannes, den sie für den Kammerherrn des Fürsten hielt, einen herben Schlag versetzten. Mit abfälligem Ton sprach der vermeintliche Vertraute Friedrich Augusts davon, daß die Mätressen des jungen Herrschers seinen Blick für die Geschicke des Staates getrübt hätten. Nur wenige Stunden vor seinem feierlichen Regierungsantritt habe er beschlossen, seiner Favoritin das Haus Akazienhof am Großen Garten zu übereignen, von dem aus man einen herrlichen Blick auf das italienische Palais habe.

»Das vollkommene Liebesnest für schwüle Abendstunden«, drang es dumpf durch die dünnen Wände des Pavillons. Alexandra erfuhr außerdem, daß das prachtvolle Haus seiner neuen Besitzerin dieser Tage im Rahmen einer höfischen Abendgesellschaft übergeben werden sollte. Sie hatte genug gehört. Leise schlich sie sich davon und eilte den kleinen Pfad zurück, der den Höfischen Festplatz mit den Terrassen verband.

Erst als das zierliche Gebäude nicht mehr zu sehen war, erlaubte sich die Gräfin, stehenzubleiben und zu verschnaufen. Mein Spiegelbild hat mich doch nicht betrogen, dachte sie, und ihre Augen verengten sich zu Schlitzen, als sie das Licht der kristallenen Kronleuchter durch die riesigen Fenster des Zeremoniensaales scheinen sah.

Sie brauchte Giovanni di Cosmo gar nicht, um mit ihren Feinden bei Hofe abzurechnen. Die verräterischen Briefe würden nicht nur der boshaften Kurfürstin den Hals brechen, sondern auch Friederike von Merzingen.

»Eine Katze mag neun Leben haben, teuerste Baronin«, brummte die Gräfin grimmig in Richtung der Schatten, die sich noch immer im Takt der Musik auf dem glatten Marmorboden bewegten. »Doch Sie haben allenfalls die Augen einer Katze! Es wird Ihnen nicht gelingen, mich ein weiteres Mal zu demütigen!«

Als die Terrassentüren sich öffneten und die vom Tanzen erhitzten Männer und Frauen auf die Freitreppen und Balustraden drängten, um sich unter munterem Geplauder und Rufen des Entzückens das Feuerwerk über der Jungfernbastei anzusehen, hatte sich die Gräfin längst in ihr eigenes Boudoir zurückgezogen. Dort schrieb sie, im Schein einer einzigen Kerze, einen Brief, der gleich bei Tagesanbruch Dresden verlassen sollte.

Der Akazienhof bestand aus einem hohen Bürgerhaus aus rotem Sandstein, dessen Giebel sich nach oben verjüngten, bis sie in drei stattliche Kamine übergingen. Auf dem mit schwarzen Schindeln bedeckten Dach befand sich ein Storchennest, das dem Anwesen ein idyllisches Aussehen vermittelte.

Zwischen Haupthaus und Nebengebäuden gab es zudem eine kleine Remise, in der wenigstens zwei Kutschen und einige Sänften Platz fanden. Aber die Remise war leer, wie überhaupt der gesamte Akazienhof trotz des herrlichen Ausblicks auf die Parkanlagen gegenüber, die von den Hofgärtnern versehen und gepflegt wurden, seit Jahren unbewohnt war.

Am Nachmittag war überraschend ein Gewitter über der

Residenz aufgezogen. Blitze, scharf wie frisch geschliffene Säbel, tanzten um die Dächer der Häuser und Kirchen Dresdens herum. Wen sein Handwerk nicht unbedingt auf die Straße trieb, vermied es, sein Haus überhaupt zu verlassen, und ungeachtet der Hitze, welche die Bürger seit dem feierlichen Regierungsantritt Friedrich Augusts geplagt hatte, sah man durch so manche der dünnen Fensterscheiben am hellichten Tag Kamin- oder Herdfeuer brennen, um die Feuchtigkeit aus den alten Mauern zu vertreiben.

Alexandra Staricka hatte den Gewittersturm vom Fenster ihres Schlafgemachs im Zwinger in einem ohnmächtigen Dämmerzustand verfolgt. Wann immer ein Blitz den trüben Nachmittag erhellt hatte, spürte sie, wie ein Gefühl elektrisierender Energie durch ihre Adern jagte. Die Blitze erinnerten sie daran, daß die Stunde ihrer Rache nahe war.

Bis zu diesem Augenblick hatte alles geklappt, wie sie es sich ausgemalt hatte. Die Soiree würde ungeachtet des schlechten Wetters im Akazienhof, dem neuen Palais der Friederike von Merzingen, stattfinden. Den halben Hofstaat hatte die Kurfürstin zu diesem Ereignis eingeladen, und selbstverständlich hatte die Alte es nicht versäumt, Alexandra das Billet mit einem vernichtenden Lächeln persönlich ins Boudoir zu überbringen. Sie läßt keine Gelegenheit aus, mich zu demütigen, dachte Alexandra und zog das wollene Tuch über ihrem einfachen Leinenkleid straffer. Doch heute abend werden wir sehen, wer die *persona non grata* am sächsischen Hof ist.

Die Gräfin legte sich auf einen mit blauem Samt überzogenen Diwan, klopfte in die Kissen und streckte sich genießerisch. In wenigen Minuten würde sie nach einer Dienerin läuten, um sich ankleiden und schminken zu lassen, und dann in einer Kutsche zum Akazienhof fahren, wo sie an der Abendgesellschaft zu Ehren der neuen kurfürstlichen Mätresse teilnehmen würde.

Wie leicht es doch gewesen war, die Briefe aus dem Schreibkasten der dummen Alten zu stehlen, wunderte sich Alexandra vergnügt, als sie sich den vergangenen Abend ins Gedächtnis zurückrief. Die kleine Zofe wird den Mund halten, sonst sitzt sie morgen wieder auf ihrem Hof und hütet Gänse. Auch der junge Samuel Hahnemann, den sie eigens aus Meißen hatte kommen lassen, um die brisanten Depeschen im Kamin zu verstecken, würde schweigen. Der Junge war ernsthaft veranlagt und alles andere als töricht, auch wenn er seit Jahren die Nase nur in Cosmos medizinische Bücher steckte und nicht ahnte, daß sich außerhalb seiner Studierstube das wirkliche Leben abspielte.

Er hatte keine Fragen gestellt und den Auftrag prompt ausgeführt. Sie wiederum hatte ihm versichert, daß es lediglich darum ging, einen sicheren Platz für wichtige Dokumente zu finden, die niemandem in die Hände fallen durften.

Die Kutsche mit dem jungen Hahnemann war mittlerweile längst unterwegs nach Meißen. Von dem Jungen drohte demnach keine Gefahr; er konnte schließlich nicht wissen, daß man die Dokumente heute abend im Kamin des Hauses entdecken würde, das nun Friederike von Merzingen, der Kokotte des Fürsten, gehörte.

Schwungvoll warf Alexandra Staricka ihr seidenes Schultertuch ab und tänzelte auf Zehenspitzen zu ihrem Toilettentisch hinüber. Während sie das goldene Glöckchen läutete, um ihre Dienerin aus der Nebenkammer herbeizurufen, fiel ihr Blick zufällig auf ihr Spiegelbild. Sie trug ihr langes, dünnes Haar offen. Die Spitzen fielen wie Seide über ihre entblößten Schultern. Der Kummer der vergangenen Jahre hatte sie etliche Pfunde verlieren lassen. Aber das Gesicht mit den üppigen Lippen war ein wenig voller geworden seit dem Abend des Gesandtschaftsballs. Alexandra massierte sich mit den Zeigefingern beider Hände, an denen jeweils drei goldene Ringe mit Diamanten, Smaragden und fein gefaßten Opalen glitzerten, ihre klopfenden Schläfen. Sie war noch immer eine schöne

Frau, und das Leben lag vor ihr, bereit, sie wieder in Gnaden aufzunehmen. Aber warum bloß lächelte die Gläserne ihr heute nicht zu?

Entgegen Alexandras Annahme hatte der Kurfürst den Kreis der Geladenen an diesem Abend recht klein gehalten. Als die Karosse der Gräfin das elegante Stadthaus erreichte, rissen Diener in roter Livree dienstbeflissen die Tür der Kutsche auf und halfen ihr beim Aussteigen.

Einen Augenblick lang betrachtete die Gräfin das Haus, aus dem bereits die Musik von Flöten und Violinen auf die Straße klang. Hinter ihr kündigten die Geräusche schwerer Pferdehufe auf dem Kopfsteinpflaster die Ankunft weiterer Gäste an. Alexandra spannte ihren zierlichen Schirm mit dem Spitzenbesatz auf und ließ ihn ein paarmal nervös über ihrem Haupt mit der voluminösen, aufgerollten Perücke kreisen.

Sie erklomm die wenigen Stufen zum Eingang in die Halle. Es war spät geworden, und sie durfte den ersten Akt des angekündigten Schauspiels um keinen Preis versäumen.

Das fürstliche Stadtpalais brütete unter einer Dunstglocke steifer Förmlichkeit. Die Möbel in der kleinen Empfangshalle mit dem schachbrettartigen Marmorboden waren dunkel und verbreiteten trotz der Hitze des späten Nachmittags Kälte. In kleinen Spiegeln, die in dicken, von Blattgold überzogenen Rahmen steckten, reflektierten die Wände, an denen kostbare persische Seidenteppiche und blauweiße Wandteller aus feinem Porzellan hingen.

Erst als sie das Porzellan näher betrachtete, erkannte die Gräfin, daß es sich um die Musterstücke der Meißener Manufaktur handelte, die sie selber vor Jahren zusammen mit Friederike von Merzingen nach Dresden an den Hof gebracht hatte. Die Bewegungen ihres steifen schwarzen Fächers gingen schneller. Alexandra mußte an sich halten, um beim Anblick der geschmackvollen Fayencen nicht in hysterisches

Gelächter auszubrechen. Der Kurfürst schmückte das Haus seiner neuen offiziellen Mätresse mit ihrem eigenen Porzellan.

Für Friederike hat sich das Warten auf ihren großen Tag gelohnt, dachte Alexandra. Mürrisch blickte sie sich nach einem der Lakaien und den Dienerinnen um, die in höchster Geschäftigkeit zwischen Halle, Küchentrakt und Salon hin und her eilten und silberne Tabletts mit Zuckerkuchen, leuchtenden kandierten Früchten und französischem Champagner in den Händen balancierten. Die Gräfin entschied sich dafür, auf den süßen Kuchen vorerst zu verzichten. Sie mußte den Kurfürsten und seine Familie begrüßen, ohne sich in irgendeiner Weise verdächtig zu machen.

Als sie den seltsam kahlen Salon betrat und sich durch die Menge der Gäste kämpfte, die lachend und plaudernd das Parkett bevölkerten, brannte ihr Gesicht wie Feuer, und sie mußte sich zusammennehmen, um nicht zu dem prächtigen Kamin hinüberzublicken, der mit seinem Sims aus Granit und den beiden ausladenden, mit Blattgold überzogenen Adlerfiguren fast die gesamte rechte Wandbreite des kleinen Salons einnahm.

Hatte der junge Hahnemann ihren Auftrag auch wirklich ausgeführt? Alexandra hatte ihm verboten, sie im Schloß aufzusuchen, um ihr Bericht zu erstatten. Sämtliche Briefe an ihn hatte sie am Vorabend in ihrem Boudoir verbrannt, und ihre Dienerin, die ihm den Weg zum Palais beschrieben und das stets offene Fenster gezeigt hatte, würde eher ihre Zunge einbüßen, als darüber zu plaudern.

Das Fenster war geschlossen. Ebenso die Türen, die über eine kleine Veranda hinunter in den Garten führten. Alexandra blickte auf die munter tanzende Spitze einer Fontäne, die sich irgendwo hinter den Bäumen erhob. Es war ein wundervolles Anwesen, auch wenn der Salon in tiefem Schatten lag. Dafür schleppten einige Lakaien in eleganten roten Satinhosen Dutzende von Kandelabern aus getriebenem Silber in den Raum und plazierten sie auf dem Sims des Kamins und auf den kleinen, mit Speisen beladenen Tischen aus Kirschbaumholz, die neben einem dick gepolsterten Diwan das einzige Mobiliar des Salons darstellten.

»Meine Liebe, Sie sehen so blaß aus!« Die Kurfürstin hatte sich unbemerkt aus der glitzernden Menge gelöst, die ihren Sohn wie ein Schwarm Fliegen umlagerte. Sie trug wie immer ein schwarzes Kleid aus dem Atelier ihres französischen Hofschneiders. Über ihre Schultern fiel ein hauchzartes weißes Spitzengewebe, das von einer goldenen Brosche in Form einer Krone gehalten wurde.

»Es geht mir sehr gut«, erklärte die Gräfin mit verdrossener Miene. Energisch riß sie ihren Fächer hoch, als wollte sie sich vor dem boshaften, abschätzenden Lächeln der alten Frau abschirmen, und deutete an, sich an ihr vorbei zu winden. Da fühlte sie, wie sich die Hand der Kurfürstin unsanft auf ihren Unterarm legte.

»Es wäre schade, wenn Sie Ihren Ehrentag nicht genießen könnten, Madame. Schließlich hat sich mein lieber Sohn eine solch große Mühe gegeben, Sie zu überraschen!« Das perlende Lachen der alten Frau traf Alexandra wie der Hieb einer Kutscherpeitsche. Was hatte das zu bedeuten, und wo zum Teufel steckte Friederike von Merzingen? Fieberhaft suchte Alexandra den Salon nach ihrer jungen Rivalin ab, ohne sie zu entdecken. »Ich fürchte, ich kann Ihnen nicht ganz folgen, königliche Hoheit!« preßte sie schließlich hervor. »Dieser Abend gereicht gewiß nicht mir zur Ehre, sondern der Baronin von Merzingen und Ihrem Sohn!« Wütend winkte sie einen der Lakaien mit einem silbernen Tablett voller bunter Kuchen mit Zuckerglasur herbei und ließ sich einen Teller füllen.

»Warum schauen Sie eigentlich ständig zum Kamin hinüber, Madame?« hörte sie die hohe Stimme der Kurfürstin säuseln. »Ist Ihnen kalt?«

Alexandra kam nicht mehr dazu, zu antworten. Vor ihr öffnete sich eine Gasse. Zahlreiche Damen und ihre Kavaliere versanken in einer tiefen, weihevollen Verbeugung, und der Kurfürst schritt mit einem breiten Lächeln geradewegs auf sie und seine Mutter zu.

Alexandra war so überrascht, daß sie vergaß, sich zu verneigen. Was führte die Alte nur wieder im Schilde? Warum sprach nur alle Welt von *ihrem* Ehrentag? Friedrich August mußte die verräterischen Briefe finden! Noch heute abend. Wieder starrte sie zum Kamin hinüber.

Plötzlich stand der junge Kurfürst vor ihr. Um jeden Anschein eines offiziellen Charakters der Soiree auszuschließen, hatte er sich gegen seine Galauniform entschieden. Sein Rock aus dunkelblauem Samt fiel offen auf die Knie und war hinten und an den Seiten gerafft. Etwa drei Zentimeter über dem unteren Saum waren große waagrechte Taschen aufgesetzt, die mit Gold- und Silberfäden durchwirkt waren. Die Ärmel reichten bis zu den Ellbogen und hatten breite Stulpen. Seine Kniehose war weiß; dazu trug er seidene Strümpfe von derselben Farbe und schwarz glänzende Halbstiefel mit goldenen Schnallen. Eine rote Seidenkrawatte hing locker um seinen Hals und verdeckte schamhaft den prächtigen St. Georgsorden, der auf der rechten Brustseite prangte.

Alexandra mußte widerwillig lächeln, als sie den jungen Mann so vor sich sah. Sie selbst hatte ihm beigebracht, was es hieß, sich höfisch und dem jeweiligen Anlaß angepaßt zu kleiden. Nach all den Jahren erwies er sich also doch noch als gelehriger Schüler. Im Grunde konnte Friederike mit ihr zufrieden sein und auch die Alte, die vor Friedrich Augusts Mündigkeit niemals besonders Interesse für ihren Sohn gezeigt hatte.

»Teuerste Freundin, wir haben Sie nie zuvor so schön gesehen und freuen uns, Sie neben unserer geliebten Mutter begrüßen zu dürfen«, erklärte der Kurfürst. Galant reichte er

Alexandra die Hand und führte sie, von seiner Mutter verfolgt, auf das Parkett des Salons. Ehrerbietig machte ihnen die Menge Platz. Alexandras Gesicht wurde zur Maske. Sie fühlte, wie die Blicke der Anwesenden sie wie glühende Schürhaken durchbohrten. Schürhaken, wie sie in einem eisernen Ständer neben dem Kamin standen. Aber wo steckte Friederike?

Warum übergab der Kurfürst der Baronin nicht endlich ihr kostbares Geschenk, das Palais mit den verräterischen Briefen der Kurfürstin?

»Meine Freunde«, der Kurfürst hob die Stimme, »wir haben Sie alle heute abend in das Palais Akazienhof geladen, um eine Dame zu ehren, die sich in Treue für den Hof, seinen Kurfürsten und unser Land große Verdienste erworben hat.«

Noch immer hielt der Kurfürst Alexandras Hand. Er fühlte, daß sie immer kälter wurde, und schrieb es der Temperatur zu, die mittlerweile im Salon herrschte. Von den Gärten war ein kühler Wind heraufgezogen. Also beeilte er sich, mit seiner Ansprache fortzufahren.

»Wenn es eine Frau gibt, der wir uns dankbaren Herzens erinnern wollen, dann ist sie es, die uns schon eine Freundin und Ratgeberin war, als noch unser geliebter Vater, Gott schenke ihm Frieden, und unser verehrter Regent und Oheim, Prinz Xaver, die Geschicke Sachsens durch die schwierigsten Zeiten lenkten. Aus diesem Grunde haben wir das Palais, in dem wir uns heute abend befinden, unserer teueren Freundin, der Gräfin Staricka, zugedacht, wie sie selbst, dank unserer lieben Mutter, seit langem geahnt haben dürfte. Welche andere Frau an unserer Seite hätte es verdient, daß Sachsens Kurfürst ihr auf ähnliche Weise für ihre Dienste am Hofe dankte?«

Zu ihrem Entsetzen bemerkte Alexandra, daß die Schar der Anwesenden applaudierte. Einige der Hofdamen nickten und winkten ihr mit Fächern und bunten Bändern zu, während zahlreiche Herren eine Verbeugung andeuteten. Plötzlich hielt sie ein Glas Champagner in der Hand. Ein englisches Glockenspiel wehte durch die weit geöffneten Salontüren herein. Der Kurfürst hatte ihre Hand losgelassen und winkte zwei kleine Pagen herbei, die mit vereinten Kräften auf einem mit grünem Samt ausgeschlagenem Gestell eine riesige goldene Kaminuhr hereintrugen.

»Laßt sie auf den Kaminsims stellen«, hörte Alexandra die Stimme des kurfürstlichen Kammerherrn, den sie bisher nicht unter den Gästen entdeckt hatte.

»Und macht ein Feuer im Kamin! Den Damen wird allmählich kalt!«

»Madame, Sie sehen aus, als hätten Sie ein Gespenst gesehen!« Besorgt beugte sich der Kurfürst über seine ehemalige Vertraute, die erschöpft in die dicken Polsterkissen des einzigen Diwans gesunken war.

»Vielleicht habe ich das auch, Friedrich August!« gab sie keuchend zur Antwort. »Ich habe nicht mit Ihrem ... Geschenk gerechnet!«

»Das verstehe ich nicht, meine Liebe! Meine Mutter versprach, Sie schonend auf Ihre Übersiedelung vorzubereiten.« Kopfschüttelnd erhob sich der Monarch und blickte sich fragend nach seiner Mutter um. Doch deren schwarzes Kleid war in der Menge nicht auszumachen.

»Die Zeit ist gekommen, da sich der Schüler von seiner Lehrerin lösen muß, um eigene Wege zu gehen, nicht wahr?« flüsterte die Gräfin. »Das Palais soll ein gnädiges Zeichen des Lebewohls sein!« Ihre Stimme drohte zu versagen, doch sie durfte sich nicht gehenlassen. Sie mußte das letzte Kapitel auch noch mit Würde hinter sich bringen. Doch als sie sich erheben wollte, gehorchten ihr weder Hände noch Füße.

Der Champagner, durchfuhr es sie in höchster Agonie. Wer hatte ihr den Champagner gereicht? Aus dem Marmor unter ihren Füßen lösten sich Hunderte von winzigen Händen. Braune, weiße, schwarze Hände. Manche waren jung und wohlgeformt. Andere verbogen und von Gicht gekrümmt. Aber alle schienen sie herbeizuwinken. Alexandra schloß die Augen und versuchte, die unheimlichen Schemen abzustreifen. Ihr verschwommener Blick fiel auf den Kamin. Die beiden kleinen Pagen hatten sich der Schürhaken bemächtigt und stocherten damit in der kalten Asche herum, als kämpften sie gegen einen Drachen in seiner finsteren Höhle. Die beiden goldenen Adler schlugen mit den Flügeln und kreischten in ihre Richtung. Und dann tauchte auf einmal Friederike von Merzingen unter dem Türsturz auf. Die Baronin hatte ihr strahlendstes Lächeln aufgesetzt. Irgendwie, so dachte Alexandra, paßt es nicht zu ihrem Kleid mit den blauen und weißen Streifen und der gigantischen roten Seidenschleife im Dekolleté.

Wie durch einen Nebel hörte sie die Stimme des Kurfürsten nach dem Hofphysikus rufen. Sollte der Arzt für sie kommen? Gewiß nicht, denn schlecht ging es ihr nicht mehr. Ihre Sinne waren geschärft. Alexandra sah alles, was die anderen nicht sahen. Die Hände aus Marmor, die wie gierige Schlangen nach ihren Füßen schnappten, die Kaminfiguren und ... Friederike von Merzingens grüne Augen. Kalt wie Marmor.

»Schert euch fort von dem Kamin«, schrie Alexandra Staricka die Pagen an, und ihre Stimme erschien ihr plötzlich wie das englische Glockenspiel, das im Gehäuse der monströsen Uhr auf ihrem Kaminsims thronte. »Ich will nicht, daß ihr Feuer macht. Habt ihr nicht gehört ... ihr verbrennt meine ...«

»Sie verbrennen ... Ihre *was*?« erkundigte sich die Kurfürstin mit unschuldiger Miene.

Das Getöse des Glockenspiels wurde lauter, und im nächsten Augenblick wußte Alexandra, daß sie sich verraten hatte. Die beiden Pagen waren auf die Kassette gestoßen, ohne daß sie es noch hatte verhindern können. Alexandra glaubte, sich vor Lachen ausschütten zu müssen. Das Haus war also niemals für Friederike bestimmt gewesen. Sie hatte die verräterischen Briefe in ihrem eigenen Kamin versteckt. Ganz Dresden, einschließlich des Kurfürsten, war davon überzeugt, daß sie davon unterrichtet gewesen war.

Aus den Augenwinkeln beobachtete die Gräfin, wie der Kurfürst die Kassette öffnete, einen Brief herausnahm und mit ungläubiger Miene zu lesen begann. Eine ganze Weile sprach niemand ein Wort. Doch plötzlich schlug der junge Fürst mit der Faust auf den Deckel der Kassette. Sein Gesicht färbte sich rot vor Zorn: »Mutter, dieser Brief stammt von Ihrer Hand. Was haben Sie und die Gräfin mir zu sagen?«

In Windeseile leerte sich der Salon. Die Lakaien und Dienerinnen folgten den überraschten Gästen auf dem Fuß und schlossen hastig die großen weißen Türen von außen. Nur der Kurfürst und seine Mutter, Friedrich Augusts Kammerdiener, Friederike und die Gräfin Staricka blieben in dem kahlen Salon zurück.

»Nun, Mutter: Was haben Sie mir zu sagen?« wiederholte Friedrich August kalt. Die Augen des jungen Monarchen fixierten die Fürstin. Ihr spöttisches Lächeln irritierte ihn. Dennoch blieb sein Blick hart. Diesmal würde er auf einer Antwort bestehen.

»Frag doch die Gräfin, solange sie ihr Schlagfluß noch reden läßt!« erklärte die Alte ausdruckslos. »Es ist *ihr* Haus, und sie hat die Briefe im Kamin verborgen, um sie im geeigneten Moment gegen uns zu verwenden. Warum wohl sollten die Pagen kein Feuer machen?«

»Mutter, ich verliere langsam die Geduld mit Ihnen!«

»Ich hätte die Depeschen an die polnische Partei nicht versandt, mein Sohn.« Die alte Frau griff nach der Hand ihres Sohnes. »Nicht, ohne sie deinem Kabinett vorzulegen. Es ist wahr, daß ich davon überzeugt bin, daß Sachsen und Polen unter deiner Regentschaft wieder vereint werden könnten. Ich schrieb diese Zeilen, um dich dafür zu gewinnen, die sächsische Partei am polnischen Hof zu stärken. Das ist kein Verbrechen! Aber diese Frau hat mir die Briefe stehlen lassen!«

Die anklagende Stimme der Kurfürstin ging allmählich in ein heiseres Kreischen über. Die Pfauenfedern an ihrer hoch toupierten Perücke wedelten wie die Äste einer Trauerweide im Wind, und plötzlich wünschte sich Friedrich August nichts sehnlicher, als die Briefe niemals gesehen zu haben.

Finster blickte der Kurfürst zum Diwan hinüber. Die Augen der Gräfin Staricka waren weit aufgerissen, ihr Atem ging unregelmäßig und schwach. Dennoch sagte ihm sein Gefühl, daß sie jedes Wort verstand.

Alexandra wich seinem Blick aus. Es war sinnlos, daß sie sich verteidigte. Wer würde ihr glauben, wenn sie beteuerte, nichts von den Briefen im Kamin gewußt zu haben? Ihr Plan war nicht aufgegangen. Sie hatte das Spiel verloren und empfand es mehr als überflüssig, daß sich plötzlich auch noch Friederike von Merzingen einmischte und verkündete, sie habe die Gräfin Alexandra Staricka schon vor Tagen von dem ihr zugedachten Palais in Kenntnis gesetzt.

»Lassen Sie die Gräfin auf die Jungfernbastei schaffen«, wies der Kurfürst seinen Kammerdiener an. »Sie bleibt unter Arrest, auch wenn ich nicht glaube, daß sie die Nacht übersteht!« Langsam bückte er sich und hob mit nachdenklicher Miene das Glas aus geschliffenem Kristall vom Boden auf, aus dem die Gräfin Champagner getrunken hatte. Prüfend drehte er das funkelnde Glas einige Male im Licht der brennenden Kandelaber.

»Ich will, daß nach jedem geforscht wird, der in den Diensten der Gräfin stand und an der Verschwörung gegen mich und Sachsen teilhatte!«

Mit letzter Kraft gelang es Gräfin Staricka, einen Arm zu heben. Das Fischbein ihres noch immer straffen Mieders bohrte sich zwischen ihre Rippen. Der Kurfürst bemerkte es, zog kurz die Brauen hoch und beugte sich dann mit ernster

Miene über die Polster, bis sein Ohr an Alexandra Starickas blutleeren Lippen lag. »Sie wissen, daß ich nicht anders handeln kann, Gräfin«, sagte er traurig. »Zu viele Menschen haben heute abend von den Briefen erfahren, und die Staatsräson verlangt nach einem Opfer!«

»Wir sind beide Opfer, mein Fürst«, hauchte die Gräfin schwach, dann schloß sie erschöpft die Augen.

8. Kapitel

Im Wohnzimmer des Porzellanmalers, einem länglichen Raum mit verschrammten Holzplanken, roch es nach Kreidestaub und braunem Kohl. Obwohl die Fenster weit offenstanden, regte sich kaum ein Lüftchen auf der Gasse vor dem Haus.

Samuel saß inmitten der Stube und zeichnete mit einem Kreidestift geometrische Figuren in das Holz des langen Eichentisches. Innerhalb weniger Minuten war die grobe Tischplatte übersät mit spitzwinkligen Dreiecken, Quadraten, Kreisen und Pyramiden.

»Verdammt, ich bekomme den stumpfen Winkel einfach nicht heraus.« Er verzog mißgelaunt das Gesicht. »Wie kam dieser Johann Lambert nur darauf, daß der Umfang eines Kreises ein rationales Vielfaches des Umfangs sein muß?«

Johanna Hahnemann trat aus der Speisekammer hinter der Herdstelle. Sie hielt ein Stück vom Räucherschinken in der Hand. Als sie an Samuels Platz vorbei schritt, blieb sie stehen und beugte sich forschend über die Schulter ihres Sohnes.

»Ich verstehe nichts von deinen Berechnungen«, sagte sie gleichmütig. »Aber ich fürchte, dein Vater wird es nicht gerne sehen, wenn du unseren guten Tisch als Schreibtafel mißbrauchst. Und was habe ich dir schon tausendmal über das Fluchen gesagt?«

Sie versetzte dem Jungen einen spielerischen Klaps und wandte sich ihrem Herd zu, um den Speck für die Abendmahlzeit in schmale Scheiben zu schneiden. Das Holz ging zur Neige, lange würde sie das Essen nicht mehr warm halten können. Warum kam ihr Mann auch mit jedem Tag später aus der Manufaktur? Johanna Hahnemann zog sachte die Schultern zurück. Der üble Schmerz, der sie seit dem Winter immer öfter befiel, saß tief zwischen den Schulterblättern. Für einen Moment nahm er ihr beinahe den Atem. Mit beiden Armen stützte sie sich auf die steinerne Arbeitsplatte neben dem Ausguß.

Meine Mutter wäre in dieser Jahreszeit zur Kur in die böhmischen Bäder gefahren, dachte sie in einem Anflug von Melancholie. Doch dieser Firlefanz kam für sie nicht in Frage. Sie hatte eine Familie zu versorgen. Plötzlich fiel ihr ein, daß eine der Frauen an der Wasserpumpe von einem fahrenden Spezereienhändler erzählt hatte, der gerade durch Meißen zog. Vielleicht hatte der Drogist eine Salbe oder ein Pulver, das billiger war als das, was der Apotheker in seiner Offizin mischte?

Während sie sich mit ihrer Schürze den Schweiß von der Stirn wischte, überlegte sie, ob sie Samuel bitten sollte, Holz nachzulegen. Aber sie entschied sich dagegen. Der Junge war so vertieft in seine Wissenschaft, daß er kaum wahrnahm, was um ihn herum geschah. Und bevor sein Vater von der Albrechtsburg zurückkehrte, mußten die Bücher ohnehin im Kasten liegen.

Samuel stöhnte leise und machte drei dicke Kreidestriche durch seine Zeichnung. Dann stand er schwerfällig auf, streckte seine Glieder und machte sich daran, die Tischplatte von seinen mißglückten Berechnungen zu säubern.

»Ich muß noch die griechischen Verben wiederholen!«

»Das kann bis morgen warten, mein Junge!« Johanna Hahnemann mußte sich auf die Lippen beißen, um nicht über den Eifer ihres Sohnes zu lachen. Hätte er dieses Feuer nicht auch für die Manufaktur aufbringen können? Sein Vater hatte sich nie damit abgefunden, daß Samuel alle seine Hoffnungen, eines Tages die Leitung der Porzellanmanufaktur zu übernehmen, zunichte gemacht hatte und statt dessen mit den Söhnen der reichen Pfeffersäcke die Schulbank drückte, um so weltfremde Dinge zu studieren wie Kreise, Dreiecke und Linien, die spitze Winkel bildeten und ihren guten Tisch verunstalteten. Aber

Samuel hatte sich als unbelehrbar erwiesen, was die Mahnungen seines Vaters betraf, und irgendwann hatten beide einen Weg gefunden, nebeneinander zu leben, ohne die Grenze des anderen zu überschreiten.

»Mutter, die Quartalsprüfungen stehen bevor, und wenn ich keine Gelegenheit habe, mich ausreichend vorzubereiten, läßt der alte Baum mich durchfallen!« sagte Samuel und beobachtete gebannt, wie aus der Pfanne mit den Speckstreifen auf dem Herd dichte Schwaden zur Zimmerdecke aufstiegen.

Johanna Hahnemann nahm einen kleinen irdenen Krug von dem Bord über dem Herd, auf dem sie ihre Kräuter gebündelt und getrocknet aufbewahrte, öffnete prüfend den Deckel und stellte ihn mit einem Seufzen zurück an seinen Platz. Dort, gleich hinter dem Krug, hatte der Vater vor vielen Jahren ein Loch in die Wand gestemmt und es dann so geschickt verkleidet, daß sie ihre wenigen Wertgegenstände darin verbergen konnte.

»Mir ist das Gänsefett ausgegangen«, sagte sie. »Ich fürchte, nun muß ich doch noch in die Nachbarschaft. Und das gleich zu Wochenbeginn!«

Samuel stand auf. Plötzlich bemerkte er, daß sich seine Mutter vor Müdigkeit kaum noch auf den Beinen zu halten vermochte. Wie konnte er es wagen, sie auch noch mit seinen Problemen zu belästigen.

»Laß nur, Mutter!« rief er eilig und nahm ihr das grobe Schultertuch aus der Hand, das sie sich über die fleckige Leinenbluse binden wollte. »Ich werde die Base Anna nach dem Fett fragen. Auf ihrem Hof laufen mehr Gänse herum als Magister in der Fürstenschule.«

Johanna strich ihrem Jungen eine widerspenstige Haarsträhne aus dem Gesicht. Einen Augenblick lang musterte sie ihn versonnen. Er hatte so gar nichts von seinem Vater. Weder die argwöhnischen, tiefliegenden Augen noch die harte, etwas kantige Kinnpartie.

»Vor den Quartalsprüfungen werde ich deine Haare stutzen müssen«, sagte sie gedankenverloren.

»Wozu? Der Lockenmacher wird keinen müden Kreuzer für meine Pracht herausrücken!« Samuel eilte zur Tür. Seine Mutter rief ihm nach, sich zu beeilen. Gleich würde es sieben Uhr schlagen, und er durfte auf keinen Fall das Kurrendesingen der Primaner auf dem Domhof versäumen. Der Kantor hatte ihn bereits zweimal ermahnt.

Als Samuel die Tür zur Gasse aufriß, stieß er mit einem jungen Mann zusammen, der soeben die Treppe zur Stube der Hahnemanns emporstieg. Dessen ausgestreckte, zur Faust geballte Hand verharrte erschrocken, als Samuel direkt vor ihm auftauchte. Mit einem leisen Stöhnen wich Samuel zurück in die Stube. Vor ihm stand Viktor Rebus, sein Schulkamerad und erklärter Feind. Viktor verzog abschätzig das Gesicht, als er den jungen Hahnemann vor sich stehen sah. Er trug den blauen Umhang und das Barett der Fürstenschule, obwohl der Unterricht seit Stunden beendet war. In der rechten Hand hielt er ein leicht zerknittertes Kuvert mit einem dicken roten Siegel, das Samuel sogleich erkannte. Es war das Siegel der Meißener Fürstenschule.

»Nun, Hahnemann, willst du mich nicht hereinbitten?« Mißmutig blickte er an Samuel vorbei. In all den Jahren, seit sich die beiden Jünglinge kannten und miteinander wetteiferten, hatte der Sohn des Pastors kein einziges Mal seinen Fuß über die Schwelle der Hahnemanns gesetzt. Samuel verschränkte die Arme. Schweigend funkelten sich die beiden jungen Männer an. Dennoch fühlte Samuel, wie sein Herz zu rasen begann. Irgend etwas war geschehen. Der Brief mit dem roten Siegel sah wichtig aus; nie zuvor hatte er dem Kollegium der Magister Anlaß zum Tadel gegeben. Johanna trat an die Tür. Sie hatte ihre Schürze abgelegt und die Haare hastig unter die weiße Haube geschoben.

»Samuel Hahnemann, wo sind deine Manieren? Bitte den

jungen Herrn Rebus doch herein!« Verwirrt drehte sich der Junge nach seiner Mutter um. So streng hatte seine Mutter nur selten mit ihm gesprochen. Energisch schob sie ihn beiseite und lächelte Viktor Rebus an, der noch immer steif wie ein Spazierstock auf der Treppe stand. Dann trat er mit zwei schnellen Schritten in die Stube.

»Ich wollte nicht stören, Frau Hahnemann«, erklärte er von oben herab, ohne Samuel aus den Augen zu lassen. Plötzlich rümpfte er die Nase, und ein Ausdruck des Ekels weitete seine wäßrigen blauen Augen. Ruckartig wandte sich sein spitzes Kinn, an dem sich bereits einige dünne Barthaare abzeichneten, in Richtung der Herdstelle, wo der Speck noch immer vor sich hin brutzelte.

Verächtlich blickte Viktor seinen Schulkameraden an. »Hier, nimm!« Er drückte Samuel das Kuvert in die Hand. »Dieses Schreiben soll ich Samuel Hahnemann, dem Sohn des Porzellanmalers, persönlich aushändigen. Das habe ich hiermit getan und darf mich empfehlen!« Mit einer angedeuteten Verbeugung machte Viktor auf dem Absatz kehrt und öffnete die Tür.

»Ein Glas Milch, junger Herr?« rief ihm Samuels Mutter hinterher. Doch da war Viktor Rebus schon die schmale Treppe hinuntergesprungen und um die Ecke verschwunden.

Einen Herzschlag lang verharrten die Hahnemanns auf der Schwelle. Ein frischer Wind drang durch die geöffnete Haustür in den Raum und trug den aufdringlichen Geruch nach Gebratenem hinaus ins Freie. Johanna Hahnemann senkte den Kopf. Dann packte sie ihren Sohn an den Schultern und schüttelte ihn einige Male sanft hin und her.

»Armut ist keine Schande, mein Sohn! Sie kann den reichen Kaufmann treffen, dessen Wagenzug überfallen wird, den Bauer, dessen Kornspeicher abbrennt, und, so es dem Allmächtigen gefällt, auch einen Porzellanmaler, der seit Jahren als Lohn für harte Arbeit nichts als eigenhändig bemalte Tassen, Vasen und Figuren erhält. Also, was steht in dem Brief von der Schule?«

Samuel schüttelte die Hand seiner Mutter ab und trat an den Tisch. Obwohl es noch taghell auf der Gasse war, nahm er einen Holzspan, rührte damit in dem langsam erlöschenden Herdfeuer und entzündete eine Wachskerze, die in einem Halter aus weißem Porzellan mit drei zierlichen Armen in Form von Rosenblättern steckte. Dann brach er mit einer hastigen Bewegung das rote Siegel.

Beklemmendes Schweigen senkte sich über die kleine Wohnstube. Von draußen drang das Geräusch von Pferdehufen herüber. Eine Kirchturmglocke läutete die siebente Stunde ein.

Eine halbe Ewigkeit verging, bevor Samuel endlich den Kopf hob. Erschüttert bemerkte seine Mutter, wie sich die Augen ihres Sohnes mit Tränen füllten.

»Um des Namens Christi willen, was ist geschehen, Samuel?« Seine Mutter versuchte, ihm das Schreiben aus der Hand zu nehmen, aber Samuel hielt es fest wie in einem Schraubstock.

»Nimm meine Bücher und steck sie ins Herdfeuer, denn ich werde sie kaum noch brauchen, wenn ich bei Vater und Schönewind in der Manufaktur am Brennofen sitze.«

Johanna bedeckte ihren Mund mit der Hand. Ungläubig starrte sie ihren Sohn an, als habe er einen dummen Scherz gemacht.

»Sie werfen mich aus der Fürstenschule, Mutter! Die Gräfin Alexandra Staricka kann nicht länger für mein Schulgeld aufkommen. Ihr Verwalter hat mit sofortiger Wirkung sämtliche Zahlungen eingestellt!«

Samuel zerknüllte den Brief in seiner Hand und schleuderte ihn in einen Winkel der Stube.

»Viktor Rebus muß es gewußt haben, deshalb hat ausgerechnet er sich erboten, mir die freudige Mitteilung zu überbringen. Das zahle ich ihm heim!«

Ohne auf die klagenden Rufe seiner Mutter zu achten, eilte Samuel aus der Stube und sprang die Treppen zur Gasse hinunter.

Als Samuel die Tür zu der Turmstube aufstieß, die ihm während der letzten Jahre ein heimliches Refugium gewesen war, standen die Tränen des Schmerzes und der Hoffnungslosigkeit noch immer in seinen Augen. Niedergeschlagen setzte er sich auf einen der flachen Schemel und ließ seine Blicke über die Unmengen von Büchern, Papieren, Flaschen, Gläsern und zerbrochenen Möbeln gleiten, die sich im Laufe der Zeit angesammelt hatten. Hier hatte er sich verkrochen, sobald die Domuhr den Unterricht beendet und ihn aus den Klauen der lateinischen Extemporale, griechischer Deklamationen und mathematischer Formeln entlassen hatte. Stunde um Stunde hatte er sich in Giovanni di Cosmos zurückgelassene Aufzeichnungen versenkt. Er hatte die Heilkundigen der Antike kennengelernt, *Theophrastus von Eresos, Nikandros von Kolophon*, der sein naturkundliches Werk in Hexametern abgefaßt hatte. *Mitridates*, der über die Heilkräutergärten des Mittelmeerraums so farbenprächtig geschrieben hatte, daß man glauben mochte, den Duft von Lavendel und Rosmarin in der Nase zu spüren, und endlich die Schriften des *Hippokrates*, den man den Vater der Heilkunde nannte, und des *Dius Corides*, der als der erste Analytiker galt. Ganze Schubladen beinhalteten seine Sammlung von Pflanzen: Tausendgüldenkraut, Bockshornklee, Bilsenkraut, das nach Cosmos Schriften krampflösend war und die Pupillen für Augenuntersuchungen erweiterte.

Als nächstes werden sie den Turm ausräumen, schoß es dem Jungen durch den Kopf. Der Kastellan hatte Samuel nur geduldet, weil er ihn jeden Monat mit einigen Münzen seines Schulgeldes dafür bezahlt hatte.

Und nun? War wirklich alles umsonst gewesen? Sein Traum von einem Studium der Medizin, einem Leben als Medicus, für den er den Groll seines Vaters, die mitleidigen Blicke der Nachbarn und die boshaften Attacken Viktor Rebus' ertragen hatte, endete in einer modrigen Turmstube, in deren Gebälk Tauben nisteten, hoch über den Dächern des verschlafenen Meißen.

Samuel schreckte aus seinen bitteren Gedanken auf, als ein quietschendes Geräusch aus einer der finsteren Ecken nahe der Dachschräge an sein Ohr drang. Es klang wie ein Seil, das durch eine Winde gedreht wurde. Aber in der Turmstube gab es keine Winde.

Langsam stand Samuel auf. Mittlerweile war die Dämmerung einer tiefen Finsternis gewichen, die sich bleischwer über das rußige Dachgebälk legte und sowohl die gekalkten Wände als auch die Umrisse des alten Gerümpels in schemenhaftes Zwielicht tauchte.

»Ist hier jemand?« rief Samuel und ließ seine Blicke durch die Dunkelheit schweifen. Aber niemand antwortete ihm. »Zacharias, wenn du das bist, melde dich lieber gleich! Wehe dir, wenn ich dich wieder bei meinen Sachen erwische!«

Dreimal hatte er Charlottes alten Gehilfen in der Turmkammer beim Herumstöbern erwischt und sogleich an die Luft gesetzt. Aber der Zwerg ließ sich davon nicht abhalten. Er kam immer wieder. Charlotte Rebus hingegen hatte den Turm seit Cosmos Abreise nicht ein einziges Mal mehr betreten.

»Du kannst herauskommen, Zacharias! Ich werde dir nichts tun, was auch immer du hier verloren hast!« Samuel hörte sich selbst flüstern, was ihn zusätzlich ärgerte. Warum jagte ihm das Geräusch eine derartige Furcht ein?

Auf Zehenspitzen tappte er über die knarrenden Holzdielen, dem schleifenden Geräusch entgegen. Sein Herz ging schneller, als plötzlich die Umrisse einer gebückten Gestalt vor ihm auftauchten, die, in den groben Umhang eines Spezereienhändlers gehüllt, einen rechteckigen Kasten über den Boden schleifte.

Der Mann war nicht Zacharias. Er trug einen Zweispitz mit einer roten Kokarde an der Seite, die in der Dunkelheit beinahe zu glimmen schien.

Samuel richtete sich zu seiner vollen Größe auf. Dann trat er von hinten auf den Fremden zu. »Was ... haben Sie hier zu suchen?«

Der Fremde wirbelte auf dem Absatz herum, schneller, als Samuel nach Atem ringen konnte. Da fühlte er sich auch schon hart gegen einen der Stützbalken gedrückt und sah, wie aus einer Falte des wollenen Umhangs ein geschliffener Dolch aufblitzte.

Samuel schloß die Augen, als er das kalte Metall an seiner Kehle spürte und erwartete den stechenden Schmerz des Schnittes. Sekunden wurden zur Ewigkeit, doch nichts geschah.

Als der Junge endlich die Augen öffnete, blickte er entgeistert in ein bärtiges Gesicht mit einer kleinen roten Narbe über der rechten Augenbraue, das ihm so nahe gekommen war, daß er den heißen Atem des Mannes auf seinen Wangen spürte. Ungläubig schüttelte er den Kopf, obwohl der Dolch noch immer gefährlich nahe an seinem Hals lag.

»*Sciocco!* Groß bist du geworden, Samuel. Fast schon ein Mann! Und beinahe hätte ich dir mein Messer durch die Kehle gejagt!«

Giovanni di Cosmo umfaßte Samuels Gesicht und küßte ihn stürmisch auf beide Wangen.

9. Kapitel

Schweigend sah Samuel Hahnemann seinem ehemaligen Lehrmeister zu, wie er mit seinem Messer, das wenige Minuten zuvor noch seine Kehle gestreichelt hatte, von einem schweren Laib Brot dicke Scheiben herunterschnitt.

Er konnte es noch gar nicht fassen: Giovanni di Cosmo war nach Meißen zurückgekehrt. Was hatte er vor und warum trug er das Gewand eines Spezereienhändlers?

»Ich weiß, daß du nicht länger die Schule besuchen darfst, mein Junge«, erklärte der Italiener und biß herzhaft in eine Scheibe Brot. »Die Gräfin Staricka soll tot sein. Man hat gesehen, wie ein paar Soldaten des Kurfürsten sie gestern mit den Füßen voran aus der Jungfernbastei in Dresden getragen und angeblich bei Nacht und Nebel auf einem Armenfriedhof verscharrt haben. Allem Anschein nach soll nichts an sie erinnern. Schon gar nicht an ihr Vermögen!«

»Aber warum?« Samuel starrte den dunklen Mann mit fassungsloser Miene an. »Was hat die Gräfin nur verbrochen?«

»Was weiß ich«, knurrte Cosmo und schlug mit seiner Faust auf die staubige Platte seines alten Arbeitstisches. »Vermutlich hat sie sich mit ihrer krankhaften Eifersucht selber ihr Grab geschaufelt. Weiber! Ich habe es kommen sehen, konnte aber nichts tun. Kam selbst erst dieser Tage aus Italien zurück.« Lauernd blickte er sich um. Wie damals, dachte Samuel und unterdrückte ein spöttisches Grinsen. Der Italiener hat von jeher überall Gespenster gesehen.

Abrupt erhob Samuel sich von seinem Schemel und lief zu dem Kasten hinüber, den Cosmo vor seiner Ankunft hatte verstauen wollen. Neugierig hob er ein breites, in Öl getränktes Leintuch und beugte sich über den Inhalt des Kastens.

Was Samuel sah, ließ sein Herz schneller schlagen. Er fand eine vollständige Sammlung getrockneter Pflanzen, Samen, Hölzer, Wurzeln, Rinden, Blätter, Früchte und Balsame, die reichhaltiger als alles war, was er bisher in seinem Leben gesehen hatte.

»Dachte mir, daß dir meine Spezereien den Atem nehmen.« Cosmo lachte mit vollem Mund, und seine Augen blitzten belustigt auf. »Sieh sie dir nur genauer an, aber sei vorsichtig! Ich wette, du hast nie zuvor eine indianische *Ipecacuanha-Wurzel* in der Hand gehalten.«

Ehrfurchtsvoll nahm Samuel ein verästeltes Gebilde zwischen Daumen und Zeigefinger und hielt es prüfend ins Licht der Lampe, die Cosmo mittlerweile entzündet und an einen der Dachbalken gehängt hatte. Die Pflanze sah aus wie eine Alraune.

»Die Indianer, die als Sklaven der Portugiesen in den Goldgruben Brasiliens schuften müssen, benutzen das Pulver dieser Wurzel gegen die Ruhr. Man findet sie überall, wo es auch Bergwerke gibt.«

Samuel schnupperte an der Wurzel und verzog das Gesicht. »Sie hat einen bitteren und widerlichen Geschmack, Signor Cosmo«, sagte er und legte das Gewächs zurück in den Arzneikasten. »Ihre Spezereien sind interessant und gewiß sehr kostbar. Aber Sie sind doch gewiß nicht nach Meißen zurückgekehrt, um mir Ihre indianischen Heilpflanzen zu zeigen, habe ich recht?«

Der Italiener wurde ernst. Seine kleinen schwarzen Augen musterten Samuel, und zum erstenmal seit sie einander kannten, schien ihm bewußt zu werden, daß er nicht mehr den kleinen Jungen von früher vor sich hatte, der gebannt an seinen Lippen hing und Zeit und Raum vergaß, wenn er mit ihm in seiner Kammer hockte und heimliche Experimente durchführte.

Eine Weile herrschte unangenehmes Schweigen in der

Turmstube. Samuel verschränkte die Arme und trat wieder an den Tisch zurück, an dem Cosmo noch immer regungslos saß. Plötzlich verspürte er Lust, seinen ehemaligen Lehrer zu beleidigen. »Sie haben mich damals verlassen, weil Sie glaubten, irgendeine Gesellschaft von Wahnsinnigen verfolge Sie auf der Suche nach alten Aufzeichnungen durch halb Europa, nicht wahr? Warum machen Sie mir etwas vor? Sie haben nichts anderes getan, als Märchen zu erzählen und Frauen nachzustellen. Deshalb mußten Sie Meißen verlassen, ehe der Magistrat Sie an den Pranger stellen konnte!«

»Du kleiner Hurensohn ...«

Blitzschnell sprang Cosmo auf und packte Samuel am Hemd. Mit einem kräftigen Handgriff bog er dem Jungen beide Arme auf den Rücken.

»Ich bin noch immer in der Lage, mit einem hergelaufenen Bürschchen fertig zu werden!« zischte er zornig.

Samuel fühlte, wie seine Arme schmerzten und schließlich taub wurden, dennoch lockerte der Italiener nicht seinen Griff. Mit letzter Kraft riß der Junge sein Bein hoch, um sich von der Tischplatte abzustützen. Der Druck ließ ihn gegen Cosmo prallen. Beide verloren das Gleichgewicht und stürzten rücklings auf den Boden. Benommen starrten sie sich an.

»Du hast dazugelernt, Samuel Hahnemann, alle Achtung.« Giovanni di Cosmo kratzte sich mit seiner Linken am Kopf, die wie gewöhnlich in einem braunen Lederhandschuh steckte. »Auch wenn es nicht schwer ist, mit einem alten Mann fertig zu werden, zolle ich dir meinen Respekt für deine ...«

»Sparen Sie sich Ihre Worte!« Samuel richtete sich auf. Nach einigen Sekunden des Zögerns hielt er Cosmo seine Hand hin. »Ich will nur wissen, was Sie während der letzten Jahre getrieben haben und warum Sie nach Meißen zurückgekehrt sind!«

Der Italiener seufzte und schüttelte den Kopf. Aber er ahnte, daß sein einstiger Zögling längst nicht mehr der schüchterne

Junge war, den er damals am Ufer der Elbe aufgelesen hatte. Er ließ sich von Samuel auf die Beine helfen. Dann berichtete er in knappen Worten von seinen Reisen. England, Frankreich, Spanien und immer wieder Italien. Voll Bewunderung sprach er über seine Zusammenarbeit mit so berühmten Männern wie dem italienischen Arzt Gian Pietro Pellegrini im *Ospedale maggiore dei Medicanti*. Er schilderte die warmen Sommerabende, die er im Landhaus eines Freundes in der Toskana und auf der Insel Capri mit der Arbeit an seinen eigenen medizinischen Aufzeichnungen zugebracht hatte.

»Und irgendwann im vergangenen Herbst haben sie mich dann doch aufgespürt«, beendete er seinen Bericht. Seine Augen unter den buschigen schwarzen Brauen nahmen einen sonderbaren Ausdruck an.

»Zwei Fremde hatten sich in Triest bei meiner Wirtin eingehend nach mir erkundigt. Sie kannten sogar meinen Namen.«

»Die beiden Männer, von denen Sie damals ...«

»Oh, es waren gewiß nicht die selben. Aber was spielt das für eine Rolle? Die Loge hat in ganz Europa ihre Mittelsmänner. Und für diese Männer zählt nur der Auftrag. Oftmals wissen die Auserwählten gar nicht, warum sie einen Menschen töten sollen. Aber sie tun es, ohne Fragen zu stellen!«

»Wie ich sehe, sind Sie ihren Verfolgern aber wieder einmal glücklich entkommen, Signore Cosmo«, erwiderte Samuel und blickte, von einer plötzlichen Unruhe getrieben, aus den völlig verschmutzten Bleiglasfenstern, hinter denen sich bereits die Umrisse des Mondes abzeichneten. Er hatte Hals über Kopf das Haus verlassen. Seine Mutter würde sich Sorgen machen. Vielleicht suchte sie ihn sogar.

»Glücklich?« Bekümmert legte Cosmo seine hohe Stirn in Falten. »Der Anschlag der gedungenen Mörder, die mich in Triest überfielen, schlug fehl. Ihre Messer trafen nicht mich, sondern einen guten Freund, der mich begleitete!« Der Italiener senkte den Kopf, aber er konnte nicht verhindern, daß der Junge sah, wie einige Tränen auf den Tisch tropften. Unwillig drehte der Mann sich zur Seite und versetzte einem Sack, der neben ihm lag, einen derben Stiefeltritt. »Sie töteten statt meiner einen der größten Wissenschaftler unserer Zeit, den Altertumsforscher Johann Joachim Winckelmann!«

Der Junge atmete geräuschvoll aus. Es war noch gar nicht lange her, daß Magister Baum seinen Schülern von dem bekannten Archäologen erzählt und mit leuchtenden Augen aus dessen Werk *Geschichte der Kunst des Altertums* vorgelesen hatte. Samuel hatte sich damals vorgenommen, Winckelmanns Buch eines Tages zu studieren. Nach dessen Auffassung basierte die Kunst der Antike auf den Lebensformen der alten Völker in einem steten Prozeß von Entfaltung, Blüte und Verfall als Folge der Faktoren Boden, Klima, Gesellschaft, Staatsform, Erziehung und Religion.

Und nun war der brillante Gelehrte in Italien dem Meuchelmord einer rätselhaften Loge zum Opfer gefallen, die eigentlich Giovanni di Cosmo nachstellte. »Was geschah mit den Mördern Winckelmanns?« Samuel fühlte, wie ihm der Schweiß auf die Stirn trat. »Wurden sie gefaßt?«

Cosmo lachte bitter auf und verzog das bärtige Gesicht. »Als ob man jemals einen dieser Kerle geschnappt hätte. Freund Hahnemann, bist du tatsächlich so naiv?«

Samuel öffnete den Mund, um etwas zu erwidern, aber der Italiener kam ihm zuvor. »Ich bin hier, weil es mir ähnlich geht wie dir. Auch mir hat das bedauerliche Ende unserer Gönnerin, der Gräfin Alexandra, eine Rechnung verdorben, die ich zu gerne gestellt hätte. Aber nun ist es zu spät, sich darüber Gedanken zu machen. Wir werden beide gemeinsam die Stadt verlassen und uns vor den Häschern der Loge verstecken.«

»Wir beide?« Der Junge schüttelte ungläubig den Kopf. Ein plötzliches Geräusch von einem der Fenster drang an sein Ohr.

Er lauschte. Offenbar schlug der Wind einen der zerbrochenen Fensterläden gegen die Mauer.

Giovanni di Cosmo lehnte sich zurück und kramte aus seinem braunen Rock eine lange Pfeife heraus, klopfte sie geräuschvoll auf den Tisch und blies die trockenen Tabakkrümel über die Platte.

»Gewiß«, raunte er Samuel verstohlen zu, »sobald wir den vermißten Teil des *Opus Paramirum* gefunden haben. Wenn du dich erinnerst ...«

Samuel fragte sich unwillkürlich, ob er heute morgen wirklich noch in seiner Schulstube im zweiten Stock der Fürstenschule einen griechischen Aufsatz geschrieben und mathematische Kurven berechnet hatte. Das Licht der Öllampe wurde dunkler, aber weder er noch Cosmo dachten daran, es heller zu drehen. Gespenstisch zeichneten sich die Umrisse der indianischen Wurzeln in dem Drogenkasten des Italieners vor der weiß gekalkten Mauer des Turmes ab.

Trotz seines Unbehagens fühlte sich Samuel außerstande, seinen alten Lehrmeister zu verlassen. Erschöpft stützte er sich auf den Tisch und lauschte den Erzählungen des Italieners, die bald so märchenhaft und unglaublich klangen, daß sich der Junge fragte, ob sein Mentor auf seiner eingebildeten Flucht vor den Männern, die ihn verfolgten, den Verstand verloren hatte.

»Und dieser Rosencreutz, dessen Schwester Sie in Venedig ausfindig machten, war wirklich hier auf der Burg?« fragte Samuel.

Cosmo schüttelte den Kopf und nahm die Pfeife aus dem Mundwinkel. Erst da fiel Samuel auf, daß der Italiener alt und krank aussah. Durch seine wirren schwarzen Locken wanden sich silbern glänzende Fäden. Seine Haut schimmerte im schwachen Licht gelblich. Auch seine Gesten, die Art, wie er sich bewegte, ließen auf eine tiefe Müdigkeit schließen.

»Ich hoffe, du verstehst jetzt, warum ich die Gewölbe mit

ihren Hinweisen auf die alten Aufzeichnungen finden muß, ehe man mich doch noch erkennt, Samuel Hahnemann! Ich kenne den Schlüssel, aber ohne das zugehörige Schloß nützt er mir wenig!«

Samuel starrte ihn nachdenklich an. Der Brief des Rektors fiel ihm wieder ein. Der Schulverweis und Viktors boshaftes Grinsen. Seine Zukunft lag nicht länger in Meißen. Langsam erhob er sich.

»Es wird nicht nötig sein, die Gewölbe aufzusuchen, Signor Cosmo«, erklärte er stockend. »Ich bin schon vor einigen Jahren hinuntergestiegen. Während Charlotte Rebus und ihr alter Gehilfe sich mit der Hinterlassenschaft des Alchimisten Böttger abmühten, habe ich die Wandbilder kopiert!«

Samuel zögerte einen Moment, dann durchquerte er die Kammer, schwang sich an einigen Balken vorbei und stieß sich fluchend den Kopf an einem von der Decke hängenden Haken, hinter dem sich eine kaum sichtbare Nische auftat. Wie ein Blinder tastete er die Winkel der Vertiefung ab, bis er drei längliche, von Staub und Schmutz ergraute Papierrollen zutage förderte. Er brachte sie an den Tisch und hielt sie Cosmo hin.

»Ihr Wort gilt doch noch, oder?« fragte der Junge mißtrauisch. »Sie nehmen mich mit und lassen mich in Italien Medizin studieren?«

Cosmo antwortete nicht. Seine Hände zitterten, als sie Samuel die Rollen aus der Hand nahmen, sie ausbreiteten und behutsam über die Knickstellen strichen. Er beschwerte die Enden mit dem halben Brotlaib und einigen herumstehenden Tonbechern und versenkte sich, noch immer schweigend, in Samuels Kopien.

»Glücklicherweise hat der alte Zacharias diese Rollen nicht entdeckt. Charlotte hätte mir peinigende Fragen gestellt. Sie ist noch immer wie besessen, wenn es um ihr Gewölbe geht, aber ...«

»Sieh dir das an, Freund Hahnemann«, unterbrach ihn

Cosmo und fuhr mit seinem Zeigefinger die Linien der größten Zeichnung ab. »Die Kochung des Alten. Ein alchimistisches Grundprinzip. Nimm eine natürliche Substanz und behandle sie, als ob sie dir fremd wäre, und du wirst einen völlig neuen Stoff gewinnen.«

Cosmo sprang auf, lief zu seinem Kasten hinüber und kramte so lange, bis er ein kleines, in schwarzes Leder gebundenes Buch herauszog.

»Ich habe mir alles notiert, was ich in Italien erfuhr. Rosencreutz ist tot. Ich erzählte dir damals, daß er ermordet wurde. Aber seine Aufzeichnungen und die des Paracelsus existieren noch.

»R. C.«, hauchte Samuel. »Unter dem Bild mit dem Kessel stehen die Initialen. Aber wie soll uns das weiterhelfen?« Ratlos schüttelte der Junge den Kopf, bis er Cosmos mißbilligende Blicke bemerkte.

»Nur Geduld, mein Freund. Rosencreutz setzte voraus, daß diejenigen, denen er die verschollenen Schriften anvertrauen konnte, die Biographie seines großen Vorbildes kannten. Der alte Gründer der Rosenkreuzer lebte von 1378 bis 1484, soll also der Legende nach über hundert Jahre alt geworden sein. Seine Bruderschaft, die auf der Grundlage des Wissens der Araber und Griechen zum Dienst an den kranken Leibern und Geistern berufen wurde, sollte hundertzwanzig Jahre im geheimen wirken, das heißt, bis in die 3. Generation derer, die nach ihm kommen sollen.«

»Post CXX annos patebo«, rief Samuel verblüfft. »Da steht es ja: Nach hundertzwanzig Jahren werde ich offenstehen! Soll das heißen, daß die Schriften erst hundertzwanzig Jahre nach dem Tod Ihres Freundes gefunden werden können?«

Der Italiener lachte auf. Seine Anspannung hatte sich gelöst und einer unbeschwerten Stimmung Raum gegeben. Er klopfte Samuel auf die Schulter. »Ich glaube nicht, daß wir so lange warten müssen«, antwortete er. »Gehen wir doch einmal vom Todestag des alten Rosencreutz aus. Wohin führt uns dieser, wenn wir hundertzwanzig hinzufügen?«

»Von 1484 aus gerechnet, kämen wir nach 120 Jahren ins Jahr 1604«, sagte Samuel. Die Rechnung begann ihm Spaß zu machen, auch wenn er noch immer nicht wußte, wie die Zahlen sie zum Versteck wertvoller medizinischer Schriften führen konnten. Vielleicht war es doch besser, Cosmo durch die Burgkapelle in die alten Laboratorien zu führen. Die Tochter des Superintendenten konnte deren Zugang schließlich nicht Tag und Nacht bewachen wie eine Stiftsdame ihre Unschuld. Merkwürdigerweise wollte der Italiener davon nichts hören. Er beharrte darauf, daß nur die Hinweise des ermordeten Venezianers sie ans Ziel ihrer Suche bringen konnten. Irgend etwas auf der Albrechtsburg stand im Zusammenhang mit der Jahreszahl 1604, aber so sehr Samuel sich den Kopf zerbrach, er fand nicht heraus, was es sein konnte.

»Vermutlich ist es gar keine Jahreszahl«, Cosmo knirschte gereizt mit den Zähnen, »sondern die Anzahl von Schritten, die man zum Versteck zurücklegen muß. Wenn ich nur wüßte, von welchem Ort aus!« Seine gute Laune hatte sich in Luft aufgelöst. Von irgendwoher begann eine Glocke zu läuten. Erst leise, beinahe zaghaft, doch dann immer lauter. Ärgerlich wischte Cosmo mit seinem ledernen Stulpenhandschuh über das graue Papier vor ihm. Ein dumpfes Geräusch auf dem Korridor antwortete ihm.

»Still, kein Wort!« herrschte er Samuel an, der verwirrt zum Fenster zurückwich. Was hatte nur das Glockengeläut zu dieser Stunde zu bedeuten? Das Kurrendesingen der Scholaren unten auf dem Domplatz hatte er auf jeden Fall versäumt.

Schwungvoll warf sich der Italiener seinen groben Umhang über die Schultern, zog seinen geschliffenen Dolch aus dem Brotlaib und schlich zur Tür. Einen Moment lang verharrte er und fragte sich, ob er den Dolch nicht besser unter dem

Mantel verbergen sollte, da öffnete sich auch schon die Tür, und eine junge Frau stürmte in die Kammer.

Das Mädchen trug ein Kleid aus himmelblauer Seide, das an den weiten Ärmeln und unterhalb des Halsansatzes mit zarten weißen Spitzen besetzt war. Ihre braunen Haare ließen sich von einer einfachen Haube nur widerwillig bändigen. Ihr rechtes Handgelenk umschloß ein schmaler Goldreif. Ansonsten trug sie keinen Schmuck, was ihre markante Erscheinung noch vorteilhafter zur Geltung brachte. Erregt ließ die junge Frau ihre Augen durch das Zwielicht der Turmkammer schweifen, bis sie Samuel vor dem Fenster erkannte.

Der Junge starrte sie ungläubig an. Charlotte Rebus erwiderte seinen Blick, aber in ihm lagen weder Verwunderung noch Starre, sondern Zorn und Hilflosigkeit.

»Ich wußte, daß ich dich hier finden würde, Samuel Hahnemann«, brach Charlotte schließlich das Schweigen. »Cosmo ist zurückgekehrt, nicht wahr? Man hat ihn in der Stadt gesehen!«

»Und was führt Sie zu uns, Jungfer?«

Cosmo, der noch immer regungslos neben der Tür stand, steckte hastig seinen Dolch zwischen die Falten des Umhanges zurück und näherte sich dem Mädchen mit finsterer Miene.

»Ahnen Sie das nicht, Signore?« stieß Charlotte giftig hervor. Als sie bemerkte, daß Cosmo ihren Körper mit lüsternen Blicken erkundete, begannen ihre Schultern zu beben, und ihre braunen Augen füllten sich mit Tränen. Hilfesuchend griff sie nach Samuels Hand. »Hast du die Glocken nicht gehört, Samuel Hahnemann? Unten, bei der Staumauer haben die Stadtwächter eine Leiche aus der Elbe gefischt!«

Charlotte ließ die Hand des Jungen los und drehte sich langsam zu dem Italiener um, dessen Gesichtszüge in der Finsternis des Turmes zu verschwinden schienen.

»*Es ist Zacharias*«, schluchzte sie. »Man hat ihm … das Genick gebrochen!«

Gemeinsam eilten Samuel und Charlotte durch die in tiefer Dämmerung liegende Stadt, den Anlegestellen am Ufer der Elbe entgegen.

Bereits von weitem konnten die beiden den Lichtschein zahlreicher Fackeln und Laternen ausmachen, welche die abschüssigen Treppen beleuchteten, die zum Plateau der Staumauern hinabführten. Eine große Menschenmenge, Männer und Frauen, stand oben versammelt und kommentierte lautstark das Werk der Wachsoldaten, die sich abmühten, mit einer Art Flaschenzug aus Seilen und eisernen Ringen einen großen Behälter aus Holz auf das Plateau zu hieven.

Samuel drängte sich durch das Getümmel und erntete dabei empörte Rufe und einige derbe Stöße der Umstehenden. Ein bitterer Geschmack wie von schalem Bier legte sich auf seine Zunge, als er plötzlich ein dünnes, verkrüppeltes Bein aus dem Bottich herausragen sah. Charlotte trat neben ihn und verfolgte mit ausdrucksloser Miene die Bergung ihres ehemaligen Gehilfen. Sie wirkte ruhig und gefaßt, aber sie vermied es, Samuel anzusehen.

Der Leichnam des alten Zacharias lag zusammengestaucht in dem Behältnis. Sein Kopf mit der wirren grauen Perücke war in grotesker Weise verrenkt. Das Gesicht zeigte nach oben. Es wies um die Augen- und Nasenpartie blaugrüne Verfärbungen auf, die trotz des Zwielichts deutlich zu erkennen waren. Der Unterkiefer war völlig verschoben, die Zunge steckte zwischen den schwarzen Zahnstümpfen wie ein roter Lappen.

Endlich hatten die Stadtwächter den Bottich die Treppen hinaufgezogen. Sie hoben die Leiche des kleinen Zacharias auf und legten ihn mit gekreuzten Armen auf das Kopfsteinpflaster.

»Was ist das für ein sonderbares Symbol auf seiner Hand?« hörte der Junge einen Mann neben sich neugierig flüstern. Samuels Blick wanderte den gräßlich entstellten Körper hinab, bis er auf dessen Hände fiel, und plötzlich erinnerte er sich daran, daß man Zacharias bislang niemals ohne Handschuhe gesehen hatte. Die rechte Hand des toten Apothekengehilfen trug ein rotes Brandmal mit dem Bild eines Hauptes, das von drei sich windenden Schlangen umrahmt wurde: das Zeichen der Gorgo.

Als Samuel sich verstört nach Charlotte umdrehte, bemerkte er, daß sie nicht mehr neben ihm stand. Sie war gegangen, ohne ihm ein Wort zu sagen. Er kämpfte sich durch die Menge, um das Mädchen vielleicht noch einzuholen, als er derb zur Seite geschoben wurde. Vier schwarz gekleidete Männer bahnten sich mit einem eilig zusammengezimmerten Sarg auf den Schultern ihren Weg zum Plateau. Ihnen voran schritt der junge Gerichtsreferendar mit ernster Miene, eine lange Papierrolle in der Hand.

Samuel fröstelte, während er durch die abendliche Stadt lief. Wohin sollte er nun gehen? Nach Hause, wo seine Eltern gewiß schon auf ihn warteten? Zu Charlotte, die ihn und Cosmo für Verräter und womöglich gar für Mörder hielt?

Unvermittelt mußte er an Giovanni di Cosmo denken. Warum hatte sich der Italiener ihnen nicht angeschlossen, um dem toten Zacharias gegenüberzutreten? Hatte er dem Alten das Genick gebrochen und ihn dann in diesen Bottich geworfen, oder war die Geschichte um seine unheimlichen Verfolger doch wahr, die keine Mühe scheuten, um ihm auf den Fersen zu bleiben? Zacharias hatte das Zeichen einer Vereinigung auf seiner Hand getragen, die Cosmo mehr zu fürchten schien als die Bleikammern Venedigs.

Ein stürmischer Wind rauschte über seinen Kopf hinweg, als Samuel den Domplatz erreichte. Die Fenster der Domherrenhöfe lagen in völliger Dunkelheit. Er blickte zu dem Turm auf der Ostseite der Burg hinauf, konnte aber auch dort oben keine Lichter ausmachen. Wo steckt Cosmo bloß? fragte er sich beklommen. Und Charlotte? Sie hatte sich doch nicht davongeschlichen, um seinen ehemaligen Lehrmeister zur Rede zu stellen. Beim Anblick der ihm seit seiner Kindheit vertrauten Gemäuer überfiel Samuel plötzlich eine lähmende Furcht. Er konnte die bedrohliche Spannung, die wie ein Gewittersturm über Dom und Burg lag, mit jeder Faser seines Leibes spüren. Dennoch lief er zielstrebig den Berg hinauf.

Cosmo sucht die versteckten Schriften, schoß es dem Jungen durch den Kopf, als er den Innenhof erreicht hatte. Er kennt den Weg zu den Schriften des Paracelsus, und Zacharias muß ihm mit seiner Schnüffelei auf die Schliche gekommen sein.

Der Junge blieb an einer Mauer des wild bewachsenen Innenhofes stehen. Das Haupttor war mittlerweile verschlossen, aber irgendwo unter den Efeuranken mußte eine Tür zur Schloßkapelle und zu den geheimen Laboratorien führen. Seit seinem letzten Besuch der Kapelle waren Jahre vergangen, trotzdem erinnerte er sich deutlich an die Tür, die eiskalten Steinplatten, den Altar mit seinem Pentagramm und an das Bleiglasfenster mit dem Bildnis des Evangelisten Johannes. Trug er nicht ein Buch in seinen Händen, durch dessen kunstvolle Aufschrift gebündeltes Licht fiel?

Gebündelte Lichtstrahlen. Ein Buch.

Samuel mußte an sich halten, um nicht laut aufzuschreien. Sein Herz klopfte vor Aufregung bis zum Hals. *1604!* Er erinnerte sich genau. Die Zahl auf dem Evangelienbuch in Glas war ihm schon als Kind aufgefallen, doch hatte er sie stets mit einer Eigenheit des Künstlers in Verbindung gebracht. Wie hätte er auch ohne Giovanni di Cosmos Geschichten und Berechnungen darauf kommen sollen, daß sie möglicherweise das Versteck uralter medizinischer Aufzeichnungen enthüllte? *Post CXX annos patebo* hieß es in den Aufzeichnungen des mysteriösen Doktor Rosencreutz. *1604.*

Er durfte keine Zeit verlieren und mußte das Versteck finden, ehe sich Cosmo mit dessen kostbarem Inhalt aus dem Staub machte, ohne sein Versprechen zu halten. Vermutlich hatte Charlotte recht gehabt. Man durfte dem Italiener nicht trauen.

Fieberhaft glitten Samuels Fingerspitzen über den rauhen Stein und gruben sich immer tiefer durch das dichte Gespinst raschelnder Blätter, bis sie schließlich auf den Rahmen einer verwitterten Holzpforte stießen. Er hatte die Seitentür zur Kapelle gefunden. Der Rahmen hatte sich im Laufe der Jahre verzogen, die Tür klemmte, aber Samuel stellte erleichtert fest, daß sie unverschlossen war und sich schließlich, nach einigen heftigen Stößen, aufdrücken ließ.

Kurze Zeit später stand er in dem finsteren Andachtsraum mit seinen Bankreihen und ausgetretenen Läufern. Auch der Altar ragte aus dem Zwielicht empor.

Samuel verharrte einige Sekunden lang, bis sich seine Augen an die Dunkelheit gewöhnt hatten. Dann eilte er unter dem Gewölbebogen hindurch, hinter dem das helle Glas der bunten Fenster hervorschimmerte. Es fiel kaum Licht durch das Glas in die Kapelle. Weder schien der Mond, noch erhellten feurige Gewitterblitze die Nacht. Dennoch fand er den bärtigen, streng blickenden Evangelisten ohne Schwierigkeiten. Da war es also, das Buch mit der Jahreszahl 1604.

Samuel folgte dem Schatten, den die Ziffern auf das weißgetünchte Mauerwerk warfen. Er legte beide Hände auf den kalten Stein und fuhr an ihm bis fast zum Boden hinunter. Etwa drei Fuß unterhalb der Fensternische bemerkte er eine Unregelmäßigkeit, einen grob behauenen Quader. Erregt grub er seine Fingernägel zwischen die Rillen des Steines und rüttelte an ihm, bis feiner Kalkstaub aus den Rändern rieselte. Der Stein bewegte sich, er war nur lose in eine Vertiefung geschoben worden. Mit einem dumpfen Laut schlug der Stein auf den Fußboden und gab den Blick auf ein tiefes, schachtartiges Loch im Mauerwerk frei. Er hatte das Versteck des Venezianers gefunden.

Samuel streckte beide Hände aus und schob sie vorsichtig

in den schwarzen Schlund unterhalb des Glasfensters mit dem Evangelisten Johannes, dessen dunkle gläserne Augen unheilverkündend über dem Mauerwerk schwebten.

Hastig stocherte der Junge in der schmalen Öffnung herum. Sie war wesentlich kleiner, als er erwartet hatte, vielleicht neunzig mal sechzig Zentimeter und enthielt … nichts. Keine Kassette, kein Bündel mit Schriften. Der Schacht war bis auf eine Unmenge von Staub, Spinnweben und Kalkstaub leer.

Die Enttäuschung traf Samuel so schwer, daß er sich niedersetzen mußte. Wie konnte dies möglich sein? Die Aufzeichnungen mußten in diesem Loch gelegen haben. Alles paßte zusammen, warum dann diese Niederlage?

Noch während der Junge die Treppen zur Turmstube hinaufstieg, wußte er, daß er Giovanni di Cosmo nicht mehr dort antreffen würde. Mitsamt seiner Drogen- und Spezereienkiste hatte er sich aus dem Staub gemacht, nicht einmal einen Brief hatte er hinterlassen.

Erschöpft ließ sich Samuel auf einen der Schemel sinken. Der Italiener hatte ihn getäuscht. Während er mit Charlotte zur Leiche des unglückseligen Zacharias geeilt war, hatte Zacharias' mutmaßlicher Mörder das Versteck in der Kapelle gefunden und die alten Aufzeichnungen an sich genommen. Bis auf den Zugang zu den Laboratorien kannte er in der Albrechtsburg nahezu jeden Stein. Cosmo hatte ihn betrogen, und was noch viel schwerer wog: Er hatte ihn in Meißen zurückgelassen, obgleich er wußte, wie düster Samuels Zukunft nun aussah. Ohne das Geld der Gräfin konnte er nicht zur Schule zurückkehren, und einen weiteren Gönner würde er in Meißen schwerlich finden.

Ohne jede Regung beobachtete Samuel, wie sich eine Maus direkt neben seinem Fuß über einen vertrockneten Kanten Brot hermachte. Plötzlich stand sein Entschluß fest: Er würde Meißen verlassen, gleich morgen früh, und diesmal würde er nicht zurückkehren.

10. Kapitel

Seit dem Morgengrauen fegte ein feiner Sprühregen über das Land. Samuel störte sich nicht daran. Die gleichmäßigen Regentropfen, die sein Gesicht benetzten, halfen ihm sogar, die schweren Stunden seines Abschiedes von Meißen zu begreifen. Die letzten Blicke, die seine Mutter ihm aus dem kleinen Fenster zur Gasse zugeworfen hatte, würden ihn noch eine ganze Weile in den Schlaf begleiten.

Samuels Vater hatte überhaupt nicht mehr mit ihm gesprochen. Schweigend war er in der Frühe hinauf zur Manufaktur gelaufen, wie er es jeden Morgen tat. Aber immerhin hatte er mit Meister Schönewinds Hilfe veranlaßt, daß Samuel in Leipzig vorerst bei einem Schwager des Stadtapothekers bleiben konnte, der einen jungen Burschen als Handlanger suchte.

Johanna Hahnemann hatte ihrem Sohn einen Zehrpfennig von zwanzig Talern mit auf den Weg gegeben. Woher sie das Geld hatte, erfuhr Samuel erst, als er sie umarmte und ihr die Haube vom Kopf rutschte. Der Lockenmacher in der Mariengasse würde bald eine prächtige Damenperücke in sein kleines Schaufenster stellen können.

Schwere Fichtennadeln peitschten Samuel ins Gesicht, als er die Landstraße verließ und ins Dickicht eines Waldpfades einbog. Es roch nach nassem Moos und Holz. Der steinige Grund machte ausladenden Grasbüscheln Platz.

Samuel blickte nach oben und atmete erleichtert auf. Der grüne Schirm der hohen Baumkronen spendete ihm Schutz vor dem Regen. Von dem monotonen Murmeln eines nahe gelegenen Bachs und dem Rauschen des stärker werdenden Regens über ihm abgesehen, lag eine beinahe friedvolle Atmosphäre über dem Wald.

Als die letzten fahlen Sonnenstrahlen hinter den Baumkronen versanken, wußte Samuel, daß er Leipzig vor Anbruch der Nacht nicht mehr erreichen würde. Er blieb stehen, um seine schmerzenden Füße zu betasten. Ein wenig verloren schaute er sich um. Er brauchte einen Unterschlupf für die Nacht, einen Stall oder die Hütte eines Köhlers.

Langsam streifte er weiter durch das Unterholz, das kleine Bündel mit Habseligkeiten und den zwanzig Talern, mit denen er in der Stadt fürs erste auskommen mußte, fest an sich gedrückt. Plötzlich hielt er inne.

Dumpfe Geräusche waren zu hören, Pferdehufe. Offensichtlich jagten einige Reiter den schmalen Waldpfad entlang. Samuel warf sich hinter einen ausladenden Stamm und duckte sich tief in das feuchte Laub. Die Zeiten waren unsicher. In den Wäldern Sachsens wimmelte es von Räubern oder fahrenden Gauklern, die einem Reisenden nur zu gern das Geld aus der Tasche zauberten, und Samuel verspürte nicht die geringste Lust auf eine Begegnung mit ihnen.

Vorsichtig hob er den Kopf, aber die abstehenden Äste und Zweige der Laubbäume erschwerten ihm die Sicht hinüber zum Pfad.

Unterdessen wurden die Geräusche lauter. Samuel hörte deutlich das Schnauben der Tiere, und dann sah er sie auch: zwei Reiter auf schwarzen Rappen, in wehende schwarze Umhänge gehüllt, die Köpfe durch Hüte mit breiter Krempe verdeckt.

Obwohl die beiden gespenstischen Reiter ihre Pferde vorwärts trieben, als wäre ihnen der Leibhaftige auf den Fersen, beobachtete Samuel, wie sie sich in regelmäßigen Abständen umdrehten und die Gegend abzusuchen schienen. Der Junge zog den Kopf ein und verharrte in dieser Stellung, bis die Hufschläge der gehetzten Rappen verklungen waren.

Schließlich richtete er sich auf und klopfte die nassen Grashalme und Blätter von seinen wollenen Kniestrümpfen.

Eine Stunde später stieß Samuel in der Dunkelheit auf eine kleine Hütte mit einem zerfallenen Schuppen.

Die Hütte schien verlassen, kein Licht drang durch die zerbrochenen Glasscheiben. Vermutlich diente das baufällige Gebäude während der Sommermonate den Waldarbeitern irgendeines Grundherren als Schlafstätte. Hier konnte er die Nacht verbringen.

Müde öffnete er die Tür und trat in die dämmrige Stube. Sie war völlig ausgeräumt, bis auf einen länglichen Gegenstand, der unmittelbar vor der steinernen Herdstelle lag. Samuel ging langsam darauf zu und erschauerte, als er den schweren Geruch von Blut, fauligem Laub und feuchtem Leder wahrnahm. Er wollte schreien, doch er brachte keinen Laut über die Lippen. Seine Kehle war wie ausgedörrt.

Weniger als fünf Schritte entfernt bot sich ihm ein gräßliches Bild. Ein dunkel gekleideter Mann lag wie ein Käfer auf dem Rücken. Seine Arme und Beine waren vom Körper in grotesker Weise abgewinkelt, seine Gelenke hingen an vier eisernen Widerhaken, die in die morschen Holzdielen der Hütte gebohrt worden waren. Die Füße des Mannes waren nackt und zeigten blutige Spuren von Brandwunden. Man hatte ihn regelrecht gekreuzigt.

Samuel fühlte, wie sich ihm der Magen umdrehte. Mit letzter Kraft stieß er die angelehnte Tür auf, eilte er aus der Hütte und erbrach sich.

Noch während er kniete, vernahm er ein leises Stöhnen und drehte sich erschrocken zur Tür um. Er hatte den Gefolterten für tot gehalten und nicht daran gedacht, daß er noch leben konnte. Mit zitternden Händen wischte er sich den Mund ab und wankte zurück in die finstere Stube.

»Licht …«, keuchte es aus der Mitte des Raumes. »Kerze … der Beutel!«

Samuel tastete den Boden ab, bis er tatsächlich auf einen kleinen Lederbeutel stieß. Täuschte er sich, oder hatte er dessen eigenartigen Geruch schon einmal wahrgenommen? Ein wachsendes Gefühl der Unruhe ließ ihn krampfhaft nach

Kerze und Feuerspan suchen, bis er beides gefunden hatte. Dann drehte er sich zu dem Mann um und leuchtete ihn an.

Der Gekreuzigte war kein anderer als Giovanni di Cosmo.

»Signore!« rief Samuel entgeistert. »Ich werde Ihnen helfen, sagen Sie mir nur ...«

»*No, ragazzo*«, flüsterte Cosmo schwach und spuckte Blut. Der Glanz seiner tiefschwarzen Augen war schon fast erloschen. Er versuchte sich einige Zentimeter zu bewegen, aber es gelang ihm nicht. Schmerz verzerrte sein Gesicht, und da erst bemerkte Samuel, daß auch sein dunkler Rock von Blut durchtränkt war.

»Samuel, hast du ... sie gesehen? Sie sind gefährlich ... zwei schwarze Reiter ... kennen deinen Namen ... bist in großer Gefahr.«

Wovon sprach Cosmo? Hatte nicht er den verschollenen Teil des *Opus Paramirum* aus der Schloßkapelle gestohlen und damit das Weite gesucht? Wer sonst außer ihm sollte es getan haben? Allem Anschein nach war er jedoch nicht weit genug gekommen. Samuel schob Cosmo seine Decke unter den Kopf und besah sich die Widerhaken, die seine Hände und Füße durchbohrten.

»Zieh mir den ... Handschuh aus, Samuel«, bat Cosmo und brachte trotz seiner Qual ein dünnes Lächeln zustande.

»Ihre Brandwunde aus Venedig, Signor Cosmo? Die Ihnen der Wächter der Bleikammern beigebracht hat?« Der Italiener sprach vermutlich im Fieber. Samuel durfte den Sterbenden nicht zusätzlich erregen. Er brauchte Wasser und Binden, aber als er aufstehen wollte, hielt Cosmo ihn zurück.

»Brandwunde? Ja, so ist es, mein Junge.« Er hustete krampfhaft. »Aber meine Wunde sieht ein wenig anders aus als die üblichen.«

Als Samuel mit seinem kleinen Messer vorsichtig den schweren Lederhandschuh öffnete, den Cosmo selbst niemals abnahm, begriff er, was der Italiener hatte sagen wollen. Das

Fleisch seines Handrückens war dunkelrot und von mehreren gezackten Narben durchzogen. Dennoch sah man noch deutlich, daß der Brandfleck eine Form hatte, die Form eines Kopfes.

»Ich gehörte auch zum Orden, vor ... vielen Jahren. Aber dann sagte ich mich von ihnen los und ... Sie glaubten, ich hätte es in Meißen gefunden, und ... folterten mich. Und nun ... werden sie dich beobachten. Wenn nötig, dein verfluchtes Leben lang. Du mußt ...«

Cosmos Augen zuckten, doch dann wurden sie starr. Sein Unterkiefer klappte herunter, als wollte er weitersprechen, aber er blieb stumm. Giovanni di Cosmo war tot.

Die ganze Nacht saß Samuel neben der Leiche seines ehemaligen Lehrmeisters. Dessen Leben war eine einzige Lüge gewesen, und doch konnte Samuel nicht verleugnen, daß er dem Italiener viel verdankte. Er fragte sich, was geschehen wäre, wenn die beiden schwarzen Reiter ihn im Wald entdeckt hätten? Hätten sie ihn getötet wie Cosmo und vermutlich auch Zacharias?

Im Morgengrauen fand er Cosmos Arzneikasten mit all seinen kostbaren Spezereien, außerdem trockene Kleidung und einen steifen Drogistenhut. Obgleich er sich unwohl dabei fühlte, streifte er sich seine eigenen feuchten Sachen vom Leib und legte die Gewänder des Italieners an. Zuletzt stülpte er sich noch den viel zu großen Hut des Freundes über die Ohren. Dann schulterte er den Spezereienkasten.

An der Tür blickte Samuel sich noch einmal nach der Leiche seines Freundes um. Er hatte seine Decke über ihn gebreitet, aber ein Gebet für seine unsterbliche Seele kam ihm nicht über die Lippen. Eines Tages, vielleicht. Einstweilen mußte ihm sein Schwur genügen, alles zu vergessen, was mit Giovanni di Cosmo, der Gorgonenloge und einem Buch mit Namen *Opus Paramirum* zu tun hatte.

Leise verließ Samuel die Hütte, ließ das Waldstück hinter sich und folgte der einsamen Landstraße nach Leipzig.

11. Kapitel

Leipzig, im Herbst 1776

Die letzten Sonnenstrahlen des Tages neigten sich über das belebte Leipziger Messeviertel, als zwei junge Männer hastig die Tür des Wirtshauses, in dem sie nach ihrer Gewohnheit den Werktag beschlossen, aufstießen und auf die Gasse hinausstürzten.

Die Turmuhr der nahen Thomaskirche erinnerte sie unbarmherzig daran, daß sie zu spät zu einer Verabredung kommen würden.

»Laß uns eine Abkürzung nehmen, Riebold, sonst schaffen wir es nicht mehr«, rief der eine, ein hochgewachsener, schlanker Jüngling mit kurzen rotblonden Haaren und einem teuren Rock aus veilchenblauem Samt seinem Kameraden zu. Der andere Bursche nickte und kramte aus seiner aufgesetzten Rocktasche ein weißes Tüchlein hervor, mit dem er sich die Stirn abtupfte. Beide waren Studenten und noch nicht lange in Leipzig. Das Getümmel des Marktes, die verstopften Gassen und Straßen sowie die Scharen von Menschen, die neugierig um die Buden und Bühnen der Schausteller herumstanden, verwirrten sie nach jedem Besuch einer Schenke von neuem.

Leipzig war in den Jahren nach dem Krieg gegen Preußen gewachsen. Mit nahezu 25 000 Einwohnern zählte die Stadt zu einem der wichtigsten Handelszentren des Reiches. Die Messen, die dreimal im Jahr abgehalten wurden und zu denen Kaufleute aus ganz Europa strömten, hatten Leipzig zu einer modernen Stadt werden lassen.

Anders als in der prunkvollen Residenzstadt Dresden, wo das Leben durch ein starres höfisches Zeremoniell bestimmt wurde, hatten in Leipzig Kaufleute und Bankiers, Goldschmiede, Kupferstecher, Buchdrucker und – die Universität das Sagen.

Die beiden jungen Männer überquerten im Laufschritt den Platz, auf dem die Buchhändler ihre Schragen abräumten, mit leichter Hand Bücher, Kupferstiche und Karten auf klapprige Holzkarren warfen und zuletzt mit einer schmutzigen Lederplane verhüllten. Für gewöhnlich blieben die Studenten gerne bei den Bücherschragen stehen, durchstöberten das Angebot und feilschten mit den Händlern, aber heute hatten sie dafür keine Zeit.

»Hast du eine Ahnung, warum er uns überhaupt sehen will?« stöhnte Benno von Riebold, der älteste Sohn eines Gutsherrn aus der Sachse. »Wenn er sich nur wieder über die angebliche Unfähigkeit unserer Professoren und der medizinischen Fakultät Leipzigs beklagen will, kann er dies heute getrost ohne mich tun!«

Sein Freund verzog das Gesicht zu einer Grimasse und hielt Benno am Rockaufschlag zurück. »Ich glaube, Hahnemann kann gar nicht anders. Überlege doch nur einmal, wie hart es für ihn ist, sich an der Universität zu behaupten. Der alte Apotheker, bei dem er gewohnt hat, hat ihn doch letztendlich nur noch ausgenutzt, ohne ihm einen roten Heller zu zahlen. Erst nach drei Jahren hatte er genug Geld zusammen, um sich zu immatrikulieren, und muß nun erkennen, daß die Lehre kränker ist als der Leib eines Schlagfluß- oder Cholerapatienten und so mancher Herr Professor fauler als ein eiterndes Geschwür am Hintern einer Dirne!«

Lachend setzten die Studenten ihren Weg durch die Straßen fort. Ein Nachtwächter kam ihnen mit einem langen Stab entgegen, um gegenüber von Barthels Hof, einem jener großen Leipziger Messehöfe, die ersten Laternen anzuzünden.

»Ich dachte immer, Hahnemann verfügte über genug Geld«, griff Benno nach einer Weile das Gespräch wieder auf. »Schließlich streifte er jahrelang um die Messebuden herum und verkaufte Spezereien, seltene Drogen aus dem Pflanzen-, Tier- und Mineralreich. Er soll sogar *Virgianische Natterwurz* in seinem Sortiment geführt haben, eine Wurzel, der man akute Wirksamkeit gegen die verschiedensten Gifte nachsagt.«

»Das ist richtig«, bestätigte Jonathan Krebs zögernd. »Hahnemann hat verschiedene Heilkräuter aus dem spanischen Amerika verkauft. Allerdings glaube ich nicht, daß er seine Bestände jemals auffüllen konnte. Derartige Lieferungen hätten sich in den Apotheken Leipzigs wie ein Lauffeuer verbreitet.« Jonathan seufzte. Samuel Hahnemann gehörte gewiß nicht gerade zu den beliebtesten und geselligsten Studenten Leipzigs, und es ärgerte ihn, daß sein bester Freund es stets mürrisch ablehnte, ihm etwas über die Herkunft seines sonderbaren Arzneikastens zu erzählen. Vielen, auch Benno von Riebold, galt der ernsthafte junge Mann, der fast niemals lächelte und seine ganze Kraft in das Studium der Medizin legte, als unheimlich und fanatisch. Niemals empfing er Besuch, von seiner Familie sprach er kaum, und selten sah man ihn, in seinem abgewetzten Gehrock und mit einer Haube auf dem Kopf, die wie ein gestutzter Drogistenhut aussah, durch die Gassen Leipzigs laufen.

Dennoch empfand Jonathan, der selbst einer wohlhabenden Familie entstammte, eine Art brüderliches Wohlwollen für den eigenbrötlerischen Kommilitonen. Die Einladung, ihn heute abend vor dem Portal des Palais Mandeloh zu treffen, hatte er überrascht, aber auch erfreut zur Kenntnis genommen.

Benno von Riebold blieb allerdings skeptisch. »Mir gefällt diese ewige Geheimniskrämerei nicht. Hast du gehört, daß sich Hahnemann vor zwei Tagen bei Professor Laurent darüber beschwert hat, daß die Universität kein eigenes Spital mit Krankenbetten unterhält. Er regte doch tatsächlich an, eines zu errichten, nur damit die Studenten bereits während ihrer Lehrzeit mit Kranken in Berührung kommen.«

»Und?« Jonathan zog verblüfft die Augenbrauen hoch und wich einer bräunlichen Lache aus, in der Kot, Straßenschmutz und Federn schwammen.

»Der alte Laurent hat ihn einen Träumer genannt und die Sprüche Salomonis zitiert: Hochmut kommt vor dem Fall! Hahnemann solle sich den Spruch einrahmen, falls er eines Tages doch noch eine Praxis betreiben dürfe, hat er gesagt. Abgesehen davon hält er Hahnemanns Theorien über die Verbreitung infektiöser Seuchen für gefährlich.«

Jonathan wollte protestieren, doch er kam nicht mehr dazu. Vor ihnen ragte bereits die hohe, in zarten Blautönen gehaltene Front des Palais von Mandeloh auf. Auf der breiten Treppe erkannten sie schon von weitem einen etwa zwanzigjährigen Mann mit hoher, trotz seines Alters bereits leicht zerfurchter Stirn und dünnen blonden Haaren, die weder von einer Perücke verdeckt noch von einem Band im Nacken zusammengehalten wurden.

Mit vorwurfsvoller Miene blickte der Wartende auf die Turmuhr der Nikolaikirche.

»Ihr seid spät. Hättet ihr mich noch zwei Minuten länger warten lassen, so wäre ich alleine eingetreten.« Ohne ein weiteres Wort wandte der junge Mann sich um, nahm die letzte Treppenstufe und ergriff den geschwungenen Türklopfer in Form eines gedrungenen Ebers.

»Einen Moment, Hahnemann!« rief Jonathan. »Du bestellst uns hierher, ohne dich zu erklären? Was sollen wir in diesem Haus?«

Überrascht starrte Samuel den jungen Mann an und schüttelte seine Hand ab. Seine Blicke wanderten zurück zur Tür, die im selben Augenblick von einem feisten Domestiken geöffnet wurde, der einen brennenden Kandelaber aus getriebenem Silber in der Hand hielt.

»Habe ich dir nicht gesagt, wohin wir heute abend gehen, Krebs? Wie gedankenlos von mir. Ein Schüler des berühmten

Wiener Heilmagnetiseurs Doktor Franz Anton Mesmer ist gestern in Leipzig eingetroffen. Er logiert im Haus der Frau von Mandeloh, die mir einige Billets in die Wohnung schickte. Wir besuchen einen magnetisierenden Zirkel!«

Der Diener führte die drei jungen Männer über eine Treppe und durch mehrere finstere Korridore zu einem Salon, dessen Fenster mit Hilfe langer roter Samtvorhänge verdunkelt worden waren.

Hunderte von Kerzen tauchten den Raum in gelbes Licht. Ohne jede Ordnung flackerte es von den silbernen und goldenen Kandelabern, die von schweigsamen Dienern und Mägden auf Kommoden, Tische und unterhalb der hohen Fenster auf den spiegelnden Parkettboden gestellt wurden.

Samuel und seine Begleiter sahen sich neugierig in dem prunkvollen Raum um. Etwa ein Dutzend Männer und Frauen, die meisten kostbar gekleidet, saß in kleinen Grüppchen auf den Chaiselongues und gepolsterten Stühlen um kleine runde Spieltische herum. Keiner von den Anwesenden erhob seine Stimme. Lediglich verhaltenes Murmeln drang durch den Salon. Samuel Hahnemann gesellte sich zu einer Gruppe aus drei erwartungsvoll flüsternden Damen neben die Salontür und machte seinen Kommilitonen ein verstohlenes Zeichen, es ihm gleichzutun.

»Schau, dort, in der Mitte des Raumes«, raunte ihm Jonathan Krebs ins Ohr. »Was zum Teufel treiben diese Leute nur?« Im selben Augenblick traf ihn ein ärgerliches Zischen aus dem Kreis der Damen. Eine wurde auf die drei aufmerksam.

»Sie scheinen noch nie eine magnetische Kur miterlebt zu haben, junger Mann. Mit dem Teufel hat das gar nichts zu tun, ganz im Gegenteil.«

Überrascht drehte Samuel sich um und verneigte sich vor der noch immer lächelnden Frau. Sie trug ein mit Perlen und leuchtenden Smaragden besticktes Kleid aus schwarzer, fallender Seide, das in dem nur von Kerzen durchdrungenen

Dämmerlicht des Salons den Eindruck erweckte, wie ein Sternenhimmel zu funkeln. Ihr Gesicht war ebenmäßig und weiß geschminkt. Ihre großen, dunklen Augen zwinkerten schelmisch. Sie war die Hausherrin, Luise von Mandeloh.

»Ich entschuldige mich für die Taktlosigkeit meines Freundes, Madame.« Samuel bemühte sich, dem Blick der Baronin standzuhalten. »Leider hatten wir noch nie das Vergnügen, einer Behandlung nach dem Vorbild des großen Mesmer beizuwohnen.«

Die Baronin lächelte undurchdringlich und wandte sich Jonathan Krebs zu. »Sie fragten, was meine Gäste in der Mitte des Salons tun, Monsieur? Ich werde es Ihnen zeigen. Bitte folgen Sie mir, meine Herren!«

Mit einer einladenden Geste dirigierte die Baronin die drei Studenten über das Parkett. Hin und wieder grüßte sie lächelnd ihre Gäste, aber sie blieb nicht stehen und versuchte auch nicht, das leise Flüstern, das über der gespenstischen Stille ihres Palais lag, zu unterbrechen.

Schließlich traten sie an einen kreisrunden Tisch aus poliertem Nußbaumholz, der so groß war, daß nicht weniger als zwanzig Personen auf einmal an ihm Platz fanden. Samuel gewahrte sieben Männer und zwei Frauen, welche, als sie ihre Gastgeberin erkannten, sogleich Anstalten machten, von ihren Stühlen aufzuspringen. Doch Luise von Mandeloh hielt sie mit einer beschwichtigenden Bewegung zurück. Dann klatschte sie leise in die Hände, worauf sofort einer ihrer Diener herbeieilte und ihr einen silbernen Kandelaber in die Hand drückte.

»Und nun passen Sie auf, meine jungen Herren Studenten!« Mit ausgestrecktem Arm wies die Hausherrin auf einen runden Tisch.

Samuel riß verblüfft die Augen auf. Inmitten des Tisches thronte auf einem Aufsatz aus geschwungenem Metall ein rötlich leuchtender, kupferner Gegenstand, der ihn an einen

Kanonenofen erinnerte. Der merkwürdige Kupferaufbau war ebenso rund wie der Tisch, auf dem er stand, und ringsum von gleichmäßig gestanzten Löchern durchbohrt. Die Männer und Frauen strichen mit dünnen Metallstäben über die Oberfläche des Kupfers oder führten sie mit monotonen Bewegungen in die runden Öffnungen des Behältnisses ein.

»Dort sehen Sie unser *Baquet*«, erklärte die Baronin ehrfürchtig. »Es dient der magnetischen Übertragung, mit deren Hilfe der heilende Strom, das Fluidum, vom Magnetiseur auf seine schlafenden Patienten übertragen werden soll. Überzeugen Sie sich nur selbst davon!« Luise von Mandeloh stellte den Kandelaber auf den Tisch und ergriff einen der herumliegenden Metallstäbe. Mit sanftem Zwang drückte sie ihn Samuel Hahnemann in die Hand, der noch immer fasziniert das *Baquet* und die streichenden Bewegungen der versammelten Personen am Tisch beobachtete.

»Animalischer Magnetismus, mein Herr«, hörte er plötzlich eine heisere, flüsternde Stimme. »Wir heilen Personen, die unsere Schulmediziner bereits aufgaben, durch das Auflegen der Hände und das Bestreichen ihres Körpers mit magnetisierenden Gegenständen!«

Ein kleiner, grauhaariger Mann hatte sich aus der Tischrunde erhoben und blickte Samuel über den Rand seines Kneifers prüfend an. Der Mann trug einen langen Rock aus dunkelgrünem Tuch über schwarzen Kniebundhosen, die von einem breiten Ledergürtel mit goldener Schnalle gehalten wurden.

»Das ist Herr Lichtnetz aus Wien, ein Schüler unseres verehrten Doktor Mesmer«, stellte die Baronin den kleingewachsenen Mann vor, der Samuel angesprochen hatte. »Auch er bemühte sich lange, die geheimen Kräfte der Natur zu verstehen, bis er endlich auf den Magnetismus stieß.«

»Was soll dieser Unsinn?« unterbrach sie Benno von Riebold, der sich bislang mit finsterer Miene im Hintergrund gehalten hatte. Unwirsch stieß der Student mit seinem Fuß an den Tisch mit den magnetisierten Requisiten und ließ sich weder von Samuel noch von Jonathan Krebs beschwichtigen.

»Alles fauler Zauber«, rief er empört, »und ausgerechnet unser Studiosus Hahnemann, der doch immer so schlau tut und selbst die traditionellen Praktiken der *Schola medicinae* zu kritisieren wagt, fällt auf diesen Firlefanz herein.«

»Aber Riebold, ich bitte dich ...« setzte Samuel beschwörend an, wurde jedoch durch einen drohenden Blick seines Kommilitonen zum Schweigen gebracht.

»Die Medizin ist kein Spiel, bei dem Krankheiten durch das Bestreichen mit Metallstäben behandelt werden!«

»Woher wissen Sie, daß die Anwendung der unerforschten Magnetkräfte keine Heilung unserer Leiden erfolgen läßt, junger Mann?« mischte sich eine ältere Frau in die Auseinandersetzung ein. »Sehen Sie mich an! Vor wenigen Wochen brachten mich die Schmerzen in meinen Hand- und Fußgelenken des Nachts um den Schlaf. Schließlich konnte ich mich nur noch an zwei Holzkrücken und mit Hilfe meiner Dienerinnen bewegen.« Langsam rückte die alte Frau ihren Stuhl vom Tisch und zog sich mit beiden Händen an der Kante empor. »Gewiß war die Gicht eine Strafe des Himmels für meine Unmäßigkeit, aber ich habe sie mit Gottes Hilfe überwunden. Er ließ mich zum Hause des Herrn Lichtnetz finden, der mich durch die Kraft des Fluidums kurierte, das durch seine Hände in meinen Leib strömte.«

Schwungvoll stieß sich die Frau von der Tischplatte ab, raffte ihr ausladendes Kleid zusammen und tänzelte mit kleinen Schritten wie eine Ballerina über das spiegelglatte Parkett.

Staunend folgte Samuel jeder ihrer Bewegungen. Gerne hätte er die Alte oder ihren Magnetiseur über die genauen Symptome ihres Leidens befragt, über das erste Auftreten und die Häufigkeit der Anfälle sowie die Meinung ihres Arztes, aber die spöttischen Blicke Benno von Riebolds hielten ihn zurück.

In einem Winkel des Salons wurde zur ersten Behandlung gerufen. Die Gäste der Baronin stellten sich im Halbkreis um eine französische Chaiselongue mit Gobelinstickereien, auf der ein in Weiß gekleidetes Mädchen mit schwarzen Locken entspannt in die weichen Kissen zurückgesunken war. Die schlanken Arme des Mädchens waren entblößt. Behutsam näherte sich Lichtnetz ihnen und begann, sie zunächst mit einem Stab, dann mit seinen bloßen Händen ruckartig zu berühren.

»Laß uns endlich gehen, Hahnemann«, flüsterte Jonathan, während der Kopf des Mädchens, wie von unsichtbaren Schwingen getragen, zu kreisen begann. Jeden Moment konnte sie in einem Trancezustand versinken. Samuel ignorierte das Drängen seiner Begleiter. Wie gebannt verfolgte er die mechanischen Berührungen des kleinen, grauhaarigen Mannes. Er bedauerte zutiefst, die Baronin nicht über die Krankengeschichte der zusammengesunkenen jungen Frau auf der Chaiselongue befragt zu haben. Allein die Färbung ihrer Haut und Augen ließen ihn auf ein schweres Darmleiden schließen. Wie sonderbar sich ihre vollen Lippen öffneten und schlossen, als die Fingerspitzen des kleinen Herrn Lichtnetz behutsam über ihre schmalen Schultern strichen!

Endlose Minuten vergingen, ehe es Samuel gelang, sich von der Chaiselongue loszureißen. Das Mädchen war in einen tiefen Schlaf gefallen. Heilschlaf, wie Luise von Mandeloh meinte. Die Baronin erbot sich, gemeinsam mit dem Magnetiseur bei ihr zu wachen. Als Samuel sich von ihr verabschiedete, lud sie den Studenten ein, sie zu besuchen, wann immer ihm danach war. Sie versprach ihm auch, ihn über die Ergebnisse der Magnetkur zu informieren. »Vielleicht bekomme ich ja in absehbarer Zeit einen neuen Leibarzt, der sich den Offenbarungen der Natur weniger verschließt, als es seine Herren Kollegen tun?« rief sie Hahnemann nach.

Widerstrebend folgte Samuel seinen beiden Kommilitonen, die eilig auf den Ausgang zuhielten. War es möglich, den kranken Körper durch einen natürlichen Strom zu heilen? Griffen Materie und Psyche wirklich ineinander?

Es gab nur einen Menschen, dem Samuel gern diese Fragen gestellt hätte, aber Cosmo war tot, und es lohnte sich nicht, an Vergangenes zu rühren. Dennoch spürte er, daß er nicht eher Ruhe finden würde, bis er erfahren hatte, worauf die Erfolge jener Heilungen tatsächlich beruhten. Schließlich war es auch sein Ziel, als zukünftiger Arzt Menschen die bestmögliche Behandlung zu gewähren. Heilung von Körper und Seele, keine Scharlatanerie, wie von Riebold glaubte.

»Seid ihr nun zufrieden?« rief Samuel wütend, als er vor dem Haus der Mandelohs auf seine Kommilitonen stieß. Sie standen bei einem Mann, der mit ihnen das Palais verlassen hatte. Hahnemann trat herausfordernd auf Benno zu, der erschrocken seine Hand hob, aber Samuel hatte nicht vor, seinen Mitstudenten zu schlagen, auch wenn er dessen Verhalten im Salon der Baronin als demütigend und unverschämt empfunden hatte.

»Ich habe die Nerven verloren, als der Scharlatan mit seinem *Baquet* vor meiner Nase herumfuchtelte. Natürlich werde ich mich bei der Baronin für meine Entgleisung entschuldigen, aber du mußt verstehen, daß es mir schwerfällt, mitanzusehen, wie sich die Menschen durch Suggestion beeinflussen lassen«, erklärte Benno von Riebold.

»Suggestion?« Samuel schüttelte den Kopf. »Jetzt bist du derjenige, der Theorien aufstellt. Für mich zählen Resultate, Erfolge in der Behandlung.«

»Wenn es denn Erfolge sind, junger Mann«, mischte sich der fremde Mann in das Gespräch ein. »Soweit ich weiß, hat Kaiserin Maria Theresia höchstpersönlich eine Kommission einberufen, um die Behandlungen des Herrn Doktor Mesmer und seiner Anhänger einer genauen Examination zu unterziehen.«

Hahnemann hatte davon gehört. Ein Patenkind der österreichischen Kaiserin, die blinde Sängerin Maria Paradis, die vom Hof eine stattliche Rente bezog, hatte sich gegen den Willen ihrer Familie in die Behandlung des Doktor Mesmer begeben und damit ganz Wien in helle Aufregung versetzt. Zum Schluß hatten die Ärzte es durchgesetzt, die Kranke den Händen ihres Magnetiseurs zu entziehen. Seitdem welkte das Mädchen apathisch dahin.

»Vielleicht interessieren sich die jungen Herren Medizinstudenten für eine andere, völlig neue Art der spirituellen Behandlung?« fuhr der Fremde in beflissenem Tonfall fort. »Eine Gruppe gelehrter Herren aus ganz Europa versammelt sich zu, nun sagen wir, metaphysischen Studien in Rosenthal, und wenn sich die Herren dafür interessieren, so könnte ich ...«

»Auf gar keinen Fall«, riefen Jonathan Krebs und Benno von Riebold wie aus einem Mund und blickten skeptisch auf Samuel, der nachdenklich die Unterlippe vorschob und versonnen ein paar Tauben beobachtete, die sich von den spitzen Giebeln des Mandelohschen Palais aus in die Lüfte erhoben. Dann wandte er sich an den Fremden.

»Wie heißen Sie eigentlich?«

»Schrepfer ist mein Name.« Der Mann verbeugte sich. »Johann Georg Schrepfer, meines Zeichens Kaffeehauswirt zu Leipzig. Wenn Sie auf mein Angebot zurückkommen und die Herren kennenlernen möchten, so treffen Sie mich morgen abend vor Auerbachs Keller.«

12. Kapitel

Es wurde bereits dunkel, als Schrepfers Kutsche das Städtchen Rosenthal erreichte. Samuel hatte sich während der gesamten Fahrt von Leipzig in Schweigen gehüllt, um seinen eigenen Gedanken nachzugehen.

An einer Weggabelung kurz vor der kleinen Ortschaft ließ er den Kutscher anhalten und verkündete mit fester Stimme, das letzte Stück zu Fuß zurückzulegen.

Jonathan Krebs seufzte. Er sah nicht ein, warum er den bequemen Platz in der Kutsche aufgeben sollte, stieg aber, als Samuel schon hinter der Gabelung verschwunden war, ebenfalls aus dem Wagen aus, um seinem Freund zu folgen.

»Bitte keine Rücksichtnahme auf andere«, schimpfte er leise vor sich hin. »Immer geradeaus. Mit dem Kopf durch jede verdammte Wand!«

Das Örtchen Rosenthal wurde von einem dichten Wäldchen umschlossen. Das einzige größere Haus stand ein wenig abseits der Landstraße, in direkter Nachbarschaft eines Friedhofes. In der Dunkelheit wirkte das von hohen Bäumen umgebene Haus mit seinen roten Ziegelsteinen und den zahlreichen Fenstern zur Straßenseite beinahe wie eine Kirche. Die Außenmauern des Gartens waren mit einer Art von Stuck überzogen worden, in welchen man Tausende winziger Glasscherben gemischt hatte, die im Licht des Mondes wie das Diamantenkollier einer Königin funkelten. Samuel blickte Schrepfer ungläubig an und schüttelte dann den Kopf. Auf einmal erschien ihm sein ganzes Unternehmen mehr als lächerlich. Was hatte er damals neben dem Leichnam seines alten Lehrers Cosmo geschworen? Niemals wieder wollte er die Wissenschaft dem Aberglauben opfern. Und nun stand er vor einem scheinbar verlassenen Haus in Rosenthal, in dessen Fenstern sich nichts weiter als der Mondschein spiegelte und neben dem sich in einem wilden Durcheinander verwitterte Grabsteine aus dem feuchten Erdboden erhoben.

Hatte bereits die mystische Atmosphäre des einsamen Ortes Samuels Argwohn geweckt, so ließ Schrepfer ihn noch mißtrauischer werden, als er plötzlich aus seiner Ledertasche ein Bündel dunkelblauer Umhänge mit weiten Kapuzen hervorholte und zwei davon an Samuel und Jonathan reichte.

»Sind Sie von Sinnen?« entfuhr es Jonathan. »Sie glauben doch nicht, daß wir diese Lumpen anlegen, um an einer Heilbehandlung teilzunehmen?« Hilfesuchend schaute er sich nach seinem Freund um, der jedoch nur mürrisch den Wollstoff durch seine Finger gleiten ließ und den Umhang dann über die Schultern streifte.

»Der gute Mann wird seine Gründe haben, warum er uns diese Kleidung gibt, mein Lieber«, sagte Samuel leise, obgleich er sich keine besondere Mühe gab, seine Verachtung für den seltsamen Kaffeehausbesitzer zu verbergen, dem noch immer der Schweiß in dicken Perlen von dem rosigen Gesicht tropfte.

»Sehen Sie«, lispelte Schrepfer betreten, »unglücklicherweise ist es mir in der Kürze der Zeit nicht gelungen, eine förmliche Einladung für uns zu erhalten. Aber da ich wußte, wieviel Herrn Hahnemann daran lag, die seltene Zeremonie als gestrenger Beobachter zu verfolgen, hielt ich es für ratsam, den Termin nicht abzusagen.«

Samuel rümpfte die Nase. Der Wirt war ein widerlicher Kerl, nichts weiter. Und wie konnte er behaupten, daß ihm viel an diesem Abend lag? Hahnemann hatte es sich seit Jahren zu eigen gemacht, keinem Menschen Zugang zu seinen Freuden und Vorlieben zu gewähren. Stets bemühte er sich um den Eindruck, gleichmütig und teilnahmslos an Dinge heranzutreten, die ihn in Wahrheit oftmals vor Begeisterung nicht schlafen ließen. Hatte er nicht seit seiner Kindheit erfahren, daß freimütiger Umgang mit Träumen und Leidenschaften Verhängnisse heraufbeschwor? Hatte man nicht in der Vergangenheit immer wieder Mittel und Wege gefunden, ihm alles zu nehmen, woran sein Herz hing, einschließlich der Menschen, die ihm etwas bedeuteten?

Nie wieder, auch das hatte er damals beim letzten Blick auf seine Mutter und im Angesicht der erloschenen Augen Cosmos geschworen, würde er sich an Menschen binden und ihnen seine Träume offenbaren.

»Wir müssen uns beeilen, meine Herren«, holte ihn Schrepfers schnarrende Stimme aus seinen Gedanken. »Das Tor zum Garten ist verschlossen, aber ich kenne einen Durchbruch in der Friedhofsmauer.«

»Er scheint hier Stammgast zu sein«, spottete Samuel, als ihr merkwürdiger Führer die Klinke des verrosteten Tores herunterdrückte.

Schrepfer zwängte sich unter ruckartigen Verrenkungen durch das Loch in der Mauer. Dabei fletschte er die Zähne wie ein Pferd, das sich aus dem Halfter zu befreien sucht. Jonathan mußte unvermittelt lachen, und selbst Samuels Lippen umspielte ein schadenfrohes Grinsen. Erst als im Dorf ein Hund aufheulte, legte er beschwörend die Hand auf die Schulter seines Freundes und brachte ihn mit einem ernsten Blick zum Schweigen. »Unnötig, daß halb Rosenthal auf uns aufmerksam wird!« sagte er und reichte Schrepfer seine Hand, um ihm durch den Spalt zu helfen.

»Tut mir leid«, keuchte der Student. »Aber der Dicke sah einfach zu komisch aus. Ich glaube, ich beginne langsam, unseren kleinen Mitternachtsausflug zu genießen.«

Hahnemann lächelte nachsichtig. Jonathan war in vielen Dingen noch ein Kind. Verspielt und leichtlebig. Und doch wußte Samuel nicht, ob er den jungen Mann ob seiner Fähigkeit des Frohsinns und der unschuldigen Unbedarftheit verachten oder beneiden sollte.

Es war nicht schwierig, sich Einlaß ins Haus zu verschaffen. Der dicke Kaffeehauswirt kannte auch hier eine Seitentür, die, seiner Aussage nach, niemals verschlossen war. Leise schlichen sich die drei durch den verwilderten Garten, als plötzlich von der Straße, die zum Haupttor führte, das Geräusch zahlreicher näher kommender Kutschen und Pferde zu hören war.

Erschrocken drehte Samuel sich nach der Einfahrt um. Im schwachen Licht der schaukelnden Kutschenlaternen beobachtete er, wie eine hagere Gestalt, deren langer Umhang mit Kapuze ihr wie ein Segel um die Waden schlotterte, sich mit einem Schlüsselbund am Tor zu schaffen machte.

»Wo bleiben Sie, Herr Hahnemann?« Schrepfer streckte die Hand aus, als wollte er Samuel am Kragen packen und mit sich ziehen. »Sie wollen die Herren doch nicht hier auf der Straße begrüßen? Wir werden uns später unauffällig unter die Menge mischen, jetzt aber sollten wir unseren Vorsprung nutzen und ins Haus gehen!«

Samuel und Jonathan folgten dem Kaffeehauswirt über mehrere ausgetretene Stiegen und durch einen breiten Korridor, dessen Wände mit Dutzenden von Ölgemälden und kleinen bestickten Behängen bedeckt waren, in einen Raum, der so viele verwinkelte Ecken und Nischen hatte, daß man kaum auf seine eigentliche Größe schließen konnte. Der Raum lag in völliger Dunkelheit und sollte, nach Schrepfers knapper Erklärung, später nur durch einige Kerzen und Lüster beleuchtet werden. Ein eigenartiger Geruch schwebte über den spärlichen Möbeln. Samuel schnupperte irritiert. »Eine Mischung aus *Flores Arnicae* und *Flores Sambuci*«, sagte er an Jonathan gewandt. »An der Luft getrocknete Arnikablüten und Holunder.«

Sein Kommilitone nickte nervös. Bei der Zuordnung von Arzneipflanzen hatte sich Hahnemann noch nie geirrt. Auf der anderen Seite glaubte der Student jedoch, auch den schwachen Hauch einer Arzneipflanze wahrzunehmen, die Samuel nicht erwähnt hatte, deren Name ihm aber nicht einfallen wollte.

Auf verschiedenen Tischen und Konsolen entdeckten die Studenten Apparaturen und physikalische Instrumente, doch fiel es ihnen schwer, sie ärztlichen Praktiken zuzuordnen.

»Verdammt, Schrepfer, wo hat Er uns hingeführt?« zischte Jonathan wütend. »Das ist alles andere als ein Behandlungsraum! Ich möchte jetzt endlich wissen, wo wir sind und welche medizinische *Societas* sich an einem solchen Ort versammelt!«

»Aber verehrte Herren ...«, begehrte Schrepfer beleidigt auf. Er murmelte einige unverständliche Worte und zog sich schließlich in die dunkelste Ecke eines Paravents zurück. Mit hektischen Bewegungen forderte er Samuel und Jonathan auf, es ihm gleichzutun.

»Lassen wir den Kerl doch hier unten, wenn er auf solchen Mummenschanz Wert legt, Hahnemann. Wir sind Mediziner, keine Mystiker. Das predigst du doch selber immerzu. Noch ist Zeit, von hier zu verschwinden, ehe man uns wie Einbrecher überrascht!« Jonathans Gesicht glänzte vor Empörung. Mit beiden Händen ergriff er Samuels Ärmelaufschlag, um seinen Worten Nachdruck zu verleihen. Doch sein Freund schüttelte sie mit einem ärgerlichen Laut ab.

»Nimm dich ein wenig zusammen. Schließlich sind wir hier nicht in der Höhle des Polyphem. Bevor ich gehe, möchte ich wissen, wer hier mit all diesen Kräutern arbeitet.«

Von einem der oberen Stockwerke erklangen Stiefeltritte und verhaltenes Gemurmel. Jonathan erinnerte sich, daß sie wenigstens zwei Treppen hinuntergestiegen waren, um den Versammlungsraum zu erreichen. Einen zweiten Eingang hatte er nicht gesehen. Als die Geräusche lauter wurden, erkannte er, daß es zu spät war, das Haus unbemerkt zu verlassen. Sie saßen in der Falle.

»Rasch, zurück hinter die Schirmwand«, dirigierte Samuel ungerührt. »Ich muß gestehen, die Sache gefällt auch mir von Minute zu Minute weniger.«

Sekunden später öffnete sich die Tür, und ein Zug von Gestalten in dunklen Mänteln mit Kapuzen hielt beinahe geräuschlos Einzug in dem Kellerraum. Kein Wort fiel, selbst das leise Gemurmel, das die drei hinter ihrem Paravent bislang wahrgenommen hatten, erstarb, sobald die Gestalten den fensterlosen Raum betreten hatten. Samuel kniff ein Auge zusammen und ärgerte sich, daß die winzigen Gitter der Schirmwand ihm nicht mehr Sicht auf die Mitte des Raumes erlaubten. Plötzlich wurde es heller. Die Schweigsamen mußten Unschlittkerzen entzündet haben, denn ein ranziger Geruch zog durch das Gewölbe.

Etwa dreißig Personen hatten sich entlang der Wände und in den abgewinkelten Nischen verteilt. Sie standen regungslos, den Blick starr auf einen riesigen roten Vorhang mit goldener Borte gerichtet, der die Breite der Vorderwand gegenüber dem Eingang fast völlig einnahm. Rechts vor dem wallenden Vorhang stand ein vornehmer Tisch aus hellem, im Kerzenschein funkelndem Ahornholz, auf dem Samuel eine Lampe aus getriebenem Silber, zwei scharlachfarbene Stränge und ein bloßes Schwert erkannte.

Was zum Teufel hatten diese eigenartigen Requisiten zu bedeuten?

Vor dem Eingang entstand ein Tumult. Es hörte sich nach einem heftigen Wortwechsel an, wobei eine dunkle, samtene Stimme in gelassenem Ton auf zwei helle, aufgebrachte zu antworten schien. Wie auf Kommando traten die Schweigsamen von ihren Plätzen vor und starrten irritiert auf die Tür. Manche steckten ihre Köpfe zusammen, wiesen zaghaft auf den Eingang und machten dann Anstalten, sich ihm zu nähern.

Samuel zuckte zusammen. Das war die Gelegenheit. Sie mußten die plötzliche Verwirrung nutzen, um sich unbemerkt unter die verhüllten Personen zu mischen, wie Schrepfer es ursprünglich vorgeschlagen hatte.

Samuel und Jonathan gelang es gerade noch rechtzeitig, hinter der Abschirmung hervorzutreten und von hinten an ein Grüppchen ratlos zusammenstehender Männer heranzutreten, als sich die Tür erneut öffnete und eine hagere, hochgewachsene Gestalt den Raum betrat. Samuel erkannte die Umrisse des Mannes sofort wieder. Es war derselbe, der auch das Tor zum Park für die Kutschen geöffnet hatte. Sein wollener Mantel schlotterte ihm um die Fersen.

In Begleitung des Hageren befand sich ein etwa zwanzig Jahre alter Mann mit spitzen Gesichtszügen, dessen langes braunes Haar im Licht der Funzeln beinahe rot zu glühen schien. Er war der einzige im Keller, der keinen Umhang mit Kapuze trug. Seine Kleidung war überaus kostbar und bestand aus einem Anzug aus hellblauem Samt über einer Weste von ähnlicher Farbe, deren Knöpfe im matten Licht golden glänzten und die von einer roten Schärpe locker zusammengehalten wurde.

Die Augen des jungen Mannes blickten glasig und ein wenig verständnislos in den Schein der brennenden Kerzen. Beim Gehen knickten seine schlanken Knie immer wieder ein wie dünne Hölzchen. Schließlich strauchelte er und sackte, mit den Armen einen Halt suchend, auf dem Steinboden zusammen. Blitzschnell war der Hagere an seiner Seite, schob ihm einen Arm um die Taille und zog ihn erstaunlich kräftig, mit nur einem einzigen Ruck auf die Füße.

Ein aufgeregtes Raunen ging durch die Reihen. Die Gestalt zu Samuels Rechten stöhnte ehrerbietig auf. Irgend etwas hatte sich geändert, aber was? Es dauerte eine halbe Ewigkeit, bis Samuel begriff, daß es nicht mehr nach Holunder und Arnika roch. Aufdringliche Schwaden jener Arzneidroge, die er nicht kannte, vertrieben den Geruch der Unschlittkerzen.

Die Anwesenden inhalieren den Duft in vollen Zügen, schoß es Samuel durch den Kopf. Die verzückten Seufzer wurden lauter. Samuel bewegte sich langsam durch die Reihen der vermummten Gestalten und bemühte sich verzweifelt, den dicken Schwaden auszuweichen. Hinter dem Vorhang mit den

Kultgegenständen entdeckte er schließlich ein glühendes Kohlenbecken, in welches ein Mann mit monotoner Gleichmäßigkeit ovale schwarze Blätter sinken ließ, die sofort in dünnen Rauch aufgingen. Nur mühsam gelang es Samuel, seinem ersten Impuls nachzugeben und aller Gefahr zum Trotz an das Kohlenbecken heranzutreten.

Im nächsten Augenblick sah er auch schon die würdevolle Gestalt des Hageren zurückkehren. Noch immer hielt er den jungen Mann mit dem wächsernen Gesicht wie eine Jagdtrophäe unter seinem Arm.

»Unser Freund und Bruder«, rief er weihevoll »hat uns sein Ehrenwort als Kavalier gegeben. Er wurde gefragt, ob er ein zuverlässiger und fleißiger, ja vollkommen gehorsamer Lehrjünger der wahren Weisheit werden und sich der Strikten Observanz unserer Loge in allen Punkten beugen will.«

Der vornehm gekleidete junge Mann zog die Oberlippe hoch und folgte der einlullenden Stimme wie eine Blume der Sonne. Sein Kopf fiel ihm bald auf die linke, bald auf die rechte Schulter. Hahnemann beobachtete jede Bewegung des jungen Mannes. Der magere schwarze Kerl hatte ihn mit seinem Rauschmittel geradezu vollgepumpt.

Schlafwandlerisch hob der junge Mann vor Samuel einen Arm und legte seine Hand in die ausgestreckte Rechte des Hageren. Dann sprang der Mann vom Kohlenbecken an den Tisch hinüber und kehrte mit mehreren Utensilien zurück. Samuel beobachtete, wie er und der Hagere dem betäubten jungen Mann die Hände banden und ihm sowohl Rock als auch Weste und Hemd abnahmen, bis er mit entblößtem Oberkörper vor ihnen saß. Zuletzt legte der Hagere ihm eine scharlachfarbene Schnur um den Hals.

»Ich sage dir, es ist der tausendste Teil der Kräuter Kraft noch nie ergründet«, rezitierte er, während er den jungen Adepten zum Vorhang führte. »Wo du nun nicht allein die äußerliche Form erkennst, sondern die innerliche, verborgene

Form, so wirst du in ihrem Werk die Güte der Allmacht unserer Loge schmecken. Aufgrund meiner Befugnis im neunten Grad der Strikten Observanz erkläre ich diesen jungen Herrn als geprüft und bereit, mit dem Ersten Grad ein Würdiger zu werden. Möge er alle Stufen der Loge emporsteigen und sich der Verantwortung, die uns die Ideale des Rosenkreuzes auferlegen, niemals entziehen!«

Samuel stockte der Atem.

Rosenkreutzer. Ein Ritual zur Einführung neuer Zöglinge. Wie dumm war er gewesen, sich unter einem Vorwand in den Zirkel einer geheimen Loge locken zu lassen, deren *Konventionen der Strikten Observanz* in den letzten Jahren auch in Sachsen wie Pilze aus dem Boden geschossen waren.

Auf einen Wink des Hageren zog einer der Männer an einer Schnur, und der lange rote Vorhang glitt rauschend wie das Kleid einer Kokotte von der Wand. Hoch über einer schmalen Tür, die nach den Regeln der Rosenkreutzer den äußeren Kultraum von ihrem Inneren trennte, thronte ein monumentales Bildnis aus dünnem, silbern glänzendem Metall, nicht weniger als drei Zoll im Durchmesser und rund wie ein Schild. Durch die aus dem rotglühenden Kohlenbecken aufsteigenden Rauchschwaden erkannte Samuel die Züge einer Frau. Ihre Augen waren seltsam weit geöffnet, und auf ihrem Antlitz spiegelte sich ein Ausdruck des Entsetzens, als fühlte sie, welche Kreaturen sich an der Stelle von Haaren um ihren runden Schädel wanden.

Samuel bohrte die Nägel seiner Finger in den dicken Wollstoff, um nicht laut aufzuschreien. Seine Augen brannten auf einmal wie Feuer. Er versuchte, seinen Blick abzuwenden, aber das Geschöpf hoch über ihm an der Wand hatte Erfahrung darin, neue Opfer in seinem Bann zu halten, sich ihren zwanghaften Wissensdurst zunutze zu machen, bis sie ergeben und ausgelöscht vor ihr lagen, kalt wie Stein, in den es sie zu verwandeln pflegte.

Das Zeichen der Gorgo, dachte Samuel und spürte gleichzeitig, wie der Geruch der verbrennenden Pflanzen ihn überfiel. Eine Falle, also doch …

»Was stehst du noch hier herum, Bruder?« dröhnte plötzlich die tiefe Stimme eines Mannes zu ihm herüber. Mit energischen Armbewegungen winkte er Samuel zu dem Vorhang mit dem glotzenden Medusenhaupt. Die Ärmel seines Mantels plusterten sich auf wie zwei schwarze Flügel.

»Hast du nicht gehört, Bruder?« brummte der Mann argwöhnisch, als Samuel zögernd an seinem Platz verharrte. »Stell dich in die Reihe, um dem Meister die Losungsworte für den inneren Kreis zu nennen!«

Samuel beobachtete aus den Augenwinkeln, wie sich die grobschlächtigen Hände des Vermummten unter dem blauen Tuch des Mantels hervorschoben. Flucht war aussichtslos. Er mußte sich in die Schlange der Wartenden einreihen, die immer kleiner wurde. Schubweise drängten die Männer nach vorne, als strömten sie himmlischer Erlösung entgegen. Das Losungswort konnte nicht besonders lang sein. Wann immer eine der Gestalten mit Kapuze die Pforte erreicht hatte, drückte sie dem Hageren die Hand und flüsterte ihm etwas zu. Erst dann ließ er sie auf die andere Seite. Ein heftiges Beben überfiel Samuel. Was sollte er tun, wenn er den Vorhang erreicht hatte? Weder er noch Jonathan, der irgendwo hinter ihm stehen mußte, kannten das geforderte Losungswort der Loge. Schrepfer mochte es wissen, aber der Feigling kauerte gewiß noch immer hinter seiner Wand. Wenn der Mann am Vorhang wirklich zu der Geheimloge gehörte, die Cosmo auf dem Gewissen hatte, war Samuel verloren. Sie würden einen Eindringling nicht leben lassen. Nur noch vier Männer trennten Samuel von dem Vorhang. Die silbern glänzende Gorgonenfratze schien ihr Maul zu einem höhnischen Grinsen verzogen zu haben. Wieder drückte ein Mann dem Hageren die Hand und wurde von ihm über die Schwelle geleitet.

Auf einmal hielt der Mann lauernd inne. Ungläubig streckte

er seine Hand aus. Erst einmal, dann ein weiteres Mal. Ein wütender Laut drang von der Pforte herüber. Verwirrt riß Samuel die Augen auf. Was geschah da vorne am Vorhang? Ein heftiger Stoß beförderte eine kleine, rundliche Gestalt aus der Schlange der Wartenden auf die Steinplatten. Der vierschrötige Mann, der Samuel so kritisch gemustert hatte, sprang mit einem Satz auf die gestrauchelte Gestalt zu, packte sie und zog sie mit einem knurrenden Laut auf die Füße. Dann legte er dem Mann seine fetten Hände um die Kehle. Ein erstickter Schrei hallte von den Wänden wider. Fassungslos beobachtete Samuel, wie ein zweiter Logenbruder aus der Reihe trat und die Arme des Opfers grob nach hinten bog. Trotzdem gelang es dem Kleinen mehrere Male, sich loszureißen und wild mit den Armen um sich zu schlagen. Der Mann brüllte erschrocken auf und versuchte unbeholfen, seine Hand zurück unter den Ärmelaufschlag seines Umhangs zu schieben, da bohrte sich auch schon eine Reihe spitzer Zähne in das rosige Fleisch.

Ein dritter Mann näherte sich dem Gerangel und riß dem um sich Schlagenden die Kapuze vom Kopf. Ein Schwall widerspenstiger blonder Locken, von zwei goldenen Spangen nur locker gehalten, quoll unter dem Stoff hervor. Verblüfft ließen die Angreifer ihr Opfer los. Es war kein Mann; unter dem weiten Mantel steckte ein junges Mädchen.

Samuel trat aus der Reihe der fassungslosen Logenbrüder, aber keiner beachtete ihn. Der Hagere richtete seine kalten Augen auf die Pforte und stieß einen ärgerlichen Laut aus, der von den kahlen Mauern wie ein Flintenschuß widerhallte. Der Lärm hatte die Männer, die bereits den zweiten Kultraum erreicht hatten, wieder zurück an die Tür gelockt, und das schien gar nicht im Interesse ihres Meisters zu liegen. Mit einer ärgerlichen Handbewegung trieb er sie zurück. Lediglich ein junger Bursche hatte seinen Wink augenscheinlich nicht verstanden. Es war der Mann, der als letzter in den Kreis der Loge eingeführt worden war. Mit glasigen Blicken wankte er durch den Kultraum und zuckte unwillkürlich zusammen. Das Licht der Fackeln, die rechts neben ihm an der Wand staken, erschreckte ihn wie ein in die Enge getriebenes Tier.

Hahnemann beschloß kurzerhand, die allgemeine Verwirrung zu nutzen. Er schlich sich an den Vorhang heran, bis er sich unmittelbar unter dem Medusengesicht befand. Die Fratze lächelte nicht mehr, das konnte er fühlen. Mit Genugtuung und kalter Verachtung verfolgten die silbernen Augen das furchtbare Geschehen.

Du wirst vergeblich auf ein neues Opfer warten, du Scheusal, dachte Samuel und ballte in ohnmächtigem Zorn die Fäuste, bereit, sie dem feisten Mann ins Gesicht zu schmettern. Er mußte handeln, sonst war es um das Mädchen geschehen.

Während Samuel sich noch besann, eilte einer der Logenbrüder an dem verblüfften Hageren vorbei auf das glühende Kohlenbecken zu. Ein einziger gezielter Tritt genügte, um das kupferne Becken umzustürzen. In Sekundenschnelle fing der wallende rote Vorhang Feuer. Die rot und grün auflodernden Flammen schossen an den Goldborten nach oben, und wenige Augenblicke später waren sie bereits auf das Holz der Pforte zum inneren Kultraum übergesprungen. Die Rosenkreutzer hatten der Kohle gewisse Chemikalien beigemengt, welche die Verbreitung der betäubenden Schwaden offensichtlich begünstigten.

»Jonathan«, rief Samuel vor Erregung, während der Logenmeister und seine im Raum verbliebenen Anhänger sich hustend einen Weg durch den Rauch zu ihrem inneren Zirkel bahnten.

Hahnemann kämpfte sich mit Tritten und Faustschlägen durch das Getümmel, bis er das blonde Mädchen erreicht hatte, das mit panischen Bewegungen nach seinem zur Erde gefallenen Umhang tastete.

»Wir müssen hier raus, Jungfer«, keuchte er atemlos. Er befürchtete, das Mädchen könnte in ihrer Angst vor ihm zurückschrecken und sich wehren. Aber zu seiner Überraschung nickte es nur kurz und deutete dann auf den jungen Mann mit den glasigen Augen, der, von seinen Logenbrüdern unbeachtet, neben dem Schreibtisch zusammengebrochen war.

»Quarin«, rief sie verzweifelt. »Wir müssen Quarin helfen ...«

»Verflixt, Hahnemann«, ertönte Jonathans Stimme irgendwo hinter ihm. »Nimm die Jungfer und den törichten Jungen und dann nichts wie fort von hier!«

Samuel erkannte seinen Kommilitonen durch einen beißenden Nebel, der seine kräftige Gestalt vollkommen einhüllte und ihn in Richtung der brennenden Holzpforte zu drängen schien. Neben der Tür schoben sich zwei unförmige Schatten aus dem Inferno. In ihren Händen leuchtete kalter Stahl auf.

»Worauf wartest du noch, Samuel Hahnemann?« brüllte der Student mit rauher Stimme und packte eines der Kohlenbecken am Fuß, um es den Angreifern entgegenzuschleudern. »Schaff sie hier raus! Über die Treppen! Ich folge euch, so schnell ich kann!«

»Danke, daß du hier überall meinen Namen herausposaunst!« gab Samuel zurück, beeilte sich aber, Jonathans Aufforderung zu folgen.

Er und das Mädchen nahmen den halb bewußtlosen jungen Mann in ihre Mitte. Der konnte kaum noch gehen, und Hahnemann war sich nicht sicher, ob er überhaupt verstand, daß sie sich auf der Flucht befanden, denn er versuchte mehrmals, sich aus Samuels Griff zu befreien. Mit vereinten Kräften gelang es Samuel und dem blonden Mädchen jedoch, ihre Last die ausgetretenen Stiegen hinaufzuziehen. Schließlich fanden sie auch den Korridor mit den Ölgemälden und persischen Teppichen, der zu der unverschlossenen Seitenpforte an der Friedhofsmauer führte.

Immer wieder mußten sie stehenbleiben, um den jungen Mann, der allmählich aus seinem Trancezustand erwachte, von neuem unterzuhaken. Wo zum Teufel steckte bloß der verfluchte Schrepfer? fragte sich Samuel, am Ende seiner Kräfte. Der Kaffeehauswirt hatte vermutlich bei der ersten Gelegenheit Fersengeld gegeben, ohne auch nur im Traum daran zu denken, ihm und Jonathan beizustehen.

Endlich erreichten die drei das Loch in der Friedhofsmauer. Samuel war nicht erstaunt, daß das junge Mädchen direkt auf die Bresche zuhielt. Allem Anschein nach kannte nicht nur Schrepfer den schmalen Durchschlupf auf das Anwesen der geheimen Loge, die ebensowenig medizinische Forschungen und Behandlungen durchführte, wie ein Henkersknecht Zuckerkuchen backte.

»Darf man fragen, was Sie heute nacht hier zu suchen hatten, Jungfer?« entfuhr es Samuel, als sie endlich das Grundstück der Loge hinter sich gelassen hatten und verschnaufen konnten. »Eine Tollkühnheit für ein junges Weib, sich in eine geheime Zusammenkunft der Rosenkreutzer zu schleichen. Wie wollten Sie es eigentlich anstellen, mit Ihrem Freund unbemerkt das Haus verlassen?«

»Ich hatte meine Gründe, Herr«, antwortete das Mädchen wortkarg und lehnte sich schwer atmend an die kühlen Steine der Mauer. Der Junge an ihrer Seite versuchte es ihr gleichzutun und schlug wie ein leerer Bohnensack gegen einen verwitterten Grabstein.

»Einen Fluchtweg hätte ich wohl auch ohne Hilfe gefunden, Herr«, fügte sie trotzig hinzu. »Sollte ich den jungen Herrn von Quarin etwa diesen Strolchen ausliefern? Ich habe seinem Vater in Wien in die Hand versprochen, daß sein Jüngster während der Studienzeit in Leipzig im Haus meiner Tante gut aufgehoben sei. Aber wie konnte ich wissen, welche Leute er in den Schenken trifft, in denen er mit seinen Kommilitonen verkehrt.«

»Ich muß zurück und nach meinem Freund sehen«, sagte Samuel, obwohl ihm bei dem Gedanken speiübel wurde. Er klopfte sich mit beiden Händen Staub und Asche von seinen hellen Kniestrümpfen. »Wenn diese Kapuzenmänner ihn erwischt haben ...«

Das fremde Mädchen nickte verständnisvoll. Ein zaghaftes

Lächeln huschte über ihre Züge. Dann zog sie ein viereckiges, mit Spitzen besetztes Taschentuch unter ihrem langen schwarzen Rock hervor und kniete sich neben den leise winselnden Quarin, um ihm das schmutzige Gesicht zu reinigen.

»Vielleicht werden die Männer aus dem Keller den jungen Quarin suchen«, murmelte sie nachdenklich. »Sie wären verrückt, wenn sie uns so einfach gehen ließen. Immerhin ist Quarin jetzt über ihre Losungen und ihr Zeremoniell im Bilde. Das heißt, er wird es sein, sobald sein Kopf wieder klar ist. In diesem Zustand kann ich ihn unmöglich ins Haus meiner Tante bringen!«

Samuel musterte die junge Frau mit wachsendem Interesse. Dabei fiel ihm plötzlich ein, daß er nicht einmal ihren Namen kannte. Aus dem schlafenden Städtchen wehte der Wind erneut Hundegebell zu dem alten Friedhof hinüber.

»Mein Name ist Henriette«, antwortete sie nach einigem Zögern auf Samuels Frage. »Aber damit sollten wir es einstweilen bewenden lassen.« Kokett schlug sie ihre Augen mit den langen braunen Wimpern nieder. Hahnemann räusperte sich, um seine Enttäuschung zu verbergen. Doch er konnte nicht abstreiten, daß die junge Frau recht hatte. Trotz ihrer gemeinsamen Flucht aus dem Haus der Rosenkreutzer konnte er nicht verlangen, daß sie ihm sogleich vertraute.

Plötzlich begannen Henriettes Mundwinkel erregt zu zucken. Durch die dunkle Öffnung der Friedhofsmauer, direkt hinter Samuel, schob sich eine Hand.

Die Finger der Hand waren schwarz wie Kohle, und selbst in der Dunkelheit waren die blutenden Kratzer und Schürfwunden auf ihnen deutlich zu erkennen. Der Schreck lähmte Samuel einen Herzschlag lang, dann aber erkannte er, wer sich durch das Gestrüpp der Mauer schlug.

Es war Jonathan Krebs. Sein Gesicht war von Schmerz verzerrt, und es fiel ihm sichtlich schwer, ruhig zu atmen. »Sie haben das Feuer gelöscht, Samuel«, stöhnte der junge Mann auf, während Henriette geistesgegenwärtig aus ihrem feinen, mit Spitzen besetzten Unterrock einen Streifen riß und ihn

»Wir müssen dich behandeln, ehe die offenen Stellen zu eitern beginnen«, erklärte Samuel ernst. »Du weißt, was geschehen kann, sobald sich erst ein Brand einstellt ...«

»Verzeihen Sie, Herr«, fiel ihm Henriette resolut ins Wort, »aber ich glaube, ehe wir an eine Behandlung denken können, sollten wir zwanzig Meilen zwischen uns und Rosenthal gebracht haben. Mein Wagen wartet nicht weit von hier. Ich habe ihn an einem ausgetrockneten Graben zurückgelassen, bevor ich mich auf die Suche nach Herrn von Quarin machte.« Sie beugte sich zu ihrem jungen Schützling hinab, der mittlerweile in einen unruhigen Schlaf gefallen war, rüttelte ihn wach und zog ihn unter Aufbietung all ihrer Kraft auf die Beine. Dann bedeutete sie den beiden Männern mit einer energischen Handbewegung, ihr durch die Dunkelheit zu folgen.

Als Samuel sich ein letztes Mal nach dem Haus mit den roten Ziegelsteinen umdrehte, bemerkte er fünf dünne Rauchfahnen, die wie dürre Finger einer verkrüppelten Hand hinter den Giebeldächern entschwanden.

Johann Schrepfer hatte Samuels Flucht von seinem Versteck aus beobachtet. Er hatte ihm folgen wollen, war aber von einem der Rosenkreutzer, einem bulligen Kerl mit zwei tiefen Narben auf dem glattrasierten Schädel, zurückgehalten und in eine Ecke gedrängt worden. Dessen Degen hätte ihn gewiß durchbohrt, wenn nicht der junge Krebs plötzlich im Rücken des Mannes aufgetaucht wäre und ihn mit dem Schlag eines Stuhles gegen die Schulter von dem Kaffeehauswirt abgelenkt hätte. Schrepfer bedankte sich auf seine Art. Er ließ den Rosenkreutzer, den der Hieb bestenfalls überrascht hatte, mit seinem Degen auf Krebs einschlagen und taumelte durch den beißenden Qualm zur Tür. Als er den Korridor erreichte und die gellenden Schreie hinter ihm schwächer wurden, gönnte er sich ein paar Momente, um stehenzubleiben und sich zu orientieren. Dann eilte er den langen Flur entlang, dem dünnen Schein des Mondlichts entgegen, das durch eine zerbrochene Fensterscheibe in die kleine Halle am anderen Ende des Traktes fiel. Plötzlich hörte Schrepfer, wie sich die Geräusche schwerer Stiefel auf dem Boden, direkt über ihm abzeichneten. Irgend jemand befand sich im ersten Stock.

Gehetzt rannte der Kaffeehauswirt weiter. Hahnemann muß den gleichen Weg gewählt haben, überlegte er verwirrt und steuerte auf das Glimmen zu. Endlich erreichte er den Seiteneingang und verharrte von neuem. Die Schritte in seinem Rücken wurden lauter. Irgend jemand kam die Stiege zur Halle hinunter. Schrepfer wurde blaß. Die Spitzen seines roten Backenbartes zitterten vor Angst. Energisch rüttelte er an der Tür mit ihrem Rundbogen.

»Das kann nicht sein, verflucht«, schimpfte er, als er feststellte, daß die Pforte, durch die Hahnemann und das Mädchen keine fünf Minuten vorher verschwunden waren, fest verschlossen war.

Das Fenster, fiel ihm ein, während ein heißer Strom seinen breiten Rücken hinab jagte. Er ließ von der verrammelten Tür ab und hangelte sich zum Griff des Fensters hoch. Erleichtert stellte er fest, daß die Scheibe tatsächlich zerbrochen und es ein leichtes war, die Reste des Glases aus dem Rahmen zu heben. Ein scharfer Schmerz ließ ihn zusammenzucken. Er hatte sich an einem Splitter geschnitten, doch das war in seiner Lage ohne Belang. Er mußte sich durch die Fensteröffnung zwängen. Der Lärm im Untergeschoß war fast verebbt. Hatten sie dem jungen Laffen endlich den Garaus gemacht und löschten das Feuer? Alles war schief gelaufen. Sein Auftrag war fehlgeschlagen, und er wußte wohl, was mit denjenigen geschah, die in der Loge versagten.

Schmerz und Erleichterung trieben ihm die Tränen in die Augen, als der Durchgang groß genug war und er sich endlich mit ungeschickter Hast auf die flach abfallende Fensterbank schwingen konnte.

Im gleichen Moment fühlte er, wie zwei Hände sich um seine Oberarme schlossen und ihn mühelos zurück auf den Boden rissen.

Der Kaffeehauswirt heulte auf vor Schmerz, als sein Kopf auf den blanken Holzboden prallte. Aber noch ehe er sich aufrichten konnte, packten ihn auch schon zwei Männer unter den Achseln und schleiften ihn zur Treppe. Er hatte sie weder kommen gehört noch gesehen.

»Du wolltest uns doch noch nicht verlassen, ehe der *Leuchtende* dich begrüßen konnte, nicht wahr?« flüsterte einer der Männer Schrepfer ins Ohr. Der Kaffeehauswirt zitterte vor Angst am ganzen Leib, aber er wehrte sich nicht. Hilflos ließ er sich über die Stufen ziehen.

Schließlich wurde er in ein mit hellblauem Samt ausgeschlagenes Zimmer direkt hinter dem Treppenabsatz gestoßen. Das Zimmer besaß keine Fenster und bis auf zwei sperrige schwarze Eichentruhen, einem Tisch mit bronzenem Leuchter und einigen verschnürten Papierrollen sowie zwei Stühlen auch kein Mobiliar. Die stickige Luft, die in dem Raum herrschte, raubte Schrepfer fast den Atem.

Hinter dem Tisch wartete ein Mann, dessen Gesichtszüge eine tief in die Stirn gezogene Kapuze verdeckte. Im Licht der Kerzen erkannte Schrepfer lediglich die Umrisse des Mannes, aber das genügte schon. Er fragte sich nur, wie diese Gestalt so rasch aus dem brennenden Kellergeschoß hier herauf gelangen konnte, ohne die Stiege zu benutzen. Es mußte einen zweiten Aufgang geben, von dem Schrepfer nichts wußte.

Eine Weile herrschte Schweigen im Raum. Der Kaffeehausbesitzer wagte kaum zu atmen, und der Mann vor ihm fixierte ihn lediglich mit seinem starren Blick. Dann zog er langsam seine schwarzen Handschuhe aus und schob den Kerzenleuchter zur Seite.

»Du hast versagt, Schrepfer!«

Die Worte schienen in dem kleinen Raum dumpf von Wand zu Wand zu prallen. Schrepfer riß die Augen auf und trat abwehrend einen Schritt zurück, bis er gegen einen seiner Wächter stieß. »Nein, Herr, laßt mich erklären, wie es dazu kam«, preßte er mutlos hervor.

»Dafür wäre Zeit gewesen, bevor du dich mit deinen Freunden aus dem Staub machen wolltest«, kam die ruhige Antwort von der anderen Seite des Tisches. Der Mann hatte seinen Kopf geneigt und betrachtete versonnen seine Handflächen, was ihm für einen Augenblick das Aussehen eines betenden Mönches verlieh. »Schließlich hat man dir eine Menge Geld dafür gezahlt, uns den Mann heute nacht zuzuführen. 2000 Gulden waren es, wenn ich mich recht erinnere, nicht wahr?«

Die Frage war überflüssig. Schrepfer wußte, wie genau die Loge über alle ihre Gelder Buch führte. Nicht umsonst hatte sie es in den letzten Jahren in Preußen und Sachsen zu Wohlstand und Einfluß selbst am Hof gebracht. In Preußen stand ihr nur noch der alte König Friedrich im Wege.

»Alles lief nach Plan, bis dieses verdammte Frauenzimmer auftauchte, *Leuchtender*, das müßt Ihr mir glauben!« rief Schrepfer verzweifelt und warf sich ächzend auf die Knie. »Laßt mich meinen Fehler wiedergutmachen. Der Studiosus vertraut mir, ich werde ihn und den anderen Jungen der Loge zuführen und dann …«

»Genug davon!« fiel ihm der Mann hinter dem Schreibtisch ins Wort. Er stand auf, ging um den Tisch herum und hielt Schrepfer seine Hand hin. »Du armer, dummer Mensch kannst gar nicht ermessen, welche Bedeutung diese Angelegenheit für uns hat«, sagte er mit sanfter Stimme, während er dem Kaffeehausbesitzer auf seinen eigenen Stuhl half und ihm mit einem Zipfel seines langen Talars das Blut aus dem Gesicht wischte. »Es geht uns nicht um den Mann, auch nicht um das Mädchen und den Adepten, den sie uns entzogen haben.«

»Um was geht es dann?«

Der hagere Mann lächelte und schüttelte den Kopf. »Das würdest du nicht verstehen, Johann Georg Schrepfer. Du prahlst bei den Gästen deines Kaffeehauses, alle Geheimnisse der Freimaurerei zu kennen, und unterhältst die Leichtgläubigen mit Hokuspokus und Geisterbeschwörungen, aber die wahren Mysterien der Schöpfung, die Lehren vom Anfang und dem Ende, werden Kreaturen wie dir immer verborgen bleiben.«

Auf einen Wink öffnete der kleinere der beiden Rosenkreutzer die linke der beiden schweren Eichentruhen und holte ein schmales Kästchen aus poliertem Kirschbaumholz heraus, das er beinahe ehrfürchtig vor Schrepfer auf den Tisch stellte.

»Du wolltest eine Gelegenheit, deinen Fehler wiedergutzumachen, Schrepfer? Dann sieh her!« Als er das Kästchen öffnete, sank Schrepfer in sich zusammen. Kalter Schweiß bildete sich auf der flachen Stirn des Mannes, und ein trockenes, beinahe kreischendes Röcheln entwich seiner Kehle.

Das Kästchen enthielt eine Pistole, kostbar gearbeitet, mit einem glänzenden Griff aus Perlmutt. In dem blauen Samt neben der Duellwaffe lagen ein schmales Pulverfläschchen und eine einzige, aus Blei gegossene Kugel.

»Es gibt keinen anderen Weg für dich«, sagte der Großmeister und nahm seine ledernen Handschuhe von der Tischplatte. Dann beugte er sich neben den erstarrten Mann und näherte sich seinem rechten Ohr. »Vielleicht wirst du es eines Tages verstehen, in einer anderen Welt. Wir lassen dich jetzt für einen Moment allein, Kaffeehauswirt. Nutze die Zeit!«

Wenige Minuten später zerriß ein gedämpfter Knall die Stille der Nacht. In einigen Häusern der Umgebung wurden Lichter entzündet, aber die Bewohner beruhigten sich rasch. Sie hatten den Schuß für den ersten Donnerschlag eines Sommergewitters gehalten.

13. Kapitel

Daß ausgerechnet Jonathan den Vorschlag gemacht hatte, das Palais der Baronin von Mandeloh anzusteuern, um bei ihr Asyl für den jungen Quarin zu erbitten, überraschte Samuel. Aber er hatte nichts dagegen einzuwenden, und Henriette, die den im Rausch vor sich hin stammelnden Quarin in regelmäßigen Abständen daran hindern mußte, die Kutschentür zu öffnen und in die Nacht hinauszutorkeln, schloß sich erleichtert an.

Luise von Mandeloh hatte sie nach einigen präzise gestellten Fragen aufgenommen. Es war allgemein bekannt, daß sie ein offenes Haus führte und hin und wieder Gäste beherbergte, die auf der Durchreise und von Freunden an ihr Haus verwiesen worden waren.

Die Sonne stand schon hoch am Himmel, als eine junge Dienerin Samuel durch den Salon und einen kleinen Wintergarten in den Park des Anwesens führte. Neugierig schaute er sich um und vergaß darüber sogar seine Verlegenheit der Baronin gegenüber, die ihn, einen nahezu Fremden, mitten in der Nacht beherbergt und Jonathans Wunden versorgt hatte.

Der Garten der Mandeloh, durch den ihn Luises Dienerin mit raschen Schritten führte, war ein architektonisches Meisterwerk. Um die Südseite des Palastes schmiegten sich zahlreiche Kaskaden, von denen kleine Wasserfälle in spinatgrüne Zierteiche plätscherten. Inmitten dieser Teiche hatten Gärtner künstliche Inseln geschaffen, auf denen Zypressen, Pinien und andere südliche Pflanzen aufragten.

Unterhalb der Kaskaden führte ein verschlungener Pfad an ordentlich gestutzten Hecken und marmornen Statuen vorbei zu einem runden Plateau, auf dem ein weißer, mit roten, gelben und weißen Rosen fast zugewachsener Pavillon stand.

Die Dienerin winkte Samuel, der mehrmals stehenblieb, um sich an der Pracht all dieser seltenen Pflanzen zu erfreuen, ungeduldig weiter, bis er endlich auf die Hausherrin traf. Luise von Mandeloh empfing Samuel in einem einfachen Kleid, auf dem nur noch vage Umrisse das Blumenmuster erahnen ließen, das es früher einmal geziert hatte. Sie stand unter einem ausladenden Baum mit länglichen, dunklen Blättern, eine metallene Raspel in der einen, einen flachen Binsenkorb in der anderen Hand und schabte mit schnellen Bewegungen Rinde vom Stamm des Baumes. Grobkörnig rieselte die Rinde in den Korb und verströmte einen eigenartigen, beinahe stechenden Geruch, der Samuel kurz zusammenzucken ließ. Hatte die Droge der Rosenkreutzer, die Henriettes jungen Schützling zu einer willfährigen Marionette gemacht hatte, nicht ähnlich gerochen?

Als sie Samuel näher kommen sah, hielt die Baronin inne, stellte ihren Korb auf die Erde und tupfte sich lächelnd mit einem Zipfel ihrer Schürze über die schmale Stirn. Ihre Augen zwinkerten nervös.

»Wir haben Sie schon vermißt, lieber Hahnemann«, begrüßte sie ihn und gab ihrer Dienerin ein Zeichen, sich zu entfernen. »Ihre Freunde haben es sich bereits in meinem Pavillon bequem gemacht. Ich habe die Dienerschaft angewiesen, hier aufzudecken und niemanden über Ihre Anwesenheit in Kenntnis zu setzen!«

Samuel murmelte einige unbeholfene Worte des Dankes, doch die Baronin brachte ihn mit einer beschwichtigenden Handbewegung zum Schweigen. »Sie müssen meinen Aufzug entschuldigen. Ich erwarte in Kürze meine Schneiderin zur Anprobe. Heute abend gibt man im Schauspielhaus Klingers *Sturm und Drang*. Ein bewegendes Werk. Haben Sie davon gehört?«

Der junge Hahnemann verneinte verlegen. Die Auseinandersetzungen der Theoretiker kannte er aus dem medizinischen

Bereich zur Genüge. Mit den endlosen Debatten der Philosophen, die das 18. Jahrhundert zum Zeitalter der Erleuchtung erklärt hatten, wußte er indes wenig anzufangen. Immerhin erinnerte er sich, daß der Begriff *Sturm und Drang* die Ideale der Freidenker, die den Zweifel zur Gottheit erhoben hatten, mit der Welt des Wunderbaren und Verborgenen zu versöhnen suchte. Die neue Bewegung hatte sich wie ein Lauffeuer an der Leipziger Universität verbreitet und wurde von den Dramen eines Dichters namens Goethe maßgeblich unterstützt.

Luise von Mandeloh ergriff Samuels Arm und führte ihn den kleinen Pfad zum Plateau hinauf. Im Pavillon erwarteten ihn Jonathan und zu seiner Freude auch die junge Henriette. Sein Freund sah bleich aus und hatte dunkle Ringe unter den Augen. Seine Hand war dick bandagiert.

Als er Henriettes Züge zum ersten Mal bei Tageslicht sah, blieb Samuel verlegen stehen. Das Grün der Bäume und die leuchtenden Farben der Rosen untermalten die Schönheit des Mädchens in außergewöhnlicher Weise. Überrascht stellte er fest, daß sie nur wenig kleiner war als er selbst. Der Umhang der Logenbrüder, den sie während der vergangenen Nacht getragen hatte, hatte ein falsches Bild ihrer eigentlichen Proportionen gezeichnet.

Henriette bemerkte, daß Samuels Blicke auf ihr ruhten. Sie errötete und sprang auf, um aus einer silbernen Kanne auf dem runden Gartentisch dampfenden Tee in vier bereitstehende Porzellantassen zu gießen. Wortlos reichte sie Samuel eine Tasse und schlug die Augen nieder. Ein wenig beklommen erkannte Hahnemann in den feinen Pinselstrichen eine Arbeit seines Vaters. Plötzlich zitterte seine Hand so stark, daß der Inhalt der Tasse über den Rand schwappte und auf seine staubigen Schuhspitzen mit den zerkratzten Schnallen tropfte.

»Ich fürchte, der Tee ist noch ein wenig zu heiß«, wisperte Henriette schuldbewußt, jedoch mehr in Richtung der Baronin, die ihr Schultertuch abgenommen hatte und sich mit einem leisen Seufzer zu ihren ungewöhnlichen Gästen gesellte.

»Wenigstens geht es Ihnen gut, und Sie konnten sich nach Ihren fürchterlichen Erlebnissen draußen in Rosenthal ein wenig erholen«, erklärte Luise. »Um den jungen Herrn aus Wien müssen Sie sich übrigens nicht mehr sorgen. Mein Freund und wissenschaftlicher Berater hat ihn heute früh abgeholt, um ihn in seinem Haus weiter zu beobachten. Ein interessanter Fall, wie er mir versicherte.«

»Sie sprechen von Lichtnetz?« fragte Jonathan Krebs, der bislang kein Wort gesagt hatte, und verzog abschätzig das Gesicht.

Lachend strich die Baronin über die Porzellanblumen ihrer Untertasse. »Leipzig ist ein unruhiges Pflaster geworden, meine jungen Freunde. Unruhig, aber auch spirituell in höchstem Grade anregend. Seit mein armer Gemahl mich allein in Gottes weiter Schöpfung zurückließ, stelle ich mir die Frage, was eine Frau, die das Leben am Hof mit seinen Intriganten und Speichelleckern verabscheut, von ihrem Leben noch zu erwarten hat.«

»Aber wie ich sehe, führen Sie ein großzügiges Haus«, warf Samuel ein. »Sie werden respektiert und geschätzt. In ganz Leipzig hat Ihr Name einen guten Klang!«

»Aber weshalb? Weil ich den Chor der Thomaskirche mit Geld unterstütze? Weil kein Bittsteller hungrig vor meinen Toren sitzen muß? Nein, Herr Hahnemann. Von anderen geachtet zu werden ist kostbar, aber dieser Schatz wird bedeutungslos, solange die eigene Seele zu Schaden kommt.«

»Ich kenne keine Frau, die so viel Kraft und Lebensmut ausstrahlt wie Sie, Baronin«, sagte Jonathan verwundert. »Warum glauben Sie, daß ausgerechnet Ihr Wirken Ihnen keine Zufriedenheit bescheren kann?«

»Das tut es doch, mein Freund«, bestätigte Luise und warf Jonathan einen spöttischen Blick zu, »indem ich Antworten auf meine Fragen sammle wie andere Frauen Ringe, Schnallen und bunte Litzen, komme ich meinem Ideal näher. Leipzig ist zu einer Stadt der Geheimnisse geworden. An allen Ecken und Enden lauern die Verführer, um uns mit ihren Theorien zu verblenden. Sie alle haben sich zu Zirkeln zusammengeschlossen: Freimaurer und Illuminaten, verschiedene Rosenkreutzergesellschaften, Philanthropen, Schwarzkünstler. In manchen ihrer Lehren steckt ein wahrer Kern, in den meisten jedoch nur die Gier nach Macht und Unterwerfung.«

Luise stand auf und trat in den Eingang des Pavillons. Ein leichter Wind war aufgekommen. Er streichelte die finsteren Blätter des Baumes, dessen Rinde die Baronin gesammelt hatte und die noch immer in dem kleinen Körbchen im Schatten des mächtigen Stammes lag.

»Diesen Baum haben Sie gewiß noch nie gesehen, Herr Kandidat, nicht wahr?« fragte sie versonnen, ohne sich nach Samuel umzudrehen. »Es ist ein *Neenbaum*.«

Samuel trat neben Luise und betrachtete neugierig den Baum, dessen Zweige sich im Wind wiegten. »Nein, solch einen Baum habe ich noch nie zu Gesicht bekommen!«

»Wie sollten Sie auch, junger Mann? Der Baum stammt aus Indien, und es ist ein Wunder, daß er es bis Leipzig geschafft hat. Seit fünftausend Jahren werden seine heilenden und schützenden Kräfte in alten indischen Liedern gefeiert.«

»Verwenden Sie seine Rinde als Arzneidroge?« fragte Samuel fasziniert. Die unscheinbaren länglichen Blätter erschienen ihm plötzlich nicht minder anziehend als die dunklen Augen der jungen Henriette.

»Die Rinde des Baumes, seine Blätter, die Früchte, die Sie oben durch die Wipfel leuchten sehen, und selbst die Wurzeln werden seit Generationen gezielt gegen Krankheiten eingesetzt: Aussatz, Störungen der Körpersäfte und wuchernde Geschwulste sollen durch den *Neenbaum* geheilt werden«, entgegnete die Baronin.

»Haben Sie etwa …« Erschrocken biß Samuel sich auf die Zunge. Nein, natürlich hatte Luise von Mandeloh die Arzneidroge nicht angewandt. Sie war eine Suchende, eine Sammlerin von Antworten, die Männer wie Lichtnetz in ihren Salon einlud, um ihr eine Kostprobe seines Könnens als Heilmagnetiseur zu geben, aber sie war kein Wissenschaftlerin oder eine Alchimistin wie Cosmo und Charlotte Rebus. Hahnemann wandte seinen Blick von den Zweigen des indischen Baumes ab. Es half nicht weiter, düstere Schatten der Vergangenheit zu beschwören. Der Italiener war tot, von Charlotte hatte Samuel seit Jahren nichts gehört. In den Briefen seiner Mutter aus Meißen war Charlottes Name niemals gefallen, als herrschte ein unausgesprochenes Einvernehmen zwischen ihnen, das Vergangene ruhen zu lassen, um nicht etwa ein neues Verhängnis heraufzubeschwören.

Charlotte Rebus und ihr Laboratorium gehörten einer anderen Zeit an, und obgleich Samuel sich selber für seine Schwäche verachtete, wünschte er sich einen Augenblick, an Charlottes Seite in den Gewölben der Albrechtsburg zu stehen und Rinde, Blätter und Wurzeln zu studieren. Er hörte kaum noch zu, als Luise ihm erklärte, sie nutze das Öl des *Neenbaumes* trotz seines scharfen Geruchs zur Körperpflege und Beleuchtung ihres Salons.

»Vielleicht kann sich Hahnemann in Wien einen Ableger ziehen«, erklang Jonathans Stimme.

»Wien? Was redest du da?« gab Samuel gereizt zurück. »Ich habe gewiß nicht die Absicht, nach Wien zu gehen, nach all den Schwierigkeiten, die ich hatte, hier in Leipzig mein Studium aufzunehmen!« Verblüfft blickte er in die Runde seiner Freunde.

»Herr Hahnemann, Sie haben sich in Todesgefahr gebracht, um mich und Quarin aus den Fängen der Loge zu befreien«, erklärte Henriette und wurde vor Verlegenheit rot. »Leider waren die Männer in Rosenthal verhüllt, wir werden keinen von ihnen wiedererkennen, wenn er uns auf einer der Straßen Leipzigs entgegentritt. Dafür kennen einige von ihnen mein Gesicht. Baronin von Mandeloh hat mich überzeugt, daß es das beste für uns ist, Leipzig für einige Zeit den Rücken zu kehren.«

»Und wohin wollen Sie gehen?« fragte Samuel und bemerkte, wie ein Gefühl aus Wut und Ohnmacht in ihm aufstieg, gegen das er sich nicht zu wehren wußte.

»Die Jungfer Henriette wird zu einer Verwandten meines verstorbenen Gemahls nach England reisen«, enthob Luise das Mädchen einer Antwort. »Sie kann dort auf einem ihrer Landgüter bleiben, bis Gras über die Sache gewachsen ist. Meine Verwandte wird keine unangenehmen Fragen stellen, denn sie sucht seit langem nach einer passenden Erzieherin für ihre Kinder.«

Eine Dienerin kam eilig den Pfad entlanggelaufen. In der Hand schwenkte sie ein Bandmaß. Vermutlich war die Hofschneiderin eingetroffen, um Luises Maße zu nehmen.

Samuel atmete tief durch. »Nun gut, Euer Gnaden. Wenn Sie der Meinung sind, daß von diesen Wirrköpfen Gefahr ausgeht, so mag die Jungfer ihre Reise antreten. Ich jedenfalls lerne eher neben dem Skalpell und der Klistierspritze auch einen Degen zu benutzen, ehe ich mich von der Universität vertreiben lasse!« Unruhig blickte er auf das weiße Holz des Spaliergitters.

»Samuel, laß ein einziges Mal ab von deinem Starrsinn«, rief Jonathan, dem bereits wieder der kalte Schweiß auf der Stirn stand. »Meinst du, ich hätte nicht bemerkt, wie sich deine Gesichtszüge verändert haben, als du das Emblem der Loge bemerktest? Diesen scheußlichen Schlangenkopf? Hast du dich nicht einmal gefragt, wem das Haus in Rosenthal eigentlich gehört?«

»Schrepfer faselte etwas von einem Kaufmann aus Weimar, der das Anwesen erworben habe, um Gelehrten die Möglichkeit des wissenschaftlichen Austauschs zu geben«, antwortete Samuel ausweichend und warf seinem Freund einen mißmutigen Blick zu.

»Falsch!« Die Baronin setzte sich wieder an den Tisch. Scheinbar teilnahmslos goß sie sich eine zweite Tasse Tee ein. Die Farben der Porzellanblüten leuchteten wie ein rotgelbes Signalfeuer zu Samuel herüber. »Das Haus wurde von einem Strohmann gekauft. Der eigentliche Käufer wollte in Leipzig nicht bekannt werden, aber den Strohmann, der den Kontrakt mit dem Advokaten abschloß, kennen Sie mittlerweile recht gut.«

»Schrepfer! Er hat das Haus gekauft, also war ihm auch bekannt, wer sich in seinen Mauern versammelte.« Resigniert ließ sich Samuel auf einen der zierlichen Gartenstühle sinken und starrte düster auf das bunte Kunstwerk seines Vaters. Zu gerne hätte er die zierliche Tasse auf den steinernen Boden des Pavillons geschleudert.

»Damit aber nicht genug, Freund Hahnemann«, sagte Luise von Mandeloh sanft. »Schrepfer steht seit Jahren in Diensten der Universität. Ich möchte wetten, daß der wahre Hausbesitzer auch dort zu suchen wäre. Möglicherweise ist er ein geachtetes Mitglied einer Fakultät! Vielleicht der medizinischen.«

»Und was soll ich ausgerechnet in Wien?« fragte Samuel mutlos.

»Der Mann, dessen Sohn Sie letzte Nacht gerettet haben, ist kein geringerer als Doktor Josef von Quarin, Leibarzt seiner Majestät der Kaiserin. Ich werde Sie mit Empfehlungsschreiben ausstatten, damit Sie bei ihm hospitieren können. Bedenken Sie, für einen angehenden Arzt, der im Begriff steht, sich mit seinen Leipziger Lehrern zu überwerfen, könnte dies eine einmalige Gelegenheit sein, ein bekannter Arzt zu werden!«

Samuel mußte zugeben, daß die Baronin ihn und sein Ziel

mit messerscharfem Verstand analysiert hatte. Womöglich war der Unterschied zwischen ihr und Charlotte doch geringer, als Samuel angenommen hatte. Die Baronin hatte den Glanz des ewig Suchenden in seinen Augen erkannt. Er würde nach Wien gehen und seine Studien beim Leibarzt der Kaiserin fortsetzen. Vielleicht gaben die Professoren in der Hauptstadt einem jungen sächsischen Studenten die Gelegenheit, Krankheiten am Patienten zu studieren, bevor man diesen auf dem Seziertisch wiederfand. Tief in Gedanken versunken, nahm Samuel nur am Rande wahr, wie Jonathan Krebs verkündete, vorerst zu seiner Familie zurückzukehren und sich im Herbst an der medizinischen Fakultät der Pariser Sorbonne zu immatrikulieren.

Samuel begleitete Henriette bis vors Tor. Die Straße lag völlig verlassen vor ihnen. Verlegen räusperte Samuel sich. »Ich wollte Sie noch fragen ...«

»Bitte, versuchen Sie nicht, mir zu folgen!« fiel sie ihm mit einem gequälten Lächeln ins Wort, während ein langer, dünner Lakai der Baronin ihr den Schlag der kleinen Kutsche aufhielt. Henriettes blonder Haarschopf lag unter einem Hut mit dichtem dunkelblauem Schleier verborgen. Dazu trug sie einen eleganten Reiseumhang aus knisternder violetter Seide, der über dem Dekolleté von einer silbernen Spange in Form eines springenden Hirsches zusammengerafft wurde.

»Ich verfüge über keine außergewöhnliche Bildung, und in Gegenwart der Baronin fühlte ich mich wie ein ungeschicktes kleines Mädchen. Aber in einem Punkt kann ich Luise von Mandeloh folgen. Auch ich fange an, Antworten zu sammeln«, erklärte Henriette mit fester Stimme.

Bevor Samuel etwas erwidern konnte, schnalzte der Kutscher mit der Zunge, und die Räder der Kutsche setzten sich in Bewegung.

14. Kapitel

Meißen, im Herbst 1776

Die behaglich eingerichtete Schlafkammer des Pfarrhauses erhielt ihr Licht durch einen kleinen Balkon, der hinaus auf den Innenhof führte. Von der Balustrade hatte man einen guten Ausblick auf das mit Stroh bedeckte grobe Pflaster, die hölzernen Fässer, die in einer Reihe an der Wand standen und nunmehr als Blumenkübel dienten, und auf das breite Tor mit seinem Rundbogen aus rotem Sandstein.

»Wie soll ich den Saum aufstecken, wenn Sie ohne Unterlaß ihre Stellung ändern?« Die Schneiderin seufzte und zog mit spitzen Fingern eine Nadel aus ihrem Mundwinkel, um sie an die zarten Spitzen zu heften, die das teure blaue Samtkleid mit den goldenen Knöpfen verspielt umrahmten. »Warum so aufgeregt, Jungfer?« setzte die Frau ein wenig schnippisch hinzu. »Schließlich ist es nicht Ihre eigene Hochzeit, die Sie besuchen!«

Wütend drehte sich Charlotte Rebus zu der älteren Frau um, die sofort schuldbewußt ihren Kopf neigte und sich wieder am Saum des Kleides zu schaffen machte.

»Sie brauchen mehr Licht«, sagte Charlotte mit einem spöttischen Unterton und sprang zum Entsetzen der Schneiderin mit einem Satz von dem runden, mit Leder bespannten Schemel. Ein reißendes Geräusch verriet der Schneiderin, daß der Saum ruiniert war. Sie würde die Nacht durcharbeiten müssen.

Charlotte trat auf den Balkon hinaus und stützte sich mit beiden Unterarmen auf die Balustrade. Am Himmel zogen sich finstere Wolken zusammen, und ein Wirbel aus Blättern, Gänsefedern und Stroh tanzte über den Hof des Pfarrhauses. Charlotte wandte ihren Blick dem Türmchen zu, das sich links über ihrer Kammer erhob. Der Vater saß bereits wieder seit mehreren Stunden in seiner Studierstube. Das gedünstete Gemüse mit Hammelfleisch zu Mittag hatte er kaum angerührt. Charlotte hoffte nur, daß er nicht vergaß, die Hochzeitspredigt für Irm vorzubereiten. Es kam nicht alle Tage vor, daß ein vorwitziges Meißener Mädchen einen reichen Weinhändler aus Braunschweig heiratete. Charlotte streichelte sich sanft über die Wangen. Die Anspielung der Schneiderin hatte sie wohl verstanden. In ihrem Alter nicht verheiratet zu sein galt beinahe als Sünde. So dachten zumindest die Bürgerfrauen. Sie tuschelten hinter vorgehaltener Hand, sooft Charlotte sich auf dem Markt oder in der Kirche sehen ließ.

»Wenn das Kleid bis zur Hochzeit fertig sein soll, müssen Sie mich meine Arbeit machen lassen!« beklagte sich die Schneiderin. Charlotte seufzte. Gerade wollte sie der Aufforderung der Frau Folge leisten, da bemerkte sie, wie eine Kutsche durch das Rundbogentor auf den Pfarrhof schaukelte. Charlottes Vater hatte nicht erwähnt, daß er Besuch erwartete, doch das bedeutete nicht viel. Er vergaß von Tag zu Tag mehr, und eines Tages würde er morgens vergessen aufzustehen.

Als Charlotte sich weiter über das Geländer beugte, beobachtete sie, wie eine hoch aufgeschossene, dünne Gestalt in einem schwarzen Gehrock auf das Pflaster sprang. Der Mann trat zum Kutschbock, streckte seinen Arm aus und begann energisch auf den Kutscher einzureden. Im selben Moment ertönte über den Dächern der erste Donnerschlag.

Viktor Rebus war nach Hause zurückgekehrt.

Charlotte zog sich in ihre Kammer zurück, wo die Schneiderin ihren Korb mit Garnspulen, Nadelkissen, Schleifen und Resten des guten Tuchs bestückte. »Kein Tageslicht mehr«, jammerte sie. »Alles verdorben!« Aber Charlotte kümmerte sich nicht um die Frau. In Gedanken versunken lief sie zu ihrer Frisierkommode und zündete eine Kerze an. Was um alles in der Welt konnte Viktor dazu bewogen haben, mitten im Jahr nach Hause zu kommen? Genügte es ihm nicht, daß der Vater ihm regelmäßige Wechsel nach Halle schickte, wo er seit einigen Jahren Theologie studierte?

Charlotte fuhr mit dem Zeigefinger ihrer linken Hand durch die Kerzenflamme. Sie konnte die Glut des Feuers riechen, und ein Frösteln überfiel sie; wie immer, wenn Viktor im Hause war und sie mit seinen mißtrauischen Blicken verfolgte. Gespräche mit ihm gab es nicht. Viktor sprach, er allein hatte das Recht dazu, während der Pastor mit einem dümmlichen Lächeln dabeisaß und zu den Ausführungen seines Sohnes stolz ja und amen sagte.

Irgend etwas muß geschehen sein, dachte Charlotte und zog ihren Finger aus der Flamme. Viktor war kein besonders spontaner Mensch, er haßte es, wenn unerwartete Ereignisse ihn zwangen, seinen gewohnten Tagesablauf zu ändern. Seine Besuche im Pfarrhaus pflegte er bereits seit dem ersten Semester viele Wochen im voraus anzukündigen.

»Ist der junge Herr Vikar auch zur Hochzeit eingeladen, Jungfer Rebus?« fragte die Schneiderin neugierig, als sie den jungen Mann die hölzerne Stiege zum Pfarrhaus heraufkommen sah.

»Gewiß doch, Meisterin«, antwortete Charlotte mit trockener Stimme. »Ich fürchte, wir müssen die Anprobe auf morgen verschieben.«

Entschlossen führte sie die Schneiderin zur Tür. Kaum hatte sie ihre Hand auf die Klinke gelegt, als auf dem knarrenden Korridor auch schon die Schritte ihres Bruders ertönten. Charlotte verharrte und wich den verständnislosen Blicken der Schneiderin aus, die kopfschüttelnd die Tür öffnete und grußlos in der Finsternis verschwand.

Er wird den Vater besuchen, beruhigte sich Charlotte und strich den Stoff ihres neuen Kleides glatt. Sie mußte die Mägde anweisen, eine Mahlzeit zuzubereiten. Von dem Hammel war noch genug übrig. Außerdem Brot, Käse, Nüsse und Wein.

Viktor sollte auf keinen Fall einen Anlaß finden, über ihre Haushaltung zu lästern. Vermutlich ließ er sich vom Vater ohnehin erst die Abrechnungen und Eingaben des Konsistoriums vorlegen. Aber das mochte angehen, solange er sie in Ruhe ließ.

Die junge Frau trat wieder an ihre Kommode. Es war ein schönes Stück aus schwerer Eiche mit eisernen Beschlägen an jeder Seite. Einst hatte sie ihrer Mutter gehört. Nun bewahrte Charlotte alles darin auf, was ihr wichtig war. Rasch überlegte sie, ob sie das kleine Fach hinter der Lade öffnen sollte, um seinen Inhalt an anderer Stelle zu verbergen, aber zuletzt entschied sie sich dagegen.

Sie hörte, wie jemand kurz an ihre Tür klopfte, und ehe sie sich in dem steifen Kleid umdrehen konnte, stand auch schon ihr Bruder in der Kammer.

»Nun, Charlotte«, sagte Viktor nach einigen Sekunden des Schweigens, »begrüßt man so seinen einzigen Bruder?« Theatralisch öffnete er beide Arme und zwang seine Schwester in eine kühle Umarmung.

»Du siehst gut aus«, erwiderte Charlotte und hoffte, daß ihr diese Lüge in einem Pfarrhaus nachgesehen würde.

Viktor Rebus hatte sich in den zurückliegenden Monaten kaum verändert. Sein spitzes Kinn war von einigen Bartstoppeln gezeichnet. Um die Augen zogen sich zwei feine Linien, die wie Lachfalten aussahen, mit Lachen jedoch gewiß nichts zu tun hatten. Ansonsten verhüllte der Reiseumhang einen geradezu asketischen Körper.

»Ich gratuliere dir zu den bestandenen Examina, Herr Vikar!« Charlotte entwand sich seinen Armen und lächelte ihren Bruder an. »Nun wird es nicht mehr lange dauern, bis Halle einen fleißigen neuen Pastoren begrüßen kann.«

»Nun, welche Stadt einen neuen Pastor bekommt, steht noch zur Debatte, Schwester. Wie ich hörte, hat Meißen ihn nötiger als Halle!« Viktors Gesichtszüge entspannten sich.

Vermutlich war er froh, nicht mehr lächeln zu müssen. Der Förmlichkeit war Genüge getan. Charlotte setzte sich auf den Lederschemel, der noch immer mitten in der Kammer stand, und blickte Viktor trotzig ins Gesicht.

»Dem Konsistorium sind gewisse Gerüchte zu Ohren gekommen, die dich betreffen, liebe Schwester.« Viktor fixierte seine Schwester mit ernster Miene. »Ich hoffe, du wirst nicht zögern, mir bei der Klärung dieser Fragen tatkräftig zur Seite zu stehen!«

»Ausgerechnet dir?«

»Du hast mich richtig verstanden, Charlotte. Vater hat einen Boten nach Halle gesandt, der mich über die Sorgen des Konsistoriums in Kenntnis setzte. Sagen wir, der Herr hat mich gerufen, und schon bin ich da. Ich bin gekommen, um dir zu helfen, Schwester!«

»Du bist gekommen, um deine Nase in meine Angelegenheiten zu stecken!« rief Charlotte aufgebracht und stand auf, doch mit einer flinken Bewegung seines Armes drückte der Vikar seine Schwester zurück auf das Leder.

»Wenn du es in deinem gottlosen Hochmut so nennen magst?«

»Ich weiß nicht, was du mir vorwirfst, Viktor. Es tut mir leid, daß irgendwelche bösen Zungen dich von deinen Pflichten in Halle hierhergelockt haben, aber …«

»Sei still! Kein Wort mehr!« Viktor beugte sich zu Charlotte herab, bis sein Gesicht beinahe ihre Nasenspitze berührte. Sein erregter Atem ließ sie angewidert zurückweichen.

»Du wirst mir jetzt zuhören«, flüsterte der junge Theologe böse. »Unser Vater ist zu schwach, um sich noch länger mit dir und deinen Launen herumzuschlagen. Aber er ist nicht blind. Seit Jahren schleichst du dich mehrmals in der Woche aus dem Haus. Du gehst zur Albrechtsburg hinauf. Die Leute sprechen darüber, daß du dort heimlich Tiere schlachtest, um ihre Eingeweide zu betrachten.«

»Das sind doch nichts weiter als infame Lügen!« Charlotte starrte Viktor zornig an.

»Was tust du dann in der Albrechtsburg?« brüllte er und packte das Mädchen an der Schulter. »Hast du einen Liebhaber? Ist es das, was dich heimlich zur Burg führt? Wer ist der Kerl, der die Tochter eines Superintendenten zur Hure gemacht hat?« In rasender Wut zerrte Viktor am Stoff von Charlottes Kleid, bis die Nähte am Kragen rissen.

»Du bist krank, Viktor Rebus! Ich werde jetzt zu unserem Vater gehen und diesem Spuk ein Ende bereiten!« Aufgebracht schüttelte sie Viktors Hände von ihren Schultern. Erst als sie aufrecht stand, bemerkte sie, wie sehr ihre Beine zitterten. Sie drehte sich langsam zu ihrem Bruder um. Es war seltsam, aber plötzlich empfand sie keinen Haß mehr für ihn. An die Stelle ihres Hasses war grenzenlose Verachtung getreten, Verachtung dafür, daß er sie in all den Jahren niemals durchschaut hatte. Samuel Hahnemann hatte ihr als kleiner Junge nachspioniert und dabei den Zugang zu den verborgenen Gewölben gefunden. Viktor würde dies niemals gelingen, mochte er sich auch noch soviel auf seine fromme Gelehrsamkeit einbilden. Die Wege des Zweifels blieben ihm für immer verschlossen.

»Du wirst Vater nicht mehr mit deinem gottlosen Treiben behelligen, junge Dame«, sagte Viktor. Er begann mit schnellen Schritten in der Kammer umherzuwandern, die Hände auf dem Rücken. »Du wirst ein paar Sachen packen und mich umgehend nach Halle begleiten. Meine Kutsche wartet bereits unten im Hof.«

»Niemals!« fauchte Charlotte. »Dazu hast du kein Recht! Du bist mein jüngerer Bruder, ich habe dich mit aufgezogen. Hast du das vergessen?«

»Im Pfarrhaus zu Halle wirst du deine Fähigkeiten als brave, gottesfürchtige Hausfrau besser zur Anwendung bringen können, liebe Schwester!« höhnte Viktor und griff nach seinem

Hut. »Vielleicht gelingt es uns dann, das Gerede über dich und unsere Mutter zum Verstummen zu bringen.«

Fassungslos starrte Charlotte ihren Bruder an. Langsam kam sie auf ihn zu. »Was soll das bedeuten?« zischte sie.

»Als ob du das nicht wüßtest! Ich habe die Heiratsurkunde der Eltern gefunden, als ich zu Weihnachten in Vaters Arbeitszimmer studierte. Mutter zog anno 1749 nach Meißen. Wenige Monate später wurde die Ehe geschlossen, am 13. April 1750, um genau zu sein. Interessanterweise wurde ihre Tochter Charlotte jedoch bereits zwei Jahre früher getauft.«

Charlotte wurde bleich. Ihre Hände bebten. Warum tat Viktor ihr das an? Was wollte er von ihr?

»Meine Mutter ...«

»Sie war eine verworfene Person, als sie mit ihrem ... ihrem Balg dieses Pfarrhaus betrat, und sie blieb es, bis sie starb!« Viktors dünne Lippen vibrierten vor Erregung.

»Wer weiß davon?« fragte Charlotte mit tonloser Stimme. Mit beiden Händen griff sie sich in ihr volles Haar und strich sich eine Haarsträhne hinter die Ohren.

»Vater und ich. Bis jetzt. Wirst du mich nach Halle begleiten, oder hast du vor, unserem Haus mit deinem Treiben noch mehr Schande zu bereiten?«

Einen Augenblick lang zögerte Charlotte. Sie blickte zu der Eichenkommode ihrer Mutter hinüber und maß das Möbelstück mit beinahe zärtlichen Blicken. Irgendwie hatte sie immer geahnt, daß sie nicht zu Viktor und dem Pastor gehörte. Ihre Mutter hatte ihr Geheimnis mit ins Grab genommen. Es war nicht gerecht, daß ausgerechnet Viktor es ihr nun doch noch entrissen und Charlotte ungerührt zum Bastard erklärt hatte.

»Ja, ich werde fahren«, erklärte sie schließlich müde. »Warte auf mich in der Stube!«

Als Charlotte mit einer einzigen Reisetasche aus abgegriffenem Kalbsleder in der Hand die Stiege herunterkam, warteten nicht nur Viktor, sondern auch ihr Vater auf sie. Der Pastor war unrasiert, und die grauen Strähnen standen ihm wirr vom Kopf ab.

Zwei Raben, schoß es Charlotte durch den Kopf, als sich die schwarzen Ärmel wie zwei Schwingen aufblähten, um ihr die Tasche abzunehmen. Sie hatten ihr nicht einmal Zeit gelassen, um Abschied zu nehmen.

»Was tust du da?« schrie sie ihren Bruder an, als der sich anschickte, ihre Tasche zu öffnen.

»Ruhig Blut, mein Kind.« Der Pastor wollte nach Charlottes Hand greifen, aber die junge Frau riß sich energisch los. »Dein Bruder prüft nur, ob dein Gepäck dem Aufenthalt in einem so ehrbaren Haus wie dem meines Amtsbruders in Halle auch angemessen ist!«

Charlotte stieß ihren Vater zur Seite und stürzte sich auf den verblüfften Viktor. Die Wucht ihres Stoßes ließ ihn straucheln. Mit einem Schrei glitt er aus, ließ die Tasche fallen und stürzte zu Boden.

»Verdammt, das ist mein Eigentum. Ich werde es nicht zulassen, daß du dich daran vergreifst!«

»Du Hure aus der Hölle«, keuchte Viktor. »Ich weiß, was du mit dir herumschleppst. Briefe sind es, Liebesbriefe deines sauberen Galans.« Schwerfällig plagte er sich auf und warf seinen langen Umhang über die Schulter. Dann drang er auf Charlotte ein und versetzte ihr einen Schlag ins Gesicht. Blut schoß ihr aus der Nase, und sie krümmte sich vor Schmerz zusammen.

Pastor Rebus stand unbeweglich am Fuß der Treppe, die Hände starr über dem Schoß gefaltet. Weder gebot er dem rasenden Viktor Einhalt, noch kam er seiner Tochter zu Hilfe. Charlotte wurde es schwarz vor Augen. Sie fühlte, wie die kräftigen Arme ihres Bruders sie gegen den Kamin drängten und ein stechender Schmerz sich in ihrem Kopf breitmachte, ein Schmerz, der alles um sie herum auszulöschen drohte. Als ihre Augen ihre rechte Hand streiften, erkannte sie, daß nur noch der Griff ihrer Tasche zwischen ihren blutigen Fingern steckte. Zitternd ließ sie das Lederstück fallen und tastete den Stein des Kamins ab, bis sie die dünnen, eisernen Schürhaken gefunden hatte. Entschlossen zog sie einen der Haken aus seiner Verankerung.

Viktor stand wenige Schritte vor ihr, den Blick gespannt auf ihre Tasche gerichtet. Er öffnete sie und leerte ihren Inhalt auf den Boden. Inmitten von Kleidern, Hauben, einigen Schmuckstücken, Bändern und schmalen Büchern lagen etwa zehn Bögen Papier, alt und bereits vergilbt. Sie waren mit schwarzer Tinte beschrieben und wurden von einem Stück Schnur nur notdürftig zusammengehalten. Viktor stieß Charlottes Kleider mit der Fußspitze beiseite und ging langsam in die Knie, um die Schriften aufzuheben.

Im nächsten Augenblick hallte ein gellender Schrei durch die Stube. Pastor Rebus hatte die Hände gehoben. Seine Rabenschwingen fielen zitternd über sein vor Entsetzen verzerrtes Gesicht. Viktor hob irritiert den Kopf.

»Charlotte, im Namen des Herrn ...« Weiter kam er nicht. Mit einer blitzschnellen Bewegung rammte Charlotte ihrem Bruder einen Schürhaken in den Leib. Viktor zuckte zusammen. Seine Augen quollen förmlich aus den Höhlen, und ein dünner Faden dunkelroten Blutes trat aus seinem Mundwinkel. Fassungslos streckte er seine Hand nach der Schwester aus. Dann brach er ohnmächtig zusammen.

»Charlotte, Tochter der Sünde, was hast du getan?« Der Pastor wankte auf seinen Sohn zu, besann sich plötzlich und stürmte zur Tür hinaus, um Hilfe zu rufen. Erst als seine jammervollen Schreie auf dem vom Regen nassen Hof verklungen waren, erwachte Charlotte aus ihrer Lähmung. Behutsam nahm sie die Papierbögen vom Boden auf, die Viktor fallengelassen hatte, und steckte sie in ihre Tasche.

15. Kapitel

Wien, im Frühjahr 1777

Wien, die glanzvolle Hauptstadt der Kaiserin Maria Theresia, kam für Samuel Hahnemann in vielerlei Hinsicht einer Offenbarung gleich. Die vornehmen Paläste und Gärten des Adels, die sich um die alte Hofburg schlossen, und die breiten Boulevards, die man nur mit Mühe überqueren konnte, da sie von Sonnenaufgang bis zur Dämmerung von Kutschen, Sänften und Karren geradezu überquollen, faszinierten den jungen Mann so sehr, daß er sich entschloß, jeden Morgen, vor seinem Gang zur Universität, ausgiebige Streifzüge durch die aufregende Metropole zu unternehmen.

Mit Begeisterung stürzte er sich in das Gewühl der Marktschreier, die ihre Buden und Stände in jedem freien Winkel der Stadt aufbauten und den Vorübergehenden mit lauter Stimme Gemüse, Fleisch, Gewürze aus Italien, Tuche aus Flandern und Steingut aus Böhmen anpriesen.

Viele Stunden verbrachte Samuel damit, die kleinen Verschläge der Buchläden am Stephansdom und die Bibliotheken der Wiener Universität zu durchstöbern, und nicht selten entdeckte er dabei Schätze, die sein Herz höher schlagen ließen. Bei einem Händler erstand er die Werke des medizinischen Theoretikers Friedrich Hoffmann, dessen Theorien auf der Säftelehre Galens aufbauten. Nach Galens Ansicht basierten menschliche Krankheiten auf einer Unregelmäßigkeit der Körpersäfte, welche wiederum mit den vier Erdelementen, Feuer, Erde, Luft und Wasser verbunden waren. Diese Elemente, so man ihre Wirkung auf den menschlichen Leib übertrug, erzeugten Zustände wie Hitze, Kälte, Trockenheit und Nässe. Nahm man Speise und Trank in den Körper auf, wurden sie von der natürlichen Hitze gekocht und wiederum in die vier alles beherrschenden Säfte Blut, Schleim, gelbe Galle und schwarze Galle verwandelt. Dabei entsprach das Element Luft nach Galen dem Blut, welches naß und heiß ist, Feuer der gelben Galle, da diese als trocken und heiß gelten konnte, und die Erde der schwarzen Galle, die als trocken und kalt beschrieben wurde. Ein Teil dieser Stoffe wurde über das Blut zu den einzelnen Organen getragen, der Rest als Abfall ausgeschieden.

Das Wohlbefinden eines Menschen war demnach von einem Gleichgewicht all dieser Säfte im Körper abhängig. Zu viel oder zu wenig von einem Stoff verursachte Krankheiten.

Der Arzt Friedrich Hoffmann empfahl, den Kranken in regelmäßigen Abständen zu schröpfen, um sein Leiden durch den Ausfluß seiner faulen und sauren Säfte zu kurieren.

Maximilian Stoll, dessen Schriften unter den Wiener Ärzten seit dem letzten Winter in aller Munde waren, bestätigte die Meinung Hoffmanns und wies darauf hin, die natürlichen Wege des Kranken durch Brech- und Purgiermittel zu reinigen, ehe man eine Behandlung mit Arzneien auch nur in Betracht zog. Demgegenüber führte der Mediziner Kämpf alle Krankheiten auf unerkannte Infarkte des Unterleibs zurück und verabreichte seinen Patienten zwei- bis dreimal am Tag Klistiere.

Boten die Theoretiker Samuel schon ein schier unentwirrbares Gemisch von Systemen und Behandlungsmethoden, so wurden sie noch von einem Gelehrten übertroffen, der sich John Brown nannte und mit dem Anspruch auftrat, die Ursache aller menschlicher Leiden in Reizen erkannt zu haben, die Leib und Seele in einen Zustand der Erregung versetzten und auf diese Weise Schaden verursachten. Im Gegensatz zu vielen seiner Kollegen behandelte Brown seine Patienten mit starken Dosen verschiedener Arzneien, kaum daß er eine Diagnose gestellt hatte. Ihm ging es allein darum, reizenden

Einflüssen der Umwelt reizende Mittel entgegenzusetzen. Auch in Wien tummelten sich zahlreiche seiner Anhänger. Hahnemann hörte von Medizinern, die ihren Kranken nach den Vorschriften ihres Meisters jährlich mehrere Pfund reinen chinesischen Opiums verschrieben, das die jeweilige Krankheit aufgrund seiner anregenden Wirkung zerstören sollte.

Hahnemanns Empfehlungsschreiben an Josef von Quarin, der nicht nur Leibarzt der kränkelnden Kaiserin, sondern auch Vorsteher des Hospitals der Barmherzigen Brüder in der Leopoldstadt war, verfehlte seine Wirkung nicht.

Quarin war ein Mann, der vor Energie nur so sprühte und auf Samuel sogleich eine ungeheure Anziehungskraft ausübte. Bei ihrer ersten Begegnung empfing der gefeierte Hofarzt den jungen Bittsteller aus Leipzig in Hemdsärmeln und ohne Perücke. Seine kräftigen Arme ließen erahnen, daß der Arzt an harte, körperliche Arbeit gewohnt war und sich nicht mit dem Philosophieren über die medizinischen Theorien seiner Kollegen zufriedengab. Für ihn war die Medizin nicht mehr und nicht weniger als ein Handwerk, bei dem man zupacken mußte. Seidenröcke und parfümierte Tüchlein verabscheute er ebenso sehr wie das hochmütige Geschwätz seiner Kollegen.

Jeden zweiten Tag trat Quarin seinen gewohnten Gang zur Hofburg und nach Schönbrunn an, um die Kaiserin zur Ader zu lassen. In den Schenken munkelte man, es gehe mit ihr dem Ende entgegen. Maria Theresia hatte ein großes Reich umsichtig am Leben erhalten und ihrem Gemahl sechzehn Kinder geschenkt, dabei jedoch ihre eigene Gesundheit stets vernachlässigt. Zudem hatte sie der Tod des Kaisers schwer getroffen. Immer seltener ließ sie sich bei öffentlichen Anlässen sehen und empfing nur einen kleinen Kreis von Vertrauten. Zu diesem Zirkel gehörte auch Josef von Quarin.

Der Leibarzt der Kaiserin nahm Samuel bereitwillig unter seine Fittiche und verzichtete darauf, quälende Fragen über die Herkunft des jungen Sachsen zu stellen. Niemals erwähnte er den Vorfall um seinen Sohn und die Geheimgesellschaft in Rosenthal, so daß Samuel den Verdacht hegte, der Arzt habe trotz Luise von Mandelohs Brief die wahren Hintergründe niemals erfahren. Nur ein einziges Mal bemerkte Quarin, während er mit Samuel und einem Ordensbruder durch die Reihen des Hospitalraumes schritt: »Ich nehme an, Sie kennen meinen Sohn, Herr Hahnemann? Ich habe ihn nach Ungarn geschickt. Sein Onkel dient dort im kaiserlichen Heer.« Er zwinkerte Samuel vielsagend zu und beugte sich dann über einen Patienten. Samuel räusperte sich verlegen, erwiderte jedoch nichts. Er sollte nie wieder etwas von dem jungen Quarin hören.

Der Vorsteher des Hospitals, eines trutzigen Gebäudes mit zwei Türmen, das nur durch einen schattigen Innenhof vom Kloster der Barmherzigen Brüder getrennt wurde, hätte es gerne gesehen, wenn Samuel in eine der geräumigen Zellen neben dem Krankensaal gezogen wäre. Er schätzte den Ernst und Fleiß des jungen Mannes, der neben seinen Vorlesungen auch noch Zeit fand, Übersetzungen medizinischer Klassiker aus dem Griechischen anzufertigen und den Brüdern beim Waschen und Behandeln der Kranken zu helfen. Aber Samuel zog es vor, sein Quartier in der Stadt zu nehmen. Für wenig Geld mietete er eine Kammer im Obergeschoß eines Schreinermeisters, der sich auf die Herstellung von Holzbeinen, Schienen und künstlichen Gelenken aus Knochenteilen und Lederbandagen verlegt hatte.

»Meine Beine und Arme gehen seit dem letzten Krieg gegen die verfluchten Preußen weg wie Zuckerstäbe, junger Herr«, erklärte der Schreiner lächelnd, als Samuel sich das erste Mal einen Weg durch das groteske Lager von schlanken und klobigen hölzernen Prothesen bahnte, die überall im Haus des

Meisters herumlagen oder von den Dachbalken baumelten, als suchten sie einen passenden Torso, den sie davontragen konnten.

Nach einigen Wochen hatte sich Samuel an den Anblick der Holzbeine und den Geruch des Sägemehls gewöhnt, das durch sämtliche Ritzen seiner kargen Kammer drang. Eines Abends, als der Meister sich in weinseliger Stimmung mit einem halb fertigen Beinstumpf in sein Schlafgemach zurückgezogen hatte, schlich er sich sogar, mit Feder und Papier bewaffnet, in die staubige Werkstatt, um Skizzen der nachgebildeten Extremitäten anzufertigen. Überrascht stellte er fest, daß der Meister ein gutes Auge besaß. Die Proportionen waren genau getroffen und sämtliche Gelenke, die der Meister mit winzigen, gut geschmierten Scharnieren versehen hatte, an der richtigen Stelle plaziert worden. Samuel hatte niemals ein Modell oder auch nur Aufzeichnungen der menschlichen Anatomie in der Tischlerei gesehen. Schnitzte der Meister seine Beine und Arme etwa ohne Vorlage?

Die Arbeit im Hospital ließ Samuel indessen kaum Zeit, sich um mehr zu kümmern als um seine Studien und die Behandlung der ihm anvertrauten Patienten. Quarin selbst arbeitete wie ein Besessener und bestand oft darauf, ganze Nächte an den Krankenlagern zu verbringen, um den Zustand der Patienten zu beobachten. Trotz seines freundlichen, umgänglichen Wesens trieb der Arzt seine Helfer unermüdlich zur Arbeit an. Gab es keine Kranken zu versorgen, keine Verbände zu wechseln, so drangsalierte er die Brüder damit, den steinernen Fußboden aufzuwischen oder die Kleiderkammern auszuräuchern.

Hahnemann war der einzige, der bei Quarins Tempo mithalten konnte, auch wenn ihm selbst abends oft die Füße brannten. Erst wenn die Glocke des Spitalturmes die Mönche zum Gebet rief, gönnten sich der Arzt und sein Gehilfe ein wenig Ruhe.

Hin und wieder nahm sich der Leibarzt der Kaiserin Zeit, seinem Hospitanten an den Krankenbetten seine ärztliche Kunst hautnah vor Augen zu führen. Unter Quarins prüfenden Blicken lernte Samuel durch das Abtasten der Brust- und Bauchpartie sowie das Fühlen des Pulses und der Körpertemperatur Unregelmäßigkeiten festzustellen. Quarin war sich nicht zu schade, um eigenhändig gebrochene Knochen zu schienen und offene Verletzungen zu säubern, eine Tätigkeit, über welche die studierten Ärzte die Nase rümpften und die sie nur zu gerne den Wundärzten, Feldscheren und Barbieren überließen.

Zwei kräftige Mönche mußten einen brüllenden Mann an Armen und Beinen festhalten, als Samuel unter Quarins Anleitung das erste Mal ein Geschwür aufschnitt. Die beruhigende Stimme des kleinen Mannes in seinem Rücken, setzte er das gleißende Skalpell an den flachen Teil der aufgequollenen Blase an der rechten Hand des Patienten und stach vorsichtig zu. Ein Schwall stinkender, eitriger Flüssigkeit schoß ihm entgegen, besudelte sein Hemd und ließ ihn vor Abscheu zurückschrecken. Die verletzte Hand unter seinem Messer zuckte und schien sich in Krämpfen zu winden, als habe er sie vom Leib getrennt und einem gräßlichen Eigenleben überantwortet. Unaufhörlich quoll der Eiter über die Wundränder, aber das Geschwür war verschwunden. Der Mann, dem die Barmherzigen Brüder eine gehörige Dosis Mohnsaft verabreicht und dann einen Knebel in den Mund gesteckt hatten, hörte auf zu schreien. Tränen der Erleichterung traten ihm aus den Augen.

Samuel atmete tief durch und rümpfte angeekelt die Nase, ehe er sich schüchtern nach dem Arzt umsah. Die beiden Mönche und Quarin brachen in schallendes Gelächter aus. Der Vorsteher schlug Samuel auf die Schulter und sagte: »Einem Zimmerlehrling wird als Zeichen seines Einstandes der goldene Ring durchs Ohr gezogen und der Kopf unter Wasser gedrückt. Wir Ärzte kennen barbarischere Bräuche, mein Junge. Du hast dich heute selbst getauft!«

Gleich am nächsten Morgen empfahl Quarin seinem Hospitanten, über seine sämtlichen Entdeckungen, Fragen und Schlußfolgerungen Buch zu führen. Einmal wöchentlich rief er Hahnemann in sein kleines Arbeitszimmer, das sich in einem verwahrlosten Teil des Hospitals befand und nur einen Tisch mit Papier, Feder und Tintenfaß, einige anatomische Zeichnungen an den Wänden, dafür jedoch Hunderte von Büchern und dicke Folianten beherbergte. Zwischen den Schriften des Hippokrates und den Büchern des Gelehrten Francis Bacon examinierte der Leibarzt seinen Zögling strenger als jeder Universitätsprofessor. Dessen Fortschritte an der Universität nahm er wohl zur Kenntnis, doch die eigentliche medizinische Anwendung, die Arbeit am Kranken fand für Quarin nicht vor dem Katheder statt.

Als Samuel eines Abends im September in Hochstimmung aus dem Hospital nach Hause kam, erwartete ihn dort eine Überraschung.

»Ein Brief für Sie, junger Herr«, schnarrte der Schreiner und hielt Samuel ein mit Sägespänen bestäubtes, viereckiges Kuvert entgegen. »Der Postillion hat es um die Mittagsstunde gebracht, als Sie bei den Barmherzigen Brüdern waren.«

Samuel murmelte hastig einige Worte des Dankes und erklomm dann die schmale Stiege zu seiner Kammer, wobei er den Kopf einziehen mußte, um nicht an eine grob geschnitzte Hüfte zu stoßen, die der Tischler ausgerechnet über dem Treppenaufgang befestigt hatte.

Erschöpft warf sich Samuel auf den Strohsack, entzündete seine Lampe und riß das graue, unversiegelte Kuvert auf. Die Handschrift erkannte er auf den ersten Blick, der Brief stammte von seiner Mutter. Ein Gefühl des schlechten Gewissens überkam ihn. Seit Wochen hatte er nicht an Leipzig oder Meißen gedacht, geschweige denn nach Hause geschrieben. Mit einem leisen Seufzer überflog er die wenigen Zeilen.

Gegeben zu Meißen anno Domini 1777
Geliebter Sohn,
ich schreibe diese Zeilen heimlich, ehe Dein Vater aus der Manufaktur zurückkehrt. Sein Husten ist stärker geworden, aber er weigert sich, einen Arzt kommen zu lassen. Obgleich er es sich jetzt leisten könnte, hält er daran fest, Arztbesuche für unnötig und teuer zu erachten. Wenn ich von Dir spreche, verläßt er die Stube, aber ich bete, daß er eines Tages ein Einsehen hat, daß Dein Weg Dich nicht in die Malstube führen konnte.

Lieber Samuel, ich habe lange gezögert, glaube aber, Du solltest wissen, daß die Tochter unseres Superintendenten, Charlotte, die Dir in Kindertagen eine Gefährtin war, ins hiesige Frauenhaus gebracht wurde. Sie soll ihren Bruder in einem Anfall von Raserei niedergestochen haben. Viktor Rebus hat den tödlichen Streich überlebt, aber er ist noch immer krank und sehr geschwächt. Gott steh ihm bei!

Es tut mir leid, diesen Brief mit trüben Gedanken zu beenden, aber ich weiß, daß Dich stets viel mit dem Pfarrhaus und seinen Bewohnern verband.

In Liebe und Treue,
Deine Mutter

Benommen starrte Samuel auf die geschwungenen, länglichen Buchstaben, bis sie vor seinen Augen verschwammen. Charlotte war im Zuchthaus, erwartete womöglich einen Prozeß wegen versuchten Brudermords. Daß Viktor den Anschlag überlebt hatte, wunderte Samuel nicht. Unkraut verdarb nicht, es suchte sich mit Vorliebe den besten Grund aus, um zu wuchern.

Aber was um Himmels willen war in Charlotte gefahren? Samuel versuchte, sich an das schlanke Mädchen mit den dunklen Locken zu erinnern, dem er bis in die geheimen Gewölbe der Albrechtsburg nachgestiegen war. Damals waren es verbotene Spiele gewesen, heute wuchsen daraus verbotene Gedanken. Samuel legte sich auf seine Matratze, streckte die schmerzenden Beine aus und schloß die Augen.

Es war nicht schwer, sich Charlottes Gestalt in Erinnerung zu rufen. In Samuels Vorstellung saß sie über ein dickes Buch gebeugt, summte leise eine Melodie und übertrug fremdartige Symbole auf einen Bogen Papier. Plötzlich erschien vor seinem geistigen Auge eine zweite junge Frau. Sie war kleiner und zierlicher als die Pastorentochter, doch ihr Gesicht leuchtete so hell, als wäre es von goldgelben Flammen umgeben. Das Mädchen war Henriette. Sie lächelte ihm tiefsinnig zu und forderte Samuel auf, ihr durch die Gewölbe zu folgen. Plötzlich zog ein düsterer Nebel auf, der den Glanz aus Henriettes Gesicht vertrieb. Rasch warf sie sich einen Umhang über die schmalen Schultern, dann drehte sie sich noch einmal nach Samuel um und verschwand schließlich zwischen den dichten Nebelschwaden. Samuel rief ihr verzweifelt hinterher, stehenzubleiben und ihn nicht allein zu lassen. Aber Henriette schien ihn nicht mehr zu hören. Ihre Konturen vergingen in einem Schleier aus feuchtem Nebel und schwarzem Rauch, der über einem glühenden Kohlenbecken aufstieg.

Schreiend fuhr Hahnemann von seiner Matratze hoch und starrte voll Panik in die Finsternis seiner Kammer. Minuten vergingen, ehe ihm bewußt wurde, daß er geschlafen und nur geträumt hatte. Sein Hemd war naß von Schweiß. Erschöpft wankte er zum Waschtisch hinüber, den der Tischler ihm aus einigen übriggebliebenen Brettern zusammengeleimt hatte, und leerte den Inhalt eines Tonkruges über seinen Kopf, bis der letzte Tropfen zwischen den morschen Dielenbrettern versickert war. Mochten die Holzbeine unter ihm naß werden. Samuel hatte an andere Dinge zu denken. War der Brief seiner

Mutter ein Zeichen gewesen? Sollte er Wien, das Hospital verlassen und nach Meißen zurückkehren?

Der folgende Tag enthob ihn einer Entscheidung. Als er müde und düsterer Stimmung das Hospital betrat, wartete Josef von Quarin bereits ungeduldig auf ihn. Überrascht stellte Samuel fest, daß der Arzt einen vornehmen hellblauen Seidenrock mit geraffter goldener Schärpe und eine ordentliche Perücke über dem kahlen Schädel trug. In der einen Hand schwang er seine Arzttasche, in der anderen einen Spazierstock mit Elfenbeingriff, mit dem er seinem jungen Gehilfen aufgeregt entgegenfuchtelte. War er auf dem Weg zur Kaiserin?

»Man hat mich zu einem unerwarteten Krankenbesuch geladen, Hahnemann«, empfing er seinen verblüfften Gehilfen. »Packen Sie Ihre Tasche. Sie werden mich heute begleiten!«

»Ist das Ihr Ernst, Herr? Sie wollen ... mich zur Hofburg mitnehmen?« Samuel erstarrte in freudiger Erregung, denn bisher hatte Quarin seine Begleitung immer abgelehnt.

»Stehen Sie nicht dumm herum, Junge! Bruder Antonius wartet in der Kräuterkammer auf Sie, um Ihren Rock auszubürsten. Aber beeilen Sie sich. Die Kutsche der Kaiserin wartet bereits im Hof auf uns!«

Ein Diener in herrschaftlicher Livree empfing die beiden Männer an einer hohen Flügeltür aus weißem Holz mit Goldverzierungen. Als sein Blick auf Samuels abgetragenen Gehrock fiel, zuckte er mit den Mundwinkeln, sagte aber kein Wort. Statt dessen ergriff er einen silbernen Kandelaber und lud den Arzt und seinen Gehilfen ein, ihm zu folgen. Über ein Gewirr aus Treppen und breite, hallende Korridore führte der Diener sie in einen Seitentrakt.

Staunend blickte sich Samuel um. Die hohen Wände des prunkvollen Gemachs waren mit Motiven aus der griechischen und römischen Mythologie geschmückt. Da wurde eine üppige Europa, in goldene Tücher gehüllt, von einem Stier davongetragen, während ein schwachsinnig lächelnder Faun mit Hörnern einer Schar nackter Nymphen hinterherjagte.

Langsam schritt Samuel die bemalten Wände ab, bis er bemerkte, daß der alte Diener wie ein Kaninchen von Fenster zu Fenster sprang und diese mit schwerem Samt verhängte.

»Was tut er da?« raunte er Quarin zu. Doch der Arzt zuckte nur mit den Schultern und deutete mit einer ruckartigen Kopfbewegung in die Mitte des Saales.

Unter einem leise klirrenden Kronleuchter aus Kristall erkannte Samuel ein breites Himmelbett aus Messing, dessen geschwungene Pfosten wie die Bajonette der Hofburgwachen in die Höhe ragten.

In dem Bett lag ein Mann, dessen schmächtige Gestalt unter den zahlreichen Kissen und Decken nahezu unsichtbar wirkte. Er mochte um die sechzig Jahre alt sein, hatte ein kantiges Gesicht mit einer scharfgeschnittenen Nase und dünne Lippen, die sich hastig auf und nieder bewegten, als rezitiere er ein Gedicht. Die kleinen Augen des Mannes glänzten fiebrig, als Doktor von Quarin und Samuel unter höflichen Verbeugungen näher traten. Einige Sekunden lang sprach keiner der Männer auch nur ein Wort. Der Alte musterte Samuel ebenso abschätzig, wie sein Diener es wenige Minuten zuvor getan hatte. Plötzlich richtete er sich in seinen Kissen auf und schlug mit der Faust auf die Matratze. Sein Gesicht färbte sich rot vor Zorn.

»Was zum Teufel soll das, Doktor? Ich rufe Sie unter dem Siegel der Verschwiegenheit in die Hofburg, weil Ihre Majestät große Stücke auf ihren Leibarzt hält, und Sie schleppen ungefragt einen jungen Burschen in meine Krankenstube?«

Ein Hustenreiz unterbrach den wütenden Ausbruch des Kranken. Dienstbeflissen sprang Samuel zu dem kleinen Tisch neben dem Bett und goß aus einer Glaskaraffe Wasser in einen leeren Becher. Dann reichte er ihn dem Mann, dessen Husten allmählich in ein heiseres Röcheln überging. Der Mann griff nach dem Becher wie ein Verdurstender und leerte ihn mit zwei tiefen Zügen.

»Ich dachte mir, mein Schüler, Samuel Hahnemann aus Meißen, könnte Euer Gnaden ein wenig aufheitern.« Ungerührt ergriff Quarin das schmale Handgelenk des streitbaren Alten, um seinen Puls zu fühlen.

»Aufheitern, Sie alter Giftschrank? Das wird ihm schwerfallen!« krächzte der Kranke ungnädig. »Was ist er denn für ein Wundertier? Ein Sänger, Jahrmarktsgaukler oder Possenreißer?«

Quarin ließ das Handgelenk los, trat an das Kopfende des Bettes und beugte sich über die breiten Kissen. »Nein, Euer Exzellenz. Hahnemann ist noch kein geprüfter Arzt. Aber er ist auf dem besten Weg, einer zu werden!«

Der Alte glotzte einen Moment lang bestürzt, dann legte er den Kopf zurück und begann herzlich zu lachen.

»Gut pariert, Doktor«, sagte er nach einer kleinen Weile. Dann winkte er Samuel zu sich. »Tritt ins Licht, mein Sohn, und schau mich an! Vielleicht hat der alte Fuchs von Quarin recht, und ich habe in der Vergangenheit zu oft auf die verschrobenen Ansichten alter Quacksalber gehört. Weißt du, wer ich bin?«

Samuel schüttelte verlegen den Kopf und blickte sich scheu nach Josef von Quarin um.

»Dachte ich es mir doch«, krächzte der Alte. »Mein Name ist Freiherr von Brukenthal, ich bin Gouverneur der kaiserlichen Provinz Siebenbürgen. Und jetzt möchte ich endlich wissen, was mit mir los ist und ob ich an meiner Krankheit verrecken werde!«

»Seine Exzellenz befand sich auf Rapport bei der Kaiserin, als ihn auf einmal heftige Krämpfe überfielen«, erklärte Quarin und wühlte dabei in seiner Arzttasche. »Er besteht darauf, noch vor den ersten Winterstürmen nach Hermannstadt zurückzukehren, anstatt sich hier in Wien von den Strapazen seines Amtes zu erholen.«

»Erholen«, äffte der alte Freiherr den Arzt streitlustig nach. »Sie haben ja keine Ahnung, was es für eine Provinz bedeutet, wenn ihr Gouverneur allzu lange außer Landes ist. Parteigezänk, Ränkeschmiede, Individuen, die nur darauf warten, die ungarische Bevölkerung gegen Wien aufzuhetzen. Zu allem Überfluß grassiert in den Dörfern wieder das Wechselfieber. Gelingt es mir nicht binnen vierzehn Tagen nach Hermannstadt zurückzukehren, wird Maria Theresia mich von meinen Pflichten entbinden!«

»Es wird Ihnen gelingen, Exzellenz«, sagte Samuel ruhig. »Mit der gütigen Erlaubnis des Herrn von Quarin werde ich alles tun, um Ihnen zu helfen.«

»In vierzehn Tagen? Bist du toll, Junge?« Der Alte starrte Samuel an, als habe der den Verstand verloren.

Behutsam schlug Samuel die schwere Damastdecke vom Körper des alten Mannes zurück und rief nach dem Diener, um den Samt von den Fenstern nehmen zu lassen.

»Es fällt nicht genug Tageslicht in das Gemach. Und öffnet auch gleich zwei der hohen Fenster, damit frische Luft eindringen kann.«

»Barmherziger, du willst mich wohl umbringen, du Kurpfuscher«, zeterte der Freiherr und trommelte wie ein ungezogenes Kind mit beiden Fäusten auf die Bettstatt.

Hahnemann antwortete nicht. Wie hätte er dem Alten auch seine Theorie erklären sollen, daß Sonnenlicht im Körper Kräfte freisetzte, die im Kampf gegen Krankheiten unterstützend wirkten. Er hatte im Hospital der Barmherzigen Brüder mehr als einmal die Genesungsfortschritte derjenigen beobachtet, die sich dem Licht und frischer Luft aussetzten.

»Seit wann plagt Sie dieser Husten? War er zu Beginn feucht und dann trocken? Trat Schleim aus?«

»Was fragst du mich? Gib mir lieber Medizin dagegen!« murrte der Gouverneur.

Samuel seufzte. Quarin hatte ihn gelehrt, konkrete Fragen zu stellen, damit er am besten seine Diagnose stellen konnte.

In den folgenden Tagen besuchte Hahnemann den Freiherrn dreimal täglich mit einer Regelmäßigkeit, nach der man die Uhr stellen konnte. Zu Beginn begleitete Quarin ihn noch, aber bald ließ er Samuel selbständig agieren. Am dritten Tag seiner Visite schenkte er seinem Schützling sogar einen neuen Rock aus feinem schwarzem Tuch, ein Hemd mit gefalteter Halsbinde und einen Dreispitz mit Federbesatz, damit sich im Palast nicht jede Magd abschätzend nach ihm umdrehte und ihre Witze riß.

Am vierten Tag gab Freiherr von Brukenthal seine abwehrende Haltung gegenüber Samuel auf und übertrug seinen Mißmut auf den armen Kammerdiener, den er unflätig beschimpfte, kaum daß der Arme seinen Kopf durch die Doppeltür streckte.

»Faules Gesindel, allesamt! Und ich muß die Kanaillen durchfüttern. In Siebenbürgen hätte ich den unfähigen Tropf längst an die Zigeuner verkauft!«

»Wie fühlen Sie sich heute, Exzellenz? Wie ich sehe, haben Sie die Flasche mit meinem Hustenmittel gelehrt. Ihre Stimme hört sich viel kräftiger an«, sagte Samuel förmlich und schob das linke Augenlid des Freiherrn hinauf.

»Habe zu spät gemerkt, daß kein Branntwein in der Flasche war, du Gauner«, brummte der Alte beinahe freundlich. »Was war das für ein Zeug?«

»Eibischwurzel, Exzellenz. Außerdem ein Brusttrank mit Extrakten aus *Radix liquiritiae*, auch Süßholz genannt.«

»Habe nie viel davon gehalten, es zu raspeln, mein Bester! Aber dein Teufelszeug hat mir in der Tat Linderung verschafft. Was ist mit meinem Magen?«

Das Magenleiden des Freiherrn gab Samuel zunächst einige Rätsel auf. Dumpfe Schmerzen in der Magengegend wurden zu einem Brennen, das bis hinter das Brustbein zog. Hahnemann besprach sich mit Quarin, der seinem Hospitanten riet, von Brukenthals Speiseplan von Grund auf zu revidieren.

Obwohl der alte Gouverneur tobte und seinem unglücklichen Kammerdiener das Tablett mit dem gekochten Gemüse, dem trockenen Backwerk und dem Brunnenwasser aus der Hand schlug, blieb Samuel unbarmherzig. Er vermutete, daß das Sodbrennen seines Patienten durch zu hohe Absonderung von Salzsäure im Magen hervorgerufen wurde. Das Sodbrennen führte später zu einer Reflux-Ösophagitis infolge Rückflusses von Magensaft in den Ösophagus.

Hahnemann beschloß, dem Magenleiden des Freiherrn mit einer Arznei zu begegnen, welche die überschüssige Magensäure binden und somit neutralisieren sollte, und gab dem Hofapotheker den Auftrag, nach seinem Rezept *Aqua perlata*, Perlmilch, anzurühren. Voller Eifer notierte er in sein Krankenbuch:

Rr. Magnesii carbonici
Sacchari albiaa 2,0
Aquae Amygdalarum amararum clilutum
Aquae cinnamoniaa 30,0
Bei Sodbrennen ungeschüttelt 1–2 Teelöffel, d.h.
2 gr. Magnesiumcarbonat und Zucker und je 30 g
Bittermandelwasser und Zimtwasser.

Acht Tage später verließ der Freiherr zum ersten Mal sein Bett. Der Schmerz in der Magengrube und am Brustbein hatte dank Samuels Arzneien merklich nachgelassen, aber infolge des Liegens war er abgemagert und schwach. Sein Kammerdiener mußte ihm einen Stock bringen, auf den er sich bei seinen ersten Gehversuchen stützen konnte.

Samuel setzte seine Behandlung unermüdlich fort. Er massierte die abgezehrten Waden mit Branntwein und veranlaßte die Dienerschaft, ihrem Herrn langsam wieder kräftigere Kost, nahrhafte Suppen und in Maßen Fleisch und Brot zu servieren.

»Sag mir die Wahrheit, Hahnemann«, rief Brukenthal eines Morgens, als er seine erste Speise außerhalb des Bettes einnehmen konnte. »Werde ich jemals wieder auf einem Pferd sitzen können?«

»Ich glaube nicht, daß Sie das Reiten verlernt haben, Exzellenz«, antwortete Samuel und goß zuerst seinem Patienten, dann – auf ausdrücklichen Befehl des Gouverneurs – sich selbst ein Glas Burgunder ein.

»Der Wein stammt direkt aus Frankreich. Die Tochter Ihrer Majestät hat ihn erst kürzlich aus Paris gesandt. Aber die Kaiserin rührt seit dem Tod ihres Gemahls kaum noch einen Tropfen an«, sagte Brukenthal und hielt das Glas mit der funkelnden roten Flüssigkeit versonnen ins Licht. Samuel hatte dafür gesorgt, daß die Vorhänge des Tags stets geöffnet blieben.

»Nun, Samuel Hahnemann?« fragte er unvermittelt. »Wie lange brauchst du, um dein Bündel zu schnüren?«

Samuel schaute überrascht auf und stellte sein Glas so ungeschickt auf das Tablett, daß ein Regen aus roten Tropfen das weiße Tischtuch sprenkelte wie eine Blutspur im Schnee.

»Ich fürchte, ich kann Euer Exzellenz nicht folgen!«

»Das solltest du aber, mein Sohn.«

Von Brukenthals Augen funkelten boshaft. »Du hast mich kennengelernt und weißt, daß ich keinen Widerspruch dulde. Schon gar nicht von einem jungen Kerl, der sich einbildet, ein Arzt zu sein, und dabei nichts weiter kann, als alte Haudegen zu heilen.«

»Aber, Exzellenz …«

»Schweig, Junge. Ich habe beschlossen, nicht in Wien zu überwintern, sondern so rasch wie möglich nach Siebenbürgen zurückzukehren.«

Samuel atmete tief durch. Ein Spaß! Der Gouverneur wollte ihm einen Streich spielen, es konnte gar nicht anders sein!

»Sie dürfen noch nicht auf Reisen gehen, Exzellenz!« rief er, heftiger als er es beabsichtigt hatte. »Sie sind doch noch gar nicht kräftig genug für die Strapazen einer solchen Unternehmung. Außerdem würde Hofrat von Quarin es niemals gutheißen, Ihre Behandlung einfach abzubrechen. Ihre Majestät zweifelsohne auch nicht.«

»Mit Quarin habe ich bereits gesprochen«, erwiderte der Gouverneur, ohne sich über Samuels anmaßenden Ton aufzuregen. »Und was die Kaiserin betrifft, so ist sie mit meinem Entschluß einverstanden, unter der Voraussetzung, daß mein Leibarzt mich nach Siebenbürgen begleitet.«

»Ihr ... Leibarzt?« Erregt sprang Samuel auf. »Welchen Leibarzt meinen Sie?«

Aber eigentlich erwartete er gar keine Antwort.

16. Kapitel

Endlos wälzte sich der Wagenzug über die staubigen Landstraßen der ungarischen Tiefebene. Der Himmel war grau und kalte Luft hing erdrückend schwer über den Kutschen. Von den kahlen Bäumen, welche den Wegesrand wie eine Schar verkrüppelter Bettler säumten, schossen zuweilen Raben in die Lüfte und umkreisten die Proviantwagen mit aufdringlichem Gekrächze. Weder die Soldaten, die den Wagenzug begleiteten, noch von Brukenthals Diener gaben sich Mühe, sie zu vertreiben. Mochten sich die Biester ruhig über den Speck des Alten hermachen.

»Vielleicht lernt seine Exzellenz dann, daß man im Herbst keinen Troß mehr durch die Karpaten schleust«, flüsterte ein junger Korporal seinem Kameraden zu und hauchte fluchend in seine bitterkalten Hände.

Aber nicht nur die Soldaten litten unter der Sturheit ihres Herrn.

Kurz vor Budapest verkündete der Alte, seine mit Pelzen ausgeschlagene Kutsche zu verlassen, um auf seinem Lieblingspferd in die Festung Ofen einzuziehen, welche die Stadt wie das Nest eines riesenhaften Raubvogels überragte. Samuel Hahnemann war schockiert. »Sie holen sich den Tod, Exzellenz. Vergessen Sie nicht, daß Ihre Krankheit noch nicht ganz überstanden ist.«

Der Gouverneur bedachte ihn mit einem Ausdruck des Ekels im Gesicht. »Was verstehst du Grünschnabel denn von militärischer Pflichterfüllung?« herrschte er Samuel an und riß wütend den Schlag auf. »Hat in seinem Leben noch keinen Pulverdampf gerochen und wagt es, mir Vorschriften zu machen!«

Da der Gouverneur vernünftigen Argumenten nicht zugänglich war und hartnäckig auf seiner Meinung beharrte, ein

Soldat betrete eine Festung nicht in einer Kutsche, ging Samuel verbittert zu seinem eigenen Wagen zurück. Der Alte würde bald am eigenen Leib erfahren, wohin ihn seine Sturheit brachte. Um sich ein wenig abzulenken, holte er die Schriften des Arztes Hippolytus Guarinonius, die Quarin seinem Hospitanten zum Abschied geschenkt hatte, aus seinem Bündel und schmiegte sich fröstelnd in die Lammfelle.

Die Lehren des Heilkundigen, der vor mehr als hundert Jahren in Tirol gewirkt und gegen Aberglauben und Quacksalberei gekämpft hatte, faszinierten Samuel bald so sehr, daß er den Einzug in das nebelverhangene Budapest kaum mitbekam. Er nahm sich vor, das Werk in die deutsche Sprache zu übersetzen. Eine Gelegenheit würde sich gewiß bieten.

In Budapest gestattete der Freiherr seinem Wagenzug nur eine kurze Verschnaufpause, obschon ihm nicht entgangen war, daß seine Soldaten erschöpft und am Ende ihrer Kräfte waren. Zudem wurde ihm in der Festung mitgeteilt, daß in Siebenbürgen bereits vor Wochen der erste Schnee gefallen war. Kurz entschlossen verfügte er, den Proviant aufzufüllen und sämtliche Vorbereitungen für die baldige Weiterreise zu treffen. Dem unglücklichen Festungskommandanten blieb nichts weiter übrig, als von Brukenthal eine zusätzliche Schwadron Kavallerie zu seiner Begleitung freizustellen.

Schon am nächsten Morgen rollten die Kutschen den Burgberg hinunter, dem fernen Hermannstadt entgegen. Sie passierten zerfurchte Hochplateaus, wilde, steile Felsen mit tief zerklüfteten Schluchten und rauschende Wasserfälle. Ziegenherden drängten sich um einsam in der Gegend herumstehende Ziehbrunnen. Dann und wann durchbrach das Heulen eines Wolfes die Stille.

»Steck deine Nase nicht andauernd in die Bücher, Hahnemann«, mahnte der Freiherr, als der Wagenzug endlich einen Gebirgspaß erreichte.

»Dort, in der Ferne, siehst du bereits die Kirchenburg von

Großau!« Er reichte Samuel sein Fernrohr durch das Fenster der Kutsche. Die Weite war überwältigend, und für einen Augenblick vergaß Samuel seine Müdigkeit. Am Horizont erkannte er drei starke Rundtürme, die wie eine Burganlage mit Mauern verbunden waren. Eine Kirche?

»Ganz recht, mein kleiner Medicus.« Von Brukenthal lächelte aufgeräumt. »Die Erinnerungen an die Türkenkriege sind hier noch frischer als bei den feinen Herrschaften in Wien. Die Bauern des Landes haben ihre Kirchen zu wahren Festungen ausbauen lassen, um sich bei drohenden Angriffen mit ihrem Vieh hinter deren Mauern zurückziehen zu können. Du wirst hier in Siebenbürgen noch manch seltsamen Dingen begegnen!« Mit diesen Worten gab der Gouverneur seinem Pferd die Sporen und beeilte sich, die Spitze des Wagenzuges zu erreichen.

Die Residenz des kaiserlichen Administrators lag in einer Senke des Siebenbürger Hochlandes und wurde im Süden von den Ausläufern hoher Berge, im Norden und Osten von dichten Wäldern umrahmt.

Der Wagenzug schlängelte sich durch ein gewaltiges, mit Schießscharten und Brandspuren versehenes Tor im Osten, wo sich die älteren Befestigungsanlagen selber wie ein Pinselstrich durch die Dämmerung zogen und Häuser, Stallungen und Kirchtürme hinter sich versteckten. Samuel war zu müde, um dem aufgeregten Geplapper seines Dienstherrn viel abzugewinnen. Die Augen fielen ihm zu, und die barschen Kommandos der Offiziere, die ihre Soldaten mit den Vorratswagen in Richtung der Kasernen am inneren Mauerring der Stadt dirigierten, gingen ihm gehörig auf die Nerven.

Erst als die Kutsche vor einem prächtigen Palais hielt, richtete er sich auf und spähte neugierig aus dem Kutschenfenster. Vor dem Tor wartete schon eine Gruppe von Personen; überwiegend ältere Männer und Frauen in bunt bestickten Röcken, die sich im Wind wie Segel aufplusterten. Die Männer trugen Laternen bei sich und begrüßten den Freiherrn mit aller Ehrerbietung. Salutschüsse drangen an Samuels Ohr, und er beschloß, die Kutsche zu verlassen, um den Anschluß an den Empfang der Ankömmlinge nicht zu verlieren. Einige Diener strömten aus dem Haus und begannen, die Wagen in den großen Innenhof zu schieben und zu entladen.

»Teuerste Magdalena, darf ich dir meinen neuen Leibarzt, Samuel Hahnemann, vorstellen?« erklärte der Freiherr.

Verwundert drehte sich Samuel um und erkannte im Schein zweier Pechfackeln den Gouverneur, der eine etwa vierzigjährige Frau mit gelblich schimmernder Perücke am Arm führte. Neugierig musterte die Frau ihren überraschenden Gast, dann zischte sie den Freiherrn mit hoher Stimme vorwurfsvoll an: »Du hättest wirklich einen Kurier vorausschicken können, Brukenthal! Unser Haus ist voll mit Gästen. Außerdem sind Belle und Medea vor einigen Tagen aus Klausenburg zurückgekehrt und ...«

»Wird sich alles finden, mein Engel«, fiel ihr von Brukenthal ins Wort und strich der Frau mit seiner rauhen Hand beschwichtigend über die Wange. An Hahnemann gewandt, sagte er: »Wie du unschwer erraten hast, ist diese stets besorgte und auf mein Wohlergehen bedachte Person meine Gemahlin. Ihr werdet gut miteinander auskommen, da ihr diese Eigenschaften doch miteinander zu teilen scheint!« Lachend eilte der Freiherr dem Haupteingang entgegen.

»Sie werden hier in Hermannstadt nicht viel zu tun haben, Monsieur Hahnemann.« Magdalena von Brukenthal hob ein wenig überheblich ihre schmalen, nur von einem fast durchsichtigen Seidentuch bedeckten Schultern. »Meinem Gemahl scheint es doch wieder recht gutzugehen. Er hat eine Konstitution wie ein Bär. Außerdem habe ich meine eigenen Ärzte. Ich werde einen der Diener anweisen, Ihr Gepäck in den Nordflügel zu schaffen. Dort können Sie sich ausruhen. Ab morgen werden Sie sich um die Bibliothek und die Münzsammlung meines Gemahls kümmern!«

»Aber Madame«, protestierte Samuel, »Seine Exzellenz sprach davon, daß sich hier in der Provinz das Wechselfieber ausbreitet. Als angehender Mediziner ist es meine Pflicht ...«

»Als *angehender* Mediziner?« rief die Frau empört. »Sie sind gar kein Doktor? Wie konnte Brukenthal einen Studenten hierher bringen ... ausgerechnet jetzt?«

Der junge Hahnemann schwieg betroffen. Er mochte die Freifrau ganz und gar nicht. Außerdem war es nicht sein Einfall gewesen, Wien zu verlassen und sich in der ungarischen Einöde Frostbeulen zu holen.

»Wenn mein Gatte auf Ihren Rat als Arzt Wert legt, kann ich ihn nicht daran hindern«, erklärte Magdalena von Brukenthal kühl, »doch auf keinen Fall werden Sie sich in die Altstadt begeben, um das schmutzige Gesindel dort zu behandeln. Das einfache Volk kennt seit Jahrhunderten seine eigenen Heilmittel und braucht keinen Studiosus aus Wien!«

Die Freifrau raffte ihr ausladendes Kleid zusammen und folgte ihrem Gemahl die Treppen hinauf ins Haus.

Der Gouverneurspalast war ein großzügiges, rechteckig geschnittenes Barockgebäude, das im Glanz der winterlichen Sonne in zarten Gelbtönen vor sich hin strahlte. Es besaß ein dreistufiges Dach, zahlreiche Nebengebäude und einen beachtlichen Hof, zu dem ein Portal mit dem Familienwappen des Freiherrn führte. Im Hof befanden sich mehrere Stallungen und Remisen für Kutschen.

Samuel benötigte einige Tage, um sich im Gewirr der zahlreichen Räume und Korridore zurechtzufinden. Was die Sammlungen des Gouverneurs betraf, so hatte dessen Frau eher untertrieben, denn die Kunstschätze, die der Palast beherbergte, reichten buchstäblich vom Erdgeschoß bis in die kleinen Bodenkammern unter den Giebeldächern. Der Freiherr war im ganzen Land für seine Sammelleidenschaft bekannt und hatte in Wien etliche neue Werke für seine Sammlung erstanden. Er besaß nicht nur prächtige Gemälde flämischer und alter deutscher Meister wie Breugel, Jakob Jordaens und Lucas Cranach des Älteren, sondern auch herrliche Flügelaltäre, Skulpturen, Kupferstiche von Albrecht Dürer, anatolische Teppiche sowie eine umfangreiche Münzsammlung.

In der Bibliothek fand Samuel gigantische Bücherwände aus Akazienholz, die mit den kostbarsten Werken der morgen- und abendländischen Wissenschaft bestückt waren. Ehrfurchtsvoll bestieg der junge Mann die schmalen Leitern, die zu den Regalen führten, und betrachtete fasziniert die *Schedelsche Weltchronik* sowie die erlesenen Handschriften, die der Freiherr im Laufe der Jahre zusammengetragen hatte: den *Codex Altemberger*, das *Brukenthal-Breviar* aus dem 16. Jahrhundert und zahlreiche Transsilvanica-Drucke.

Drei Wochen nach der Rückkehr des Freiherrn lud seine Gemahlin die Honoratioren Hermannstadts zu einer Abendgesellschaft in den Gouverneurspalast. Samuel hatte sich redlich bemüht, Magdalena aus dem Weg zu gehen, aber zu seiner Überraschung erhielt auch er eine förmliche Einladung zum Bankett.

Der festliche Speisesaal erstrahlte an diesem Abend im Licht Hunderter von duftenden Kerzen. Junge Dienerinnen in weißen Kleidern, mit blauen Hauben und nach Art der Ungarn bunt bestickten Schürzen trugen dampfende Schüsseln mit roter Fleischsuppe, dann silberne Tabletts mit am Spieß gebratenem Zicklein, glasiertem Spanferkel, Wiener Tafelspitz in Butter, deftigem Bärenschinken und bunten Salaten aus eingelegten Tomaten, Gurken und Zwiebeln auf. Samuel, der seinen Platz am unteren Ende der Tafel eingenommen hatte, mußte widerwillig lachen. Die Speisefolge war ganz im Sinne des Hausherrn und paßte weder zu dessen Magenleiden noch zu dem hochmütigen, auf Etikette bedachten Wesen seiner Gemahlin. Doch die Freifrau schien sich nicht weiter darum zu kümmern. Gleichmütig ließ sie sich von einem der Diener eine Variation besonders fetter Bratenstücke auflegen und mit reichlich grüner Soße, einer gehaltvollen Mischung aus Eiern, Kerbel, Petersilie und Distelöl, übergießen.

Zu Samuels linker Seite saß eine der Nichten des Gouverneurs, Medea von Brukenthal. Sie war ein dunkelhaariges Mädchen mit melancholischen Augen, die ihren Tischnachbarn aufmerksam fixierten. Der rechte Platz wurde von ihrer Schwester eingenommen. Belle von Brukenthal hielt gewiß wenig von romantischen Schwärmereien. Obgleich sie Brukenthals Geschwisterkind war, glich sie in ihren energischen Bewegungen, in der Art, sich zu kleiden und zu reden, ihrer Tante Magdalena aufs Haar. Feindselig funkelte sie Samuel an und bedachte ihre Schwester mit strafenden Blicken.

Der Freiherr hatte an diesem Abend alles von Rang und Namen eingeladen. Selbstverständlich waren alle Gäste deutsch-österreichischer Herkunft. Der bekannte Goldschmied Sebastian Hann begutachtete scheinbar mit größtem Interesse die Arbeit der silbernen Weinpokale, während seine Frau unentwegt auf die Hausherrin einredete. Ihnen gegenüber hatten der Kommandant der Garnison, General Anton von Burleder, mit seiner Gattin ihre Plätze eingenommen. Am anderen Ende der Tafel bemerkte Samuel schließlich zwei schwarzgekleidete Herren, die ihn keines Blickes würdigten, die erlauchte Runde hingegen mit verkniffenen Blicken zu taxieren wußten. Die kleine Medea flüsterte Samuel zu: »Der dünne Mann mit dem bleichen Gesicht ist Jesuitenpater. Sein Name ist Gaprony. Ich erinnere mich, daß er bereits seit Jahren im Haus meines Onkels verkehrt. Möglicherweise glaubt er noch immer daran, den Onkel in den Schoß der römischen Kirche führen zu können!«

»Ich dachte, Seine Exzellenz sei Katholik?« entfuhr es Samuel verblüfft. »Immerhin gehört er zu den höchsten Hofbeamten des Reiches.«

»Mein Onkel hat sich den Lehren Luthers verschrieben«,

mischte sich Belle in das Gespräch ein. Verächtlich ergriff sie ihren Weinpokal, doch ehe sie ihn an die Lippen führte, fügte sie mit einem triumphierenden Blick auf ihre kleine Schwester hinzu: »Unsere Tante ist die einzige gehorsame Tochter der römischen Kirche im Hause!«

Samuel nickte höflich, fragte sich jedoch unwillkürlich, warum der Gouverneur als Lutheraner überhaupt Wert auf die Anwesenheit des finsteren Jesuiten legte.

»Der Herr gleich neben Pater Gaprony ist Buchhändler Förster. Seit Monaten plagt er meinen Onkel damit, er möge ihm die Konzession zum Betrieb einer eigenen Gazette erteilen«, fuhr Medea mit ihren Erklärungen fort. »Sehen Sie, wie sauer er dreinschaut? Vermutlich hat man ihm wieder eine Abfuhr erteilt!«

»Eine Abfuhr? Weswegen?«

Medea starrte Samuel fassungslos an. Dann neigte sie scheu den Kopf und spähte aus den Augenwinkeln zu ihrer Tante hinüber, die sich erhaben lächelnd ihren Teller nachfüllen ließ.

»Gazetten stiften nur Unfrieden«, tönte da auch schon die Stimme des Generals von Burleder zu ihnen herüber. »In Wien mag es ja angehen, die Bevölkerung mit Neuigkeiten zu versorgen. Aber bei uns in Siebenbürgen wäre es geradezu lebensgefährlich. Gerade jetzt, wo Jagged …« Erschrocken hielt der General inne und räusperte sich.

»Was haben Sie gesagt, Burleder?« rief der Freiherr, dem der letzte Satz des Garnisonskommandanten nicht entgangen war. Zornig schlug er so heftig mit der Faust auf den Tisch, daß das silberne Geschirr erbebte. »Jagged ist wieder in der Stadt? Habe ich nicht strikte Anweisung gegeben, diesem Teufelsbruder den Garaus zu machen? Wo er auftaucht, folgen ihm Aufruhr und Rebellion wie Fliegen einem Kadaver.« Der Gouverneur schnappte nach Luft. Stöhnend sank er in seinen Stuhl zurück, wo er in Panik versuchte, seine mit Spitzen besetzte Halsbinde zu lockern.

Hahnemann sprang sogleich auf, eilte zum anderen Ende der Tafel und kniete sich neben von Brukenthals Stuhl. Er bemerkte sofort, daß kalter Schweiß auf dessen Stirn stand. Seine Lippen bewegten sich rhythmisch und versuchten ein Wort oder einen Namen zu formen.

»Seine Exzellenz hat einen Schwächeanfall erlitten«, verkündete er, nachdem er den Puls des Freiherrn gefühlt hatte. »Es wird das beste sein, wenn ich ihn hinauf in seine Gemächer begleite. Dort werde ich ihn zur Ader lassen.« Er rief zwei Diener herbei, die ihren Herrn in sein Zimmer führen sollten.

Als Samuel die Tür erreichte, fühlte er, wie eine Hand sich derb in seinen Ärmel krallte und blickte verwundert in das zornige Gesicht Belle von Brukenthals.

»Tun Sie das niemals wieder, Monsieur Hahnemann«, sagte das Mädchen spitz.

»Darf ich fragen, womit ich Ihren Unwillen erregt habe, Baronesse?« Samuel schüttelte die kleine Hand von seinem Gelenk. »Ist es, weil ich mich als Leibarzt Ihres Onkels um sein Wohlbefinden sorge, statt Münzen zu sortieren und Bücher einzubinden?«

»Sie haben meine Tante vor den Gästen brüskiert. Hermannstadt ist ein Nest, und es wird sich bald herumsprechen, wenn *Sie* hier Anordnungen erteilen.«

»Seine Exzellenz ist nicht meinetwegen zusammengebrochen, Baronesse. Der Anfall ereilte ihn, als er den Kommandanten den Namen eines Mannes aussprechen hörte, vor dem er sich offensichtlich zu Tode fürchtet.«

»Scheren Sie sich zum Teufel!« erwiderte Belle und rannte zurück in den Speisesaal, aus dem bereits wieder Stimmen und Gelächter auf den Korridor hinausdrangen.

Zwei Tage später lud Medea ihn zu einem Spaziergang durch Hermannstadt ein. Da es dem Gouverneur nach seinem Anfall bereits besser ging, nahm Samuel die Einladung des sanften

Mädchens freudig an. Er war froh, der gespannten Atmosphäre im Palais zu entgehen. Magdalena und Belle hatten dafür gesorgt, daß Samuel die Mahlzeiten in den Vorraum der Bibliothek serviert wurden. Demnach gab es für ihn kaum noch einen Grund, sich in den unteren Gemächern aufzuhalten.

Sie verließen das Haus am frühen Nachmittag. Von Belle war weit und breit nichts zu sehen, angeblich hatte sie sich mit ihrem Gesangslehrer ins Musikzimmer zurückgezogen.

»Was die beiden dort treiben, kann ich mir lebhaft vorstellen«, lästerte Medea und rollte vielsagend mit den Augen. »Mit Musik hat das gewiß nichts zu tun!«

Gelöst stimmte Samuel in ihr Lachen ein. Aber er glaubte nicht an eine Liaison Belles mit dem bleichen Burschen, der sie zweimal wöchentlich besuchte. Außerdem kannte er das Musikzimmer des Gouverneurs genau. Es lag in der Mitte des Obergeschosses, in dem der Freiherr offizielle Empfänge zu geben pflegte, und wurde von zwei Empfangs- und Arbeitsräumen flankiert. In den Nebenräumen hielten sich fast den ganzen Tag Schreiber und Sekretäre auf. Ein denkbar ungünstiger Ort für die Treffen leidenschaftlicher Liebender. Medea führte Hahnemann den Großen Ring mit seinem Schauspielhaus entlang zur Altstadt und zeigte ihm die prächtigen Patrizierhäuser und Kirchen. Samuel genoß den Spaziergang. Die frische Winterluft tat ihm gut. Nur Medeas übermütiges Geplapper an seiner Seite störte ein wenig. Aber wenigstens war es dem Mädchen gelungen, ihn für einige Zeit vom Staub seiner Bücher und von den mißbilligenden Blicken der Dienerschaft zu befreien.

»Nicht diesen Weg, Herr Hahnemann«, rief Medea erschrocken, als Samuel hinter der Propstei in eine schmale, von groben Pflastersteinen bedeckte Gasse einbiegen wollte. Aufgeregt winkte sie ihm mit ihrem zierlichen Schirm. »Lassen Sie uns lieber in die Gärten des Klosters gehen!«

»Aber warum, Baronesse?« erwiderte Samuel in gespielter Arglosigkeit. »Führt diese Gasse nicht zum Fingerlingsturm?«

»Belle sagt, in der Unterstadt gäbe es nur diebisches Gesindel, Herr Hahnemann! Zigeunervolk, Bettler und … Kranke!«

Kranke! Das Wechselfieber, von dem die Freifrau gesprochen hatte. Neugierig blickte Samuel zu den Absperrungen hinüber und ärgerte sich, daß Medea an seinem Ärmel zupfte. Er mußte das Mädchen loswerden und im Schutze der Dunkelheit noch einmal in die Altstadt zurückkehren.

Die verbotene Gasse führte an einigen schäbigen Kaufläden, einer Baderstube und einem Pfandhaus vorbei zum inneren Ring der alten Stadtmauern. Ihre hohen Befestigungsanlagen, zu deren Vorsprüngen und Wehrgängen aus der Zeit der Mongolenstürme zahlreiche steinerne Treppenstufen hinaufführten, tauchten den Platz vor ihnen bei Tag wie bei Nacht in tiefe Dunkelheit. Vermutlich war es auch gut, daß kein Licht auf das schadhafte Pflaster fiel. Kadaver toter Tiere und Exkremente verteilten sich über die bemoosten Flächen. Struppige Köter machten sich über die Reste ihrer Artgenossen her.

Die Häuser, welche den kleinen Platz umschlossen, waren zerfallen. Die meisten Fensterscheiben waren zersplittert, und wenn auch die Umfassungsmauern die armseligen Hütten der Elenden vor allzu starkem Wind bewahrten, zog es an allen Ecken und Enden. Das morsche Gebälk ächzte und stöhnte, und ein bestialischer Gestank schwebte wie eine Dunstglocke über dem Mauerviertel.

Über eine Stunde harrte Samuel in einem Winkel zwischen zwei Mauerhälften aus, ehe er es wagte, über die Absperrung zu steigen. Die Wachen waren durch ein Geräusch abgelenkt worden und weitergezogen. Samuel konnte sie lachen hören.

Vorsichtig schlich er an den ersten Häusern vorbei. Mehrmals stieß er sich an Eisenträgern, die aus dem Mauerwerk der Häuser ragten, oder stolperte über Unrat.

Dann wurde es heller.

Vor ihm lag ein kleiner Platz, der von der Straßenseite aus

nicht zu sehen war. Auf dem Platz drängten sich etwa zwanzig abgerissene Gestalten in weiten Pluderhosen um eine Feuerstelle und starrten mit leeren Blicken in die Flammen. Es waren Zigeuner. Obwohl sich keiner der Männer darum kümmerte, Holz nachzulegen, loderten die Flammen immer stärker auf und schossen kleine Funken in den schwarzen Winterhimmel. Samuel blieb stehen und überlegte, ob es ratsam wäre, zu den Menschen ans Feuer zu treten. Plötzlich legte sich eine schwere Hand auf seine Schulter.

»Was suchst du hier, *Gadscho*?«

Aus der Dunkelheit der Gasse erhob sich der Schatten eines Mannes. Samuel mußte an ihm vorbeigelaufen sein, ohne ihn zu bemerken. Der Mann trug eine grobe Mütze aus Ziegenpelz, die seine Gesichtszüge verhüllte. In seinem Rücken begannen ein paar Kinder zu weinen.

Erschrocken beobachtete Samuel, wie einige der zerlumpten Gestalten von der Feuerstelle aufstanden und langsam auf ihn zukamen.

»Ich bin … Mediziner und erst seit wenigen Wochen in der Stadt«, stammelte er, während er seine Blicke starr auf den Stock des Mannes vor ihm gerichtet hielt. »Eure Leute sehen krank aus, Herr. Sie brauchen einen Arzt, sonst werden sie den Winter nicht überleben. In der Stadt ist das Wechselfieber ausgebrochen.«

Der Mann mit dem Schnurrbart stutzte. Mißtrauisch musterte er Samuel von Kopf bis Fuß. Dann zerbrach er mit einer flinken Handbewegung seinen Stock in zwei Teile.

Die zerlumpten Gestalten begannen, Samuel zu umkreisen.

»Kennst du mich, Fremder?« fragte der Mann und schleuderte die beiden Stockhälften in das lodernde Feuer. Er sprach ein gepflegtes Deutsch, das weder österreichische noch ungarische Anklänge verriet. Samuel fühlte, wie die Hitze seinen Rücken emporkroch. War es das, was die Männer vorhatten? Ihn in die Flammen drängen? Dabei hatte er ihnen doch nichts getan.

»Ihr versteht mich wohl nicht. Ich wurde in Leipzig und Wien ausgebildet. Ich möchte die an Wechselfieber Erkrankten unter euch untersuchen. Vielleicht kann ich euch helfen«, rief Samuel verzweifelt gegen das unverständliche Gemurmel der zerlumpten Männer an, die den Kreis um ihn immer enger schlossen. Ein Mann stocherte mit einem hölzernen Spieß in der Glut herum, bis er Feuer fing.

»So, wir verstehen dich nicht, meinst du? Würdest du mir glauben, wenn ich dir sagte, daß auch ich Arzt bin?«

Ungläubig blickte Samuel auf. Dieser Wilde mit der Fellkappe und der Statur eines Ochsen wollte Arzt sein?

»Ich bin Rochus Jagged!« rief er. »Und ich behandle die Leiber und Geister dieser Menschen mit Arzneien meiner Art, *Gadscho*! Diese Gegend ist für dich und deinesgleichen verbotenes Terrain.«

Jagged brüllte einige Worte in einer unverständlichen Sprache. Augenblicklich lösten seine Männer den Kreis um Samuel auf.

»Hast du jemals etwas von den *Strigoj* gehört?« Jagged ließ sich auf einem Heringsfaß nieder. Er sah nicht, wie Samuel den Kopf schüttelte. Sein Blick ruhte auf den Männern und Frauen, die in den schmutzigen Gassen verschwanden. »Die *Strigoj* sind verantwortlich für alle Übel, die hier in Siebenbürgen herrschen. Es sind Dämonen, Teufel, welche die Seelen der Menschen reiten. Sie trinken ihr Blut, ehe sie es vergiften.«

»Vergiftetes Blut?« gab Samuel verstört zurück. Seine Stimme zitterte noch immer. »Glauben Sie, daß dies die Ursache des Wechselfiebers ist? Dann muß es auch ein Gegengift geben und …«

»Narr«, brüllte Jagged und schwang seinen mächtigen Körper von der Regentonne. »Gibt es ein Gegengift für Eis und Sturmwind, Neid und Zwietracht, für Satan und seinen bösen Blick? Ich heile die Menschen, indem ich sie lehre, die Augen zu öffnen und das Böse ernst zu nehmen. Schau her!« Mit ausgestrecktem Zeigefinger wies der dunkelhaarige Mann auf die Türen der schäbigen Holzhütten. Zwischen den Resten abblätternder Farbe erkannte Samuel sonderbare Büschel aus getrocknetem Reisig, in das einige struppige Pferdehaare eingeflochten waren.

»Die *Arpatien* halten das Fieber von den Häusern meiner Patienten ab«, erklärte Jagged von oben herab. »Die *Strigoj* können ein Haus, an dem dieses Zeichen angebracht ist, nicht betreten. Etwas Ähnliches überliefern eure heiligen Bücher doch auch, nicht wahr? Als die Israeliten aus dem Land der Ägypter zogen, berührte der Todesengel jedes Haus, dessen Pfosten nicht mit dem Blut eines Opfertieres bestrichen war.«

Hinter einer der Türen erklang ein erbärmliches Husten. »Und was tun Sie, wenn die *Strigoj* sich doch einmal Zugang zu einem Haus verschaffen?«

Rochus Jagged blickte ihn nachdenklich an und strich sich mit den Kuppen seiner wulstigen Finger über die Spitzen seines Schnurrbarts. »Es ist besser, *Gadscho*, wenn du nun in deine Welt zurückkehrst. Traktiere deine Patienten mit Schröpfgläsern und Klistieren, wie du es gelernt hast, und foltere sie mit Arzneien, deren Wirkung du nicht kennst. Aber laß uns in Ruhe. Es hat im übrigen keinen Sinn, eure Garnison auf mich zu hetzen. Mag der Gouverneur mich auch verfolgen, ich habe meine Anhänger, sogar unter den Österreichern, und sie werden von Tag zu Tag mehr!«

Unversehens rammte er Samuel sein Knie in die Seite. Samuel verlor das Gleichgewicht und sackte zu Boden. Es tat höllisch weh, als sein Knie auf dem groben Pflaster aufschlug. Ein Wilder, dachte er, während ihm vor Wut und Schmerz die Tränen in die Augen schossen. Stöhnend rappelte er sich auf und tastete sein Knie ab, in dem es schmerzhaft pochte. Als er sich nach Jagged umsah, bemerkte er, daß der Rebellenführer verschwunden war.

17. Kapitel

Der Schnee hatte länger auf sich warten lassen, als Hahnemann angenommen hatte. Aber er kam, und bald legte sich eine dicke Schneeschicht über die Straßen und Plätze rund um den Gouverneurspalast.

Fröstelnd setzte sich Samuel an seinen Schreibtisch und starrte lustlos auf die Bücher, die sich vor ihm auftürmten. Die Inventur der Bibliothek machte Fortschritte. Nach etlichen Entwürfen hatte Samuel ein System entwickelt, an dem selbst Magdalena von Brukenthal nichts auszusetzen hatte. Er begann, die kostbarsten Werke streng nach Herkunft, Alter und Wissensgebieten zu trennen und in einen Katalog aufzunehmen. Die Arbeit erforderte keine besondere Mühe, und so geriet er bald ins Träumen. Wie mochte es den Eltern in Meißen gehen? Ob sein Vater ihm verziehen hatte? Und Charlotte? Hatte man sie wirklich wegen des Angriffs auf Viktor verurteilt und hingerichtet? In ihren seltenen Briefen hatte seine Mutter die Pastorentochter niemals wieder erwähnt, und Samuel hatte es nicht gewagt, nach ihr zu fragen.

Seufzend zog Samuel ein schmales, in grünes Leder gebundenes Büchlein aus dem Stapel und vermerkte seinen Titel. Es handelte sich um eine handschriftliche Auflistung von Heilpflanzen. Die Arbeit war höchst gewissenhaft in lateinischer und deutscher Sprache ausgeführt worden. Sie begann bei der Beschreibung von *Artemisia abrotanum*, der Eberraute, deren Blätter und blühende Spitzen geschnitten, gebündelt und getrocknet zur Senkung von Fieber und Hemmung von Entzündungen verwendet wurden, und endete beim Zimt. Samuel wendete das kleine Buch in seinen Händen, fand jedoch keinen Hinweis auf den Verfasser. Er war so vertieft in die

Pflanzensammlung, daß er nicht einmal bemerkte, wie die Tür geöffnet wurde und sich eine in schwarzes Tuch gekleidete Gestalt langsam auf seinen Schreibtisch zu bewegte.

»Der Fleiß des Mannes ist eine Gottesgabe, Herr Hahnemann«, ertönte plötzlich ein fremde Stimme. »Wie der Apostel Paulus ausführte, soll nur derjenige essen, der seine Arbeit tut!«

Als Samuel den Kopf hob, blickte er in die eingefallenen Züge des Jesuitenpaters Gaprony, der mit gefalteten Händen vor ihm stand und seine Blicke prüfend über die Bücher schweifen ließ.

»Man muß seine Arbeit gerne tun. Zieht Gott nicht den fröhlichen Geber dem vor, der seine Dienste nur unter Zwang verrichtet? Jedenfalls habe ich es so als Kind gehört.«

Über die bleichen Wangen des Jesuiten huschte die Andeutung eines Lächelns und brachte für einen Herzschlag seine finsteren Augen zum Leuchten. Samuel schwieg verlegen, aber er wagte es nicht, zu dem Gast seines Herrn unhöflich zu sein. Der Geistliche schien seine Unsicherheit zu spüren. Sein Lächeln bekam etwas Maskenhaftes.

»Man sagte mir, daß Sie beim Leibarzt Ihrer Majestät der Kaiserin ausgebildet wurden, junger Freund«, erklärte Gaprony nach einigen beklemmenden Sekunden des Schweigens. »Doch ich wußte nicht, daß Sie auch zum Philosophieren neigen.«

Verblüfft starrte Samuel den Jesuiten an und überlegte kurz, ob es klug war, sich von ihm herausfordern zu lassen. Doch er entgegnete: »Die Geschichte der Medizin ist im Grunde nichts anderes als die dauernde Erprobung und Verwerfung verschiedener Philosophien und Hypothesen. Noch heute glauben viele Mediziner, die Pest sei ein Gas, das aus dem Indischen Ozean aufsteigt und durch den Wind über die Meere getrieben wird. Ebenso beharrt man darauf, unbekannte Krankheiten mit unbekannten Arzneien zu bekämpfen und

…« Samuel sprach nicht weiter. Verlegen strich er über den grünen Einband seines Pflanzenbuches. Irgend etwas ließ ihn seit gestern nicht mehr los, und mit einemmal wußte er auch, was es war.

Unbekannte Krankheiten mit unbekannten Arzneien. Genau das waren Rochus Jaggeds Worte gewesen, und obwohl Samuel dem Zigeunerführer die Pest an den Hals wünschte, hatte er gerade, ohne es zu wollen, dessen Argumente übernommen.

Gaprony fuhr sich amüsiert über das glattrasierte Kinn. Er nahm Samuel das kleine Buch aus der Hand und überflog hastig dessen Einleitung.

»Der Gouverneur hat heute morgen eine Abteilung seiner Soldaten ins Mauerviertel gesandt, um die Aufrührer dort dingfest zu machen«, flüsterte der Geistliche. »Offensichtlich glaubt er, das Zigeunervolk in den armseligen Hütten am Stadtgraben habe die Seuche eingeschleppt. Stündlich treten neue Fälle der Krankheit in Hermannstadt und den umliegenden Dörfern auf.«

Hahnemann erhob sich und trat ans Fenster. Vergiftetes Blut, hatte der Zigeunerführer gesagt.

»Wenn, wie Sie sagen, das Mauerviertel der Herd der Krankheit sein soll, warum wütet die Seuche dann auch auf dem flachen Land?« fragte er nach einer Weile. »Der Gouverneur kann noch so viele Truppen in die Altstadt senden, aber mit Waffengewalt läßt sich keine Seuche bekämpfen. Er sollte sich besser um das Armenviertel kümmern. Dort herrschen katastrophale Zustände. Es gibt kein sauberes Wasser, und der Unrat vermodert auf den Gassen! Mit Aufruhr hat das nichts zu tun.«

»Eine interessante Arbeit, die Sie hier studieren, Herr Hahnemann«, sagte Gaprony, ohne auf Samuels Worte einzugehen. Er reichte ihm das Heilpflanzenbuch zurück. »Ein medizinisches Meisterwerk, möchte ich als armer Laie vermuten. Wissen Sie auch, von wem es stammt?«

Samuel wandte sich vom Fenster ab. Dichte Schneeflocken wirbelten durch die Luft, ehe sie sich auf dem dünnen Glas der Fensterscheibe niederließen.

»Das Pflanzenbuch stammt aus Jaggeds Feder«, sagte der Jesuit leise und legte das kleine Buch beinahe ehrfurchtsvoll zurück auf den Tisch.

»Von Jagged? Wollen Sie Ihren Spott mit mir treiben?«

»Gewiß nicht, mein Freund«, erwiderte Gaprony ernsthaft. »Der Mann, von dem ich rede, war nicht immer ein Feind von Kirche und Obrigkeit. Er gehörte einst wie ich der *Societas Jesu* an und war ein großer Gelehrter. Seine Studien führten ihn an die Universitäten von Lemberg, Krakau und Prag. Erst als er sich in Siebenbürgen niederließ, begann sein überragender Geist sich zu verfinstern. Das Böse lockte ihn. Der Aberglaube der Ungarn und Wallachen ließ ihn verbotene Pfade betreten. Irgendwann hörten wir, er sei von einer fahrenden Sippe aufgenommen worden, die ihn zu ihrem Führer wählte.«

»Der Mann, dem ich neulich im Mauerviertel begegnete, schien bemüht, das Böse zu bekämpfen«, entgegnete Samuel und beobachtete, wie die buschigen Augenbrauen des bleichen Mannes auf und ab tanzten. Samuel wich dem Blick des Paters aus. Einen Herzschlag lang erinnerten ihn die farblosen Augen an den Zigeunerführer. Dann sagte Gaprony: »Wenn Sie als Arzt die Leiden der Menschen kurieren möchten, werden Sie bald feststellen, daß der Widersacher zuweilen wie ein Engel des Lichts erscheint. War es nicht ein deutscher Arzt, der einst einen Pakt mit dem Leibhaftigen einging, mein Sohn?«

Der junge Hahnemann begann plötzlich zu frieren. Er hatte nicht bemerkt, daß das Feuer im Kamin erloschen war.

Unvermittelt richtete sich der Jesuit auf und glättete mit einigen knappen Bewegungen den Stoff seines schwarzen Gewandes.

»Eigentlich war es nicht meine Absicht, mit Ihnen über Rochus Jagged reden. Ich komme vielmehr zu Samuel Hahnemann, dem Mediziner. Einer unserer Brüder im Kolleg klagt über Kopfschmerzen und Schwindelgefühle. Seit Wochen hat er keinen Fuß mehr vor die Tür des Kollegs gesetzt. Doch ich befürchte, er hat das Wechselfieber! Ich wollte Sie bitten, zu ihm zu gehen.«

»Was sagt der Stadtphysikus?« Neugierig blickte sich Samuel in dem kleinen Zimmer des erkrankten Jesuiten um, das so gar nicht aussah, wie er sich die Zelle eines Mönches vorgestellt hatte. Es war mit kostbaren Edelhölzern getäfelt worden, und auf dem Boden lag ein bunter persischer Teppich.

»Unser Stadtphysikus behauptet, es seien Störungen der Verdauungswege, die auf eine Nervenschwindsucht hindeuten«, erklärte Gaprony. Er war unter dem Türsturz stehengeblieben und beobachtete seinen kranken Mitbruder, einen massigen, kahlköpfigen Mann mit Doppelkinn. Dessen gewaltiger Brustkorb hob und senkte sich unter der groben Decke aus Ziegenfellen wie ein rasselnder Blasebalg.

Der Raum hatte keine Fenster. Lediglich durch die offene Tür vom Korridor fiel ein wenig Licht herein, und als Samuel sich über das Bett beugte, schlug ihm ein beißender Geruch von saurem Schweiß und verschiedenen Kräuterumschlägen entgegen.

Sorgfältig betrachtete Hahnemann die Pupillen des Mannes, roch seinen Atem und tastete dann vorsichtig seinen Leib ab. Die Magenpartie war in der Tat hart wie ein Stein.

»Sind Fieberschübe aufgetreten?« fragte er den Pater, der noch immer regungslos wie ein schwarzer Schatten am Eingang der Zelle stand.

»Bruder Daniel ist seit vier Tagen fiebrig und leidet unter starken Kopfschmerzen. Die Temperatur scheint in den Abendstunden zu steigen, aber von Anfällen in regelmäßigen Abständen ist mir nichts bekannt!«

Samuel schüttelte das Kissen des kranken Jesuiten auf und

half ihm behutsam, den Kopf zu heben. Dann flößte er ihm geduldig Wasser ein. Der Mann verdrehte die Augen und würgte, als wollte er sich jeden Moment erbrechen, aber zum Schluß leerte er den Becher in hastigen Zügen. Er war bestürzt.

»Euer Bruder ist nahezu ausgetrocknet. Ihr müßt ihm halbstündig Flüssigkeit zuführen. Kocht Holunderbeeren, Himbeerblätter und einige Lindenblüten in frischem Wasser und flößt ihm das Gebräu ein. Danach umwickelt ihr seine Waden und Oberarme mit Tüchern, die zuvor in Schnee getaucht waren. Massiert sie an den Gelenken, bis sich die Haut rötet, aber laßt keine Feuchtigkeit zurück! Bis morgen werde ich mich entscheiden, ob hier eine Behandlung mit Chinarinde angebracht ist.«

»Und sein Magen? Der Physikus wollte ihm noch diesen Abend Purgierkugeln verabreichen!« warf Gaprony stirnrunzelnd ein.

Samuel lachte bitter auf. In Wien hatte er gesehen, was die walnußgroßen Bleikugeln, welche Ärzte ihre Patienten schlucken ließen, um deren Gedärme zu reinigen, im Körper der Kranken anrichteten. Hatten sie Glück und erstickten nicht augenblicklich, so vergiftete das Blei ihr Blut, und sie siechten elend dahin.

»Keine Purgierkugeln, kein Aderlaß!« befahl er streng. »Die Augen Eures Mitbruders und die wächserne Gesichtsfarbe sprechen dafür, daß irgendein unbekannter Erreger seinen Körper heimsucht. Er braucht jeden Tropfen Flüssigkeit, den er aufnehmen kann, um diesen Erreger loszuwerden!«

»Kann es denn verschiedene Arten des Wechselfiebers geben, Hahnemann?« Gaprony kam näher. Ratlos blickte er auf den schwer atmenden Mann.

»Eben das möchte ich herausfinden, Pater Gaprony«, sagte Samuel mehr zu sich selber und holte tief Luft. »Aber dabei brauche ich Ihre Hilfe!« Und die des Rochus Jagged, fügte er in Gedanken hinzu.

Gaprony hielt sein Wort. Er setzte bei Gouverneur von Brukenthal durch, daß Samuel in ganz Hermannstadt und Umgebung die Hospitäler aufsuchen, praktizieren und die bereits aufgetretenen Fälle von Wechselfieber untersuchen durfte. Im Kolleg der Jesuiten, einem stattlichen Anwesen mit Kräutergarten, das gleich hinter dem Pferdemarkt lag, richtete der Pater Samuel sogar eine eigene Studierstube ein, in der er medizinische Bücher lesen, sein Krankenjournal schreiben und Medikamente zur Bekämpfung des Fiebers aufbewahren konnte. Samuel bedauerte zutiefst, seinen alten Arzneikasten, der noch aus dem Gebrauch des Giovanni di Cosmo stammte, in Wien zurückgelassen zu haben. Nun mußte er sich neue Quellen erschließen.

Nächtelang saß er an den Betten seiner Patienten, wechselte kühlende Umschläge und verabreichte Kräuteraufgüsse, die das Fieber bekämpfen sollten. Dabei registrierte er akribisch, in welchen Abständen die Fieberanfälle auftraten, welche die ausgemergelten Körper der Patienten erbeben ließen und die Laken von Schweiß und Auswurf durchnäßten. Manchmal übermannte ihn die Müdigkeit, so daß er auf seinem Schemel einnickte und in einen unruhigen Schlaf fiel. Dann träumte er von Henriettes blonden Haaren, an denen schattenhafte Hände zerrten, von Charlotte, die einen Bratspieß in den Hals ihres Bruders rammte, und von Rochus Jagged, der auf wilden Kreaturen durch die Siebenbürger Sümpfe ritt und ihn höhnisch lachend mit schmutzigem Brackwasser bespritzte.

»Sie werden selber noch krank werden«, tadelte Belle von Brukenthal ihn, als Samuel eines Abends von einer Behandlung in den Gouverneurspalast zurückkehrte. Die junge Frau stand an eine der griechischen Säulen gelehnt, die das Wasserbecken im Eingangsbereich zierten. Sie trug ein kostbares, nahezu durchsichtiges Kleid aus weißer Seide, das mit roten und gelben Schleifen verziert war.

»Mein Onkel hat zusätzliche Reiterei in die Stadt befohlen, um den Pöbel am Sagturm im Zaum zu halten.«

»Hat er eine Spur von Jagged und seinen Leuten?« fragte Samuel hastig, hielt dann jedoch abwägend inne.

Belles grüne Augen blitzten amüsiert auf. »Der Rebell scheint Sie zu interessieren, Monsieur Hahnemann? Woher die Leidenschaft für einen Fremden?« Sie gab Samuel keine Zeit zu antworten. Ohne Vorwarnung legten sich ihre schmalen Arme um seinen Hals und zogen ihn mit sanftem Zwang zu sich.

Als sie begann, mit ihren Lippen seine Stirn zu berühren, durchfuhr ihn nur noch willenlose Sehnsucht, ein Gefühl, das er bislang nur aus seinen Träumen von Henriette kannte. Samuel erwiderte Belles Kuß. Ihre Lippen schmeckten nach Rosenwasser und Zimt. Sein Herz begann heftig zu klopfen, als er die feine Seide ihres Dekolletés unter seinen ungeschickten Fingern knistern hörte. Das Mädchen hatte eindeutig mehr Erfahrung als er. Wie elektrisiert ließ Samuel es zu, daß Belle sich an seinem Rock und Hemd zu schaffen machte. Ein heißer Strom jagte seinen Rücken hinab, und er fragte sich, ob er die Augen schließen oder offen lassen sollte, um jede Einzelheit des weißen Körpers, der sich zwischen seine Knie zu drängen suchte, in sich aufzunehmen.

Die Schritte, die von der Freitreppe zu hören waren, enthoben ihn einer Entscheidung. Hastig riß er sich von Belle los und schob sie in eine der mit Marmor ausgekleideten Nischen gegenüber dem Bassin.

»Ist es dir peinlich, mit mir gesehen zu werden?« zischte das Mädchen. »Kein Grund, deswegen mein Kleid zu ruinieren. Der Mann auf der Treppe war nur Gaprony, und den geht es nichts an, was ich tue.«

Rasch brachten sie ihre Kleider wieder in Ordnung. Samuel griff nach Belles Hand, aber das Mädchen entwand sich ihm und warf ihm einen feindseligen Blick zu.

»Bilden Sie sich nichts darauf ein, Monsieur«, sagte sie kalt. »Ich hatte bestimmt nicht vor, einen Mann zu verführen, der nur Blut und Auswurf, Sieche und Fieber im Kopf hat!«

»Ich verstehe, Mademoiselle! Dennoch danke ich Ihnen. Sie haben mir bewiesen, daß der Menschen Hitzewallungen viele sind. Und daß Sie sich an Ihren Arzt wandten, zeigt …«

»Ich bin kein medizinisches Experiment, Hahnemann, aber vielleicht finden Sie an meiner kleinen Schwester mehr Gefallen. Medea liegt seit dem Mittagsmahl zu Bett!«

»Was ist mit ihr?«

Belle rümpfte die Nase. »Mein Onkel hat Sie gesucht, doch da Sie wieder einmal außer Haus waren, hat Tante Magdalena nach dem Physikus geschickt!«

Sie machte auf dem Absatz kehrt und lief, ohne sich noch einmal nach Samuel umzudrehen, die Treppe hinauf.

Traurig und verwirrt blickte er dem Mädchen nach. *Strigoj*, dachte er, wohin ich auch gehe, treffe ich auf vergiftetes Blut. Warum hatte dieses jedoch so betörend nach Rosenwasser und Zimt geschmeckt?

18. Kapitel

Die Nachricht von Medeas Fieberanfall verbreitete sich wie ein Lauffeuer in der Stadt. Bislang war der Gouverneurspalast von der tückischen Krankheit verschont geblieben, nun aber hatte sich das Wechselfieber anscheinend auch zu den Vierteln der Reichen Zutritt verschafft. Der Stadtphysikus behandelte Medea mit Laudanum und zerriebener Birkenrinde, um ihre Kopf- und Gliederschmerzen zu lindern. Mehr konnte er nicht tun.

Hahnemann erfuhr nur über den Gouverneur von Medeas Zustand. Magdalena von Brukenthal bewachte die Gemächer der jungen Baronesse wie der zähnefletschende Zerberus den Eingang zur griechischen Unterwelt.

Während er die Krankenprotokolle las, fühlte Samuel sich zuweilen auf unangenehme Weise in seine Kindheit zurückversetzt. Er sah sich durch die eisigen Gänge der Albrechtsburg schleichen, auf der Suche nach Charlottes Geheimnissen. Damals hatten sich die maßgeblichen Meißener Familien auf die Burg zurückgezogen, um dem Fieber zu entgehen. Doch das war keine Lösung gewesen. Schon gar nicht für eine ganze Stadt. Als mit der Schneeschmelze der Frühling kam und die ersten Gräser sich durch die gefrorene Erde Siebenbürgens kämpften, waren beinahe hundert Menschen der Krankheit erlegen.

Von Jagged und seiner Schar fehlte nach wie vor jede Spur. Nur hin und wieder tauchten an den Türen der Häuser am Ring kleine, geflochtene Reisigbüschel mit eingeflochtenen Tierhaaren auf und verbreiteten unter der abergläubischen Bevölkerung die Angst vor einem noch größeren Unheil. Eines Tages hingen die Bündel auch am Palais des Gouverneurs und an der westlichen Pforte der Jesuitenkirche.

»Jetzt ist er zu weit gegangen«, rief Gaprony mit grimmiger Miene, als er den heidnischen Abwehrzauber auf Samuels Schreibtisch schleuderte und sich erschöpft in einen der Sessel fallen ließ. Seine magere Gestalt schlotterte in dem langen schwarzen Gewand wie das Segel eines Dreimasters.

»Ich habe den Krankheitsverlauf genau studiert, Pater Gaprony.« Samuel bemühte sich, das seltsame Ding vor seiner Nase geflissentlich zu ignorieren. »Bruder Daniels Fieber verlief ohne Schübe und konnte mit einfachen Mitteln gesenkt werden. Dafür ergab sich die Notwendigkeit, neuralgische und asthmatische Nebenerscheinungen zu behandeln. Ebenso seine Verdauungsstörungen. Ich bin davon überzeugt, daß es eine gewisse Form des Wechselfiebers war, die ihn plagte. Aber welche ...«

»Es geht ihm ja besser!« Gaprony winkte desinteressiert ab und fuhr sich durch das schüttere weiße Haar.

»Die meisten Kranken, einschließlich der Nichte Seiner Exzellenz, leiden an einer Variante des Fiebers, das den Leib alle 48 Stunden mit Schüttelfrost heimsucht, eine *Malaria tertiana*, sozusagen. Die Augen sind lichtempfindlich, der Körper trocknet in kurzer Zeit aus. Daneben konnte ich im Lazarett am Spitalmarkt den Fall einer Hutmacherin untersuchen, bei der das Fieber unregelmäßig, in Abständen zwischen 20 und 56 Stunden auftrat. Leider ist sie ... gestern früh verstorben.«

Gaprony bekreuzigte sich müde. »Das Stadtphysikat läßt mit Genehmigung Seiner Exzellenz die Brunnen und Wasserstellen überprüfen. Diese Narren! Wenn Jagged einen Fluch über die Stadt ausgesprochen hat, so müssen wir ihn unschädlich machen, ehe wir alle zugrunde gehen.«

Samuel schlug sein Krankenjournal zu. »Das meinen Sie nicht im Ernst, Pater Gaprony? Flüche und Zauberei? So ein Unfug. Wie sollte ein Mann wie Jagged für das Wechselfieber verantwortlich sein?«

»Wenn Sie so alt wären wie ich und so viel erlebt hätten,

wüßten Sie, daß die Brücke zwischen Krankheit und Heilung über einen reißenden Strom führt. Nicht selten stürzen beide in die vernichtende Flut. Der eine, welcher Heilung verspricht, und der andere, der ihm folgt.«

»Nein«, rief Samuel erbost und fegte mit einer Handbewegung das Reisigbündel vom Tisch. »Sie bekämpfen nicht den Aberglauben, Gaprony. Sie haben Angst, daß ein Mann wie Jagged Ihren eigenen Einfluß und den Ihrer Jesuitenbrüder in Siebenbürgen schmälern könnte. Für Sie darf es nur einen einzigen Aberglauben geben: denjenigen, den Sie unters Volk bringen!«

Samuel griff nach seinem braunen Dreispitz und stürmte aus der Bibliothek. Er hatte genug von Gapronys bigottem Eifer, von Brukenthal, der sich nur noch um seine Münzen und Skulpturen scherte, ja, von diesem Haus, der ganzen Stadt.

»Ich weiß, wo mein Bruder ist, junger Freund«, hörte er plötzlich die trockene Stimme des Jesuiten ihm nachrufen. »Er hat mir eine Nachricht gesandt!«

Verdutzt dreht sich Samuel zu Gaprony um. »Ihr … *Bruder?*«

»Sie haben mich richtig verstanden! Rochus Jagged ist mein Bruder. Er hält sich im Gasthaus *Zum Weißen Lamm* versteckt. Heute nacht wird das Unheil seinen Tribut fordern!«

Samuel schüttelte verständnislos den Kopf. Offenbar ging mehr als nur ein einziges Gift in der Stadt um. Aber es blieb ihm keine Zeit, über die schockierende Enthüllung des alten Jesuiten nachzudenken. Jagged wußte etwas über den Ausbruch und die Verbreitung des Wechselfiebers in Hermannstadt, was selbst den einheimischen Ärzten entgangen war.

»Geben Sie sich keine Mühe, Hahnemann«, rief Gaprony ihm nach. »Jagged wird keinen Schaden mehr anrichten. Ich war bei Seiner Exzellenz, ehe ich zu Ihnen kam. Hören Sie die Sturmglocken der Garnison? Diesmal wird er den Soldaten nicht entkommen!«

Das schrille Lachen des alten Mannes ging in einem kläglichen Husten unter. Aber Samuel beachtete ihn nicht mehr. Er mußte das Gasthaus vor den Dragonern und der aufgestachelten Volksmenge erreichen.

Niemand schenkte dem Leibarzt des Gouverneurs auf seinem Weg zur Nordseite des Ringes Beachtung. Gleich hinter dem Fischmarkt dirigierten zwei Wachen mit breiten Pelzhüten und gezwirbelten Bärten lautstark einen von vier Frauen gezogenen, schwer beladenen Handkarren mit Klöppelarbeiten, Hutschnüren und Leinenballen in östliche Richtung. Mehrmals blieb der Karren im Straßenschlamm stecken, worauf die Männer ärgerlich zischten und ihre Weiber, ausgemergelte Gestalten mit schwarzen Kopftüchern, sich gegen die Räder stemmten. Unter lautem Getöse bog die sonderbare Gruppe schließlich in die Gasse der Stempelschneider ein.

Die geräumige, von schwarzen Balken getragene Gaststube des *Weißen Lammes* war zu Samuels Überraschung fast leer. Drei junge Schankmägde lungerten in einer Ecke des mit Schnitzereien versehenen Tresens herum und hantierten mit Zinnbechern und Weinkrügen. Wollüstig starrten sie Samuel an und steckten die Köpfe zusammen, um über den ersten männlichen Gast des Abends zu kichern. Dieser dünne junge Mann versprach ein wenig Unterhaltung. Aus dem Küchentrakt zog ein aufdringlicher Geruch nach in Fett gebratenen Zwiebeln, Paprika, Knoblauch und billigem Kerzenwachs in die blank gescheuerte Stube hinein. Rechts hinter dem Eingang führte eine ausgetretene Stiege zum Obergeschoß hinauf.

Samuel verharrte einen Herzschlag lang. Die neugierigen Blicke der drei Mägde waren ihm mehr als unangenehm. Aber dann kam ihm eine Idee. Er griff in seine lederne Geldkatze, zog eine Handvoll Groschen hervor und warf sie – scheinbar unbeabsichtigt – in die Mitte des Schankraumes. Dumpf prallten sie gegen zwei aufeinandergestapelte Bierfässer und rollten dann über die Dielenbretter. Die Mädchen glotzten verdutzt von den Münzen zu dem ungeschickten Gast herüber und machten sich dann eilig daran, sie von den Dielen aufzusammeln. Samuel nutzte die Gelegenheit, um leise die knarrende Stiege hinaufzusteigen. Vorsichtig lief er den stickigen Korridor entlang, bis er zwei nebeneinander liegende Türen erreichte.

Abwartend lauschte er in die Dunkelheit – und stutzte. Da war irgend etwas direkt hinter ihm, der Hauch eines Duftes nach ... Rosenwasser und Zimt.

»Was tun Sie hier, Baronesse?« zischte er verdrossen und packte Belle von Brukenthal wütend an der Schulter. Das Mädchen mußte lautlos wie sein eigener Schatten hinter ihm die Stiege heraufgekommen sein. Trotzig, aber keineswegs schuldbewußt lüftete sie ihren zarten Schleier. »Ich dachte mir bereits, daß Sie in Ihr Unglück rennen, als ich Sie aus dem Haus gehen sah. Gaprony hat mir alles erzählt. Sie wollen den Rebellenführer warnen. Habe ich recht?«

»Warnen? Ich versuche nur, mir Antworten auf Fragen zu verschaffen, die mich seit meiner Ankunft in Siebenbürgen beschäftigen«, gab Samuel gereizt zurück. »Gehen Sie, Belle! In wenigen Minuten wird es hier von Soldaten nur so wimmeln!

Noch ehe er ausgesprochen hatte, riß die Baronesse den Mund auf. »Samuel ... Vorsicht!«

Auch dieses Mal bemerkte Samuel den vierschrötigen Mann erst im letzten Augenblick. Es war, als ob Jagged direkt aus der Wand gesprungen käme. Samuel konnte seiner harten Faust nicht mehr ausweichen. Belle, die direkt hinter Samuel stand, stieß einen spitzen Schrei aus; sie verlor das Gleichgewicht und schlug mit dem Kopf gegen das Mauerwerk, aus dem Lehmbrocken und Stroh brachen. Samuel prallte gegen den massigen Leib des Angreifers. Der Gestank von schmutzigen Ziegenfellen, Tabak und Knoblauch lähmte ihn für einen Moment. Doch schon im nächsten jagte er dem Mann seine Faust in den Magen. Jagged rollte sich ab wie ein Seiltänzer auf dem Jahrmarkt und hatte plötzlich ein Messer in der Hand.

»Halten Sie ein«, keuchte Samuel verzweifelt.

Aus dem Schankraum drangen kreischende Stimmen. Soldaten des Gouverneurs? Was würden sie mit ihm anstellen, wenn sie ihn mit Jagged und der verletzten Belle erwischten?

»Ich muß mit Ihnen reden, Rochus Jagged!«

»Worüber, *Gadscho*? Was hast du hier zu suchen? Du, der Leibarzt des Gouverneurs?« Er spuckte geräuschvoll auf die Dielenbretter. Dann sagte er: »Wir müssen von hier verschwinden, auf der Stelle!«

Eilig hob Samuel Belle vom Boden auf. Aus einem Kratzer unterhalb ihres Mundwinkels rann Blut.

»Hier entlang, *Gadscho*«, flüsterte Rochus Jagged.

Samuel folgte ihm durch einen finsteren Korridor, der sich um mehrere Ecken und Winkel wand. Es war so finster, daß man die Hand vor Augen nicht sehen konnte. Dem Zigeunerführer schien dies nichts auszumachen. Während Samuel mehrmals fluchend gegen Stühle, gefüllte Weizensäcke und zerrissene, türkische Teppiche stieß, führte Jagged ihn und die noch immer bewußtlose Belle durch eine wenige Stufen tiefer gelegene Mansardentür, die in eine kleine, kärglich eingerichtete Kammer mit Dachfenster führte. Er ließ Samuel eintreten und verriegelte dann die Tür mit einem grob gezimmerten Balken, den er unter die Klinke rammte. Samuel legte Belle vorsichtig auf den Boden und blickte sich suchend nach einem Kissen oder einer Decke um. Als er nichts desgleichen entdeckte, zog er seinen Rock aus, rollte ihn zusammen und schob ihn dem Mädchen unter den Kopf.

»Und nun, Arzt?« rief Jagged ungeduldig und blickte Samuel feindselig an. »Sie werden bemerkt haben, daß meine Zeit knapp bemessen ist! Warum also verfolgen Sie mich?« Schweißtropfen standen auf seiner Stirn. Irgend etwas lief schief. Warum fragte er nicht, wie Samuel ihn hatte aufspüren können? Wer ihn verraten hatte?

»Weil ich mich ungern mit Halbwahrheiten und Ausflüchten abspeisen lasse, Pater Rochus«, sagte Hahnemann.

»Du … weißt?«

»Ich weiß alles über Sie und Ihren Bruder, den Jesuiten. Auch über Ihren blutigen Kampf um den wahren Aberglauben bin ich unterrichtet. Aus diesem Grund setze ich mein Leben nicht aufs Spiel.«

»Warum dann?« fragte Jagged eine Spur sanfter. Er trat an das Dachfenster und starrte in die Finsternis, wo sich in der Ferne die schemenhafte Silhouette des Fogarascher Gebirgszugs mit seinem Roten-Turm-Paß erhob. Dann zog er sein Messer aus seiner nach orientalischem Vorbild gebundenen Schärpe und prüfte mit Daumen und Zeigefinger die Schärfe der Klinge.

»Bei unserer ersten Begegnung im Mauerviertel erwähnten Sie Dämonen mit dem Namen *Strigoj*, die das Blut ihrer Opfer vergiften«, sagte Samuel, ohne das Messer aus den Augen zu lassen.

»Na und? Glaub es oder fahr zur Hölle!«

»Ich bin geneigt, es zu glauben, Jagged, allerdings verbergen sich hinter deinen *Strigoj* überaus lebendige Erreger, nicht wahr? Lebewesen, die das Fieber übertragen, indem sie dem Blut einen gefährlichen Stoff beifügen. Das war es, was Sie mit der Vergiftung des Blutes meinten! Es lag also gar nicht an den Brunnen?«

»Meinst du wirklich, Arzt?« Jagged stieß ein bitteres Lachen aus. »Du bist schlau und gibst nicht so rasch auf, wenn du vergiftetes Blut gewittert hast. Aber du hast keine Ahnung, wie sich die Krankheit ausbreitet. Geh und schau dir die Sümpfe im Osten an. Sie sind die idealen Brutstätten für Stechmücken, besonders für die Art, welche das Wechselfieber überträgt.«

»Wie kann eine Mücke eine Krankheit übertragen?« Samuel hob fragend die Augenbrauen. »Ist es das Gift ihres Stachels, in Verbindung mit fremden Keimen?«

»Die Mücke selbst ist bereits infiziert, mein Freund. Bei jedem Stich impft sie dem Menschen langgestreckte, bewegliche Gebilde unter die Haut. Nach etwa acht Tagen befallen diese Gebilde diejenigen Zellen im Blut, die für den Transport von Sauerstoff verantwortlich sind, und entwickeln sich in ihnen durch vielfache Teilung zu den Parasiten, die nach einer gewissen Zeit platzen, wiederum ins Blut gelangen und es somit in regelmäßigen Abständen von neuem vergiften. Dieses Spiel wiederholt sich so oft, wie ein neu entstandener Parasit sich in einer weiteren Zelle einnistet.«

Samuel stützte den Kopf zwischen beide Arme. Jaggeds Erklärung hörte sich überzeugend an. Wie war er nur auf sie gekommen?

»War es das, was du von mir wissen wolltest?« fragte Jagged gedehnt.

Hahnemann wandte den Kopf. Belle hatte ihre Augen geöffnet, ihre Fingernägel kratzten in Panik über das Holz der Dielen. »Ich muß die Baronesse von hier fortschaffen, Jagged. Ihr Bruder Gaprony ...«

»Mein Bruder«, unterbrach Jagged ihn barsch, »hat alles arrangiert, um mir zur Flucht aus Hermannstadt zu verhelfen. Er hat mich hier einquartiert und mich mit Geld und Proviant versehen. Hinter dem Haus wartet ein Pferd auf mich.«

»Nein, Jagged, verstehen Sie denn nicht«, schrie Samuel den vierschrötigen Mann an. »Gaprony hat Sie verraten! Er will Sie opfern!«

»Ich fürchte, Sie verstehen *mich* nicht, junger Mann! Glauben Sie nicht, daß die Soldaten längst hier wären, wenn Gaprony sie informiert hätte, wie er es Ihnen gegenüber behauptet hat? Er wird General von Burleder jetzt erst, in diesem Augenblick von meinem Unterschlupf in Kenntnis setzen.

Wenn die Soldaten ins Gasthaus eindringen, wird man ... *Sie* vorfinden! Einen Arzt, den Mann, der mich gewarnt und mir zur Flucht verholfen hat. Sie und die Leiche einer jungen Frau.«

Belle von Brukenthal schrie vor Entsetzen auf und versuchte sich an der brüchigen Bretterwand in die Höhe zu ziehen. Jagged versperrte die Tür. »Sie haben mir eine Falle gestellt, Jagged. Sie und der Priester!« rief Samuel und sprang vor, um das Mädchen vor Jaggeds Messer zu schützen.

»Das wird Ihnen niemand glauben, mein junger Freund, nicht einmal der Henker! Ganz Hermannstadt weiß, daß die Jesuiten mich hassen und ausgestoßen haben! Und was meinen Bruder betrifft: Blut ist eben doch dicker als Wasser, ob vergiftet oder nicht. Außerdem soll unser kleines Geheimnis nicht in ganz Siebenbürgen bekannt werden, nicht wahr?«

Unten im Haus wurde eine Tür aufgestoßen. Ruppige Kommandolaute drangen gedämpft durch die verwinkelten Korridore der Gastwirtschaft, und ein lautes Gepolter von Stiefeln folgte ihnen. Die Soldaten des Gouverneurs waren eingetroffen. Früher als geplant. Aber sie waren noch um einiges von der Mansarde entfernt.

Jagged schien plötzlich einen ganz anderen Entschluß gefaßt zu haben. Er stieß das Dachfenster auf. Kühle Nachtluft drang in die stickige Kammer und ließ Samuel erschauern.

»Los, ihr beiden«, rief er und fuchtelte mit der geschliffenen Klinge vor ihren Gesichtern herum. »Schwingt euch durch das Fenster und dann ab über das Dach!«

»Bleib stehen, Hahnemann«, rief Belle auf und krallte ihre Finger in Samuels Arm. »Das ist wieder eine Falle. Er wird uns beide töten, sobald wir ihm den Rücken zukehren.« Belle sah die lange Schneide des Messers über ihrem Kopf schweben wie das Schwert des Damokles.

»Wollen Sie uns als Geiseln verschleppen?« rief Samuel und

warf Jagged, der noch immer das Messer auf das Mädchen gerichtet hielt, wütende Blicke zu.

»Gar kein übler Gedanke«, erwiderte Jagged und knirschte mit den Zähnen. »Macht endlich, daß ihr hier verschwindet, und laßt mich in Ruhe! Ich habe nicht gesagt, daß ich auf Gapronys Spiel einzugehen gedenke!« Er trat vom Dachfenster und schleuderte sein Messer in die Holzwand. »Seht ihr den Schrank in der Ecke? Dahinter ist eine Kammer, in der ich mich verstecken kann, bis alles ruhig ist. Die Soldaten werden euch über die Dächer folgen. Geht ihr nicht, sterbt ihr auf der Stelle!«

»Er ist wahnsinnig geworden«, flüsterte Belle. »Samuel, laß uns fliehen, ehe es zu spät ist!«

Sie ändert ihre Meinung sehr rasch, dachte Samuel, aber er folgte ihr. Das Fenster war so schmal, daß Samuel sich fragte, wie Jagged mit seinem gewaltigen Bauch es schaffen wollte, sich da hindurch zu zwängen. Oder glaubte er wirklich, das Gasthaus unbemerkt über die Treppe verlassen zu können?

Wie zwei Gebirgsziegen tasteten Belle und Samuel sich auf dem abschüssigen Dach vorwärts, bis sie schließlich zu einem Vorsprung gelangten. Von da führte ein Steg zu dem Dachboden eines verlassenen Kornspeichers. Schweigend verharrten sie einen Augenblick, dann schob Samuel Belle durch die Luke des Speichers. Erschöpft ließen sie sich zwischen den Kornsäcken nieder. Niemand sprach ein Wort. Hahnemann hörte das gedämpfte Splittern des Holzes, als die Soldaten der Garnison die Türen des Wirtshauses eintraten, und endlich ihr erregtes Geschrei. Auch Schüsse erklangen.

»Die Soldaten folgen uns nicht, Samuel«, flüsterte Belle und schmiegte sich eng an seinen erhitzten Körper. »Ich höre auch keine Schreie und Kommandorufe mehr. Über den Dächern ist alles still. Sie müssen den Schrank dieses Wahnsinnigen entdeckt haben!«

»Ich glaube nicht, daß Jagged wahnsinnig war, Baronesse«,

widersprach Samuel mit tonloser Stimme. »Fanatisch, gewiß. Aber bedeutet Eifer für eine Sache, an die man glaubt, daß man nicht mehr klar denken kann?«

»Sag du es mir. Du scheinst dich besser in die Seele eines Mannes wie Jagged versetzen zu können als ich!«

»Jagged hat mich einmal aufgefordert, in meine Welt zurückzukehren und die seine nicht zu stören. Allem Anschein nach hielt er nicht viel von Ärzten und ihren Methoden, unbekannte Krankheiten mit unbekannten Mitteln zu kurieren. Und weißt du was, Baronesse Belle? Er hatte recht. Mich machen diese Quacksalber schon seit langem krank!«

»Das kann doch nicht dein Ernst sein, Samuel Hahnemann? Du willst die Medizin aufgeben? Wegen Menschen wie Jagged, Gaprony und meinem Onkel? Hast du vergessen, daß du schon etliche Heilerfolge in der Stadt hattest?«

»Ganz im Gegenteil«, sagte Samuel und lächelte versonnen.

Belle war zweifelsohne schön, doch inmitten ihrer gleichmäßigen Züge verbarg sich etwas, das Samuel an geheime Flüche und verräterische Priester erinnerte. Warum trug nicht sie den Namen Medea? Den Namen jener Zauberin aus der griechischen Mythologie, die aus verletztem Stolz alles tötete, was sie liebte, und dann in einem von Drachen gezogenen Wagen durch die Lüfte entschwand, fand Samuel für Belle passender als für ihre sanfte Schwester, die noch immer mit dem Fieber rang.

»Ich bin schon zu lange auf der Suche, ohne eigentlich zu wissen, wonach. Im Grunde habe ich seit meiner Kindheit alles nur hingenommen und mein Schicksal immer in die Hände anderer gelegt. Sobald es Medea besser geht, reise ich zurück nach Deutschland, um meine Examina abzulegen.«

Als Belle trotzig protestieren wollte, verschloß er ihre Lippen mit einem kalten, aber sanften Kuß.

19. Kapitel

Dessau, im Frühling 1780

Vor der Mohrenapotheke, einem ausladenden Fachwerkhaus im Herzen der alten Stadt Dessau, drängten sich die Schaulustigen. Ein strenger Geruch nach Vieh, gewürzt mit einem Hauch von Rosmarin, Salbei und Gänsefett, hing zwischen den Giebelhäusern und mischte sich mit einem weiteren Geruch, dessen Herkunft unschwer zu erraten war. Ohne dem Gebäude mit dem schwingenden kupfernen Schild, auf dem ein goldener Mohr mit Sonnenschirm vor sich hin schaukelte, zu nahe zu kommen, gestikulierten Männer und Frauen in Richtung der vergitterten Fenster im unteren Stockwerk, aus denen dichter schwarzer und gelber Rauch auf die Straße quoll.

»Holt denn keiner die Spritze, ehe das ganze Haus in Flammen steht?« kreischte die Nachbarin, eine dicke Schneiderin, die ihre Schürze zum Schutz gegen den beißenden Qualm vor Mund und Nase preßte.

Keiner der Umstehenden fühlte sich angesprochen.

»Was ist denn nur in den Apotheker gefahren?« fragte eine Magd aus dem Haus des Kürschners von gegenüber ihren Nachbarn, der fassungslos sah, wie sich der Rauch langsam an der frischen Tagesluft verflüchtigte. Laut stöhnend setzte sie das Bierfaß ab, das sie für ihren Meister aus der nahen Schenke geholt hatte.

Der junge Mann zuckte ratlos mit den Achseln. »Hat gewiß wieder etwas mit dem fremden Doktor aus Hettstedt zu tun, der seit einigen Wochen beim alten Mohrenapotheker wohnt. Es heißt, er habe sich geweigert, seine Patienten nach alter Sitte zu behandeln, und deswegen seine Praxis schließen müssen. Steine haben sie ihm gegen sein Haus geworfen und ein Freudengeheul angestimmt, als sein Planwagen endlich den Ort verließ.«

»Und dann?«

Der Bursche hatte nicht bemerkt, daß einige Umstehende auf seinen Bericht aufmerksam geworden waren. Stolz blickte er in die erwartungsvollen Gesichter einiger Männer und Frauen, die ungeduldig von einem Bein aufs andere traten. Ein Mann tätschelte seinem Pferd die Mähne, das unruhig zu dem rauchenden Haus hinüberglotzte. Schließlich wollte man nicht versäumen, was in den Kellern der Mohrenapotheke vor sich ging.

»Nun, bei Nacht und Nebel kam der fremde Doktor mit seinem Wagen durchs Südtor in die Stadt«, berichtete der junge Mann mit verschwörerischer Miene. »Seitdem haust er beim Apotheker Haeseler und geht in dessen Laboratorium seinen Experimenten nach, um …«

Weiter kam er nicht. Unversehens tauchte der Stadtwächter vor ihm auf und trieb die Leute ärgerlich auseinander.

»Weitergehen, allez«, rief der Wächter barsch und gab dem jungen Mann einen heftigen Stoß mit seiner Glocke. »Es gibt nichts mehr zu sehen. Der Apotheker entschuldigt sich für die Schwaden. Offensichtlich ist ihm in seinem Laboratorium ein Feuer außer Kontrolle geraten.«

»Und der gelbe Rauch?« murrte die dicke Schneiderin und hustete zur Bestätigung ihres Vorwurfs in ihr ausgefranstes Schultertuch. »Der Schwefel der Hölle ist es, der über Dessau aufsteigt, seit dieser … dieser …«

»Kein Wort mehr!« Der Stadtwächter hob seine Glocke, als wollte er jeden Moment damit zum Schlag ausholen. »Der Stadtrat hat soeben durch einen Kurier eine Depesche aus Wien erhalten. Unser Herrgott hat Ihre Majestät, die Kaiserin des Heiligen Römischen Reiches, Maria Theresia, gestern früh zur ewigen Ruhe gerufen. Geht jetzt nach Hause, Leute!« Mit diesen Worten neigte der Mann kurz den Kopf, salutierte und trieb schließlich die noch immer vor der Apotheke herumlungernden Anwohner auseinander. Er war bereits an der Straßenecke, die zum Rathaus abzweigte, als er sich noch einmal umdrehte und mit amtlicher Miene ausrief: »Und laßt euch ja nicht einfallen, Haeselers Gast zu belästigen. Der junge Doktor soll in Wien selbst am Kaiserhof verkehrt haben!«

»Und nun hockt er im Keller des Apothekers und setzt dem Alten beinahe den Roten Hahn aufs Dach«, brummte der junge Bursche, der sich um seine Schauergeschichte und einen Schluck Bier betrogen sah, und folgte der Magd mit dem Faß über die Gasse.

Samuel Hahnemann wiederholte seinen Versuch nun schon zum drittenmal. Aber es war wie verhext; ihm wollte einfach gar nichts gelingen. Die Ergebnisse seiner Arbeit landeten, von derben Flüchen gefolgt, im Wasserkübel.

»Nur nicht den Mut verlieren, Herr Doktor«, rief der Apotheker, ein korpulenter Mann, dessen aufgebauschte, hohe Perücke schon bessere Tage gesehen hatte. Die Augen hinter der runden Nickelbrille halb zugekniffen, schwenkte der Alte eine von Samuels Phiolen mit einer blau schimmernden Flüssigkeit im Licht des Kerzenhalters. »Sie und dieser Franzose haben sich nicht geirrt, Doktor Hahnemann«, sagte er schließlich anerkennend und ließ die Phiole sinken. »Der brennende Phosphor schluckt die Luft. Nur der Schwefel war unnötig.«

Samuel ließ sich auf einen der niedrigen Holzschemel sinken, auf denen für gewöhnlich die Gesellen des Apothekers hockten, um den Kräuterkasten zu sortieren. Seine Füße waren geschwollen und sehnten sich nach dem Wassereimer, in dem leider bereits die Reste seines Experimentes schwammen. Seit fünf Uhr in der Früh stand er schon in Haeselers Laboratorium vor den dampfenden Reibschalen und Kupferkesseln, mischte, filtrierte und notierte seine Ergebnisse in ein kleines Buch.

Nachdenklich blickte Joachim Haeseler ihn an und fragte sich, was er eigentlich von dem jungen Arzt wußte, der seit Wochen regelmäßig in seine Apotheke kam, um sich in der Zubereitung und Erprobung von Arzneien ausbilden zu lassen. Daß er Jahre im Ausland an einem von Fieber verseuchten Ort im Osten zugebracht hatte, ehe er in seine Heimat zurückgekehrt war? Daß er in Erlangen sein Doktorexamen abgelegt hatte? Daß es ständig Ärger mit seiner guten Maria und den Nachbarn gab, seit der streitbare junge Medicus sein Hinterzimmer benutzte? Als Mediziner war Hahnemann in der kleinen Stadt wenig gefragt. Man verlangte nicht nach einem philosophischen Wirrkopf, der seine Patienten stundenlang ausfragte, statt sie zu schröpfen. Und die Kupfermünze, die Hahnemann seinem Wirt wöchentlich auf die Waage hatte legen wollen, war auch schon dreimal ausgeblieben.

Als er die Schritte seiner Frau Maria hörte, die eilig die Treppen zum Laboratorium hinuntergelaufen kam, erhob sich der Apotheker seufzend.

Maria Haeseler war eine energische Frau von fünfzig Jahren, deren Mundwerk selten zur Ruhe kam. Dennoch haßte sie es, bei ihrer Nachbarschaft zum Objekt von Klatsch und Tratsch zu werden.

»Ich habe genug von euren Experimenten!« rief sie, noch auf der Treppe stehend, und blickte schlecht gelaunt von ihrem Mann zu Samuel, der auch noch so tat, als höre er sie nicht. »Mach gefälligst das Fenster auf, ehe wir geräuchert werden wie Schinken aus dem Harz!«

»Beruhige dich doch, Liebste.« Der Apotheker versuchte, seine Frau zu beschwichtigen. »In einem Laboratorium …«

»Ich will nichts mehr davon hören«, schnitt Maria Haeseler ihrem Gemahl das Wort ab. »Der Stadtwächter war im Haus! Euer Spaß hat mich fünf Taler gekostet!«

»Fünf Taler?« entfuhr es Samuel. »Wofür?«

Die Hausherrin wandte sich blitzschnell um und schob sich mit ihrem gewaltigen Busen durch das Gewirr aus irdenen Tiegeln, Waagen und Kisten. »So viel wollte er haben, um die Ordnung wiederherzustellen und die gaffende Menge vor meinem Haus zu zerstreuen.« Ihr Dekolleté hob und senkte sich vor Aufregung. »Wenn das kein schlechtes Omen ist«, heulte sie auf, »gerade heute, wo wir das Kind zurück erwarten. Jeden Augenblick kann ihre Postkutsche am Johannbau vorfahren.«

»Meine Stieftochter hat einige Jahre als Gouvernante im Ausland zugebracht«, erklärte Haeseler, dem der Auftritt seiner Frau mittlerweile gehörig auf die Nerven ging. »Geh schon einmal hinauf, Liebste. Wir müssen uns sputen, damit wir die Kleine nicht verpassen.« Damit schob er seine noch immer nörgelnde Frau die Treppe hinauf, zwinkerte Samuel gequält zu und verließ dann selber das Laboratorium.

Hahnemann rollte die Ärmel seines weiten, mit Ruß beschmutzten Kittels herunter und sah nachdenklich in die Flammen der Feuerstelle. Sein Blick fiel auf ein abgegriffenes Stück Papier auf der Werkbank. Ein Brief von seinem Freund Jonathan Krebs. Der ehemalige Kommilitone hatte sein Medizinstudium in Frankreich beendet und war dann gleichfalls nach Sachsen zurückgekehrt. Seit einigen Monaten praktizierte er in Leipzig, wo eine gute Bekannte ihn mit betuchten Patienten versorgte.

Mürrisch zerknüllte Samuel den Brief. Er konnte sich schon denken, wer die gute Bekannte war, die seinen Freund förderte. Aber was konnte Jonathan dafür, wenn er, Hahnemann, als Arzt keinen Fuß auf den Boden bekam? In Hettstedt, seiner ersten Praxis, hatte er noch versucht, sich anzupassen. Er hatte sich einen Stock mit Elfenbeinknauf gekauft und war als Autorität aufgetreten. Die Bergleute, denen der Kohlenstaub die Atmungsorgane verstopften, hatten in ihrer Not auf den neuen Physikus vertraut. Doch wie hätte er ihnen mit den ihm zur Verfügung stehenden Mitteln helfen sollen?

Die Ärzte von Dessau schienen sich um solche Probleme nicht zu sorgen. Sie versprachen ihren Patienten jeden Tag das Blaue vom Himmel herunter, während sie mit seidenen Röcken und Schleifen am Haarzopf in offenen Kutschen durch die Stadt fuhren und sich in ihren Stuben die Silbergroschen der Kranken ganz von alleine stapelten.

»Warum nur muß alles so schwierig sein?« murmelte Samuel niedergeschlagen in die Flammen. Mit aller Kraft trieb er den Blasebalg ins Feuer und überließ sich seinen schnaufenden Bewegungen, bis er aus den Schwaden der würzigen Kräuter die Silhouette eines jungen Mädchens zu erkennen glaubte. Samuel sah sie nur schattenhaft, fast ausgelöscht durch den gelblichen Rauch, der von seinen Schwefelexperimenten übriggeblieben war. War es Belle, die ihn heimsuchte? Schön, elegant, scharfzüngig? Nein. Plötzlich erkannte er das Mädchen, das er aus dem Rauch der Feuerstelle hatte aufsteigen lassen.

Es war Henriette und sie … nein, das konnte nicht wahr sein!

»Ich … muß hier am Feuer eingeschlafen sein«, stammelte Samuel fassungslos, als er in das rundliche Gesicht mit den hohen Wangenknochen blickte. »Vermutlich träume ich noch!«

»So galant hat mich mein Stiefvater nicht begrüßt!« Die junge Frau lächelte liebenswürdig und legte ein verschnürtes Paket, das aussah wie eine Hutschachtel, auf die lange Werkbank. »Er sagte nur: Meine Güte, was hast du mit deinen Haaren gemacht!«

»Henriette, ich … ich fürchtete, Sie niemals wiederzusehen«, stammelte Samuel und ergriff die Hand des Mädchens. Kein Traum – sie war aus Fleisch und Blut. »Und nun treffe ich Sie hier, ausgerechnet in der Mohrenapotheke!«

»Die Apotheke gehörte früher meinem Vater, Anton Küchler«, erwiderte Henriette mit gedämpfter Stimme. »Haeseler übernahm sie, nachdem er meine Mutter geheiratet hatte. Leider verstanden wir uns nach der Hochzeit nicht besonders. Ich fand ihn hoffnungslos trocken und altmodisch. Und Sie, Herr Hahnemann? Oh, Verzeihung, Herr Doktor!«

»Ich fürchte, ich bin nicht weniger trocken und altmodisch.« Samuel räusperte sich verwirrt, während er Henriette von Kopf bis Fuß betrachtete. Sie trug ein elegantes Kleid aus weinrotem Samt, dessen Halsausschnitt und weite Ärmel in duftige Spitzen ausliefen. Das dichte blonde Haar war nach englischer Mode in winzige Löckchen um den Kopf gelegt. Nur eine größere Locke fiel spielerisch über ihre Stirn. Ihre Ohren schmückten lange, funkelnde Ohrringe aus gefaßten Rubinen.

»Ich glaube Ihnen kein Wort, Herr Doktor«, sagte sie schließlich. »Die Spatzen pfiffen es von den Dächern Dessaus, kaum daß ich die Postkutsche verlassen hatte.« Henriette lehnte sich zurück und fuhr sich genießerisch mit der Zunge über die roten Lippen. »Die schaurige Mär vom fremden Arzt, dem die Klienten davonlaufen, weil er sie weder spucken und erbrechen lassen noch ihnen die Adern öffnen will. Der sich statt dessen in die Gewölbe der Apotheke schleicht, um zu panschen und kleine Gassenbuben zu braten!«

Haargenau mein Leben, dachte Samuel und mußte lachen. Wie hatte sie das nur herausgefunden?

»Ich denke, ich weiß, welcher Spatz Ihnen diese Gerüchte zugetragen hat, Jungfer Küchler«, flüsterte er und kam langsam auf Henriette zu. Seine Hand versank in dem weichen Samt ihres Kleides. »Wissen Sie, wie oft ich von unserer Begegnung in Leipzig träumte?« fragte er scheu. »Die Erinnerung an Sie war mein einziger Trost, wenn ich mich einsam fühlte oder meine Aufgaben als Physikus mir über den Kopf zu wachsen drohten. Ich … möchte, daß Sie mich nie wieder verlassen!«

Henriette lächelte nicht mehr. Ihre blauen Augen fixierten ihn. Sie waren warm und einladend, dennoch schienen sie

Samuel in diesem Augenblick mit chirurgischer Genauigkeit die Seele aus der Brust zu reißen.

»Ist das Ihre Art, mich zu fragen, ob ich Ihre Frau werden will, Doktor Hahnemann?« fragte sie nach einer Weile ernst.

Samuel nickte erleichtert und ergriff ihre Hand.

»Aber vorher werden Sie mir gestatten, meine Koffer auszupacken und ein wenig zu ruhen!« Zum zweiten Mal entwand sie sich seinem Griff und lief lachend die Treppe zur Offizin hinauf.

Weder Joachim Haeseler noch seine Frau waren sonderlich erfreut über die spontanen Heiratspläne ihrer Tochter. Maria Haeseler tobte, bis ihr die Stimme versagte. Sie schalt ihre Tochter ein unvernünftiges, in der Fremde verzogenes Kind, das sich auf unvorteilhafte Weise daran gewöhnt hatte, durchzusetzen, was ihr durch den Kopf schwirrte, und prophezeite ihr ein Leben voller Unglück, falls sie sich dem Betteldoktor an den Hals warf.

»Mach nicht den gleichen Fehler wie deine Mutter«, heulte die Apothekersfrau und warf sich auf ihre durchgesessene Chaiselongue. »Mir hätte es besser gehen können. Als mein guter Küchler starb, hätte ich die Apotheke verkaufen und aufs Land ziehen können. Was tat ich dumme Gans? Ich heiratete diesen Menschen, um dir einen Vater zu ersetzen. Und wie dankst du es mir?« Nur mit Mühe ließ Henriettes Mutter sich beruhigen.

Auch der Apotheker hatte Einwände gegen die Verbindung seiner Stieftochter mit Samuel Hahnemann vorzubringen. Es fiel ihm einerseits schwer, denn er mochte den ernsthaften jungen Mediziner, der geduldig, mit über der Brust verschränkten Armen in einem Winkel der Wohnstube stand. Andererseits war Haeseler zu sehr Realist, als daß er die Klagen seiner Nachbarn überhört hätte. Hahnemann stand in dem Ruf, es nirgendwo lange auszuhalten. Ein Nörgler, dem kein Schuh auf der Welt zu passen schien. Wer seine Anordnungen nicht strikt befolgte, den entließ er fluchend aus seiner Behandlung. Mitunter saß er tagelang an den Krankenbetten armer Schlucker und ließ zahlungskräftige Patienten warten.

»Der Mensch führt sich auf, als wäre er der fürstliche Hofrat Clarus persönlich«, jammerte Frau Haeseler und ließ sich von Henriette in die Kissen helfen. »Aber du wirst ja sowieso wieder deinen Kopf durchsetzen, du dummes Kind! Nimm deinen Doktor Galgenstrick, dessen Hungertuch länger ist als mein Bettlaken, und werde glücklich mit ihm!«

»Hören Sie zu, Hahnemann«, sagte Haeseler schließlich, nachdem er die Frauen aus dem Salon geschickt hatte. »Sie haben vielleicht davon gehört, daß in Gommern ein Stadtphysikat errichtet werden soll. Gewiß nichts Bedeutendes, aber für einen aufstrebenden jungen Arzt vielleicht der richtige Ort, um endlich zur Ruhe zu kommen und Verantwortung zu tragen.«

Er sagte es und meinte es auch so, auch wenn er wußte, daß der junge Mann niemals wirklich zur Ruhe kommen würde. Aber wenigstens gab es da draußen in der sächsischen Einöde weit und breit keinen Arzt, den Samuel mit seinen Fragen und Andeutungen ärgern konnte.

»Amtsarzt in Gommern«, sagte Samuel laut zu sich selbst. »Warum eigentlich nicht? Aber ... was wird aus Henriette?«

»Das Mädchen kann nachkommen, sobald Sie sich eingelebt haben!« Vorausgesetzt, es hat dich bis Jahresende kein wütender Schmied mit seinem Hammer erschlagen, setzte der Alte in Gedanken hinzu und füllte sein Glas ein weiteres Mal.

20. Kapitel

Gommern, im Winter 1780

Die kleine Stadt hatte nur eine einzige, schnurgerade Landstraße, die an beiden Seiten von etwa zwanzig windschiefen Holz- und Backsteingebäuden gesäumt wurde. Ein eisiger Wind heulte um die verschachtelten Ecken der baufälligen Stallungen und verfing sich in den Wipfeln einer ausladenden Linde, als der Postillion Samuels wenige Habseligkeiten unsanft auf die staubige Straße beförderte, sich fröstelnd und nervös nach allen Seiten umblickend auf den Kutschbock schwang und seine Pferde schließlich mit einem lauten Schnalzen zur Eile antrieb.

Finster starrte Samuel ihm nach, bis die Kutsche um eine halb zerfallene und nur notdürftig ausgebesserte Hofeinfahrt verschwand. Der verflixte Kerl hatte ihm eindeutig zuviel Geld für die Fahrt abgenommen.

Aus den halb blinden, mit glitzernden Eiskristallen verzierten Fensterscheiben starrten dem neuen Amtsarzt argwöhnische Augen entgegen. Hier und da wurde ein Vorhang gelupft, um den Neuankömmling aus gebührender Entfernung zu begutachten. Gommern hatte einen Arzt, den ersten seit Menschengedenken.

Samuel wanderte frierend die lange Straße hinunter. Das Haus, das Haeseler ihm beschrieben hatte, mußte neben einer Bäckerei liegen. Unglücklicherweise gab es in Gommern keine Zunftschilder an den Mauern der Häuser. Die Ortskundigen brauchten sie nicht, um ihre Nachbarn zu finden, und Fremde verirrten sich ohnehin kaum jemals in jene düstere, von endlosen Feldern eingezäunte Gegend.

Schließlich fand er das Haus. Es war klein und aus blanken Balken gezimmert. Zwei Stufen führten in einen verwahrlosten

Garten, in dem das Unkraut prächtig zu gedeihen schien. Auf der Schwelle erwartete ihn eine Frau mittleren Alters, die gegen die Kälte in ein knielanges Wolltuch gewickelt war.

»Doktor Samuel Hahnemann aus Dessau?« fragte die Frau argwöhnisch. »Ich bin Caroline Richter. Unser Ortsvorsteher hat mich gebeten, Ihnen das Quartier zu bereiten!«

Ihren vorwurfsvollen Blicken nach schien sie dieser Auftrag noch immer zu empören. Samuel neigte höflich den Kopf und versuchte, sich mit seinem kleinen Reisekoffer und der Tasche mit seinen ärztlichen Instrumenten an der Frau vorbei ins Haus zu schieben. Aber Caroline Richter hatte sich offensichtlich vorgenommen, ihre Empfangsrede für den neuen Arzt bis zum Ende zu halten.

»Brennholz für den Ofen befindet sich in dem Verschlag hinter der Küche. Es wird für etwa drei Tage reichen, wenn Sie sparsam damit umgehen. Sie werden die vordere Stube als Krankenzimmer verwenden wollen, sie hat das meiste Licht und führt gleich zum Kräutergarten! Wenn Sie es wünschen, werde ich Ihnen gegen drei Taler wöchentlich aufwarten«, fuhr die Frau fort und zog ihr Wolltuch strammer um den dünnen Hals. »Aber nur am Tage. Sobald es dunkel wird, verschwinde ich von hier.«

»Man hat mir Gommern als ruhiges Fleckchen beschrieben«, erwiderte Samuel mit feiner Ironie. »Was soll es hier geben, vor dem man sich fürchten müßte?«

Caroline Richter sah ihn überrascht an, sagte jedoch keinen Ton mehr. Schweigend drückte sie Samuel einen kleinen Binsenkorb in die Hand, aus dem unter einem Tuch einige Eier, Kohlblätter und die Rinde eines fast schwarz gebackenen Brotes hervorschauten.

Am Tor drehte sie sich noch einmal nach dem neuen Arzt um, der ihr fragend nachblickte. »Sie werden hier nicht viel zu tun bekommen, Physikus! Wir brauchen keinen von Amts wegen bestallten Arzt, der uns vorschreibt, wie wir leben sollen.

Der Mensch kommt zur Welt und verläßt sie, wenn es dem Herrn gefällt. Der Herr Pastor gibt seinen Segen, und alles ist wohlgetan!«

In den folgenden Wochen schien sich Caroline Richters düstere Prophezeiung zu erfüllen. Samuel lernte Gommerns schwarzgebackenes Brot von seiner härtesten Seite kennen. Dabei fing alles recht hoffnungsvoll an. Der Ortsvorsteher ließ Hahnemann rufen, nicht weil er dessen ärztlichen Rat brauchte, sondern um der Obrigkeit seinen guten Willen zu beweisen. Ihm schlossen sich der Notar, die Frau des Schulmeisters und die Betreiber der Postmeisterei an. Hin und wieder ließ sich einer von ihnen sogar untersuchen. Samuel stellte verhärtete Adern und eine geschwollene Leber fest. Eine Offiziersgattin, die unter der Versetzung ihres Ehemannes von Magdeburg nach Gommern fast ebensosehr litt wie an der von Samuel diagnostizierten Bleichsucht, lud ihn hin und wieder ein, damit er von seinen früheren Reisen erzählte.

»Mich haben sie hier in Gommern begraben«, jammerte die Frau, während ihre dünnen Seidenkleider bei jedem von Samuels Besuchen durchsichtiger wurden. »Glauben Sie an die Vorsehung, Herr Doktor? An eine Kraft, die uns ins Elend treiben möchte und der wir folgen müssen, ob wir wollen oder nicht?«

»Wenn Sie Ihren Ehemann meinen, dann gewiß nicht, Madame.« Samuel lächelte, während er seine Arzneien sorgfältig in der alten Ledertasche verstaute. »Es gibt wohl Kräfte, die unsere Leidenschaften wecken und uns Fluch und Segen zugleich sein können. Aber es liegt an uns, sie zu kontrollieren!«

Von seinen eigenen Worten betroffen, hielt Hahnemann inne. Vor langer Zeit hatte man ihm einmal Ähnliches vorgehalten. Fluch und Segen. Es war Charlotte Rebus gewesen, die einen Wesenszug an ihm zu entdecken glaubte, der leicht zum Verhängnis werden konnte. Hatte sie nicht recht gehabt? Samuel haßte es, gelangweilte Ehefrauen zur Ader zu lassen. Er haßte das Glas mit den gierigen Blutegeln, das Caroline jede Woche auf die Bank seines Küchenfensters stellte, und empfand Ekel vor Senfteigbädern und Brechweinstein. War es das, was seine wenigen Patienten wirklich von einem Arzt erwarteten? Erwartete er selber auch nichts anderes mehr?

In Windeseile packte Samuel seine Tasche, murmelte einige unverständliche Worte in Richtung der Offiziersgattin, die erstaunt aufblickte, und rannte beim Hinausgehen beinahe eine Dienerin um, die mit einem Tablett in den Händen in die Wohnstube gelaufen kam. Er überquerte die Dorfstraße und machte nicht eher halt, als bis er die Tür seines kleinen Hauses hinter sich ins Schloß fallen hörte. Nie zuvor hatte er eine so große Leere und Einsamkeit gespürt.

Mit wachsender Unruhe blickte er auf seinen überladenen Schreibtisch. Die Platte bog sich beinahe unter der Last von Papieren, Schreibfedern und Tintenfässern, getrockneten Misteln, Schwefeleisen, roten Krampftropfen, Klistierspritzen und braunen Fläschchen für Tinkturen. Plötzlich stürzte sich Samuel auf den Tisch wie ein Dragoner in die Schlacht. Gläser zerbrachen in tausend Scherben. Rote Kügelchen perlten auf die Dielenbretter und vermischten sich mit den verschiedensten Flüssigkeiten, die von der Tischkante rannen, als suchten sie einen Fluchtweg vor den Händen ihres zornigen Herren. Samuel zerfetzte die Krankenberichte und seine lateinischen Übersetzungen und warf sie in den brennenden Ofen. Dann sank er vor dem Chaos, das er angerichtet hatte, in die Knie und grub seine Finger in den Wust der Chemikalien und Arzneien. Er bemerkte nicht, wie zwei spitze Scherben einer Phiole in die Haut seiner Hand schnitten. Auch die Hand, die sich ungeschickt, aber doch teilnahmsvoll auf seine bebende Schulter legte, nahm er zunächst nicht wahr.

»Charlotte hatte recht«, keuchte er. »Ich hätte auf sie hören sollen. Sie hätte mich gelehrt, was es heißt, seine Wünsche zu kontrollieren. Sie wußte, daß aus mir kein einfacher Arzt werden würde. Einer, der damit zufrieden ist, seine Patienten mit Hafertrank und Schwefelbalsam zu behandeln, ohne die Wirkung seiner Kur zu kennen. Aber was ist aus mir geworden?«

Langsam richtete er sich auf und blickte hinter einem Schleier von Tränen in die mitfühlenden Augen Caroline Richters. Gedankenverloren hielt er ihr seine blutige Hand entgegen.

»Sagen Sie es mir, Witwe Richter? Ist diese Hand, die Ihren Nachbarn Latwerge verabreicht, ohne zu wissen, was sie wirklich in ihrem Körper anrichten, das gedankenlose Werkzeug eines Mordes?«

»Hier war die Arzenei, die Patienten starben,
Und niemand fragte, wer genas!
So haben wir mit höllischen Latwergen
In diesen Tälern, diesen Bergen
Weit schlimmer als die Pest getobt.
Ich habe selbst den Gift an Tausende gegeben:
Sie welken hin, ich muß erleben
Daß man die frechen Mörder lobt.«

Mit ernster Miene beendete Caroline ihr Zitat und half ihrem Dienstherrn behutsam in einen Sessel am Kamin. Dann zündete sie ein Talglicht an, stellte es auf den Rand des steinernen Kamins auf einen verbeulten Zinnteller, holte sauberes Verbandszeug für Samuels Hand herbei und machte sich zuguterletzt daran, das Durcheinander auf dem Fußboden zu beseitigen.

Eine Ewigkeit sagte keiner ein Wort. Schließlich fragte Samuel: »Die Verse stammen von dem Dichter Goethe, nicht wahr? Wie kommt es, daß sich eine Frau wie Sie damit beschäftigt?«

»Weil ich nur eine Dienstmagd bin, denken Sie, Herr Physikus?« gab die Frau zurück.

»So habe ich es nicht gemeint«, erwiderte Samuel müde. »Sehen Sie mich an. Ich mache auf Sie und die Dorfbewohner doch auch nicht den Eindruck eines Arztes?«

»Nein, gewiß nicht!« Caroline lachte auf. »Aber genau dieser Umstand macht Sie auch zu einem Menschen, der glaubwürdig ist. Ich habe Sie in den vergangenen Wochen nicht aus den Augen gelassen. Sie wollen den Patienten mit Haut und Haaren verstehen. Sie beobachten und beziehen alle nur möglichen Umstände des Lebens in Ihre Diagnose mit ein, auch die geistigen. Und das ... braucht eben seine Zeit!«

»Vielleicht bin ich auf dem falschen Weg?« murmelte Samuel leise. »Möglicherweise würde Charlotte sich heute auch anpassen!«

»Um die Mittagsstunde ist übrigens ein Brief für Sie abgegeben worden, Herr Doktor!« Caroline zog ein zerknittertes Kuvert aus ihrer fleckigen Schürze und hielt es Samuel vor die Nase. »Von Ihrer Braut?«

»Wir werden am ersten Dezember in Dessau heiraten«, rief Samuel und schloß einen Herzschlag lang die Augen.

Henriettes Eltern hatten endlich ihre Zustimmung gegeben. Er blieb noch eine Weile sitzen, schwer atmend und erschöpft. Dann sprang er ungestüm auf, drückte der in gespielter Empörung zurückweichenden Dienstmagd einen Kuß auf die Wange und erklomm die Treppe zur Schlafkammer.

Der Einzug Henriette Hahnemanns in Gommern erregte weitaus größeres Aufsehen unter der Dorfbevölkerung als der ihres Gatten wenige Monate zuvor. Beinahe endlos erschien die Karawane der Knechte und Mägde, welche zwischen den Wagen auf der staubigen Dorfstraße und dem Haus des Amtsarztes hin und her eilten, um Schrankkoffer voller Kleider und Hüte sowie die Kisten mit feinem Leinen, Porzellan, italienischen Silberbestecken und sauber bestickten Kissen die schmale Stiege zu den Wohnräumen des Ehepaares Hahnemann hinaufzutragen.

»Als hätten drei Wochen lang die Räuber hier gehaust«, murrte Caroline verdrossen und dirigierte die Mägde in Hahnemanns Studierstube. Mißtrauisch beäugte sie die blonde junge Frau, die heiter mit den Knechten scherzte, während sie eine Unzahl geschmackloser Gemälde in schweren Goldrahmen prüfend an die Wände hielt.

Caroline trat an eine der Holzkisten heran und beugte sich neugierig über deren Öffnung. Ihr Blick fiel auf einen Fächer aus kostbarem Porzellan. Ehrfürchtig nahm sie ihn heraus und strich mit den Fingerspitzen über beide Seiten. Er war wunderschön, feiner als alles, was Caroline bisher gesehen hatte. Kunstvolle Hände hatten die Oberfläche mit zierlichen Bildern aus dem Berufsleben eines Arztes versehen. Caroline erkannte die Gestalt eines jungen Doktors am Bett seines Patienten, die Arzneiflasche in der einen, den Löffel in der anderen Hand.

»Von meinem Schwiegervater aus Meißen«, hörte Caroline plötzlich die helle Stimme ihrer neuen Herrin. »Sehen Sie nur, wie glatt die Oberfläche ist. Soviel ich weiß, kommt es auf eine gleichmäßige Brenntemperatur an.«

»Ich wußte nicht einmal, daß die Eltern des Doktors noch am Leben sind«, erwiderte Caroline verlegen und reichte Henriette den Fächer. »Er hat niemals von ihnen gesprochen!«

Henriette klappte das Geschenk ihres Schwiegervaters auf und stolzierte zwischen den Kisten herum. Übermütig drehte sie sich ein paarmal um die eigene Achse, als befände sie sich in einem Ballsaal. Caroline schürzte amüsiert die Lippen, und ein abschätziges Lächeln huschte über ihr Gesicht. Offenbar hielt die junge Frau ihre Ehe mit dem Doktor für das größte Abenteuer eines Menschen seit dem Aufstieg der Franzosen mit ihrer Luftgondel in den Himmel über Paris.

»Der Vater meines Gatten ist Porzellanmaler in der Albrechtsburg zu Meißen«, sagte Henriette. »Leider konnten er und seine Frau nicht an unserer Hochzeitsfeier teilnehmen. Es geht dem alten Herrn nicht allzugut.«

Mit diesen Worten trat sie an das kleine Fenster, welches den Blick auf die gefrorene Erde des Kräutergartens freigab. Caroline ertappte sich dabei, wie sie jede Bewegung der jungen Frau verfolgte.

»Im Frühjahr werde ich Gewürzkräuter anpflanzen«, erklärte Henriette und stieß schwungvoll das Fenster auf.

Caroline schwieg. Sie hatte Henriette nichts davon erzählt, daß sich der Physikus abends oft stundenlang in seiner Studierstube einschloß und dort wie ein gehetztes Tier auf und ab ging. Das mußte sie allein herausfinden. Caroline hingegen besaß genug Menschenkenntnis, um zu wissen, daß die junge Frau Hahnemann entweder genügend Lebensfreude und Vertrauen in die Zukunft hatte, um dem trübsinnigen Haushalt des Doktors seinen Frieden zu geben, oder an Gommern zugrunde gehen würde.

Drei Tage später betrat der Lehrjunge eines Tischlermeisters, dessen Werkstatt am Dorfausgang lag, schreckensbleich das Haus.

Henriette und Caroline Richter standen in der Küche und zankten sich um ein Rippenstück, für das der Fleischer der jungen Frau des Arztes zuviel Geld abgeknöpft hatte.

»Wo ist der Physikus?« schrie der Junge aufgeregt, als er die beiden Frauen erblickte. »Er muß sofort zu Meister Nossgen kommen!«

»Was ist geschehen?« fragte Henriette und warf das blutige Rippenstück vor Carolines entsetzten Augen in den Spülstein.

Der strohblonde Junge schluchzte geräuschvoll. Er war vielleicht dreizehn Jahre alt, jedoch ziemlich klein. Henriette fragte sich, warum dieses Bürschchen von seinem Vater ausgerechnet zu Meister Nossgen in die Lehre gesteckt worden war. Aber vermutlich hatte der keine große Wahl gehabt. Nach den letzten Mißernten des vergangenen Sommers ging es den Bauern der Umgebung mehr schlecht als recht.

»Der Meister ist tobsüchtig«, stöhnte der Lehrling, während ihm Tränen der Angst und Verzweiflung über die Wangen rollten. »Er ... er wollte mich erschlagen!«

»Kein Wunder, daß man an einem solchen Ort tobsüchtig wird«, drang plötzlich eine Stimme aus dem Nebenraum. Samuel war durch seine Schreibstube gekommen und hatte die letzten Worte des Jungen aufgeschnappt.

»Also wirklich, Dr. Hahnemann«, ereiferte sich Caroline, »darüber treibt man keine losen Scherze. Sehen Sie nicht, daß der Kleine ganz und gar aufgelöst ist?«

»Er soll meinen Teppich nicht mit seinen Tränen unter Wasser setzen und mich lieber zu seinem Herrn führen.«

Vor der zur Dorfstraße offenen Werkstatt des Tischlers hatte sich bereits eine Traube heftig diskutierender Menschen versammelt. Unter ihnen standen die weinende Frau des Meisters und zwei verängstigte Kinder, die sich zitternd an den Rock der Mutter klammerten. Aus der Werkstatt drangen gräßliche Schreie auf die Straße, die von polternden Geräuschen untermalt wurden.

»Rasch, Physikus!« Ein Bauer winkte Samuel zu sich, als er mit dem verheulten Lehrling im Schlepptau das Gebäude erreichte. »Nossgen schlägt alles kurz und klein! Mit einem Holzschemel ist er auf seine Frau losgegangen. Er hat sie nicht einmal erkannt, als sie seinen Namen gerufen hat!«

Samuel trat langsam auf die Werkstatt zu und stieg dabei über die Trümmer von Tischen, Stühlen und anderen Gegenständen. Das Schreien wurde lauter. Unheimlich drang die verzerrte Stimme des Tobenden auf die Gasse.

In der Werkstatt war es fast dunkel. Der Tischler mußte in seiner Raserei die Läden geschlossen haben. Dennoch machte Samuel ihn sogleich aus. Der Mann stand an seiner Hobelbank und summte ein unverständliches Lied. Dabei wiegte er seinen massigen Körper von einer Seite auf die andere, fast so, als wolle er seine Werkbank zum Tanz auffordern. Samuel wurde es zunehmend wärmer. »Meister Nossgen«, sprach er ihn schließlich an. »Ihre Frau und Kinder sind da draußen auf der Gasse. Wollen Sie nicht mit uns gehen?«

Der Mann starrte mit verwirrten Augen auf seine Hände. Dann hob er den Kopf und sah Samuel an. »Ich kenne dich nicht!«

»Aber ich kenne Sie, Meister. Sie sind ein geschickter Mann, der seit Jahren friedlich mit den Menschen in diesem Ort lebt.« Samuel machte einige Schritte auf den Wahnsinnigen zu. Plötzlich stolperte er über ein herumliegendes Stück Holz. Er taumelte und suchte Halt an der Kante der Hobelbank.

Mit einem wilden Aufschrei warf sich der Tischler über ihn. Seine Hände legten sich um Samuels Schultern und versuchten, seinen Kopf auf die Schneide des messerscharfen Hobels zu drücken. Samuel stemmte sich keuchend dagegen. Aber der Tischler war stärker als er. Unnachgiebig schob er ihn auf die Schneide zu.

Plötzlich flog die Tür auf, und der Schmied stürzte in die Werkstatt. Er umkreiste die Hobelbank und ergriff einen hölzernen Hammer, der an der Wand neben dem Fenster zum Hof lehnte, und schlug ihn dem Tischler mit aller Kraft in den Rücken. Der Mann schrie auf und ließ für einen Moment von Samuel ab. Hahnemann nutzte die Gelegenheit und richtete sich von der Werkbank auf. Sein Brustkorb schmerzte so sehr, daß er kaum atmen konnte. Dennoch griff er geistesgegenwärtig nach dem Arm des Tischlers. Der Tobsüchtige drehte sich überrascht zu ihm um und starrte ihn aus blutunterlaufenen Augen haßerfüllt an. Im selben Augenblick traf ihn der zweite Schlag. Ohnmächtig sackte die massige Gestalt neben der Hobelbank zu Boden.

»Wir müssen ihm Fesseln anlegen«, keuchte der Schmied. »Dort hinten auf dem Schemel liegen einige Seile!«

Die Menschen wichen scheu zurück, als Samuel und der Schmied den Tischler fest verschnürt hinter sich aus der

Werkstatt zogen. Laut schreiend riß sich die Frau des Wahnsinnigen von ihrer Nachbarin los und warf sich weinend vor ihrem Mann in den Staub.

»Was soll aus uns werden, wenn Sie ihn in den Narrenturm schleifen, Herr Hahnemann?« stöhnte sie und blickte Samuel vorwurfsvoll in die Augen. »Man sagt, Sie haben auf alles eine Antwort!«

Samuel schüttelte den Kopf und hielt der Frau seine Hand hin, um ihr aufzuhelfen. Aber sie tat so, als sähe sie es nicht.

»Er hätte sie und die Kinder erschlagen«, erklärte der Schmied leise. »Eines Tages wird sie verstehen, daß es in diesen unruhigen Zeiten für eine Dorfgemeinschaft nichts Schlimmeres geben kann als Feinde im Innern.«

Müde beobachtete Hahnemann, wie einige Männer den noch immer bewußtlosen Mann an seinen Fesseln auf einen Karren hievten. Einer von ihnen stieg auf den Bock und schaute fragend zum Physikus herüber. Samuel zögerte einen Herzschlag lang. Dann gab er dem Fuhrmann das Zeichen, und der Karren setzte sich in Bewegung.

Der Narrenturm in Samuels Amtsbezirk lag etwa eine Wegstunde abseits in einem Waldstück, das noch trostloser war als die Dorfstraße von Gommern. Es bestand aus einem einstöckigen Gebäude und war von dichtem Gestrüpp und hohen Mauern umgeben. Nirgendwo waren Fenster zu entdecken, und Samuel fragte sich unwillkürlich, wie wohl das Tageslicht seinen Weg in dieses Bauwerk finden sollte.

Über dem Ort lag eine geisterhafte Stille. Nicht einmal aus dem Wald drangen Geräusche zum Haus herüber, und als Samuel den Klingelstrang betätigte, war ihm beinahe, als verfange sich der kreischende Ton wie der Schrei eines Sterbenden im Mauerwerk. Minuten vergingen, ehe ein Mann die Tür öffnete. Er war mittelgroß und überaus hager. Seine Augen blickten matt und glanzlos.

Zu wenig Luft und keine Sonne, konstatierte Samuel trocken. Ein lebendes Gerippe.

»Sie sind der Physikus aus Gommern«, schnarrte der Mann und unterdrückte ein Gähnen. »Wir haben Ihren Brief erhalten. Treten Sie näher!«

Samuel schob sich an dem Pförtner vorbei und betrat einen kleinen Vorhof, von dem mehrere überdachte Gänge abzweigten. Die Mauern waren von Ruß geschwärzt, als habe es erst vor kurzer Zeit gebrannt.

»Wir sind nicht auf Besucher eingerichtet«, erklärte der hagere Mann vorwurfsvoll und schlug das schwere Tor unerwartet schwungvoll ins Schloß. »Aber wenn es sein muß, so werde ich Sie herumführen, bis mein Herr Zeit für Sie findet!«

»Ich bin kein Besucher«, gab Samuel barsch zurück. Seine Augen fielen auf die Lederkatze, die von dem breiten roten Gürtel des Pförtners baumelte. Er fühlte sich zunehmend unbehaglich. »Ich mußte einen Mann aus meinem Bezirk in die Obhut des Turmes geben und möchte es nicht versäumen, das Haus einer Inspektion zu unterziehen.«

»Ins...pektion?« stammelte der Hagere und brach in ein wieherndes Gelächter aus. Noch immer lachend, führte der Pförtner Samuel durch die Gänge bis an den Fuß einer Wendeltreppe, die sich in einen kaum überschaubaren, finsteren Abgrund hinabschlängelte. Die schmalen Stufen waren mit Stroh ausgelegt, von dem ein aufdringlicher Gestank emporstieg. Samuel rümpfte angewidert die Nase, während sein Führer wie ein ungezogenes Kind kicherte.

»Ist nichts für die feine Nase eines Doktors, nicht wahr, Herr?« Der Pförtner kratzte sich am Schädel.

»Deine Unverschämtheit wird dir schon noch vergehen, Kerl!« rief Samuel verärgert. »Wo steckt dein Herr? Ich verlange, daß *er* mich durch die Räumlichkeit führt!«

»Aber gewiß, Physikus Hahnemann. Es wird mir eine Ehre sein!« erklang eine tiefe Stimme hinter ihm. Aus dem

Schatten löste sich die Gestalt eines kräftigen Mannes mit schwarzem Vollbart. Er trug einen einfachen braunen Rock über einem leicht vergilbten Leinenhemd, das gut zu der düsteren Umgebung paßte. Mit einem breiten Lächeln streckte er Samuel beide Hände zur Begrüßung hin. »Ich bitte um Verzeihung, daß ich Sie nicht sogleich empfangen konnte, aber mein neuer Assistent ist erst vor wenigen Minuten im Hause eingetroffen und mußte eingewiesen werden. Hoffentlich hat dieser Idiot mit seinem frechen Mundwerk Sie nicht belästigt!« Mit einer abschätzigen Handbewegung hieß der Mann seinen Untergebenen zur Seite zu treten.

»Es tut mir leid, daß ich erst heute meiner Pflicht nachkomme und Ihrem Haus meinen Besuch abstatte«, sagte Samuel, »aber …«

»… es zieht Sie nicht gerade mit Begeisterung an einen Ort wie diesen?« ergänzte der Vorsteher des Narrenturmes. »Kommen Sie, machen wir es kurz und schmerzlos!«

Mit diesen Worten lud er Hahnemann ein, ihm die verwinkelten Stufen hinab in den finsteren Schlund zu folgen. Grausige Laute, die aus versteckten Nischen im Mauerwerk zu kommen schienen, begleiteten ihren Abstieg. Endlich gelangten sie an eine Wand, an der einige Pechfackeln befestigt waren. Zwischen ihnen befanden sich, kaum sichtbar, vergitterte Löcher mit klobigen Türen.

»Hier unten sind die leichteren Fälle untergebracht«, erläuterte der Vorsteher und tastete prüfend das Gitter vor einem der finsteren Verschläge ab. »Sie dürfen gerne einmal hineinschauen!«

Samuel lehnte sich vorsichtig gegen das Gitter. Ein Gefühl drückender Übelkeit überfiel ihn. Übelkeit und Panik. Er hatte Henriette nichts von seiner Inspektion erzählt. Wenn man ihn nun in dieses Höllenloch stieß, würde kein Mensch ihn jemals wiederfinden. Er blickte durch die Stäbe. Das Licht der brennenden Fackel fiel auf ein kastenartiges Gestell mit einer Schütte aus verfaultem Stroh. Darauf lag, beide Hände festgebunden, ein Mann in einem groben Sacktuch. Seine Haare hingen ihm lang und verfilzt ins Gesicht. Als er Samuel bemerkte, begann er zu wimmern. Empört drehte sich Samuel um.

»Wenn dieser Mann zu den leichten Fällen gehört, wie verfahren Sie dann erst mit den schweren? Schmutz und Gestank werden doch wohl kaum zum Heilungsprozeß beitragen. Handeisen im übrigen auch nicht!«

Der Vorsteher musterte Samuel argwöhnisch. Möglicherweise begriff er allmählich, daß es ein Fehler gewesen war, den neuen Physikus in den unteren Trakt zu führen. Trotzdem rang er sich ein Lächeln ab. »Glauben Sie wirklich, daß diese Kreaturen geheilt werden können? Wir verschaffen ihnen Linderung. Dafür sind sie uns dankbar. Aber die Linderung ihrer Seelenqual erfolgt nur durch Abgeschiedenheit von der menschlichen Gesellschaft, Herr Doktor. Verstehen Sie, nur in völliger Stille und Dunkelheit findet er wieder von neuem zu sich selbst. Aber ich möchte Ihnen noch etwas zeigen.«

Widerwillig ließ sich Samuel weiter in die Tiefe des Gewölbes hinabführen. In der Mitte des Ganges erkannte er ein hohes Gerüst mit Scharnieren, Rädern und Winden. An langen Seilen hing ein Stuhl herab, der mittels einer Kurbel in Schwingungen versetzt werden konnte.

»Ein Engländer hat diese Drehmaschine erfunden, Doktor Hahnemann«, bemerkte der bärtige Mann hastig. »Wenn mein Wärter die Kurbel bedient, kann der Kranke etwa sechzigmal um seine eigene Achse geschleudert werden. Was glauben Sie, welche Wirkung dies erzeugt?«

»Übelkeit, Schwindelgefühl, Erbrechen, Herzrasen und Blutergüsse?« Samuel blickte sehnsüchtig zur Treppe zurück. Warum hörte er sich diesen Unfug eigentlich noch an?

»Irrtum, Herr Doktor. Sein Blut wird in das verwirrte Gehirn zurückgetrieben. Fünf Minuten auf dem Stuhl, und der Tobsüchtige ist sanft wie ein Lamm!«

Samuel war anderer Meinung. Sein amtlicher Bericht über die Zustände im Narrenturm seines Bezirks würde dem anmaßenden Kurpfuscher und seinem Gehilfen gewiß nicht gefallen.

»Ich wünsche nicht, daß der Tischler Nossgen aus Gommern mit dieser Foltermaschine malträtiert wird, Herr«, sagte er schließlich. »Lieber nehme ich ihn in meinem Haus auf. Wohin führt diese Tür?« Samuel deutete auf ein schmales, mit mehreren Schlössern gesichertes Portal.

Der Vorsteher erbleichte. Unruhig blickte er sich nach dem hageren Pförtner um, aber der Wärter war anscheinend nicht in der Nähe. »Ein schwerer Fall von ... Fallsucht. Die Insassin ist sehr gefährlich. Ich habe striktes Reglement, keinen Menschen zu ihr zu lassen. Nicht einmal meinen Gehilfen.«

»Eine Frau?« Samuel zog scharf die widerliche Luft ein. »Sie halten eine Frau hinter dieser Pforte fest?«

»Seit vielen Jahren«, verteidigte sich der Vorsteher. »Schon vor meinem Dienstantritt war sie in der Zelle. Niemand hat sie je gesehen. Die Nahrung reiche ich ihr persönlich durch diese Spalte im Holz. Zweimal am Tag schiebt sie eine Holzschale mit ihrer Notdurft und das leere Eßgeschirr zurück.«

»Wie umsichtig von ihr«, spottete Samuel und bedachte den kleinlaut gewordenen Vorsteher mit einem verächtlichen Seitenblick. »Trotz ihrer gefährlichen Tobsucht scheint die Frau großen Wert auf Etikette zu legen. Dabei haben Sie offensichtlich noch nie erlebt, daß die Inhaftierte einen Anfall hatte. Öffnen Sie die Pforte!«

»Nein!« entgegnete der Vorsteher empört und schlug mit der Faust gegen das Holz der Tür. Dumpf hallte das Echo von den groben Steinmauern. »Ich habe meine Order!«

»Ihre Order interessiert mich einen Dreck. Als amtlicher Physikus des Bezirks brauche ich keine besondere Vollmacht, um nach neuen Patienten zu sehen.«

Einen Moment lang sah es aus, als wolle sich der Vorsteher

auf ihn stürzen. Dann atmete er kurz durch und sagte leise: »Das werden Sie noch bereuen.« Mit zitternden Fingern zog er sein Schlüsselbund aus der Rocktasche und machte sich daran, die Schlösser vor der Tür zu öffnen.

»Ich werde nicht mit Ihnen hineingehen, Doktor Hahnemann! Sollte diese … Kreatur hinter der Tür Sie anfallen, dürfen Sie nicht mit meiner Hilfe rechnen. Man sagt, sie wittere Menschenblut von weitem und habe sich die Zähne geschliffen wie ein wildes Tier, das auf Beute aus ist!«

»Woher wollen Sie das wissen, Herr? Haben Sie nicht eben erklärt, Sie hätten die Kranke niemals zu Gesicht bekommen? Und nun halten Sie besser den Mund und reichen mir eine der Pechfackeln!«

Samuel holte tief Luft. Was er vorhatte, war der reinste Irrsinn. Doch nun gab es kein Zurück mehr. Langsam schob er sich in die dunkle Zelle der Tobsüchtigen vor, den Blick stets auf den Türspalt gerichtet. Er mußte wissen, warum man eine Frau über Jahre hinweg in ein finsteres Loch steckte – und wie sie diese Behandlung hatte überleben können.

Vorsichtig, den rechten Arm weit ausgestreckt, hielt er die Fackel in die Zelle und leuchtete sie aus, bis das Licht auf eine Gestalt fiel, die sich leise wimmernd in einen dunklen Winkel hinter ihrer Kastenpritsche verkroch. Geblendet von dem plötzlichen Lichteinfall, hielt sie beide Arme vor ihr Gesicht. Dennoch glaubte Samuel, über der Kinnbeuge etwas Weißes aufblitzen zu sehen. Die scharf gefeilten Zähne, schoß es ihm durch den Kopf. Aber das konnte nicht sein. Woher sollte die Unglückliche die nötigen Instrumente genommen haben?

Die Frau war nicht groß, aber vollkommen unförmig. Fettwülste hingen ihr vom Leib und hatten im Laufe der Jahre ihr Kleid, welches, dem gemusterten Seidenstoff mit den Silberfäden nach, gewiß einmal kostbar gewesen sein mußte, an vielen Stellen aufreißen lassen. Wo der Stoff heil geblieben war, spannte er sich wie eine Wursthaut um Brust und Bauch.

Hände und Füße waren gerötet, aber längst nicht so wund, wie Samuel erwartet hatte. Auf dem Kopf thronte eine zerraufte, von Staub und Schmutz völlig verdreckte Lockenperücke. Die Zelle selbst hingegen war überraschend sauber.

»Können Sie mich verstehen, Frau?« wisperte Samuel verhalten. Er war sich nicht sicher, ob der Vorsteher dieser Hölle nicht an der Tür lauschte. Die fette Frau antwortete ihm nicht. Immerhin nahm sie ihre fleischigen Arme vom Gesicht und starrte Samuel aus erloschenen Augen an.

»Warum hält man Sie in diesem Trakt fest? Können Sie mir das sagen?«

Die Unbekannte reagierte nicht, dennoch spürte Samuel, daß die Frau seine Worte durchaus verstand. Warum antwortete sie nicht? Hatte sie in den Jahren ihrer Gefangenschaft verlernt zu sprechen?

Als Samuel mit seiner Fackel die Wände streifte, bemerkte er zu seinem Erstaunen, daß die Mauern voll von Bildern und Gekritzel waren. Verblüfft trat er näher, um die Zeichnungen genauer zu betrachten. Zahlen waren zu sehen. Zahlen und Wörter in einer Sprache, die weder Deutsch noch Latein war.

»Madame, haben Sie das geschrieben? Warum schweigen Sie? Ich will Ihnen helfen.« Ratlos wandte er sich zu der regungslos kauernden Gestalt in dem zerfetzten Seidenkleid um. Von draußen wurde heftig an die Tür geklopft.

»Wo bleiben Sie, Physikus?« hörte er die Stimme des Vorstehers ungeduldig rufen, und ein Schnauben überzeugte ihn, daß sich auch der hagere Aufseher wieder eingefunden hatte.

»Ich muß gehen, aber ich werde wiederkommen, Madame.«

»Nein!«

Der schrille Aufschrei fuhr Samuel durch alle Glieder. Als er sich umdrehte, stand die sonderbare Gefangene direkt vor ihm. Vor Schreck wich Samuel einen Schritt zurück und schlug die Pechfackel gegen das Mauerwerk.

»Ich weiß, wer du bist«, krächzte die fette Frau und entblößte eine Reihe schwarzer Zahnstümpfe. »Der Junge aus der Meißener Albrechtsburg, Cosmos kleiner Liebling!« Sie lachte kreischend auf, schlug sich dann aber selbst auf den Mund. Ihre Augen fixierten Samuel bedrohlich. Ihr saurer Atem schlug ihm entgegen. Plötzlich erkannte er auch, wen er vor sich hatte. Sein Gefühl hatte ihn also doch nicht getrogen. Aber war dies überhaupt möglich? Hatte man ihm damals nicht erzählt, sie sei nach ihrem Sturz in der Jungfernbastei gestorben?

»Gräfin Staricka ... Sie sind hier, in dieser ...« Samuel fehlten vor Aufregung die Worte.

»Cosmo?« stammelte die vermeintlich Wahnsinnige. »Was ist aus Giovanni geworden?«

»Er ist ermordet worden. Vor Jahren schon. Ich war damals noch ein Knabe.«

»Dann haben diese Teufel ihn also doch noch erwischt.« Die Gräfin verzog das Gesicht zu einem boshaften Lächeln. »Die Loge und ihr großer, wie nannte ihn Cosmo, *Leuchtender*?«

Die Gräfin brach in ein wildes Gelächter aus, das Samuel an den Schrei eines Raubvogels erinnerte. Angewidert schüttelte er den Kopf. Warum mußte ihn diese Hölle denn immer wieder heimsuchen, wohin er auch ging? Jahrelang hatte er vermieden, an die gefährlichen Logenbrüder auch nur zu denken, die seinen Lehrer ermordet und auch ihm nachgestellt hatten. Und nun brachte die Gräfin, von der selbst Cosmo geglaubt hatte, sie wäre längst tot und begraben, alles wieder zurück, selbst die Nacht im Keller des Geheimbundes in Rosenthal, in der er Henriette kennengelernt hatte.

»Ich ... komme wieder«, rief er der Gräfin hastig zu und verließ die Zelle. Ihr Kreischen wurde vom dumpfen Hall der zuschlagenden Tür verschluckt.

»Nun, Doktor Hahnemann?« Der Vorsteher und sein hagerer Gehilfe beobachteten ihn argwöhnisch. »Habe ich Ihnen nicht gesagt ...«

»Ich habe die Frau untersucht, Herr«, schnitt ihm Samuel das Wort ab, als er die Treppe zum Ausgang hinaufstieg. »Sie leidet unter keinen akuten Anfällen von Tobsucht mehr. In den nächsten Tagen werde ich ihre Entlassungspapiere unterzeichnen.«

Die beiden Männer warfen einander vielsagende Blicke zu. Der dürre Pförtner tastete nach dem Ochsenziemer an seinem Gürtel. »Völlig unmöglich, Physikus. Das verwanzte Weib ist auf allerhöchsten Befehl im unteren Trakt untergebracht. Ich will verdammt sein, wenn ich …«

»Wenn Er meinen Anordnungen widerspricht, wird Er morgen früh das Haus verlassen«, erwiderte Samuel mit einer Ruhe, die ihn selbst überraschte.

»Nun gut. Sie sind der Physikus. Aber ich muß Seiner Exzellenz, Hofrat Clarus, Meldung machen, ehe ich die Papiere ausfertigen lasse.« Mit einem wütenden Blick bedeutete der Vorsteher seinem Wärter, endlich die Peitsche sinken zu lassen und dem Arzt den Weg freizugeben.

Ein junger Mann stand an einem der Fenster im oberen Stockwerk des Hauses, als Hahnemann sein Pferd durch das Tor lenkte. Er war Schreiber und hatte seinen Dienst erst vor wenigen Tagen angetreten.

»Wer war der Mann, den der Wärter eben durch das Tor ließ?« fragte der junge Beobachter, als er den Vorsteher mit schweren Schritten eintreten hörte.

Der Ältere nahm an seinem Schreibtisch Platz. »Das war der von Amts wegen bestallte Physikus des Bezirks. Er fordert die Freigabe eines Insassen. Der Teufel soll ihn holen!«

»Die Freigaben eines Wahnsinnigen?« Der junge Mann drehte sich um und sah, wie sein Herr selbst zur Feder griff und sie schwungvoll ins Tintenfaß tauchte.

»Es handelt sich um unsere graue Frau im niederen Zellentrakt. Doktor Hahnemann will sie in fünf Tagen abholen. Deshalb schreibe ich an Clarus. Soll der Hofrat sich mit diesem Doktor Neunmalklug herumärgern.«

Der neue Schreiber wurde bleich. Ungläubig starrte er auf seinen Herrn am Schreibtisch. »Hahnemann heißt der Arzt?« flüsterte er heiser vor Erregung. *»Samuel Hahnemann?«*

Überrascht blickte der Vorsteher auf und verzog geringschätzig das Gesicht. »Jawohl, zum Teufel. Aber was geht Sie das an? Kennen Sie diesen Wichtigtuer?«

»Nein, eigentlich nicht ... das heißt, nur sehr flüchtig«, stotterte der Schreiber verlegen. »Ein ... alter Freund von mir kennt ihn! Aus ihrer gemeinsamen Leipziger Studentenzeit. Soviel ich weiß, haben sie sich ... nun, sagen wir, aus den Augen verloren.«

Nachdem der Vorsteher den Raum verlassen hatte, nahm der junge Schreiber die Depesche für den Hofrat aus der schwarzen Schreibmappe. Verstohlen lauschte er, ob Schritte auf dem Korridor zu hören waren. Doch er vernahm keinen Laut. Der Wärter unternahm wahrscheinlich einen seiner Rundgänge und drosch auf die Tobsüchtigen ein, während sein Herr wohl schon auf halbem Weg in die nächste Schenke war, um sein Elend in billigem Weinbrand zu ertränken. Ein ehrbares Haus, dachte der junge Mann verächtlich und brach, ohne mit der Wimper zu zucken, das Siegel auf dem Umschlag auf. Ein Gefühl des Triumphes durchströmte ihn, als er die Zeilen seines Herrn an den Hofrat überflog. Den Namen Hahnemann hatte er niemals vergessen. Es war der Zufall eines Narren, daß er in dieser Einöde wieder auf ihn gestoßen war.

Der Schreiber zündete ein Talglicht an und hielt das Schreiben seines Herrn in die Flamme, bis es zu Asche verbrannt war. Dann nahm er einen Bogen Papier, setzte sich an seinen Schreibtisch und verfaßte eine neue Depesche. Der törichte Vorsteher, der sicher längst betrunken bei einer Hure lag, würde es niemals herausfinden. Soviel stand fest.

Genußvoll drückte der junge Mann seinen breiten Ring, von

dem bereits der erhitzte rote Lack troff, auf das Kuvert seiner Depesche. »Du willst also deine alte Bekannte aus unserer Obhut holen, Samuel Hahnemann? Versuche es, aber glaube nicht, wir hätten dich vergessen.«

Als er den Siegelring zurückzog, zeichnete sich inmitten des vergilbten Papiers ein leicht verschwommenes Wappen ab. Zufrieden begutachtete der junge Schreiber sein Werk: Es war ein kleines, rundes Haupt, von welchem die Haare wie drei tanzende Schlangen zur Seite standen.

Rasch steckte er die Depesche in seine Schreibmappe, löschte das Licht und verließ die Stube.

21. Kapitel

Zwei Tage später erhielt Samuel einen Brief, der ihn beinahe niederschmetterte. Man hatte die Gräfin Staricka aus dem Narrenturm geholt und somit der Zuständigkeit des Physikus von Gommern entzogen.

»Wo hat man sie hingebracht?« brüllte Samuel den Boten an, der dümmlich grinsend auf der Treppe des Hauses stand.

»Keine Ahnung«, grunzte der Mann und spuckte ein Stück Kautabak hinter sich in den Kräutergarten. »Weiß nur, daß drei Kerle die Alte aus ihrem Verschlag gezerrt und in Ketten aus dem Haus geschleift haben. Hat geheult wie'n Wolf, unsere graue Frau!«

Damit drehte er sich um, sprang die Stufen hinunter und verschwand.

»Hol mir mein Pferd aus dem Stall, Henriette!« rief Samuel außer sich vor Zorn. »Ich reite noch heute nach Magdeburg. Ehe ich diese Frau nicht gesehen habe, behandle ich im Bezirk Gommern niemanden mehr.«

Er versuchte, an Henriette vorbei ins Haus zu stürmen, aber seine Frau versperrte ihm den Weg. Sie blickte ihn bekümmert an. »Samuel, laß die Sache auf sich beruhen. Du hast doch gehört, daß die Verrückte auf Weisung der Obrigkeit abgeholt wurde.«

»Was heißt das schon? Bin ich hier der Amtsarzt oder nicht?« gab er schroff zurück und nahm seinen Hut vom Regal. Henriette ließ sich aber nicht abschütteln. Energisch schloß sie die Tür und gab Caroline ein Zeichen, sich zu entfernen. Dann wandte sie sich Samuel zu.

»Seit ich in Gommern bin, muß ich mit ansehen, wie du gegen Gott und die Welt streitest. Du verschreibst weder Arsen noch Bleikuren und beschimpfst die Schröpfer und Bader als Mörder am Patienten. Nun gut, das ist eine Sache. Sich aber auch noch die Obrigkeit zum Feind zu machen, ist eine andere!«

»Was willst du mir damit sagen, Weib?« herrschte Samuel sie an. »Daß ich diese Dinge akzeptieren soll, ohne meine Meinung zu sagen? Hast *du* jemals einem Menschen die Haut blutig geschnitten, Saugnäpfe angelegt oder einen stinkenden Narrenturm visitiert?«

»Nein, aber ich möchte auch nicht, daß sie dich mit Schimpf und Schande aus dem Amt jagen und wir drei auf der Gasse enden!«

Samuel stutzte. Unter Henriettes gestärkter weißer Haube schob sich eine blonde Locke hervor, die sich bei jeder Bewegung ihres Kopfes auf und nieder bewegte.

»Werden sie schon nicht. Das heißt ...« Er stutzte. »Wir *drei*?«

»Was bist du eigentlich für ein Arzt?« flüsterte Henriette und führte Samuels Hand sachte zu ihrem Bauch. »Ich erwarte ein Kind, Doktor Hahnemann. Caroline hat es als erste entdeckt. An der Färbung meiner Augen, hat sie gesagt. Die Frau versteht sich auf so etwas.«

Samuel zog seine Hand zurück und schüttelte seufzend den Kopf. Als er Henriette in die Stube führte und ungeschickt in ihren Lehnstuhl drängte, war sein Zorn wie weggeblasen.

»Ich habe es mir überlegt«, erklärte er schließlich und nahm die Tabakspfeife vom Kaminsims. Versonnen strich er mit den Fingern über das kühle Holz. »Ich werde keine Anzeige erstatten. Wer auch immer mir im Nacken sitzt und seine Intrigen spinnt – im Augenblick gibt es Wichtigeres.«

»Aber du wirst auch nicht in Gommern bleiben, habe ich recht?« fragte Henriette und lehnte sich erschöpft zurück. »Deine chemischen Experimente, die Besuche in Dresden und die Arbeit an den Übersetzungen aus dem Griechischen ... Du führst doch etwas im Schilde, Samuel?«

In gespielter Verzweiflung lachte Hahnemann auf. Henriette war weiß Gott keine Gelehrte. Schlug sie ein Buch auf, so nur, um über Gedichten oder romantischen Novellen zu träumen. Andererseits verfügte sie über eine Menschenkenntnis, die ihn nicht selten staunen ließ. Ihr konnte niemand etwas verheimlichen. Als Arzt beneidete er sie um diese kostbare Gabe.

»Ich werde einige Zeit nicht praktizieren, Henriette. Es geht einfach nicht mehr! Nicht auf die Weise meiner Kollegen. In Dresden habe ich viel mehr Möglichkeiten, den wahren Ursprüngen von Krankheiten und ihrer Therapien mit Arzneien auf den Grund zu gehen, verstehst du?«

Henriette nickte und verbarg ihre sorgenvolle Miene hinter einem Fächer.

Es war beinahe zum Lachen. Da hatte sie geglaubt, Samuel zur Vernunft gebracht zu haben, und nun? Vor ihnen lag die Ungewißheit eines Wanderlebens.

»Dresden also«, sagte sie mit fester Stimme und erhob sich. »Ich werde Caroline Bescheid sagen, daß sie mir bei den Vorbereitungen zur Hand geht!«

Zweimal mußten sie ihre Abreise aus der kleinen Siedlung verschieben. Henriette kränkelte und fühlte sich nicht wohl genug, um Samuels Planwagen zu besteigen, der mit seinem schmutzigen Verdeck aus weichem Leder wie ein drohendes Ungeheuer hinter dem Haus auf sie lauerte.

So kam es, daß Henriette ihr erstes Kind, ein Mädchen, in Gommern zur Welt brachte. Als Samuel das schreiende Bündel zum ersten Mal in den Armen hielt, traten ihm die Tränen der Erleichterung in die Augen. Die Geburt selber hatte er nicht miterlebt. Caroline hatte ihren Dienstherrn höchstpersönlich am Rockkragen aus dem Raum gezerrt und die Entbindung mit einer uralten Frau aus dem Nachbarort allein vorgenommen.

»Ich möchte, daß sie den Namen ihrer Mutter trägt«, verkündete Samuel, nachdem der Pastor des Ortes ihr Haus verlassen hatte, um die Taufe der Kleinen vorzubereiten.

Henriette nickte ihm müde und noch immer geschwächt zu.

Sechs Wochen später lenkte der ehemalige Physikus von Gommern sein Gefährt durch das südliche Stadttor der Residenz Dresden.

Der Zollschreiber verlangte genaue Auskünfte über Samuels Stand, Herkunft und Begehren, ließ ihn aber schließlich passieren. Bei einem armen Dorfarzt gab es nichts zu holen.

Neugierig spähte Henriette durch die vom Regen durchweichte Lederplane. Ihr erster Eindruck war ein sonderbarer Kontrast zwischen Prachtentfaltung und bitterer Armut. Die Spuren des preußischen Angriffs von 1760 waren besonders in den ärmeren Vierteln noch deutlich zu erkennen. Trümmerhaufen, über die zerlumpte Kinder kletterten, Häuser, in deren verfallenen Mauern noch die feindlichen Granatsplitter steckten. Dazwischen wuchsen neue, glanzvolle Palais in den Himmel. Breite Straßen, wo einst ein Gewirr aus Gassen sich bis zum Alten Markt gezogen hatte, lagen gradlinig und frisch gepflastert im Schatten grüner Laubbäume und boten den Offizieren der kurfürstlichen Garde genügend Raum zum Exerzieren. An den Ecken prangten unzählige Laternen.

Samuel erkannte die Stadt kaum wieder, in der er als Kind so oft Kurierdienste für die Gräfin und Cosmo ausgeführt hatte. Über Dresden lag die Heiterkeit ausgestandener Kriegsschrecken. An die Vergangenheit mochte man hier nicht denken. Der Kurfürst strebte danach, aus Sachsen ein Königreich zu machen, um den Preußen von neuem die Stirn zu bieten. Auf der anderen Seite führte der Monarch ein mildes Regiment, setzte sich für den Frieden ein und förderte den Aufbau von Kirchen und Manufakturen nach Kräften.

Durch einen glücklichen Umstand fanden die Hahnemanns

ein kleines Haus, das zwar etwas ärmlich wirkte, jedoch für einen niedrigen Mietzins zu haben war. Einrichtung und Haushalt überließ Samuel seiner Frau. Er selbst besetzte lediglich eine winzige Mansardenstube, deren Fenster direkt auf die Frontseite des Hôtel de Pologne hinaus wies und stopfte es sogleich mit einem Sammelsurium von Kolben, Destilliergeräten, Phiolen, Chemikalien, Drogen und Büchern voll, was Henriette zu einem wütenden, aber erfolglosen Protest veranlaßte.

Hahnemann nahm seine alten Gewohnheiten wieder auf. Stundenlang verschwand er in seiner Kammer, um Übersetzungen medizinischer Autoritäten vorzunehmen. Patienten gegen Geld zu behandeln lehnte er hingegen strikt ab und ließ sich auch von Henriette nicht umstimmen. Dafür erweiterte er in den folgenden Monaten sein Wissen im Bereich der Chemie und verfaßte eine Schrift über die Behandlung von Geschwüren, welche seine Kollegen noch immer den städtischen Badern übertrugen.

»Von den Viehärzten können wir am Ende mehr lernen als von den gestandenen Medizinern«, erklärte er eines Tages dem Stadtphysikus, dessen Spital er seit seiner Ankunft in Dresden regelmäßig besuchte, um den Kontakt zu den Kranken nicht völlig zu verlieren. Der Physikus winkte jedoch gelangweilt ab.

Samuel setzte seine Forschungen fort. Das Geschrei der kleinen Jetta und die Klagen seiner Frau, die beim Kaufmann in der Silzgasse auf Kredit einkaufen mußte, verfolgten ihn bis in den Schlaf, aber noch immer weigerte er sich, zu praktizieren. Nach einigen Monaten fand er bei Experimenten mit Arsen, das von vielen Dresdner Ärzten bei manchen Behandlungen eingesetzt wurde, ein Nachweisverfahren für Vergiftungen im menschlichen Körper. Er widmete seine Entdeckung dem Kaiser im fernen Wien, von dessen Reformen er begeistert war.

»Hör dir dies einmal an, Liebste«, bat er Henriette eines Abends, als sie vor dem Feuer der Herdstelle hockte. Gelegentlich las er ihr aus seinen Schriften vor.

»Eine Menge Ursachen haben seit einigen Jahrhunderten die Würde der praktischen Heilkunde zur elenden Brotklauberei, zur Symptomenübertünchung, zum erniedrigenden Rezepthandel heruntergetrieben.«

»Du weißt doch genau, daß ich davon nichts verstehe, Samuel.« Henriette hielt ihre Hand wärmend über den dampfenden Kessel. Es war kalt geworden, und die Kohlen waren zu teuer, um die Stube den ganzen Tag zu heizen. »Aber gegen ein wenig Brotklauberei hätte ich persönlich nichts einzuwenden. Wenn nicht für uns, dann für das Kind!«

»Du hast mir ja gar nicht zugehört.« Betroffen schlug Samuel das Buch zu. »Dein ewiger Pessimismus wird uns ohnehin nicht weiterhelfen. Versteh doch, ich möchte meinen Kollegen im Physikat und in den medizinischen Fakultäten des Landes beweisen, daß ihre Behandlungen mit unerforschten Arzneien lediglich Krankheitssymptome unterdrücken, statt deren Ursachen aufzuspüren.«

»Deine Kollegen im Physikat nehmen dich nicht einmal zur Kenntnis, werter Gatte«, sagte Henriette und nahm den Kessel vom Feuer. »Du hast mir damals in Gommern versprochen, sie nicht mehr zu provozieren. Und nun verfaßt du am laufenden Band Schriften, in denen du bekannte Ärzte der Quacksalberei beschuldigst!«

»Wenn sie nicht einsehen, daß unser Leib kein Spielzeug ist, an dem man herumpfuscht?« Samuel schlug mit der Faust auf die blanke Tischplatte. Aber als er Henriettes blaue Augen vorwurfsvoll unter der Haube hervorblitzen sah, senkte er zerknirscht den Kopf und sprang auf, um ihr den schweren Kessel aus der Hand zu nehmen.

»Samuel, wenn du wenigstens ...«

Ein heftiges Klopfen an der Vordertür unterbrach sie. Es

war bereits fast dunkel, aber noch brannte keine einzige Laterne auf der schmalen Gasse vor dem Haus. Ein stürmischer Wind heulte durch die Ritzen der Türen und Fenster und ließ Henriette frösteln.

»Wer kann das sein, Samuel?« flüsterte sie leise und wies mit der Hand auf den kärglichen Eingangsbereich. »Auf der anderen Straßenseite hält eine Kutsche. Erwartest du zu dieser Stunde noch Besuch?«

Hahnemann zuckte mit den Schultern, froh, einer weiteren Diskussion mit seiner Frau fürs erste enthoben zu sein. Er nahm eine Kerze vom Tisch, öffnete die Tür und erstarrte. Im Lichtschein der kleinen Flamme stand ein dürrer, alter Mann. Er war ganz in Schwarz gekleidet und hielt seinen Arm mit dem dicken Stock, den er gegen die Tür geschlagen hatte, noch immer weit ausgestreckt. Samuel machte ungläubig einen Schritt auf den unerwarteten Besucher zu. Einen Herzschlag lang war nichts zu hören als ein ärgerliches Schnauben, dann drängte der weißhaarige Mann ihn mit seinem Stock höchst unsanft zur Seite und bahnte sich einen Weg in die Wohnstube.

»Was ist das für ein Benehmen, mich nicht hereinzubitten?« krächzte der Alte vorwurfsvoll, während er geradewegs auf Samuels hohen Lehnstuhl unweit der Feuerstelle zusteuerte. Samuel warf seiner Frau einen hilflosen Blick zu.

»Willst du nicht deinen Mund und die Tür zumachen, Junge? Dieser verfluchte Wind wirbelt den ganzen Schmutz von der Gasse herein!«

Henriette wußte plötzlich genau, wen sie vor sich hatte. Der Alte war niemand anderes als Christian Hahnemann, der Porzellanmaler aus Meißen. Samuels Vater.

Während Henriette ihrem Gast einen Becher Wein einschenkte, blieb Samuel unschlüssig vor ihm stehen. Der Vater war alt geworden. Falten und Pockennarben verteilten sich über sein ganzes Gesicht und verliehen ihm einen noch strengeren Ausdruck, als Samuel in Erinnerung hatte. Christian

Hahnemann bedankte sich bei Henriette mit knappen Worten für den Wein, seinen Sohn schien er jedoch kaum wahrzunehmen.

»Ist Mutter wohlauf?« fragte Samuel unsicher und ließ sich auf einem von Henriette herbeigeschleppten Schemel nieder. Sein Vater hustete laut und griff mit zittriger Hand nach seinem Becher. »Keine Sorge, es geht ihr gut. Sie braucht keinen Arzt und auch keinen Sohn, der sich seiner Verantwortung entzieht, um in der Fremde wirren Träumen nachzulaufen.«

Unter den prüfenden Blicken seines Vaters fühlte sich Samuel plötzlich wie ein Schuljunge im Angesicht eines zürnenden Magisters. Henriette hielt den Atem an. Konnte das ihr sonst so energischer, streitbarer Ehemann sein?

»Du weißt genau, daß ich damals meine Gründe hatte, Meißen zu verlassen«, erklärte Samuel und stand langsam auf. »Gute Gründe!«

»Natürlich, mein Sohn! Schlechter Umgang verdirbt die guten Sitten. Erste Epistel Pauli an die Korinther. Das Kapitel hab ich vergessen. Du bist doch bei den Pfaffen in die Lehre gegangen, damals, als ich deine Unterstützung in der Manufaktur so dringend gebraucht hätte. Jetzt wird sie von Meister Schönewinds Ältestem geleitet. Der Kurfürst ist sehr zufrieden mit ihm!«

»Warum sind Sie gekommen, Herr Schwiegervater?« mischte sich Henriette in die Unterhaltung ein. Sie fühlte, daß sie ihrem Gatten beistehen mußte. »Was kann Ihr Sohn für Sie tun?«

Christian Hahnemann zog verwundert die grauen Augenbrauen hoch und musterte die Frau seines Sohnes aufmerksam. Der Schimmer eines Lächelns glitt über seine Lippen. Das Mädchen hatte Courage, das gefiel ihm. Eine Spur freundlicher antwortete der Alte: »Wenn Sie es genau wissen wollen: Er kann mich nach Meißen begleiten, Madame, und mich so von dem Versprechen erlösen, das ich alter Narr aus purem Leichtsinn einer Sterbenden gegeben habe.«

»Wovon redest du?« rief Samuel und zuckte vor Schreck zusammen, als habe der Alte ihn mit seinem Spazierstock geschlagen. »Du sagtest doch gerade, es gehe Mutter gut!«

»Es geht nicht um Johanna, sondern um Charlotte Rebus, die Tochter des Pastors. Sie liegt im Sterben, und die Ärzte befürchten, daß sie die nächste Nacht nicht mehr erleben wird!« Stöhnend erhob sich der Porzellanmaler. »Gehen wir?«

Samuel sah Henriette an und fragte sich, was seine Frau nun denken mochte. Aber Henriettes Miene war völlig ausdruckslos. Langsam schritt sie zum Herd hinüber und schob mit dem Fuß ein paar Holzscheite in den schmalen Spalt.

22. Kapitel

Dicke weiße Nebelschwaden stiegen vom Ufer der Elbe auf und bahnten sich ihren Weg durch die engen Gassen Meißens wie ein Strom vergossener Milch. Ein müder Kutscher lenkte den Wagen der Hahnemanns an der Frauenkirche und dem Tuchmachertor vorbei und bog schließlich hinter dem Markt in die Pfarrgasse ein. Irgendwo, weit in der Ferne kreischten einige Katzen. Die Schreie hallten so schaurig von den Mauern wider, daß sogar der alte Hahnemann, der seinen Stock während der letzten Stunden wie ein Bajonett in Händen gehalten hatte, furchtsam blinzelte und leise Flüche ausstieß.

Hatte Samuel geglaubt, die lange Fahrt in der Postkutsche für eine Aussprache mit dem Vater nutzen zu können, so waren diese Hoffnungen verflogen, noch ehe sie das Dresdner Stadttor hinter sich gelassen hatten. Bis auf wenige Auskünfte hatte der Alte es vorgezogen, zu schweigen. Immerhin hatte Samuel erfahren, daß Superintendent Rebus vor zwei Jahren das Zeitliche gesegnet hatte. Sein Sohn Viktor war ihm im Amte nachgefolgt.

Ob es am Meißener Nebel liegt, daß alle Söhne hier die Nachfolge ihrer Väter antreten, überlegte Samuel erschöpft. An Viktor hatte er seit dem Brief, in dem ihm seine Mutter von Charlottes Angriff berichtet hatte, überhaupt nicht mehr gedacht.

Die Kutsche hielt an. Verwundert blickte Samuel auf das hohe Gebäude mit dem kleinen Rundturm und dem Innenhof, der im Sommer so herrlich nach Blumen, Gewürzen und Kräutern duftete.

»Warum halten wir vor dem Pfarrhaus, Vater? Ich dachte, Charlotte sei im Gefängnis?« Samuel half dem Alten aus der Kutsche, der sich kaum mehr bewegen konnte. Warum hatte er auch keinen Knecht zu ihm nach Dresden geschickt, um ihn nach Hause zu holen?

Das Haus der Familie Rebus lag in völliger Dunkelheit. Nur im ersten Stock, gleich hinter dem Balkon, wo einmal Charlottes Zimmer gewesen war, flackerte ein einsames Licht. Samuel wußte, daß er nicht als Arzt nach Meißen gerufen worden war, dennoch packte er seine Arzttasche, die Henriette ihm vor seinem Haus in die Hand gedrückt hatte, als machte er einen ganz gewöhnlichen Krankenbesuch.

Er hustete nervös, als er mit seinem Vater durch das halb angelehnte Tor schritt und den Hof durchquerte.

Vor der Tür berührte Christian Hahnemann seinen Sohn plötzlich sanft an der Schulter. »Bevor wir hineingehen, muß ich dir noch deine Frage beantworten. Die Jungfer Rebus wäre gewiß hingerichtet worden, hätte sich Viktor nicht für seine Schwester verwendet. Ihm hatte sie es zu verdanken, daß ihre Strafe gemildert und sie ins Arbeitshaus ans Rad geschickt wurde. Von dort ließ der Pastor sie gestern nach Hause holen, damit sie bereuen und in Frieden sterben kann.«

»Hat sich nie jemand gefragt, warum Charlotte ihren Bruder niederstreckte?« rief Samuel empört. »Vielleicht tat sie es, um sich … zu schützen?«

»Das ist Unfug«, gab der Alte grob zurück. »Charlotte war immer überspannt und voll von widerlichen Geheimnissen, die einem Frauenzimmer nicht anstehen. Danke Gott, daß du eine gute Frau geheiratet hast, die deinem Haushalt in Ehren vorsteht und sich um deine Kinder kümmert!«

Der Geruch im Haus war anders, als Samuel ihn aus Kindheitstagen in Erinnerung hatte. Damals hatten die Räume nach Nelken und frischem Brot geduftet, nun lag ein schaler, übelkeiterregender Geruch nach abgestandenem Essen über den dunklen Möbeln, der alten Standuhr und den Hunderten von Büchern, die er als Junge gemeinsam mit dem alten Pastor durchstöbert hatte.

Der Anblick der vertrauten Einrichtung wirkte auf Samuel wie eine Droge. Versonnen strich er über die schwere Eichentruhe, in der Pastor Rebus seinen schwarzen Talar aufbewahrt hatte. Unter den strengen Augen seines Vaters widerstand Samuel seinem Drang, den Deckel zu öffnen. Dann vernahmen die beiden Männer von der Galerie aus verhaltene Stimmen und polternde Stiefeltritte auf der Treppe.

Viktor Rebus hatte sich kaum verändert. Sein langer, hagerer Körper steckte in einer seidig schimmernden dunkelgrünen Kniehose und einem viel zu weiten Hemd mit breiter, geraffter Binde, die ihm wie ein Galgenstrick um den Hals hing. Das dunkle Haar, durch das sich bereits einige Silberfäden zogen, trug er wie in seiner Jugend. Als er die Hahnemanns sah, blieb er auf dem Treppenabsatz stehen.

»Ich habe keine Ahnung, warum meine Schwester Sie zu sehen wünscht, Doktor Hahnemann«, begrüßte er Samuel hochmütig, »aber wenn es denn sein muß, dann folgen Sie mir.«

Samuel drehte sich unsicher nach seinem Vater um, doch der Alte gab ihm lediglich einen Wink, Viktor nicht warten zu lassen.

»Wie ist ihr Zustand, Viktor?« fragte er, als sie Charlottes ehemaliges Zimmer erreicht hatten.

Der Pastor drehte sich um und starrte Samuel mit unterdrücktem Zorn in den Augen an. »Für Sie bin ich Pastor Rebus, Herr. Meine Schwester ist sehr geschwächt, also regen Sie sie nicht mit ihren Phantastereien auf. Zwei Ärzte aus Halle sind bei ihr. Einen dritten brauchen wir nicht.« Er öffnete eine Tür.

Charlotte lag in einem schlichten Bettkasten ohne Vorhänge. Ihr Zimmer war kahl, bis auf eine kleine Kommode rechts neben dem Balkon. Zögernd trat Samuel näher. Die Frau im Bett zeigte auf den ersten Blick wenig Ähnlichkeit mit dem Mädchen, das er in seiner Jugend gekannt hatte. Ihr langes dunkles Haar war fast glatt und ohne jeden Glanz. Ein einfacher grauer Leinenkittel mit ausgefransten Schnüren hüllte die schmächtige Gestalt fast völlig ein. Um den Hals zeichneten sich eingetrocknete Blutflecken von dem groben Stoff ab. Nase und Kinn stachen wie zwei Knochen spitz aus dem bleichen Gesicht hervor. Nur die dunklen Augen mit den langen Wimpern blickten wach und aufmerksam auf ihre zierliche Kommode in der Ecke. Ihre eingefallenen, bleichen Züge wiesen auf die Schwindsucht hin.

Als Charlotte ihn erkannte, lächelte sie schwach.

Von der Stirnseite der Kammer drangen Geräusche und hektisches Flüstern zu ihnen herüber. Zwei ältere Männer mit langen, bis auf die Schultern fallenden Perücken stöberten in einem Wust aus Phiolen, Schröpfgläsern, Tiegeln und Arzneibüchern.

»Lassen Sie mich mit Doktor Hahnemann allein«, verlangte Charlotte mit rauher Stimme. Sie versuchte sich aufzurichten, sank aber sofort wieder geschwächt in ihr Kissen zurück.

»Sie haben gehört, was die Jungfer gesagt hat, meine Herren«, erklärte Viktor und schob zu Samuels Überraschung die beiden Ärzte aus der Kammer.

»Diese Raubvögel mit Perücken kreisen seit gestern nachmittag über mir. Sie verordnen mir einen Aderlaß nach dem andern. Aber was wollen sie damit erreichen? Daß der Kreislauf der Säfte wieder ins Gleichgewicht kommt?« Charlotte stieß ein kraftloses Lachen aus und hielt Samuel ihren Arm entgegen. Er war bläulich angeschwollen und übersät von vielen feinen Einstichen.

»Verdammte Idioten«, zischte er verächtlich. »Wenn ihnen nichts mehr einfällt, öffnen sie ihren Patienten die Adern und legen Senfpflaster auf. Viktor hat es mir zwar verboten, aber ich werde nicht zulassen, daß du stirbst, Charlotte. Ich werde dich untersuchen.«

»Nein, Samuel Hahnemann, das wirst du nicht tun!«

Ungläubig riß er die Augen auf. »Deswegen hast du mich doch nach Meißen gerufen, Charlotte.«

»Immer noch derselbe Hahnemann«, spottete Charlotte mit schwacher Stimme. »Der Medicus, der glaubt, die Natur zu kontrollieren, ihr seinen Willen aufzwingen zu können. Nein, ich habe dich nicht gerufen, um mich zu untersuchen. Auch wenn ich niemals Medizin an einer Universität studiert habe, so bin ich den Geheimnissen der Natur in den letzten Jahren auf andere Art und Weise nähergekommen. Ich weiß genau, was mir fehlt und daß meine Zeit gekommen ist!«

Samuel starrte die junge Frau traurig an. Redete sie im Fieberwahn oder war am Ende er es, der die Wahrheit nicht akzeptieren konnte. Aber was wollte sie dann von ihm? Es war nicht zu übersehen, daß ihre Lungen ihr nicht mehr genug Atem ließen. Charlotte bat um ein Glas Wasser. »Auf der Kommode muß ein Krug stehen.«

Samuel mußte den Becher dreimal füllen. Vorsichtig stützte er Charlottes Kopf, damit sie trinken konnte. Schließlich ließ sie sich zurücksinken und blinzelte Samuel beinahe heiter zu.

»Viktor lauert vor der Tür, nicht wahr?« Sie hustete. »Er hält mich für eine Hexe, eine unverbesserliche Sünderin, die selbst im Angesicht des Todes noch nicht von ihrem Stolz abläßt!«

»Mein Vater sagt, Viktor habe dich vor dem Richtblock bewahrt!«

»Bewahrt?« Charlotte lächelte und strich sich mit den Fingerkuppen über ihre matten, strähnigen Haare. »Er hat erreicht, was er wollte, Samuel. Ansehen, Ehre und eine anständige Schwester. Jawohl, du brauchst nicht zu lachen; anständig bin ich in der Tat. Auch wenn Viktor es lange nicht glauben wollte, so habe ich doch weder jemals einen Mann angerührt noch mich anrühren lassen. Ich habe meinem Bruder einen Zoll Stahl in den Leib gerammt, aber meine Gedanken waren anständig und rein. Ich stahl eine Schrift, für die zwei Menschen sterben mußten. Und dennoch fühle ich mich wie die

Anständigkeit in Person. Weißt du, Samuel, früher konnte ich den Regen riechen, die Sonne und den Mond. Aber das ist vorbei. Meine Sinne sind stumpf geworden.«

»Du hast hohes Fieber, Charlotte.« Samuel griff nach ihrem Gelenk. Der Puls schlug hart, aber die Haut ihrer Hände war nicht heiß, im Gegenteil. Er glaubte beinahe, kühles Metall zu fühlen.

»Nein, kein Fieber, mein Freund! Es ist die Wahrheit, die in mir glüht. Zum ersten Mal in meinem Leben bin ich glücklich, denn auf diesen Augenblick habe ich viele Jahre lang gewartet. Hast du dir meine Kommode genau angesehen?« Charlotte deutete in Richtung des Balkons. »Sie stammt noch von meiner Mutter und ist das einzige Stück, das Viktor nicht aus der Kammer schaffen ließ. Vater hat es ihm verboten, weil ich ihn kurz vor seinem Tod darum gebeten hatte.«

Samuel trat zu dem Möbelstück und fuhr mit der Hand über seine glänzende Oberfläche. Wovon redete Charlotte? An der Kommode gab es doch beim besten Willen nichts Besonderes zu entdecken.

»Erinnerst du dich an den Tag, als Zacharias tot aus der Elbe gefischt wurde?« fuhr Charlotte fort. »Zwei Männer waren nach Meißen gekommen. Ich habe sie gesehen, aber nichts davon verraten. Sie paßten Zacharias ab, als er die Albrechtsburg verließ. Ich sah, wie sie ihm folgten.«

»Zwei Männer in dunklen Mänteln«, flüsterte Samuel in Gedanken und starrte auf das kleine Holzkreuz über Charlottes Bettkasten. »Schwarze Reiter.«

»Dann hast du sie also auch gesehen? Damals verdächtigte ich Cosmo, meinen Gehilfen getötet zu haben, aber der Italiener war es nicht. Cosmo hat Zacharias nicht ermordet. Es waren die beiden Fremden, und nur weil ich den Italiener haßte, lieferte ich ihn Zacharias' Mördern aus.«

»Du warst es, Charlotte?« Samuel sank wie betäubt neben ihrem Bett auf die Knie. »Du hast den verschollenen Teil der

Schrift des Paracelsus vor mir in der Kapelle entdeckt und aus ihrem Versteck genommen.«

»Cosmo hatte dich im Verdacht, ihn betrogen zu haben, und floh in aller Eile aus der Stadt. Aber nicht weit genug. Seine Verfolger fanden ihn in einem Waldstück und töteten ihn. Als sie die Schrift des Paracelsus jedoch nicht bei ihm fanden, mußten sie annehmen, Cosmo habe sie an eine Person seines Vertrauens übergeben.«

»Was aber nicht der Wahrheit entsprach«, murmelte Samuel. »Cosmo vertraute keinem Menschen auf der Welt. Weder der Staricka noch … mir.« Er lehnte sich gegen die Kommode und beobachtete Charlotte. »Du hast uns gegeneinander ausgespielt, um diese Aufzeichnungen an dich zu bringen. Aber warum? Warum hast du das getan?«

Charlotte Rebus schwieg. Beharrlich starrte sie an die Decke ihrer Kammer. Sie schien ihre Sinne zu sammeln, vielleicht ein letztes Mal. Schließlich antwortete sie: »Hat Cosmo dir jemals erzählt, daß der große Paracelsus in dem Ruf stand, einen Homunculus, künstliches Leben ohne Seele, hergestellt zu haben, indem er in einem Behältnis aus Glas zwei Teile männlichen Samens mit fünf Teilen Blut mengte? Angeblich existierten zwei Berichte seiner Experimente: ein gefälschter, mit dem er seine Verfolger abschütteln wollte, und ein wahrer, welchen er verbarg. Heute kann ich mir vorstellen, warum es Menschen gibt, die Morde begehen, um dieses Rezept in die Hände zu bekommen. Sie glauben, sich damit Legionen erwecken und Königreiche erobern zu können. Sie suchen nach Unsterblichkeit, nach ewiger Jugend. Aber im Grunde geht es ihnen nur um Macht und um den Wahn, Gott zu spielen. Über Leben und Tod zu entscheiden.«

Ein weiterer Hustenreiz ließ sie verstummen. Dünne Blutstropfen rannen ihr aus dem Mund. Samuel nahm ein Stück Stoff aus seiner Tasche. Auf dem Tisch der beiden Ärzte entdeckte er eine Phiole, die eine Mischung aus Eibischwurzel und Süßholz enthielt. Rasch tränkte er sein Tuch damit und tupfte Charlotte behutsam Mund und Hals ab. Der Duft schien ihr gutzutun. Samuel deckte sie wieder zu und ging dann langsam zu Charlottes zierlicher Kommode zurück.

»Wo befindet die Schrift sich?« fragte er. »In der Kommode?«

»Auf der Rückseite findest du einen kleinen Hebel, durch den sich ein Geheimfach öffnen läßt«, erwiderte Charlotte. In seiner Aufregung bemerkte Samuel nicht, daß ihre Stimme immer schwächer wurde. Sie blickte ihn nicht mehr an, und ihre Augen verschwammen in einem tiefen schwarzen Glanz.

Dann hielt Samuel die brüchigen, vergilbten Blätter in der Hand, die ein sagenumwobener Arzt und Gelehrter vor mehr als zweihundert Jahren mit seinen wunderlich geschnörkelten Schriftzeichen versehen hatte.

»Ich habe die Schrift gelesen«, hörte er Charlottes Stimme wie durch eine Wand aus Watte. »Du wirst darin gewiß keinen Stein der Weisen finden, auch nicht das Geheimnis des Homunculus. Es geht um medizinische Lehrsätze, die Paracelsus von griechischen Gelehrten übernommen hat. Ich glaube nicht, daß unsere Ärzte sie begrüßen würden. Vermutlich würden sie jeden für verrückt erklären, der mit ihnen an die Öffentlichkeit tritt.«

»Was kann das für eine Lehre sein«, sagte Samuel und hob die Schultern. »Eine unbekannte Arznei vielleicht?«

»Keine Arznei, Samuel. Vielmehr eine Heilmethode, die dem Kranken sanft, schnell und sicher helfen soll. Überlege dir gut, ob du es wirklich wissen willst. Paracelsus wurde ein Leben lang von seinen Feinden bedroht und von Ort zu Ort getrieben. Schau ans Fenster!«

Samuel drehte sich langsam um. Auf der Fensterbank stand die Wachskerze, deren Schein er bereits vom Hof aus gesehen hatte. Er wußte sofort, worauf Charlotte hinauswollte. Sie gab ihm eine letzte Gelegenheit, ihre Erbschaft auszuschlagen und die Aufzeichnungen des Paracelsus zu verbrennen, ehe es zu spät war. Mit zitternden Fingern näherte er sich der kleinen Flamme, die so warm und einladend vor sich hin flackerte.

»Ich wäre dir nicht böse, wenn du es tätest, Samuel, so wie ich dir damals nicht böse war, als du dich für Cosmo und gegen mich entschieden hast. Schließlich warst du nur ein kleiner Junge. Abgesehen davon hat auch Zacharias mich betrogen und für seine Zwecke ausgenutzt. Er versprach, mich in die Wissenschaft der Alchimie einzuführen, aber in Wahrheit suchte auch er nur nach den Schriften des Paracelsus.«

In diesem Augenblick wünschte sich Samuel nichts sehnsüchtiger, als loszulaufen, ziellos durch die Stadt und den Hügel hinunter zur Elbe; in seiner Kindheit hatte er das oft getan, wenn er es in der Manufaktur nicht mehr ausgehalten hatte.

Schließlich steckte er das kleine Bündel mit den vergilbten Aufzeichnungen in das Futter seines langen Rockes. Dann beugte er sich über die kleine, schmächtige Frau, streichelte ihre hohe Stirn und legte schließlich seinen Kopf neben ihre Brust. So lag er eine lange Zeit und hörte, wie Charlottes Herzschlag immer schwächer wurde. Sie ging fort – in eine andere Welt, wo sie forschen, leben und lieben durfte, ohne daß man sie dafür verfolgte.

Samuel bekam nicht mit, wie die Tür aufgerissen wurde und Viktor mit den beiden alten Ärzten in die Kammer stürmte. Mit einem wilden Schrei riß der Pastor Samuel von Charlotte fort und schleuderte ihn gegen die Wand. Dann warf er sich schluchzend über seine sterbende Schwester. Christian Hahnemann erschien in der Tür, seinen hohen Hut in der einen, den Stock in der anderen Hand. Sein Gesicht nahm einen versteinerten Ausdruck an. Ohne Viktor und die Ärzte, die sich anschickten, Charlottes Ader zu öffnen, eines Blickes zu würdigen, schleppte er sich zu seinem Sohn und half ihm auf die Füße.

»Ihr unfähigen Narren«, rief Samuel mit schwacher Stimme. »Ihr habt sie doch bereits ausbluten lassen wie Schlachtvieh. Nehmt eure Hände von ihr, sonst jage ich euch zur Hölle!«

»Laß uns gehen, Samuel!« sagte sein Vater streng und packte ihn energisch am Arm. Aber Samuel machte sich los und stieß den alten Mann grob zur Seite.

»Viktor, bitte! Lassen Sie ihr wenigstens ihren Frieden.«

»Frieden?« Viktor grub seinen Kopf in die zerknüllten, von Blut beschmierten Laken. »Was wissen Sie von Frieden, Samuel Hahnemann? Was hat Charlotte gesagt? Stand sie noch immer unter Ihrem … Ihrem unheilvollen Bann?«

»Pastor, ich schwöre bei Gott …«

»Verlassen Sie mein Haus und kommen Sie nie wieder!« Viktor krümmte sich wie unter Krämpfen zusammen. Der süßliche Geruch des Blutes, das die Ärzte in eine Schale aus Zinn tropfen ließen, schien ihm körperliche Qualen zu bereiten. Aber er verließ Charlottes Bettstatt nicht, als erwarte er, daß seine Schwester jeden Moment die Augen öffnen und ihn ansprechen würde.

Samuel rang erschöpft nach Atem. Wie ein Kind ließ er sich von seinem Vater aus dem Haus des Pastors führen. Charlotte war tot und damit auch die letzte Verbindung zu seiner Jugend. Die Häuser und Plätze, selbst die Silhouette des Domes und der Burg erschienen ihm fremd, als sähe er sie heute zum ersten Mal.

Unvermittelt bat er seinen Vater stehenzubleiben und zog das Bündel Papier aus seinem Rock.

»Was hast du da, Junge? Briefe von Charlotte?«

Samuel neigte den Kopf. Erst jetzt sah er die beiden Worte auf der ersten Seite des Bündels und erkannte Charlottes klare, schnörkellose Schrift.

»Rebus curentur«, las er. »Durch diese Dinge mögen sie Heilung finden.« Samuel schloß für einen kurzen Augenblick die Augen und sog die kalte Luft der Nacht ein. Ein Lächeln glitt über seine Züge. Charlotte hatte geahnt, daß er die Aufzeichnungen nicht verbrennen würde. Nun hatte sie ihn dort, wo sie ihn schon immer hatte haben wollen. Er würde ihre Forschungen weiterführen – mehr verlangte sie nicht von ihm.

Entschlossen holte Samuel die wenigen von Charlotte beschriebenen Seiten aus dem Bündel und faltete sie zusammen. Den Rest reichte er seinem Vater.

»Könntest du diese Seiten für mich aufbewahren, Vater? Sie sind sehr wichtig für meine Arbeit. Ich werde sie holen, wenn ich bereit bin, sie zu lesen.«

»Ich werde sie gut verwahren, Sohn«, entschied der Porzellanmaler mit ernster Miene und ließ die beschriebenen Bögen in seine Manteltasche wandern. »Und nun laß uns endlich hineingehen. Deine Mutter erwartet uns bereits.«

23. Kapitel

Es fiel Samuel nicht leicht, mit der Erinnerung an Charlotte fertig zu werden. Während der folgenden Monate fuhr er immer häufiger nachts aus dem Schlaf, war in Schweiß gebadet und starrte Henriette, die sich sofort mitfühlend über ihn beugte, an, als wäre sie eine Fremde.

Henriette sollte niemals erfahren, was in Meißen geschehen war. Eine Zeitlang hatte sie versucht, es aus Samuel herauszulocken, war aber kläglich gescheitert. Schließlich entschied sie, daß es weitaus gewichtigere Probleme als Samuels Schlaflosigkeit gab.

Aus Frankreich hörte man fast täglich die ungeheuerlichsten Neuigkeiten. Das hungernde Volk hatte sich gegen seinen König Ludwig XVI. erhoben, die Pariser Bastille gestürmt und die Herrschenden entmachtet. Ein Heer von Emigranten befand sich bereits auf der Flucht vor dem tobenden Mob und bevölkerte die Landstraßen. Überall stiegen die Preise für Mehl und Milch.

Hahnemann kümmerte sich nicht um die Tagespolitik, aber er wußte selbst, daß der tägliche Laib Brot, der seine wachsende Familie ernährte, weniger seinen Übersetzungen medizinischer Bücher und Schriften zu verdanken war als vielmehr den wenigen Schmuckstücken, die seine Frau zum Pfandleiher trug. Henriette hätte sich lieber die Zunge abgebissen, als darüber zu reden. Dafür bewies sie ein ungeahntes Verhandlungsgeschick. Sie rechnete mit kühlem Kopf und feilschte auf dem Markt so unnachgiebig, daß so mancher Pferdehändler der hartnäckigen, kleinen Frau bewundernde Blicke hinterhersandte.

Nach wie vor weigerte Samuel sich, Patienten zu empfangen. Nur bei seinen Kindern – zu der kleinen Jetta hatten sich ein Junge und zwei weitere Mädchen hinzugesellt – machte er eine Ausnahme. Regelmäßig ließ er die Kleinen vor seinem Schreibtisch aufmarschieren, um sie zu untersuchen und Henriette im Anschluß seine Beobachtungen mitzuteilen.

Seiner Frau fiel es schwer, unter diesen Umständen nicht die Fassung zu verlieren. Ihre Kinder schliefen in der Wohnstube, weil es in der baufälligen Hütte, die Samuel sich noch leisten konnte, nur zwei Räume gab. Aber letzten Endes waren es gerade die Enge, der ewige Qualm des Ofens und die feuchte Wäsche über den Seilen, welche Samuel zu inspirieren schienen. Er schrieb eine Abhandlung über den Zusammenhang zwischen Reinlichkeit und Wohlbefinden, die er *Freund der Gesundheit* nannte.

An einem kalten Wintertag erhielt Hahnemann die Nachricht vom Tod seines Vaters. Wochenlang war er wie betäubt. Er stellte sein Schreiben ein und wanderte stundenlang über die gefrorene Erde der Tabakfelder. Seine letzte Begegnung mit dem alten Porzellanmaler in Meißen hatte eine Art von unausgesprochener Einmütigkeit zwischen Vater und Sohn hergestellt, auch wenn das Eis zwischen ihnen niemals vollständig gebrochen war. Samuel schrieb nach Meißen und kündigte seiner Mutter seinen Besuch an. In einem knappen Antwortschreiben gab sie ihrem Sohn jedoch zu verstehen, daß sie Meißen für einige Zeit verlassen würde, um bei entfernten Verwandten im Harz zu leben.

Als Henriette Hahnemann eines Morgens noch schlaftrunken die Stube betrat, stellte sie bestürzt fest, daß ihr Ehemann über seinen Büchern zusammengebrochen war. Neben dem Tisch rollte eine leere Flasche Branntwein über den Fußboden.

»Was soll das, Samuel?« rief sie wütend und versuchte, ihn aufzurichten. »Arzt willst du nicht mehr sein, weil du die harten Arzneien und die brutalen Methoden deiner Kollegen verabscheust. Ist denn Alkohol ein sanfteres Medikament?«

»Laß mich … in Ruhe und lauf mir nicht ständig nach wie

eine Glucke«, lallte Samuel mit schwerer Zunge. Mit beiden Händen wehrte er seine Frau ab, als wäre sie ein aufdringliches Haustier.

»Wenn du dich wie ein dummer kleiner Junge aufführst, dann …« Sie sprach nicht weiter. Im Türrahmen war der kleine Friedrich aufgetaucht und blickte seine Eltern verschlafen an.

»Friedrich, geh sofort wieder zu Bett«, rief seine Frau bestürzt und schob den kleinen Jungen mit sanfter Gewalt aus dem Raum. Hoffentlich waren seine Schwestern nicht wach geworden. Henriette schloß die Tür und klemmte einen Stuhl unter die Klinke.

»Was zum Teufel machst du da, mein Schatz?« spottete Samuel und raufte sich das dünne Haar. »Du willst wohl mal wieder mit mir allein sein.« Mit glasigen Augen torkelte er auf Henriette zu und umschlang sie mit beiden Armen.

»Laß mich gefälligst los, du bist ja noch immer betrunken. Ich würde mich von dir nicht anfassen lassen, auch wenn du der letzte Mann auf dem Erdball wärest. Hast du mich verstanden?«

»Zu Befehl!« Samuel schlug die Hacken zusammen und salutierte. »Vielleicht hätte ich nicht Arzt, sondern Soldat werden sollen wie mein Großvater. Weißt du, er war …«

»… Oberquartiermeister in Weimar. Die alten Geschichten habe ich hundertmal gehört.«

»Ich liebe dich, Henriette. Du bist die einzige, die mich und mein Elend versteht! Schau, dort auf dem Tisch. Ich war mir so sicher in Cullens *Materia medica* die Antworten auf meine Fragen zu finden. Nie wieder Aderlaß, Purgiermittel und Klistiere. Nie wieder … Zerstörung.« Samuel streckte sich und blinzelte seiner Frau noch einmal zu. »Diesmal bin ich ganz nahe dran, mein Schatz. Nicht wahr, du verstehst mich?«

Wenige Sekunden später war Samuel fest eingeschlafen.

Henriette öffnete das kleine Fenster und ließ frische Morgenluft in die stickige Stube. Dann trat sie an Samuels Schreibtisch und fuhr behutsam mit den Fingerspitzen über seine

Aufzeichnungen. Allem Anschein nach beschäftigte er sich wieder mit dem Wechselfieber, denn sie konnte das Wort *Chinarinde* entziffern.

Unvermittelt schlug sie das Buch zu. So durfte es nicht weitergehen. Offensichtlich hörte Samuel nicht mehr auf sie, also mußte sie einen anderen um Hilfe bitten.

Ein Netz winziger Falten hatte sich um seine Augen gegraben. Es waren die natürlichen Zeichen eines Gesichts, das in den reiferen Jahren seines Lebens das Lachen nie vergessen hatte. Aber bis auf diese Falten hatte sich Doktor Jonathan Krebs nur wenig verändert. Nun, da er in seinem vornehmen Gehrock aus feinem weinrotem Taft, dem weißen Seidenhemd mit Halsbinde und der ordentlich gepuderten Perücke vor ihr stand, fühlte sich Henriette beinahe in die Zeit vor vielen Jahren zurückversetzt, als sie ihm und Samuel zum ersten Mal begegnet war. Und doch hatten sich ihre Lebenswege völlig anders entwickelt. Henriette waren Gerüchte zu Ohren gekommen, nach denen Jonathan Krebs seit Jahren mit der Baronin von Mandeloh liiert war. In seinen Briefen an Samuel war der Freund jedoch nie darauf zu sprechen gekommen, und Henriette wäre es nicht im Traum eingefallen, ihn danach zu fragen. Immerhin war ihr bekannt, daß er niemals geheiratet hatte. Dafür hatte Jonathan als Arzt Karriere gemacht. Er führte in Leipzig eine stattliche Praxis, versäumte keine Saison in den böhmischen Kurbädern und verkehrte in den bedeutendsten Häusern Sachsens.

Henriette empfand keine Eifersucht auf Jonathans gepflegtes Aussehen oder seinen Erfolg, auch wenn beides ihr schmerzhaft vor Augen führte, was aus ihrem eigenen Mann als angepaßter Physikus mit regelmäßigen Einkünften hätte werden können.

»Nun, wo ist denn unser störrischer Patient?« fragte Jonathan lachend, während er Henriette ins Haus folgte.

»Laß ihn das bitte nicht hören, Jonathan. Samuel weiß nicht, daß ich dich gerufen habe. Er denkt, du hattest in der Nähe geschäftlich zu tun.« Sie öffnete die Tür und bat Jonathan in die kleine Stube.

Samuel ließ sich nicht anmerken, wie gespannt er auf die Ankunft seines alten Freundes gewartet hatte. Erst als Henriette den beiden Männern eine Erfrischung gebracht und den Raum verlassen hatte, trat er auf den Freund zu.

»Wie ich sehe, sind keine Narben zurückgeblieben, Doktor Krebs«, stellte er fröhlich fest und hielt die Hand seines Freundes mit einem prüfenden Blick ins Licht. »Du mußt einen guten Arzt gehabt haben!«

»Nein, eigentlich nicht«, gab Jonathan humorvoll zurück. »Nur einen neunmalklugen Studiosus, neugierig wie die Hölle. Aber wie durch ein Wunder heilten die Brandwunden schließlich doch.«

Eine Weile saßen sich die beiden Männer schweigend gegenüber. Jonathan wollte Samuel nicht nach seinem Befinden fragen. Die ärmliche Umgebung, in der er mit seiner Familie hauste, sprach für sich. Aber Hahnemann schien darüber nicht die Spur von Verlegenheit zu empfinden. Beflissen sprang er auf, sobald Jonathan sein Glas geleert hatte, um ihm aus einem Weinkrug nachzuschenken. Er selbst rührte keinen Tropfen an.

Ob Henriette sich nicht unnötige Sorgen machte, überlegte Jonathan, während er in Samuels Lehnstuhl genüßlich die vom Reiten verspannten Glieder ausstreckte. Samuel war bereits in seiner Jugend ein Zweifler gewesen, aber … gefährlich? Gewiß nicht. Dennoch hielt er es für seine Pflicht, sich zu vergewissern.

»Du hast dich in Dresden und Leipzig mit der Chemie befaßt, nicht wahr?«

Samuel seufzte. »Das ist richtig. Ich habe den großen Lavoisier gesehen, als er in Dresden, im Hôtel de Pologne,

Station machte. Leider verstand er besser, sich in Szene zu setzen als über chemische Fragen zu diskutieren. Nicht einmal unsere Blicke haben sich gekreuzt.« Nervös lachte er auf. »Dafür weiß ich jetzt, was ich von der Zunft der chemischen und medizinischen Geldmacher zu halten habe. Deren Wissenschaft gleicht einem Schauspiel, für das ihre Anhänger zu zahlen haben.«

»Das sind harte Worte, Hahnemann. Die Franzosen überziehen inzwischen ganz Europa mit Krieg. Wer nicht auf den Schlachtfeldern bleibt, den erwischt die Ruhr oder eine andere Epidemie. Für die meisten Menschen sind Krankheit und Tod etwas Unerklärliches, eine Bedrohung, der sie sich nicht gewachsen fühlen. Um nicht zu verzweifeln, brauchen sie Menschen, die sich durch ihr scheinbares Wissen von ihnen und ihrer Angst abheben, auch wenn sie den Ursachen des Übels ebenso hilflos gegenüberstehen.«

»Deine Hoffnungsträger lassen sich ihr scheinbares Wissen aber teuer bezahlen«, schnaubte Samuel. »Und das ist noch längst nicht alles. Entscheidend ist nicht das Geld, welches mit unwirksamen Arzneien verdient wird, sondern die Hartnäckigkeit, mit der nutzlose Lehrmeinungen verteidigt werden. Du mußt als Arzt glauben wie ein Priester ans Weihwasser, andernfalls wird deine Wissenschaft verdammt. Weichst du von den alten Lehrmeinungen ab, mußt du Spott und Ächtung ertragen. Dabei verharrt die Schulmedizin absichtlich in ihrem Zustand der Hilflosigkeit.«

»Du übertreibst maßlos, Hahnemann.« Jonathan erhob sich aus dem Lehrstuhl und blickte seinen Kollegen ärgerlich an. Langsam verstand er, was Henriette meinte. Ihr Mann entwickelte in der Tat rebellisches Gedankengut.

»Ich übertreibe? Wie würdest du die herrschende Allopathie definieren?« fragte Samuel ungerührt und setzte sich an seinen wackeligen Schreibtisch. Seine Finger trommelten auf das grobe Holz.

»Nun, ich sehe in ihr die naheliegende Methode der Heilkunde, Krankheitserscheinungen durch entgegengesetzt wirkende Mittel zu bekämpfen. Also etwa Schmerzen durch Betäubung, Durchfälle durch Stopfmittel und Fieber durch Kühlung.«

»Ja, das dachte ich mir«, sagte Samuel überheblich lächelnd und lud seinen Freund mit einer Handbewegung ein, wieder Platz zu nehmen. »So lehrte man seit Menschengedenken. Aber was wäre, wenn Hippokrates, dem man in so vielem folgt, auch in seiner Annahme recht behielte, der Mensch habe unentwickelte Fähigkeiten, sich selbst zu heilen. Fähigkeiten, die nur durch die Bekämpfung unmittelbarer Krankheitsanzeichen unterdrückt werden?«

»Das sind Theorien, unbewiesene Ammenmärchen wie der Magnetismus, den wir während unseres Studiums bei Luise von Mandeloh kennenlernten. Woher willst du wissen, ob diese Fähigkeiten in *jedem* Menschen wohnen. Als Arzt kann ich dir sagen, was geschieht, wenn du Fieber nicht unterdrückst: Dein Patient verbrennt innerlich und krepiert!«

»Dies gälte es erst noch herauszufinden. Da jeder Körper anders beschaffen ist, müßte der Arzt für jeden Patienten ein separates Krankenbuch führen und ihn über eine lange Zeit beobachten. Schau dir einmal dieses Werk an.« Samuel reichte seinem Freund einige Bögen eng beschriebenen Papiers. Sie enthielten die ersten Übersetzungen der *Materia medica* des schottischen Gelehrten Cullen.

Jonathan warf Hahnemann einen fragenden Blick zu. Dann vertiefte er sich seufzend in die Aufzeichnungen. »Cullen behauptet, die Chinarinde sei ein geeignetes Mittel gegen das Wechselfieber, weil es angeblich den Magen stärkt und adstringierend wirkt. Ich habe sie vor Jahren in Siebenbürgen eingenommen, aber mir wurde nur übel davon.« Jonathan ließ die Bögen sinken und schüttelte fassungslos den Kopf. »Wenn Cullens These stimmte, müßte jedes Medikament, welches den Magen stärkt, auch das Wechselfieber bekämpfen. Aber davon kann keine Rede sein. Zumindest kenne ich ein gutes Dutzend Arzneien, die es nicht tun.«

Samuel erhob sich feierlich. »Und deshalb muß ich herausfinden, welches Geheimnis die Chinarinde in Wahrheit in sich trägt!«

»Wie willst du das anstellen?«

»Sagen wir einfach, ich bin bereits auf dem Weg, es zu ergründen. Seit einigen Tagen trinke ich zweimal täglich einen Sud aus Chinarinde. Jedesmal vier gute Quentchen. Den letzten Trank nahm ich ein, kurz bevor du kamst. Es müßte also in wenigen Augenblicken losgehen.«

Jonathan wurde bleich. Mit einem Ausdruck des Entsetzens wich er von Samuel zurück. Sein Freund mußte den Verstand verloren haben, am eigenen Leib mit unerforschten Arzneidrogen zu experimentieren. Langsam ging Jonathan zur Tür und lehnte sich mit seinem ganzen Gewicht gegen sie. Henriette und die Kinder durften unter keinen Umständen die Stube betreten.

»Du mußt irre geworden sein, Samuel Hahnemann. Dich eigenhändig zu vergiften ...«

»Ganz im Gegenteil, mein Freund«, unterbrach ihn Samuel leise. Mit schweren Schritten lief er um seinen Schreibtisch herum und ließ sich auf dem Lehnstuhl nieder. Er schien schläfrig zu werden. Seine Knie zuckten.

Draußen legten sich die ersten Schatten der Dämmerung über die einsamen Felder. Ein starker Ostwind brachte das Laub der Bäume vor dem kleinen Haus zum Rauschen. Irgendwo bellten zwei Hunde.

»Was ist mit dir los, Hahnemann? Was ... fühlst du?«

»Nimm dir eine Schreibfeder, setz dich an meinen Platz und notiere genau, was ich dir sage. Rasch!«

Jonathan verließ seinen Posten vor der Tür. Er vergaß dabei, daß er den Eingang ja vor Henriette und den Kindern hatte versperren wollen. Aber offensichtlich war Samuels Familie nicht im Haus. Er mußte das Experiment bereits mehrmals durchgeführt haben.

Jonathan lachte bitter auf. Im Gegensatz zu Samuels Frau kannte er nun die Wahrheit. Sein alter Freund hatte niemals zur Flasche gegriffen, um sich zu betrinken. Er hatte lediglich versucht, die Spuren seiner Experimente am eigenen Leib vor den aufmerksamen Augen Henriettes und seiner Kinder geheimzuhalten.

Hahnemann hatte die Augen geschlossen. Seine Hände umfaßten die Armlehnen seines Stuhles, als befürchte er, jeden Moment das Gleichgewicht zu verlieren.

Ein Strom wie von siedendem Öl schoß durch seinen Körper. Samuel brannte. In Panik öffnete er den Mund, um sich Kühlung zu verschaffen, aber die Luft brachte ihm nur wenig Linderung. Er versuchte sich aufzurichten und nach dem Wasserkrug auf der Anrichte zu greifen, sackte aber benommen auf das Polster zurück. Seine Augen begannen zu tränen. Der Raum mit seinen schäbigen Möbeln, den Büchern, dem Feuerholz in der Ecke und Jonathan, der verstört zu ihm herübersah, fing an, sich wie wild zu drehen. Zu dem Brennen gesellte sich ein Gefühl von Kälte. Sie nahm den gleichen Weg durch seinen Körper wie der brennende Strom, ließ ihn erst erstarren, dann erbeben und brachte zuletzt Herz und Pulsschlag zum Rasen.

Voller Panik starrte Samuel in den schwachen Schein der Öllampe. Er wollte Jonathan etwas zurufen, aber sein alter Weggefährte schien ihn nicht zu hören. Er saß am Schreibtisch und schrieb. Das Kratzen des Federkiels verursachte bei Samuel ein Schaudern, aber er vermochte es nicht, sich verständlich zu machen, auch wenn er sah, daß Jonathan ihn nicht aus den Augen ließ. Ein Gefühl von freudiger Erregung durchbrach einen Herzschlag lang den Schleier vor seinen glasigen, geweiteten Pupillen, als er den endlich erwachten Forscherdrang im Gesicht seines Freundes registrierte.

Das Klopfen in Samuels Kopf wurde stärker. Irgend jemand schlug mit einem Hammer gegen die losen Dachziegel. Oder kam das Geräusch aus dem brüllenden Kanonenofen in der Ecke? Er wußte es nicht, die steifen Gelenke ließen sich nicht länger kontrollieren. Irgendwann gab er es auf, gegen seine Schwäche anzukämpfen. Benommen sank er zu Boden, um sich ganz und gar seinem Fieber auszuliefern.

Als Samuel erwachte, hatte er jegliches Gefühl für Raum und Zeit verloren. Geschwächt fuhr er sich mit der Hand übers Gesicht und schüttelte sich. Er hatte geträumt, aber es war ein unangenehmer Traum gewesen – von Charlotte Rebus, die, begleitet von Zimbeln und Flöten, in der Tracht einer römischen Tempelpriesterin durch die hallenden Gänge eines Schlosses lief und Blut mit menschlichem Samen vermengte. Das Schloß verwandelte sich plötzlich in den Narrenturm von Gommern und Charlotte in die Gräfin Staricka, die an den Stäben ihrer Zelle rüttelte, bis zwei schwarz vermummte Reiter die Tür aufbrachen und sie zu sich aufs Pferd zerrten. Und alle riefen seinen Namen.

Langsam plagte er sich auf. Er war verschwitzt und fühlte brennenden Durst, aber sein Kopf war überraschend klar. Blitzschnell registrierte er, daß man ihn auf sein Bett gelegt hatte. An der Fußseite stand Jonathan, bleich und in Hemdsärmeln, ohne Überrock und Perücke und starrte ihn mit einer Mischung aus unterdrückter Wut und Erleichterung an.

»Du bist krank, Hahnemann«, sagte er schließlich. »Gott sei Dank, daß deine Frau diesen Wahnsinn nicht mit ansehen mußte.«

Samuel runzelte die Stirn. »Unsinn. Ich bin gesund wie ein Fisch im Wasser. Es sind nur ähnliche Symptome wie die des Wechselfiebers. Sie befallen den gesunden Körper nach Einnahme von Chinarinde, aber sie verlassen ihn auch wieder. Drei bis vier Stunden später ist der Spuk vorüber.«

Jonathan fiel ein, daß Samuel Durst haben mußte. Er hieß ihn, liegenzubleiben, füllte einen Tonbecher mit Wasser und reichte ihn seinem Freund, der ihn sogleich in hastigen Zügen austrank.

»Die Chinarinde erregt also eine Art von Fieber, das die gleichen Symptome aufweist wie das Wechselfieber«, konstatierte Jonathan, während er sich seinen Samtrock überstreifte. »Aber was zum Teufel willst du damit beweisen?«

»Möglicherweise ist das Fieber, welches durch die Arzneisubstanz hervorgerufen wird, stärker als das der Krankheit. Stell dir vor, man fände verschiedene Stoffe, die im Körper des gesunden Menschen ähnliche Krankheiten verursachen können. Würden sie im Körper des Kranken nicht von sich aus einen heilenden Ausgleich schaffen?«

»Du meinst, den Satan mit Beelzebub austreiben?« spottete Jonathan und nahm seinen Hut vom Tisch. »Ich glaube nicht, daß du dir mit dieser Theorie medizinische Meriten verdienen würdest, alter Freund. Im Gegenteil, Spott und Verachtung wären dir gewiß.«

»Vielleicht, doch ich bleibe dabei: Fieber kann heilsam wirken, und zwar viel mehr als das Entleeren böser Säfte. Ich werde künftig keine Arznei mehr verabreichen, die ich nicht an mir selbst oder an anderen Gesunden genau überprüft habe. Sollten Symptome auftreten, die einer bekannten Krankheit ähnlich sind, weiß ich, was ich zu tun habe.«

Jonathan sah durch das Fenster Henriette auf das kleine Haus zukommen, zwei blonde Mädchen an der Hand. Sie schien einen Augenblick lang zu zögern, als fragte sie sich, ob sie die Wohnung überhaupt betreten sollte, hielt dann jedoch geradewegs auf den Eingang zu.

»Nun, Krebs, was ist deine Meinung?« fragte Samuel mit ungeduldiger Stimme. Jonathan schüttelte nur den Kopf, packte seine Reitgerte und verließ eilig den Raum.

Vor dem Haus paßte ihn Henriette ab. »Ihr habt stundenlang geredet, und ich wollte euch nicht stören. Hat Samuel …«

Jonathan rang sich ein flüchtiges Lächeln ab. Wie sollte er der blassen, kränklich wirkenden Frau erklären, daß ihr Mann an sich selbst herumexperimentierte, um verrückte medizinische Theorien nachzuweisen. Also murmelte der Arzt nur einige unverfängliche Worte, versprach, bald wieder nach Samuel zu sehen, und drückte Henriette zum Abschied aufmunternd die Hand.

Als Jonathans Pferd hinter den Feldern verschwunden war, ging Henriette in die Schlafkammer hinauf, um nach Samuel zu sehen. Er lag auf dem Bett, die braune Seidenkappe auf den langen Haaren. Ein versonnenes Lächeln umspielte seine Lippen.

»Ich danke dir, meine Liebe«, rief er fröhlich lachend und winkte sie zu sich auf das Bett.

»Wofür?«

»Gib doch zu, daß du Jonathan gerufen hast. War übrigens ganz in meinem Sinne. Er sollte neben dir der erste sein, der von meiner Entdeckung erfährt.«

Henriette strich ihm die wirren Haare unter die Kappe, während sich ihr rundlicher Körper eng an den seinen schmiegte. Vielleicht war dies die passende Gelegenheit, um ihm zu sagen, daß sie ihn brauchte und nicht seine Entdeckungen. Sie erwartete wieder ein Kind.

»Ich muß dir etwas sagen, mein Lieber«, fing sie an, aber dann sank ihr der Mut.

Samuel starrte zur Decke hinauf, wo sich ein häßlicher Wasserfleck durch das Flechtwerk fraß. »Similia Similibus«, murmelte er und fuhr mit dem Zeigefinger die Linien des Fleckes nach. »Ähnliches mit Ähnlichem. Ich werde ihnen schon noch beweisen, daß meine Forschungen keine verrückten Träumereien sind. Was wolltest du mir sagen?«

»Nicht wichtig«, flüsterte Henriette und drehte sich traurig auf die Seite. »Ich sag's dir morgen.«

24. Kapitel

Gotha, im Winter 1792

Daß ein Hofbeamter sich derart für Wandbehänge begeistern kann, überlegte Samuel und schüttelte den Kopf. Die ungewohnte Perücke kratzte ihn.

Seit einer geschlagenen Stunde saßen er und Jonathan Krebs nun schon im Kabinett des Hofrats Becker, eines Vertrauten des Herzogs Ernst von Coburg-Gotha, und warteten darauf, daß der Rat endlich aus seiner Besprechung zurückkehrte. Die Wände des Zimmers, in das sie ein junger Sekretär eingelassen hatte, waren mit kostbaren Stickereien aus Brokat geschmückt. Die schillernden Farben der höfischen Szenen tauchten den Raum in ein farbenfrohes Spektrum, das von den Strahlen der winterlichen Sonne über den schneebedeckten Turmspitzen vor dem Fenster zusätzlichen Glanz empfing.

»Henriette hatte auch einmal so einen Wandbehang«, flüsterte Samuel und deutete geistesabwesend auf ein besonders ausladendes Stück gleich hinter dem Eichenschreibtisch des Hofrats. Sonderbar, er hatte in all den Jahren nicht daran gedacht, wie viele von Henriettes wertvollen Schätzen, die ihr einst großes Vergnügen bereitet hatten, nicht mehr aufzufinden waren. Beim Umzug verlorengegangen, behauptete sie hartnäckig. Das klang zweifellos besser als »im Winter verheizt« oder »zum Trödler getragen«.

»Es tut mir leid, daß die Herren warten mußten!« Eine angenehme, klare Stimme holte Samuel aus seinen Gedanken. »Die Formalitäten, welche zur Gründung einer Gazette notwendig sind, übersteigen selbst die Kräfte eines Mannes, der an das Beamtentum seines Standes gewöhnt sein dürfte.« Der Hofrat lachte und kam mit federnden Schritten auf seine beiden Besucher zu. Er war ein kleiner, schmächtiger Mann mit tiefen Falten im Gesicht, aber mit durchaus wachen Augen, die Samuel und Jonathan aufmerksam musterten. Höflich lud er sie ein, wiederum Platz zu nehmen.

»Sie interessieren sich also für mein Projekt einer Genesungsanstalt für die gehobenen Stände, Doktor Hahnemann?« eröffnete Hofrat Becker das Gespräch.

»Gewiß, Exzellenz. Meine Erfahrungen als Physikus in Gommern haben mir die elenden Zustände der Unterbringung und Behandlung geistesschwacher Personen mehr als deutlich vor Augen geführt. Leider waren meine Bemühungen um eine Reform nicht erfolgreich. Aber als mein Kollege, Doktor Krebs, mich von Ihrem Vorhaben in Kenntnis setzte, wußte ich sogleich, daß dies die Gelegenheit ist, auf die ich schon seit langem warte.«

»Halten Sie Irrsinn für heilbar, Doktor?«

Samuel räusperte sich. Irgendwie kniff das schwere Tuch seines dunklen Rockes in der Schultergegend, aber Henriette hatte darauf bestanden, daß er ihn bei seinem Besuch in Gotha trug. Bis auf die Gasse war sie ihm mit ihrer Kleiderbürste nachgelaufen.

»Ich bin davon überzeugt, daß es heilbare Fälle gibt, Exzellenz. Unsere gewöhnlichen Narrentürme sind doch nur Orte der Absonderung. Dort werden die Unglücklichen in Fesseln gelegt, oftmals mißhandelt und malträtiert. So ist noch kein kranker Mensch geheilt worden.«

»Aber wie stellen Sie sich eine erfolgreiche Therapie vor, Doktor Hahnemann?« Hofrat Becker lächelte immer noch. Samuel konnte allerdings nicht unterscheiden, ob sein Lächeln ihm oder der Gobelinstickerei seines Stuhles galt, auf dem eine üppige badende Nymphe dargestellt war.

»Ich möchte meinen Patienten Zuwendung entgegenbringen«, erklärte Samuel. »Sie beobachten und durch behutsame Gespräche, begleitet von leichten Arzneien, versuchen, eine allmähliche Lösung ihrer Gedankenstarre herbeizuführen.«

Hofrat Becker erhob sich und lief an das große Fenster, das auf den Hof mit seinem gewaltigen Torbogen führte. Einige Sekunden blickte er schweigend hinaus, dann drehte er sich unvermittelt um. »Seine Hoheit, Herzog Ernst, ist bereit, das Experiment durch Bereitstellung eines Flügels seines Schlosses in Georgenthal am Fuß des Thüringer Waldes, drei Wegstunden von Gotha entfernt, zu unterstützen. Entlohnt werden Sie nur, wenn sich eine Heilung unseres Patienten einstellt. Ich möchte nicht versäumen, Ihnen zu sagen, daß die ganze Sache äußerster Diskretion zu unterliegen hat. Ein falsches Wort, und Seine Hoheit wäre brüskiert, gerade jetzt, wo in Frankreich der Gassenpöbel tobt und es sogar wagt, dem Reich zu drohen. Ich nehme an, Sie haben die neuesten Nachrichten bereits gehört?«

Samuel und Jonathan Krebs nickten betreten. Der französische König und seine Gemahlin hatten einen Fluchtversuch unternommen, waren aber unterwegs erkannt und nach Paris zurückgebracht worden. Nun saßen sie im Kerker und erwarteten einen Prozeß wegen Hochverrats.

»Ich kann Sie meiner Diskretion versichern, Exzellenz«, bemerkte Samuel schließlich. »Außerdem bin ich Arzt und kein Politiker. Ich kümmere mich niemals um Dinge, die mich nichts angehen.«

»Und doch entnahm ich Ihren Briefen, daß Sie ein Freund von Neuerungen sind, nicht wahr? Von bisher unerforschten medizinischen Lehren.« Der Hofrat hatte aufgehört zu lächeln. Mit hochgezogenen Brauen blickte er Samuel an. »Haben Sie vor, Ihre Versuche mit Arzneimitteln fortzusetzen?«

Samuel errötete. Er hörte Jonathan neben sich leise aufstöhnen und fing mit den Augenwinkeln einen warnenden Blick auf. Einen Herzschlag lang überlegte er, dann stand er schwungvoll auf. »Gewiß werde ich meine Forschungen fortsetzen, Exzellenz. Ich glaube erkannt zu haben, daß viele unserer althergebrachten Medikamente den Körper eher schwächen, als daß sie ihm die nötige Ruhe geben, sich selbst zu kräftigen. Wenn Sie mir Ihren Patienten anvertrauen, so werde ich dafür sorgen, daß er ausreichend Bewegung, reine Luft und Fürsorge erhält, um wieder gesund zu werden.«

»Ich kann Doktor Hahnemanns Antrag nur unterstützen«, meldete sich Jonathan zu Wort. »Als langjähriger Freund und Kollege möchte ich für ihn bürgen.«

Der Hofrat spielte einige Sekunden lang nachdenklich mit seiner Unterlippe. Dann setzte er sich an seinen Schreibtisch und läutete sein goldenes Tischglöckchen. Sofort wurde die hohe Flügeltür aufgerissen, und ein junger Sekretär betrat das Kabinett.

»Setze Er ein Schreiben auf, welches Doktor Samuel Hahnemann die völlige Autorität in der neuen Genesungsanstalt in Georgenthal einräumt. Bislang hat nur ein einziger Patient von höherem Stand Interesse an unserer Einrichtung gezeigt. Ich werde noch heute seiner Frau in Hannover eine Depesche senden und sie nach Gotha bitten.«

Der Sekretär wiederholte seinen Auftrag, verneigte sich höflich und eilte aus dem Raum.

»Ihr zukünftiger Patient, der Geheime Kanzleirat von Klockenbring, wurde Opfer einer bösen Verleumdungskampagne«, erklärte Hofrat Becker. »Ein Strolch, welcher schmutzige Pamphlete gegen Personen der Gesellschaft verfaßt, hat ihm so übel mitgespielt, daß er darüber den Verstand verlor.«

Der Hofrat begleitete Samuel und Jonathan bis an die Tür und wies seinen Sekretär an, sich bei der Abfassung der Dokumente ein wenig zu beeilen.

»Noch ein Wort, Doktor Hahnemann«, hielt der Hofrat Samuel zurück, nachdem der Sekretär den Besuchern seines Herrn ihre Hüte und Umhänge gereicht hatte. »Bitte erwähnen sie nicht unnötig und an ungeeigneter Stelle Ihre neuen Ideen bezüglich der Arzneimittelerprobung. Unsere Herren Gelehrten schätzen es gar nicht, wenn althergebrachte Heilmethoden in Frage gestellt werden. Früher mag das anders gewesen sein, aber in diesen Tagen, wo die feindlichen Heere die Reichsgrenzen bedrohen, um uns ihr erbärmliches *Vive la République* entgegenzuhalten, ist keine Zeit für fruchtlose Debatten. Ich hoffe, wir haben uns verstanden.«

»Seien Sie unbesorgt, Exzellenz«, entgegnete Samuel. »Meine Familie ist bereit, noch heute nach Georgenthal aufzubrechen. Ich werde Sie regelmäßig von allen Entwicklungen in Kenntnis setzen.«

Als er sich umdrehen wollte, fiel sein Blick auf einen Wandbehang, der in einer Nische, nur wenige Meter von der Tür entfernt, hing und ihm beim Eintreten nicht aufgefallen war. Langsam schob er sich an dem erstaunten Hofrat vorbei und lief auf das in glänzenden Grüntönen gehaltene Kunstwerk mit den eingearbeiteten Silberfäden zu.

»Was hast du, Samuel?« zischte Jonathan peinlich berührt. »Gefällt dir der Wandbehang?«

Gefallen? Samuel hatte sich in seinem Leben nur selten die Frage gestellt, ob ihm etwas gefiel. Es war auch nicht die sorgfältige Arbeit oder die Auswahl der Farben, die ihn anrührte, sondern das Motiv, vielmehr eine der Figuren auf dem breiten Rand.

»Eine Szene aus der griechischen Sagenwelt, Doktor Hahnemann«, hörte Samuel in seinem Rücken die tiefe Stimme des Hofrats. »Sie zeigt …«

»Sie brauchen mir das Bild nicht beschreiben, Exzellenz«, fiel er ihm mit rauher Stimme ins Wort. »Es handelt sich um Perseus, wie er mit seinem Schwert der Medusa das Schlangenhaupt abtrennt. Darf ich fragen, nach wessen Angaben die wunderbaren Symbole angefertigt wurden? Ähnliches findet man selten.«

»Aber Samuel, seit wann interessierst du dich für die Kunst?« Jonathan hatte sich neben seinen Freund gestellt und runzelte die Stirn. Wollte dieser Dickschädel sich etwa vor dem

Hofrat zum Narren machen, nun, wo er den Auftrag bereits so gut wie in der Tasche hatte?«

Hofrat Becker lachte beschwichtigend. »Der Wandbehang ist ein Geschenk eines alten Freundes, des Medizinalrats Clarus.«

»Ich verstehe«, sagte Samuel, ohne seinen Blick von dem bunten Stoff an der Wand abzuwenden. »Ein ... durchaus schönes Stück.«

Henriette und die Kinder fanden erstaunlich schnell Gefallen an der kleinen Stadt Georgenthal. Der Verwalter des herzoglichen Anwesens hatte den Hahnemanns eine wahre Zimmerflucht im westlichen Flügel des Schlosses zugewiesen, und wie gewöhnlich überließ es Samuel seiner Frau und der ältesten Tochter, den alten Planwagen zu entladen und sich in den hallenden Räumen mit den kalten, hohen Wänden häuslich einzurichten. Er selbst suchte lediglich zwei Räume aus: sein Arbeitszimmer und das Zimmer seines künftigen Patienten, des unglücklichen Kanzleirats aus Hannover, dessen Ankunft in kurzer Zeit erwartet wurde.

»Das war die letzte Bücherkiste«, stöhnte Jonathan Krebs, der bei der Übersiedlung half, und wischte sich den Schweiß von der Stirn. Erschöpft ließ er sich in Samuels Lehnstuhl sinken, der als eines der wenigen von Leipzig mitgebrachten Möbelstücke bereits inmitten der geräumigen Studierstube thronte. Verwirrt beobachtete Jonathan, wie Samuel mit langen Schritten den Raum abmaß und mit angestrengter Miene die Lichtverhältnisse untersuchte.

»Glaubst du, daß er von diesen Räumen aus das Rauschen der Bäume hören kann?« fragte Samuel geistesabwesend.

»Wer?«

»Mein Patient, der Geheimrat. Ich würde es nicht für richtig halten, wenn seine Ohren Geräusche aufnehmen müßten, welche er nicht mit einem Bild in Verbindung bringen kann.

Schließlich leidet er an einer schweren Überreizung seiner Sinne.«

Jonathan zuckte mit den Schultern. In den nahezu zwanzig Jahren ihrer Freundschaft war es für ihn kaum einfacher geworden, Samuels Gedankengänge zu verstehen. Ihr gemeinsames Gespräch mit Hofrat Becker hatte ihm diesen Eindruck einmal mehr bestätigt. Warum war der Freund nur so erschrocken, als er den Wandbehang neben dem Eingang gesehen hatte? War es die Figur gewesen, der Kopf der Medusa, die ihm Unbehagen bereitet hatte? Auf der langen Fahrt nach Georgenthal hatte Samuel jedenfalls so oft verstohlen den Kopf nach allen Seiten gedreht, als befürchtete er, sämtliche Geldverleiher Sachsens könnten sich an seine Fersen geheftet haben.

Mit sorgenvoller Miene beobachtete Jonathan, wie der Freund die langen, verstaubten Vorhänge mit ihren goldenen Troddeln auseinanderzog und das Tageslicht sanft in das leere Zimmer gleiten ließ. Langsam griff er nach der Zange, um die gerade angelieferte Kiste mit Samuels Büchern und Aufzeichnungen zu öffnen.

Samuels Patient erreichte Georgenthal zwei Tage später, kurz vor Sonnenuntergang. Als die prunkvolle Kutsche mit dem silbernen Wappen eines springenden Bären in den Hof einbog, traten Henriette und die Kinder staunend aus dem Haus. Zwei Männer in Uniform stießen einen dritten Mann aus dem Wagen und zerrten ihn an den Armen hinter sich her. Meine Güte, dachte Henriette entgeistert. Die Hände des bleichen Mannes waren vor der Brust mit Stricken gefesselt. Seine grünen Augen starrten leer und ohne Regung in den bedeckten Himmel.

»Wir kommen aus Gotha und haben den Auftrag, dieses Individuum dem Physikus Hahnemann in Georgenthal zur gestrengen Aufsicht zu übergeben«, sprach einer der Soldaten, ein grober Kerl mit Pusteln im Gesicht, Henriette herablassend an.

»Kinder, geht zurück und laßt die Herren eintreten.« Besorgt nahm Henriette die kleine Amalie auf den Arm. Wo, zum Teufel, steckte Samuel? War er wieder mit Friedrich und Jonathan auf den Wiesen, um Heilpflanzen zu sammeln?

»Warum sind die Hände dieses Mannes in Fesseln?« hörte sie plötzlich eine aufgeregte Stimme über den Hof schallen. Als Henriette sich umdrehte, entdeckte sie ihren Mann. Er stand mit rotem Gesicht auf einem Gesims, von welchem man die Hofseite bis zu dem alten Kutscherhaus überblicken konnte, und klammerte sich mit beiden Armen an der Brüstung fest.

»Samuel, was treibst du da oben?« rief Henriette aufgebracht. »Willst du dir den Hals brechen?«

»Ich verlange, daß diese Büttel dem Geheimrat Klockenbring augenblicklich seine Fesseln lösen, Henriette. In meinem Haus dulde ich solche Methoden nicht.«

»Tun Sie gefälligst, was der Physikus sagt!« Jonathan Krebs war auf den Hof getreten und zog, als keiner der beiden Soldaten Anstalten machte, sich zu rühren, ein Messer aus seinem breiten Gürtel. Mit einem Schnitt fielen die Stricke von den Gelenken des Geheimrates.

»Damit haben wir unseren Auftrag ausgeführt. Wir sollten den Kerl nur hier abliefern«, brummte der ältere der beiden Soldaten, ein breiter Mann mit buschigen Augenbrauen und schwarzem Schnurrbart. Dann gab er seinem Begleiter ein Zeichen, den verwirrten Geheimrat ins Haus zu bringen, während er selbst in die Kutsche stieg.

Wenige Minuten später schaukelte der Wagen auch schon durch das von dürren Rebstöcken umrankte Schloßtor und verschwand wieder.

»Bittet den Herrn Geheimrat in mein Arbeitszimmer«, rief Samuel, während er vom Gesims auf die Mauer des Kutscherhauses hinunterkletterte. »Ich bin in wenigen Minuten bei ihm.«

»Jonathan, sag mir bitte, was das zu bedeuten hat.« Hilfesuchend packte Henriette den Arzt am Ärmel seines weiten Hemdes. »Ich bin in diesem Schloß mit den Kindern auf mich allein gestellt. Wenn Samuel nun auch noch den Verstand verliert ...«

Jonathan Krebs streifte ihre Hand behutsam vom Ärmel. Sie war kalt und glatt wie ein Quarzgestein. Die kleine Amalie stieß mit ihrem Köpfchen, das von einer winzigen Haube mit Spitzen bedeckt wurde, gegen die Schulter ihrer Mutter.

»Samuel weiß schon, was er tut, Henriette«, antwortete er schließlich. »Hast du nicht gesehen, wie Klockenbrings Augen glänzten, als er ihn da oben auf dem Gesims entdeckte? Der Mann wird von der ganzen Welt als Schwachsinniger behandelt, weil er sich anders verhält, als es seinem Stand und dessen Konventionen geziemt. Samuel versucht nur, sein Vertrauen zu gewinnen, indem er sich auf seinen Zustand einläßt und ihn durch unerwartete Handlungen aus seiner Apathie befreit. Wir haben gemeinsam darüber in Krankenjournalen gelesen.«

»Ich hoffe nur, seine Therapie erweist sich nicht als ebenso große Narretei wie seine Experimente mit den Stoffen, welche Krankheiten erst auslösen sollen, um sie zu heilen.« Henriette legte Jonathan die kleine Amalie in den Arm und beeilte sich, ihren älteren Kindern ins Schloß zu folgen. Keine Minute länger als unbedingt nötig sollten sie mit dem unheimlichen Mann aus Hannover zusammensein. Mochte Samuel sagen, was er wollte.

25. Kapitel

Kanzleirat Klockenbring erwies sich als schweigsamer, verschlossener Mann, der Samuel und Henriette mit Distanz und formvollendeter Höflichkeit begegnete. Tagelang saß er in stoischer Teilnahmslosigkeit in seinem Zimmer, las oder starrte abwesend ins Kaminfeuer. Samuel ließ ihn indessen nicht eine Minute aus den Augen und setzte es Henriette gegenüber schließlich sogar durch, sein Bett in die Arbeitsstube, gleich neben Klockenbrings Kammer, zu stellen. Ansonsten hielt er sich im Hintergrund und führte Buch über jede Gemütsregung seines Patienten. Erst drei Wochen nach Klockenbrings Ankunft in Georgenthal begann er behutsam, den Kanzleirat in harmlose Gespräche zu verwickeln oder ihn zu Spaziergängen über die Wiesen hinter dem Schloß einzuladen.

Bei einem dieser Spaziergänge erfuhr Samuel auch den Grund für Klockenbrings desolaten Zustand und wunderte sich, wie genau der Geheimrat über dessen Hintergründe im Bilde zu sein schien. Klockenbring sprach leise, beinahe andächtig, als bestünden seine Sätze nicht aus einfachen Worten, sondern aus pathetischen Versen, die an unbekannte Mächte in fremden Sphären gerichtet waren. So berichtete er von den unheilvollen Pamphleten des Dichters Kotzebue, die etwa zwei Jahre zuvor den Ruin eines ehemals angesehenen Theologen heraufbeschworen hatten. Die Schmähschriften, die den Mann mit Leipziger Hurenwirten und dem Suff in Verbindung brachten, hatten sich schließlich auch mit seiner Person befaßt – und seinen guten Ruf zerstört. Man hatte Klockenbring als trunksüchtigen Betrüger verleumdet und ihn der Bestechlichkeit beschuldigt.

Als der Geheimrat seinem Arzt die Schwielen von den

Stricken seiner früheren Wärter zeigte, wurde Samuel weiß vor Wut. Er wies Henriette an, seinem Patienten gegen die Schwellungen Hamamelis- und Wollwachsumschläge aufzulegen. Am selben Abend schloß er sich in seine Studierstube ein, um Klockenbrings Tageszustand zu analysieren und die Symptome zusammenzutragen. Wollte er eine Arzneitherapie nach dem Prinzip »Ähnliches mit Ähnlichem« an dem Kanzleirat vornehmen, so galt es, Substanzen pflanzlicher oder mineralischer Art zu finden, welche nach Einnahme an ihm, dem Gesunden, nahezu identische Symptome erweckten, wie er sie an Klockenbring beobachtet hatte. Samuel und Jonathan hatten im Laufe der Wochen nicht nur eine starke Überempfindlichkeit der Augen und Ohren festgestellt, sondern auch Angst vor Gewittern und Dunkelheit, regelmäßige Anfälle von Schwermut und Erschöpfung und – zu Henriettes Leidwesen – einen beinahe unstillbaren Appetit.

Hahnemann notierte diese Erscheinungen sorgfältig in sein Krankenbuch, stellte Querverbindungen auf und machte Randbemerkungen.

»Wenn meine Berechnungen aufgehen, dann heben die künstlich provozierten Krankheitssymptome diejenigen des Patienten auf«, erklärte er Henriette begeistert.

»Und wenn sie falsch sind, dann schnappst du ebenso über wie Klockenbring. Wunderbar!« erwiderte seine Frau lakonisch. »Vielleicht machst du dir einmal Gedanken darüber, wie ich unsere fast leere Speisekammer auffüllen soll! Dein Kanzleirat frißt wie eine Kompanie Dragoner, und der Kastellan hat mir unmißverständlich zu verstehen gegeben, daß er und sein Herr nicht für das leibliche Wohl der Genesungsanstalt sorgen werden. Wir werden erst an Geld kommen, wenn du Klockenbring geheilt hast. Falls ich ihn nicht vorher mit dem Spinnrad erschlage, um meine Kinder vor dem Verhungern zu retten.«

»Ich habe heute eine Übersetzung beendet«, flüsterte Samuel und schaute Henriette schuldbewußt an. Er fand, daß sie in diesem weiten Leinenkittel immer noch recht hübsch aussah, selbst wenn sie ihn zornig anfunkelte. Sie saß vor einem einfachen, aus drei groben Brettern gezimmerten Tisch an der Wand. Ihren großen Spiegel mit dem Goldrand hatte sie darauf gestellt, so daß er im Licht der Kerzen fast wie eine Frisierkommode für elegante Frauenzimmer wirkte. Eines Tages würde er ihr eine echte Kommode mit einem Kristallspiegel kaufen.

»Morgen früh reite ich nach Gotha, um sie dem Verleger zu bringen, das heißt, wenn der Kastellan mir noch einmal seine alte Schindmähre ausleiht. Ansonsten muß ich warten, bis Jonathan zurück ist«, erklärte Samuel.

Seine Frau fand keine Zeit mehr für eine Antwort. Aus dem großen Saal, in dem der alte Herzog noch Besucher empfangen hatte, erscholl ein entsetzlicher Schrei. Blitzschnell stürzten sie auf den Korridor. Die Tür zu den Räumen des Kanzleirats stand weit offen und wurde von einem heftigen Windstoß gegen das Mauerwerk geschlagen.

Henriette schrie entsetzt auf, als eine lange, in weiße Tücher gehüllte Gestalt, bei der es sich nur um Klockenbring handeln konnte, sich stöhnend aus dem Saal schob und den Gang hinuntereilte. Aus seinen tief in den Höhlen liegenden Augen sprühte den Hahnemanns unbändiger Zorn entgegen.

»Ich bin euer Richter«, kreischte der Geheimrat. Die flatternden Tücher wie Leichentücher über die hageren Schultern geworfen, eilte er unheilverkündend auf seinen Arzt zu. Speichel rann ihm aus den Mundwinkeln. »Ich, Agamemnon, Völkerfürst von Mykene, verkünde euch den Untergang, wie die Dichter ihn lange zuvor besungen haben!«

Ein Schwall griechischer Zitate und hebräischer Psalmen quoll wie eine Springflut aus seinem Mund und ließ Samuel und Henriette wie von einem Fluch getroffen unter den Türsturz ihrer Kammer zurückweichen. Dann verharrte Klockenbring, schüttelte die weißen Stoffstreifen von sich ab und kauerte sich schließlich leise wimmernd auf den Fußboden neben einen Waffenschrank.

»Ich verstehe das nicht«, sagte Samuel, während er seinem Patienten den Puls fühlte und ihm dann behutsam wieder auf die Beine half. Erst als der Geheimrat sich mit zuckenden Augenlidern gegen die Wand lehnte, bemerkte Samuel im Zwielicht des kahlen Korridors, daß der Mann völlig nackt und vor Schweiß glänzend war, und beeilte sich, seine Blöße mit dem auf den Platten liegenden Leintuch zu verhüllen. »Ich habe ihn vier Tage lang mit Arnika und Bärlapp behandelt, mit Johanniskraut und verschiedenen anderen Arzneipflanzen, die nach der Prüfung exakt seinen Symptomen entsprachen.«

Henriette warf ihrem Mann einen giftigen Blick zu und drehte sich wortlos um. Arnika und Johanniskraut. War das alles, was ihm in dieser Stunde durch den Kopf ging? Sie mußte nach den Kindern sehen. Hoffentlich hatte der Lärm den kleinen Friedrich nicht aus dem Schlaf gerissen. In letzter Zeit kränkelte der Junge immer öfter. Mitunter saß er im Küchentrakt des Schlosses auf einem Schemel und schaukelte auf ihm, als säße er auf einem Pferd. In diesen Zustand verfallen, gab er unverständliche Laute von sich und schlug jeden, der sich ihm nähern wollte. Hatte er dieses Verhalten von Klockenbring aufgeschnappt?

Henriette lief in ihr Schlafzimmer und zog ihr warmes Schultertuch mit dem blauen Blütenmuster aus der alten Kommode. Danach riß sie mit einer energischen Bewegung, Decke und Kissen von ihrer Bettstatt. Für diese Nacht hatte sie genug von Samuel und dem Verrückten, der sich für einen Helden der griechischen Ilias hielt und dabei heulend den Psalter rezitierte. Vorsichtig blickte sie am Türrahmen nach rechts und links, als gälte es eine befahrene Chaussee zu überqueren, und huschte dann über die eiskalten Steinplatten in das Zimmer ihrer Töchter. Befreit aufatmend legte sie den Riegel vor die Tür.

Am nächsten Morgen sattelte Samuel das Pferd, das der mürrische Kastellan ihm schimpfend aus dem Stall geführt hatte. Der Groll des alten Mannes, der sich über die Hahnemanns und ihre Genesungsanstalt beschwerte, sobald sich einer von ihnen in einem anderen Teil des Schlosses zeigte, schien sich auf seine abgemagerte Schindmähre übertragen zu haben, denn das Tier bockte, wieherte ärgerlich ob der unerwarteten Störung und trat um sich. Hahnemann seufzte. Das konnte nichts Gutes bedeuten. Über den Wipfeln der Bäume jenseits des Schloßgartens war es noch dunkel, und ein eisiger Schneewind krümmte die vertrockneten Büschel Unkraut, die zwischen den Pflasterstreifen der fürstlichen Remise wucherten.

»Also, wie abgesprochen, Henriette.« Samuel streifte sich das Band seiner Tasche über den Kopf. »Du gehst mit den Kindern ins Pfarrhaus und betrittst das Schloß erst wieder, wenn du im großen Saal Licht siehst.«

»Hoffentlich hast du Erfolg in Gotha«, antwortete seine Frau, weil sie irgend etwas sagen wollte, aber im Grunde nicht wußte, was in diesem Moment angebracht war. Sie schob ihr Kopftuch ein wenig aus der Stirn, um trotz der bitteren Kälte ihrem Mann in die Augen sehen zu können. Sie waren sich fremd geworden. Der Mann im Sattel, der Mühe hatte, gegen den Sturmwind die Zügel stramm zu halten, zog seinen Hut tief ins Gesicht.

»Mach dir keine Sorgen, Samuel«, flüsterte Henriette mehr zu sich selbst. »Klockenbring ist in seinen Räumen eingesperrt, und ich werde mit den Kindern in die Stadt gehen.«

Als Samuel das unwillige Pferd an den Pförtnerhäuschen vorbei und durch das prächtige Schloßtor dirigierte, blieb seine Frau stehen. Die Eiskristalle ließen sich auf ihrem Kleid, der geflickten Schürze und dem Kopftuch nieder wie eine Armee von kleinen gierigen Insekten, die sich über eine schutzlose Beute hermachten. Eine Ewigkeit verging, bis Henriette sie abschüttelte und langsamen Schrittes den Weg von der Remise zum Portal zurücklief.

Es dämmerte bereits, als Henriette mit den Kindern die Dorfstraße verließ und in die lange, von kahlen Birken gesäumte Allee zur Schloßfreiheit einbog. Amalie plärrte unentwegt, weil ihr Bruder sie an den Haaren zupfte, und Jetta stolperte beim Gehen über ihre zu großen Holzpantinen. Die Kinder wären gerne länger im Pfarrhaus geblieben. Dort hatte man die Familie des Arztes mit Zuckerkuchen und heißer Milch empfangen, Genüsse, die im Hahnemannschen Haushalt nur an Feiertagen auf den Tisch kamen. Henriette hatte gute Miene zum bösen Spiel gemacht und die endlosen Erzählungen der Schwester des Pastors, einer ältlichen, rotgesichtigen Witwe, über sich ergehen lassen. Da sie seit vielen Wochen fern von jeglichen Neuigkeiten gelebt hatte, hob sie nur die Schultern, als die Schwester des Pastors ihr von den Greueltaten der Jakobiner in Frankreich berichtete. Der Terror eines Mannes mit Namen Robespierre zwang die angesehensten Leute Frankreichs in den Kerker, auf den Schinderkarren und schließlich unters Fallbeil. Trommelwirbel und der Geruch von Blut und Angst lagen überall in der Luft. Preußen und Österreich vereinigten sich im Kampf gegen die Jakobiner, auf deren Befehl der gefangene französische König dem Kaiser in Wien den Krieg erklärt hatte. Währenddessen zog Herzog Ferdinand von Braunschweig mit einigen Truppen den Rhein hinunter, um den Revolutionsarmeen zu begegnen. Wie sich Sachsens Kurfürst verhalten würde, wußte die Schwester des Pastors nicht zu sagen. Politik ginge sie nichts an, meinte sie, sondern sei Sache der hohen Herren, und außerdem sei man hier, in Georgenthal, ohnehin so sicher wie in Abrahams Schoß.

Der Pastor hatte sich entschuldigt. Den ganzen Nachmittag über empfing er Bewerber für die offene Stelle des örtlichen Schulmeisters, die er im Nebenraum der kleinen Kirche singen, lesen und rechnen ließ. Die klagenden Laute des letzten Bewerbers, eines buckligen Webers, dessen schlechte Augen ihn die Wollfäden nicht mehr erkennen ließen, wehten wie das Blöken eines Kalbes durch die dünnen Fensterscheiben. Einen Augenblick lang hatte Henriette daran gedacht, dem Pastor ihren Mann als Schulmeister zu empfehlen, aber sie wußte, daß Samuel sich niemals dafür hergeben würde. Er wollte weder als Arzt praktizieren noch Kinder unterrichten, sondern über die Wiesen streifen, Kräuter sammeln, analysieren und dem verrückten Klockenbring den Verstand in seinen Schädel zurücktreiben.

Als sie endlich den Schloßhof erreichten, bemerkte Henriette, daß im großen Saal des Ostflügels zahlreiche Kerzen brannten. Einige der silbernen Leuchter standen sogar im Fenster und flackerten gefährlich nahe unter den dicken roten Vorhängen, die sie stundenlang geklopft und somit vom Staub befreit hatte. War Samuel schon zurückgekehrt?

»Friedrich, geh mit deinen Schwestern in den Westflügel hinüber und suche den Kastellan«, sagte Henriette und überließ ließ dem Jungen die noch immer schreiende Amalie. Verdutzt starrte Friedrich seine Mutter an, als habe diese ihm gerade aufgetragen, seine Geschwister an das fahrende Volk zu verkaufen.

»Aber Mutter, der Kerl säuft doch um diese Zeit immer seinen Branntwein und ...«

»Du tust, was ich sage, Friedrich!«

Ohne Widerrede packte der Junge Amalie am Handgelenk und zog sie mürrisch an dem verwahrlosten Pförtnerhäuschen vorbei. Jetta und Mina trotteten ihm müde hinterher.

In der großen Eingangshalle schlug Henriette ein Geruch nach Angst, Schweiß und vermodertem Holz entgegen. Sie blickte zur Freitreppe hinüber, deren Marmorstufen mit dem persischen Fußläufer irgendwo auf halber Höhe von Schatten verschluckt wurde. Ein Gefühl von Übelkeit überfiel Henriette, als sie die lang anhaltenden Töne aus dem erleuchteten Saal hörte. Instinktiv schob sie beide Hände vor den bereits leicht angeschwollenen Bauch. Warum hatte sie auch den Kuchen der Pastorenschwester abgelehnt. Die Übelkeit wurde stärker. Sie hätte die Kinder zu dem alten Kastellan begleiten sollen.

»Samuel, bist du zurück?« rief sie, während sie sich der hohen, mit Goldrändern verzierten Flügeltür näherte. Die schrillen Töne wurden lauter. Henriette hörte ganz deutlich, daß sie von dem Spinett herrührten, das Samuel am ersten Abend nach ihrer Ankunft abgedeckt und in eine Ecke des Saales bugsiert hatte. Für Musik hatte er noch nie viel übrig gehabt. Außerdem glaubte er, daß schrille Töne Klockenbrings Nerven schaden konnten.

Der Kanzleirat saß in einem Hausmantel aus scharlachroter Seide am Spinett, das er an seinen alten Platz vor dem Kamin zurückgeschoben hatte, und ließ seine langen, spitzen Finger gewandt über die hell glänzenden Tasten tanzen. Überall um ihn herum standen brennende Kandelaber; auf dem Boden, an den Fenstern und selbst auf dem Instrument. Heißes Wachs tropfte auf das Parkett.

Henriette kam langsam näher. Was sie durch die geschlossene Tür als unangenehme Geräusche empfunden hatte, erwies sich plötzlich als eine wunderschöne Melodie. Melancholisch und sanft, was in erschreckender Weise zu dem Mann am Spinett paßte. Wie gebannt lauschte Henriette seinem Spiel und vergaß über ihrem Staunen nicht nur ihre Furcht vor Samuels Patienten, sondern auch die offene Tür. Ein kalter Windhauch wehte durch den Saal und löschte einige der Kerzen auf dem Spinett.

Geheimrat Klockenbring drehte sich um. Sein bleiches Gesicht leuchtete wächsern, als bestünde es aus milchigem Glas.

»Madame Hahnemann, bitte treten Sie doch näher«, hörte Henriette seine leise Stimme. Er winkte einladend mit beiden

Armen. Mit klopfendem Herzen kam sie seiner Aufforderung nach.

»Mein Mann ist doch bereits im Hause, nicht wahr, Herr Kanzleirat?« Henriette legte ihr Schultertuch und die Haube über einen Stuhl.

»Ich habe ihn den ganzen Tag nicht gesehen, Madame. Durch irgendein Mißgeschick muß mich jemand in meinen Räumen eingeschlossen haben. Es kostete mich jede Menge Überredungsgeschick, bis dieser Flegel von Kastellan mich herausließ.«

Ungläubig starrte Henriette den Mann in dem Seidenmantel an. Im Schein der tropfenden Wachskerzen schien der fließende Stoff zu bluten, und Henriette erwartete beinahe, unter den grazilen Füßen des Kanzleirats eine rote Lache vorzufinden. Der Mann bemerkte es und lächelte entrückt.

»Vergeben Sie mir, Herr Kanzleirat, aber ich muß Sie jetzt verlassen.« Hastig nahm Henriette ihr Wolltuch wieder an sich und legte es sich um die Schultern. »Mein Mann ... er war in Gotha, aber er wollte vor Einbruch der Dunkelheit zurück sein.«

»Ein vernünftiger Mann, der Doktor«, rief Klockenbring ihr nach. Henriette hörte, wie er sich von seinem Hocker erhob. Schlurfende Bewegungen drangen durch den Saal. »Doktor Hahnemann ist nicht wie die anderen Ärzte, Madame!«

»Ach nein?« fragte Henriette und ärgerte sich, weil ihre Stimme zitterte. Verdammt, warum hatte sie nicht auf Samuel oder den Kastellan warten können. Wo steckte der alte Säufer überhaupt?

»Ihr Mann hat eine Vision, Madame«, fuhr der Geheimrat fort. »Er sieht Dinge, die vor den Augen anderer unsichtbar bleiben, weil die sie nicht sehen wollen. Denken Sie an den alten Pestarzt Michel de Notredame, Nostradamus genannt. Er verlor seine Familie an die Seuche und gewann später seherische Fähigkeiten. Leiden machen sensibel für neue Geistesgüter. Hahnemann hat mir seine Theorie erklärt, die Doktor Krebs und seine Kollegen nicht verstehen.« Klockenbring trat so nahe an Henriette heran, daß sie seinen Atem hören konnte. Galant nahm er die Finger ihrer rechten Hand und hauchte einen Kuß über sie. »Man ahme die Natur nach, welche zuweilen eine chronische Krankheit durch eine hinzukommende heilt, und wende das Mittel an, welches eine ähnliche zu erregen imstande ist. Und die erste wird geheilt werden.« Seine Worte klangen wie ein Gebet an eine entrückte Gottheit, als er Henriette zurück zum Spinett führte.

»Ich weiß, daß Sie als Gemahlin eines Gelehrten viel durchzumachen haben, Madame. Es bedrückt mich, wenn ich die Sorgen auf Ihrem feinen Gesicht sehe. Es ist nicht leicht, als Frau für eine Familie zu sorgen und abends nicht zu wissen, was man den Kindern am nächsten Morgen vorsetzen soll, nicht wahr? Und dann halst sich Ihr Gemahl auch noch einen Vielfraß und Prasser auf, der zunehmend den Hunger eines Wolfes entwickelt. Aber glauben Sie mir, Madame: Dr. Hahnemanns Experimente mit den Heilpflanzen werden eines Tages die eitlen Professoren zum Verstummen bringen. Darauf gebe ich Brief und Siegel!«

»Sie müssen mich jetzt entschuldigen, Herr Kanzleirat«, erklärte Henriette und entzog ihre Hand seinem Griff. »Ich werde Ihnen Samuel schicken, sobald er ...«

»Wo ist er?« Klockenbrings Stimme klang mit einem Mal heiser. Sein Gesichtsausdruck veränderte sich, und sein hagerer Körper erbebte wie von inneren Krämpfen gepeinigt.

»Der Ton!« kreischte er. Sein bleiches Gesicht verzerrte sich plötzlich vor Wut. Feindselig ließ er seine kleinen schwarzen Augen zwischen Henriette und dem Spinett hin und her wandern. »Der *Proslambanomenon.* Ohne diesen Ton bleibt mein Spiel unvollkommen. Schauen Sie sich die Tastatur an. Lücken ... überall... Lücken. Sie ... Sie haben ihn mir weggenommen. *Sie* ließen mich einschließen. Also, Madame Hahnemann, wo ist der Ton?«

Henriette blickte sich hilfesuchend um. Ein neuer Wahnsinnsanfall, und ausgerechnet jetzt war sie mit Klockenbring allein. Mit einem Satz sprang sie zurück und eilte auf die angelehnte Flügeltür zu. Klockenbring setzte ihr mit einem wütenden Schnauben nach. Kurz vor der Tür holte er sie ein. Henriette schrie verzweifelt auf, als seine Hand sich tief in ihr Mieder grub. Sie sank zu Boden, doch immerhin gelang es ihr, Klockenbring ihr Knie in den Unterleib zu rammen. Der Tobende ließ von ihr ab. Ungläubig blickte er sie an, ehe er sich mit einem entsetzlichen Geheul über sie warf.

»Verlassen Sie mich nicht«, schrie er hysterisch und ruderte wild mit den Armen. Sie stemmte sich mit aller Macht gegen ihn. Plötzlich sah sie, wie Klockenbring nach hinten gerissen und gegen die Wand geschleudert wurde. Ein bronzener Kandelaber stürzte um und benetzte Gesicht und Hände des Geheimrats mit heißem Kerzenwachs. Zwei kräftige Hände griffen Henriette behutsam unter die Achseln und zogen sie durch die weiße Tür in den dämmrigen Flur.

»Ist dir auch nichts geschehen?« hörte sie eine besorgte Stimme wie durch einen reißenden Strom zu ihr durchdringen. Die Stimme bezwang das Rauschen in ihren Ohren. Sie war tief, warm und melodisch.

»Jonathan«, flüsterte Henriette und versuchte zu lächeln, als sie Samuels Freund erkannte. Er war also vor ihrem Mann nach Georgenthal zurückgekehrt. Im richtigen Moment.

»Meine Kinder … Wo sind meine Kinder?« Henriettes Stammeln ging in ein heiseres Krächzen über, das sie mehr erschreckte als die Tatsache, daß sich ihr ganzer Leib wie eine einzige offene Wunde anfühlte.

»Der Schloßverwalter schläft seinen Rausch aus«, erklärte Jonathan. »Weiß der Teufel, wie der alte Griesgram immer wieder an den Branntwein kommt. In der Dorfschenke hat er jedenfalls schon lange keinen Kredit mehr. Um die Kinder brauchst du dir jedoch keine Sorgen zu machen. Sie sind alle im Stall und versorgen mein Pferd. So viel Fürsorge hatte die arme Mähre schon lange nicht mehr zu ertragen.«

Jonathan lachte. Irgendwie war sein Lachen ansteckend, denn Henriette stimmte ein, ohne es zu wollen. Sie wollte auch nicht, daß sich ihre Arme plötzlich um Jonathans Hals legten und ihre Hand langsam seinen Nacken hinaufwanderte.

Vorsichtig hob Jonathan sie von den kalten Marmorplatten auf und trug sie über den Korridor zu ihrer Kammer. Dort legte er sie auf das kleine blaue Sofa und setzte sich neben sie, um ihren Puls zu fühlen.

»Er hat mich angegriffen, Jonathan. Regelrecht angefallen wie ein wildes Tier. Erst brüllte er mir etwas entgegen, von irgendeinem ... Ton, der angeblich aus seinem Spinett verschwunden sei und dann ...« Sie fing an zu weinen.

»Du hättest nicht zu ihm gehen sollen, Henriette!«

»Woher sollte ich wissen, daß er seinen blödsinnigen Ton in meinem Mieder suchen würde.« Unwillkürlich wanderten ihre Blicke ihr zerfetztes Kleid hinunter. Ihre Brüste wurden von dem zerfetzten Stoff des Mieders nur noch notdürftig verhüllt.

»Und ... Samuel? Warum zum Teufel ist er nie da, wenn ich ihn brauche?«

»Er wird schon kommen«, sagte Jonathan und blickte sie aus seinen großen braunen Augen beschwörend an. »Es ist etwas geschehen, Henriette. Ich traf Samuel heute nachmittag in Gotha, gleich nachdem er seine Übersetzungen zum Verleger gebracht hatte. Da ... wußte er es schon.«

Henriette schaute ihn vorwurfsvoll an. Warum konnte er sich nicht endlich abwenden? Ihre Augen schwammen in Tränen. Außerdem fand sie, daß Jonathan seinen Freund wieder allzusehr in Schutz nahm. Wurde er es denn niemals leid, ihn zu entschuldigen? Was auch immer Samuel in Gotha erfahren haben mochte, er hatte kein Recht gehabt, sie mit Klockenbring hier allein zu lassen. Er hatte kein Recht, sie ins Verderben zu stürzen. Sie und seine Kinder.

Jonathans Wangen rochen schwach nach einem herben Parfum. Eigentlich wollte Henriette es nicht, doch plötzlich bemerkte sie, daß ihre Fingerspitzen fast wie von selbst die Haut des Freundes berührten und dann zaghaft die Linien seines Kopfes mit den glänzenden dunklen Haaren nachfuhren. Jonathan beugte sich über sie. Der herbe Duft nahm ihr den Atem. Wie um Luft zu schöpfen, schnellte sie hoch und drückte ihre Lippen gegen seinen Mund. Er erwiderte ihren Kuß, erst zurückhaltend, dann zärtlich, zuletzt gar leidenschaftlich. Henriette stöhnte und ließ sich ergeben in die Kissen fallen. Mit ihren Beinen umschlang sie Jonathans Hüften, heftig und fordernd, bis ein schmerzhaftes Stechen sich ihrer bemächtigte. Entsetzt riß sie sich los. Zitternd legte sie ihren Arm vor ihren Bauch. Das Kind hatte sich bewegt. Zum ersten Mal und sie …

»Henriette, hörst du mich?« Die tiefe Stimme klang weit entfernt. »Wir … wir dürfen das nicht, so sehr ich es mir auch wünschte. Doch morgen früh würden wir einander hassen. Du gehörst nun einmal zu Samuel.«

»Ja, natürlich«, flüsterte Henriette. Aufgewühlt nestelte sie an ihrem ruinierten Mieder, vermied es jedoch, Jonathan noch einmal anzusehen. Ihr Herz klopfte, als gelte es, einen Wettlauf zu gewinnen. In den letzten Minuten hatte sich ihre Freundschaft für den Kollegen ihres Mannes in hilflose Verehrung und brennende Leidenschaft verwandelt. Aber warum? Und warum ausgerechnet heute? Henriette konnte es nicht sagen, aber sie wußte, daß es für Gefühle wie Liebe, Angst und Haß niemals einen geeigneten Zeitpunkt gab.

Jonathan schien ihre Gedanken zu erraten. Sie spürte, wie sich seine warme Hand auf ihre dicken Haare legte, und wagte kaum zu atmen. Irgendwo erscholl eine Stimme, die eine leise Melodie summte und dann etwas zu ihr sagte.

»Vielleicht ist es dir nicht klar, meine Liebe, aber du bist die einzige Kraftquelle, die Samuel noch hat. Ohne dich könnte er weder denken noch arbeiten. Womöglich könnte er ohne dich nicht einmal leben!«

Jonathans Worte vertrieben die summende Stimme in Henriettes Kopf. Sie fühlte sich hundeelend. Sollte sie Jonathan erzählen, daß Samuel sie seine Penelope nannte? Die treue Hausfrau, die zwanzig Jahre lang auf ihren Gatten wartete? Eine Frau, die tagsüber an ihren Träumen und Sehnsüchten webte und nachts jede einzelne Naht auftrennte, um im Morgengrauen von neuem zu beginnen?

Im Hof erscholl das Geräusch von Pferdehufen. Eilig trat Henriette ans Fenster, hob die Gardine an und starrte benommen in die Dunkelheit. Samuel war zurückgekehrt. Sie beobachtete, wie er sich mit steifen Gliedern vom Rücken der Stute quälte und das Tier dann am Zügel über den Hof in ihren Stall führte. Wenige Sekunden später erschien er mit einer brennenden Lampe und kam zum Hauptgebäude herüber. Als er Henriette am Fenster ihrer gemeinsamen Kammer stehen sah, nahm er seinen Dreispitz vom Kopf – den Schal hatte er vermutlich verloren – und winkte ihr kurz mit der Lampe. Dann verschwand er im Hauseingang.

»Du warst unvorsichtig, meine Liebe«, bemerkte Samuel, als er von Henriettes Mißgeschick mit Klockenbring erfuhr. »Aber schuld an dem Zwischenfall ist allein der Kastellan. Dieser Hornochse hat sich meinen Anweisungen widersetzt. Gleich morgen früh werde ich eine förmliche Beschwerdenote an Hofrat Becker senden!«

Samuel saß mit Henriette und Jonathan zusammen in der Wohnstube. Sie tranken Wein, den Jonathan mitgebracht hatte.

»Ich war unvorsichtig, doch du warst nicht da«, erwiderte Henriette und warf Jonathan einen verstohlenen Blick zu. »Und wenn Klockenbring mich und dein ungeborenes Kind getötet hätte?«

Samuel stellte sein Weinglas auf die Tischplatte, daß der Inhalt überschwappte, und blickte Henriette schuldbewußt an. »Es wird nicht wieder vorkommen, Henriette. Ich habe Klockenbring ein Medikament verabreicht und ihn in seine Räume gebracht. Von heute an werde nur noch ich zu ihm gehen. Ich weiß, daß er sich erholen wird. Dich bitte ich nur um ein wenig Geduld!«

Henriette lief zu ihrem Nähtisch und öffnete die oberste Schublade. Sie mußte sich zusammennehmen, um Samuel ihre Empörung nicht ins Gesicht zu schreien. Geduld verlangte er von ihr. Die Geduld einer Penelope vielleicht? Und wie lange? Zehn oder zwanzig Jahre?

»Vielleicht erzählst du deiner Frau erst einmal, was wir heute in der Kanzlei in Gotha erfahren haben?« versuchte Jonathan abzulenken. Er war feinfühliger als sein Freund. Henriettes Ärger war ihm keineswegs entgangen.

Samuel räusperte sich und fuhr sich nachdenklich durch seine zerzausten Haare. »Seine Majestät Kaiser Leopold II. ist gestern nachmittag in Wien gestorben und ich glaube …« Samuel hielt einen Moment lang inne. In Henriettes Blick lag ein Ausdruck, der ihn beunruhigte. »Nun, ich glaube, der Kaiser wurde von seinen eigenen Ärzten getötet, und das werde ich auch beweisen.«

26. Kapitel

»Erst Maria Theresia, dann Josef und jetzt Kaiser Leopold!« Samuel breitete versonnen einen Bogen weißes Papier auf seinem Schreibtisch aus. Dann tauchte er eine frisch angespitzte Feder in das kleine Tintenfaß und beobachtete, wie die schwarze Flüssigkeit Blasen warf.

»Ich frage mich, wie viele Kaiser ich noch überleben werde, ehe diese Narren, die sich Hofärzte schimpfen, begreifen, daß die Medizin keine leere Hülle ist, die man nach Belieben dem Kranken überstreift.«

»Wenn du uns nicht bald Klockenbring vom Halse schaffst, dann prophezeie ich dir, daß der nächste Kaiser uns alle auf jeden Fall überleben wird!« Henriette hatte sich mit einer Flickarbeit am Fenster niedergelassen. Es war die Leibwäsche des Geheimrats; sie hätte es eigentlich nicht nötig gehabt, sich darum zu sorgen. Aber nichts war schlimmer, als zur Untätigkeit verdammt zu sein, während Samuel die Waffen für seinen Kreuzzug gegen die Wiener Ärzte polierte. Vielleicht beschleunigte es außerdem Klockenbrings Genesung, wenn er nicht auch noch über Löcher in seinen Strümpfen klagen mußte.

Vom Hof drangen Wortfetzen und lautes Kinderlachen in die Stube. Ein Seil schleifte über den Boden, und eine Jungenstimme brüllte derbe Kommandos. Schwerfällig stand Henriette auf und trat ans Fenster. Wenn der kleine Friedrich nur seine Schwestern nicht wieder verschnürte. In letzter Zeit wurde der Junge ihr zunehmend unheimlicher, aber Samuel weigerte sich, ihre Bedenken ernst zu nehmen.

»Laut Krankenbericht des Hofarztes Lagusius wurde Kaiser Leopold am 28. Februar von einem rheumatischen Fieber und einer Brustkrankheit befallen«, rief Samuel laut und kritzelte einige Worte auf seinen Bogen. »Ha, und welche Symptome stellte der gute Lagusius fest, um zu erkennen, daß das Fieber rheumatischer Natur war? Und was heißt schon Brustkrankheit? Es gibt unzählige dieser Art!«

»Friedrich!« Henriette klopfte an die dünne Fensterscheibe und gestikulierte energisch. »Hör sofort auf, deine Schwestern mit dem Seil zu schlagen!« Erschöpft ließ sie sich auf einen Hocker sinken und atmete tief durch. Das Kind in ihrem Bauch strampelte seit dem Nachmittag in regelmäßigen Abständen.

»Geht es dir nicht gut?« fragte Samuel und hob flüchtig den Kopf. »Soll ich dich untersuchen oder dir einen heißen Ziegelstein bringen?«

»Nicht nötig!« Henriette winkte ab. »Was war nun mit dem Kaiser?«

»Mein Artikel wird nicht gerade schmeichelhaft für die Herren ausfallen. Lagusius hat einen Aderlaß vorgenommen, welcher den Monarchen nur geschwächt hat. Da dieser keine Erleichterung verschaffte, verordnete er einen zweiten. Mit welchem Recht, frage ich dich? Der erste hat nichts gebracht, der zweite ebensowenig. Noch zweimal innerhalb von 24 Stunden ließen sie Leopold die Adern öffnen, bis sein Gesicht durchsichtig glänzte und weiß wurde wie Schnee. Die Nacht schwächte ihn so sehr, daß Lagusius die Kaiserin verständigen ließ. Das muß man sich auf der Zunge zergehen lassen. Nicht der Aderlaß, die hereinbrechende Nacht war also an des Kaisers Zustand schuld.«

»Samuel, vielleicht solltest du dich nicht ...«

»Am 1. März begann der Kaiser alles von sich zu geben, was man ihm zuführte. Aber mit welchen Arzneien Lagusius ihn behandelte, wird verschwiegen!« unterbrach Samuel seine Frau. Wieder notierte er einige Bemerkungen, ehe er schließlich einen dicken Strich zog, der Henriette unangenehm in den Ohren dröhnte, und die Gänsefeder zur Seite legte. »Als der

Kaiser gegen halb fünf Uhr am Nachmittag die Augen schloß, war kein Arzt bei ihm. Er starb in Gegenwart Ihrer Majestät. Diese Unverfrorenheit soll ganz Europa erfahren.«

»Samuel, ich glaube, es ist soweit!« Henriettes Schultern bebten leicht, als sie sich breitbeinig von dem unbequemen Lederhocker abstützte und langsam aufstand. Mit dem Fuß schob sie den Saum ihres unförmigen Kleides zur Seite, um auf dem Parkett nicht auszurutschen.

»Die Depesche mit meiner Schrift für den *Anzeiger* wird morgen früh versendet. Jonathan kann sie mitnehmen, wenn er nach Leipzig zurückreitet!«

»Nein, Samuel, das meine ich nicht«, schrie Henriette schluchzend auf. »Unser Kind ... es kommt.«

Die Hebamme war nicht aufzutreiben. Angeblich war sie zu einem Kindbett auf ein Gehöft außerhalb Georgenthals gerufen worden, aber Samuel vermutete, daß die alte Frau, die in einer armseligen Holzhütte am Rande des Waldes lebte und dort Kräuter zog, sich wie schon so oft sinnlos betrunken hatte. Grimmig entließ er den Kastellan, der ihm unverschämt grinsend diese Nachricht gebracht hatte. Dann jagte er die Kinder, die sich neugierig im Korridor herumdrückten, auf den Hof und stürzte schließlich in Henriettes Schlafkammer. Er riß sich Rock und Hemd herunter. Schweiß trat ihm auf die Stirn, als er Henriettes Wimmern hörte, und plötzlich überfiel ihn eine Angst, die neu war und die er nicht einordnen konnte. Wie oft war Henriette schon entbunden worden, ohne daß er darin etwas anderes hatte sehen können als einen Vorgang der Natur? Samuel betrachtete seine Hände. Sie waren immer noch schlank, beinahe zart. In Wien hatte er mit ihnen in Quarins Hospital operiert, in Dresden obduziert und in Leipzig und Georgenthal unzählige Pflanzen gesammelt, aufgeschnitten und geprüft. Aber einem Kind hatten diese Hände noch nie zuvor auf die Welt geholfen.

Ein gellender Schrei ließ Samuel zusammenzucken. Wie benommen taumelte er einige Schritte rückwärts. Diese Stimme! Hatte Charlottes Schreien nicht genauso geklungen? Nein, irgend etwas stimmte nicht. Charlotte Rebus hatte nicht geschrien. Sie war klaglos gestorben, mit einem Lächeln auf den Lippen.

Henriettes Bett schwamm in einem See von Blut. Ihre Laken waren zerrissen, aber noch immer krallten sich ihre Nägel in das Leinen.

»Großer Gott, Samuel Hahnemann! Was stehst du hier herum?« hörte er plötzlich Jonathans tiefe Stimme hinter sich rufen. Grob wurde er zur Seite gedrängt, als sich der Freund an ihm vorbei in die stickige Kammer zwängte. Henriette legte den Kopf in den Nacken, und ein weiterer gräßlicher Schrei entfuhr ihrer Kehle. Der Schrei führte Samuel in die kalte Wirklichkeit zurück. Er rollte die Ärmel seines weiten Hemdes auf und tauchte seine Hände einige Male in das klare Wasser der Waschschüssel.

»Langsam atmen, Henriette!« befahl er mit fester Stimme. »Ganz regelmäßig! Schau auf Jonathan und denke nicht mehr an deinen Schmerz!« Er betastete den geschwollenen Leib seiner Frau und prüfte behutsam die Lage des Kindes.

»Ich kann den Kopf sehen, Samuel«, raunte Jonathan mit tonloser Stimme. »Er drückt gegen das Skelett des Beckens. Du mußt ...«

»Ich weiß, was ich zu tun habe«, erwiderte Samuel knapp und zog mit einem letzten Griff Arme und Beine aus dem Mutterleib. Dies geschah so rasch, daß Henriette vergaß zu schreien. Das Kind, ein Junge, war blau angelaufen. Als Samuel es mit dem Kopf nach unten in ein frisches Leintuch wickelte und seiner Frau reichte, begann es kräftig zu schreien.

»Es scheint ihm gutzugehen«, sagte Jonathan mit prüfendem Blick. »Gratuliere!«

»Der Knabe ist kerngesund, meine Liebe!« Samuel ging neben Henriette auf die Knie. Behutsam tupfte er ihre Stirn mit Branntwein ab, während sie erschöpft die Augen schloß.

»Zeit für dich, endlich seßhaft zu werden, mein Freund. Meinst du nicht auch?« Samuel spürte die schwere Hand seines Freundes auf seiner Schulter und drehte sich um. Mit Tränen in den Augen blickte er Jonathan an. Das Hemd seines Freundes war von Henriettes Blut besudelt. Aber warum? Hatte er seinen Sohn nicht ganz allein entbunden? Verwirrt wischte Samuel sich mit dem Handrücken über die schmerzenden Augen.

»Das kann er nicht, Jonathan!«

Überrascht drehten sich die beiden Männer zu Henriette um und wunderten sich über ihr heiteres, fast übermütiges Lächeln. Sie bewegte kaum die Lippen, und doch redete sie klar und deutlich. »Klockenbring hat mir trotz seines Irrsinns die Wahrheit gesagt. Er sprach von Propheten und Menschen mit Visionen. Menschen wie … du, Samuel. Du hast deine … Visionen, und ich habe meine Kinder. So kommen wir uns niemals in die Quere.«

27. Kapitel

Leipzig, im Frühling 1794

Ein Meer von Sonnenstrahlen tauchte die roten Giebeldächer der vornehmen Patrizierhäuser, welche den Ring westwärts der Leipziger Universität umschlossen, in ein derart gleißendes Licht, daß sie wie lodernde Fackeln aussahen. Die Reflexion war so gewaltig, daß Pastor Viktor Rebus, der an einem der hohen Fenster im oberen Korridor des Universitätsgebäudes stand, benommen die Augen schließen mußte.

Ein Schweißausbruch überfiel den Pastor, gleichzeitig verspürte er einen stechenden Schmerz hinter seinem linken Ohr. Viktor taumelte und fand in letzter Sekunde Halt, indem er sich mit beiden Händen an eine Statue des großen Leibniz aus feinem Marmor klammerte. Nachdem sich der Anfall ein wenig gelegt hatte, zog er ein braunes Medizinfläschchen aus der Tasche seines schwarzen Rockes und schraubte nervös an dem Korkpfropfen.

Eine halbe Stunde wartete er bereits vor dem großen Versammlungsraum des Dekanats. Die Minuten wurden ihm zu Stunden. Es war ungeheuerlich. War er denn als Bittsteller nach Leipzig gereist? Ich hätte Meißen nicht verlassen sollen, ging es ihm durch den Kopf, als er sich vor den Sonnenstrahlen in Sicherheit brachte, die sich gnadenlos durch das Glas der Fenster fraßen. Wer plagte ihn schlimmer? Die Verwachsungen seiner Stichwunde, welche ihm versagt hatte, zu heiraten und Nachwuchs zu zeugen, die Gicht, die seinen Fuß befallen hatte und sich schleichend ihren Weg durch seinen Körper bahnte, oder Hahnemann, über dessen Treiben die Herren ihn befragen wollten?

Viktor steckte das Fläschchen wieder zurück in die Tasche und warf einen wütenden Blick auf die schwere Eichentür, hinter welcher sich die Herren der Universität, unter Vorsitz des höchsten sächsischen Medizinalbeamten, Professor Clarus, noch immer beratschlagten. O ja, er würde reden. Alles sollten sie erfahren. Jede Einzelheit über den Mann, der es offen wagte, gegen alles aufzubegehren, was dem Lauf der göttlichen Ordnung zuwiderlief. »Morbus Hahnemannensis«, murmelte Viktor und hob die Augenbraue, während er sich noch immer an die Brust des steinernen Leibniz lehnte. »Wie gefällt dir das, mein Freund? Hahnemannsche Krankheit.« Aber die Marmorfigur starrte nur kalt und unbeteiligt auf die Tür des Versammlungsraumes. Der ausgemergelte und schlecht rasierte Pastor aus Meißen interessierte sie ebensowenig wie dessen Anliegen.

»Pastor Rebus?«

Überrascht drehte sich Viktor um. Es war ihm völlig entgangen, daß die Tür mittlerweile offenstand. Ein dicker Mann im Gelehrtenrock, auf dessen roter Nase ein strenger Kneifer thronte, stand in der Tür und deutete ihm zu näherzutreten.

»Seine Exzellenz Medizinalrat Clarus bittet Sie, uns jetzt mit Ihrer Anwesenheit zu beehren«, erklärte der dicke Mann geschraubt.

Etwa zehn Männer saßen um einen wuchtigen Tisch aus Eichenholz herum. Einige steckten die Köpfe zusammen und diskutierten, andere blickten dem späten Gast mit unverhohlener Neugierde entgegen. Auf einem rotgepolsterten Lehnstuhl mit allerlei Schnörkeln und Ornamenten am Kopfende der Tafel hob sich die knochige Gestalt eines hageren Mannes ab, der, im Gegensatz zu den anderen Männern, weder Gelehrtenrock noch Perücke trug. Sein grauer, beinahe kahlgeschorener Schädel erweckte im Schatten der weiß getünchten Wand den Eindruck eines riesigen Pilzes. Die Gesichtszüge des Mannes wirkten matt und eingefallen, doch seine Augen glänzten überaus wachsam und scharfsinnig, als bemühten sie sich, jede Einzelheit des Raumes und der Menschen, die sich in ihm versammelten, auf einmal zu erfassen.

Langsam trat Viktor Rebus näher. Sein Fuß schmerzte bei jedem Schritt. Dennoch schien von dem hageren Mann im Lehnstuhl eine Kraft auszugehen, die ihn seine Behinderung vor Staunen vergessen ließ. Viktor wußte sogleich, daß er Professor Clarus, den berühmten Arzt und Gelehrten, vor sich hatte.

»Treten Sie näher, Herr Pastor«, holte die Stimme des Professors ihn höflich, aber bestimmt aus seinen Gedanken. »Doktor Sax, bitte geben Sie dem Pastor einen Platz mir gegenüber. Es redet sich besser, wenn zwei Männer sich in die Augen sehen können!«

Sofort sprang der dicke Mann, der Viktor in den Raum geführt hatte, dienstbeflissen auf ihn zu und schob ihm einen Stuhl an das untere Ende der Tafel. Erleichtert ließ sich der Pastor auf dem Polster nieder. Irgendwo schlug eine Standuhr.

»Pastor Rebus«, richtete Clarus schließlich das Wort an ihn, »die Universität hat Sie eingeladen, uns bei der Klärung einer Angelegenheit behilflich zu sein, die seit einigen Monaten unser Kollegium beunruhigt. Wie Sie wissen, hat ein gewisser Doktor Hahnemann aus Meißen wiederholt schwere Vorwürfe gegen den gesamten Ärztestand erhoben und in einer seiner Schriften gar den Leibarzt des seligen Kaisers angeklagt, den Tod seiner Majestät verschuldet zu haben.« Clarus erhob sich und schritt zu einem zierlichen Sekretär an der Wand, auf dem mehrere Briefe mit roten Siegeln lagen.

»Es ist einfach unglaublich, was dieser Scharlatan sich erdreistet«, zischte einer der Professoren, ein buckliges Männchen mit spanischem Ziegenbart, das jedes seiner Worte mit einem energischen Kopfrucken unterstrich. »Ich habe zwanzig Jahre lang Erfahrungen mit Bleibehandlungen und dem Ausleeren böser Säfte, und nun erlaubt sich ein dahergelaufener Kerl aus Meißen, mich einen Ignoranten zu schimpfen!« Die Stimme des Bärtigen ging in ein heiseres Kratzen über. Sein Nachbar, der dicke Gelehrte, den Clarus als Doktor Sax vorgestellt hatte, goß ihm einen Becher Wasser ein, den der Bucklige in einem einzigen Zug leerte.

»Sie sehen, Herr Pastor, wie sich die Gemüter erhitzen«, rief Professor Clarus, der sich noch immer über seinen Sekretär beugte und Schriftstücke zusammensuchte. Viktor glaubte, in den Worten des Medizinalbeamten einen feinen Hauch von Spott wahrzunehmen.

»Zunächst einmal brauchen wir genaue Informationen über die Geisteshaltung des Doktor Hahnemann. Wir können nichts gegen ihn und seine Schriften unternehmen, wenn wir nicht mehr darüber wissen. Vielleicht kann uns die Geistlichkeit diesbezüglich weiterhelfen.«

Viktor Rebus schluckte. Sein Blick bohrte sich in das einzige Gemälde im Raum, das eine Kommode mit einem Strauß leuchtender Sommerblumen in einer Vase aus Kristall zeigte. Viktor haßte es augenblicklich, so wie er jedes Stilleben haßte, weil es für seinen Geschmack einfach nur leblose Schönheit widerspiegelte, aber keine moralische Belehrung andeutete und sich so der Herrschaft des Menschen über die Schöpfung entzog. Genau wie Samuel Hahnemann mit seinen widerlichen Ideen.

»Ich weiß nicht, ob ich Ihnen wirklich helfen kann«, erklärte der Pastor leise und senkte den Kopf. »Samuel Hahnemann ist mir aus meiner Schulzeit in Meißen wohl bekannt, aber über seinen weiteren Werdegang bin ich nur unzureichend informiert.«

»Mich interessiert alles, was Sie uns mitteilen können!« Die Stimme des hageren Professors nahm an Schärfe zu. Energisch ergriff er einen Stapel von Schriftstücken und warf ihn vor seinen Platz an der Tafel. Dabei bemerkte Viktor Rebus, daß der Medizinalrat Handschuhe aus feinem Kalbsleder trug, die bis zur Armbeuge hinaufreichten.

»Hahnemann entstammt einer Familie von Malern. Sein Vater war bis zu seinem Tode in der Meißener Manufaktur beschäftigt. Vor kurzer Zeit ist auch seine Mutter verstorben. Ich selbst hielt die Grabrede. Eine stille, arbeitsame Frau, aber an ihrem Sohn hatte sie einen Narren gefressen. Sie ließ sich auch durch meinen geistlichen Beistand nicht davon abbringen, sein angebliches Genie zu loben.« Viktor machte eine Pause. Befriedigt stellte er fest, daß alle versammelten Professoren gebannt an seinen Lippen hingen. Clarus' Miene hingegen zeigte keine Reaktion, seine starren Augen blickten ihn so kalt an, als wären sie aus Marmor.

»Wie war Hahnemanns Verhältnis zu Obrigkeit und Kirche?« fragte ein jüngerer Mann, der gleich neben Clarus saß und Viktors Worte eifrig zu Protokoll nahm.

»Samuel Hahnemann ist ein Mensch, der seine Ansichten über die Tradition und Lehre unserer Kirche stellt. Das tat er bereits, als sich mein Vater seiner als Knabe annahm und ihm Unterricht erteilte.«

»Halten Sie, der Hahnemann von Kindheit an kennt, ihn für fähig, neuartige medizinische Theorien in ein religiöses Weltbild zu kleiden und am Ende eine deistische Sekte zu gründen?« Der Protokollant spähte zu dem Medizinalrat hinüber. Aber Clarus schwieg. Irritiert zupfte der Pastor an seiner Halsbinde. Schweißtropfen traten ihm auf die Stirn, und ein schmerzvolles Ziehen durchdrang seine Magengrube. Er atmete einige Male tief durch, dann stand er auf und antwortete: »Jawohl, meine Herren! Ich halte Doktor Hahnemann für einen gefährlichen Menschen. Er ist ein Alchimist und Schwarzkünstler und ...«

»Danke, Pastor Rebus. Ich finde, das genügt bereits.« Die feste Stimme des Medizinalrats ließ Viktor Rebus frösteln. Alle Köpfe drehten sich erstaunt zu dem hageren Mann um, der die Befragung des weitgereisten Geistlichen so brüsk abbrach. Von der Spitze der Gänsefeder des Protokollanten tropfte die Tinte wie ein schmelzender Eiszapfen auf sein Papier.

»Wenn Hahnemann weiterhin in verbotener Weise Arzneien mischt und seinen Patienten verabreicht«, fuhr Clarus fort, »wird ihn in Kürze eine Klage der niedergelassenen Apothekerschaft Sachsens treffen. Angeblich führt er momentan noch Selbstversuche durch. Im übrigen hörten wir, daß sein Patient in Georgenthal so weit genesen sein soll, daß eine Entlassung unmittelbar bevorsteht. Ob Hahnemann im Kurfürstentum bleiben wird, ist also nicht minder ungewiß als die momentane politische Lage.«

»Und was ist mit Lagusius?« meldete sich der dicke Doktor Sax aufgeregt zu Wort. »Sollen wir den unerhörten Vorwurf Hahnemanns, der Kaiser sei durch den Aderlaß seines eigenen Leibarztes gestorben, unerwidert lassen?«

»Lagusius mag seine Stellungnahme zurücknehmen oder weiter darauf herumreiten«, erwiderte Hofrat Clarus. »Das hat mit unserer sächsischen Ärzteschaft doch nichts zu tun. Wir werden abwarten und uns nicht zu unüberlegten Handlungen drängen lassen. Schließlich steht unser wissenschaftlicher Ruf auf dem Spiel!«

»Das ist wahr«, rief der bucklige Arzt neben Sax und schlug mit der Faust auf die Tafel. »Aber da dieser Hahnemann nicht aufhört, unsere Behandlungsmethoden zu verspotten, werde ich meine Studenten durch Flugschriften vor ihm und seiner Giftmischerei warnen. Fehlt gerade noch, daß der Mann Jünger um sich schart, die ihm helfen, seinen Wahnsinn zu verbreiten!«

»Ich fürchte, dafür ist es bereits zu spät«, flüsterte der Sekretär mit besorgter Miene.

Clarus lächelte spöttisch, aber er fügte den Äußerungen seiner Kollegen kein Wort mehr hinzu. Er reichte Viktor Rebus die Hand und begleitete ihn mit einigen unverfänglichen Dankesworten zur Tür.

Viktor spürte, wie die Wut in ihm aufstieg. Wut und Enttäuschung. Das sollte alles gewesen sein? Wegen dieser lächerlichen

Diskussion hatte man ihn von seiner Gemeinde weggerufen? Worauf wartete der alte Clarus denn um Himmels willen? Bis Hahnemanns Lehre von den ähnlichen Krankheiten den Menschen ihr Vertrauen in die Geistlichkeit und Ärzteschaft geraubt hatte?

»Ich kann nicht glauben, daß Sie nichts unternehmen wollen, um den Doktor und seine gefährliche Brut endgültig aus Sachsen zu vertreiben«, stieß Viktor erregt hervor. Die tanzenden Sonnenstrahlen im Korridor blendeten ihn so sehr, daß er von Clarus nur noch die schmalen Umrisse erkannte. »Er trägt Schuld am Schicksal meiner Schwester. Er ermutigte sie nur in ihrem Hochmut und verführte sie zu gottlosen Experimenten. Als Kinder steckten die beiden immer zusammen, und selbst kurz vor ihrem Tode ließ sie ihn noch rufen. Jeden Abend bete ich darum, daß ihre Seele nicht in der Hölle schmoren muß. Leben Sie wohl, Herr!«

Viktor wandte sich ab und schob seinen geschwollenen Fuß mühsam über die Holzdielen. Da spürte er plötzlich, wie er mit sanftem Zwang am Arm zurückgehalten wurde. Verblüfft starrte er in die geweiteten Pupillen des Medizinalrats. Jede Spur seines Lächelns war von dem grauen Gesicht abgefallen.

»Verzeihen Sie, Pastor Rebus. Sie sagten, Ihre Schwester ließ Hahnemann an ihr Totenbett rufen. Was besprachen die beiden?«

Ärgerlich riß sich Viktor los, und ein selbstgefälliger Zug legte sich um seine Mundwinkel. »Ich wartete vor Charlottes Kammer und konnte nicht hören, was sie sagte. Aber ich hatte den Eindruck, daß sie irgend etwas vor mir verbarg. Vielleicht eine Schatulle oder ein Buch. Vermutlich steckte sie es Hahnemann zu, als er mit ihr allein war. Ich hätte es niemals dulden dürfen.«

Clarus fuhr sich mit einer Hand müde über sein Gesicht. Er war bleich geworden. »Hat Ihre Schwester jemals in der Albrechtsburg gewohnt?«

Dem Pastor traten wieder Schweißtropfen auf die Stirn. Auf einmal verspürte er nicht mehr die geringste Neigung, Clarus zu antworten. Doch den drängenden Blicken des Medizinalbeamten wußte er sich nicht zu entziehen. Stockend antwortete er: »Vor vielen Jahren. In der Stadt herrschte eine Fieberwelle, und mein Vater meinte … Nun, wir waren damals noch Kinder.«

Clarus nickte geistesabwesend. Die Albrechtsburg in Meißen. Einen Atemzug lang starrte der Professor auf die Treppenstufen mit dem roten Läufer, als schlängelte sich über sie ein Nest von züngelnden Schlangen zu ihm empor. Dann lächelte er und deutete vor Viktor Rebus eine höfliche Verbeugung an.

»Reisen Sie zu Ihrem Kirchspiel zurück, Pastor Rebus, und machen Sie sich keine Sorgen mehr wegen des Doktors und seiner Narreteien. Seine Irrlehre wird zerfallen, noch ehe Ihr Küster in Meißen die Osterglocken geläutet hat. Dafür werde ich persönlich sorgen.«

28. Kapitel

Schwungvoll warf Samuel ein Bündel Kleider auf den Kastenwagen und vertäute danach die Kisten mit zwei dicken Hanfseilen. Friedrich und Jetta kamen über den Hof gelaufen und hielten ihrem Vater ein Bündel Pflanzen entgegen, deren Blüten in den verschwitzten Kinderhänden bereits matt und welk aussahen. Milde lächelnd drehte sich Samuel um und ging in die Hocke, um sich die Schätze seiner Kinder genau anzusehen. Er hatte ihnen beigebracht, Pflanzen nach ihrem Erscheinungsbild zu prüfen, nach Blütenstaub, Nektar und ihrem Duft. Außerdem sollten sie die Blätter und Wurzeln genau erfühlen und im Frühling die Rinde von den jungen Bäumen schneiden, wenn der Saft anfing zu treiben und sie begannen, Harz abzusondern.

»Da habt ihr beide ein paar sehr interessante Gewächse gefunden, Kinder«, sagte er schließlich ernst. »Lebensbaum und Digitalis, auch Fingerhut genannt. Aber was habe ich euch über den Schutz eurer Hände gesagt?«

»Wir sollen beim Sammeln Handschuhe tragen«, antwortete Jetta kleinlaut. »Verzeih, Vater. Wir wußten nicht, daß die Pflanzen giftig sind.«

»Gerade weil ihr es nicht wißt, sollt ihr beim Sammeln und bei der Arzneiprüfung eure Hände schützen. Im übrigen sind Giftpflanzen oftmals auch zur Heilung von Krankheiten gebräuchlich, aber nur in den Händen erfahrener Männer und Frauen.«

»Wie kann es sein, daß das gleiche Kraut einmal töten, dann aber einen Menschen gesund machen kann, Vater?« fragte Friedrich und schüttelte zweifelnd den Kopf. »Ist das Zauberei?«

Samuel lachte und gab seinem Sohn einen liebevollen Klaps auf die Schulter. »Für das Volk mag es Zauberei sein. Aber wir wissen es besser, mein Sohn. Ich habe euch Kindern doch von dem berühmten Arzt Anton de Haen erzählt.«

»Der Mann mit den Nachtschattengewächsen?« erinnerte sich Jetta.

»Es gibt gewiß Hunderte von Giftpflanzen, sagt Doktor de Haen, die, weil sie giftig sind, auch heilen. Die Arten der Nachtschattengewächse erregen in größerer Gabe Krämpfe und Raserei, in mäßiger Gabe jedoch lösen sie Krämpfe und Zuckungen.«

»Es kommt also auf den Grad der Verdünnung an?«

Erstaunt blickte Samuel in das blasse Gesicht seines Sohnes. Plötzlich wurde ihm bewußt, daß er sich viel zu wenig um seine Kinder gekümmert hatte. Dabei brauchte besonders Friedrich einen Vater, der ihn wahrnahm und für ihn da war. Der Junge bewunderte seinen Vater und sprach schon davon, eines Tages in dessen Fußstapfen zu treten und ebenfalls Arzt und Chemiker zu werden.

»Samuel, was steht ihr denn noch hier herum? Sind die Kisten befestigt? Ich möchte mit dem überladenen Wagen ungern in die Dunkelheit hineinfahren.« Henriette war aus der Tür getreten. Sie trug ein einfaches braunes Reisekleid und einen Strohhut mit breiter Krempe, dessen Federschmuck bei jedem Schritt wippte. Den kleinen Ernst hatte sie sich mit einem festen Leintuch vor die Brust gebunden.

»Kinder, steigt auf den Wagen«, rief Samuel und klatschte in die Hände. »Es wird Zeit, diesem Ort Adieu zu sagen.« Mit einem Satz schwang er sich auf den Kutschbock und nahm Henriette den kleinen Jungen ab, damit sie sich neben ihn setzen konnte.

»Blick dich noch einmal um!« forderte er gutgelaunt auf. »Georgenthal war gewiß kein weiches Brot für uns. Aber wir haben durchgehalten.«

»Es ist dein Verdienst, Samuel. Klockenbring ist geheilt, jedenfalls glaubt er fest daran, und wenn die Dämonen in seiner Seele ihm diesen Glauben nicht mehr nehmen können, hat er vielleicht noch eine Chance, in sein früheres Leben zurückzukehren. Möge Gott ihm helfen.« Und uns, fügte sie in Gedanken hinzu und ließ ihren Blick ein letztes Mal über das stattliche Gebäude mit den hohen Fenstern schweifen, das während der letzten Monate ihr Zuhause gewesen war.

»Ehe ich es vergesse, meine Liebe!« Samuel griff in das Innenfutter seines abgetragenen Gehrocks und beförderte eine pralle Lederbörse ans Licht. »Die Prämie für Klockenbrings Behandlung. Tausend Taler in Gold. Hofrat Becker hat sein Wort gehalten. Ich möchte, daß du das Geld in Verwahrung nimmst. Kauf dir ein neues Kleid, ach, was sage ich, einen Schrankkoffer voll neuer Kleider und Hüte. Und für die Kinder ...«

»Laß es gut sein, Hahnemann!« Henriette nahm Samuels Hand. »Wir werden das Geld gut brauchen können, aber für wichtigere Dinge als Putz und seidene Kleider. Vergiß nicht, daß du nun wieder ohne Stellung bist.«

»Ich wollte dir vom ersten Tag an das Leben bieten, das du verdienst«, sagte Samuel leise zu seiner Frau, aber im Grunde wußte er, wie hohl seine Worte in ihren Ohren klingen mußten. Etwas Quälendes lag in ihren Blicken, ein Drang, sein Wesen restlos ergründen zu wollen. Samuel wußte, daß es ihr gelingen würde, sobald er ihr den Angriffspunkt gab, den sie brauchte. Sie ist geschickter in der Erforschung der Menschenseele, als ich es jemals sein werde, dachte er in einer plötzlichen Eingebung. Scharf sog er die kalte Luft in die Lungen. Seine gute Laune verschwand von einer Sekunde auf die nächste.

»Ich habe niemals etwas von dir verlangt, Samuel Hahnemann«, erklärte Henriette. »Das einzige, worum ich dich bitte, ist ein wenig mehr Vertrauen. Begrabe deine Sorgen nicht irgendwo in deiner Brust. Ich weiß, daß dich der plötzliche Tod deiner Mutter härter getroffen hast, als du bereit bist zuzugeben.«

Samuel zuckte zusammen. Die unerwartete Nachricht, die ein Kurier ihm zwei Tage zuvor überbracht hatte, hatte ein Feuer in ihm entfacht, das einfach nicht zu löschen war. Nicht einmal von Henriette. Was wußte sie schon von seiner Mutter und der wunderlichen Beziehung, die sie und ihn verbunden hatte? Er hatte niemals ausgesprochen, wie sehr er sie geliebt hatte. Wie konnte Henriette erwarten, daß er sich ihr gegenüber öffnete, obschon ihm dies nicht einmal bei seiner eigenen Mutter gelungen war? Und doch hatte Johanna Hahnemann ihn und seinen Lebensweg besser verstanden als jeder andere Mensch, den er kannte, mit Ausnahme von Charlotte Rebus. Nicht einmal als sie krank wurde, hatte seine Mutter nach ihm schicken lassen. Vermutlich, weil sie nur die Nähe von Menschen ertrug, die ihr gleichgültig waren, doch nicht die Nähe derjenigen, die sie liebte. In ihrer Seele mußten seinetwegen Furcht und Freude im Widerstreit gelegen haben.

»Was war eigentlich in der Briefmappe, die der Kurier dir übergab?« wollte Henriette wissen. Samuel blickte sie an, als erwache er aus einem tiefen Traum. Dann winkte er ab.

»Es ist spät geworden«, brummte er schließlich und knallte geräuschvoll mit der Peitsche. Umständlich lenkte er das Fuhrwerk durch den breiten Torbogen des Schloßhofes. Wenige Minuten später lag Georgenthal hinter ihnen.

Die Fahrt durch die endlosen Harzwälder erwies sich als äußerst beschwerlich. Mehrmals mußte Samuel anhalten, weil den Kindern durch die Schaukelei über die schlechten Wege übel wurde. Auch Henriette wurde von Meile zu Meile angespannter. Starr blickte sie vorwärts, ohne einen Ton zu sagen. Nur hin und wieder neigte sie den Kopf und redete begütigend auf den kleinen Ernst ein, der in ihren Armen strampelte und schrie.

Die Dämmerung fiel wie ein dichtes Netz über die schwarzen Baumkronen, und der Wind jagte leise klagend durch das Unterholz.

»Ich glaube, es zieht ein Unwetter auf«, sagte Samuel und zog fröstelnd die Schultern zusammen. »Die Tiere werden zunehmend unruhiger. Vermutlich wittern sie den Regen.«

»Wir hätten beizeiten den Wald verlassen und eine Herberge ansteuern sollen!« Henriette blickte sich ängstlich um. »Seit Stunden sind wir weder einer Kutsche noch einem Reiter begegnet.«

Samuel antwortete nicht. Es begann zu regnen. Dicke Tropfen prasselten auf die schmutzige Plane des Wagens, und innerhalb weniger Minuten ergoß sich eine wahre Springflut über den weichen Waldboden. Henriette zog sich mit dem kleinen Ernst schutzsuchend unter das Verdeck zurück und beobachtete mit ausdrucksloser Miene, wie ihr Mann die beiden Pferde durch den Schlamm des Weges hetzte. Die Kinder im Wagen flüsterten aufgeregt miteinander, bis ein ärgerlicher Aufschrei des jungen Friedrich sie verstummen ließ. Der Junge deutete in die Dunkelheit, wo sich in der Ferne die düsteren Konturen zweier Reiter abzeichneten. Die Männer waren in schwarzes Tuch gehüllt und folgten dem Wagen in angemessenem Abstand.

»Vater, hinter uns sind Reiter! Sie haben Musketen!« rief Friedrich. Seine Worte gingen in dem monströsen Rauschen der Bäume und dem Heulen des Sturmwindes unter, aber Samuel hatte sie dennoch gehört. Verwirrt wandte er sich um und suchte mit zusammengekniffenen Augen die Dunkelheit ab, bis er glaubte, zwei Lichter am Ende des Waldweges auszumachen, die bedrohlich näher kamen. Mit einem Satz sprang er vom Bock auf und schwang die Peitsche. Sie mußten raus aus dem Wald, aufs flache Land oder in ein Dorf, wo sie sicher waren. Sicher vor dem Sturm und vor den unbekannten Verfolgern. Der Wagen schwankte, als Samuel ihn mit rasendem Tempo über ein mit Morast gefülltes Schlagloch lenkte. Bis auf den Bock spritzte das faulige Wasser und benetzte Henriettes Arme und Gesicht.

»Du wirst uns noch umbringen, Samuel«, schrie sie und zerrte vergebens am Ärmel ihres Mannes.

»Die Reiter kommen näher, Vater!« Friedrich stieß seine Schwestern, die verängstigt neben ihm kauerten, grob zur Seite. Dann legte er sich flach auf den Bauch, hob die Plane und starrte auf die tiefen Furchen unter ihm, welche die Räder in den schmierigen Schlamm gruben. »Gleich haben sie uns eingeholt!«

»Friedrich, setz dich sofort wieder hin und laß die Plane hinunter. Dort hinten ist nichts!« Henriette zitterte vor Angst. Doch es war nicht die Furcht vor Wegelagerern, wie sie augenscheinlich von Mann und Sohn Besitz ergriffen hatte. Ein Seitenblick auf Samuel genügte, um zu erkennen, daß er sich nur noch mühsam aufrecht hielt. Dennoch hetzte er die Tiere weiter über den aufgeweichten Untergrund. Unaufhörlich peitschte der Regen auf sie herab. Vor ihnen erhob sich ein Damm, der nur wenige Fuß breit war.

»Sag doch endlich ein Wort«, schluchzte sie, als der Wagen auf den Damm zuhielt. »Sprich mit mir!«

»Sie sind hinter mir her, Henriette«, flüsterte Samuel, aber so leise, daß seine Frau ihn nicht verstehen konnte. »Und sie wissen, daß ich Charlottes Buch aus der Albrechtsburg habe. All die Jahre habe ich selber versucht, es zu vergessen, *sie* zu vergessen. Aber das war ein Fehler. Sie werden uns weiter verfolgen, sie werden …« Weiter kam er nicht.

Ein grauenvoller Schrei drang durch die Nacht. Holzkisten stürzten um und durchschlugen polternd die Wagenplane. Hahnemann war zu schnell um eine Kurve gefahren. Der Wagen sackte zusammen, als stünde sein gesamtes Gewicht auf dünnen Hölzchen. Mit einem gewaltigen Ächzen drehte er sich auf die Seite. Die rechten Wagenräder splitterten. Samuel fühlte einen stechenden Schmerz an seiner linken Schläfe.

»Springt ab«, rief er in Panik. »Der Wagen ... stürzt die Böschung hinunter!«

Kaum hatte Samuel die Worte ausgesprochen, als er auch schon in hohem Bogen durch die Luft geschleudert wurde. Hart schlug er mit der Schulter auf eine dicke Wurzel, die sich wie eine Fußangel aus dem weichen Untergrund erhob. Das Schreien der Mädchen wurde einen Herzschlag lang lauter, bis es schließlich erstarb. Von Henriette hörte und sah er noch immer nichts. Todesstille breitete sich über dem abschüssigen Damm aus. Nur der Regen trommelte gleichmäßig auf ihre wild verstreuten Gepäckstücke.

Stöhnend plagte Samuel sich auf. Mit beiden Armen stützte er sich ab, um nicht das Gleichgewicht zu verlieren. Wo der Holzsplitter seine Stirn getroffen hatte, rann Blut aus einer offenen Wunde und verklebte ihm die Augen. Er setzte an, nach Henriette zu rufen, aber seine Stimme versagte ihm den Dienst. Blind tappte er durch das rutschige Gras, stolperte über aufgerissene Säcke mit Kleidern, Laken oder Daunendecken, die sich vor ihm in einem wüsten, regennassen Durcheinander erhoben. Von den beiden Reitern, die ihn durch den Wald gehetzt hatten, war weit und breit nichts zu sehen. Vermutlich hatten sie den Sturz des Wagens beobachtet und angenommen, daß seine Insassen dabei getötet worden waren. Gewöhnliche Straßenräuber hätten das Wrack nach Geld durchsucht, doch diese Männer waren verschwunden, ohne sich ihnen zu nähern.

Als Hahnemann den Damm erreicht hatte, trat er plötzlich auf einen harten Gegenstand, der unter seinen Füßen nachgab und zerbrach. Ein scharfer Schmerz drang ihm durch die Sohle und ließ ihn vor Schreck das Atmen für einen Moment vergessen. Mit vor Schmerz verzerrtem Gesicht beugte er sich hinunter und suchte die Unterseite seines Schuhs ab. Eine spitze Scherbe hatte sich durch das Leder gebohrt und ließ sich nur unter Mühen herausziehen. Dicke Schweißtropfen traten

Samuel auf die Stirn, als er das scharfkantige Stück Porzellan erkannte. Es zeigte die Silhouette eines Arztes mit eisernem Aderlaßapparat und stammte von dem Fächer, den sein Vater seiner Frau vor vielen Jahren zum Geschenk gemacht hatte. Mit zitternden Händen tastete Samuel den weichen Untergrund ab. Doch er fand keine weiteren Scherben.

Dann entdeckte er Henriette. Sie lag bewegungslos auf dem Bauch, Arme und Beine in grotesker Weise ausgebreitet, als wolle sie tanzen. Neben ihr knieten Amalie, Mina und Jetta und zupften mechanisch am Rock ihrer Mutter. Als sie ihren Vater erkannten, ließen die Mädchen von ihr ab, standen auf und wichen mit ausdruckslosen Mienen vor ihm zurück.

Henriettes Augenlider zitterten, sie atmete schwach, doch sie lebte. Während Samuel sie behutsam aufhob und zu dem umgestürzten Wagen, dessen Plane wie ein Segel im Sturmwind flatterte, hinübertrug, schlug sie sogar die Augen auf und zuckte mit den Lippen. Aber sie sagte keinen Ton und sank sogleich wieder in eine tiefe Ohnmacht.

»Friedrich ist auch besinnungslos, Vater«, brach Jetta schließlich das Schweigen. »Er war noch im Wagen, als er umstürzte. Der kleine Ernst auch!«

»Mach deinen Geschwistern ein Lager unter der Plane, Jetta. Wir können den Wagen heute nacht nicht wieder aufrichten. Ich werde gleich nachsehen, ob einige meiner Arzneiflaschen den Sturz überstanden haben.«

»Glaubst du wirklich, deine Arzneien könnten uns helfen?« Jetta band sich ein wollenes Tuch ihrer Mutter um den Kopf. Im schwachen Mondlicht sah das Mädchen Henriette zum Verwechseln ähnlich. Samuel machte einen Schritt auf sie zu. Vielleicht sollte er sie einfach in den Arm nehmen, ihr den Schrecken aus den Gliedern streicheln. Sie war noch sehr jung und verletzlich wie eine Pflanze, auch wenn sie sich bemühte, erwachsen zu wirken. Aber der harte Zug um ihren Mund ließ Samuel unwillkürlich zurückschrecken. Einige Sekunden sann er nach, dann drehte er sich um und machte sich auf, um nach den anderen Kindern und seinen Bücherkisten zu sehen.

»Vater, nur noch ein Wort«, hörte er plötzlich Jetta rufen. Ihre Stimme verriet eine Entschlossenheit, die Samuel von seiner Tochter bislang nicht gekannt hatte. Aber kannte er denn überhaupt eines seiner Kinder?

»Was habt ihr vorhin auf dem Waldweg wirklich gesehen, du und Friedrich?« fragte seine Tochter. »Wurden wir tatsächlich verfolgt?«

Samuel zuckte mit den Achseln und wischte sich mit der Hand das Blut aus dem Gesicht. Die Stirnwunde tat nicht mehr weh, seine Fußsohle brannte hingegen wie Feuer. Er hatte zwei Lichter wahrgenommen und eine tödliche Bedrohung auf der Haut gespürt. Friedrich hatte behauptet, schwarze Reiter zu sehen. Ausgerechnet Friedrich. Was geschah nur mit ihnen?

Samuel humpelte auf die andere Seite des Wagens. Er hob Friedrich auf, der mit dem Rücken gegen eines der gesplitterten Wagenräder lehnte, und drückte den Kopf des Jungen gegen seine nackte Brust, bis sich auf ihren zitternden Körpern Blut, Tränen und Regen zu einem einzigen Gemisch verbanden.

Noch vor Sonnenaufgang fanden die Hahnemanns Unterschlupf in einem verlassenen Bauernhaus mit kaputten Fensterläden, die im Wind gegen das Mauerwerk hämmerten. Das Dach hatte mehr Löcher als ein Sieb, doch glücklicherweise hatte der Regen nachgelassen. Friedrich, der die Folgen des Wagenunfalls rasch überwunden hatte, half seinem Vater, vermodertes Stroh aus der Scheune in die Kammer zu schleppen und für seine Mutter und die Geschwister ein Lager zu richten. Der Brunnen auf dem verwahrlosten Hof war versandet, das Pflaster rund um die Gesindestube halb herausgerissen.

»Vermutlich konnte der Bauer seinen Pachtzins nicht mehr

bezahlen und wurde von seinem Grundherrn verjagt«, beantwortete Samuel die Fragen seines Sohnes.

Henriette hielt den kleinen Ernst im Arm und weigerte sich beharrlich, ihn Samuel zu überlassen. Schweigend starrte sie aus den fast blinden Fensterscheiben auf die Einöde mit ihrem silbrig schimmernden Rauhreif, bis sie endlich gegen Morgen die Müdigkeit übermannte. Erst nachdem sie eingeschlafen war, wagte Samuel, seinen Jüngsten zu untersuchen.

Der kleine Junge starb gegen Mittag des folgenden Tages. Samuel schloß die Fensterläden, verriegelte die Türen und ließ keines seiner Kinder aus dem Haus. Aus einigen Brettern zimmerte er einen winzigen Sarg, eher eine Kiste, die er mit einigen Tüchern ausschlug, und legte das Kind hinein. Als er den Deckel schließen wollte, begann Henriette zu schreien und mit den Fäusten auf ihn einzuschlagen.

»Du hast ihn umgebracht, Samuel Hahnemann!« schluchzte seine Frau. »Du allein warst es!«

»Weißt du überhaupt noch, was du redest, Frau? Bei allem, was dir heilig ist, beruhige dich!« Samuel faßte sie um die Taille und zog sie von dem Sarg zurück. Die Kinder hockten in einem dunklen Winkel, von Jetta leidlich abgeschirmt. Nur Friedrich stand aufrecht am Fenster und beobachtete erregt, wie seine Eltern miteinander rangen, wie die Mutter nach dem Vater schlug und schließlich weinend in seinen Armen liegenblieb.

Schweigend verharrten sie ein paar Stunden in dieser Stellung. Dann, als bereits die Dunkelheit hereinbrach, fuhr Henriette in die Höhe, als hätte ein plötzlicher Energieschub sie mit ungeahnten Kräften ausgestattet. Energisch riß sie sich von Samuel los, der in einem ohnmächtigen Dämmerschlaf auf den blanken Holzdielen lag, beugte sich über eines ihrer Bündel und wühlte so lange, bis sie zwei dicke gelbe Wachskerzen zutage förderte.

»Der kleine Ernst verdient eine anständige Beisetzung«,

sagte sie geistesabwesend. »Danach werde ich sehen, was ich den Kindern zu essen geben kann.« Sie zündete die Kerzen mit einem trockenen Feuerstein und einigen Spänen an und stellte sie auf den geschlossenen Deckel des kleinen Sarges. Samuel, der mittlerweile erwacht war, und die Mädchen folgten jeder ihrer Bewegungen.

»Steh endlich auf, Samuel«, sagte sie mit eisiger Stimme. »Wir müssen uns darauf einstellen, eine Weile hierzubleiben, ehe wir nach Pyrmont weiterziehen können. Amalie und Mina geht es nicht gut. Sie brauchen Arznei und Pflege.«

»Ich werde mich sofort ...«

»Du wirst jetzt das Haus verlassen und einen Arzt suchen. Jawohl, du hast mich richtig verstanden, Hahnemann.« Henriettes Augen formten sich zu schmalen Schlitzen. »Ich will einen Arzt, der meine Kinder nicht mit gepulverter Tierkohle oder ähnlichem Höllenzeug behandelt. Du schaffst mir einen richtigen Mediziner herbei, und diesmal, mein lieber Gatte, dulde ich keinen Widerspruch!«

Wie von Furien gehetzt, stürzte Hahnemann aus der Kammer und schlug die schwere Eichentür hinter sich zu. Auf dem Hof riß der Wind Stroh, Unkraut und alte Lumpen in einen wirren Strudel, trieb ihn von einem Winkel zum anderen. Mit schweren Schritten lief Samuel über das Pflaster und betrat die kleine Scheune. Das Dach war bereits zur Hälfte eingestürzt. Überall knirschte morsches Gebälk, und ein unbeschreiblicher Gestank nach Fäulnis lag in der Luft. Er blieb einen Augenblick stehen und blickte zum Haus zurück.

Henriette hatte recht mit dem, was sie sagte. Wie konnte er noch erwarten, daß sie ihm vertraute? Samuel hatte den Pakt gebrochen, den sie in Georgenthal nach der Geburt des kleinen Ernst geschlossen hatten. Er konnte seiner eigenen Familie nicht beistehen, er war kein Arzt, sondern ein Wahnsinniger, ein eigensinniger Einzelgänger, der Frau und Kinder ins Elend, ja bis in den Tod trieb. Dabei war alles, was sie nun brauchten, Geborgenheit, Heilung und Schutz. Schutz vor ihm und seiner Vision vom besseren *Modus curandi*.

Mit letzter Kraft schwang sich Samuel auf den Rücken seines Pferdes und wunderte sich nicht einmal darüber, daß es bereits gesattelt war. Dann griff er in die Zügel und galoppierte eilig vom Hof. Als er die beiden Eichen hinter sich gelassen hatte, welche das Tor zum Gehöft bildeten, scheute das Pferd, und einen Herzschlag lang glaubte Samuel, eine Gestalt zwischen den Büschen wahrzunehmen. Die Gestalt einer Frau mit braunen Locken, die ihn aus matten Augen beobachtete. Als er ein zweites Mal hinüber zu den Büschen blickte, war die Erscheinung verschwunden.

Der junge Physikus aus dem nächstgelegenen Ort, an dessen Tür Samuel in seiner Verzweiflung gepocht hatte, folgte ihm zu dem verlassenen Gehöft, ohne bohrende Fragen zu stellen. Er behandelte Samuels Töchter wie ein guter Onkel, der seine Lieblinge besucht und dabei allerlei Scherze mit ihnen treibt. Trotz ihrer Schwäche lachten die Mädchen vor Vergnügen, als der fremde Physikus sie an den Fußsohlen kitzelte. Mit wachsendem Ärger sah Samuel ihm zu, wie er seine Arzttasche auspackte und den Kindern eine Dosis Opiumsaft und Brechweinstein verabreichte.

»Sie brauchen nicht hierzubleiben, Doktor. Ich werde bei meinen Kindern wachen.«

»Das macht mir keine Mühe«, entgegnete der junge Arzt unbekümmert und schlug seinem Kollegen auf die Schulter.

Im Morgengrauen verabschiedete er sich von Henriette mit einem galanten Handkuß, lächelte Samuel verlegen zu und verließ eiligen Schrittes die Stube.

Samuel schwankte an das Lager der Mädchen. Minas Augen glänzten fiebrig, ihre Wangen waren gerötet. Als Amalie bemerkte, daß ihr Vater die Schwester beobachtete, drehte sie sich auf die Seite und zog die grobe Stalldecke bis zum Kinn.

Unglücklich wandte sich Samuel ab und fuhr sich resigniert mit der Hand über die Augen.

»Geht es dir nicht gut, Vater?« Friedrich war lautlos neben ihm aufgetaucht und starrte ihn aus seinen großen, unsteten Augen durchdringend an. »Mutter hätte das nicht tun dürfen, nicht wahr? Sie hatte kein Recht, einen fremden Doktor ins Haus zu holen, der ...«

Samuel packte den Jungen ungeschickt an beiden Schultern und schüttelte ihn einige Male hin und her. »Deine Mutter hat getan, was sie für richtig hielt, mein Junge. Vergiß niemals, was du ihr schuldig bist. Wir stehen alle in der Schuld unserer Mütter, denn ...« Er sprach nicht weiter. Sein Blick fiel auf die alte, verschrammte Arzneikiste neben der Tür. Wie durch ein Wunder waren die meisten mineralischen und pflanzlichen Substanzen, die er im Schloß des Herzogs von Gotha präpariert hatte, heil geblieben. Aber nicht nur die Substanzen. Langsam ging Samuel zu der kleinen Holztruhe mit den beiden geschwungenen Messinggriffen und öffnete ihren Deckel.

Würziger Kräutergeruch strömte ihm entgegen. Samuel tastete einige Sekunden mit beiden Händen die Innenseite des Kastens ab und schlug dann mit seiner Faust gegen die Rückwand, bis sich das Holz verschob und eine kleine, flache Spalte freilegte.

Neugierig blickte Friedrich seinem Vater über die Schulter und rümpfte die Nase, als er den schimmligen Modergeruch des feuchten Holzes einatmete.

Samuel schaute seinen Sohn an und zog die Papiere hervor. »Als ich zum erstenmal von diesen Aufzeichnungen hörte, war ich kaum älter, als du heute bist, Friedrich. Viele Menschen mußten wegen dieser vergilbten Papierfetzen sterben, deshalb darfst du keiner Menschenseele etwas davon verraten.«

Friedrich sank neben seinem Vater in die Knie und streckte zaghaft die Hand aus, um die Bögen mit den verschnörkelten schwarzen Buchstaben mit seinen Fingerspitzen zu berühren.

Doch noch ehe er das Pergament erreicht hatte, fuhr ihm ein eisiger Schauder über den Rücken. Seine Finger erstarrten, wie oft im Winter, wenn er Schneebälle formte und die Eiseskälte ihm das Blut aus den Händen trieb. Samuel bemerkte nichts davon. Geistesabwesend löste er die Schnüre, mit der Charlotte Rebus einst das Pergament zusammengebunden hatte. Seine Mutter hatte das Bündel niemals geöffnet, sondern das sonderbare Päckchen bis zu ihrem Tode aufbewahrt, wie er es gewollt hatte.

»Was steht denn auf dem Papier, Vater?« hörte Samuel seinen Sohn flüstern.

»Ich weiß es nicht, mein Junge. Ich dachte, ich könnte euch alle schützen, indem ich es niemals herausfinde. Eine gute Freundin sagte mir einmal, mit dem Studium dieser Schriften würde ich mir Feinde machen. Feinde! Als ob ich die nicht längst hätte. Aber die Augen vor der Wahrheit zu verschließen, ist keine Lösung, Friedrich.«

»Dann machst du also weiter wie bisher!«

Aus dem Dunkel der Stube löste sich Henriettes Schatten. Samuel konnte ihr Gesicht nicht erkennen, aber er wußte, daß sie ihn die ganze Zeit beobachtet hatte.

»Sobald Ernst beerdigt ist und es den Mädchen besser geht, werden wir diesen jämmerlichen Stall verlassen und weiterziehen«, sagte Samuel und steckte die Aufzeichnungen hastig unter seinen zerrissenen Kittel. »Wir gehen nach Braunschweig, wenn du willst auch nach Hamburg, nur fort aus Sachsen. Ich werde meine Praxis wieder aufnehmen.«

Henriette erwiderte kein Wort. Mißtrauisch blickte sie ihrem Mann nach, wie er mit einer brennenden Kerze in der Hand den Weg über die morsche Stiege zu den oberen Kammern des verfallenen Gebäudes einschlug.

29. Kapitel

Königslutter, im Sommer 1795

Die kleine Stadt Königslutter bei Braunschweig schwirrte vor Betriebsamkeit, als Jonathan Krebs sein Pferd über den Marktplatz lenkte. Es war Sonnabend, die Glocken der Stadtkirche hatten längst den Feierabend eingeläutet, aber noch immer herrschte rund um die Marktstände und in den schattigen Gassen der Krämer und Handwerker emsiges Treiben. Bäuerinnen schwenkten in beiden Händen Salatköpfe und Lauchstangen und priesen sie den Umstehenden aus vollem Halse an, um die Ware nicht wieder zurück in ihre Dörfer tragen zu müssen. Breite Schragen bogen sich förmlich unter der Last von Käfigen mit Federvieh und Körben voller Eier, Käse, Bienenwachs und Speck, und magere Buben lungerten vor ihnen herum, stets bereit, die Bäuerinnen abzulenken, um ein Ei oder ein Stück Ziegenkäse in die Tasche gleiten zu lassen. Auf einem Leiterwagen zogen vier ausgemergelte Mähren Holzstämme zum Kaiserdom, wo eine Schar von Zimmerleuten daran war, ein Gerüst um einen der mächtigen Türme zu schlagen. Auch vor dem Dom, unweit des Löwentores, machten sich Arbeiter mit Holzbrettern zu schaffen. Sie bauten ein Podest auf vier wackeligen Pfeilern, das von einigen starken Pfählen wie eine Schiffsreling umschlossen wurde.

Jonathan Krebs ließ den Domplatz hinter sich und kämpfte sich weiter durch das Getümmel, bis er die ärmeren Stadtviertel der Metzger und Gerber erreichte. Aus einem der Höfe mit jenen für die Gegend charakteristischen verzierten Bogengängen drang aufgeregtes Lärmen auf die Straße hinaus. Eine scharfer Gestank nach Blut flutete Jonathan entgegen und machte sein Tier scheu. Offensichtlich wurden noch vor dem Sonntag Schweine geschlachtet. Frauen mit Hauben und fleckigen Schürzen schleppten eilig Tonschalen und Eimer über den Hof, um dem Schlachter beim Zerlegen und Pökeln der Tiere zur Hand zu gehen.

Einer Lache geronnenen Blutes wich Jonathan aus und hielt schließlich einen kleinen, etwa zehnjährigen Jungen an, der soeben aus der Tür eines windschiefen Häuschens trat, um in die Gasse zum Marktplatz einzubiegen. Der Junge trug einen hölzernen Kasten auf den schmächtigen Armen, den er geräuschvoll auf einer Steinstufe seines Hauses absetzte. Seine Kleidung war ärmlich und an vielen Stellen geflickt. Hände und Gesicht waren mit einer dicken Schicht Kalkstaub überzogen. Anscheinend hatte er seinen Eltern geholfen, die Wände ihrer Stuben zu weißen. Zögernd hopste der Kleine von der Treppenstufe und näherte sich dem vornehm gekleideten fremden Herrn.

»Verzeiht mir, Herr, aber ich habe keine Zeit. Ich muß zum Markt, wenn ich die Kindsmörderin noch sehen will«, sagte er und sog scharf die Luft ein.

»Eine Kindsmörderin?« Jonathan schüttelte den Kopf. Das aufgeregte Treiben am Stadtplatz war ihm nicht entgangen. Mit einem Schaudern erinnerte er sich an das hölzerne Gerüst, das er auf dem Domplatz gesehen hatte.

»Sie holen sie aus dem Turm und führen sie in die Gerichtsstube, weil morgen Sonntag ist und kein Urteil gesprochen werden darf«, erklärte der Junge eifrig. »Sie hat ihr Kind ersäuft. Im Stadtkanal. Und nur, weil der Vater hat einrücken müssen. Die alte Kepnerin aus der Mantelgasse sagt, sie sei eine Hexe gewesen und ...«

»Kennst du das Haus des Physikus Hahnemann, mein Junge?« unterbrach Jonathan das aufgeregte Geplapper des Knaben und ließ es widerwillig zu, daß er mit seinen schmutzigen Fingern durch die Mähne seines Pferdes strich.

»Der ... Wunderdoktor?«

Jonathan erwiderte halb belustigt, halb verunsichert die

Blicke des Kleinen, der zärtlich die harten Pferdehaare kraulte. Hexen und Wunderdoktoren? War er denn noch bei Verstand?

»Doktor Hahnemann hat meine Mutter und die Frau des Kanonikus geheilt, die seit Epiphanias bei uns wohnt. Das war kurz nachdem der Graf von Tonstein aus Braunschweig in der Stadt war und direkt vor dem Dom einen riesigen Ochsen am Spieß braten ließ. Beide litten sie an den schwarzen Pocken. Meine Mutter war fast irrsinnig vor Schmerzen, wälzte sich nur noch in ihrer Kammer auf dem Boden. Kein Arzt konnte ihr helfen, bis der Wunderdoktor mit seiner Tochter zu uns kam und seine Arznei brachte. Mutter hatte sich bereits die Nägel abgebrochen und das Gesicht blutig gekratzt, als ...«

»Genug. Laß es gut sein«, wehrte Jonathan Krebs ab und beugte sich vom Pferde, um dem Jungen einen kleinen Klaps zu geben. »Mir genügt es zu wissen, wie ich zu eurem Wunderdoktor finde!« Allmählich wurde ihm das Geschwätz des Jungen lästig. Klatsch und Tratsch lagen in diesen Wochen und Monaten ebenso in der Luft wie die Gerüchte von Krieg und Teuerung. Allem Anschein nach brauchten die Menschen solche Gerüchte, um sich von ihren eigenen Sorgen und Ängsten abzulenken.

Der Junge beschrieb ihm mit umständlichen Worten den Weg durch die engen Gassen. Er mußte sich am Stadtgraben orientieren und dem inneren Ring bis zum Holzviertel folgen. Dort, gleich hinter einer Wasserbrennerei, hatte der Doktor Hahnemann mit seiner Familie ein Haus gemietet.

»Aber Doktor Hahnemann kann Sie heute abend nicht mehr behandeln, gnädiger Herr«, rief der Junge Jonathan nach, nachdem ihm dieser eine Kupfermünze in die Hand gedrückt hatte.

Jonathan drehte sich um und runzelte fragend die Stirn. »Warum nicht? Ist er gar nicht in der Stadt?«

»O doch, aber an Sonnabenden prüfen der Doktor und seine Schüler neue Arzneien. Dann verrammeln sie Türen und Fenster, so daß kein Sonnenstrahl ins Haus fällt. Man sieht die Hahnemanns erst wieder am Abend des folgenden Tages, wenn der Doktor mit seiner Frau und seinen Töchtern auf den Wällen spazierengeht.«

»Keine Sorge, mein Junge. Mich wird er schon empfangen«, erwiderte Jonathan Krebs und lenkte sein Pferd über das holprige Pflaster auf den Stadtkanal zu.

Er fand das hohe Fachwerkhaus auf Anhieb. Vor dem Eingang, der über einen Vorbau aus grob geschnittenen Holzbrettern zu erreichen war, türmten sich Dutzende von Fässern. Im hinteren Teil des Hofes spannten einige Frauen ein Gewirr von Leinen von Fenster zu Fenster und bestückten sie mit unförmigen Kleidungsstücken, aus denen in regelmäßigen Abständen dicke Tropfen auf das mit Stroh und Unrat bedeckte Pflaster fielen. Jonathan fragte sich, wie die Besitzer ihre Wäschestücke jemals wieder aus diesem Durcheinander herausfinden wollten. Ein Geruch von saurem Alkohol, Zwiebeln, nassem Moos und Pferdemist zog durch den Hof. Kindergeschrei drang aus dem breiten Ziegelbau, der offensichtlich die von dem Gassenjungen erwähnte Wasserbrennerei beherbergte.

Jonathan holte tief Luft. Dann schwang er sich vom Rücken seines Pferdes und band das Tier an einen Stab des hölzernen Geländers, in das übermütige Kinderhände kleine Herzen und einen Hahn mit riesigem Schnabel geschnitzt hatten. Die Treppenstufen knirschten unter jedem seiner Schritte. Fensterläden und Haupttür waren verriegelt, wie der Junge aus der Metzgergasse es ihm beschrieben hatte. Da nirgends ein Klingelstrang zu entdecken war, klopfte Jonathan dreimal kräftig an das dunkle Holz der Tür. Endlose Minuten geschah gar nichts. Erst, als er schon enttäuscht die Stiege wieder hinablaufen wollte, hörte er, wie sich im Innern des Hauses schlurfende Schritte näherten.

Eine dicke Magd mit auffallend langer Nase schob den Riegel zurück und streckte herausfordernd den Kopf aus der Tür.

Sie war etwa dreißig Jahre alt und trug ein einfaches graues Kleid mit Schürze und Haube, unter welcher ein Büschel fettiger Haare ihren Weg ans Licht suchten. Auf dem Arm hielt sie ein kleines Kind mit von Schokolade verschmiertem Mund, das einen ebenfalls schmutzigen Kochlöffel fest in der kleinen Faust hielt und der Magd damit unaufhörlich auf die Haube schlug. Jenseits des finsteren Korridors erschollen unzufriedene Kinderstimmen. Offensichtlich riefen sie nach der Magd.

»Wen sucht der gnädige Herr?« fragte die dicke Frau in einem Ton, der ganz und gar nicht zu ihren höflichen Worten passen wollte. »An Sonnabenden empfängt Doktor Hahnemann keine Patienten.«

»Ich bin kein Patient, Frau. Melde deinem Herrn, daß Doktor Krebs aus Leipzig ihn zu sprechen wünscht.« Jonathan machte einen Schritt in die dunkle Diele und streifte, ohne den mißbilligenden Blicken der Magd weiter Beachtung zu schenken, seinen staubigen Reiseumhang von den Schultern. Die dicke Frau entfernte sich leise zeternd, während das Kind auf ihrem Arm fröhlich gluckste und wieder mit dem Kochlöffel auf sie einschlug. Jonathan seufzte verdrossen. Es war einfach unfaßbar, was er hier in dieser Einöde tat. Drei lange Jahre hatte er sich redlich bemüht, sein eigenes Leben zu führen, ohne an die Hahnemanns zu denken, was ihm jedoch nicht gelungen war, da Henriette ihm regelmäßig Briefe und Billets geschickt hatte, die selten zweimal am selben Ort aufgegeben worden waren. Ihr beschwerlicher Weg hatte sie im Planwagen durch das ganze Reich geführt, über Göttingen, Pyrmont, Braunschweig und Wolfenbüttel in die alte Domstadt Königslutter, wo Samuel endlich einen geeigneten Platz gefunden zu haben schien, um seine Experimente wieder aufzunehmen. Schweren Herzens hatte Jonathan nie auf Henriettes Briefe geantwortet, und doch war es auch dieses Mal ein Brief gewesen, der ihn veranlaßt hatte, das Fürstentum Sachsen zu verlassen und die Familie seines alten Freundes noch einmal aufzusuchen. Unwillkürlich glitt die rechte Hand des Arztes zu der kleinen Ledertasche an seinem Gürtel mit der goldenen Schnalle hinab, in welcher das Schreiben lag, dessen Überbringer er war, und das nur darauf wartete, daß Samuel Hahnemann sein Siegel erbrach.

»Doktor Krebs aus Leipzig?« drang plötzlich eine helle Stimme durch das düstere Zwielicht der engen Diele. Erstaunt drehte er sich um und bemerkte, wie ein zierliches Mädchen mit einem dicken blonden Zopf aus einer der drei Türen im Eingangsbereich trat, unter dem Türsturz verharrte und ihm dann mit einem freundlichen Lächeln entgegenkam. »Ich fürchte, Sie erkennen mich nicht wieder, Doktor«, sagte das Mädchen in gespielter Empörung und machte vor Jonathan eine eher spöttische Verbeugung.

»O doch«, antwortete Jonathan ein wenig unbeholfen. »Du bist Samuels älteste Tochter. Jetta, nicht wahr? Ich kannte dich schon, als du noch ein Winzling warst.« Das perlende Gelächter, das ihm entgegenschlug, trieb dem Arzt die Röte ins Gesicht. Jonathan mußte zugeben, daß Samuels und Henriettes Tochter nicht nur hübsch geworden war, sondern auch über den kecken Charme verfügte, den er vor vielen Jahren bei ihrer Mutter so sehr bewundert hatte.

»Sie haben uns lange nicht besucht, Doktor Krebs«, erklärte Jetta schließlich, während sie eine vorübereilende Magd mit einer einzigen Augenbewegung aufforderte, Jonathans Hut und Umhang abzunehmen. »Was führt Sie zu uns in den Norden?«

»Nun ... das werde ich ...«

»Jetta Hahnemann!«

Betroffen drehte sich das Mädchen um und blickte in das strenge Gesicht seiner Mutter. Henriette stand wie eine Statue auf dem Absatz der schmalen Wendeltreppe, deren ausgetretene, von einem alten blauen Teppich nur notdürftig bedeckte Stufen in das Obergeschoß führten, und starrte auf ihre

Tochter und Jonathan Krebs herab. Hatte Jetta noch vor wenigen Sekunden einen selbstbewußten, beinahe koketten Eindruck gemacht, so ließ Henriettes bloßes Erscheinen keinen Zweifel daran, wer die eigentliche Hüterin des Hauses war.

»Ich nehme an, du hast die bestellte Menge Spiritus aus der Brennerei bereits abgeholt und den Herren Kandidaten ins Laboratorium gebracht?« Henriette sprach leise, aber ihr Ton war so scharf, daß Jonathan unter seinem samtenen Gehrock zu frösteln begann. Auch Jetta schien dieses Gefühl zu teilen, denn sie verschwand, ohne sich noch einmal nach ihm umzusehen.

Gebannt verfolgten Jonathans Augen, wie Henriette langsam und hoheitsvoll wie eine Fürstin die knarrenden Stufen zum Erdgeschoß heruntersteig. Sie trug einen voluminösen Rock aus schwarz gefärbtem Kattun und eine weiße Bluse mit weiten Ärmeln, die am Halsansatz von einer bronzenen Brosche in Form eines Rosenblatts geschlossen wurde. Ihr Haar steckte ordentlich unter einer gestärkten Haube. Auch wenn die Jahre nicht spurlos an Henriette vorübergegangen waren, war sie doch noch immer eine schöne Frau.

»Willkommen, mon cher«, begrüßte sie Jonathan höflich, ohne den versteinerten Ausdruck auf ihren Gesichtszügen zu lockern, »hätten wir geahnt, daß du uns besuchst …«

Jonathan erfuhr nicht mehr, was Henriette in diesem Fall getan hätte, denn plötzlich ertönten aufgeregte, kreischende Stimmen und ein lautes Gepolter hinter einer der geschlossenen Eichentüren. Ein Mann stürzte mit weit aufgerissenen Augen auf den Korridor hinaus. Ihm auf den Fersen folgte ein zweiter mit wirren, von Schweiß verklebten Haaren, der eine elastische Schneiderelle schwang und wilde Flüche ausstieß.

»Samuel Hahnemann?« entfuhr es Jonathan entgeistert. Der ältere Mann mit der Elle wirkte bleich und übernächtigt. Seine magere Gestalt steckte in einem weiten, langen Hausmantel, und auf dem Kopf thronte eine schwarze Kappe aus Samt.

»Jonathan Krebs?« Samuel blieb stehen und warf ihm einen verwirrten Blick zu. Der junge Bursche nutzte die Gelegenheit und stürmte aus dem Haus.

»Ja, pack dich fort, bevor ich dir den Schädel einschlage, du elender Spitzel«, schrie Samuel ihm nach und schlug bekräftigend mit der Elle gegen das kahle Mauerwerk, bis eine feine Kalkspur auf die Holzdielen rieselte. »Der kleine Spion hat sich als Medizinstudent ausgegeben. Wollte sich in meine Dienste begeben, kann aber die Lunge nicht vom Zwölffingerdarm unterscheiden.«

Henriette versuchte ihren Mann zu beschwichtigen, und Jonathan stellte befriedigt fest, daß ihr Gesicht seinen versteinerten Ausdruck verlor. Dann wandte sich Samuel seinem Besucher zu und schüttelte ihm ein wenig zerstreut die Hand.

»Ich freue mich, dich endlich wiederzusehen, Jonathan. Hast du bereits eine Herberge gefunden? Nein? Um so besser. Eine der Mägde soll dein Gepäck ins Haus schaffen. Ich habe dir eine Menge zu erzählen.«

Jonathan gelang es nur mit Mühe, Samuels begeisterten Redefluß zu bremsen. Wohl hatte er bemerkt, daß Henriette bei der Ankündigung ihres Mannes, ihn im Hause zu beherbergen, blaß um die Nase geworden war, und so war er einen kurzen Moment lang versucht, seinem alten Freund die Depesche aus seiner sächsischen Heimat auszuhändigen und sich unter einem fadenscheinigen Vorwand zu empfehlen. Aber dann siegte seine Neugierde über die Vernunft. Beinahe sieben Jahre lagen seit Samuels Selbstversuchen mit der Chinarinde zurück. Seitdem hatte er eine Vielzahl an Schriften verfaßt, ohne jedoch seine Theorie von den Substanzen, welche heilen sollten, indem sie ähnliche Krankheitssymptome erregten, offen zu formulieren. Aber hier in Königslutter wurde Hahnemann auf einmal als Wunderdoktor gepriesen. Er scharte Schüler um sich und schien in den Mauern dieses windschiefen Hauses ein Geheimnis zu hüten.

»Was stehst du noch hier in der zugigen Diele herum, mein Freund?« rief Samuel. Jovial legte er Jonathan seinen Arm um die Schulter und führte ihn auf die Tür zu, hinter welcher seine Arbeitsräume lagen. Henriette blieb zurück. Einige Herzschläge lang starrte sie den beiden Männern wie betäubt hinterher. Ein plötzliches Schwindelgefühl ließ ihre Hand Halt am Treppengeländer suchen. Sie wußte, woher der Schwindel stammte, ähnliche Schübe hatten sie bereits vor Wochen heimgesucht. Jonathans plötzliches Auftauchen mochte die Attacken lediglich gesteigert haben. So stand sie regungslos am Fuß der Treppe, bis Jetta von ihrem Botengang zurückkehrte.

»Wird der Doktor bei uns bleiben?« hörte Henriette die dünne, noch immer kindliche Stimme flüstern.

»Er gefällt dir wohl«, gab sie boshaft zur Antwort und hätte sich im selben Augenblick dafür ohrfeigen mögen. Warum reizte das Mädchen sie nur so sehr? Es war doch nicht ihre Schuld, daß sie …

Ohne Jetta weiter zu beachten, hob sie den Saum ihres Rockes und begab sich in die Küche, um die fette Magd von dem Hausgast ihres Mannes in Kenntnis zu setzen.

Samuels Arbeitszimmer war ein rechteckiger, von mehreren Stellwänden in ein wahres Labyrinth von Nischen abgeteilter Raum, der fast das gesamte Erdgeschoß einnahm. Die Fenster waren ausnahmslos mit schwerem Brokat verhangen. Jonathan fragte sich, warum man das Tageslicht ausgesperrt und statt dessen unzählige Kerzen entzündet hatte. Fürchtete Samuel die neugierigen Blicke der Nachbarn?

An der Rückwand des Laboratoriums führten einige Stufen zu einer kleinen Galerie hinauf, von welcher der gesamte Raum mühelos überblickt werden konnte. Ein thronartiger Sessel am Geländer diente vermutlich genau diesem Zweck.

Samuel führte Jonathan durch seine Experimentierstätte wie

ein König, der den Abgesandten eines fremden Landes in seinem Schloß empfängt. Überall standen kleine und größere Tische und Stehpulte herum, die mit Büchern, Papierrollen, aber auch Arzneiflaschen, Waagen und Reibschalen überladen waren.

»Was tun all diese jungen Leute?« wollte Jonathan wissen, als sich sein Staunen über den sonderbaren Ort ein wenig gelegt hatte. Er deutete auf eine der Nischen, in der vier oder fünf junge Männer saßen, und Phiolen über den Flammen der Kerzen schwenkten.

»Arzneiprüfungen«, antwortete Samuel knapp. »Die jungen Männer sind fast alle Studenten, deren Sinn noch nicht von ihren Professoren und ihren altertümlichen Praktiken vernebelt wurden. Sie kommen in Scharen in mein Haus, um den Ähnlichkeitssatz zu erproben. Siehst du?« Er wies mit der Hand auf eine Gruppe von Männern in Hemdsärmeln, die um einen Tisch mit allerlei Pflanzen und Steinen herumstand und eifrig beschäftigt schien, diese nach Art, Gattung und Herkunft in ein schweres Buch einzutragen.

»Hippokrates sagt, die Menschen fänden ein Heilmittel nicht aufgrund einer Überlegung, sondern durch puren Zufall. Wir bemühen uns, dem Zufall ein wenig nachzuhelfen.« Hahnemann lachte ein wenig gezwungen.

Jonathan verzog skeptisch das Gesicht und beobachtete zwei Studenten, die auf einer Bank saßen und wiederholt ihre Lymphdrüsen betasteten. Vermutlich hatten sie etwas eingenommen und warteten nun gespannt darauf, welche Symptome sich einstellen mochten.

»Ich habe in den vergangenen Jahren meine Erfahrungen gemacht, alter Freund!« Samuel blieb stehen. »Die wahre Heilkunst ist ihrer Natur nach eine reine Erfahrungswissenschaft. Nur aus reinen Erfahrungen und Beobachtungen können ihre Gegenstände entnommen werden. Wir behandeln nicht nach Krankheitsnamen. Scharlach, Wassersucht, Schwarzfieber,

Faulbrand. Alles nur leere Worthülsen, die für zwei Menschen ganz unterschiedliche Bedeutungsinhalte haben können. Wie soll ich als Arzt aber eine Krankheit heilen, die in ihren Symptomen niemals völlig identisch, sondern hunderttausend verschiedenen Ausformungen unterworfen sein kann?«

»Das heißt, ihr prüft einerseits Substanzen darauf, welche Symptome sie bei Gesunden hervorrufen, andererseits befragt ihr eure Patienten, welche Symptome tatsächlich auftreten, um …«

»… eine wirksame Arznei für sie zusammenstellen zu können!« beendete Samuel Jonathans Überlegung. »Aber wir befragen nicht nur. Eine kontinuierliche Beobachtung ist mindestens genauso wichtig.« Er verschränkte die Arme auf dem Rücken und sah einem dicklichen jungen Mann mit langen dunklen Haaren über die Schulter. Als der Student den prüfenden Blick seines Lehrmeisters sah, erhob er sich höflich.

»Ich habe das Krankenjournal zusammengestellt, wie Sie es mir aufgetragen haben, Doktor Hahnemann. In meiner Nachbarschaft am Kupfertor sind drei interessante Fallbeispiele aufgetreten, die ich sogleich aufgegriffen habe.« Dienstbeflissen reichte der Student Samuel seine Aufzeichnungen und hielt die Kerze höher, damit auch Jonathan sie sehen konnte. »Es geht um die Witwe eines Flecksieders, der sich im letzten Winter zu Tode gebrüht hat. Die Frau ist 26 Jahre alt und arbeitet am Webstuhl. Seit acht Wochen leidet sie unter Kopfschmerzen, die in Schüben auftreten und sie zeitweise völlig lähmen.«

»Wo genau treten diese Schmerzen auf?«

»Sie nehmen ihren Anfang stets in der rechten Schläfe und ziehen dann in den Nacken. Dazu gesellt sich ein Rauschen in den Ohren. Ihre Augen sind oft rot und geschwollen, vermutlich wegen der anstrengenden Weberei. Seit dem Unfall ihres Mannes lebt sie in einer recht ärmlichen Hütte, die an den Turm angebaut wurde. Das Fundament hat den Schwamm.«

»Aber was soll das mit ihren Kopfschmerzen zu tun haben?« Jonathan schüttelte verständnislos den Kopf. »Ihr seid doch nicht die … die Stadtaufsicht!«

»Nicht so voreilig. Wir beobachten nicht nur die Reaktionen des Körpers, sondern beziehen in unsere Überlegungen auch das Umfeld des Kranken mit ein. Lebt er allein, oder hat er Angehörige? Ist er wohlhabend und mit sich zufrieden, oder nagt er am Hungertuch? Ist er von aufbrausendem Gemüt, forsch und streitlustig oder in sich gekehrt, zurückhaltend und scheu. Alle diese Eigenschaften müssen bei der Wahl einer geeigneten Arznei berücksichtigt werden.«

»Und wie willst du diese Weberin kurieren?« fragte Jonathan ironisch. »Ihr ein neues Haus bauen oder sie bei Hofe einführen, um ihre Laune zu heben?« Er bemerkte, wie die dunklen Augen des Studenten im Kerzenlicht wütend aufblitzten, aber Samuel legte sogleich begütigend seine Hand auf dessen Schulter. »Zeig ihm unser Journal, Claas!«

Der schwarzhaarige Junge fing an, hektisch in dem Buch hin und her zu blättern, bis er die richtige Seite gefunden hatte. Triumphierend zitierte er die handschriftliche Eintragung: *»Berstende Kopfschmerzen von der Stirne zum Nacken ziehend. Beobachtet bei Jungfer Hahnemann daselbst, Schuhmacher Frederickson und Gerichtsschreiber Soweik. Kranke sind ärgerlich und reizbar, oft müde. Bewährt hat sich hierbei die Behandlung mit Bryonia.«*

»Weiter«, drängte Samuel. »Bryonia ist in diesem Fall kaum das richtige, denn die Weberin ist weder ärgerlich noch reizbar!«

»Dumpfes, schweres Leiden im Kopf, welches von den Schläfen zum Nacken oder vom Nacken in beide Augenhöhlen wandert. Bleierne Müdigkeit, Angst und Jammer, schwerer Kummer. Bewährt hat sich hierbei die Behandlung mit Gelsemium in einer Verdünnung von C6.«

»Das ist es, was mir vorschwebte!« Samuel nahm dem Jungen das Buch aus der Hand und hielt es Jonathan unter die

Nase. »Gelsemium zeigte bei Studiosus Claas eine sehr ähnliche Wirkung wie die, welche er gerade beschrieben hat. Damit werden wir die Witwe kurieren. Siehst du nun, Freund Krebs, wozu das *Similia Similibus* fähig ist?« Mit einem breiten Lächeln klappte Samuel das Journal zu, legte es wieder vor den zufrieden dreinblickenden Claas und lief gemessenen Schrittes die wenigen Stufen zu der kleinen Empore hinauf, um in seinem Sessel Platz zu nehmen.

Jonathan schwirrte der Kopf. Erst jetzt nahm er den schweren Geruch wahr, der über dem Experimentierraum lag. Er wußte, daß Samuel seinen Schülern Tabak und Alkohol verbot, um die Ergebnisse der Prüfungen nicht zu verwässern. Hier aber waberten ihm nicht nur Branntweindunst, sondern auch eine Unzahl verschiedener Kräuterdüfte entgegen, die ihm beinahe den Magen umdrehten. Langsam folgte er Hahnemann auf die Galerie und lehnte sich über die Brüstung. Das Gewirr der brennenden Kerzen und das monotone Gemurmel der Studenten folgten ihm wie eine Meereswoge.

»Mit Hilfe der Ergebnisse unserer Arzneiprüfungen am gesunden Menschen wird man bald in der Lage sein, jederzeit eine künstliche Krankheit im menschlichen Organismus hervorzurufen«, fuhr Samuel begeistert fort. »Diese muß nur ein wenig stärker sein als die natürliche, die es zu bekämpfen gilt. Nach dieser geringen Erstverschlimmerung wird das reizende Arzneimittel die Krankheit zum Abheilen bringen. Wir verabreichen es in kleinen Gaben, Verdünnungen, um den Arzneireiz des Stoffes herabzusetzen und ...«

»Samuel«, unterbrach Jonathan den Redeschwall seines Freundes und öffnete langsam den Verschluß seiner Gürteltasche, »ich bin nicht nur gekommen, um dich und deine Familie wiederzusehen. Mein Besuch hat auch noch einen anderen Grund.«

»Und der wäre?« Samuel beobachtete, wie Jonathan ein kleines, versiegeltes Kuvert aus seiner Tasche zog.

»Der Sekretär unseres Medizinalrats Clarus hat mich gebeten, dich aufzusuchen, um dir diese Depesche persönlich auszuhändigen.«

»Professor Clarus?« Verwundert nahm Samuel das Schreiben entgegen und hielt dessen leuchtend rotes Siegelwachs prüfend so nahe an eine der Kerzen, daß augenblicklich rote Tropfen über das helle Pergament rannen.

»Clarus lädt dich im Namen Seiner Hoheit des Kurfürsten ein, nach Sachsen zurückzukehren. Nicht nach Leipzig, dort haben deine Schriften in der Zwischenzeit ein gehöriges Feuer entfacht. Aber in Torgau dürftest du dich niederlassen.«

»Nach Sachsen zurück«, murmelte Samuel leise und starrte versonnen auf die roten Tröpfchen des Siegelwachses. »Was kann sich ein Mann wie Clarus von meiner Rückkehr versprechen?«

»Wenn ich das nur wüßte.« Jonathan schüttelte sorgenvoll den Kopf, vermied es aber, seinem Freund in die Augen zu sehen.

»Ich werde es herausfinden«, erklärte Samuel ernst. »Meine Schrift über das Prinzip zur Auffindung von Heilkräften liegt bereits auf Hufelands Schreibtisch. Er wird sie veröffentlichen, und dann gibt es ohnehin kein Zurück mehr für mich.«

»Dann ist dir hoffentlich auch bewußt, daß Professor Clarus' freundliche Einladung nach Torgau nichts anderes als eine Falle sein kann«, bemerkte Jonathan finster. »Clarus haßt dich und deine Theorien. Von allen sächsischen Kathedern herab wird Dr. Samuel Hahnemann als Scharlatan beschimpft. Die Kirche verdächtigt dich, ketzerische Ideen zu verbreiten und eine Giftmischersekte begründet zu haben. Clarus will dich entweder in seiner Nähe wissen, um dich besser kontrollieren oder ... vernichten zu können!«

Samuel schlug seinen langen Hausmantel zurück und stützte sich mit beiden Armen gegen das hölzerne Geländer. Einige der Studenten unterbrachen ihre Arbeit und blickten neugierig zu ihrem Meister auf der Galerie. Er lächelte ihnen zu und schickte sie dann mit einer fächelnden Bewegung seiner Hand an ihre Tische mit den Pflanzen, Kolben und Büchern zurück.

Wie Moses, der auf den Berg Sinai gestiegen ist, um für sein Volk die Zehn Gebote zu empfangen, ging es Jonathan durch den Kopf. Er mußte an die Vorwürfe der Geistlichkeit seiner Heimat denken, welche Hahnemann offen als Ketzer und Verführer der Jugend brandmarkte.

»Henriette wird nicht gerade begeistert sein, Königslutter so bald schon wieder zu verlassen«, hörte er seinen Freund sagen. »Unsere Jüngste wurde erst im Sommer geboren. Es war keine schwere Niederkunft, und die Kleine gedeiht auch prächtig, aber das Reisen wird immer gefährlicher auf den schlechten Straßen!«

Jonathan rief sich das Kind mit dem Schokoladenmund ins Gedächtnis zurück, das die Magd an der Tür mit einem Kochlöffel traktiert hatte, und unterdrückte ein Seufzen. Dann sagte er: »Bei unserer Freundschaft rate ich dir, die Einladung abzulehnen, Samuel! Nur deswegen habe ich die lange Reise von Leipzig herauf unternommen und keinen Kurier beauftragt.« Jonathan griff Samuel bei der Schulter. »Glaube mir, im Norden bist du sicherer. Sogar die kleinsten Bengel im Schlachterviertel nennen dich den Wunderdoktor. Warum willst du dies alles aufs Spiel setzen?«

Weil es in Sachsen Menschen gibt, die mich und mein neues Heilverfahren brauchen, und andere, die mich seit langer Zeit suchen, überlegte Samuel, während er die Treppe hinunterlief. Er wußte, daß sie die Suche nach den Schriften des Paracelsus niemals aufgegeben und seine Familie über all die Jahre hinweg mit Argusaugen beobachtet hatten. Aber nun war die Zeit des Davonlaufens vorüber.

In derselben Nacht wälzte sich Henriette in ihrem Bett, ohne Schlaf zu finden. Zahlreiche Gedanken schwirrten ihr durch den Kopf. Es schien ihr sogar, als verwandelten sich ihre Gedanken in kleine spitze Pfeile, die ihre Schläfen zum Klopfen brachten und nicht von ihr abließen, bis sie sich im Morgengrauen leise erhob, einen wollenen Umhang über ihr Nachthemd band und sich verstohlen zur Tür der Schlafkammer schlich. Ein kurzer Blick zurück überzeugte sie davon, daß Samuel nicht aufgewacht war. Ein Gefühl der Hilflosigkeit überfiel Henriette, als sie ihren schlafenden Ehemann betrachtete. Sie fröstelte, denn draußen, vor dem Haus peitschte der Regen auf die Gasse, und der Wind rüttelte an allen Fensterläden.

Im Schlaf findet er Frieden, dachte Henriette bitter. Am Tag ist er zum Sklaven seiner Leidenschaft geworden. Nur schade, daß diese Leidenschaft nicht mir gilt. Gedankenverloren nahm sie ihre Haube ab und schüttelte ihr langes blondes Haar über die Schultern. Es hatte ein wenig von seinem Glanz verloren, war aber noch immer erstaunlich dicht. Dann ließ sie ihre Hände über ihren Körper wandern. Die vielen Geburten hatten ihm ein dralles Aussehen verliehen, aber immerhin war ihre Haut noch immer weich, fast wie bei einem jungen Mädchen.

Jonathan hat sich kaum verändert, dachte sie ein wenig wehmütig. Sie hätte gerne mit ihm geredet, allein, aber während des Abendessens, an dem auch die Kinder und ein Logiergast aus Altona, teilgenommen hatten, war es Henriette nicht einmal gelungen, Jonathans Aufmerksamkeit zu erringen. Samuel verstand es gekonnt, Besucher in seinen Bann zu ziehen. Stundenlang hatte er über *die Similia-Similibus-Theorie* philosophiert, über den Wert der Verdünnungen, seiner Tinkturen, und den Gästen war nichts anderes übrig geblieben, als seine endlosen Monologe über sich ergehen zu lassen. Von allen Anwesenden, die sich nur mühsam wachhielten, hatte es nur Jetta gewagt, ihren Vater hin und wieder mit munterem Geplapper zu unterbrechen. Obwohl Samuel mit seiner Tochter nicht häufiger sprach als mit den anderen Kindern oder seiner Ehefrau, schien es zwischen ihm und dem aufgeweckten Mädchen ein sonderbares Band zu geben. Friedrich, der das Gymnasium besuchte und wie sein Vater Arzt werden sollte, wurde von Samuel vergöttert, die jüngeren Töchter verhätschelt, Jetta hingegen beinahe ein wenig gefürchtet. Henriette seufzte. Es war häßlich, auf die eigene Tochter eifersüchtig zu sein.

Während sie noch unschlüssig in der Tür stand und auf das Bett starrte, bemerkte sie, daß sich zu ihrer Verbitterung ein Gefühl der bedingungslosen Liebe gesellte, gegen das sie ankämpfte, seit Ernst gestorben war. Liebe für den Mann, der sie und ihre Kinder schon bald aufs neue in den Planwagen steigen lassen würde, um in die kalte Ungewißheit der sächsischen Heimat zurückzukehren. Aber wofür? Als Opfer für die Dämonen, die Samuel verfolgten, seit sie ihn kannte?

Irgendwo auf dem Hof wurden Fässer über das holprige Pflaster gerollt. Barsche Stimmen drangen zu Henriette hinauf. Der Wasserbrenner mußte seine Gerätschaften ins Trockene bringen und trieb seine Knechte vermutlich zur Eile an.

Henriette verließ die Kammer und zuckte zusammen, als sie auf der Stiege von einem kalten Luftzug empfangen wurde. In der Küche brannte bereits Licht. War etwa eine der Mägde trotz des Sonntags schon auf den Beinen? Als Henriette den Raum betrat, erkannte sie im Schein einiger Kerzen zu ihrer Überraschung Jonathan, der vor dem Ofen aus Ziegelstein kniete und sich abmühte, mit dürren Spänen ein Feuer zu entfachen. Wie bei seiner Ankunft trug er Reisekleidung. Allem Anschein nach befand er sich bereits im Aufbruch.

»Jonathan. Du willst uns schon verlassen? Zu dieser Stunde?«

Erschrocken drehte sich der Arzt um. »Ich habe getan, was ich konnte, um deinen Mann von der Reise nach Torgau abzubringen. Aber eher nimmt mein Pferd einen vernünftigen Rat entgegen als dieser verdammte Dickschädel.«

»Und weil du an ihm gescheitert bist, ziehst du wieder von

dannen. So einfach ist das für euch Männer«, erwiderte Henriette spöttisch. »Vielleicht ist Samuels Starrsinn aber nicht der einzige Grund deines überstürzten Aufbruchs?«

»Wie meinst du das, Henriette?« Jonathan stand auf und schlug sich die Asche von den Knien. Langsam kam er auf Henriette zu.

»Mir scheint es so, als hättest du Angst, längere Zeit als nötig mit mir unter demselben Dach zu verbringen. Gestern hast du mich kaum eines Blickes gewürdigt, und beim Essen hast du nur mit Jetta und Samuel gesprochen.«

»Das ist nicht wahr!« entgegnete Jonathan eine Spur zu laut. »Du weißt, daß ich immer versucht habe ...«

»... für mich da zu sein«, ergänzte Henriette und lachte auf. »Deshalb hast du auch niemals auf meine Briefe geantwortet. Dabei dachte ich nach der Nacht in Georgenthal, in dir einen Vertrauten gefunden zu haben. Aber du ... wo warst du, als ich dich *brauchte*?«

Plötzlich fühlte Henriette, wie Jonathans Hände ihre Taille umschlangen und sie dicht an seinen schlanken Körper zogen. Sie spürte die Wärme, die von ihm ausging, und beugte ihren Nacken erregt zurück. Sie hob die Hände, versuchte sich gegen ihre eigenen Gefühle zu wehren, doch Jonathan wich ihren Händen aus, ohne seinen Griff zu lockern oder auch nur einen Zoll von ihr zu weichen. Ihre offenen blonden Haare knisterten, als Jonathans Stirn sie berührten. Und schließlich ließ sie es zu, die Augen geschlossen wie in einem tiefen Traum, und vergaß in den heißen Strömen, welche ihre Glieder durchfuhren, die Kälte des Herbstmorgens.

Und dann, unerwartet rasch, war der Traum zu Ende. Henriette stellte fest, daß der Zauber der Nacht von Georgenthal nicht zurückgekehrt war. Jonathan stand am Tisch, legte sich seinen Mantel um die Schultern und überließ Henriette wieder der Kälte des noch immer ungeheizten Raumes.

»Ich liebe dich, Henriette«, flüsterte Jonathan nach einer

Ewigkeit, in der weder er noch sie das Schweigen gebrochen hatte. »Und du hattest recht. Ich wollte nicht, daß du nach Sachsen zurückkehrst. Deine Nähe hätte Wunden aufgerissen, von denen ich glaubte, sie seien längst verheilt.«

Henriette ließ sich auf einem Schemel nieder und starrte müde und fröstelnd in die Flamme der brennenden Tischlampe. Ihre Gefühle hatten sie nicht getrogen. Aber wenigstens hatte Jonathan es einmal ausgesprochen, anstatt ihr wieder auszuweichen. Plötzlich spürte sie seine Hand auf ihrer Schulter und bemerkte, daß er sich zu ihr hinunterbeugte. Seine Lippen berührten ihr Ohr.

»Damals, nachdem Klockenbring über dich hergefallen war, hast du dich für Samuel und gegen mich entschieden, erinnerst du dich?« Henriette wagte kaum zu atmen. Ihre Hände begannen zu zittern, dennoch nickte sie kurz. »Wir beide wußten in jener Nacht, daß deine Wahl richtig war. Du hast doch in mir immer nur den verläßlichen Freund gesehen. Aber wenn du mich nach unserer ersten Begegnung und deinem Aufenthalt in England vor Samuel wiedergetroffen hättest, auf einer Soiree, einem Ball oder in der Oper, wärst du dann ... meine Frau geworden?«

Im nächsten Moment schlug im Haus eine Tür. Eine verschlafene Stimme drang über den Korridor. Mit einem Satz sprang Henriette auf die Füße und stürzte zur Küchentür. Dort drehte sie sich noch einmal um und rief Jonathan mit sanfter Stimme zu: »Ist es nicht besser, wenn wir das niemals erfahren?«

Einen kurzen Augenblick starrte Jonathan auf die Tür, in der unerklärlichen Hoffnung, Henriette könnte zurückkehren. Aber es war nur die dicke Magd, die schließlich schlaftrunken in die Küche schlurfte und ihn argwöhnisch musterte.

Als er im oberen Stockwerk Samuels Stimme hörte, verließ er leise das Haus und zog die Tür hinter sich zu.

30. Kapitel

Torgau, im Herbst 1806

Als Samuel und Henriette ihren neuen Wohnsitz in Sachsen erreichten, erlebten sie eine Überraschung. Der Stadtrat, der über das Bürgerrecht des Arztes zu entscheiden hatte, lud ihn persönlich ins Rathaus ein, hieß ihn und die Seinen willkommen und sicherte ihm seine Unterstützung zu. Hahnemann war so erstaunt, daß er auf die Fragen des Bürgermeisters nur hilflos mit den Achseln zuckte.

Wenige Tage später liefen dem neuen Physikus auch schon die ersten Männer und Frauen auf der Straße hinterher und baten ihn um Rat bei ihren alltäglichen Beschwerden. Es schien beinahe, als habe das Gerücht vom Einzug eines geheimnisumwitterten Wunderdoktors die verschlafene Stadt eher erreicht als der Planwagen der Familie Hahnemann. Samuel selbst traf es völlig unvorbereitet, und so blieb ihm nichts anderes übrig, als sich sofort nach einem geeigneten Laboratorium umzusehen. Schließlich kaufte er ein kleines Anwesen in der Pfarrgasse, die ehemalige Werkstatt eines Hutmachers. Die Räume waren günstig geschnitten und verfügten über genügend Platz für einen Behandlungsraum und ein Labor für seine Arzneiprüfungen. Noch vor dem ersten Schnee wollte er mit der Arbeit beginnen.

Als Henriette ihm kurz vor Weihnachten die Geburt eines weiteren Kindes ankündigte, lief Samuel in die Stadt, lieh sich Geld und richtete ihr im oberen Stockwerk einen kleinen Salon ein, von dessen Fenster man die Türme der nahen Marienkirche sehen konnte. Henriette nahm seine Versuche, ihre Nähe wiederzugewinnen, mit der ihr eigenen Gelassenheit wahr. Zum ersten Mal in ihrer Ehe kümmerte sie sich nicht darum, daß er Geld für Dinge ausgab, die sie nicht nötig brauchten. Im Gegenteil, es war, als habe mit dem neuen Leben, das sich gerade in ihr formte, auch ein überraschender Lebenshunger von ihr Besitz ergriffen. Sie begann, lange Spaziergänge zu unternehmen, Bücher zu kaufen und Wandteppiche zu weben. Aber sie vermied hartnäckig, Gäste einzuladen oder selbst Einladungen der Torgauer Bürger anzunehmen. Während Samuel am Gerüst seiner Lehre hämmerte, zog Henriette es vor, die Abende allein oder im Kreis ihrer Töchter zu verbringen, einfacher Hausmusik zu lauschen und Briefe an Verwandte zu schreiben, die sie niemals abschickte. Zu ihrer größten Leidenschaft wurde es jedoch bald, über die gewaltige Elbbrücke oder durch die Wiesen nahe der Stadt zu streifen, in den Himmel zu blicken und sich den Träumereien hinzugeben, von denen sie genau wußte, daß Samuel sie nicht verstehen würde.

Torgau besaß ein stattliches altes Schloß nahe dem Ufer der Elbe, das es Henriette besonders angetan hatte. Wann immer sie eine freie Stunde fand, nahm sie ihren Schirm, hüllte sich gegen die Kälte in ein dickes Wolltuch und eilte aus der Stadt. Gewöhnlich kehrte sie dann erst gegen Abend zurück, ohne Samuel den Grund ihrer Verspätung zu nennen.

In den ersten Monaten nach seiner Ankunft in Torgau fuhr Samuel regelmäßig mit der Postkutsche nach Leipzig, um den Hofrat Clarus um eine Unterredung zu bitten. Er wurde jedoch kein einziges Mal vorgelassen. »Der Herr Hofrat ist leider nicht zu sprechen. Hinterlassen Sie Ihre Karte«, hieß es im Amtsgebäude, und schließlich gab er seine Bemühungen um ein Gespräch mit dem mächtigen Medizinalbeamten enttäuscht auf.

Drei Tage nach seinem letzten vergeblichen Besuch in Leipzig kam Jetta in sein Arbeitszimmer. Sie mußte gelaufen sein, denn ihr Atem raste, und auf dem runden Mädchengesicht standen Schweißperlen. Überrascht blickte Samuel auf.

»Was ist denn mit dir geschehen?«

Jetta ließ sich auf einem Stuhl nieder und versuchte das Band ihrer wollenen Mütze zu lösen. Ihre Hände zitterten jedoch so stark, daß sie es schließlich bleiben ließ. Samuel überlegte kurz, aufzustehen und seiner Tochter zu helfen, dann fiel ihm allerdings ein, daß Jetta es haßte, wenn er ihr half.

»Kennst du einen Doktor Zacharias, Vater?« Jetta stand auf und schloß die Tür. Dann drehte sie sich langsam zu ihrem Vater um. Ihre Augen blitzten auf. »Ein Mann namens Zacharias hielt mich am Markt auf. Verstellte mir regelrecht den Weg und fragte, ob ich die Tochter des Doktor Hahnemann sei und woran mein Vater gerade arbeite.«

»Jetta ... Kind, wer zum Teufel kann ...«

»Das ist noch nicht alles«, fiel ihm das Mädchen ins Wort. »Der Alte faselte etwas von den Gewölben der Albrechtsburg und ob ich über einen Mann namens Cosmo Bescheid wüßte. Er sagte, er habe mich beobachtet und wisse, daß ich im Begriff stehe, mich zu verloben.«

Samuel fuhr erschrocken zusammen. Sein Herz pochte, als sei er selber gerade vom Marktplatz nach Hause geeilt. »Wie ... bist du den Mann losgeworden?« fragte er.

»Ich habe ihm gesagt, er solle mich gefälligst gehen lassen, sonst würde ich schreien. Erst dann trat er beiseite. Aber zum Schluß rief er mir noch nach, er werde ohnehin bald deine Bekanntschaft machen.«

Samuel sprang auf. »Du mußt mir die Stelle zeigen, wo dich der Mann angesprochen hat, Jetta.«

Sie verließen das Haus und stürzten durch die Gassen, dem Marktplatz entgegen. Die Bauern waren schon dabei, ihre Buden und Stände abzubauen. Natürlich war von dem Fremden weit und breit nichts mehr zu sehen. Auf Samuels Fragen schüttelten die Händler nur den Kopf. Ein Mann, auf den Jettas Beschreibung paßte, war niemandem aufgefallen.

Erschöpft schwankte Samuel vom Marktplatz. Er erreichte die einsame Bank am Kirchenbrunnen, als ein heftiger Schmerz in der Brust ihn überfiel. Vorsichtig ließ er sich auf die mit einer dicken Schneeschicht überzogenen Sitzfläche sinken.

»Du wirst dir den Tod holen«, konstatierte Jetta fröstelnd. »Wieder die Schmerzen? Soll ich ...«

»Ich kannte einen Kerl namens Zacharias. Damals, in meiner Jugend in Meißen. Aber dieser Zacharias ist schon lange tot.«

»Aber dann kann es doch nicht derselbe Mann gewesen sein. Er sagte, er werde dich aufsuchen, sobald er es einrichten könnte.«

Jetta half ihm wieder auf die Füße und klopfte mit ihren Handschuhen den Schnee von seinem Samtrock. Natürlich hatte Jetta recht. Es konnte nicht Charlottes ermordeter Gehilfe sein, der das Mädchen aufgehalten hatte. Es gab keine Geister, nicht einmal auf der Albrechtsburg. Dennoch hatte sich ein Unbekannter des Namens eines Toten bedient, um seine Botschaft loszuwerden. Samuel sog die kalte Winterluft in die Lungen. Der Schmerz in seiner Brust ließ nach. Unvermittelt überfiel ihn ein schrecklicher Verdacht. Nein, es war einfach zu abwegig.

»Komm, mein Kind«, sagte er und nahm Jetta bei der Hand. »Laß uns nach Hause gehen. Vermutlich wollte mir nur ein Patient einen Streich spielen!«

»Das Mädchen phantasiert doch!« Henriette lachte ungläubig, als Samuel ihr am Abend von Jettas sonderbarer Begegnung berichtete. »Vermutlich ist sie nur aufgeregt, weil dieser junge Vikar mit dem roten Backenbart ihr seit einiger Zeit den Hof macht. Sie scheint ihn nicht besonders aufregend zu finden, dabei dachte ich, sie zähle bereits die Tage, bis sie ihr Elternhaus endlich verlassen kann.«

Verständnislos starrte Samuel seine Frau an und schüttelte den Kopf. »Und die Namen, die der Fremde gegenüber Jetta erwähnte? Auch nur Einbildung?«

»Das will ich nicht sagen, aber ich verstehe nicht, wie du plötzlich darauf kommst, Hofrat Clarus in Leipzig könnte mit der Sache etwas zu tun haben. Ausgerechnet Clarus, dem du es zu verdanken hast, daß man dich in Sachsen mit offenen Armen empfangen hat.« Henriette breitete eine Näharbeit über ihren Knien aus und seufzte.

»Ich habe den Hofrat nie persönlich getroffen«, erklärte Samuel nachdenklich, »aber Jetta beschrieb einen großen, hageren Mann mit durchdringenden Augen, der einen schwarzen Pelzmantel gegen die Kälte trug. Das stimmt mit der Beschreibung überein, die Jonathan mir einmal gab. Jonathan warnte mich damals in Königslutter, auf Clarus' Wohlwollen zu vertrauen. Hast du das vergessen?«

Abrupt legte sie ihre Näharbeit zur Seite und strich sich eine Haarlocke aus der Stirn. Die Hitze im Raum, die ein schwerer, knisternder Kanonenofen verbreitete, nahm ihr beinahe den Atem. Vergessen, dachte sie. Wenn das nur möglich wäre, hätte ich es längst getan.

»Aber was sollte Clarus dir antun wollen? Deine Schriften erscheinen unter Hufelands Schutz, und hättest du es dir nicht mit den Apothekern verdorben, bräuchtest du dir keine Sorgen wegen irgendeines Medizinalrates zu machen!«

»Ich weiß, daß Clarus etwas gegen mich plant«, flüsterte Samuel und hielt trotz der drückenden Wärme beide Hände vor das Ofenloch. »Niemals wäre er sonst allein in Torgau aufgetaucht. Er beobachtet mich, bindet mich an Fäden wie einen Hanswurst, den Gaukler auf dem Jahrmarkt über ihre Puppenbühne zerren.«

Einige Tage später hörte Henriette in ihrer Schlafkammer, die direkt über Samuels Laboratorium lag, ein dumpfes Geräusch. Erschöpft drehte sie sich auf die andere Seite und zog die Decke bis ans Kinn hinauf. Die Turmglocke hatte Mitternacht angezeigt, und gewiß würde sie nicht vor dem Morgengrauen aufstehen. Wahrscheinlich klappert nur irgendwo ein Fensterladen, überlegte sie. Samuel war gerade fünfzig Jahre alt geworden. Henriette fragte sich, ob Menschen mit zunehmendem Alter schwieriger wurden. Auf ihren Mann und sie traf dies gewiß zu. Er hatte nicht einmal mit der Wimper gezuckt, als sie ihn um eine eigene Schlafkammer gebeten hatte. Henriette stöhnte leise und bereute es, sich vor dem Schlafengehen keinen Eimer eiskaltes Wasser von der Pumpe geholt zu haben, denn ihre Füße brannten noch immer wie Feuer. Obwohl sich wegen des Aprilregens außer Samuels gewissenhaftesten Schülern und einigen wenigen Nachbarn und Patienten kaum ein Gratulant eingestellt hatte, waren Jetta und ihre Schwestern Caroline, Amalie und Mina bereits früh auf den Beinen gewesen, um den Salon mit Blumengirlanden zu schmücken und in der Küche ein bescheidenes Festmahl mit heißem Wein und Mandelkuchen vorzubereiten.

Spät am Abend hatten sie dann bei einem Glas Geburtstagspunsch zusammengesessen, da Samuel darauf bestanden hatte, seine gewöhnliche Arbeit auch an diesem Tag nicht zu vernachlässigen. Von Jettas Begegnung mit dem Fremden am Markt sprach niemand mehr. Dafür diskutierten Samuel und Friedrich Hahnemann ohne Unterlaß über die politischen Gewitterwolken Europas, die unaufhaltsam auf Sachsen zuhielten. Der unglaubliche Aufstieg Napoleon Bonapartes, der aus den Wirren der Revolution in Frankreich als Kaiser hervorgegangen war, versetzte Samuel zwar in Erstaunen, andererseits fürchtete er, daß die ehrgeizigen Ziele des Korsen über kurz oder lang ganz Europa in einen Brandofen verwandeln würden. Die republikanischen Gazetten überschlugen sich seit Monaten. Kein Tag verging ohne eine Neuigkeit, welche auch die Bürger Torgaus vor die Anschlagtafeln am Markt lockte. Die Stadtväter munkelten, daß der Franzosenkaiser eine völlige Neuordnung Europas unter seiner Vormacht plane, die in der Auflösung des Heiligen Römischen Reiches, der Bildung deutscher Mittelstaaten als Gegengewicht zu dem Napoleon verhaßten Österreich und schließlich der Verpflichtung deutscher Fürsten zu Vasallen des Kaisers gipfeln sollten.

»Kurfürst Friedrich August wird keine andere Wahl haben, als sich mit Rußland und Preußen zu verbünden«, prophezeite Samuel düster und ließ sich von Amalie die Zeitung von seinem Schreibtisch reichen.

»Sie fordern den Abzug aller französischen Truppen rechts des Rheines«, bestätigte Friedrich aufgeregt. »Vater, überall werden Truppen ausgehoben, um im Falle eincs Krieges gerüstet zu sein. An der Universität sagen sie, es sei die Pflicht jedes Deutschen, Napoleon aufzuhalten. Und wenn Preußen fällt ...«

»Genug davon, Friedrich!« befahl Samuel und erhob sich unter Mühen aus seinem Lehnstuhl. Die Kälte und Feuchtigkeit des Aprilwetters steckten ihm in allen Gliedern. Außerdem mochte er es nicht, wenn sein Sohn über ein Thema redete, mit dem er zu wenig anfangen konnte. Bereitwillig ließ er zu, daß Friedrich und Henriette ihre Arme um ihn legten, um ihn zu stützen. Ein Gefühl der Übelkeit zerrte an seinem Magen. Der ungewohnte Punsch? Der schwarz gekleidete Fremde vom Marktplatz oder Friedrichs ewiges Reden von Napoleon, Krieg und Militär? Ein wenig konnte er seinen Sohn ja verstehen. Er war jung und heißblütig und wollte für das kämpfen, woran er glaubte. Ging es ihm selber nicht ähnlich? Auch Samuel sehnte sich nach einer geistigen Entscheidungsschlacht. Es ging nicht an, daß er länger hier in Torgau in der Sicherheit seines Hauses hockte und die Stiche der Schulmediziner und Apotheker ertrug, die ihm das Dispensieren und Arzneimischen verbieten wollten, seine Lehre aber ansonsten totschwiegen. Vor allem gab es, mit Ausnahme eines Pamphlets in den *Annalen*, das gewiß unter Federführung des Medizinalrats gegen ihn entstanden war, niemand, der bereit war, Samuels Entdeckungen im Bereich der Dosierung nachzuvollziehen. Im Gegenteil, man lachte über seine Versuche, mit Hilfe eines Extraktes der Tollkirsche Scharlach zu heilen. Auch seine Behandlungserfolge vermochten daran nichts zu ändern.

»Krieg und Zerstörung sind für einen friedlichen Menschen allopathische Prinzipien«, erklärte Samuel, als Henriette und Friedrich ihm die Stiege hinauf halfen. »Wenn Gegensätze sich bekämpfen ...« Er sprach nicht weiter, um nicht im Eifer seiner Worte damit herauszuplatzen, für wie wenig gefestigt er die Gesundheit seines Sohnes hielt. Friedrich litt immer häufiger unter heftigen Anfällen von Schwermut, die zuweilen auch in aggressive Handlungen umschlugen. Samuel durfte nicht zulassen, daß Friedrich unter diesen Umständen seinen Kommilitonen ins Heerlager folgte.

Ein kratzendes Geräusch holte Henriette aus ihren Gedanken. Es drang nicht von der Gasse, auch nicht von einem Fensterladen. Irgend jemand war in Samuels Laboratorium und bewegte seinen Schreibtisch oder die alte Eichentruhe, welche sie und ihre Töchter nur dann zum Aufwischen vorrücken durften, wenn Samuel nicht im Hause war.

Henriette sprang auf und schlich zur Tür. Auf dem Korridor stieß sie mit ihrer ältesten Tochter und Friedrich zusammen, die beschwörend einen Finger über den Mund legten. Friedrich, der nur mit offenem Hemd und einer engen braunen Kniehose bekleidet war, dirigierte Jetta augenzwinkernd in ihre Kammer zurück. Erschrocken betrachtete das Mädchen den blitzenden Säbel in seiner Hand und unterdrückte einen Schrei. Der Säbel gehörte zur Ausrüstung eines Ulanen. Friedrich mußte ihn einem Soldaten abgeschwatzt haben.

»Mach, daß du wieder ins Bett kommst«, zischte Henriette Hahnemann ungeduldig.

»Sind Einbrecher im Haus?«

Henriette antwortete nicht. Lautlos wie eine Schlafwandlerin folgte sie Friedrich die Treppe hinunter, während Jetta zitternd darum betete, daß die Einbrecher das Haus bereits verlassen hatten. Ein beklemmendes Gefühl sagte ihr, daß der Einbruch mit ihrem Vater und dem Fremden vom Markt zu tun hatte. Aber wo steckte der Vater nur?

Die Tür zur Studierstube war nur angelehnt. Friedrich bedeutete seiner Mutter in der Diele stehenzubleiben und näherte sich langsam dem Eingang. Er glaubte, zwischen den Ritzen flackernde Lichter wahrzunehmen. Der Fremde mußte sich sehr sicher fühlen, wenn er nicht einmal auf eine Laterne verzichtete. Ohne weitere Überlegung riß Friedrich die Tür auf und lief wagemutig in den dunklen Raum. In der Mitte, gleich neben dem Arbeitstisch seines Vaters, stand eine vermummte Gestalt, die, starr vor Überraschung, ein Glaslicht in der Hand schwenkte. Ihr zu Füßen herrschte ein wildes Durcheinander aus Samuels Büchern, Krankenjournalen und beschriebenen Bögen. Der Einbrecher hatte zudem sämtliche Schubladen herausgerissen und ihren Inhalt, Gläser, Phiolen, Tintenfässer, Federn, ein Chronometer und mehrere Klistierspritzen, auf der marmornen Tischplatte verteilt.

Als der Fremde Friedrich erblickte, stieß er einen ärgerlichen Laut aus, der sich wie das Knurren eines ausgehungerten Wolfes anhörte. Noch bevor Friedrich auf ihn losgehen konnte, sprang der Mann zurück, rollte sich mit seinem flatternden Mantel behende über den Tisch ab und schleuderte seine Lampe in Friedrichs Richtung. Entsetzt hob der Junge seinen Säbel, um das Geschoß abzuwehren. Mit einem lauten Krachen fiel die Lampe auf einen Papierstapel und zerbrach. Augenblicklich ging das Papier in Flammen auf.

Friedrich nutzte den Überraschungsmoment und machte einen Satz nach vorne, um den Eindringling mit dem Knauf seiner Waffe zu Boden zu stoßen. Wütend schlug er auf seinen Gegner ein. Doch sein Vorteil währte nur wenige Sekunden. Während sich der vermummte Mann unter ihm wand, spürte er plötzlich, wie sich von hinten zwei Hände um seinen Hals legten.

Friedrich stöhnte in Todesangst und versuchte, sich aufzurichten. Der Säbel entglitt seiner Faust. Sie sind zu zweit, überfiel ihn die tödliche Gewißheit, während sich der übelriechende schwarze Wollstoff des Fremden über seine Augen legte. Irgendwo, weit entfernt, hörte Friedrich eine Frau laut aufschreien. Schüsse peitschten durch die Nacht, und die Stiche in seiner Seite ließen plötzlich nach. Schwere Stiefel schlurften über die Holzdielen, Glas zersplitterte, und eine warme Flüssigkeit rann über seine Stirn.

Als Friedrich die Augen wieder öffnete, starrte er in das fassungslose Gesicht seines Vaters. Samuel trug wie immer seinen unförmigen Hausmantel. In der Hand hielt er eine Pistole, aus der ein dünner Faden von Rauch zur Zimmerdecke aufstieg. Hinter ihm stand Henriette, bleich, aber aufrecht, und rief mit fester Stimme nach den Töchtern, die frisches Wasser und Verbandsstoffe bringen sollten. Die Angreifer waren verschwunden.

»Sie sind durch das Fenster getürmt«, stellte Samuel fest und wies auf eine Blutspur, die sich quer durch den Raum zog. »Hinter der Korbmacherei muß ein dritter gewartet haben. Ich konnte Pferdehufe hören. Aber zumindest habe ich einem dieser Schurken eine Ladung Schrot ins Bein gejagt!«

Er legte die Waffe auf einen Schemel und bückte sich, um einige seiner Aufzeichnungen vom Boden aufzuheben. Henriette hatte das kleine Feuer, das die Lampe des Einbrechers verursacht hatte, mit einem Eimer Wasser gelöscht, aber der Brand hatte Zeit genug gefunden, etliche Seiten des Manuskripts, an dem Samuel seit Wochen arbeitete, in Asche zu verwandeln. Samuel fluchte verhalten. Unwillig scheuchte er seine Töchter, die lamentierend im Zimmer auf und ab liefen, zurück an die Tür.

»Jetta, Caroline, helft eurer Mutter, Friedrich in seine Kammer zu bringen! Die Wunden über seinen Augen sind zwar nicht tief, müssen jedoch sofort gesäubert werden.«

Die Mädchen blickten fragend auf Henriette; ihre Mutter beachtete sie allerdings gar nicht. Langsam trat sie auf Samuel zu, nahm ihm die verbrannten Papierfetzen aus der Hand und musterte ihn mit versteinerter Miene. »Das war es nicht, was sie suchten, nicht wahr?«

»Henriette, ich verstehe nicht …«

»O doch, mein lieber Gatte, du verstehst sehr wohl, was ich meine! Deine Homöopathie interessiert keinen gewöhnlichen Einbrecher. Die Eindringlinge suchten doch vielmehr nach dem verrotteten Buch aus Meißen, das du jeden Abend heimlich aus dem Geheimfach in deiner Arzneitruhe ziehst, wenn du dich unbeobachtet fühlst.« Triumphierend drehte sich Henriette zu ihren Kindern um, die Friedrich auf einen Schemel geholfen hatten und ihm leise murmelnd das Gesicht mit Alkohol abtupften. »Euer Vater hat sich in seiner Jugend mit einer recht einflußreichen Gesellschaft eingelassen, die nun seit fast vierzig Jahren seine Träume beherrscht.«

»Wie meinst du das, Mutter?« Friedrich war hellhörig geworden. Unwillig wehrte er die Hand seiner Schwester Caroline ab, die ihm gerade einen weiteren in Spiritus getränkten Lappen auf das angeschwollene Gesicht drücken wollte.

»Ich glaube nicht, daß wir heute nacht darüber reden sollten«, erklärte Samuel schroff. Was war nur in Henriette gefahren? Hatte sie den Verstand verloren? Sie zerbrach das Netz des Schweigens, an dem er jahrzehntelang gewebt hatte. Aber wofür? Für ein paar Sekunden billigen Triumphes über ihn?

»Eine Stunde der Wahrheit nach bald einem Vierteljahrhundert Ehe? Natürlich, das ist viel verlangt«, bemerkte Henriette ironisch, als habe sie seine Gedanken erraten.

»Was willst du? Daß ich die Homöopathie aufgebe, noch ehe ich sie formuliert habe? Dem Herrn Bürgermeister Lobeshymnen singe, um Geheimrat zu werden, und alles hinter mir lasse, wofür ich gekämpft habe?

Henriette legte den Kopf in den Nacken und lachte.

»Nun gut«, sagte sie schließlich, »Ich habe nichts dagegen, wenn du deine Arzneiprüfungen fortsetzt. Ich werde dich sogar unterstützen, auch wenn uns deine Feinde eines Tages auf offener Straße niederschießen sollten. Leg der Welt dein *Organon der rationellen Heilkunst zu* Füßen, wenn du daran glaubst. Aber das andere Buch, das, hinter dem diese Leute her sind, muß aus dem Haus, ehe deine Kinder den letzten Rest Achtung vor dir verlieren. Und wenn du keinen Weg findest, es uns vom Hals zu schaffen, werde ich es tun. Darauf kannst du Gift nehmen!«

Samuel starrte einige Sekunden aus dem Fenster. Dann lief er wie betäubt an seiner Frau und den noch immer schluchzenden Mädchen vorbei, ohne sie noch einmal anzusehen.

»Ich weiß nicht, ob dir Versprechungen überhaupt noch etwas bedeuten«, hörte er seine Frau rufen.

Auf der dunklen Treppe verharrte er und erwog einen Moment lang, in sein Arbeitszimmer zurückzukehren, Henriette in die Arme zu nehmen und ihr von seinen Eltern zu erzählen, von Charlotte Rebus und ihrem Bruder, von Giovanni di Cosmo und der Gorgonenloge, deren Anhänger überall und nirgendwo sein konnten, von seinen Hoffnungen, Träumen und Ängsten bezüglich der Lehre, die er angefangen hatte, Homöopathie zu nennen.

Aber Hahnemann kehrte nicht zurück. Mit letzter Kraft erreichte er die kleine Schlafkammer, schlug die Tür hinter sich zu und fiel erschöpft auf sein Bett. Dort grub er sich in die dicken Kissen, die noch immer schwach nach Henriettes Cremes und Salben dufteten, und wartete müde und voller Schmerzen in Rücken und Gelenken, bis der Hahn des Nachbars den kommenden Morgen ankündigte.

31. Kapitel

Weder Samuel noch Henriette verspürten das geringste Interesse daran, dem pompösen Einzug der französischen Truppen in Torgau beizuwohnen. Trotz der verheerenden Niederlage gegen Napoleon, in die Sachsen bei Jena hineingezogen worden war, hatten beide den Beitritt des Kurfürsten zu dem französisch kontrollierten Rheinbund aufs schärfste verurteilt.

»Friedrich August sitzt in Dresden und poliert die Königskrone, die ihm Napoleon als neues Spielzeug überlassen hat«, klagte Henriette. »Dabei weiß er genau, daß Sachsen von nun an tun muß, was der Franzosenkaiser wünscht. Auf dem Markt reden sie nur noch über Napoleons Pläne, gegen Bußland zu marschieren! Und ... wenn sie uns den Jungen holen?«

Samuel zuckte müde mit den Achseln und ging in sein Studierzimmer hinüber. Seit Wochen verließ er seine Kammer nur noch, wenn es sich nicht vermeiden ließ. Das große Werk des *Organon der rationellen Heilkunde*, in dem er sein Lebenswerk einer kritischen Öffentlichkeit vorlegen wollte, nahm allmählich Gestalt an, trotz des nächtlichen Angriffs auf sein Haus und der Zerstörung der ersten Seiten. Um seine schulmeisterlichen Gegner zu beschämen, hatte er das Buch in Paragraphen abgefaßt und diese voll bitterem Triumph mit dem verheißungsvollen Satz eingeleitet: *»Des Arztes höchster und einziger Beruf ist, kranke Menschen gesund zu machen, was man Heilen nennt.«*

In seinen Aufzeichnungen ging Hahnemann auch auf die Kämpfe und Vorwürfe ein, die ihm die Schulmediziner bereiteten, und gestand, am Anfang seiner Praxis selber unbekannte Krankheitszustände mit unbekannten Arzneien behandelt zu haben. Nun sagte er sich endgültig los davon und verkündete das näherkommende Licht einer Heilkunde, die innerhalb der Grenzen reiner Erfahrung anwendbar sein werde. Nicht nach einem Gewirr von Diagnosen sollte der Medicus die Krankheit des Leidenden erkennen, sondern nach der Gesamtheit der Symptome, dem, wie er schrieb, *»nach außen reflektierten Bild des inneren Wesens der Krankheit«*.

Darüber hinaus schilderte das Werk die praktischen Probleme seiner Lehre und analysierte, wie ein Arzt das richtige Heilmittel finden und dosieren konnte, wobei Hahnemann ausführlich auf die Wirkung kleinster Gaben im Körper des Kranken einging. Wolle man dem Körper erlauben, seine Kräfte freizusetzen, so bediene man sich feiner Zuckerkügelchen, von der Größe des Mohnsamens, welche, mit der Arznei befeuchtet, etwa den hundertsten Teil eines Tropfens aufnehmen.

An einem nebelverhangenen grauen Dienstagmorgen im November legte Samuel die Feder aus der Hand und klemmte die letzten Manuskriptseiten des *Organon* in eine Mappe aus feinem Kalbsleder. Im ganzen Haus war es still. Nicht einmal Henriettes ewiges Klappern mit Geschirr drang aus der Küche zu ihm herüber. Dann fiel ihm ein, daß sie bereits vor Stunden ausgegangen waren, um Jettas Verlobten, den jungen Pastor Förster, in der Stadt zu treffen.

Samuels Hände wurden zusehends klamm vor Kälte. Das Feuer war vor Stunden erloschen. Auf der Straße dämmerte es bereits. Erschöpft ließ er sich in seinen Lehnstuhl fallen, dessen roter Bezug völlig abgewetzt war, und starrte geistesabwesend auf die verkohlten Scheite der kalten Feuerstelle. Warum konnte er Henriette nicht sagen, wie sehr er sie vermißte? Welcher Dämon zwang ihn dazu, sich mit den Leiden fremder Menschen auseinanderzusetzen und dabei die Leiden seiner eigenen Frau zu übersehen? War es ein Fehler gewesen, zu heiraten und eine Familie zu gründen? Vielleicht war es Menschen wie ihm vorherbestimmt, für Augenblicke der Zärtlichkeit und Hingabe an ein geliebtes Wesen ein Leben lang zu leiden.

Samuel glitt in einen unruhigen Dämmerschlaf. Er nahm die Schläge der Pendeluhr im Zimmer wahr, und doch schweifte sein Geist mit einem Mal durch die Korridore der Albrechtsburg, wo Charlotte Rebus ihn in einem fast durchsichtigem Kleid aus gelber Seide erwartete. Als sie bemerkte, daß seine Augen die Rundungen ihres schlanken Körper maßen, lächelte sie verführerisch. Dann winkte sie ihm, ihr zu folgen. Sie führte ihn über unzählige Stufen hinab in die Gewölbe, von denen er seit vierzig Jahren träumte. In einem großen, von Säulen getragenen Raum zeigte sie ihm ein Schreibpult mit einer blauen Decke aus Damast, auf welcher ein in der Mitte aufgeschlagenes Buch lag. Es war nicht die Schrift des Paracelsus; die hatte er auf Henriettes Drängen einem Torgauer Notar zur sicheren Verwahrung übergeben. Als Samuel sich über das Pult neigte, erkannte er zu seiner Überraschung eine Ausgabe seines eigenen, noch ungedruckten Werkes, des *Organon*. Charlottes duftiges Seidenkleid berührte seine Hand. Sie zwang ihn mit sanfter Gewalt, ihr den ersten Paragraphen vorzulesen.

»Das habe ich nie geschrieben«, rief er und versuchte, Charlotte das Buch zu entreißen. Aber wie alle Traumgestalten verfügte sie über übermenschliche Kräfte und schüttelte ihn ab wie ein lästiges Insekt.

»Dann werde ich es dir vorlesen: ›Kontrollierst du deine Leidenschaften, so wird dein Leben einen Sinn haben. Aber kontrollieren sie dich, so ist deine Seele verloren!‹«

»*Verloren*«, wiederholte Samuel mit trockener Kehle und rang nach Atem. Entsetzt starrte er in ein maskenhaftes Gesicht. Aber es war nicht Charlotte, sondern Henriette, seine Frau, die er vor sich sah. Erst als sie sich über ihn beugte und beschwichtigend auf ihn einredete, gelang es ihm, die Reste des Traumgespinstes aus seiner Erinnerung zu vertreiben. Verwirrt rieb er sich die Augen.

»Du bist ja völlig überarbeitet«, erklärte Henriette teilnahmsvoll und nahm seine Hand, um den Puls zu fühlen. »So kann das unmöglich weitergehen!«

»Du hast wie gewöhnlich recht! Leider erkenne ich das immer erst, wenn es fast zu spät ist. Wie sieht es in der Stadt aus?«

Henriettes Stirn umwölkte sich. Schwerfällig richtete sie sich auf und straffte ihr langes dunkelgrünes Kleid mit dem weißen Spitzenkragen, der auf ihren Schultern immer wie zarte Schaumflocken wirkte.

»Überall auf den Straßen defiliert französisches Militär. Ganze Dragonerregimenter wurden über Nacht nach Torgau verlegt. Napoleon hat König Friedrich August angeklagt, seine Bündnisverpflichtungen nicht ernst genug zu nehmen. Auf der Elbe landen ganze Flotten von Schiffen, die Steine und andere Baumaterialien heranschaffen. Der Magistrat hat die Weisung erhalten, die Mauern zu verstärken und Torgau innerhalb von drei Monaten zur Festung auszubauen. Bald wird ohne französischen Schutzpaß niemand mehr hinein- oder hinausgehen dürfen.«

»Höchste Zeit, daß wir von hier verschwinden.« Samuel griff nach der Mappe mit dem Manuskript seines Lebenswerkes. Er würde sich nicht hinter Festungsmauern einschließen lassen.

»Aber wo willst du denn hin? Napoleon hat doch längst ganz Europa in seiner Gewalt. Und wenn es bald zur Entscheidungsschlacht kommt ...« Henriette sprach nicht weiter. Sie kannte das Funkeln in Samuels Augen zur Genüge.

»Wir gehen zurück nach Leipzig!«

»Nach Leipzig?« wiederholte Henriette ungläubig. »Nach all den Enttäuschungen, die dir diese Stadt bereitet hat? Natürlich, Friedrich ist dort, und Jetta und Caroline könnten wir auch häufiger sehen.«

»Ich weiß, daß ich dich und die Kinder vernachlässigt habe, aber es gibt nur eine Gelegenheit für uns, endlich Frieden zu finden, Henriette. Wenn ich meine Feinde ein für allemal besiegen will, muß ich mich an der Leipziger Universität habilitieren. Dort nämlich laufen alle Fäden zusammen. Dort wartet man auf mich. Seit jenem Morgen im Garten der Baronin von Mandeloh weiß ich es, als sie mir verriet, wer den geheimen Zirkeln das Palais in Rosenthal für ihre Zwecke überläßt.«

»Deine Feinde bekämpfen dich und deine Homöopathie, wo sie nur können, Samuel. Nicht dein Wissen über die Machenschaften einer obskuren Loge, die es vielleicht längst nicht mehr gibt. Wenn wir nach Leipzig gehen, solltest du als Arzt versuchen, Freunde deiner Lehre zu finden. Was soll dir dein *Organon* sonst nutzen?«

»Freunde wie ... Jonathan Krebs?« spottete Samuel und öffnete das Fenster. Auf der Gasse balgten sich zwei struppige Hunde um einen blutigen Knochen, während aus einem Fenster des Nachbarhauses eine quietschende Kinderstimme das französische Soldatenliedchen »Ich mag in Öl gebratene Zwiebeln« anstimmte.

Daß ihr Mann Jonathan erwähnte, versetzte Henriette einen heftigen Stich. Aber sie wunderte sich selbst, wie schnell der Schmerz vorüberging. Wahrscheinlich würden sie Samuels Jugendfreund in Leipzig wiedersehen. Wenn er sich überhaupt noch in Sachsen aufhielt. Ein leises Lachen stieg in Henriettes Kehle auf, als sie auf einmal begriff, daß Jonathan und Samuel beide auf ihre Art »Wunderdoktoren« waren. Samuel weihte sein Leben einer Heilkunde, die außer ihm kaum ein anderer Mensch verstand, und Jonathan besaß die Fähigkeit sich in Luft aufzulösen, wann immer er mit seinen Gefühlen nicht mehr fertig wurde und Angst bekam, die ihm zugedachte Rolle im Marionettenspiel des Doktor Hahnemann zu spielen.

Ein Marionettenspiel, dachte Henriette lächelnd. Nichts weiter. Sie alle waren dazu verurteilt, an unsichtbaren Fäden zu hängen, kein eigenes Leben zu haben. Sie durften mitfühlen, aber selbst keine Gefühle hegen. Mitleiden, aber ohne tieferes

Verständnis, wofür. Ob Samuel überhaupt eine Ahnung hatte, wofür er litt?

Langsam ging Henriette zur Tür und hängte ihr schwarzes Wolltuch an den rostigen Haken. Dann drehte sie sich zu ihrem Mann um. »Du solltest allmählich anfangen, Ordnung in die wachsende Zahl deiner Feinde zu bringen, damit du sie nicht eines schönen Tages miteinander verwechselst!«

Die alte Messestadt Leipzig hatte sich nur wenig verändert, seit Samuel als junger Student aus ihr geflohen war.

Durch die Vermittlung des Hofrats Becker aus Gotha, mit dem Samuel sein Vorhaben, von Torgau nach Leipzig überzusiedeln besprochen hatte, bezogen die Hahnemanns ein großes Haus in der Burgstraße, die vom Schloßplatz zum Hof der Thomaskirche führte. Das Haus trug den Namen *Goldene Fahne* und entfachte vornehmlich bei Samuels jüngsten Töchtern, Luise und Charlotte, wahre Begeisterungsstürme. Endlich ein Haus, das ins Freie führte und nicht in einen stickigen, schmutzigen Hinterhof mit lärmenden Kindern und keifenden Waschfrauen. Endlich großzügige Schlafzimmer, die man nicht mit einer oder zwei Schwestern teilen mußte. Leipzig bedeutete für alle Familienmitglieder außer Samuel und Henriette einen echten Fortschritt, daher begrüßten ihre Kinder die Stadt wie einen Hafen, der sie nach langer Irrfahrt freundlich aufgenommen hatte.

An einem warmen Sommertag verließ Henriette Hahnemann in einem eleganten Kleid aus hellblauem Atlas das Haus und eilte durch die Thomaspforte dem Reichelschen Garten zu. Ihr Herz hämmerte so schnell, daß sie mehrmals innehalten mußte. Die Uhr der Thomaskirche schlug bereits zum dritten Mal. Henriette seufzte. Sie würde sich verspäten, dabei lag ihr die Verabredung im Garten hundertmal mehr am Herzen als Samuels Vorlesung an der Universität. Gewiß würde der Hörsaal auch ohne sie wieder brechend voll sein, und ob Samuel ihr Fehlen auffallen würde, war mehr als fraglich. Ihr Mann selbst war in den letzten Wochen des öfteren über Nacht weggeblieben, ohne ihr zu verraten, welchen Geschäften er nachgegangen war.

Hahnemanns Auftritte hatten sich in Leipzig in Windeseile herumgesprochen und lockten Menschen ins Auditorium, die sogar Geld bezahlten, um den wunderlichen Doktor, der mit scharfer Stimme die gelehrtesten Mediziner des Landes kritisierte, einmal aus der Nähe zu sehen. Dabei hatte er es bislang tunlichst vermieden, in seinen Vorlesungen die homöopathische Lehre auch nur mit einem Wort zu erwähnen. Auf diese Weise war es ihm letztendlich gelungen, sich Zutritt ins Lager der Feinde zu verschaffen.

Henriette lief durch einen kleinen Rosengarten, in dessen Mitte ein munterer Springbrunnen vor sich hin plätscherte, und blickte sich suchend um. Der süßliche Geruch von Blütenstaub lag in der Luft, und Scharen von Bienen flogen laut summend von Blume zu Blume. Wegen der Hitze und da die niedrigen Bäume im Garten kaum Schatten spendeten, waren nur wenige Menschen unterwegs. Einige ältere Paare flanierten entlang der Rosenbeete. Erschöpft ließ sich Henriette auf eine der weißen Marmorbänke sinken und blickte zu dem großen schmiedeeisernen Tor hinüber. War sie etwa zu spät gekommen?

Plötzlich spürte sie eine leichte Berührung an der Schulter und blickte, als sie sich umdrehte, in das tief verschleierte Gesicht einer alten, vornehm wirkenden Frau.

»Ich habe Sie gleich wiedererkannt, auch wenn wir einander Jahrzehnte nicht gesehen haben.« Die alte Frau lächelte sanft.

»Baronin von Mandeloh?« entfuhr es Henriette verblüfft. Fassungslos starrte sie in das von dichtem weißem Haar umrahmte Gesicht. Da ihre Augen hinter dem Schleier nicht zu sehen waren, hatte Henriette die Baronin nur an ihrer Stimme wiedererkannt.

»Ich muß mich bei Ihnen entschuldigen, Madame Hahnemann. Ich weiß, daß Sie jemand anderen erwartet haben. Kommen Sie, lassen Sie uns ein Stück zusammen gehen!«

Die Baronin hakte Henriette unter und spazierte aus dem Garten, hinaus auf die lärmende Straße. Henriette antwortete nur zögerlich auf die vielen Fragen der alten Dame, die selbstsicher ohne Diener und Zofe durch das geschäftige Leipzig streifte und sich lautstark über die spärlichen Auslagen in den teuren Tuch- und Modehandlungen ausließ. Henriette spürte, wie ihr das Blut in den Kopf schoß und sie sich unter den Blicken der Baronin wieder in das kleine Mädchen verwandelte, das eines Abends mit zwei fremden Studenten Schutz in ihrem Palais gesucht hatte. Ein Gedanke, der ihr zunehmend größeres Unbehagen einflößte. Schließlich erreichten sie die Alte Johannisgasse. Henriette kannte die Gasse, weil Samuel dort zuweilen mit einigen seiner Schüler, die ihm nach Leipzig gefolgt waren, auf ein Glas Weißbier einkehrte. An der Straßenecke wartete eine Kutsche, deren Pferde die schwarzgekleidete Frau an ihrer Seite zu erkennen schienen, denn sie reckten die Köpfe und zogen vergeblich in ihre Richtung. Abrupt blieb die Baronin stehen, schlug ihren Schleier zurück und blickte Henriette bekümmert an.

»Jonathan wird nicht kommen, meine Liebe! Heute nicht und auch an keinem anderen Tag. Er bat mich, Ihnen dies auszurichten!«

»Er hat Sie geschickt?« fragte Henriette verwirrt und entzog der Älteren ihren Arm. Irgendwo schlug eine Kirchturmglocke. Aber an Samuels Vorlesung dachte sie nicht mehr.

»Ich verstehe nicht, warum er es ablehnt, Doktor Hahnemann und mich zu besuchen. Bislang kannte ich Jonathan als Mann, der für sich selbst sprechen kann!«

»Jonathan hat sich sehr verändert.« Ein trauriger Zug legte sich um die Mundwinkel der Baronin. »Sie und der Doktor würden ihn nicht wiedererkennen. Er hat sich von allen seinen Freunden zurückgezogen. Er praktiziert auch nicht mehr, obwohl er in Leipzig stets einen guten Ruf hatte. Dafür hat er vor einiger Zeit angefangen zu trinken. Sein Haus verfällt, der Garten verwildert, und der Branntwein zieht ihm den letzten Kreuzer aus der Tasche. Im Grunde ist Jonathan nur noch ein Schatten seiner selbst, und ich habe keine Macht mehr, dies zu ändern!«

»Das ist ja schrecklich«, flüsterte Henriette. »Wir hatten keine Ahnung. Samuel war zu beschäftigt in den letzten Jahren. Außerdem hatten wir das Gefühl, daß Jonathan jeden Kontakt zu uns gescheut hat!« Henriette biß sich auf die Zunge, aber die Baronin war zu klug, um nicht zu begreifen, warum ihr langjähriger Freund einem Treffen mit ihr aus dem Weg gegangen war und keinen ihrer Briefe je beantwortet hatte.

»Sie wissen noch nicht alles, Madame! Jonathan Krebs hat sich zu einem scharfen Gegner Napoleons und des Bündnisses zwischen ihm und unserem König entwickelt. Wenn er nicht in seinem abgedunkelten Kabinett vor sich hin brütet, sucht er nachts in zwielichtigen Wirtshäusern nach Gleichgesinnten, um gegen die Franzosen und ihren Rheinbund zu Felde zu ziehen. Vor einiger Zeit bat er mich sogar, ihm mein Haus für geheime Beratungen zur Verfügung zu stellen, da seines von Spitzeln der Polizei überwacht werde. Als ich ablehnte, warf er mir verbittert vor, es mit den Franzosen zu halten. Er hat geschworen, sie bis aufs Blut zu bekämpfen. Nun, da der Kaiser den Njemen überschritten hat und gegen Rußland zieht, findet er nicht wenige, die seine Meinung über die Tyrannenherrschaft teilen!«

»Gewiß«, bestätigte Henriette, »mein Mann sagt, daß Sachsen für Napoleons *Grande Armee* mehr als zwanzigtausend Soldaten zu stellen hat. Wir beten jeden Tag, daß unser Sohn nicht auch bald mit den Franzosen nach Rußland ziehen muß. Sein Medizinstudium ist fast zu Ende, und man hört, die Armee könne gar nicht genug Wundärzte bekommen.«

»Wenn er wie sein Vater Homöopath wird, bleibt ihm dieses Schicksal vielleicht erspart!« Luise von Mandeloh lächelte milde und bedeutete dem Kutscher mit ihrem schwarzen Sonnenschirm, ihr die Tür zu öffnen. Sofort sprang der Mann vom Wagen, verbeugte sich vor seiner Herrin und kam seiner Pflicht nach. Luise von Mandeloh stieg ein.

»Es war mir ein Vergnügen, Sie wiederzusehen, Madame. Vielleicht besuchen Sie mich einmal, schließlich sind wir beinahe Nachbarn, und empfehlen Sie mich Ihrem Gatten. Ich habe sämtliche seiner Schriften gelesen ...«

»Wie können Samuel und ich Doktor Krebs erreichen?« unterbrach Henriette den Redefluß der Baronin und hoffte inständig, daß der alten Frau die Erregung nicht auffiel, die in ihrer Stimme mitschwang.

Tatsächlich musterte die Baronin Henriette einige Sekunden lang durchdringend, um dann mit spitzen Fingern den Schleier wieder über ihr Gesicht zu ziehen. »Er wohnt direkt am Grimmaischen Tor, Madame. Ein hohes Haus, von dem die Farbe abblättert. Aber wenn ich Ihnen einen guten Rat geben darf: Besuchen Sie ihn nicht. Sie würden es bitter bereuen!«

Luise von Mandeloh neigte noch einmal kurz den Kopf, dann klopfte sie mit ihrem Schirm dreimal energisch gegen die Kutschenwand, worauf sich der Wagen mit den beiden Pferden in Bewegung setzte und vor Henriettes Augen im Gewimmel der Alten Johannisgasse verschwand.

Jonathan war also ein heimlicher Gegner Napoleons. Ein radikaler Unruhestifter; der nur noch für seinen Kampf um die Freiheit Sachsens lebte. Henriette fröstelte, obwohl die Sonne noch immer warm auf das unregelmäßige Pflaster vor Herolds Garten schien. Alle Männer, die ihr etwas bedeuteten, schienen sich irgendwann im Netzwerk undurchschaubarer Kämpfe zu verstricken. An Samuels streitbaren Geist hatten sie die Jahre ihres gemeinsamen Lebens leidlich gewöhnt.

Aber Jonathan? Der stets galante, auf Bequemlichkeit und Eleganz bedachte Freund?

Sein neu erwachter politischer Ehrgeiz war gefährlich, in diesen Zeiten sogar lebensgefährlich. Plötzlich fühlte Henriette eine tiefe Furcht in sich aufsteigen. Sie raffte ihre Röcke zusammen und eilte über die Gasse, der Universität entgegen.

Der größte Hörsaal *des Auditorium medicum* war ein düsterer Raum mit dunklen, stufenweise nach unten führenden Bankreihen und einem hohen, mit allegorischen Darstellungen verzierten Katheder aus Nußbaum.

Seit der Pedell am frühen Nachmittag die Tür aufgeschlossen hatte, herrschte dort ein munteres Treiben. Nicht nur Studenten und Professoren der Medizin, sondern auch wissenschaftlich interessierte sowie sensationslüsterne Bürger Leipzigs drängten sich auf die schmalen Sitze oder standen diskutierend in Gruppen zusammen, um auf die Ankunft ihres neuen Dozenten zu warten. Hin und wieder kämpften sich junge Männer in blauweißen Uniformen zwischen den schwarzen und braunen Gehröcken hindurch und ließen sich neben aufgeregt tuschelnden Mädchen nieder, denen für gewöhnlich die Hörsäle verschlossen waren.

Der ganze Hörsaal roch von Minute zu Minute penetranter nach Kreidestaub, Wachs und Schweiß, was die Damen veranlaßte, sich mit Fächern Luft zu verschaffen.

Im Nebenraum des Auditoriums, einer winzigen Kammer, in die nur durch ein vergittertes Loch unterhalb der Deckenbalken einige Sonnenstrahlen fielen, wanderte Samuel Hahnemann aufgeregt hin und her und überprüfte immer wieder die Falten seines schwarzen Talars sowie der seidenen Halsbinde. Mißmutig zog er seine Uhr aus der Tasche und tippte mit dem Zeigefinger gegen das dünne Glas, als wolle er die Zeiger zur Ruhe mahnen.

Als er sich wieder umwandte, stand Friedrich Hahnemann

in der Kammer. Der junge Mann musterte seinen Vater einen Moment lang kritisch und ging dann mit einem nervösen Lächeln auf ihn zu.

»Alle sind gekommen, Vater. Das Auditorium platzt beinahe aus den Nähten. Keiner möchte deine Vorlesung versäumen!«

»Und wo bleibt deine Mutter?« herrschte Samuel seinen Sohn an und deutete vielsagend auf das Zifferblatt seiner Uhr. »Dekan Rosenmüller hat mich bereits zweimal aufgefordert, einzutreten, und Henriette ist immer noch nicht da!«

Friedrich zuckte ratlos mit den Achseln. Zur Feier seiner baldigen Promotion hatte er sich einen neuen Gehrock schneidern lassen, und das unbändige blonde Haar trug er seit einiger Zeit straff zurück gekämmt.

»Professor Clarus hat es abgelehnt, meine Einladung anzunehmen«, sagte Samuel enttäuscht und entfernte ein Stäubchen von dem schwarzen Talar, der wie ein Segel um seinen schmächtigen Körper schlotterte. »Aber dafür ist der alte Hecker gekommen.«

»*Der* Hecker?« Friedrich rollte vor Aufregung mit den Augen. Der bekannte Hallenser Gelehrte gehörte zu Hahnemanns schärfsten Kritikern und versäumte keine Gelegenheit, ihn und seine Ähnlichkeitslehre, vor allem seine Verwendung giftiger Substanzen, in Journalen und offenen Briefen an den Pranger zu stellen.

»Was hast du vor, Vater?«

Samuel legte seinem Sohn eine Hand auf die Schulter und versuchte ein Lächeln, das seine Sorgenfalten jedoch nur verstärkte. »Ich werde jetzt zu dieser Tür hinausgehen und unseren Spöttern eine Überraschung bereiten!«

Hahnemann richtete sich auf, straffte die Schultern und öffnete die Tür zum Auditorium. Fast augenblicklich erstarb auf der anderen Seite jedes Geräusch. Das Schauspiel konnte beginnen.

Wie Samuel es angekündigt hatte, warteten seine auf einen Skandal gefaßten Zuhörer auch an diesem Nachmittag vergeblich auf einen Angriffspunkt, denn sein Konzept streifte nicht einmal die Randgefilde der Homöopathie. Selbst die üblichen harten Attacken gegen die Kuren der Schulmediziner, die im selben Hörsaal ihre Studenten Medizin lehrten, blieben aus. Statt dessen gelang es Samuel, durch sein Auftreten und die Art seines Vortrags nach wenigen Minuten, eine recht große Anzahl von Studenten in seinen Bann zu ziehen. Beide Hände auf das blanke Holz des Katheders gestützt, ließ der Dozierende seine Blicke über die Reihen der Wartenden schweifen und versenkte sich alsbald in seine Schriften wie ein mittelalterlicher Minnesänger, der in der Zwiesprache mit seinem Werk Raum und Zeit vergißt und seiner Angebeteten von den Qualen unerhörter Liebe singt.

Friedrich Hahnemann, der an der Seite eines Kommilitonen mit verschränkten Armen an der Tür stand, wußte genau, was sein Vater mit diesem Schauspiel bezweckte. Noch vor der Lehre sollte der Lehrer überzeugen, und er tat es mit einer Vorlesung über eine verloren geglaubte Pflanze des Altertums, *Helleborus albus*, die bereits der Arzt des römischen Kaisers Nero bei allen möglichen Leiden angewandt haben sollte. Von seinem Platz hinter einer der ionischen Säulen konnte Friedrich die Umrisse des Professors Hecker erkennen, der offenbar nicht gesehen werden wollte. Immerhin schien der Mediziner sich eifrig Notizen zu Hahnemanns Ausführungen zu machen.

Als Samuel schließlich auf der letzten Seite seines Konzepts angekommen war, beobachtete Friedrich, wie sich die Saaltür öffnete, und seine Mutter das Auditorium betrat. Suchend blickte sie sich nach einem freien Platz um. Ihr Gesicht glänzte vor Schweiß, und unter dem hellblauen Hut mit dem kleinen weißen Schleier hatten sich einige Haarsträhnen gelöst. Friedrich runzelte die Stirn, aber es blieb ihm wenig Zeit, über

Henriettes Verspätung nachzusinnen, denn unmittelbar nach ihrem Eintreten wurde die schwere Tür ein weiteres Mal aufgestoßen, und eine Gruppe von Männern stapfte polternd über die Dielenbretter. Die Männer trugen dunkle Reisemäntel, die über den Westen von silbernen Ketten gehalten wurden, Stulpenstiefel über den weißen Strümpfen und auf dem Kopf staubige Dreispitze. Verhaltenes Gemurmel zog durch die Reihen des Auditoriums, als sich ein großer, unrasierter Mann aus der Gruppe der Neuankömmlinge löste und langsam die Treppenstufen hinab in Richtung Katheder schritt. Auf dem Absatz der vorletzten Reihe blieb der hochgewachsene Mann plötzlich stehen und starrte mit einem provozierenden Lächeln zu Samuel Hahnemann hinüber.

Ein Raunen erfüllte den Saal. Die Studenten in den vorderen Reihen hatten ihre Federkiele zur Seite gelegt und blickten neugierig auf den Mann im dunklen Reisemantel, dessen Augen Funken zu sprühen schienen. Friedrich stieß seinen Nachbarn mit dem Ellenbogen an. »Was soll das? Kennst du diesen Kerl?«

»Du etwa nicht, Hahnemann?« gab der Studiosus zurück. »Das ist Doktor von Riebold, Sekretär und engster Mitarbeiter von Professor Clarus!«

»Clarus?« fuhr Friedrich entsetzt auf.

»Gewiß! Und wenn von Riebold hier ist, wird auch sein Herr und Meister nicht weit sein!«

Von seinem Platz hinter dem Katheder erkannte Samuel Hahnemann den Mann nicht sofort, der sich breitbeinig vor ihm aufgebaut hatte und ihn spöttisch musterte.

»Darf ich fragen, wie Sie dazu kommen, meine Vorlesung zu stören?« polterte er wütend los, um seine Aufregung über das Auftauchen der ungebetenen Gäste zu überspielen. Die Männer an der Tür starrten bedrohlich zu ihm hinunter. Einige hielten ihre Hände unter den Mänteln verborgen, als warteten sie nur auf ein Zeichen, Pistolen oder Degen hervorzuziehen.

»Ich bin ordentlich berufener Dozent der Universität«, rief Samuel. »Meine Studenten haben ein Recht darauf ...«

»Ein Recht darauf, von Ihren wahnwitzigen Theorien geblendet zu werden?« entgegnete der Mann im Reisemantel und zog mit einem raschen Griff eine kleine Papierrolle aus dem Futter seines Rockes. »Erinnern Sie sich nicht an mich, Doktor Hahnemann? Vor vielen Jahren überredeten sie mich und einen anderen, heute der Trunksucht verfallenen Kollegen die Session eines mesmerischen Magnetiseurs aufzusuchen. Ihr Interesse an unnatürlichen Heilungen war schon zu Ihren Studienzeiten recht groß!«

»Benno von Riebold«, rief Samuel und hob überrascht die Hände. »Was werfen Sie mir vor? Daß ich in jungen Jahren die Lehre des Franz Mesmer untersuchte? Das taten viele! In wessen Auftrag wagen Sie es, mich hier, vor meinem Auditorium anzugreifen?«

»Verehrter Doktor, die Obrigkeit hat Sie beobachtet, seit Sie mit Ihrem Karren durchs Stadttor gefahren sind. Über jeden Tag, den Sie im Paulinum verbrachten, wurden Berichte angefertigt. Ihr harmloser Vortrag über die Heilkraft des Nieswurz kann uns nicht täuschen. Sie versuchen, die Universität als Kulisse zur Verbreitung Ihrer Lehren zu mißbrauchen! Und was den gefährlichen Magnetismus angeht, so rechtfertigen Sie seinen Gebrauch in Ihrem *Organon*.«

Im Saal erscholl ein gewaltiges Stimmengewirr. Rufe der Empörung wurden laut, und einige Studenten traten zum Zeichen ihrer Mißbilligung gegen das Holz ihrer Bänke. Auf der anderen Seite des Saales erhoben sich zahlreiche Zuhörer und bahnten sich schimpfend einen Weg durch die Reihen.

Doktor von Riebold bestieg ungerührt das Podium und kam auf Samuel zu. Mit feindseliger Miene reichte er ihm die kleine Papierrolle.

»Ich hätte Ihrem Auditorium noch mehr über den sogenannten Wunderdoktor berichten können, Hahnemann. Über ein angeblich neues Laugensalz zum Beispiel, welches Sie angepriesen und mit gutem Gewinn verkauft haben. Leider stellte sich heraus, daß es sich um gewöhnliches Borax handelte!«

»Ich habe diesen … Irrtum vor langer Zeit eingestanden und die Einnahmen aus dem Verkauf dem Leipziger Armenhaus überwiesen!«

Samuel wurde es abwechselnd heiß und kalt vor ohnmächtigem Zorn. Dicke Schweißperlen bildeten sich auf seiner Stirn. Er beobachtete, wie Henriette ganz oben am Eingang wild zu ihm herunter gestikulierte. Nein, sie versuchte Friedrichs Aufmerksamkeit zu erlangen, der sich aber in einem aufgeregten Streitgespräch mit einer Gruppe von Studenten zu befinden schien. Jeden Moment konnten die Jungen einander an die Kehle gehen. Nur der feiste alte Professor Hecker hockte noch immer hinter seiner Säule und kritzelte seinen Papierbogen voll. Dabei mußte von Riebolds Auftritt ihm eigentlich Triumph genug sein.

»Wenn dieser Besuch Professor Clarus' Vorstellung von einer wissenschaftlichen Diskussion entspricht, kann er sie liebend gern mit Hohlköpfen wie Ihnen führen«, schnaubte Samuel und riß von Riebold die Papierrolle aus der Hand, die nichts anderes als eine offizielle Beschwerde der Leipziger Apotheker gegen Samuels eigene Arzneimischungen enthielt. »Kehren Sie zu Ihrem Herrn zurück und überbringen Sie ihm meine Glückwünsche zu seinem billigen Triumph. Schließlich kam das Angebot, nach Sachsen zurückzukehren, von ihm. Eine billige und einfallslose Falle, mich an der Universität lächerlich zu machen!«

Benno von Riebold lächelte nicht mehr. Er musterte Samuel mit einem Blick, der nichts Gutes verhieß. Dann beugte er sich zu ihm hinüber und zischte hinter vorgehaltener Hand: »Hofrat Clarus wollte, daß du in Torgau bleibst. Dort hättest du ein ruhiges Leben führen können. Von Leipzig war nie die

Rede. Du hast gewählt und deine Sicherheit deinem krankhaften Ehrgeiz geopfert!«

Plötzlich verstand Samuel. Benno von Riebolds harsche Worte sollten ihn warnen. Vor einer Gefahr, die selbst Clarus' Sekretär mit heimlichem Grauen erfüllen mußte. Darum die Enthüllung, daß Samuel in Leipzig unter Beobachtung stand. Henriette würde Benno sofort zustimmen, schoß es ihm durch den Kopf. Sie wußte genau, daß er nach Leipzig gezogen war, um von hier aus seine Lehre in die Welt zu tragen. Ihr Verhältnis zu ihm hatte sich in den vergangenen Monaten ein wenig entspannt, was gewiß auch damit zusammenhing, daß Samuel sich bemühte, seine Feinde nicht zu sehr zu reizen.

Auf der anderen Seite hatte Samuel wieder angefangen, nachts von Charlotte zu träumen. Charlotte Rebus hätte den verfluchten Sekretär mitsamt seinem betrügerischen Meister zum Teufel gejagt.

Geräuschvoll klappte Samuel seine Bücher zu, nahm seine Kappe vom Kopf und erklärte: »Ich werde Leipzig nicht mehr verlassen. Ob Clarus oder ein anderer Dunkelmann mein Haus in Torgau überfallen läßt oder hier, ist mir gleichgültig. Aufhalten werden sie die Homöopathie mit diesen Methoden nicht. Aderlaß und stark dosierte Arzneien haben ausgedient. Eines Tages werdet auch ihr das verstehen!«

Damit ließ Samuel den verblüfften Mann stehen und verließ aufrecht den Katheder. Nie zuvor war es ihm schwerer gefallen, aus einem Mißerfolg Kraft zu schöpfen, aber immerhin gelang es ihm, seine Blicke nicht zu senken und einigen seiner Schüler, die das Wortgefecht der beiden Männer gebannt verfolgt hatten, aufmunternd zuzulächeln. Bald würden auch diese jungen Burschen erfahren, was es hieß, von Kommilitonen beschimpft und von Lehrern gehaßt und verfolgt zu werden.

»Du sturer Hundsfott von einem Giftmischer!« hörte er Doktor von Riebold brüllen. »Ich habe es im Guten versucht, aber wenn du Krieg willst, sollst du ihn haben. Dafür wird seine Exzellenz schon sorgen!«

Das kann ich mir gut vorstellen, dachte Samuel grimmig und gab Henriette und Friedrich ein verstohlenes Zeichen, in der Halle des Fürstenkollegiums auf ihn zu warten.

32. Kapitel

Leipzig, 1812/13

Napoleons Feldzug gegen das kaiserliche Rußland endete nach nur zwei Monaten in einem wilden Sturm aus Schnee und Eis. Nach dem Brand von Moskau und der Zerstörung des Kreml hatte der Kaiser keinen anderen Ausweg gesehen, als seine Truppen zum eiligen Rückzug zusammenzuziehen. Unter ständiger Verfolgung durch die russische Armee überschritten die Franzosen und ihre deutschen Hilfstruppen die Beresina. Hunger, Kälte und Erschöpfung ließen die Soldaten zu Tausenden in der tosenden Schneelandschaft niedersinken.

Als die ersten Berichte der Katastrophe Leipzig erreichten, ließen die Räte stundenlang die Glocken der Thomaskirche läuten und Bußmessen zelebrieren, um der gefallenen sächsischen Soldaten sowie der vielen Vermißten ihres Volkes zu gedenken. Überall in Sachsen wurden eilig die Hospitäler und Armenhäuser vergrößert, und zahlreiche Aristokraten öffneten ihre Palais, um Verwundete aufzunehmen.

Aber auch jene Stimmen, welche Napoleon als Brandstifter Europas beschimpften und ihm die Pest an den Hals wünschten, wurden in den folgenden Monaten immer lauter. In manchen Häusern empfand man die Niederlage des Kaisers als Gottesurteil, eine gerechte Strafe für seinen Hochmut. In den Wirtshäusern wurde bis in die Nacht debattiert, und nicht wenige Studenten weigerten sich, an den ordentlichen Vorlesungen ihrer Professoren teilzunehmen, wenn ihre Lehrer sich nicht zu ihren politischen Fragen äußern wollten.

König Friedrich August, den das Schicksal der *Grande Armee* mit besonderem Schaudern erfüllte, ließ in seiner Verzweiflung in ganz Sachsen Versammlungen beobachten, um die aufgeheizte, franzosenfeindliche Stimmung einzudämmen, aber er wußte, daß seine Bemühungen vergebens waren. In den Buden der Leipziger Messe, den Kaufhallen und auf den Landstraßen verbreiteten sich die Karikaturen und Schmähschriften gegen das Königshaus und den Franzosenkaiser wie ein Lauffeuer.

Ende 1812 erreichten die Reste der napoleonischen Armee die preußische Grenze, wo sie sogleich auf weiteren Widerstand stießen. Zu Napoleons grenzenloser Wut war Preußen mit Rußland einen Bündnisvertrag eingegangen, der ihn selber zum Gejagten machte. Verbittert zog sich der Kaiser nach Sachsen zurück und wurde dort im Frühjahr des folgenden Jahres von preußischen und russischen Truppen aufgerieben. König Friedrich August floh entsetzt nach Böhmen und überließ sein Land den preußischen Besatzern, bis diese nach mehreren Schlachten gezwungen wurden, Sachsen wieder zu räumen.

Die Ruhe, die seitdem über Leipzig lag, glich einer Totenstille, dem Erlauschen eines einsamen Pendelschlages, der auf ein unabwendbares Ereignis hinweisen sollte.

Als Jonathan Krebs am Morgen des 16. Oktober 1813 erwachte, fand er sich zu seinem eigenen Erstaunen zusammengekauert auf dem kalten Holzfußboden seiner Bibliothek wieder. Seine rechte Hand pochte schmerzhaft. In seinem Kopf summte und säuselte es wie in einem Hornissennest, und der Gestank nach billigem Wein raubte ihm fast den Atem.

Und Jonathan fror erbärmlich.

Es dauerte eine Ewigkeit, bis er sich endlich überwand, seine Augen zu öffnen. Da bemerkte er, daß sein weites Hemd zerrissen und mit Blut beschmiert war. Die Scherben der zerbrochenen Weinflasche lagen überall um ihn herum, aber die schärfste war anscheinend mitten in seine Hand gedrungen. Mühsam stand Jonathan auf. Dann zog er sich das zerlumpte Hemd über den Kopf und band es um seine Hand. Er hatte noch einmal Glück gehabt, war sein erster halbwegs klarer Gedanke. Wenigstens hatte die Scherbe keine Pulsader aufgeschlitzt. Schließlich stapfte er zur Verandatür, durch deren Holzlamellen nur wenig Tageslicht in den Raum fiel. Gerade noch rechtzeitig stieß er die Tür zum Garten auf. Die Übelkeit zwang ihn auf die Knie. Er erbrach sich mitten über dem tönernen Becken, das seine Hausmagd als Vogeltränke auf die Veranda gestellt hatte. Zeternd und schimpfend flatterten drei Sperlinge auf, gerade noch rechtzeitig, bevor Jonathans Strahl sie erfaßte, und retteten sich auf eine der herbstlich bunten Eichen des Gartens.

Mit schwerer Stimme rief Jonathan nach seiner Magd. Erst als im ganzen Haus niemand auf seine Rufe reagierte, fiel ihm wieder ein, daß er die aufdringliche Alte gestern samt ihrer taubstummen Tochter auf die Straße gesetzt hatte. Oder war es vorgestern gewesen? Gleichgültig. Gewiß saßen sie und ihr Balg nun in Luise von Mandelohs Küche und heulten ihr vor, wie ungerecht das Leben war. Luise hatte immer schon gerne Streuner aufgelesen – Streuner wie ihn selbst.

Am nahen Grimmaischen Tor zerschnitt ein wildes Getöse die Stille des Oktobermorgens, gegen den die Posaunen des Jüngsten Gerichts sich wie ein harmloses Kammerkonzert anhörten. Trommeln, Fanfaren, Piccoloflöten – und die Räder eines endlosen Wagenzuges von Kanonen und Schanzkörben.

Jonathan wankte durch den Garten zur Mauer hinüber und löste einen der lockeren Steine. Nun hatte er freie Sicht über die gesamte Straßenbreite. Aber was er sah, drehte ihm den Magen ein zweites Mal um. Die Magd aus dem Nachbarhaus lief mit nur halb geschnürtem Mieder und offenen roten Haaren neben dem Troß her, kreischte, daß die Milch in den Töpfen sauer werden mußte, und bombardierte die jungen französischen Kürassiere, die dem Musikkorps würdevoll zu Pferde folgten, mit schmachtenden Blicken. Die Karren voller Verwundeter, die dem Zug folgten, interessierten die Rothaarige augenscheinlich weniger.

Napoleon ist in Leipzig, dachte Jonathan grimmig. Und sofort kriechen die Huren aus ihren Löchern, um den Kaiser hochleben zu lassen.

Das hieß also, daß er früher losschlagen mußte, als er geplant hatte. Sobald die französischen Truppen erst einmal ihre Kampfstellungen bezogen und die sächsischen Infanterieregimenter in ihre Reihen eingegliedert hatten, würde die Stadt innerhalb weniger Stunden zur streng bewachten Festung werden. Und für ihn zu einer sicheren Todesfalle, denn die französischen Quartiermeister würden sich rücksichtslos in der ganzen Stadt breitmachen. Nach den ersten Zusammenstößen der Armee mit den Truppen der Preußen, Russen und Österreicher, fand sich in den Spitälern kaum noch Platz für die Verwundeten. Bald würden Napoleons Soldaten auch an seine Tür klopfen.

Den Tag über sichtete Jonathan in seinem Arbeitszimmer Dokumente. Er studierte Pläne über den Verlauf der Mauern und Wälle, zeichnete Grundrisse der strategisch wichtigsten Verteidigungsanlagen Leipzigs und stellte Mutmaßungen über die Anzahl der Wagen- und Stockmeister an. In seiner beinahe fieberhaften Erregung vergaß er nicht nur, seine blutverschmierte Kleidung zu wechseln und sich zu rasieren, sondern auch etwas zu essen. Erst gegen Abend stand er auf, zündete eine Kerze an und durchquerte die Eingangshalle, um sich in der Küche nach etwas Eßbarem umzusehen.

In einem Kasten fand er einige Brotreste und fiel heißhungrig darüber her.

Mehr, als die meisten Leipziger im Augenblick zwischen die Zähne bekommen, dachte er und löschte die Flamme seiner Kerze.

Draußen war es dunkel geworden. Und totenstill. Nur von der Stadtmauer über dem Tor flackerte der Schein einiger unruhiger Fackellichter durch die dünnen Fensterscheiben der Küche.

Es war soweit.

Nun würde er gehen. Die Sprengladung mußte noch heute nacht angebracht werden. Dann konnte er Leipzig verlassen und sich zu den Preußen durchschlagen. Den letzten Berichten seiner Informanten zufolge, lagerten General Gneisenau und seine Truppen ganz in der Nähe der Stadt und warteten nur darauf, zum entscheidenden Schlag gegen den Franzosenkaiser auszuholen.

Die Sprengladung, überlegte Jonathan, muß dann eben ein anderer zünden, sobald die preußischen und österreichischen Truppen angreifen. Schließlich war er immer noch Arzt. Er hatte einmal geschworen, Menschenleben zu retten, nicht Dutzende von Soldaten durch scharfe Sprengladungen in blutige Stücke zu reißen. Immer wieder versuchte er, sich dies vorzuhalten, aber die Leere, die von seinem Herzen Besitz ergriffen hatte, verfinsterte selbst die Reste dessen, was er einmal sein Gewissen genannt hatte.

Jonathan trottete zurück in die Halle und öffnete die Tür seiner seit Monaten verstummten Standuhr. Mit hastigen Bewegungen zog er einen kleinen Sack heraus und tastete aufgeregt den groben Stoff ab, bis er die drei hölzernen Röhren und die Lunten spürte. Dann kehrte er in sein Arbeitszimmer zurück, setzte sich an den Schreibtisch und faltete seine Aufzeichnungen sorgfältig zusammen. Es durfte nichts zurückbleiben, was ihn verraten konnte.

Die Turmuhr schlug zum zehnten Mal.

Langsam erhob Jonathan Krebs sich und löschte mit Daumen und Zeigefinger die beinahe niedergebrannten Kerzen. Er zog ein kleines Kuvert aus seiner Briefmappe, drückte sein Siegel auf die Vorderseite und stellte das Schreiben aufrecht gegen einen Stapel Bücher. Aus der Schreibtischschublade zog er eine der Duellpistolen seines Vaters. Das lange Rohr der Waffe glänzte kalt im Licht des aufgehenden Mondes. Jonathan lud die Pistole und befestigte sie an seinem Gürtel.

Ein letztes Mal blickte sich der Arzt in dem Raum um, der ihm und seinen Patienten viele Jahre lang als Vorsprechzimmer gedient hatte. Luise von Mandeloh hatte ihm einmal vorgeworfen, er wäre zu oft unterwegs gewesen, um einen engen Kontakt zu seinen Kranken zu bewahren. Doch letztendlich war er von seinen Reisen immer wieder in das große alte Haus an der Straße nach Grimma zurückgekehrt, und die Menschen hatten ihn konsultiert, als wäre er niemals fort gewesen.

Diese Zeit lag lange zurück. Seine Patienten von einst hatten ihn schließlich doch vergessen und sich in die Behandlung anderer Ärzte begeben. Er konnte es ihnen nicht einmal übelnehmen.

Als Jonathan, in einen altmodischen Umhang gehüllt und mit einem speckigen Dreispitz auf den wirren grauen Haaren, sein Haus verließ, spürte er, daß er es nicht wiedersehen würde.

Wie ein Schemen pirschte er sich vorwärts, den Blick immer auf das mächtige Gebäude gerichtet, das er sich bereits vor Monaten von seinem Garten aus erwählt und dann immer wieder bei harmlos wirkenden Spaziergängen ausgespäht hatte. Die drei Tore des Hauses führten aus der Stadt heraus und lagen etwa dreißig Meter vom Grimmaischen Tor entfernt. Sie wurden zwar regelmäßig kontrolliert, aber schlecht bewacht. Jonathan besaß einen Schlüssel zu dem Hof am Tor. Dort, im Innern, konnte er sich verbergen, während er die Lunten anbrachte und ein letztes Mal die Granulation des Schwarzpulvers prüfte.

Wenn es nur nicht so ungemütlich feucht und kalt wäre, dachte Jonathan, als er sich lautlos durch den Hof schlich. Die neblige Feuchtigkeit schadete der Mischung aus Salpeter, Schwefel und Holzkohle bestimmt.

Und wenn sie gar nicht zündete?

Jonathan zögerte einen Atemzug lang versonnen und bohrte schließlich die Enden der drei feinen Röhren mit ihrem explosiven Inhalt zwischen die Hohlräume des Mauerwerks. Danach verbarg er die verräterischen Lunten mit einigen Büscheln des Gestrüpps, welches aus den Mauerritzen herauswucherte.

Plötzlich schrak der alte Mann zusammen. Über ihm waren Stimmen zu hören. Laute Stimmen, die sich ruppige Kommandos zubrüllten, und schwere Stiefel, die militärisch gegeneinander schlugen. Nach seinen Informationen hätte das Haus evakuiert werden müssen. Hatte man ihn entdeckt?

Jonathans Herz begann vor Aufregung wild zu hämmern. Niemals hätte er es sich eingestanden, aber er war zu alt für solche Unternehmungen. Vorsichtig drehte er den Schlüssel im Schloß herum und schob seinen Körper langsam aus der Türöffnung. Die Straße lag in völliger Finsternis; auf den hölzernen Rundgängen unter dem Dach des Tores waren allerdings schleifende Geräusche zu hören. Soldatenstiefel.

Er durfte sich nicht bewegen. Wenn er jetzt aus dem Schatten trat, würden die Torwächter ihn entdecken. Wer waren sie? Franzosen oder Sachsen? Einerlei. Am Abend vor einer Entscheidungsschlacht würden die Wachen auf alles feuern, was sich dem Tor auf zehn Meter näherte.

Eine Ewigkeit verging. Dann entfernten sich die Stiefelschritte auf der Balustrade, bis nur noch ein schwaches Echo zu hören war.

Jonathan zählte bis hundert, und erst, als er bei dreiundneunzig angekommen war, fiel ihm auf, daß er in französischer Sprache zählte. Zentimeter um Zentimeter tastete er sich aus dem Bogen heraus. Er mußte es nur bis zum Handelshof schaffen. Einem plötzlichen Impuls folgend, zog er seine Pistole aus dem Gürtel.

Aus dem Haus ihm gegenüber fiel plötzlich der Schein einer Lampe. Die Tür öffnete sich, und eine Frau tänzelte kichernd über die Schwelle. Es war die Magd seines Nachbarn. Ihr fettiges rotes Haar fiel ihr wie eine Feuersbrunst über den fleischigen Nacken. In ihrem Rücken tauchte eine weitere Gestalt auf, ein hochgewachsener junger Mann mit Backenbart. Er trug einen offenen Uniformrock und versuchte sogleich, die Frau wieder zurück ins Haus zu ziehen.

Im selben Moment legte die Magd den Kopf zur Seite, erstarrte für einen Moment und deutete dann mit ausgestrecktem Arm in Jonathans Richtung.

»Da drüben, der Kerl ...« kreischte sie über die Straße. Und dann an den Soldaten gewandt: »Du darfst hier nicht gesehen werden, hol dein ...«

Bereits der erste Schuß aus Jonathans Pistole brachte die Magd zum Schweigen. Blut spritzte wie eine Woge aus ihrem Hals und benetzte beide Türpfosten. Die Magd begann zu zittern, als fröre sie in dem eisigen Wind. Dann brach sie auf der Schwelle zusammen. Der junge Soldat riß ungläubig die Augen auf. Er versuchte, sich hinter die Tür zu werfen und nach seinem Gewehr zu greifen, aber der Körper der jungen Magd versperrte den Zugang.

Ein zweiter Schuß peitschte durch die Stille der Nacht. Der Soldat taumelte mit erhobenen Händen gegen den blutigen Türpfosten und sank auf die schmutzige Gasse.

Ohne zu überlegen, brach Jonathan aus seiner Deckung aus und überquerte mit wehendem Umhang die Straße in Richtung der alten Kirche. Die Wachen hinter den Fenstern des Tores brüllten ihm hinterher. Wachhörner heulten auf.

Gehetzt blickte Jonathan über seine Schulter zurück. Er sah, wie die Mauerschützen auf dem Rundgang des Grimmaischen Tores in die Knie gingen und auf ihn anlegten. Schüsse peitschten durch den wabernden Nebel. Rechts und links von ihm schlugen Geschosse wie Hagelkörner in den Schlamm der Straße.

Als er in eine schmale Gasse einbog, tauchten vor ihm Lichter auf. Das Horn heulte erneut auf, und eine Abteilung Soldaten kam ihm im Laufschritt entgegen.

Es war zwecklos auszuweichen.

Resignierend schleuderte der alte Mann seine Waffe in eine Regentonne und drückte sich gegen die Mauer. Es war vorbei.

Sie umzingelten ihn. Im Schein ihrer Fackeln erkannte er, daß sie die Uniform der königlichen sächsischen Garde trugen. Zwei Soldaten sprangen vor, rammten ihm ihre Fäuste in den Magen und bogen ihm die Arme auf den Rücken, so daß er keine Luft mehr bekam. Dann stießen sie ihn in den weichen Schlamm der Gasse.

»Im Namen des Königs von Sachsen, Sie sind arretiert«, hörte Jonathan eine schneidende Stimme durch den feuchten Nebel, bevor er die Besinnung verlor.

33. Kapitel

»Die Behandlung schlägt nicht an, Junge. Wir müssen irgend etwas übersehen haben!«

Nachdenklich blätterte Samuel in seinem mit zahllosen Randbemerkungen versehenen Krankenjournal. Die Zahl der von ihm beschriebenen Arzneierscheinungen stieg von Tag zu Tag. Allein die Selbstversuche mit *Nux vomica* hatten 1198 Symptome ergeben.

Aus der Ferne drang Kanonendonner an sein Ohr. Seit den frühen Morgenstunden tobte vor den Toren Leipzigs die entscheidende Schlacht. In regelmäßigen Abständen wankten die Mauern des Behandlungszimmers, in das sich Samuel und sein Schüler zurückgezogen hatten. Die Fensterscheiben zitterten, und zu allem Überfluß begann sich der Himmel wie aus Abscheu vor der menschlichen Streitlust schwarz zu verfärben. Der Wind nahm zu und fegte das abgeworfene Laub der Bäume über das Straßenpflaster. Jeden Moment konnte der Regen einsetzen.

»Auf der Straße ist kein Mensch zu sehen«, erklärte der junge Christian Hornburg, der als einziger von Samuels Schülern gekommen war, um ihm bei den Arzneiprüfungen zu helfen. Er zog die dünne Gardine vom Fenster. »Vermutlich verschanzen sich die meisten in ihren Kellern. Das heißt ... hinter der Schmiede sehe ich einige Reiter in schwarzen Uniformen. Es sind Württemberger Hilfstruppen. Sie reiten zum Halleschen Tor. Dort muß etwas geschehen sein, Doktor. Vielleicht sind die Preußen durchgebrochen?«

Aufgeregt drehte sich der junge Mann nach seinem Lehrmeister um, aber ein einziger Blick verriet ihm, daß der Doktor gar nicht zugehört hatte.

»Dem Sohn des Wagners Gilbrand habe ich eine Dilutio aus Decimo 3 der Bryoniapflanze verabreicht. Aber ich fürchte, der Arzneireiz war zu schwach«, murmelte Samuel und nahm eines der Fläschchen von dem Wandbord, hinter dem der Kalk mittlerweile in einem unaufhaltsamen Rinnsal zu Boden rieselte.

»Ich fürchte, wir müssen uns das Krankenbuch noch einmal vornehmen.«

Einige Minuten lang prasselten Samuels Fragen auf seinen unglücklichen Studenten nieder: Wann ereignete sich der erste Anfall? Vor oder während der Arzneieinnahme? Wie beschrieb der Patient den Schmerz, was empfand er? Zu welcher Tageszeit trat das Fieber auf? Nahm er Kräuteraufgüsse zu sich, Starkbier mit offizinellen Substanzen, Riechwässer? Trug er Kleidung aus grober Schafwolle, herrschte zu große Stubenhitze?

Christian Hornburg wand sich unter den prüfenden Fragen wie ein Verurteilter auf dem Karren des Schinders. Warum sollte dies alles noch wichtig sein, zu dieser Stunde, wo die Kugeln der Feinde in die Häuser schlugen? Noch war die Schlacht in vollem Gange. Die Franzosen versuchten, sich mit Hilfe von kleineren Attacken der Kavallerie aus ihrer aussichtslosen Lage zu befreien. Von den Wachttürmen der Stadt war indessen zu beobachten, daß die Infanterie von Napoleons Marschall Ney stetig an Boden verlor. In kürzester Zeit würden sich die Kämpfe auch auf die Straßen der Stadt ausdehnen.

Sie mußten das Haus verlassen oder sich zumindest in den Keller begeben. Aber was geschah, wenn das Dach über ihren Köpfen zusammenbrach? Christian Hornburg atmete tief durch und rief sich Hahnemanns Frage ins Gedächtnis zurück. Vielleicht war es tatsächlich besser zu arbeiten, als jede Minute an das Ende zu denken. »Der Junge des Wagners ... er berichtete ...«

»Geht es etwas genauer?« fragte Samuel unwirsch und schob ungeduldig die Augenbraue hoch.

»Nun, Doktor Hahnemann, er liegt seit gestern abend im Delirium und phantasiert. Der Mann hat Hungertyphus. Kein Mensch kann ihn heilen. Damit müssen wir uns einfach abfinden!«

»Niemals werde ich mich damit abfinden, Junge. Hörst du? Niemals. Vielleicht sollte ich einfach den Grad des Arzneireizes erhöhen, von D3 auf ...«

Ein gewaltiges Knirschen und Splittern ertönte. Es hörte sich an, als rissen die Hände eines Riesen große Steine aus der Erde. Die beiden Männer eilten ans Fenster.

»Kannst du etwas erkennen?«

»Der Nebel ist zu stark, Doktor. Aber ich sehe ein Licht. Nein ... mein Gott!« Der Student wurde kreidebleich. »Flach auf den Boden, schnell!«

Mit einem gewaltigen Knall schlug eine Granate in das untere Mauerstück der nahen Thomaspforte. Die Detonation war so heftig, daß Steine, Sand und Holzsplitter in einem wilden Sog durch die Luft getragen und gegen die Türen und Fenster der umliegenden Häuser geschleudert wurden.

Samuel glaubte, der Boden würde ihm unter den Füßen weggerissen. Durch das zerbrochene Fenster hörte er angstvolle Schreie, aber er konnte durch die milchigen Nebelschleier nicht ausmachen, aus welcher Richtung sie kamen.

»Manchmal sollte der Lehrer auf seinen Schüler hören, mein Lieber«, keuchte er. Staub und Kalk waren ihm in die Kehle geraten. »Wir müssen hier raus!«

»Über dem Brühl ist der Himmel rot wie die Glut der Hölle«, erwiderte Christian mit tonloser Stimme. Er schüttelte die Glassplitter von seinem Körper. Ein feiner blutiger Striemen zeichnete sich auf seiner linken Wange ab. »Die Holzplanken müssen Feuer gefangen haben. Es wäre Selbstmord, jetzt das Haus zu verlassen!«

Unbeirrt sammelte Samuel einige Wundarzneien, blutstillende Mittel und Verbandsstoffe zusammen, hielt einige davon kritisch ins Licht und warf schließlich eine Anzahl von Fläschchen und Dosen in seinen Arzneikasten.

»Meine Frau ist im Hospital am Getreidemarkt«, sagte er schließlich und maß seinen Schüler mit einem Blick, in dem sich tiefe Erschöpfung und Zuversicht die Waage hielten. »Seit dem Morgengrauen hilft sie bei der Pflege der Verwundeten und Typhuskranken. Ich wollte nicht, daß sie heute geht, aber ...«

Samuel sprach nicht weiter. Mit einem letzten Kraftakt stemmte er seinen Arzneikasten in die Höhe und schlurfte mit schweren Schritten zur Tür. Ohne auf das donnernde Brausen und die grell zuckenden Blitze zu achten, die von der Burgstraße in die Stube drangen, rief er seinem Schüler zu: »Steig in den Arzneikeller hinunter, Christian, und kümmere dich weiter um den Fall des Wagnersohnes. Vielleicht habe ich mich geirrt, und wir sollten es mit *Baptisia* oder *Hyosciamus* versuchen. Den Grad der alkoholischen Dilutio überlasse ich dir.«

»Kommt nicht in Frage, Doktor Hahnemann«, erwiderte der Student entschlossen. »Und wenn Sie sich noch so sehr dagegen sträuben, ich werde nicht von Ihrer Seite weichen, bis wir das Hospital erreicht haben. Also geben Sie mir schon Ihren Kasten!«

Das Lazarett am Markt war in einer Kirche eingerichtet worden und lag nur wenige Schritte vom Thomäschen Haus, der Unterkunft des Königs, entfernt.

Ein übler Gestank von Blut, Kot und Schweiß schlug Samuel und dem jungen Christian entgegen, als sie sich durch die Reihen der halbnackten, eng nebeneinanderliegenden Körper kämpften.

Christian war es wie ein Wunder vorgekommen, daß sie die alte Kirche erreicht hatten, ohne von Kugeln getroffen zu werden. Doch nur wenige Sekunden später verwandelte sich das Wunder vor seinen Augen in einen Alptraum. Von überallher drangen röchelnde Klagelaute, Stöhnen, Schreie und hilfloses

Schluchzen an ihre Ohren. Abgetrennte Gliedmaßen lagen in Blutlachen auf dem Boden, niemand räumte sie beiseite. Sanitäter tappten mit grauen, fiebrig glänzenden Gesichtern durch das Getümmel und brüllten zuweilen die klagenden Verwundeten an, wenn diese sie mit schwachen Händen an ihrem Lager festzuhalten versuchten.

Auf einem erhöhten Teil im hinteren Winkel des Kirchenschiffes kramten einige Frauen in den wenigen noch unversehrten Arzneitruhen. Samuel kniff die Augen zusammen. Schnell hatte er Henriette aus der Traube durcheinanderschreiender Frauen herausgefunden und steuerte geradewegs auf sie zu. Christian eilte ihm kreidebleich hinterher. Der Junge war einer Ohnmacht nahe.

»Samuel, Gott sei Dank, daß du hier bist«, rief Henriette und winkte ihren Mann aufgeregt zu sich. Ihre Augen waren gerötet, und ihr dichtes, langsam ergrauendes Haar voller Ruß und Staub.

»Hast du Medikamente und Verbandstoffe mitgebracht? Die Männer da unten krepieren an ihren Schmerzen, und wir haben nichts mehr, was wir ihnen geben könnten!«

»Wie viele Ärzte hat das Physikat euch geschickt?«

»Auf jeden Fall zu wenige! Die meisten Chirurgen und Wundärzte haben die Franzosen mittlerweile in ihre Feldlazarette beordert. Heute früh sind ein paar Badergesellen aufgetaucht, aber es wäre ein Segen, wenn sie zum Feind überlaufen würden. Erst saufen sie uns den Branntwein weg, dann sägen sie an den Gelenken vorbei oder zertrennen in ihrem Rausch die Arterien.«

Samuel hielt den Atem an. Ein stechender Schmerz kroch heimtückisch durch seinen linken Arm. Erschöpft ließ er sich auf einen wackeligen Schemel sinken, drückte Henriette seinen Arzneikasten in die Hand – und erstarrte in ungläubigem Staunen.

»Der Kerl da unten, neben der Bahre«, stieß er fassungslos hervor, »das ist doch …«

»Doktor von Riebold, der Vertraute des Hofrats Clarus«, bestätigte Henriette und klappte den Deckel einer Truhe auf. »Seit zehn Stunden hat er weder Knochensäge noch Wundnähnadel aus der Hand gelegt. Clarus selbst scheint aus der Stadt geflohen zu sein.«

»Vielleicht ist das ein Zeichen des Himmels«, ließ sich der junge Christian scheu vernehmen. »Wenn Homöopathen und Schulmediziner in Krisenzeiten zusammenarbeiten können ...«

Samuel erhob sich von dem blutverschmierten Schemel, legte seine samtene schwarze Jacke ab und rollte mit energischen Handbewegungen die weiten Ärmel seines Hemdes auf.

»Ihr denkt gewiß, ich sei eigensinnig, nicht wahr? Das stimmt, ich habe mich zu weit vorgewagt, um jetzt noch zum Rückzug zu blasen. Aber ich weiß auch ohne einen grünen Bengel, wann örtliche Übel einen chirurgischen Eingriff erforderlich machen. Ärztliche Kunst ist nicht dazu da, einem alten Narren sein Recht zu verschaffen. Christian, geh hinunter und biete dem Doktor unsere Hilfe an!«

Benno von Riebold war zu erschöpft, um überrascht zu sein oder Fragen zu stellen. Einsilbig wies er Samuel einen gewöhnlichen Holztisch zu, auf dem sich bereits ein verwundeter Soldat vor Schmerzen krümmte.

Während der nächsten Stunden arbeiteten die Ärzte schweigend Schulter an Schulter, bis die Dämmerung hereinbrach und der Schein des noch immer wütenden Feuers gespenstische Schemen durch die Fenster der Kirche sandte. Trotz des unbeschreiblichen Elends um ihn herum, fühlte Samuel ein warmes Gefühl in sich aufsteigen, das ihn bald völlig einhüllte. Hin und wieder trafen sich seine und Henriettes Blicke, und sooft er strauchelte und angeekelt von dem Holztisch zurückweichen wollte, der ihm und seinem ehemaligen Kommilitonen zur Operation zur Verfügung stand, gab ihm ihr aufmunterndes Lächeln die nötige Kraft, um durchzuhalten. Unwillkürlich fragte sich Samuel, ob Gegensätze zuweilen nicht doch zu einer Einheit verschmelzen konnten, wie es die alten Alchimisten lehrten. War es möglich, daß Kälte Wärme erzeugte? Entstand aus Seelenqual mitunter ein Gefühl seligen Glücks?

»Ich habe noch einen Rest Chininpulver in meinem Kasten«, sagte Samuel nach einer Weile und legte sein Skalpell auf den Operationstisch. »Außerdem Kampfer, Berberis und Gelbwurz aus Carolina. Einen Schuß Zitronensaft auf die Rinde, und wir könnten die Wunden wenigstens notdürftig säubern!«

Von Riebold nickte stumm, ohne von dem Verletzten auf seiner Bahre aufzublicken. Ermattet schlurfte Samuel auf die Sakristei zu und ermahnte im Vorbeigehen Christian Hornburg, die Binden am Fuß des Soldaten, den dieser mit leichenblassem Gesicht behandelte, strammer zu ziehen.

»Doktor Samuel Hahnemann?«

Eine alte Frau stellte sich ihm in den Weg. Sie trug ein bis zum Hals geschlossenes silbergraues Seidenkleid und einen Schleier gleicher Farbe über dem kunstvoll frisierten Haar, das im flackernden Schein der Lampen wie kalter Stahl glänzte. Ihre Wangen waren eingefallen und spiegelten nicht nur die Last des Alters, sondern auch zahlreiche Schicksalsschläge wider. Ihre etwas schräg stehenden grünen Augen hingegen deuteten an, daß sie daran gewöhnt war, zu bekommen, was sie wollte. Katzenaugen, stellte Samuel schaudernd fest. Irgendwo hatte er sie schon einmal gesehen.

Sekundenlang hielt die Fremde Samuels Hand wie in einem Schraubstock, es schien sie nicht einmal zu stören, daß sich die Spitzen ihres weiten Ärmels durch die Berührung mit seinem Hemd rot färbten. Schließlich machte sich Samuel frei und trat einen Schritt zurück.

»Doktor, ich sah Sie von meiner Kutsche aus hier hineingehen«, erklärte die Fremde mit hoher Stimme. »Ich brauche dringend Ihre Hilfe.«

»Befindet sich Ihr Mann oder Sohn unter den Verwundeten, Madame?« Samuel blickte sich ratlos im Saal um. Das Stöhnen der Verwundeten schien immer lauter zu werden. Ein paar Meter vor ihm erbrach sich Christian in eine Holzschüssel.

»Es geht um meinen Sohn, Doktor Hahnemann. Er liegt im Haus eines Freundes und hat hohes Fieber. Wir fürchten, daß er diese Nacht nicht übersteht.«

»Hungertyphus?« erkundigte sich Samuel.

»Wir wissen es nicht, aber die Arzneien des Physikus scheinen ihn nur noch mehr zu schwächen. Ich habe von Ihnen und Ihrer Heilkunde gehört, Doktor Hahnemann. Ich glaube an die Homöopathie. Bitte helfen Sie meinem Sohn, retten Sie ihn und ich …«

»Samuel, was stehst du hier herum und schwatzt?« Henriette war nähergetreten und musterte die alte Frau in ihrem silbergrauen Kleid argwöhnisch.

»Was auch immer Sie wünschen, Madame«, sagte sie kurz angebunden, »mein Gatte hat keine Zeit für Hausbesuche. Sie sehen doch, wie die Verwundeten und Typhuskranken hier leiden. Die feinen Herren vom städtischen Physikat pudern sich zu Hause die Nasen, um den Gestank des faulenden Fleisches nicht riechen zu müssen. Die setzen keinen Fuß über unsere Schwelle. Aber es gibt nun mal zu wenige Wundschneider in Leipzig! Wenn Sie eine gnädige Seele kennen, die nicht beim kleinsten Blutstropfen in Ohnmacht fällt, so schicken Sie sie ins Notspital. Ansonsten stören Sie uns nicht länger!« Erbost stemmte sie die Hände in die Taille und drängte sich zwischen Samuel und die Fremde.

Die alte Frau bedachte Henriette mit einem feindseligen Blick und wandte sich dann wieder an Hahnemann. »Wie ich von einer alten Bekannten erfuhr, sind Sie ein enger Freund von Doktor Jonathan Krebs, nicht wahr?« fragte die Fremde. »Sie haben gemeinsam in Leipzig studiert.«

»Jonathan Krebs?« Henriette wurde hellhörig.

Die Frau schaute immer noch Samuel an. »Gewiß ist Ihnen nicht entgangen, daß man Ihren alten Freund und Gönner des Hochverrats und Mordes an einem französischen Soldaten angeklagt und in die Moritzbastei gebracht hat. Er soll bereits bei Tagesanbruch exekutiert werden!« Triumphierend bemerkte die Frau, wie Henriette erbleichte und sich mit beiden Händen haltsuchend an eine Stuhllehne klammerte.

»Jonathan Krebs? Ein ... Hochverräter? Das kann ich nicht glauben«, stammelte Samuel erschüttert. »Und selbst wenn es wahr wäre ... warum kommen Sie damit ausgerechnet zu uns?«

»Sie haben die Macht, seine Hinrichtung aufzuhalten, Doktor Hahnemann. Der alte Krebs wollte doch nur den Helden spielen und hat dabei eine Dirne und ihren Liebhaber niedergeschossen. Der Kerl war noch dazu ein Deserteur. Kein großer Verlust für die Armee. Nicht einmal für Bonaparte.«

»Es tut mir leid für meinen alten Freund, Madame Aber ich wüßte nicht, was ich für ihn tun könnte. Ich habe selbst genug Scherereien am Hals und keine einflußreichen Freunde, die ich um Fürsprache bitten könnte.«

Das Lächeln der alten Frau gefror. Ihre schräg stehenden Augen blinzelten hektisch. »Wir brauchen Ihre Wunderarzneien, Doktor. Mein Sohn *muß* dieses Fieber überstehen. Er muß leben. Und wenn Sie ihn heilen, werde ich einen geheimen Kurier mit einer Depesche zur Moritzbastei senden, um Ihren Freund in die Freiheit zu entlassen. Sehen Sie her!« Mit einer raschen Bewegung streifte sich die alte Frau den rechten Handschuh ab und streckte Samuel und Henriette ihre faltige Hand entgegen. Unter dem Knöchel des Mittelfingers funkelte ein schwerer goldener Ring. Er trug das Wappen der sächsischen Könige. Friedrich Augusts privates Siegel. Wie um alles in der Welt war die Fremde nur an den Ring geraten?

»Natürlich muß Ihr Freund Leipzig so schnell wie möglich verlassen«, erklärte sie ungerührt. »Aber in dem Getümmel, das auf unseren Straßen herrscht, sollte ihm dies nicht schwerfallen. Napoleon hat die Schlacht bereits verloren. Zu dieser Stunde kesseln die Truppen des österreichischen Befehlshabers Fürst Schwarzenberg die Armee des Korsen völlig ein. Spätestens morgen nachmittag werden die Soldaten wie tolle Hunde aus der Stadt fliehen.«

»Wer sind Sie?« entfuhr es Henriette. »Woher wissen Sie das alles?«

Samuel hieß seine Frau zu schweigen und schickte sie mit einigen beruhigenden Worten zurück zu den anderen Helfern. Henriette gehorchte nur widerstrebend. Sie beobachtete, wie ihr Mann seinen Arzneikasten ergriff und zusammen mit der Unbekannten eilig die Kirche verließ.

Das Donnern der Kanonen war verstummt. Ebenso die Trommeln und das Sturmgebrüll, und doch war es nur eine kurze Atempause, die der Stadt geschenkt wurde. Während sich die feindlichen Truppen für den letzten Kampf um die Tore Leipzigs rüsteten, verhüllte die Dunkelheit die weiten, zu dieser Stunde bereits in Blut getränkten Felder und die finsteren Gassen der Altstadt.

Der Kutscher der alten Frau lenkte die Droschke zielstrebig durch das Labyrinth der Gassen. Der Boden war schlammig und von Wagenrädern, Kanonen und Schanzkarren zerfurcht. In den Abflußrinnen gurgelte eine stinkende Brühe, die Regen und Sturmwind nicht davongespült, sondern mit Abfällen, Kot und fauligem Morast erst richtig aufgeschwemmt hatten. Zudem verpestete ein schwerer Geruch nach Feuer, Leichen und Jauche die feuchte Luft.

Ohne mit der Wimper zu zucken, wich der schweigsame Mann auf dem Kutschbock jedem Hindernis aus, das vor ihm auftauchte. Dabei verringerte er nicht einmal die Geschwindigkeit. Samuel fühlte, wie das Gefühl von Übelkeit wieder in ihm aufstieg.

Wenige Minuten später hielt die Droschke. Hahnemann blickte sich ratlos um. Er kannte die Gegend nur vage, aber er wußte, daß sie sich nicht weit vom Ranstädter Tor befinden konnten, dessen Fassade wie eine Trutzburg zwischen den Bäumen eines kleinen Parks zu sehen war. Seine Begleiterin winkte ihm aufgeregt, ihr zu folgen, und schlüpfte durch ein nur angelehntes Tor in den Garten eines stattlichen Hauses, vor dessen breiter Eingangstür eine gußeiserne Laterne brannte.

Samuel stieg die Treppe hinauf, wobei er eine Schar direkt neben der Schwelle kauernder Tauben aufscheuchte, die sich sogleich gurrend in die Luft erhoben und unter dem Dachgiebel Schutz suchten. Die Fenster des Hauses waren verdunkelt.

Auf was hatte er sich nur eingelassen? Vielleicht war der sonderbare Auftrag nur eine Falle? Ein übles Spiel, in welches ihn Clarus und dessen Anhänger trieben, um den unbequemen Kollegen endgültig zum Schweigen zu bringen? Seit Ausbruch des Hungertyphus hatte Samuel keinen Krankenbesuch mehr persönlich unternommen, und dies gewiß nicht, weil er sich vor Ansteckung fürchtete. Aber Erfahrung und Beobachtung hatten ihn gelehrt, daß kaum ein Berufsstand angreifbarer war als sein eigener. Starben einem Medicus die Patienten unter den Fingern weg, weil er sie mit Aderlaß, falsch bemessenen Klistieren und Purgierkugeln traktierte, so wurde der Tod eben demütig als Gottes unabwendbarer Ratschluß angenommen. Aber was geschah, wenn der Patient eines gescholtenen Homöopathen die Krisis nicht überstand? Warteten dessen Feinde nicht bereits gierig darauf, ihn und seine Familie der Giftmischerei zu überführen?

Eine junge Dienerin öffnete geräuschlos die Tür. Als sie die Frau im grauen Seidenkleid erkannte, huschte ein schwaches Lächeln über ihr ausgemergeltes Gesicht. Mit einer höflichen Handbewegung lud sie die Ankömmlinge ein, näherzutreten, und warf die Tür ins Schloß. Samuel schulterte seinen Kasten. Sein Rücken tat ihm weh, und einmal wäre er vor Schwäche fast gestrauchelt. Seine Begleiterin schien indes nicht die geringste Erschöpfung zu verspüren. Die Sorge um ihren kranken Sohn mußte ihr eine elektrisierende Kraft verleihen. Samuel spürte mit einemmal eine mitfühlende Bewunderung für die Frau, die zielstrebig die prächtig eingerichtete Halle durchquerte und, ohne sich nach ihm umzublicken, auf eine halb geöffnete Flügeltür mit goldenen Handgriffen zuhielt.

»Wem gehört dieses Palais?« sprach Samuel die Magd an, die ihm mit einem brennenden Kandelaber folgte. Doch die Frau tat so, als hätte sie seine Frage nicht verstanden, und wies statt dessen mit sauertöpfischer Miene auf die Flügeltür.

Als Samuel den Raum betrat, fiel sein erster Blick auf ein gewaltiges Kaminfeuer, das eine angenehme Wärme verbreitete. Das Zimmer war nicht besonders groß, wirkte aber mit seinen Winkeln und Separés überaus behaglich. Die Wände waren mit rosaroten Seidentapeten versehen, an denen geschmackvolle Ölgemälde und Gobelins in schweren Goldrahmen hingen. Auf dem Sims des steinernen Kamins reihten sich pausbäckige Knaben und hübsche Schäferinnen aus buntem Meißener Porzellan aneinander, und an der Decke schaukelte ein gewaltiger Kronleuchter, dessen dünne Kristalltropfen unterhalb der Wachskerzen bei jedem Windhauch feine klirrende Geräusche erzeugten.

Eine Oase des Friedens inmitten einer um ihr Leben kämpfenden Stadt, dachte Samuel beklommen.

Zu der prunkvollen Einrichtung stand das einfache Kastenbett in krassem Gegensatz, das sich in einem durch Vorhänge abgeteilten Winkel des Raumes befand. Mit klopfendem Herzen trat Samuel näher an das Bett heran und schob den fast durchsichtigen Vorhang zur Seite, um den Kranken besser sehen zu können.

Der dunkelhaarige Mann trug einen weißen Kittel aus

feinem Tuch, war sauber rasiert und wurde von drei Dienerinnen umgeben, die ihm die Stirn mit Duftessenzen abtupften. Von der alten Frau, die Samuel in das Haus gebracht hatte, war nichts mehr zu sehen. Dafür bemerkte Samuel eine halb geöffnete Tapetentür.

»Sie sind also der berühmte Wunderdoktor von Leipzig«, hörte er eine leise Stimme hinter dem Vorhang. Erstaunt wandte Samuel sich um.

Am Kopfende des Kastenbettes stand ein weißhaariger, stämmiger Mann in einem vornehmen Gehrock aus schwarzem Samt mit goldenen Stickereien. Er trug Handschuhe, und obgleich seine Augen, um die sich ein Netz aus tiefen Falten gegraben hatten, hinter der Nickelbrille besorgt hervorblickten, lächelte er Samuel freundlich an.

»Mein Name ist Gottlieb Pinchas«, stellte sich der weißhaarige Mann mit tiefer Stimme höflich vor. »Ich habe unserem armen Siechen Zuflucht in meinem Hause gewährt, nachdem meine liebe Freundin, die Fürstin, keinen anderen Ausweg sah, ihn vor den wachsamen Augen Napoleons zu verbergen.«

Samuel bemühte sich, seine Überraschung nicht zu zeigen. Auch wenn er den Mann, um dessen Haus sich zahlreiche Legenden rankten, niemals persönlich gesehen hatte, waren die Gerüchte über den wohlhabenden Juden, der zum Katholizismus konvertiert und sogar nach Rom gepilgert war, um Geschäfte mit dem Vatikan zu betreiben, bis in sein Laboratorium getragen worden. Es hieß, der Bankier besitze eine größere Sammlung erlesener Kunstschätze als der König im Zwinger und verkehre zudem mit den reichsten und mächtigsten Häusern des Landes. Man tuschelte aber auch, es genüge ein Wort aus seinem Munde, und Pinchas' Feinde würden in finsteren Kerkern verschwinden oder des Nachts den Fluß hinuntertreiben.

Trotz des wärmenden Feuers spürte Samuel, daß er plötzlich fror. Wenn Pinchas sich mit seinen, Hahnemanns, Neidern gegen ihn verbündet hatte, könnte das seinen Untergang bedeuten. Wahrscheinlich würde er das Haus des Konvertiten nicht mehr lebend verlassen. Aber wenige Schritte vor ihm lag ein Mensch, der offensichtlich mit dem Tode rang und dringend ärztliche Hilfe brauchte. Samuel entschied sich, alle seine Bedenken zu vergessen und mit seiner Arbeit zu beginnen.

»Wer hätte nicht von Ihnen gehört, Monsieur Pinchas? Sie sind ein wichtiger Mann, gehen bei Hofe ein und aus. Unglücklicherweise vergaß die Dame, sich vorzustellen, bevor sie mir empfahl, ihre Einladung anzunehmen!«

Samuel setzte seinen Kasten auf dem Fußboden ab. Der junge Mann im Kastenbett fixierte ihn neugierig und ruderte mit beiden Armen, um das blanke Holz mit den eisernen Beschlägen berühren zu können. Als es ihm nicht gelang, sank er stöhnend in seine Kissen zurück und schloß die Augen.

»Abgesehen davon bin ich weder Hofarzt noch Wunderdoktor von Leipzig!«

»Nehmen Sie unsere *Einladung* dennoch als Vertrauensbeweis für Ihre Lehre, Doktor Hahnemann«, bemerkte der Bankier trocken und strich sich mit gleichmäßigen Bewegungen über seinen grauen Bart. »Ich muß gestehen, daß *mich* medizinische und philosophische Fragen nie besonders berührten.« Pinchas ging zu einer Kommode, auf der eine Kristallkaraffe und mehrere Gläser standen. Er füllte zwei Gläser mit einer rot funkelnden Flüssigkeit. »Dafür war die Fürstin stets fasziniert vom Fortschritt der Wissenschaft, und als eine Dame aus ihrem Bekanntenkreis ihr neulich die Schriften eines gewissen Doktor Samuel Hahnemann empfahl …«

»Ich kann mir schon denken, wer diese Dame war«, fiel Samuel dem Hausherrn ins Wort. Hatte Henriette ihm nicht erst neulich von einer zufälligen Begegnung mit der Baronin von Mandeloh im Rosengarten erzählt? Wenn er sich doch nur daran erinnerte, wo er die blinzelnden Katzenaugen der Alten schon einmal gesehen hatte. Es mußte lange zurückliegen, verborgen in einer Zeit, an die er aus guten Gründen nicht denken mochte. Und Luise? Ob sie vom Plan der Fürstin wußte? Vielleicht ließ sich Pinchas durch gespielte Arglosigkeit aus der Reserve locken. Samuel klappte den Deckel seines Arzneikastens auf. »Hat Ihre Freundin eigentlich einen Namen?«

»Gewiß, Doktor«, bemerkte Pinchas lächelnd. Der streitbare Physikus gefiel ihm. »Seine Majestät, der König, hat ihr vor Jahren den Titel einer Fürstin Eichenberg verliehen. Friederike von Eichenberg und Friedrich August von Sachsen sind … nun, man könnte sagen …«

Pinchas kam nicht mehr dazu, sich über die Beziehung zwischen dem König und der sonderbaren Fürstin Eichenberg auszulassen, denn im nächsten Moment öffnete sich die mit kostbarem Seidenstoff bespannte Tapetentür, und die Fürstin trat ins Zimmer. Sie mußte sich in aller Eile umgekleidet haben, denn anstelle ihres grauen Seidenkleides steckte ihr zerbrechlich wirkender Körper in einem eng geschnittenen Kleid aus dunkelgrünem Samt mit silbernen Litzen, das ihre schrägen Katzenaugen vor dem Kamin zum Glühen zu bringen schien. Den grauen Schleier hatte die alte Frau durch einen gewaltigen türkischen Turban ersetzt. Ihr Blick fiel auf Samuels hölzernen Arzneikasten.

»Haben Sie meinen Sohn schon untersucht?« rief sie und nahm sich eines der Weingläser von Pinchas' Kommode. Dem Hausherrn warf sie einen mißbilligenden Blick zu; vermutlich hatte sie seine letzten Worte mit angehört und ärgerte sich über die Schwatzhaftigkeit des Bankiers.

Samuel betrachtete sie irritiert. Sein Gefühl verriet ihm, daß die Fürstin seine Dienste nur deshalb in Anspruch nahm, weil sie etwas zu verbergen hatte und ein anderer Arzt ein zu großes Risiko für ihre Pläne darstellte. Ihm, dem umstrittenen Homöopathen, würde hingegen ohnehin niemand Glauben schenken. Und wenn er in den Wirren der Schlacht um Leipzig einfach verschwand …

Schroff drängte Samuel die beiden Mägde zur Seite und befahl ihnen, ihre nach Harz duftenden Kerzen zu löschen. Dann beugte er sich über das Lager des kranken jungen Mannes und machte sich schweigend an die Untersuchung. Behutsam fühlte er den Puls, begutachtete die Färbung der Pupillen und schlug schließlich die schwere Daunendecke zurück, um den Leib des Patienten nach Schwellungen abzutasten. Dabei spürte er, daß sich die Blicke der Fürstin wie spitze Pfeile in seinen Rücken bohrten. Die Spannung, die über Pinchas' Kaminzimmer schwebte, wurde immer unerträglicher.

»Nun, Doktor Hahnemann?« brach der Bankier nach endlosen Minuten das bedrückende Schweigen. »Sie hatten Zeit genug, ihn zu untersuchen. Was fehlt dem jungen Mann?«

»Haben Sie seine Exkremente aufbewahrt?« wandte sich Samuel an die Fürstin.

Die alte Dame funkelte ihn voller Abscheu an. »Haben Sie den Verstand verloren, Hahnemann? Natürlich nicht!«

»Bedauerlich!« erwiderte der Arzt. »Dann werden Sie oder Ihre Dienerinnen mir eben eine brauchbare Beschreibung liefern müssen.«

Mit empörter Miene blickte sich Friederike von Eichenberg nach Pinchas um, der scheinbar mit großem Interesse die Spur eines Regentropfens an der verdunkelten Fensterscheibe verfolgte. Aber sie verzichtete darauf, nach ihren Mägden zu schicken, und kam Samuels Aufforderung schließlich persönlich nach.

»Jedenfalls keine sichtbaren Anzeichen für *Typhus abdominalis*, auch wenn sein Delirium und die körperliche Unruhe darauf hinweisen könnten«, erläuterte Hahnemann, als die Fürstin ihre Ausführung beendet hatte. »Aber die rote Färbung seines Harns, der Veilchengeruch und das rauchige Erscheinungsbild weisen in eine andere Richtung.«

»Also kein Typhus!« Pinchas wandte sich vom Fenster ab. Samuel bemerkte, daß die Hand des stämmigen Hausherrn vor Erleichterung zitterte. Ihm selber war eher zum Heulen zumute, denn selbst wenn er Typhus ausschloß, bedeutete dies noch lange keine Rettung für den Sohn der Fürstin. Allem Anschein nach litt er an einer gefährlichen Infektion, und Samuel hatte weder die Zeit, Symptome zu beobachten noch frische Arzneien herzustellen. Es blieb ihm keine Wahl. Wenn er den Fürsten retten wollte, war eine rasche Entscheidung unvermeidbar.

Samuel dachte an Henriette, die er im Hospital zurückgelassen hatte. Die gemeinsame Arbeit weniger Stunden hatte sie einander nähergebracht als ihr Leben als Eheleute in über dreißig Jahren. Würde sie ihm jemals verzeihen können, wenn er noch einmal versagte? Wenn ihr alter Freund Jonathan durch seine Schuld starb?

Samuel öffnete seine Halsbinde. Er mußte sich zwingen, nicht an seine Frau und den alten Freund zu denken. Diese Nacht gehörte nicht zur Wirklichkeit seines Lebens. Sie war ein Traumgespinst, ähnlich jenen, die Charlotte Rebus ihm in den vergangenen Jahren immer wieder beschert hatte, um seinen Stolz zu brechen. Langsam hob er den Kopf und blickte in die grünen Katzenaugen der Fürstin. »Ich fürchte, den Patienten quält ein Stein in der Gegend seines rechten Nierenbeckens, Madame. Das heftige Fieber ist lediglich ein natürlicher Begleitumstand der Infektion!«

»Wird er die Nacht überstehen?«

»Welcher Arzt würde Ihnen ein solches Versprechen geben, Madame?« antwortete Samuel ausweichend. »Auch wenn ich eine homöopathische Therapie ansetze, so braucht doch jeder Arzneireiz eine gewisse Zeit, um sich im Körper des Leidenden zu entfalten, um …«

»Heilen Sie ihn! Helfen Sie ihm durch die Nacht. Das ist alles, was ich von Ihnen verlange. Denken Sie daran, was mein Siegel für Sie und ganz besonders für Doktor Krebs bedeuten kann!« Die Fürstin strich dem mittlerweile wieder in tiefem

Schlaf liegenden Mann im Kastenbett kurz über das strähnige schwarze Haar und verließ dann den Raum.

»Was werden Sie tun, um dem Jungen zu helfen?« wollte Pinchas wissen und berührte Samuel leicht an der Schulter.

»Lassen Sie Ihre Mägde das Herdfeuer wieder entfachen und den Kessel aufsetzen. Ich brauche heißes Wasser und einen Badezuber.«

»Soll ich auch im Kamin Feuerholz nachlegen lassen?«

»Nur wenn Sie wollen, daß wir uns alle in Dampf auflösen.«

Pinchas bekreuzigte sich und murmelte etwas von geweihten römischen Kerzen, die er für das Seelenheil von Arzt und Patient anzünden wollte. Dann eilte er aus dem Zimmer und ließ Samuel mit dem ohnmächtigen Kranken zurück.

Römische Kerzen, dachte Samuel, und ein müdes Lächeln umspielte seine Lippen. Nun gut, so war wenigstens Pinchas beschäftigt und ließ ihn in Ruhe seine Behandlung ausführen. Hoffentlich überzeugte er auch die Fürstin, ihm während der nächsten Stunden aus dem Weg zu gehen. Er wandte sich wieder dem Kastenbett zu.

Das schmale Gesicht zwischen den Decken hatte seine wächserne Blässe abgestreift und glühte nunmehr fiebrig. Der Atem des jungen Fürsten wurde schwächer, der Blick glasiger. Es sah sehr ernst aus.

Im Kaminzimmer kehrte dumpfe Stille ein. Allein das unbarmherzige Pendel der Standuhr erinnerte Samuel daran, daß die Morgendämmerung näher rückte.

34. Kapitel

»Mit dieser ekelhaften, verrotteten Rinde wollen Sie meinen Sohn behandeln?« rief Friederike von Eichenberg. »Vielleicht darf ich Sie darauf hinweisen, daß der Fürst bereits eine größere Anzahl von Arzneien eingenommen hat!«

»Genau darin liegt das Problem«, gab Samuel zurück und verwünschte die römischen Kerzen des konvertierten Bankiers. Seit einer halben Stunde steckte die Fürstin ihre Nase in seinen Arzneikasten, kritisierte Farbe, Form und Geruch seiner Tinkturen und versäumte es nicht, Samuel wiederholt darauf hinzuweisen, daß das Leben seines Freundes in der Bastei nur noch an einem dünnen Faden hing.

»Ich halte nichts von Vermischung! Eine Arznei muß rein sein, muß dem Charakter des Patienten entsprechen. Wenn ich in zehn Apotheken die schwarze Christwurzel verlange, werde ich am Ende mit zehn verschiedenen Wurzeln nach Hause gehen und nur mit großem Glück eine echte darunter finden.«

»Und Sie glauben wirklich, daß diese braune Brühe dem Charakter meines Sohnes entspricht?«

Samuel seufzte. Er hatte sich nach langen Überlegungen dafür entschieden, die Behandlung des Nierenleidens mit einer Tinktur aus der Rinde der Berberispflanze anzugehen. Nicht zuletzt deswegen, weil er fast alle an Christian Hornburg getesteten und frisch zubereiteten Tinkturen bei Henriette im Hospital gelassen hatte.

Die Tinktur bestand aus etwa zehn Gramm der graubraunen Wurzelrinde, die Christian Hornburg erst am Vorabend mit einer ausreichenden Menge Weingeist extrahiert hatte.

Auch Gottlieb Pinchas rümpfte skeptisch die Nase. »Sind

Sie sicher, daß ihn das Zeug nicht sofort umbringt?« Er zog seine Taschenuhr aus dem Rock und klopfte vielsagend auf das Zifferblatt.

»In diesem Zustand wird die Rinde kaum eine ähnliche Krankheit in dem jungen Mann erzeugen«, erklärte Samuel und goß einige Tropfen der Tinktur in eine flache Porzellanschale. Danach versetzte er sie mit zehn knapp bemessenen Tropfen Weingeist, setzte den Deckel auf und schüttelte das Ergebnis mehrere Male kräftig hin und her. Währenddessen hob ein dicker Knecht mit hohen Stulpenstiefeln den Fürsten aus seinem Bett und trug ihn zu dem bereitgestellten Zuber hinüber. Zwei Küchenmägde eilten aufgeregt mit Eimern hin und her und schütteten ihren Inhalt in den Badezuber.

»Was machen Sie denn jetzt?« rief Friederike Eichenberg empört. »Sie verdünnen Ihre geschüttelte Brühe ja schon wieder mit Weingeist! Wollen Sie denn partout die Wirkung schwächen?«

»Wenn Sie meine Schriften gelesen hätten, Madame, wüßten Sie, daß gerade dieser Fall nicht zu erwarten ist!« Samuel verschloß das Fläschchen Weingeist und stellte es vorsichtig neben die pausbäckigen Porzellanbuben auf den Kamin. »Verringerung der Gaben bedeutet hier Erhöhung und Freisetzung von Kräften, die sämtliche Symptome der Krankheit aufheben!«

»Aber ich dachte, gerade dies werfen Sie Ihren Kollegen vor?« Pinchas betrachtete das Arzneigemisch, das in Samuels Händen immer blasser wurde. »Sie bekämpfen doch auch das Symptom und nicht die Krankheit!«

»Irrtum, Monsieur Pinchas! Meine Herren Kollegen lassen sich Symptome beschreiben. Sie kennen sie nicht wirklich, und dennoch fällen sie ein Urteil wie ein Stadtrichter, der über eine gestohlene Kuh oder einen zerschlagenen Topf zu befinden hat. Sie geben den Symptomen einen Namen, nennen sie Cholera, Schwindsucht oder Typhus. Dann fühlen sie sich sicher und verordnen ungeprüfte, oft genug verunreinigte Arzneien, um ein Symptom auszulöschen. Ich hingegen gebe einer Krankheit niemals einen Namen. Wenn mich ein Patient um Heilung bittet, dann muß ich ihn umfassend befragen. Ich muß seine Gewohnheiten kennen, um zu entscheiden, welcher Reiz dem kranken Organismus zur Abwehr dient. Die Homöopathie ist somit die individuellste Therapie, die es gibt. Sie berücksichtigt die Einflüsse der Umwelt, wie Kälte und Wärme, der verschiedenen Tages- und Nachtzeiten, der Ruhe und Bewegung oder Anstrengung und beseitigt durch die sorgfältige Abstimmung der Arznei auf diese Faktoren die *Gesamtheit* der Krankheitssymptome …«

»Dozieren können Sie im Auditorium medicum«, unterbrach ihn die alte Fürstin unwirsch und spähte zum Zuber hinüber. Was für eine verrückte Idee, einem Kranken mitten in der Nacht Sitzbäder zu verordnen. Aber wenigstens war der Fürst aus seiner Ohnmacht erwacht und schien sich in dem Wasser sogar zu entspannen. »Nun verabreichen Sie ihm schon Ihr merkwürdiges Gebräu, Doktor Hahnemann. Und vergessen Sie nicht, was für Sie auf dem Spiel steht!«

Samuel nahm einen Löffel aus seiner Truhe, gab fünf Tropfen seiner Tinktur darauf und rührte diese schließlich in eine Tasse mit heißem Wasser. Unter den skeptischen Blicken seiner beiden Beobachter flößte er dem jungen Mann im Zuber alle fünfzehn Minuten jeweils die gleiche Menge des frischen Arzneimittels ein. Beim ersten Mal warf der junge Mann vor Abscheu den Kopf auf die Seite und verzog das Gesicht. Doch Samuel ließ nicht locker. Immer wieder näherte er sich mit seiner Tasse von Eichenbergs Lippen und ließ sich auch von dessen schwachem Stöhnen nicht beeindrucken.

»Er muß viel Flüssigkeit zu sich nehmen«, erklärte Samuel und winkte eine der Mägde herbei, die einen Wasserkrug in der Hand hielt.

»Und was geschieht nun?« Friederike von Eichenberg beobachtete, wie sich Hahnemann auf einem Stuhl nahe dem Zuber niederließ, Papier und Feder zur Hand nahm und mit raschen Strichen Notizen machte.

»Wir müssen abwarten«, antwortete Pinchas für ihn. »Draußen zieht schon wieder dichter Nebel auf. Ich bin kein Stratege, doch ich schätze, daß die Franzosen das Wetter für ihren Rückzug nach Leipzig nutzen werden. Hören Sie!« Beschwörend deutete der Bankier auf das halb verhängte Fenster. Tatsächlich waren auf der Straße verhaltene Laute zu hören, Schleifspuren, Pferdehufe und vereinzelte Rufe.

»Löschen Sie die Lichter, Gottlieb«, zischte die Fürstin. Zum ersten Mal zeigte sich in ihrer versteinerten Miene ein Hauch von Angst. »Die Soldaten dürfen auf keinen Fall auf uns aufmerksam werden!«

»Und warum dürfen sie das nicht, Fürstin?« Unbeherrscht fuhr Samuel hoch und warf seine Aufzeichnungen mitsamt der Schreibfeder auf den Fußboden. »Fürchten Sie, daß Napoleons Soldaten *ihn* finden könnten?«

»Halten Sie den Mund«, rief Pinchas ärgerlich und deutete mit den Augen in Richtung Fenster. Die Fürstin wurde bleich. Feindselig starrte sie Samuel an.

»Er ist Ihr Sohn, Madame, auch wenn er krank ist und zudem an einer Geistesschwäche leidet. Jawohl, Sie brauchen es erst gar nicht zu leugnen. Und wenn mich nicht alles täuscht, weiß ich auch, wer sein Vater ist!«

Pinchas packte drohend Samuels Arm und riß ihn so heftig zur Seite, daß Hahnemann strauchelte und mit dem Knie gegen das Holz des Waschzubers stieß. Doch das brachte ihn nicht zum Verstummen.

»Sie sagten, König Friedrich August habe der Fürstin den Titel verliehen. Also gibt es keinen Fürsten von Eichenberg und hat nie einen gegeben. Der Vater des jungen Mannes ...«

»Schweigen Sie endlich!« fauchte Pinchas wütend.

»... ist kein anderer als der König von Sachsen. Sollte er

sterben, Madame, so wäre das für Sie sehr unangenehm, denn der junge Mann ist Ihre letzte Verbindung zum Hof, nicht wahr?« Mit zitternden Knien plagte sich Samuel auf und rieb sich das schmerzende Knie. »Auf der anderen Seite braucht auch Napoleon Druckmittel, um sich der Loyalität des Königs und des Oberbefehls über die sächsischen Truppen zu versichern. Ich nehme an, Napoleon hat von Ihnen und Ihrem Sohn erfahren? Er weiß, daß der König einen Narren an ihm gefressen hat.«

»Was glauben Sie, warum ich die beiden sonst in mein Haus geholt habe?« flüsterte Pinchas gefährlich leise. »Dabei war alles umsonst. Dreitausend Sachsen sind bereits zur Allianz der Fürsten übergelaufen. Friedrich August wird uns nicht länger aus der Hand fressen, und die Franzosen … nun, ja.« Resigniert hob er die Schultern.

Samuel atmete tief durch. Es ging wieder einmal um Geld und um Macht. Kalter Schweiß perlte von seiner Stirn, als er sich zu dem jungen Mann im Bad beugte, der ihn aus seinen großen tiefschwarzen Augen verständnislos anblickte. Dessen Puls ging normal, die Atmung war viel stabiler als wenige Stunden zuvor. Auch das Fieber schien abgeklungen zu sein. Samuel prüfte die Temperatur und schüttelte erstaunt den Kopf. Ein Jammer, daß der Junge nicht mit mir reden kann, dachte er. Schließlich flößte er dem jungen Fürsten eine weitere Gabe seiner Arznei ein. Ein scharfer Geruch stieg ihm entgegen.

»Stimmt etwas nicht?« rief die Fürstin aufgeregt.

Das Wasser hatte sich rötlich gefärbt. Konnte es möglich sein, daß die Rinde der Berberis das Unmögliche bewirkt hatte und … Ohne seinen Rock abzulegen, tauchte Samuel beide Hände in das warme Wasser und tastete aufgeregt den Holzboden ab.

»Haben Sie den Verstand verloren?« keifte die Fürstin. Aber Samuel schien weder sie noch den Bankier wahrzunehmen.

Schließlich zuckte er zusammen, zog seinen Arm aus dem Wasser und streckte triumphierend die geschlossene Faust in die Luft.

»Der Stein!« rief er aufgeregt. »Der Stein hat sich gelöst. Bei Gott, sehen Sie sich das an.« Mit tropfendem Ärmel warf er ein kleines, kerniges Gebilde auf die Kommode und deutete der Fürstin und Pinchas, die beide wie erstarrt hinter ihren Stühlen standen, näher zu treten.

»Ich habe getan, was ich konnte, um dem Patienten zu helfen. Sein Fieber ist abgeklungen, aber ich werde Ihnen noch ein weiteres Mittel geben, das die Infektion bekämpfen soll. Jetzt sind Sie an der Reihe!« Erschöpft drückte Samuel das Wasser aus seinem Ärmel. Er mußte das Haus verlassen haben, ehe die verbündeten Truppen die Stadt stürmten. »Werden Sie unseren Vertrag einhalten?«

»Verlassen Sie das Haus über den Garten, Doktor Hahnemann«, antwortete Pinchas. »Anna wird Sie bis zur Pforte begleiten. Das Schreiben an den Hauptmann der Wache habe ich bereits aufgesetzt. Ich werde es sofort durch einen Boten überbringen lassen!«

Samuel stolperte zur Tür. Vielleicht war alles nur ein Traum gewesen, aus dem er erwachte, sobald er auf der Straße stand. Erst im Korridor bemerkte er, daß der Bankier ihm gefolgt war.

»Urteilen Sie nicht zu hart über die Fürstin, Doktor Hahnemann«, sagte Pinchas. »Das Leben hat sie hart und unerbittlich werden lassen. Sie war einst die Mätresse zweier Kurfürsten. Schön, gebildet und umschwärmt. Doch ebenso beneidet, verachtet und gehaßt. Wer einmal die Intrigen des Hofes am eigenen Leib hat spüren müssen, der lernt rasch, mit gleicher Münze heimzuzahlen. Friederike mußte immer ums Überleben kämpfen. Schon als ganz junges Ding wollte man sie ermorden.«

»Ermorden?« Samuel legte die Stirn in Falten. Er begann sich zu erinnern, an Cosmo, die beiden Frauen im Boot …

»Sie haben recht verstanden, Doktor. Die Anschläge auf ihr Leben begannen, als die Fürstin noch ein junges Mädchen war. Während einer Bootsfahrt auf der Elbe bei Meißen warfen Intriganten sie in den Fluß. Ich schätze, an jenem Tag wurde aus ihr ein anderer Mensch.«

»Nicht nur aus ihr, Monsieur Pinchas«, gab Samuel geistesabwesend zurück und schulterte seinen Arzneikasten.

Auf seinem Weg zum Hospital bemühte sich Samuel verzweifelt, dem Gedränge am Ranstädter Tor fernzubleiben, mußte jedoch bald einsehen, daß dieses Unterfangen aussichtslos war. Soldaten eilten in schmutzstarrenden Uniformen die Straße auf und ab, brüllten Kommandos und drängten mit Bajonetten die Menge der flüchtenden Zivilisten vom Tor stadteinwärts. Doch nur wenig später wichen ihre Gewehrmündungen dem Ansturm. Samuel wurde hin und her gestoßen. Er versuchte, in eine schmale Seitengasse auszuweichen, und stolperte dabei über Säcke und Kisten, welche Fliehende in blinder Hast auf das Pflaster geworfen hatten. Trompeten verkündigten, daß der Kaiser und seine Adjutanten sich einen Weg durch die Menge bahnten, und einige junge Burschen brüllten etwas von einer gewaltigen Explosion am Grimmaischen Tor und vom Sturm auf die Festungsanlagen.

Samuel reckte den Hals, um den Troß des Franzosenkaisers zu sehen, wurde aber, von derben Flüchen begleitet, in einen Hauseingang abgedrängt. Ganz in seiner Nähe schlug mit ohrenbetäubendem Lärm eine Granate in ein hohes Fachwerkhaus ein. Tausende von Holzsplittern und Mörtelstücken fegten wie ein Sturm über die Straße. Die Pferde der französischen Offiziere scheuten und traten in ihrer Panik nieder, was ihnen in den Weg kam.

Als Samuel schließlich das Lazarett am Getreidemarkt erreichte, traf er Henriette nicht an. Auch Benno von Riebold und der junge Christian waren nirgendwo mehr zu sehen. Am

Operationstisch stand ein fremder, mürrischer Feldscher, der Samuel anschnauzte, er solle ihm die Zeit nicht mit überflüssigen Fragen stehlen.

Mit letzter Kraft kämpfte Hahnemann sich durch das Gewirr schreiender Soldaten und flüchtender Zivilisten. Er mußte nach Hause. Zu Henriette. Ihr durfte einfach nichts geschehen sein.

Die Burgstraße lag wie ausgestorben vor ihm. Die Fenster des Hahnemannschen Hauses lagen in völliger Dunkelheit, als hätten seine Bewohner es schon vor langer Zeit aufgegeben.

Vermutlich haben sich Henriette und Christian im Arzneikeller versteckt, versuchte sich Samuel zu beruhigen, als er in die Totenstille des finsteren Korridors eintrat.

Doch zu seiner Überraschung fand er Henriette in seinem Experimentierzimmer. Sie saß reglos auf einem Schemel und starrte geistesabwesend auf die Bücher und Schriften ihres Mannes. Samuel sank erleichtert vor ihr auf die Knie und bettete seinen Kopf in ihren Schoß. Sie trug noch immer dasselbe blutverschmierte Kleid, ihre Haare fielen ihr in wirren grauen Strähnen über die Schultern. Sanft legte sie ihre Hand auf Samuels Kopf, nahm ihm die Kappe ab und streichelte seine Stirn.

»Ich war in der Festung«, flüsterte sie nach einer Weile so tonlos, daß Samuel ihre Stimme kaum wiedererkannte. »Erst haben mich die Wachposten davon gejagt, aber zuletzt war es ihnen ohnehin gleichgültig. Jonathan ... ist tot!«

»Tot?« erwiderte Samuel leise. »Das kann nicht sein. Ich habe doch den verdammten Vertrag erfüllt, ich habe ...«

»... keine Macht, jedes Leben zu retten, Samuel.« Henriette zog die Hand von seiner Stirn zurück und schob ihn behutsam von sich. »Jonathan hat seine eigene Wahl getroffen. Er hat sich heute nacht in seiner Zelle erhängt.«

Henriette blickte an sich herunter. Sie mußte das entsetzliche Kleid ausziehen und danach Wasser erhitzen, um das Blut und die Tränen von ihrem Körper abzuwaschen. Langsam stand sie auf und lief zur Tür.

»Hast du ihn ... geliebt?« hörte sie auf einmal Samuels erstickte Stimme in ihrem Rücken. Henriette erstarrte, weil ihre Füße ihr plötzlich den Dienst versagten. Sie blickte ihren Mann an, und ein Lächeln von ungeahnter Tiefe umspielte ihre Lippen. »Seit wann kennst du mich so gut, Hahnemann?« Dann verließ sie den Raum, ohne eine Erwiderung abzuwarten.

Eine Stunde später stürmte Christian Hornburg in Samuels Arbeitszimmer. Der junge Mann wirkte bleich und übernächtigt, doch seine Augen glänzten euphorisch. Stolz berichtete er seinem Lehrer, daß der Sohn des Wagners die Krisis des zweiten Stadiums überstanden hatte. Der Arzneireiz hatte allen Zweifeln zum Trotz angeschlagen, und dies, obgleich er, Christian, die Verdünnung von D3 um ein Vielfaches verstärkt hatte.

»Ist das nicht wundervoll, nach all den Toten der vergangenen Tage?«

»Wundervoll«, bestätigte Samuel müde und schob seinen Arzneikasten unter den Schreibtisch zurück. »Aber kein Wort davon zu meiner Frau!«

35. Kapitel

Unter den ersten Offizieren, die nach der siegreichen Schlacht in Leipzig prunkvoll Einzug hielten, befand sich auch der Oberbefehlshaber des österreichischen Heeres, Feldmarschall Fürst von Schwarzenberg. Der Feldmarschall war ein kränklich wirkender Mann, dessen Augen aus tiefen Höhlen heraus mißtrauisch Straßen und Plätze der besiegten Stadt abmaßen. Ein guter Stratege, der den Krieg ebenso sehr haßte wie den Tod, so jedenfalls munkelten die Bürger in den Wirtshäusern.

Da der Typhus sich weiter ausbreitete, und die europäischen Monarchen und Generäle die Gefahr Napoleon fürs erste gebannt glaubten, hielten sie sich nicht lange auf dem Nährboden des Elends auf und zogen schließlich mit dem sächsischen König als Gefangenem aus Leipzig ab. Auch Schwarzenberg verließ die Stadt.

Von den Schlachtfeldern stieg ein unerträglicher Gestank auf und wehte über die Ruinen der geborstenen Tore und Wälle. Doch die folgenden Wochen brachten auch einige Lichtblicke. So verbreiteten sich die Gerüchte um Samuel Hahnemanns unglaubliche Heilerfolge bald wie ein Lauffeuer. Es folgten neue Selbstversuche, neue Beobachtungen und eine Flut neuer Schriften. Auch mancher Spötter ließ nun in seiner Verzweiflung nach dem wunderlichen Arzt und seinen Medikamenten schicken. Das Ergebnis seiner Anstrengungen konnte sich sehen lassen. Von den hundertachtzig Patienten, die sich in Hahnemanns und seiner Schüler Hände begeben hatten, starb nur eine altersschwache Frau.

In der Auseinandersetzung mit seinen schärfsten Gegnern hatten die Wirren der napoleonischen Kriege hingegen allenfalls zu einer Atempause, nicht aber zum Waffenstillstand geführt. Schon bald häuften sich die Beschwerden der Apotheker und Ärzte gegen den streitbaren Heiler, der es sich nicht nehmen lassen wollte, seine Arzneien selber anzusetzen und zu verabreichen. Das Stadtgericht lud Hahnemann vor, gab ihm aber kaum eine Gelegenheit, sich gegen die Vorwürfe zu verteidigen. Man verurteilte ihn zu einer Geldstrafe von zwanzig Talern und beschlagnahmte seinen Arzneikasten.

Schweigend nahm Samuel das Urteil entgegen. Zwanzig Taler. Ein Zufall? Er erinnerte sich daran, wie seine Mutter ihm vor einer Ewigkeit dieselbe Summe in die Hand gedrückt hatte, damit er gegen den Willen seines Vaters Meißen verlassen und Medizin studieren konnte. Das Schicksal ist ein geduldiger Schuldherr, überlegte er, aber es stundet nichts. Irgendwann verlangt es alles zurück, was es vergeben hat. Auf Heller und Pfennig.

An einem nebligen Novembermorgen beobachteten einige Leute, wie sich ein stummer Leichenzug durch die einsame Gegend des Pauliner-Kirchhofs bewegte. Schaudernd und fröstelnd wichen die Männer und Frauen den schwarzgekleideten Sargträgern aus, welche einen schweren Kasten auf den Schultern trugen. »Der Kasten ist selbst für eine Kinderleiche zu klein«, flüsterte eine Frau ihrer Nachbarin zu und zog ihr Wolltuch fester um den Leib.

Nur wenige Neugierige folgten dem seltsamen Zug über die Schwelle des Gottesackers. Sie berichteten später, daß die Männer im Namen der Universität ein Grab ausgehoben und nach einigen barschen Worten ihres Aktuars die Lehre des umstrittenen Arztes Samuel Hahnemann in Gestalt eines Kastens voller Arzneifläschchen in das finstere Loch versenkt hätten.

Als Henriette ihren Mann am Morgen nach dem grausamen Schauspiel suchte, fand sie ihn niedergeschlagen in der kleinen Remise hinter dem Wohnhaus. Dort stand der alte Reisewagen, welcher die Familie während der vergangenen dreißig

Jahre auf ihrer Flucht von Ort zu Ort gefahren hatte. Mit gemischten Gefühlen beobachtete sie, wie Samuel das rauhe Holz untersuchte. Auf dem Markt hatte eine Gruppe Frauen darüber getuschelt, daß der Medizinalrat Clarus, vom König mit neuen Privilegien bedacht, in die Stadt zurückgekehrt sei und plane, das zu milde Urteil gegen die Homöopathen aufheben zu lassen. Es hieß, der Rat fordere nunmehr die Vertreibung des Doktor Hahnemann, wenn nötig mit Polizeigewalt.

Unvermittelt mußte Henriette an ihre noch unversorgten Töchter denken. Samuel war gekränkt gewesen, als sie die jungen Frauen zu Freunden nach Dresden geschickt hatte. Als ob er nicht für die Sicherheit seiner Familie sorgen konnte. Aber nun wußte sie, daß ihr Entschluß richtig gewesen war.

»An den Vorderrädern sind mehrere Speichen gebrochen, und die alte Plane hat mehr Löcher als ich zählen kann!« Samuel umkreiste den Wagen wie ein Wolf seine Beute. »Ich schätze, der klapprige Kasten hat ein für allemal ausgedient!«

»Vielleicht auch nicht«, gab Henriette zurück. »Ich werde morgen nach dem Wagner schicken lassen. Schließlich schuldet er dir noch eine Kleinigkeit.«

Feldmarschall Karl von Schwarzenberg war nach seinem Sieg über die versprengten Truppen Napoleons vor Leipzig in seine Heimat zurückgekehrt. Doch es war ihm nicht vergönnt, am Kaiserhof den Frieden zu finden, für den er auf den Schlachtfeldern gekämpft hatte. In Wien, den Intrigen der höfischen Gesellschaft ausgesetzt, welkte der Feldherr trotz der liebevollen Fürsorge seiner Gattin dahin. Eines Tages lähmte ihm ein Schlagfluß die rechte Seite. Die rasch herbeigeholten Hofärzte ergingen sich in heillosen Debatten. Sie diagnostizierten eine Verunreinigung der Körpersäfte und ließen ihn zur Ader. Ohne Erfolg. Schwarzenberg ging es von Tag zu Tag schlechter.

Die Fürstin hatte von Hahnemann in Leipzig gehört, dessen Lehre in Österreich seit kurzem bei Strafe verboten war, und überredete ihren Gatten dazu, den verbohrten Reglements ein Schnippchen zu schlagen und die weite Reise nach Sachsen auf sich zu nehmen. Schwarzenberg stimmte zu. Als der Frühling seine ersten wärmenden Sonnenstrahlen übers Land warf, kehrte der Feldmarschall mit großem Gefolge und zwei Leibärzten in die Stadt seines verblaßten Triumphes zurück und begab sich zum Erstaunen der Leipziger Gelehrtenwelt sofort in die Hände des geächteten Homöopathen.

Samuel gab sich nach endlosen Debatten mit dem Todkranken schließlich geschlagen und versprach, seine geplante Abreise aus Leipzig vorerst zurückzustellen. Er entwarf einen strengen Therapieplan, verbot dem Fürsten den Alkohol, fette Speisen und Rauchwerk und gab ihm Arzneien in verschwindend geringen Gaben. Der Fürst fügte sich den Regeln seines neuen Medicus indessen nur widerwillig. Seine Leibärzte begegneten Samuel mit finsterer Ablehnung, Streitgespräche waren bald an der Tagesordnung, und so vergingen nur wenige Wochen, bis sich die beiden Wiener in einer privaten Audienz des Hofrates Clarus wiederfanden. Professor Clarus ließ sich haarklein berichten, auf welche Weise der Homöopath ihren Fürsten medizinisch betreute, und entließ seine Besucher wenig später, um seinem Sekretär einen langen Brief zu diktieren.

Ein paar Tage später fand Samuel einen der beiden Wiener Ärzte am Bett seines Patienten, den blutigen Aderlaßapparat noch in der Hand. Über dem Raum lag ein scharfer Branntweingeruch.

»Der Puls Seiner Gnaden war hart und unregelmäßig«, erklärte der Leibarzt verächtlich. »Medizinalrat Clarus hat die Fürstin überzeugt, Ihrem Aberglauben abzuschwören und zur alten Behandlungsmethode zurückzukehren.«

Bleich vor Zorn verließ Samuel das Haus und kehrte nicht mehr zurück. Einige Wochen später verstarb der Fürst. Ein zweiter Schlagfluß hatte ihn getroffen und sein Gehirn völlig zerstört.

»Du wirst doch nicht dem Leichenzug folgen wollen, Samuel?« fragte Henriette sorgenvoll, als ihr Mann sich mit einem langen Trauerflor am Hut anschickte, das Haus zu verlassen. »Überall in der Stadt verbreiten Clarus und seine Anhänger, die Homöopathie sei es gewesen, die Schwarzenberg getötet habe. Sie brauchen einen Sündenbock, um von ihrem eigenen Versagen abzulenken. Hast du vergessen, daß Clarus persönlich die Leiche geöffnet hat? Er will dich und deine Studenten des Mordes anklagen!«

Samuel hielt ihrem Blick stand und warf sich einen schwarzen Umhang über die eingefallenen Schultern. »Wenn Clarus wegen angeblich falscher Behandlungsmethoden öffentliche Anklage gegen mich erhebt, so muß er mir dieses Mal persönlich gegenübertreten! Auge in Auge, wie es der Rechtsbrauch vorschreibt. Selbst der hohe Herr Rat weiß, daß er nicht länger die städtische Apothekerschaft vorschieben und sich selber hinter seinem steifen Amtsrock verstecken kann!«

Henriettes Augen weiteten sich vor Schreck. Er will ihn aufsuchen und zur Rede stellen, überlegte sie. Aber dies konnte ihn den Kopf kosten. Verzweifelt bat sie Samuel, Leipzig mit ihr zu verlassen. Sie konnten zu Jetta gehen, die mit ihrem Mann auf dem Land lebte. Oder zu Friedrich ins Erzgebirge. Samuel nahm ihren Kopf zwischen beide Hände und küßte ihre von Sorgen und Alter gezeichnete Stirn. Dann holte er tief Luft und sagte: »Pack zusammen, was nötig ist, und belade unseren Wagen. Wir brechen auf, sobald ich mit Clarus gesprochen habe.«

Samuel fand den Professor weder an der Universität noch in seinen Amtsräumen, wo ein junger Schreiber ganze Berge von Akten aus einer Truhe holte, um sie danach in zwei anderen wieder zu verstauen. Erst nach langem Drängen teilte der junge Mann ihm mit, daß der Hofrat in den frühen Morgenstunden Leipzig verlassen hatte.

»Und wo finde ich Seine Exzellenz?« wollte Samuel wissen. Der Junge blickte ihn mißbilligend an, stapfte dann aber zu seinem Schreibtisch und beugte sich suchend über einige Schriftstücke.

»Seine Exzellenz ist auf dem Weg nach Meißen«, erklärte er nach einer halben Ewigkeit. »Sie finden ihn ...«

»Ich weiß schon, wo ich ihn finde.« Eilig verließ Samuel die Amtsstube.

Zu Hause hatte Henriette bereits den alten Planwagen beladen und das Pferd, welches sie beim letzten Markttag gekauft hatte, ins Zaumzeug gelegt. Unruhig scharrte das Tier über das Pflaster, als spüre es die Anspannung seiner neuen Herren.

Christian Hornburg ging mit Samuel durch die kahlen Stuben. Die Hahnemanns hatten nur wenige Möbel besessen, und was nicht mehr für die Reise taugte, blieb zurück. Samuel stellte fest, daß Henriette einige seiner Bücher auf dem alten Tisch liegengelassen hatte, und schmunzelte. Schon lange hatte er vorgehabt, sie seinem Schüler zu vermachen. Nun sollte Christian sie auch bekommen.

Als die beiden Männer wieder auf der Schwelle standen, streckten einige Frauen aus den Nachbarhäusern neugierig ihre Köpfe aus den Fenstern. Der beladene Wagen erregte doch mehr Aufmerksamkeit, als Samuel und Henriette lieb war.

»Sie waren mein bester Lehrer, Doktor Hahnemann«, sagte Christian Hornburg und schüttelte Samuel die Hand. »Wo kann ich Sie erreichen, wenn ich Fragen haben sollte?«

Samuel lachte auf. Er war bisher Hornburgs *einziger* Lehrer gewesen.

»Fragen sind in unserem Metier manchmal wichtiger als

Antworten, mein Junge. Vertrau weiterhin auf deine Beobachtungsgabe, der Rest wird sich finden!«

Henriette lehnte sich bebend an Samuels Schulter. So oft waren sie während der vergangenen Jahre Seite an Seite durch fremde Stadttore geschaukelt, aber selten hatten Türme und Dächer Henriette größere Angst eingejagt als die von Samuels Vaterstadt. Der Dom ragte wie ein verwunschenes Zauberschloß vor ihr auf, und es fiel ihr schwer, dieses Bauwerk, so majestätisch es auch war, mit Gebeten und frommen Gesängen in Verbindung zu bringen.

In einem Gasthaus unweit der Domherrenhöfe nahm Samuel ein kleines Zimmer, von dessen Fenster Dom und Albrechtsburg nicht zu sehen waren, wie Henriette erleichtert feststellte. Sie fragte sich, warum sie und Samuel nicht das alte Hahnemannsche Haus bezogen hatten. Hatte Samuel ihr nicht erst kürzlich erzählt, das Anwesen stünde wieder leer?

Nach einem hastigen Abendessen in der Schankstube, schickte Samuel seine Frau auf ihr Zimmer und erklärte ihr, er habe noch etwas in der Stadt zu erledigen.

»Du suchst Clarus, nicht wahr?« Henriettes Augen blitzten zornig auf. »Wenn du unbedingt in dein Unglück laufen willst, tue es. Aber diesmal werde ich nicht auf dich warten!«

»Henriette, bitte versteh mich doch!«

»Ich verstehe sehr gut«, gab sie eisig zurück. »Wenn du bis morgen früh nicht zurückgekehrt bist, ziehe ich ohne dich weiter!«

Henriettes Worte hallten durch seinen Kopf wie ein grausames Echo, als Samuel den vertrauten Weg zur Burg hinauflief. Alte Männer sollten abends mit einer Decke im Lehnstuhl sitzen, dachte er. Sie sollten auf ihre Frauen hören und nicht ihr Leben vergeuden, um einem Phantom nachzujagen. Aber wenn er jetzt aufgab, zerstörte er nicht nur die Lehre, die sich endlich auszubreiten begann. Er enttäuschte auch die

Menschen, für die er sich auf den Weg begeben hatte: seine Mutter, Charlotte Rebus, Jonathan Krebs.

Auf dem Steg überholten ihn einige Arbeiter der Manufaktur. Sie trugen schwere Säcke über den Schultern und fluchten roh, wenn der alte Mann nicht schnell genug zur Seite sprang.

»Was suchst du hier, Alter?« hörte Samuel einen der Burschen rufen. Doch ehe er antworten konnte, waren die Männer auch schon unter dem Torbogen verschwunden. Samuel zweifelte keine Sekunde daran, daß Clarus in der Burg war. Er spürte die Kälte, die durch die weitläufigen Hallen des Bauwerks schlich, noch ehe er den vertrauten Korridor zur Burgkapelle erreicht hatte. Dennoch fühlte er so etwas wie Erleichterung, als er vor der Tür mit den eisernen Beschlägen stehenblieb. Sie führte zur ehemaligen Burgkapelle. Hier hatte alles begonnen.

In einer Nische des Raumes brannten einige Wachskerzen. Sie warfen groteske Schattenbilder an die rußgeschwärzten Wände und beleuchteten nur die vordere Hälfte der ehemaligen Kapelle. Zwischen den beiden tragenden Säulen entschwand das Licht und ließ lediglich ein gähnendes schwarzes Loch zurück, in dem der alte Altar nicht auszumachen war.

Samuel bemerkte den hageren, dunkelgekleideten Mann in der kleinen Apsis erst, als seine Augen sich an das Zwielicht gewöhnt hatten. Der Mann verharrte reglos im Schein der Wachskerzen und starrte zu den verwitterten Glasfenstern empor, in deren Mitte sich der Evangelist Johannes und sein aufgeschlagenes Buch erhoben.

Plötzlich drehte sich der finstere Mann um. Er mußte Samuel gehört haben, denn sein eingefallenes Gesicht verriet nicht die Spur einer Überraschung. Im Gegenteil, er lächelte.

»Doktor Samuel Hahnemann? Endlich lernen wir einander persönlich kennen! Ich bin Clarus!«

Samuel räusperte sich mißtrauisch. Der Alte hatte schlohweißes Haar, das ihm über die Schultern fiel. Seine Haut war gebräunt und erinnerte an gegerbtes Leder.

»Unsere Begegnung war ja auch schon lange überfällig, nicht wahr, Exzellenz?«

Clarus lachte. Dann nahm er eine der Wachskerzen und richtete die Flamme auf das leicht lädierte Bildnis des Evangelisten Johannes.

»Kennen Sie die Geschichte dieses Mannes, Hahnemann?« flüsterte er. »Johannes soll ein Buch in seiner Obhut gehabt haben. Eines Tages wurde ihm von Gott befohlen, es zu verschlingen, und das Buch schmeckte süßer als alles, was er bisher jemals gekostet hatte. Für den Apostel öffnete sich eine Tür im Himmel, durch die er Einlaß fand. Nach anderen Überlieferungen sollte der Apostel auf der Erde bleiben, um die Wiederkunft seines Herrn abzuwarten. Das würde bedeuten, er ist immer noch hier und wartet!«

Clarus hielt einen Augenblick inne und lauschte mit verzücktem Blick in die Finsternis hinein. »Mein Vater war fasziniert von der Idee, es könnte noch ein zweites Exemplar dieses wundersamen Buches geben. Eines Buches, das ewiges Leben verheißt. Darin folgte er den Überlegungen des großen Paracelsus!«

»Wegen einer Legende haben Sie mich nicht über all die Jahre hinweg verfolgt, Exzellenz?« Langsam ging Samuel auf den weißhaarigen Mann zu. »Wie ich sehe, tragen Sie Handschuhe. Hätten Sie etwas dagegen, den rechten für mich abzulegen?«

Ein boshaftes Lächeln glitt über Clarus' Züge. Widerspruchslos kam er Samuels Aufforderung nach. Auf dem rechten Handgelenk zeichneten sich schwach, aber noch immer deutlich zu sehen, die Umrisse einer Tätowierung ab. Sie zeigte ein rundliches Haupt, um das sich ein Nest aus Schlagen wand. Das Zeichen der Gorgo.

»Wußten Sie, daß ich der Letzte bin, Hahnemann?«

Schwungvoll warf Clarus seinen Handschuh vor Samuel auf den Boden. »Der letzte Meister, der den Titel eines *Leuchtenden* trug. Die Loge von Rosenthal löste sich vor langer Zeit auf. Ihre Mitglieder hatten inzwischen Karriere gemacht und wollten ihr behagliches Leben nicht durch ihre Zugehörigkeit zu einer Geheimgesellschaft gefährden, die neben den Freimaurern und Rosenkreutzern keine Chance hatte, ihre Pläne zu verwirklichen.«

Samuel starrte auf den Handschuh, den Clarus ihm vor die Füße geworfen hatte. Mit einem Mal schien alles so schrecklich vernünftig. Clarus war das lateinische Wort für leuchtend. Hatte nicht selbst die Staricka vor vielen Jahren von einem Leuchtenden gesprochen? Wie blind er doch gewesen war. Schließlich hob er den Kopf und blickte dem Medizinalrat in die kalten Augen.

»Wenn Ihre Loge nicht mehr besteht, warum haben Sie dann immer wieder versucht, mich und mein Lebenswerk zu vernichten?«

Clarus lachte auf. »Es war nicht immer leicht, Ihrer Spur zu folgen, werter Hahnemann. Wenn Sie es vorgezogen hätten, als zurückgezogener Landarzt ihr Leben im Ausland zu verbringen, hätten meine Informanten Sie vielleicht nie gefunden. Aber Sie mußten ja überall von sich reden machen. Doktor Hahnemann und seine Homöopathie.«

Samuel fühlte sich plötzlich, als balanciere er über einen morschen Steg. Informanten, hatte der Professor gesagt. Spione wäre gewiß die treffendere Bezeichnung gewesen. Reiter in schwarzen Mänteln.

Durch eine zerbrochene Fensterscheibe drang plötzlich ein heftiger Windstoß und löschte auf einen Streich zwei der Wachskerzen. Seufzend zog Clarus eine Dose mit Spänen aus seinem weiten Umhang, beugte sich in die Nische hinunter und zündete die heruntergebrannten Kerzen wieder an.

»Sehen Sie, Hahnemann, ich gebe zu, daß ich meinen Einfluß an der Universität spielen ließ, um die Verbreitung Ihrer Lehre zu bekämpfen. Aber ich lehne die Homöopathie aus ganz anderen Gründen ab als Menschen wie Ihr alter Freund Pastor Rebus, in dessen Haus ich hier in Meißen abgestiegen bin. Pastor Rebus ist verbohrt. Er haßt Sie, weil Sie, seiner Meinung nach, der göttlichen Weltordnung den Gehorsam verweigern. Der Pastor fürchtet den Unglauben. Wir aber fürchten das Wissen, weil es uns immer einen Schritt voraus sein wird!«

»Sie haben nicht nur *mir* geschadet, Exzellenz, sondern auch den Menschen, die in der Hoffnung auf Linderung und Heilung ihrer Leiden an meine Tür kamen. Die Natur hütet ihre Geheimnisse eifersüchtiger als ein junger Ehemann seine Braut, doch wenn es einem Suchenden gelingt, ihr wenigstens ein Geheimnis abzuringen, sollte man ihm dann nicht wenigstens die Chance geben, dieses Rätsel nutzbar zu machen? Der Sinn unserer Lehre besteht darin, auf sanfterem Wege zu heilen und nicht tödliche Gifte zu verordnen. Nur durch unrechten Gebrauch werden Arzneien Gifte. Daran wird sich nichts ändern, auch wenn Sie mich weiterhin als Scharlatan und Mörder Schwarzenbergs verleumden.«

Clarus lächelte nicht mehr. Er trat an Samuel heran, so nahe, daß sich die Schnallen ihrer Gürtel berührten. »Ich vermag noch mehr als das, Doktor. Ihre Homöopathie ist in Österreich und bald auch in Sachsen verboten. Dennoch breitet sie sich unter den Studenten und Landärzten aus wie das Faulfieber. Sie brauchen Genehmigungen, Hahnemann, Privilegien, und ich bin der einzige, der Ihnen solche beschaffen kann!«

»Und was verlangen Sie als Gegenleistung?« fragte Samuel argwöhnisch.

»Das wissen Sie genau«, rief der Hofrat erregt. »Das Buch mit den vollständigen Aufzeichnungen des Paracelsus ist in Ihrem Besitz, aber es gehört mir. Ich will es wiederhaben!«

»Ausgerechnet Sie ...«

»Mein eigener Vater war es, der die Schriften in Italien entdeckt und später nach Meißen gebracht hat. Hier wurde er von einem Logenbruder erschlagen, ehe er mir das Versteck verraten konnte. Ich schätze, daß Sie den Namen dieses Verräters kennen. Sie haben als Knabe schließlich genug Zeit mit ihm verbracht.«

Entsetzt wich Samuel zurück. Dabei war es gar nicht die Behauptung, Giovanni di Cosmo könnte den Vater des Professors getötet haben, die ihm zusetzte. Mord und Verrat waren innerhalb der Loge gang und gäbe gewesen. Nein, es war etwas anderes. Clarus galt seit einer Ewigkeit als die einflußreichste medizinische Autorität Sachsens. Was versprach er sich davon, das verschollene Buch ausgerechnet jetzt in seinen Besitz zu bringen? Es konnte nur eine Erklärung geben: Der alte Mann war krank. Und voller Haß. Sein Haß hatte ihm den Antrieb gegeben, mächtig und berühmt zu werden, aber er konnte weder Krankheit noch Alter aufhalten und am allerwenigsten den Tod. Samuel erschrak, als er erkannte, was Clarus mit den Schriften des Paracelsus wirklich im Sinn hatte. Er würde sie nicht vernichten, wie Giovanni di Cosmo vermutet hatte. Er würde in ihnen nach dem Geheimnis der Unsterblichkeit suchen. Dafür hatten er und seine Anhänger alle zum Schweigen gebracht, die von seinen Plänen wußten: Cosmo und Zacharias, die Gräfin Staricka und viele andere, die für immer namenlos bleiben würden.

Plötzlich spürte Samuel, wie sich der Lauf einer Pistole schmerzhaft zwischen seine Rippen bohrte. Clarus stand immer noch dicht vor ihm. »Also, wo sind die Aufzeichnungen?«

Sie verließen die Burg im Schutze der Dunkelheit. Nur noch wenige Menschen waren auf der Straße. Aus einem Wirtshaus drang lautes Lachen; ein paar Handwerksgesellen schoben sich singend durch die Tür. Doch weder sie noch der Nachtwächter hielten die beiden alten Männer auf, die mit kleinen, schleppenden Schritten auf die Stadtmitte zuhielten.

Vor einem zweistöckigen Haus blieb Samuel stehen und zückte ein Schlüsselbund. Das Gebäude wirkte verwahrlost. Der Putz war fast vollständig von den Mauern gefallen, die Fenster zur Gasse waren mit groben Brettern vernagelt, und aus dem feinen Sandstein der kleinen Treppe, die hinauf zur Eingangstür führte, hatten übermütige Burschen ganze Stücke herausgebrochen.

»In dieser Höhle wollen Sie die Schriften versteckt haben?« Clarus schüttelte ungläubig den Kopf. »Wenn sie mich hereinlegen wollen, erschieße ich Sie auf der Stelle!«

»Diese Höhle ist mein Elternhaus«, gab Samuel ungerührt zurück. »Nun folgen Sie mir schon.«

Die Stube lag in völliger Finsternis. Über ihr hing ein schwerer Geruch nach Staub und feuchtem Moder, welcher Samuel beinahe den Atem nahm. Clarus ging es indes nicht besser. Der alte Hofrat atmete schwer und seine Finger, die noch immer den Abzug der Pistole umklammerten, zitterten vor Anstrengung. Mit einer ruckartigen Kopfbewegung wies er Hahnemann an, weiter in das kahle Zimmer hineinzugehen. Es hatte sich nicht viel verändert. An der Seitenwand befand sich noch immer die Feuerstelle.

»Hier, nehmen Sie!« Professor Clarus griff in seine Tasche und warf Samuel die Büchse mit den Brennspänen zu. »Machen Sie ein Feuer, ehe wir uns hier beide den Tod holen.«

Die Worte des Hofrats kamen Samuel im Angesicht der auf ihn gerichteten Waffe äußerst lächerlich vor. Der alte Mann würde ihn töten, sobald er die Aufzeichnungen in Händen hielt. Dennoch beeilte Samuel sich, aus den Resten von Holz, Papier und Spänen, eine Glut zustande zu bringen. Wenige Minuten später knisterte ein kleines Feuer über der alten Herdstelle.

»Und nun das *Opus Paramirum*«, erklärte Clarus und hob

seine Waffe. Samuel nickte. Er drehte er sich zu der Feuerstelle über dem Herd um und ließ beide Hände tastend über den rauhen Stein der Wand gleiten. Plötzlich hielt er inne, zögerte und nahm dann einen etwa drei Zoll dicken Stein aus dem Mauerwerk.

»Ihr Vater hat die Schriften in einer ganz ähnlichen Vertiefung verborgen«, sagte er. »In der Kapelle der Albrechtsburg. Sie selbst standen nur wenige Meter von ihrem einstigen Versteck entfernt, Exzellenz. An dieses Fach über dem Herd erinnerte ich mich erst vor wenigen Jahren. Meine Mutter hatte hier ein Regal mit Küchen- und Heilkräutern, das mich als Kind schon faszinierte. Hinter dem lockeren Stein bewahrte sie ihre wenigen Wertgegenstände auf.«

»Die Schriften«, rief Clarus ungeduldig. Er drängte Samuel zur Seite und holte mit einem hellen Aufschrei ein verschnürtes Bündel aus dem Geheimfach der Johanna Hahnemann.

»Der verschollene Teil des fünften Buches!« Der Professor zerrte an den brüchigen Schnüren, welche die Schriftstücke notdürftig zusammenhielten. Er ließ sich auf einen wackeligen Schemel sinken und hielt die erste Seite in den Schein des Feuers. »Wissen Sie armselige Kreatur überhaupt, was das bedeutet?«

»Ich weiß es, Exzellenz. Menschen sind zu Mördern geworden, um zu erfahren, was Paracelsus nicht mehr veröffentlichen konnte. Sie selbst hätten keine Skrupel, einen wehrlosen alten Mann zu erschießen. Und doch war alles … umsonst.«

»Umsonst?« Clarus sprang auf und versetzte Samuel mit dem Kolben seiner Waffe einen heftigen Schlag ins Gesicht. Samuels Lippen platzten auf, und er spürte den süßen Geschmack seines eigenen Blutes auf der Zunge.

»Wagen Sie nie wieder, so mit mir zu sprechen, Hahnemann!«

»Aber … es ist die Wahrheit«, keuchte Samuel und wischte

sich zitternd das Blut aus dem Gesicht. »Ich habe das Buch des Paracelsus studiert wie vorher Charlotte Rebus, die Schwester des Pastors. Sie half mir, die Forschungen des Gelehrten weiterzuführen, der sich lange vor mir mit … der Ähnlichkeitslehre befaßte!«

»Lügen, nichts als Lügen!«

»Nein, Exzellenz. Die Schriften enthalten kein Wort von einem Homunculus oder einem Stein der Weisen. Die Ära der Alchimie ist zu Ende gegangen. Unwiderruflich. Sie hat der Wissenschaft Platz gemacht! Lesen Sie mein Organon der rationellen Heilkunde. In ihm werden Sie nichts anderes als die Ideen dieser Aufzeichnungen wiederfinden!«

»Die Ideen eines Homöopathen!« Clarus zerknüllte das oberste Blatt der Schriften in seiner Hand. »Paracelsus als Wegbereiter des Samuel Hahnemann!« Er hob seine Pistole und spannte langsam den Hahn.

»Wenn Sie davon überzeugt sind, daß mein Tod auch die Verbreitung der Homöopathie aufhalten wird, dann drücken Sie ab«, sagte Samuel betont ruhig.

Aber Hofrat Clarus bewegte sich nicht. Er fixierte ihn mit seinen kalten, leeren Augen. Dann wandte er sich unversehens von ihm ab und warf mit einer schnellen Bewegung die Schriften in die Feuerstelle. Gierig umschlangen die Flammen das alte Pergament und innerhalb weniger Sekunden war alles zu einem Aschenhaufen zerfallen.

»Gehen Sie«, hörte Samuel den Hofrat flüstern. »Lassen Sie mich allein!«

Wie in einem tiefen Traum setzte sich Samuel in Bewegung. Er hatte überlebt und Clarus besiegt.

Aber war es überhaupt ein Sieg?

Erst als er auf der Straße vor seinem Vaterhaus stand und die kühle Nachtluft auf seinem Gesicht spürte, wurde ihm bewußt, daß es in diesem Spiel weder Gewinner noch Verlierer gab. Die Gelehrten der Welt würde weiterhin auf ihn und seine

Lehre einschlagen. Er würde mit Streitschriften darauf antworten und gemeinsam mit Henriette von einer Stadt zur nächsten ziehen. Wo also lag der Gewinn?

Als Samuel die einsame Straße in Richtung Gasthof überquerte, sah er, wie ein Mann und eine Frau eilig auf ihn zuhielten. Samuel kniff die Augen zusammen und erkannte Henriette, die ihm aufgeregt zuwinkte. Den Mann an ihrer Seite erkannte er erst, als er ihm direkt gegenüberstand. Er trug Kragen und Rock eines Geistlichen, und sein langes, dünnes Kinn zuckte nervös.

»Gott sei Dank, dir ist nichts geschehen, Samuel«, rief Henriette und fiel ihm vor Erleichterung um den Hals. »Ich hab's im Gasthaus einfach nicht mehr ausgehalten. Auf dem Platz vor der kleinen Kirche traf ich den Herrn Pastor und fragte ihn nach dem alten Hahnemannschen Haus, weil ich mir dachte, daß du vielleicht dort sein könntest. Pastor Rebus war sofort bereit, mich zu begleiten.«

Verwirrt blickte Samuel den Pastor an und reichte ihm die Hand.

»Eigentlich bin ich auf der Suche nach meinem Hausgast, Hofrat Clarus«, flüsterte Viktor Rebus verlegen und zog seine Hand zurück. Samuel deutete mit dem Kopf in die Richtung, aus der er gekommen war.

»Der Hofrat hat sich heute den ganzen Tag nicht wohl gefühlt. Am besten kümmere ich mich gleich um ihn. Bitte entschuldigen Sie mich!«

Ohne sich noch einmal umzublicken, verschwand der Pastor um die Ecke eines Hauses. Endlich hat Charlotte ihren Frieden, dachte Samuel, während er mit Henriette den Weg zum Gasthof einschlug. Vielleicht ist sie die einzige, die tatsächlich etwas von Wert gewonnen hat. Unvermittelt blieb er stehen und betrachtete die tiefen Furchen, die sich in Henriettes feines Gesicht gegraben hatten. Dann sagte er nachdenklich: »Als junger Student in Wien, als ich glauben mußte, dich nie wiederzusehen, habe ich einige Zeit bei einem Tischlermeister gewohnt, der aus Holz menschliche Gliedmaßen schnitzte. Manchmal denke ich, der Alte hat mir unbemerkt eine hölzerne Seele angepaßt.«

»Gewiß nicht«, erwiderte Henriette und nahm lächelnd seinen Arm. »Glaub mir, Samuel, das hätte ich längst bemerkt.«

Nachwort des Autors

Als Christian Friedrich Samuel Hahnemann am 10. April 1755 in Meißen geboren wurde, schwebte über der *Stadt des weißen Goldes* noch jener feine Hauch von Alchimie, der möglicherweise nicht nur den Entdecker des Porzellans, sondern auch den Begründer der Homöopathie zu seinem Lebenswerk inspirierte.

So ranken sich um das abenteuerliche Leben des Doktor Hahnemann noch heute zahlreiche Geschichten und Legenden, zu denen auch die im Roman beschriebene lebenslange Auseinandersetzung des Homöopathen mit einer der experimentellen Wissenschaft feindlich gegenüberstehenden Loge der Rosenkreutzer gehört. Es ist bekannt, daß im 18. Jahrhundert zahlreiche Geheimgesellschaften versuchten, ihren Einfluß auf die Mächtigen Europas auszuüben. Die Mitgliedschaft des historischen Hahnemann-Gegenspielers Professor Clarus ist hingegen reine Fiktion. Tatsächlich waren es mehr oder weniger ausschließlich Hahnemanns Lehren und sein oft barsches Auftreten gegenüber Ärzten und Apothekern, die ihm und seinen Anhängern die grimmige Feindschaft der Schulmediziner eintrugen.

Über Hahnemanns Kindheit und Jugendzeit in Meißen ist nur wenig überliefert, belegen läßt sich jedoch, daß unbekannte Gönner den begabten Jungen finanziell unterstützten, ehe er mit zwanzig Talern in der Tasche zum Medizinstudium nach Leipzig aufbrach. Im Roman ließ ich diese Gönner in den Figuren des Abenteurers Giovanni di Cosmo und der unglücklichen Gräfin Staricka lebendig werden. Samuels Jugendgefährtin Charlotte Rebus und ihr Bruder, der Pastor, sind erfunden, nicht aber Viktors Vorwurf, Hahnemann beeinflusse seine Schüler zum unnatürlichen Gebrauch von Giftpflanzen und zu blasphemischem Treiben. Ansonsten haben die meisten Figuren im Roman einen realen Hintergrund.

Was die Schriften des Heilkundigen Paracelsus aus dem 16. Jahrhundert betrifft, so ist bekannt, daß Hahnemann sie auf seinem Weg von der Schulmedizin zur natürlichen Heilkunde mit ebenso großem Eifer studierte wie die Bücher des Heilmagnetiseurs Mesmer, mit dessen Lehren er bereits als junger Student in Leipzig in Berührung kam. Paracelsus verfaßte 1531 das *Opus Paramirum*, das aus fünf Büchern besteht. Das letzte dieser Bücher, *Von den unsichtbaren Krankheiten*, ist wiederum in fünf Teile untergliedert, von welchen der zweite noch heute als verschollen gilt. Auch die Anleitung zur Schaffung eines Homunculus, eines künstlichen Menschen, wird Paracelsus zugeschrieben. Für den Roman dürfte jedoch bedeutsamer sein, daß der Arzt wegen seiner Lehre von den Selbstheilungskräften des Körpers, nach Erzeugung ähnlicher Krankheitssymptome, als direkter Vorläufer der Homöopathie angesehen werden kann.

Samuel Hahnemann sollte noch erleben, wie seine Lehre die Grenze zu anderen Ländern sprengte, um gegen erstarrte Formen altertümlicher medizinischer Behandlungsweisen zu protestieren und die Ideen der langsam erwachenden Naturheilkunde um die Welt zu tragen. Nach seiner Vertreibung aus Leipzig ließ er sich in der kleinen Stadt Köthen nieder und erhielt vom Landesherrn das Privileg, seine Arzneien selbständig anzusetzen und zu verabreichen. Vierzehn Jahre sollte er die Gemütlichkeit des beschaulichen Ortes genießen können, ehe es den Ruhelosen – seine Frau Henriette starb bereits 1830 – wieder in die Fremde trieb. Anläßlich der verheerenden Choleraepidemie von 1831 kamen seine heilkundlichen und antiseptischen Erkenntnisse erneut zur Geltung und halfen, zahlreiche Leben zu retten – was die Zahl seiner Anhänger größer, die seiner Feinde jedoch nicht kleiner werden ließ.

Wenige Jahre später ging Samuel Hahnemann eine zweite Ehe ein und heiratete die junge französische Kunstmalerin Melanie d'Hervilly-Gohier, eine glühende Verehrerin der Homöopathie. An ihrer Seite fand der streitbare Mediziner noch einmal ein spätes Lebensglück, ehe er am 2. Juli 1843 mit 88 Jahren in Paris verstarb.

Um das Leben und Wirken Samuel Hahnemanns im Roman lebendig werden zu lassen, habe ich eine Vielzahl von Quellen herangezogen, die sich mit der Biographie des berühmten Arztes, dem historischen Umfeld, in dem er und seine Familie lebten, und natürlich mit medizinischen Aspekten des 18. und frühen 19. Jahrhunderts auseinandersetzen. Stellvertretend für alle Werke möchte ich die biographischen Abhandlungen von Hans Ritter und Martin Gumpert erwähnen, welche »die abenteuerlichen Schicksale eines ärztlichen Rebellen und seine Lehre« eindrucksvoll nachzeichnen.

Mein ganz besonderer Dank gilt meiner Mutter für ihre liebevolle Unterstützung in praktischen Dingen und meinem Vater, der sowohl Recherche als auch Niederschrift meines Buches mit fachlichen Ratschlägen begleitete.

Guido Dieckmann, September 2001